二見文庫

黄昏に輝く瞳

キャサリン・コールター／栗木さつき＝訳

Evening Star

by

Catherine Coulter

ヒラリー・ロスに
心からの感謝をこめて

黄昏に輝く瞳

登　場　人　物　紹　介

ジョージアナ(ジアナ)・ヴァン・クリーヴ	女学生
アレクサンダー(アレックス)・サクストン	ニューヨークで造船業を営む富豪
オーロラ・ヴァン・クリーヴ	ジアナの母。ヴァン・クリーヴ海運会社の共同経営者
トマス・ハーデスティ	ヴァン・クリーヴ海運会社の共同経営者
ダニエーレ・チッポロ	オーロラの旧友
ランダル・ベネット	ジアナの婚約者
ダミアン・アーリントン	第八代グラフトン公爵
ディレイニー・サクストン	アレックスの弟
リーア・サクストン	アレックスのひとり娘
デリー	ジアナの親友
チャールズ・ラティマー	デリーの夫
ジェニファー・ラティマー	チャールズの娘
リュシエンヌ	ローマ娼館の女主人
カルロ・サルヴァド	ルチアナ・サルヴァドの夫
ヴィットリオ・カヴェッリ	カメッタ・パッリの婚約者
ランソン	オーロラの執事
ドルー	オーロラの秘書
ハメット・エングルズ	アレックスのロンドンの代理人
レイモンド・ファルクス	アレックスの弁護士
アナスレイ・オリアリー	アレックスの助手

1

ジュネーブ、一八四六年

「ジアナ、リボンを直してあげる。蝶《ちょう》結びがゆるんで、髪が耳にかかってるわ。そのまま、じっとしてて。そろそろチャールズが迎えにきてくださるころよ。わたしの未来の花婿さまですもの、お待たせするわけにはいかないわ」

ジアナはだまって立ち、縦長の鏡に映る自分の姿を見つめていた。ジアナの耳に落ちた巻き毛をひと房、デリーがぎゅっと引っ張り、後頭部で青いベルベットのリボンのかたちを整えた。

デリーは一歩身を引き、いろいろな角度から自分の手仕事を満足そうに眺めた。「きれいよ、ジアナ」ところが、当のジアナは鏡に映る自分の姿を無表情に見るばかり。リボンとお揃いの青いベルベットのドレスにもまるで無関心だ。

「デリー」と、ジアナが口をひらいた。「チャールズがどれほど颯爽《さっそう》とした男性で、あなたのことをどれほど愛してるかって話は、よくわかったわ。でも、彼はあなたのこと、世界でいちばん愛しているのかしら？　あなたのこと、永遠に愛してくれると思う？」

デリー・フェアマウントは、十七歳の友ジョージアナ・ヴァン・クリーヴに、一歳年長で婚約もすませた娘らしい寛容な視線を送った。

「もちろん、チャールズはわたしを愛してるわ、おばかさんね。それになにより、旦那さまにはこうあってほしいとわたしが願っているものをなにもかも、彼は備えているんですもの。ハンサムで、気品があって、すごく裕福。まあ、たしかに彼の住まいはニューヨークよ」と、デリーが表情を曇らせた。「うちのパパったら、ボストンが世界で最高の都市だと思ってるの。そんなふうに思ってるのは、ボストンの人間だけよね。でも、この話、あなたは耳に夕コができるほど聞かされたでしょ？　とにかく、去年の夏、チャールズがわたしにひと目惚《ぼ》れしたと知ったとたん、パパったら、婚約や結婚の取り決めにかかりきりになったの。もう、うんざり。でも、わたしが帰国するころには、なにもかも片づいているはず」

「彼はあなたのもとを去ったりしないわよね、デリー？　いつもそばにいてくれて、あなたはもうなんの心配もしなくていいのよね？」

デリーは幸せそうな微笑を翳《かげ》らせることなく、友をひしと抱きしめた。わたしがいなくなったら、ジアナはどんなにさびしく思うだろう。乳母や家庭教師に育てられてきたジアナは、ちゃんと守られているという安心感や、確固とした居場所を結婚に求めている。ジアナはいつも、そうした心の拠りどころに飢えて育ってきたのだ。二年前、デリーは、ロンドンにあるジアナの実家を訪ねたことがあった。ジアナの母、ヴァン・クリーヴ夫人は魅力的で美しい女性だったが、実家でのジアナはまるでお客さまのようにもてなされ、母親とは距離を置いていた。それに、母と娘のあいだにはどこかよそよそしい空気が流れていた。

「ええ、もちろん」と、デリーは答えた。「チャールズと結婚すれば、二度とひとりぼっちになんかならないし、心配ごともなくなる。あなただっていつか、ううん、じきに結婚して、自分の家族をもてるわよ」

「そんなこと、想像もつかない」とジアナは言った。デリーのほうが年下だったらよかったのに。わたしを置いて嫁いでしまわなければいいのに。ジアナは首をかしげ、デリーがもみ革で爪を磨く様子を眺めた。

「でもデリー、チャールズって、だいぶお年じゃない？」

デリーは心から面白がっているように大きな笑い声をあげた。マダム・オーリーとその取り巻き連中に見られたら、かならずやお小言を頂戴するだろう。

「お年ですって？　まあ、たしかに彼は三十代だけれど、だからといって、夫として高齢すぎるわけじゃないでしょ。チャールズほどのお金持ちなら、なおさらよ。そうそう、わたし、話したかしら？　彼と最初の奥さまとのあいだにできた、ひとり娘のジェニファーって、わたしと二歳しか年がちがわないの。もちろん、話したわよね。わたし、小鳥みたいにおしゃべりだもの。きっとこれから、ジェニファーと一緒に楽しいことがたくさんできるわ。ちょうど、あなたとたくさん楽しんできたみたいに」

「でも、ジェニファーがあなたのこと好きにならなかったらどうするの、デリー？」

「やめてよ、ジアナ。ジェニファーがわたしのことを嫌うはずないでしょ？　わたしはいじわるな継母《ままはは》になんかならないもの」デリーはまた、ころころと陽気に笑った。「このわたしが継母になるなんて！　そりゃ、うちの母もその点だけは心配していたわ。正直なところ、ときどき不安になるの。でもね、ジェニファーはチャールズの娘であって、妻ではないんだもの。娘と妻って、まったく別の存在でしょう？　ジェニファーがわたしのことを嫌う理由なんてないはずよ」

「そうね、あなたの言うとおりかもしれない」と、ジアナ。「でもロマンス小説を読むかぎり、娘は新しいママのことが大嫌いだって相場が決まってる」

「ばかばかしい」と、デリー。「ロマンス小説なんて、あんなくだらないもの、当てになるもんですか」と、あきれたように目をぎょろつかせた。「でも、いろいろ役立つことも書いてあるわ。その点は認める」デリーはほのかに頰を紅潮させ、夢見るような表情を浮かべると、ゆっくりと踊りながら室内をまわりはじめた。「あの夏、ボストンはこのうえなく美しく、チャールズはわたしと踊るワルツをこのうえなく楽しんでいた」

そりゃそうよ、とジアナは考えた。目に涙がにじみ、ちくちく痛む。男の人ならだれだってデリーとワルツを踊りたがるわ。べつに、デリーに嫉妬《しっと》したいわけじゃない。それは本心だ。でも、だれかを愛し、自分も愛され、だれかのものになり、もう二度とひとりぼっちにならずにすむなんて、まるで魔法のように思えた。そんな魔法みたいな夢が現実になるなんて。

「急にだまり込んじゃって、どうしたの、ミス・ヴァン・クリーヴ」想像上の相手とワルツを踊るのをやめ、デリーが言った。

「ちょっと考えごと」

デリーはまた笑い声をあげた。「わたしたちが初めて会ったときのこと、覚えてる？　もう三年も前なのね。うちの見栄っ張りな親が、花嫁修業に励みなさいと、ここジュネーブの上流階級専用のマダム・オーリー女学校にわたしを厄介払いしたのは」と、デリーがきらきらと瞳を輝かせた。「でも、うちの親はがっかりすることになるわね。語尾を消して発音する、あなたのお上品なアクセントを、結局わたし、真似できなかったんですもの。あなたの英語って――その話し方は、生まれもったものなんだわ」

ジアナの嫉妬のうずきが、デリーの笑い声に溶けていった。ジアナはうつむき、つぶやいた。「三日後には、あなたはここをでていくのよ、デリー。そしたら、わたし、またひとりぼっち」

「くよくよしないで、ジアナ。もうわたしみたいなルームメイトに我慢しなくてすむんだから。来週、新しいルームメイトがくるんでしょ？　感じのよさそうなイングランドの女の子じゃないの。それに、あの流麗に綴《つづ》られた手紙によれば、ハンサムなお兄さまがいるそうね。そのお兄さまが、あなたにとって、まさに白馬に乗った王子さまかも」

「まさか」デリーはわたしを励まそうとしている。ジアナにはそれがわかっていたが、だからこそ、癪《しゃく》にさわった。「いいわね、もうあなたに、ああしろこうしろって命令する人はいなくなるんだもの」と、ジアナはだしぬけに言った。「召使が何人もついて、あなたのお気に召すよう働いてくれるんでしょう？」

「そうね、食べたければ夕食にシュークリームだって食べられるわ。そんな真似をしたら、マーヴィス先生は卒倒するわね。あの厳格な、ばあさま先生は」デリーは唇をきつく結び、背中を丸め、マナーの教師であるマーヴィス・ダンフォースを真似た。「レモンをしゃぶってるみたいに口をすぼめるのよね」と、デリーがくすくすと笑った。

デリーのおどけたしぐさに、ジアナはいつものように微笑んだ。でも、またあの憎らしい涙が目ににじみ、いまにも頰をどっと流れおちようとしている。

「ほら、ジアナ、今度はなにをぼんやりしているの？　白昼夢に耽《ふけ》るのは、あなたの悪い癖よ。そんな目つきをしていると近眼だと思われちゃう。ほんとうは鷲《わし》みたいに目がいいのに」

「あなたがいなくなるとさみしくなるわ、デリー」

「なにもニューヨークは世界の果てにあるわけじゃないのよ、ジアナ。そんな、寄る辺《べ》のない哀れな子どもみたいな顔しないで。この女学校を卒業するにふさわしいとマダム・オーリーに認められるのも、たった半年後のことでしょう？」デリーは口をつぐみ、浮畝縞《うきうねじま》のカーテンが掛かった部屋をぐるりと見まわした。窓の外には、レマン湖の眺望が広がっている。デリーはその華奢《きゃしゃ》な肩をすくめた。

「お母さまに頼めば、きっと、ニューヨークのわたしのところに遊びにこさせてもらえるわ。だって、当然でしょう？　二年前には、わたしがロンドンのあなたのお宅にお邪魔したんですもの。約束するわ、ジアナ。来年はチャールズに頼んで、ロンドンに連れていってもらう。

ほら、ロンドンには山ほど銀行があるでしょう？　彼、銀行ほど好きなものはないんだから。さあ、ジアナ、笑顔を見せて。元気をだしてちょうだい。やだ、また蝶結びがゆるんでる。直してあげるから、こっちにきて。もうマダム・オーリーが、チャールズとジェニファーを出迎えているころかも。マダムに呼ばれたら、すぐに行けるようにしておかなくちゃ。さあできた。背筋を伸ばして。リゼットの足音がする。まちがいないわ、チャールズが到着なさったのよ」

マダム・オーリーの堅苦しい応接間で挨拶を終えると、一行はしっかりと着込んで馬車に乗り込み、高級レストラン〈金獅子《きんじし》亭〉に向かった。車中ではデリーが片手で手振りをまじえながら、うれしそうにおしゃべりをしていた。もういっぽうの手は、チャールズ・ラティマーにしっかりと握られている。

ミスター・ラティマーが自分のほうを見ていないときには、ジアナは恥ずかしそうに彼を見つめていた。彼は、デリーが夢中になって賞賛していたすべてを、ひょっとするとそれ以上のものを、すべて備えているように見えた。長身で細身。優雅に盛装しており、淡黄色の髪にはこめかみのあたりにだけ白いものが――くっきりと――混じりはじめている。淡いブルーの瞳は冷たく見えるけれど、微笑むと表情が一変する。そしてうれしいことに、その晩、チャールズは大いに微笑んでくれた。たしかに彼は、ジアナやデリーの父親といってもおかしくない年齢だったが、優雅で洗練された物腰を見ていると、彼のような年長の男性のほうが妻を大切にしてくれるような気がしてきた。とくにデリーに向かってなにか面白いことを言ったり、やさしく彼女の手を撫でたりすると、チャールズはとびきりすばらしい夫の見本のように見えた。

〈金獅子亭〉に到着すると、三人の若い淑女が馬車から降りるのを、チャールズが優雅な物腰で手伝った。彼は個室を予約しており、しみひとつないテーブルクロスが掛けられたディナーテーブルを囲んで三人を座らせると、給仕を手招きして呼びよせ、流暢《りゆうちよう》なフランス語でシャンパンを注文した。

「悪い噂《うわさ》が流れてしまいますわ」と、デリーが笑った。

「かもしれない」と、チャールズが婚約者に向かって微笑んだ。「でも、お祝いをしなければ」

「シャンパンをいただくと、頭が痛くなるの」と、チャールズの娘、ジェニファーが口をひらいた。それは、これまでの彼女の発言のなかで、もっとも長い台詞《せりふ》だった。

「シャンパンをいただくと、ジアナはくしゃみがでるのよね」と、デリーが言った。

シャンパンがそそがれると、チャールズがグラスを掲げた。「乾杯。美しい花嫁に」三人の娘全員の機嫌をとるかのように、ひとりひとりの目をじっと見つめると、彼はいっそう大きな笑みを浮かべた。

「今宵は、ハーレムにいるような気分だよ。これほど美しいお嬢さんがたとご一緒させていただけるとは」

「もう二度とこんな機会はおもちにならないわよね、チャールズ」と、デリーがわざとブロンドの眉をひそめてみせた。

「父はいつだって、自分がしたいことをするわ」と、ジェニファーが口をはさんだ。「だいいち、父に命令するには、あなた、若すぎるでしょ」

その場に緊張が走った。ジアナは憤慨した。ジェニファーの頬に平手打ちを食らわしてやりたい。

けれども、ほっとしたことに、チャールズが椅子に深く背をあずけ、明るく言った。「妻というものはだね、ジェニファー、とくにデリーのように若くて美しい奥さんは、いつだって夫に命令できるんだよ。保証する、デリー。きみの夫は、もっとも従順な種族だから安心したまえ」

ジアナはシャンパンをひと口飲んだ。とたんに、くしゃみがでた。「あなたを悪徳の道に引きずり込んでしまったかな、ミス・ヴァン・クリーヴ」と、チャールズが言った。

「まあ、とんでもない」ジアナは、顔がかっと火照るのを感じた。

「いちど、ふたりでこっそりシャンパンを飲んだことがあるの」と、デリーが言った。「庭師の息子が、わたしたちのために買ってきてくれたの。ほんとうに、ジェニファーのおっしゃるとおりだったわ。ボトルを半分空けただけで、わたしたち、翌日は頭が割れそうになってしまって。ふたりともインフルエンザにかかったんだと、マダム・オーリーが勘違いなさったものだから、わたしたち、一日じゅうベッドに寝かされたんです」

ジアナは、眉を吊りあげているジェニファーの反応をうかがった。ふくれっ面をして、食べ物をいじっている。ジアナは淑女らしくアーティチョークのクリームあえを少しずつ口にいれ、考えた。ジェニファーはきっと、亡くなったお母さまに似ているんだわ。だって、お父さまとちがって、冷ややかな灰色の瞳の持ち主だもの。

「おやおや」と、チャールズが応じた。「お育ちのいいお嬢さまふたりが、そんな不品行にふけったのかい？」

「あら、わたしたちの会話のほうが、よほど不品行ですわ」

ふいに、ぞくっと悪寒がした。すきま風のせいではなかった。暖炉では炎が燃えさかり、寒い冬の夜に居心地のいいぬくもりをもたらしていたのだから。

「寒くはないでしょうな」チャールズが、金色の肘掛け椅子に座ったまま身を乗りだした。

「いいえ、サー」ジアナは言った。

「冬はスイスにかぎると言う人もいるが」と、チャールズがテーブル全体にゆきわたるように声を張りあげた。「わたしはそうは思わん。雪はニューヨークより深いし、湖から吹きすさぶ風には、どれほど分厚い外套《がいとう》を着込もうと太刀打ちできない」そして、デリーのほうを向いた。「いとしいデリー、結婚式はクリスマスのあとだから、きみの衣装を新調しておいたよ。クロテンの裏地がついたマントだ。気に入ってくれるといいんだが」

「手まわしのいいかたね」と、デリーが笑った。

「それも、きみが陶然とするほど美しいからだ」彼はデリーの手を自分の唇のほうにもちあげた。そして彼女のほうに身を寄せると、ジェニファーにもジアナにも聞こえないよう声を落とし、なにごとかささやいた。

　驚いたことに、いつも聡明で自信満々のデリーが口ごもり、さっと頬を染めた。「お料理は、濃厚なソースに浸かってべしゃべしゃだし」

「世界各地の味覚に慣れなくてはいけないよ」と、チャールズがくつろいだ様子で言い、胸をそらせた。「偏狭な愛郷心はいただけない」

「わたしのショール、お使いにならない、ジェニファー？」デリーが未来の継子に尋ねた。

「いいえ、結構、ミス・フェアマウント」と、ジェニファーが応じた。「あなたが風邪をひいたら、お父さまは許してくださらないもの」

「それほど冷酷な人間じゃないぞ」と、チャールズが如才なく応じた。「だが、結婚式の延期だけは避けたいものだ」

「ご心配にはおよびませんわ、チャールズ」と、デリー。「わたしは風邪などひきませんから。もともと、丈夫な質《たち》なんですの。ねえ、ジアナ」と、急いで先を続けた。「あなた、ほとんど食べていないじゃない」デリーはいたずらっぽく瞳を輝かせ、ジアナのウエストを見やった。「食べないと、いつまでたってもおとなになれないわよ」

　ジアナは、仔牛の詰め物をあわてててフォークで口に押し込んだ。

2

ロンドン、一八四七年

オーロラ・ヴァン・クリーヴは、丸く張りだした正面窓の外に広がるベルグレイヴ・スクエアの風景を眺めていた。ロンドンのハイドパークの近くにある高級住宅街では、糊《のり》をきかせた灰色の制服を着た乳母たちが小声で世間話に花を咲かせながら、幼児たちに油断のない目を向けていた。子どもたちは青々とした芝生の上ではねまわったり、円陣をつくって明るい色のボールを投げあったりしているが、二、三年もするとその顔ぶれが変わる。乳母に世話をしてもらうには大きくなりすぎた子どももでてくるし、いっぽうでは、また新顔もくわわるからだ。けれど、不思議なことに、乳母たちの外見はまったく変わらない。ただ、帽子の下の髪に白いものが増えるだけだ。

オーロラは自分の手に視線を落とし、うらめしそうに低い声をあげた。無意識のうちに嚙《か》んだのだろう、爪の先がぎざぎざになっている。こんな爪を見られたら、世話になった乳母のミリーに仰天されてしまう。ミリーときたら、相も変わらずこうるさい。もう四十になる未亡人をつかまえて、子どもに向かって言い聞かせるように小言を並べたてるのだから。

ああ、神さま、いったいどうすればいいのでしょう？　オーロラは出窓に背を向け、室内に目をやった。このだだっ広い家には二十二もの部屋があるが、心からくつろぐことができるのは、この図書室だけだ。生前、夫のモートンは、この部屋に足を踏みいれることを彼女に禁じていた。でも、ごくたまに入室を許すこともあった。仕事仲間に若く美しい妻を見せびらかし、虚栄心を満足させたかったのだろうし、商人という身分でありながら貴族階級から妻を娶《めと》るまでに成功したことを、仲間に思い知らせたかったのだろう。つまり、妻は成功と引替えに手にいれた賞品であり、もっとも輝かしい所有物にすぎなかった。自分にとってまだ価値のある女かどうか、あの生気のない目で、いつだってわたしを値踏みしていたものよね、モートン。

夫の死後、数カ月がたってからようやく、黒っぽい鏡板が三面に張りめぐらされ、壁いっぱいに黴臭《かび》い本が並べられたこの部屋に、オーロラは勇気をだして足を踏みいれた。革張りがほどこされた重厚なマホガニーの家具には、まだ夫のパイプの匂いがしみこんでいる。オーロラは室内を見渡し、微笑むと、時の流れとともに薄れてきた夫の苦い記憶を振りはらった。男の聖域だったこの図書室でさえ、わたしのものになってから、もう十二年がたつ。いまではこの部屋は、手広く商いをしていた男の飾り気のない図書室ではなく、ぬくもりのある女性らしい図書室になっている――オーロラ自身の部屋に。

オーロラは、暖炉の上に飾られた自分とジアナの肖像画をじっと見つめた。娘が六歳のころに描かせたものだ。そこには以前、夫の肖像画が掛けられていたが、いまでは屋根裏部屋にある不要になった家具や箱のあいだに埋もれている。ジアナは、当時から自分にそっくりだった娘の輝くばかりの顔に見いった。この美しい娘、わたしのたったひとりの子どもが、スイスにある女学校から美しい淑女となって、そしてまったくの別人となって戻ってきた。わたしはほんとうに愚かだったわ。自分が思い描いていたとおりにジアナが成長すると信じ込んでいたんだもの。

オーロラは、優美なフランス製デスクのほうへゆっくりと歩いていき、ルイ十五世様式の金箔《きんぱく》の椅子に身を沈めた。優雅に湾曲した肘掛けに流麗な装飾がほどこされた、椅子。モートンが生きていたら、さぞ嫌悪したことだろう。彼女は、じっくりと目を通さなければならない書類の山をちらりと見やったが、すぐに脇に押しやった。娘にあんな仕打ちをするなんて、わたしは絶対に自分を許せない。ジアナが浮ついた考えにとりつかれ、恋愛にくだらない幻想をもちつづけているのは、母親である自分のせいなのだから。オーロラは両手を頭の後ろで組み、ぼんやりと宙を見つめながら、たった二時間前に娘とかわした会話をまた思い起こした。

ジアナはあの可愛らしい目をすがめ、不機嫌に母親をにらみつけていた。「ママ、わたしほんとうに、こういうことにまるっきり興味がないの」と、オーロラのデスクに整然と積みあげられた書類の山に向かって、ジアナは追い払うように手を振った。「そりゃママは、自分のようになってほしいのよね。わたしにも、ビジネスに没頭してほしいんでしょ？　そして、カネの亡者になってほしいのよね？」

オーロラは侮辱に耐え、落ち着いた声で話しはじめた。「ジアナ、寝耳に水だってことはわかるわ。十二年前にあなたのお父さまが亡くなったとき、わたしだって、それはそれは驚いたもの」自分の遺産がすべてこのわたしの手に渡ると知ったら、モートンはわたしの心臓をナイフでえぐりだしていただろうとは、口が腐っても言ってはならない。「あなたはわたしの相続人なのよ、ジアナ。わたしに残された唯一の子どもなんですもの」

「ジョンが亡くなったのは残念ね。お兄さまさえ生きていれば、ママはわたしのことなんかでやきもきせずにすんだのに」

かっとしちゃだめ、オーロラ。「そうかもしれないわ、ジアナ。でも、あなたのお兄さまは亡くなった。ヴァン・クリーヴ家の事業はすべて、このわたしが受け継いだ。だから、もし勉強する気があるのなら、将来、あなたは経営者になれるのよ」娘の紺青色の瞳が興奮にきらめくのを、オーロラは見逃さなかった。まるで、わたしの瞳がわたしを見つめかえしているようだ。ひょっとすると、ようやく娘の関心を引くことができたのかもしれない。

「あなたは賢い娘よ、ジアナ。あなたが子どものころから、わたしにはわかっていた。だって、わたしにそっくりなんですもの」

「そんなにわたしの頭がいいと思っていて、自分にそっくりだと思っていたのなら、どうして遠くに追いやったりしたの？」

大きく息を吸ったが、さすがにその一瞬だけは、ジアナの目をまともに見ることができなかった。オーロラは両のてのひらを机に置き、ゆっくりと立ちあがった。「理由はふたつよ、ジアナ」ようやく、言葉を発した。「わたしが経験できなかったことをなにもかも、あなたには経験してほしかった。富だけがもたらすことのできる安全な環境というものを知ってほしかった」オーロラはつと視線を落とした。「それに、きちんとした教育を受けてほしかった。そうすれば……」オーロラはその先を言わず、口をつぐんだ。ほんとうのことを言うのよ、オーロラ。真実を隠してはならないわ。

「そうすれば、どうなるって言うの、ママ？　男の人たちにいばり散らし、あれこれ命令するオールドミスになれるわけ？　ママは、わたしには手紙で命令してきたわよね。たしかに、わたしは数学が得意よ。頭だって悪くないわ。でも、そんなもの、なんの役にも立たない。だって、わたしはママみたいになるつもりがないからよ。それに、ひとりぼっちで暮らすつもりもない。ママみたいな変人になるもんですか」

「変人ですって、ジアナ？　じゃあ、あなた、ペットみたいに扱われている、そのへんのイングランド夫人になりたいって言うの？　自分にも意志があることを否定していいの？　軽薄で頭がからっぽの女性になるしか脳のない娘であれば、それでいいの？」

「そりゃママから見れば、夫や家族を欲しがったり、だれかに愛され、大切に守られて一生をすごしたいと望んだりするのは、愚かなことなんでしょうね。でも、そうした人生を送る幸運にママが恵まれなかったからといって、わたしの夢まで否定しないで」

「ジアナ、あなたをスイスに送ったのは、まちがいだったのかもしれない。あなたをそばに置き、学んでもらえばよかった。自分の意見をしっかりもてば人生を大きく変えることができるって、教えてあげるべきだったわ。でも、お願いだからわかってちょうだい。あのころのわたしは、たくさんのことを学び、たくさんの決断を下さなければならなかった。たくさんの人に頼られていたのよ」ジアナが冷ややかな目で非難するようにこちらをにらみつけている。「ジアナ、お願い、ママを許して。あのころは時間に余裕がなくて、あなたと一緒にすごせなかったの」

「いまなら時間があるって言うの？　まあ、ママを許すなんて、たいしたことじゃないわ。わたしはもうおとなの女性なんですもの。それに、ママのごたいそうな計画は、わたしの将来とはなんの関係もないし。自分の将来は自分で決めるわ」ちょっと言いすぎたかしら。ジアナは、歩みよりのしるしに、両手を胸の前で広げた。

「ママ、すんだことは忘れましょう。ママがわたしのことを理解しようと努めてくれるのなら、わたしもママのことを理解しようと努める」ジアナは、ふいに輝くような笑顔を浮かべ、ひとり悦に入った。「ママ、わたし、好きな人がいるの」

オーロラは、娘をじっと見つめた。「あなた、まだ十七歳なのよ」

「ママは、十七歳のときにパパと結婚したでしょう」

いいえ、わたしは十七歳のときに、モートンに売られたのよ。

「あなた、まだスイスから帰国したばかりでしょう？　うちには、二週間前に着いたばかりなのよ」

ジアナがささやくように言った。「彼とはスイスで出会ったの。お仕事で、お友だちと旅行なさっていたのよ。わたしのルームメイトのデリーがでていったあと、パトリシアっていう新しいルームメイトがはいってきたの、覚えてる？　彼はね、そのパトリシアのお兄さま。だから、彼のことはよく存じあげているのよ。わたし、彼を愛しているの、ママ。彼もわたしのことを愛してくださっているわ」

「愛ですって？　勘弁して、ジアナ。愛のことなんて、これっぽっちもわかっていないくせに。このまま突き進んでいったら、それこそ、飛んで火にいる夏の虫よ」ジアナの顔が怒りに紅潮するのを見ると、オーロラは愕然《がくぜん》とした。ああ、なんと愚かなことを口走ってしまったのだろう。「その彼は、どんなかたなの？」

「まさに飛び込んでいきたい火のようなかたよ」ジアナが、顎《あご》をつんと上げた。「お名前はランダル・ベネット。娘のお婿さんにぜひと、世のお母さまがたが熱望するような上流階級の紳士よ。お父上は、ギルロイ子爵のご次男。彼のこと、ママだって認めるしかないでしょうね。だって、彼はママみたいに、ビジネスに関心をおもちなんですもの」

「いま、ロンドンに滞在していらっしゃるの？」

「そうなの。だから、わたし、ロンドンでも――」ジアナはあわてて言葉をとめた。いけない、つい口をすべらせてしまった。そこで、母親が口をはさんでくる前に、あわてて先を続けた。

「ランダルは、ママに会いたがっているわ。でも、それはやめてとお願いしたのはわたしだから、彼のこと責めないでね。彼ったら、ママとは完ぺきな状態で会いたいんですって。ママの話はよく耳にしていて、とても尊敬しているそうよ。ママのことはすべて話してあるわ。

わたし、ランダルと結婚したいの。夏になったらすぐに。六月に結婚したいと思ってる」

表情を顔にださない訓練を積んでおいてよかった、とオーロラは思った。愚直なまでに誇らしげに男のことを話す娘の様子に、最初は唖然《あぜん》とするばかりだったが、やがてふつふつと怒りがこみあげてきた。母であるわたしのことをよく知ってもらう機会もないうちに、まだほんの子どもにすぎない娘を失うわけにはいかない。「お婿さんの鑑《かがみ》のようなかたね。完ぺきな状態でわたしと会いたいと思ってくださっているなら、明日の晩、夕食にご招待したら？」

ジアナは用心深く母親の顔色をうかがった。急にものわかりがよくなるなんて、どこかおかしい。だが、ジアナは疑惑を打ち消し、胸の高鳴りを優先し、自分の勝利に満悦することにした。

「そうしましょう。彼に招待状を書くわ。ママ。もう失礼していい？」

「もちろんよ、ジアナ」ジアナは文字どおり、踊りながら図書室からでていった。不機嫌でふてぶてしい表情はあとかたもない。

図書室のドアを軽くノックする音が聞こえ、オーロラは顔を上げた。「どうぞ」

「ミスター・ハーデスティがお見えになりました、奥さま」

オーロラはランソンにうなずき、わずかに微笑んだ。ランソンの鼻は、六年前の最後の拳闘の試合でひどく殴られたせいで曲がっている。およそ執事らしからぬ外観の持ち主ではあるが、ひとり暮らしをしているオーロラにとって、拳闘の技術を身につけた執事がそばにいるのは、心強かった。

「ありがとう。案内してさしあげて、ランソン」

トマス・ハーデスティは戸口でしばし足をとめ、オーロラがデスクから立ちあがるのを見ていた。無慈悲な日光を浴びていても、彼女はこのうえなく美しい。肌には年齢を告げる皺《しわ》ひとつなく、目の下には隈《くま》の影もない。そして漆黒の髪には、白いものが一本も混じっていない。

「伝言を聞いて、緊急事態かと思ったよ、オーロラ。病気にでもなったのかと心配した」と、トマスは微笑んだ。「だが心配無用だね。きみは輝くほど美しい」それどころか、十二年前から共同経営者として一緒に働くようになってから、彼女はまったく変わっていない。これほど美しい女性に、再婚の意志がないのはじつに惜しかった――彼女の莫大《ばくだい》な財産と同様に、その美貌もあがめている自分とでさえ、再婚する気はないというのだから。夫の地位を受け継ぐつもりだと彼女から聞いたときは、心底驚いたものだが、トマスはすぐにオーロラの決断を尊重したし、彼女の頭の切り替えの速さと、問題があればすぐに察知する鋭さを賞賛するようになった。彼はオーロラのほうに歩いていき、差しだされた手をとった。

「輝くほど？　とんでもない。でも、たしかにわたしは病気じゃないわ、トマス。駆けつけてくださって、ありがとう」オーロラはさっと彼から目をそらし、思いつめたような声をだした。「ジアナのことなの。まったく、ばかな子。恋に落ちたと思い込んでしまって」

「もう子どもじゃない、淑女だろう？　きみの若いころは、いまのジアナと瓜二つだったんだろうね」

「わたしのことも、まだ子どもだと思ってるんでしょう?」

初めてオーロラに会ったときは、モートン・ヴァン・クリーヴの物静かな若い妻という印象しか受けなかった。ごくまれにしか対面のかなわない極上の宝石。だがモートンは軽薄にも、とぎれることなく愛人を囲いつづけた。そして愛人の女たちを見せびらかして歩いた。サラブレッドは一頭だけだが、二流の競走馬ならいくらでもいるというように。

「まさか」と、トマスは笑みを浮かべた。「そのような無礼者と思われるような真似をした覚えはないんだが。いや、冗談だよ。ところで、ジアナが結婚を望んでいるその紳士とは、何者なんだい?」

「家柄がいいことぐらいしか、わからないの。名前はランダル・ベネット。祖父はギルロイ子爵。ぼうっとなって理性を失ったジアナの描写によれば、魅力的な男性らしいわ」

「だが、きみはもっと知りたいわけだ」

初めて、オーロラがにっこりと笑った。「わたしの心まで読めるのね、トマス。ええ、その男性についてなにもかも知りたいの。明日の晩、彼を夕食に招待する予定よ。それまでに、彼の名前と、うちの娘とスイスやロンドンでこっそり会っていたこと以上の事実を知っておきたいの」

トマスが低く口笛を吹いた。「ジアナはまだ若すぎる。それに、あまりにも世間知らずだ」

「それに、恋愛に幻想を追い求め、なにも考えられなくなっている」

「同じような環境で育った、同じような年齢のお嬢さんなら、だれでも似たり寄ったりさ。あまりやきもきしないことだ。さて、すぐに調べるとしよう。明日、出社するかい？」

オーロラはうなずいた。「出社するわ。ありがとう、トマス」

「心配するな、オーロラ。われらが若き紳士のおむつを交換した乳母の名前まで調べてみせるから。それはそうと、例の鉄道株の選択売買権の書類に目を通してくれたかね？」

「目を通そうとはしたんだけれど、正直なところ、集中できなくて。でも、じきにドルーが戻るから心配しないで。秘書がそばにいれば、わたしだってこつこつ仕事をせざるをえないもの」

「まあ、ジアナは少なくとも、きみの秘書には恋をしていないわけだ」

「ドルーじゃだめなんですって。眼鏡をかけているし、いつもきちんとチョッキを着ていないからだそうよ」オーロラはそこで自分を抑えることができなくなり、苦々しい声でつけくわえた。「そしてもちろん、女から命令を受けている男にすぎないから」

「そう自虐的になるな、オーロラ。いらいらするのもやめるんだ。のぼせあがっている十七歳の娘は、なにもジアナだけじゃない。さて、そろそろ失礼するよ。ランダル・ベネットの仮面をはぎ、正体をあばかねばならんからね」

「ちゃんとはがれる仮面であることを祈るわ」

ハイドパークの南端を横切る踏みならされた小道を、ジアナは落ち着きなく行ったり来たりしていた。至急会ってほしいと呼びだしたのに、ランダルときたら、なかなか姿を見せない。

「そんなに歩きまわってると、靴に穴があいてしまうよ」と、ランダル・ベネットのやさしい声が聞こえた。

ジアナは飛びあがった。「ああ、ランダル。びっくりさせないで」と、すばやく振り返った。心臓が早鐘を打ち、頬が興奮のあまり紅潮している。「もういらっしゃらないんじゃないかと、心配しちゃった」

「可愛いおばかさん」ランダルは、手袋をはめた彼女の手を自分の唇にもちあげた。そのまま長いあいだ掲げていると、彼女の手がぶるぶると震えているのがわかり、微笑んだ。

「いったいどうしたの、可愛いひと？　謎のメッセージをよこすなんて」

「母があなたに会いたがっているの、ランダル。明日の晩」

彼女の手を離すと、ランダルは広い額に心配そうに皺を寄せた。思わせぶりに悲しげな微笑を浮かべ、不安そうな声をだす。「それは、ほんとうにお母さまの希望なのかい、ジアナ？　怒ってはいらっしゃらないだろうね？」

ジアナの興奮した表情が、一瞬、翳った。「いいえ」彼女はきっぱりと言った。「母が怒っているとは思わないわ。でも、失望しているのはたしかね」怪訝《けげん》そうな彼の表情に、ジアナはあやまるようにつけくわえた。「だって母は、わたしにあとを継ぎ、ヴァン・クリーヴ家の関連事業についてすべてを学び、一緒に働いてほしいと思っているのよ」

ランダルは美しいブロンドの頭をのけぞらせ、おかしくてたまらないというように笑い声をあげた。「まったく、そんなふうに考えるなんてどうかしているよ。ぼくの可愛いジアナが、男の仕事をするとはね」

「まさにそのとおりのことを、わたしも母に言ったのよ」ジアナは応じたものの、一瞬、反抗心が湧《わ》きおこった。わたし、それほどおばかさんじゃないのに。でも、ランダルが侮辱するつもりで言ったわけではないことがわかっていたので、笑みを浮かべた。「母のデスクときたら見物《みもの》よ。書類の山。契約書の山。わたしが自宅に戻って二週間がたつけれど、母の口からは仕事の話しかでてこないわ」

「きみとお母さまは全然似ていないんだね、ジアナ。そりゃ、お母さまは、そのへんの男どもより、すばらしい業績をあげてきた。でも、そのあいだに、女性らしいやさしさを犠牲にしてしまった。もちろん、ぼくはきみのことが可愛くてしかたがないし、きみを大切に守りたいと思っている。でも、お母さまのことをそんなふうに思う男はまずいないだろうね」

ジアナの大きな笑い声が、ランダルの癇《かん》にさわった。「あなた、まだ母に会ったことがないでしょ、ランダル」

彼は、その非難を軽くかわした。「ああ、そうだね。でも、お母さまは家庭より仕事を優先してきた。でも、きみはちがう、可愛いひと。お母さまは男を支配したいと思っているが、きみは愛したいと思っている。よき妻になり、よき母になりたいと思っている。そんなきみが大好きだよ。ほかのどんな女性より大切に思っている」

彼女の可愛らしい瞳に涙が浮かんだ。ランダルの思う壺だった。甘い台詞が効を奏したのだから。「ぼくたちの結婚に、お母さまは賛成してくださった?」

「そうとは言えないわ。でも、六月にあなたと結婚したいと、きっぱり伝えたの。だから明日の夜、母を納得させてほしいの。あなたは完ぺきな義理の息子になるって」

ランダルは快活な笑みを浮かべた。ちょっと頬の筋肉を動かすだけで女心をとろかす微笑みを浮かべられることを、彼はよく自覚していた。自分に首ったけになっているこの美しい娘に、まだキスをしたことはなかった。だが、いまがその頃合だろう。

「ジアナ」彼は低い声で言うと、彼女の唇に軽く唇をかすめた。ジアナが驚き、わななくのがわかる。ランダルはすばやく身を離し、彼女の瞳をのぞきこみ、そこに失望の色が浮かぶのを見てとった。上出来だ。たとえあの女帝、オーロラ・ヴァン・クリーヴが難攻不落で、自分のこの強烈な魅力が通用しない相手であろうと、ジアナは駆け落ちしてくれるだろう。

「ぼくの完ぺきな奥さんになってくれるね、可愛いひと。さあ、そろそろ帰ろうか。お母さまの耳に悪い噂がはいるといけない」

「ええ、ランダル」と、ジアナは答えた。男の唇が自分の唇に触れた感触に、まだ心臓が大きく波打っている。ランダルが背を向け、自信たっぷりに大きな歩幅で小道を歩いていく様子を、ジアナは眺めていた。長身で運動選手のようながっしりとした体格が誇らしい。彼を見ていると、身体が熱くなってくる。それに、わたしをじっと見つめる、あのあたたかい灰色の瞳。ジアナは足取りも軽く、自分を待つメイドのデイジーのところに戻っていった。

「なんて素敵な紳士でしょう、ミス・ジアナ。それに、とても礼儀正しくて、堂々としてらして」

「ええ」お追従をすぐ聞けたので、ジアナはうれしかった。「完ぺきこのうえないでしょ?」

「ええ、ほんとうに、お嬢さま」デイジーは熱心に言ったが、内心、心配していた。あんなハンサムな男性が、母親のあずかり知らぬところでお嬢さまとこっそり会うなんて、ほんとうはいけないことじゃないかしら。それでも、あの紳士はきちんとした結婚の意志をもっておいでだし、お嬢さまは目をきらきらと輝かせていらっしゃる。それは、デイジーにとってうれしいことだった。


ランダル・ベネットさまがお見えになりました。そうランソンに告げられると、オーロラはジアナの横に立ちあがった。彼が大股で部屋にはいってくると、優美な調度品の数々に目を走らせ、暖炉の脇に掛けられた二枚のレンブラントの絵画を長いあいだ物欲しそうに眺めたのを、オーロラは見逃さなかった。まったく、なにもかも、想像どおりの男だ。洗練された、自信たっぷりの三十がらみの美男子。女心をとろかすべく、少年のような憂いに満ちた表情をじょうずに浮かべている。隣りでは、緊張のあまり娘が身体をこわばらせている。さあ、慎重にことを運ぶのよ、オーロラ。得るものが大きいほど、失うものも大きいのだから。

「ミスター・ベネット」オーロラはうれしそうに足を踏みだし、片手を差しだした。「ようやくお目にかかれて、光栄ですわ」

ランダルは唖然としてオーロラの顔に見いってしまい、当初考えていたほど強く手を握ることができなかった。これまでずっと、もっと厳格な顔の女を思い描いていた。キーキーと甲高い声をだす、流行遅れのやぼったい服を着ている女を。だが、この優美で美しい女性はどうだ？　少女のようにほっそりとしており、このうえなく女らしいドレスに身を包んでいる。彼はオーロラの白い肩に視線を落とした。泡立つような胸元の白いレースの飾りから、誘惑するようにむきだしになっている肩。彼は、喉元をきわだたせている、繊細で手の込んだ装飾がほどこされたダイヤモンドとルビーの首飾りにしばし目をとめた。

「ジアナの美しさは、いったいどなたからきているのだろうと、ずっと思っておりましたが」と、ついにランダルは口をひらいた。「いま、その謎が解けました、ミセス・ヴァン・クリーヴ。ほんとうにお嬢さんと瓜二つでいらっしゃる」

「あなたのご想像より、わたしたち、もっと似ているはずですわ、ミスター・ベネット」

ランダルは居心地悪そうに微笑んだ。オーロラの声はあくまでも明るかったが、そこには、断固としてゆずらないという意志があった。

「お越しくださって光栄ですわ、ランダル」と、ジアナが言った。母親があたたかく歓迎してくれたのでほっとした様子がにじみでている。「シェリーを一杯、いかが？　夕食は八時の予定ですの。それまで、親睦を深めましょう」

「ずいぶん早口でしゃべるんだね、ジアナ」可愛い子どもをたしなめるように、ランダルが愛情をこめた口調で言った。「シェリーをいただければ、非常にありがたい」

ジアナがぱっと頬を染め、恥ずかしそうに微笑むと、サイドボードに飛んでいき、ペチコートが大きく衣《きぬ》ずれの音をたてた。

おやまあ、この男は、想像していたよりもずっと危険だわ。「おかけになって、ミスター・ベネット」

ランダルは、オーロラが椅子を選ぶのを待ってから、彼女の正面の席に優雅に腰を下ろした。そして背筋を伸ばし、白い金襴《きんらん》のチョッキの下にある隆々とした胸を見せつけようとした。

「ジョージアナからうかがいましたわ。おじいさまは、ギルロイ子爵であらせられるそうですわね。わたしの記憶が正しければ、ランダル家はヨークシャーのご出身だそうですから、おじさまのジェイムズ・デルメイン・ベネットが、現在の子爵でいらっしゃいますの？」

自分が貴族の出自であることを、オーロラは知っているはずだと、ランダルは踏んでいた。なんといっても、オーロラ自身が貴族階級の出身なのだから。そこでランダルは、前もって用意しておいた答えをすらすらと述べた。「おっしゃるとおりです。おじが暮らしている屋敷は、ギルクレスト館と呼ばれております。子どものころは、わたしもよくそこですごしました。古い大きな家で、すきま風がひどかったですね」

「ジェイムズおじさまにお目にかかるのが楽しみだわ、ランダル」と、ジアナが明るく言い、母親とランダルにシェリーのグラスを渡した。「だってあなたはおじさまのこと、あまり話してくださらないんですもの。でも、ギルクレスト館って、とてもロマンティックな名前ね。

ご親戚のおひとりおひとりに、ご挨拶させていただきたいわ」

ランダルが、びくりとした。「残念ながら、おじは長年、世捨て人のような生活を送っているんだよ」

「あら、それは妙ですわね」と、オーロラが口をはさんだ。「三年前、サースクに友人を訪ねたとき、おじさまにお目にかかりましたの。宴会がお好きな紳士で、楽しそうにワルツを踊っていらっしゃいましたわ。三人の息子さんもとても快活で、礼儀正しくて」

もちろん、それは嘘だった。しかし、自分がランダルの急所を衝いたことがわかり、オーロラは胸のうちでトマスに感謝した。ありがとう、トマス。あなたの情報が効を奏したわ。

「すてき」と、ジアナが言った。「三人もいとこがいらっしゃるなんて。女性はいらっしゃる？」

「いるよ」と、ランダルが答えた。「ひとり。いちばん下が女の子だ。いま、十四歳前後だろう。かわいそうに母親に似てしまい、ずんぐりした娘でね。きみとは似ても似つかないよ、ジアナ。もちろん、きみの優美なお母さまとも」

それはお世辞だったけれど、その結果、いとこの女の子があしざまに言われていた。ジアナは不安そうにランダルの表情をうかがい、にっこりと微笑んだ。彼、緊張しているんだわ。母を喜ばせようと必死なのよ。そこで、ジアナは落ち着いた声をだした。「十四歳のころのわたしなんて、がりがりに痩《や》せてたわ。それって、ずんぐりしているのと同じぐらい格好悪いことよね。だれだって変わるのよ、ランダル」

「当然さ、ジアナ。ミセス・ヴァン・クリーヴ、このシェリーは最高です。亡きご主人が、見事なワイン貯蔵室をおもちだったのでしょうね」

「あら、ちがいますわ、ミスター・ベネット。ワインやシェリーの品質を見きわめてきたのは、このわたしですの。あなたが飲んでいらっしゃるそのシェリーは、もちろんスペインから取り寄せたものです。うちが所有する、パンプロナ近郊のバルデスぶどう園のものですわ。それに、わたし、ボルドーのブランシャールぶどう園の共同経営者も務めておりますから、おかげさまで、最上級のものを確保できるんですのよ」

スペインとフランスにふたつのぶどう園を所有しているだって？　やれやれ、ヴァン・クリーヴ家の財産には際限がないのだろうか？

豊かなまつげの下でランダル・ベネットの灰色の瞳がわずかにぎらりと光ったのを、オーロラは見逃さなかった。なんとまあ、人をあざむく瞳だろう。それも、貪欲《どんよく》な本性をうっかりおもてにだすまでの話だが。

「上質のワインに興味をおもちですの、ミスター・ベネット？」

「友人には舌をほめられております。しかし、もちろん、わたしが賞賛するのは、ワインという最終生産物ではありません。ぶどうの科学には大いに関心がありますね」

「そんなお話、いちどもうかがったことなかったわ、ランダル」ジアナが口をはさんだ。なんだか、胸がはずんできた。「ランダルは、お母さまと同じものにずいぶん関心をおもちなのよ、ママ」

「どうやらそうのようね、ジアナ」

「お夕食の支度がととのいました、奥さま」と、ランソンが戸口から声をかけた。

ランダルがすばやく立ちあがり、ジアナから母親へと視線を移した。「これほど美しい女性ふたりを前にして、どちらをエスコートさせていただけばいいものやら」

「あなたには両の腕がおありでしょう、ミスター・ベネット」

「たしかに賢い解決策です、奥さま」ランダルが言い、ふたりの女性それぞれに腕を差しだした。

食卓の上席にある、背もたれの高い重厚なマホガニーの椅子をランダルが優雅に引くと、オーロラは微笑んだ。金色の壁紙、何枚もの立派な絵画、室内の豪華な調度品に、ランダルが見るからに目を丸くしていたからだ。彼が視線を食卓に落としたので、オーロラはいっそう大きく微笑んだ。たった三人のために正式なダイニングルームの巨大な食卓で夕食をとりたいとオーロラが希望したとき、料理人は驚いたものだ。それに銀食器でのもてなしは、いかにも貴族にふさわしい。オーロラは胸のうちで娘に語りかけた。ジアナ、しっかりと目を開けなさい。彼はあなたのことなど愛していないわ。彼はただ、あなたが彼にもたらすものを愛しているだけなのよ。

「教えていただけます、ミスター・ベネット?」コースの最初に供されたニンジンのスープとヒラメの海老ソース添えを上品に口に運びながら、オーロラが口をひらいた。「あなたはなにに関心をおもちですの?」

ランダルは愛情をこめた微笑みをジアナに向けると、今度はオーロラに向かって少年のようにはにかんだ。「おじは貴族ではありますが、世俗にはほとんど関心をもっておりません。ところが、どうやら、わたしは毛色がちがうようで。お嬢さまにも申しあげたのですが、わたしは現代的な考えをもっております。ビジネスの世界で足跡を残したいのです」

「ジュネーブには、なんのお仕事でおでかけになりましたの、ミスター・ベネット？」

「あれは、まあ、家の用事です。ジアナからお聞きおよびかと思いますが、わたしの異母妹のパトリシアが、マダム・オーリーの女学校にお世話になっておりますから、妹が満足して生活しているかどうか、この目で確認したかったのです」

「妹さんが満足して生活していることを、ちゃんとご確認なさいまして？」

ジアナがくすくすと笑った。「それがね、残念ながら、ランダルはパトリシアとはほとんど一緒にすごしていないの。だって、わたしと出会ってしまったんですもの」オーロラが眉をひそめたので、ジアナがあわててつけくわえた。「でも、なにもかも、わたしが悪いの。ランダルのこと、よく知りたかったんですもの。たとえパトリシアであろうと、一緒にいてほしくなかったの。彼を独占したかったのよ」

「では、ご友人のミスター・ジョゼフ・スタニヨンは、あなたがわたしの娘と親交を深めているあいだ、なにをなさっていたんです？」

ジアナは口をあんぐりとあけた。ランダルとビジネスをしている友人の名前を、ママに教えたことはなかったのに。ほんとうに、あの男の人は好かないわ。あの分厚い唇も、あの気取ったにやけ顔も、わたしを見るときのあのぎらぎらした視線も。

「ああ、ミスター・スタニヨンとは、もう縁を切りました。残念ながら、彼の道徳心は紳士としてふさわしくないものでしたから」ランダルは、やれやれといったようにオーロラに微笑んだ。「とにかく、わたしはいまのところ、ビジネスの可能性をさぐっているところです」

「ランダルは海運業にも関心をおもちなのよ、ママ。船客のボーイのふりをして密航したいって、何度もおっしゃっていたほど」

「おわかりでしょうが、海運業はリスクの多いビジネスですわ、ミスター・ベネット。ヴァン・クリーヴ造船所は、これまでのところ幸運に恵まれてきましたけれど」

「それは、奥さまの経営手腕のなせるわざでしょう」

オーロラがうなずいた。「ところで、お父上のミスター・ジョージ・ベネットは、ここのところ、お具合がよくないとうかがいましたが」

ジアナは母親のほうに首をかしげた。ランダルにこれほどの関心を見せてくれるのはうれしかったが、どうして彼や彼の家族のことをこれほどよく知っているのか、不思議でもあった。父親のことを尋ねると、かならずはぐらかされていたからだ。ランダルがさっと頭を下げ、苦悩の色を浮かべたので、ジアナは胸がつぶれそうになった。あなたの家族のことなどわたしは全然気にしていないのよ。そう、いますぐ言ってあげたい。

ランダルがゆっくりと頭を上げた。そして、その美しい瞳に悲しげな表情を浮かべたので、オーロラはわけもなくいらだった。ランダルがおもむろに口をひらいた。「父の哀れな状態を知らせて、ジアナを動揺させたくなかったのです。しかし、どうしてもお知りになりたいのなら、包み隠さず申しあげましょう。父は深酒がたたり、病に伏せました。哀れな継母は、これまでずっと辛抱してきたのです。ただ、おじの寛大なはからいのおかげで、異母妹のパトリシアは、スイスで教育を受けられることになりました」

「まあ、ランダル、お気の毒に。このお話は、もうやめにしましょう」

ランダルが微笑んだ。「お母さまは、わたしの家族についても、父の問題についても、知る権利をおもちなんだよ、ジアナ。きみはお母さまのだいじなひとり娘だ。きみの財産を狙っている可能性のある男から、お母さまはきみを守ろうとなさっているだけなんだよ」

「ええ」と、ジアナも微笑んだ。「わたしたち、愛しあっていますもの、ランダル。母も、もうこれからは、わたしを守ろうと心を砕かずにすむわ」

「母親はね、心配するのが仕事なの」と、オーロラ。「ミスター・ベネットがお気になさらないのなら、あなたは話に口をはさまないで」

ランソンが、豪勢なコースの二品めを供した。牛もつの煮込み、ラム肉のロースト、ボイルド・ターキー、ハム、マッシュドポテト、オニオンのパイ包み、マカロニ。ジアナは、ずらりと並ぶ皿の列に目を見張り、いぶかしげに母親を見た。これほどこってりしたイングランドの伝統料理を母親がめったに食べないことも、もっと繊細であっさりしたフランス料理を好むことも、ジアナにはよくわかっていた。どの料理にも嬉々とした視線を向けるランダルの様子を思わずからかいたくなる。

そんなジアナの表情を、オーロラは満足そうに見ていた。そのとおりよ、ジアナ。彼はどこをとっても、イングランドの平凡な男。目の前に並ぶ庶民の料理に舌なめずりしているじゃないの。このぶんだと三十五歳になるころには、ぶよぶよに太っているでしょうね。だからこそ、それまでに、手なずけられる妻と、自分の自由になる財産を確保したいというわけよ。

「すてきなチョッキですわね、ミスター・ベネット。デザインがとても優雅で」

「ありがとうございます、奥さま。自分でデザインいたしました」

「仕立て屋のミスター・ディクスには、さぞお支払いになったんでしょう？　彼のすばらしい腕が随所で光っていますもの」

ジアナは警戒して母親のほうを盗み見た。なんだかずいぶん妙な会話だわ。「仕立て屋がだれだかどうしてご存じなの、ママ？」

タイミングの悪いジアナの口出しに、オーロラは内心、悪態をついた。せっかく、ランダル・ベネットの顔から血の気が引いたところなのに。

オーロラは努めて明るい声をだした。「わたしのビジネス・パートナー、トマス・ハーデスティが、ミスター・ディクスの腕を高く買っておりますの。あの職人技には、わたしも舌を巻いておりますわ」

子羊のローストが、ランダルの口のなかで灰のような味になった。このあばずれ、と大声で罵倒《ばとう》してやりたい。ああ、おれとしたことが、この女を過小評価していた。おれについて、もうなにもかも調べあげているんだな。そのうえで、おれを玩具《おもちゃ》のようにもてあそび、父親は呑んだくれだと、おれの口からジアナに言わせるようしむけたのだ。まあ、なんとかあの場をうまく切り抜けたから、ずる賢いミセス・ヴァン・クリーヴはさぞがっかりしただろうよ。だが、いよいよ、彼女の攻撃は遠まわしではなくなった。わずかにお世辞をまぶしているから、娘はまだ理解していないようだが、事実を突きつけているのだ。あなたに借金があることも、ミスター・ディクスにはまだ代金を払っていないことも承知していますのよ、と。

「ね、ママにはランダルと共通点がたくさんあるでしょう?」と、ジアナが言った。「服装のことまでママが褒めるなんて、意外だわ」

「だって、当然のことですもの、ジアナ。もっとワインをいかが、ミスター・ベネット? ちょっと渋いですけれど、すばらしいヴィンテージものですのよ。もう、とっくにお気づきでしょうけれど」

オーロラは気まずい沈黙を置かず、すぐにつぎの質問に移った。「いま、どちらに投宿なさっていらっしゃいますの、ミスター・ベネット?」

「デルメイン街です」

信じられないというように、オーロラは口をあけ、笑みを浮かべた。

「無論、あまり上品な場所ではありません、ミセス・ヴァン・クリーヴ。しかし、ひとり旅ですから――まあ、いまのところは」ランダルは、いとおしむような視線をジアナに向けた。

「それに、自分ひとりのために無駄づかいをしたくないので」

「ランダルは、将来のことをきちんと考えていらっしゃるのよ」と、ジアナ。

「それは、ほんとうのようですわね」と、オーロラが陽気に言った。「なんといっても、大量のエネルギーと時間を使って、将来の自分のために準備をととのえていらっしゃるんですもの」

ジアナがまた不安そうに母親を見たが、オーロラはただ明るく微笑むばかりで、デザートをもってくるようランソンに身振りで示した。

「わたし、キャビネット・プディングって、大好き」と、ジアナ。

「わたしは、ブラマンジェとクリームを添えていただこうかしら。どちらか、お好きでしたわね、ミスター・ベネット？」

「ええ、奥さま」と、ランダルは言った。こうなったら、もうあとはジアナを説得して、一緒に駆け落ちさせるしか手はない。おれがキスしたとき、彼女、たいそう震えていたっけ。まったく、優雅だが冷酷なあばずれの母親とは大違いだ。

食後、三人は応接間でコーヒーを飲んだ。ジアナは、母親とランダルのあいだでそわそわと砂糖やクリームをすすめたり、ヨーロッパでの旅の話を聞かせてちょうだいとランダルにねだったりした。ランダルは十時まで、慎重に旅の話を披露した。

「魅力的なご夫人とご一緒させていただき、ほんとうに光栄でした、ミセス・ヴァン・クリーヴ」ランダルは、オーロラと目をあわさずに言った。

「ほんとうに楽しい晩でしたわ、ミスター・ベネット」と、オーロラが応じた。「娘にも、わたしにも」

ジアナが玄関でランダルを見送るあいだ、オーロラはずっとこわばった表情で口を閉じていた。

「それで、お母さま？」と、応接間にはいるなり、ジアナが言った。

「ミスター・ベネットは」と、オーロラは言葉を選びながら言った。「才能のある男性ね。彼の言葉を額面どおりに受けとるのなら、とても魅力的な殿方だわ」

「額面どおりに受けとるのが、どうしていけないの？ 彼はいつだって魅力的よ」

「ジアナ、いい娘だから、ちょっと隣りに座って」ジアナが従うと、オーロラは娘の手を軽く握った。

「ランダルのこと、いろいろご存じだったわね、ママ」

「もちろんよ。あなたのことを心から大切に思っている母親なのよ、彼がどんなタイプの男性か、調べないはずないでしょう？」

「彼が幸福そのものの人生を送ってきたわけじゃないことは、わかってる」と、ジアナ。

「あんなお父さまに我慢しなければならなかったんですもの」

「それは、つらい経験だったでしょうね」と、オーロラは同意した。自分自身の冷酷な父親の記憶がジアナにほとんどないのは、幸運だった。「あのね、あなたに知っておいてもらいたいことがあるの」少し間を置き、オーロラは言った。

ジアナが警戒するような表情を浮かべたが、オーロラは先を続けた。

「彼のおじさまのギルロイ子爵は、五年ほど前に、彼と縁を切ったの。どうやらミスター・ベネットはギャンブルで大金をすって、借金返済のため、おじさまからお金を盗んだらしいわ」

「そんなの、嘘にきまってる」

「残念ながら嘘じゃないのよ、ジアナ。もっとあるわ。ミスター・ベネットは、いまも借金漬けなの。生き延びるには、もう、お金持ちの娘と結婚するしか手がないのよ。だから異母妹のパトリシアが手紙にあなたのことを書いてよこしたとき、千載一遇の機会とばかりに飛びついたんでしょうね。さもなければ、紳士たる青年が相手の母親に挨拶もせず、そのうえ母親の承諾も得ず、きちんとした家の娘と密会するものですか」

「でも彼と出会ったのは、あくまでも偶然だった。それに、彼のことを好きになったのは、わたしのほうよ。こっそり会っているのはよくないって、彼、すごく気にしていたわ。借金があることに関していえば、かわいそうなお父さまのために、だいぶ入用だったんじゃないかしら」

「いいえ、そうじゃないわ。彼は一年以上、お父さまと会っていないから」

ジアナがよろけるように立ちあがった。「じゃあ、お母さまは、わたしにはまるで人を見る目がないっていうの？　ミスター・ハーデスティが、下劣にも彼の過去を洗いざらい調べあげたってわけ？」

「トマスは、たしかに、わたしが頼んだことをやってくれたわ」オーロラが口調をやわらげた。「とにかく、ミスター・ベネットが財産狙いの男だっていうのは、疑いようのない事実よ。彼は、自在に女心をあやつることができる。それが彼の商売道具なのよ」

「じゃあママは、わたしが愛している男性が、わたしを愛してないって、そう言いたいの？ただヴァン・クリーヴ家のお金を愛しているだけだって？　わたしのことを大切にしてくれる男性を惹きつけるだけの魅力が、わたしにはないって、そう言いたいの？」

「残念だけれど、ジアナ、ミスター・ベネットについてわたしが言ったことはすべて真実よ。あなたには、これからいくらだってほかの男性との出会いがある。正直で、尊敬できる男性との出会いが」

「わたしは男性の趣味が悪いわけ？　ランダルはわたしのことなんか、なんとも思っていないわけ？」

「もちろん、ちがうわ。そんなことは言っていません」

「もう、たくさん」ジアナが冷たく言い放った。「お母さまがランダルをここに招いたのは、ただ侮辱して、あからさまに脅迫したかったからなのね。でも、残念でした、そううまくはいかないから。お母さまが発した言葉が、すべて彼を傷つけるためだったと、よくわかったもの。そんなこともわからない、うすぼんやりした娘だと、わたしのことを決めつけていたんでしょうけど」

「うすぼんやりだなんて、思ったこともないわ、ジアナ。ただあなたはいま、のぼせあがっていて、わたしと同じようには彼のことがはっきり見えないだけよ」

「そりゃ、わたしはまだ十七歳だけれど、人のよしあしくらいわかるわ。真実を見ようとしないのは、ママのほうよ」

「ジアナ、お願い」オーロラは片手をあげて懇願した。

「もう、ベッドで休むわ。おやすみなさい」ジアナは振り向きもせず、勢いよく応接室をでていった。胸を張り、顎を高く上げ、堂々と。

「困ったものだわ」と、オーロラはため息をついた。まだまだ、子どもなんだから。

こうなったら、慎重に慎重をきわめて行動を起こさなければ。そう思うと、オーロラは大きな不安に襲われた。よほどうまくやらないと、ジアナは家を飛びだしてしまうだろう。そうなったら、もう娘を取り戻すことはできない。でも、つぎはどんな手を打てばいいのかしら？　部屋に監禁する？　いいえ、とオーロラはとうとう結論をだした。束縛しなくても、ほかに方法があるはずよ。ジアナに、あの男の自白書を突きつけるようなことができればいい。そうすれば、さすがのあの娘も目を覚ますだろう。でもランダル・ベネットは、私利に抜け目がない男だ。ヴァン・クリーヴ家を利用して金儲《かねもう》けをすることなど不可能だと、どうにかして、あの男に思い知らせてやらなくては。

3

「活動家たちが造船所のあたりを嗅ぎまわっているらしいぞ、オーロラ。うちが設置した牽引機の噂を聞きつけたらしい」と、トマスが言った。

「聞いたわ、トマス。心配なのは、あまり評判のよくない連中から、労働者たちが援助を受けていることなの」椅子からつと立ちあがると、オーロラは机に両手をついた。「どうして男の人って、長い目で見れば自分の生活を改善してくれるものを破壊したがるのかしら。わが社が紡績工場を所有していなくて、今回ばかりは助かったわ。モリス・クリプトンというヨークシャーの活動家が、ロバート・ホームズの紡績工場を襲撃して機械を粉砕したっていう話、聞いた？」

「ああ。被害総額は、ゆうに一万ポンドを超えるそうだ」

オーロラはため息をつき、インクのしみがついた指でこめかみを押さえた。「ロバートったら気の毒に、この世の終わりみたいにキーキー金切り声をあげてたわ。そりゃ、彼のことも、彼の手法もあまり好きじゃないけれど、あの新しい織機が導入されれば、子どもたちが一日に十二時間も働かされずにすむようになる――はずだったのに」

「ああ、オーロラ、きみはわかっていない。いや、わかっていながら、そう言っているんだろうが、労働者の活動家なんて手合いは自分の子どもが機械から解放され、かわりに教育を受けられるようになることなど、望んじゃいない。子どもたちが稼ぐ金は、一家の食い扶持《ぶち》として欠かせないからね」

「わかってるわ、トマス。複雑な問題だってことも、簡単に解決できない問題だってことも、ちゃんとわかってます。でも、わたし、ひとつだけ確信していることがあるの。それはね、ついに機械の時代が到来したってこと。たしかに、労働者を虐待する輩《やから》に対処するのはむずかしい。でもヴァン・クリーヴ造船所は、労働者を解雇し、飢えさせるために機械を導入するわけじゃない。だから、新しい機械がちゃんと機能するようになったら、従業員ひとりひとりに新たな仕事を割り当ててほしいの」

「やれやれ、たいした人道主義者だな、オーロラ」と、トマス。

「そのほうが、結局はビジネスもうまくいくのよ。うちの従業員たちがいつも不満を並べて反抗的だと、とても結べない契約がいくつもあるんですもの」

「ポーツマスの造船所に出張して、この目でよく見てくるとするか」

「明日、発ってくださる？　トマス」

オーロラの秘書ドルー・モーテッソンが、広々としたオフィスに足音をたてずにはいってきた。ミセス・ヴァン・クリーヴにとって、今朝がとても快適とはいえないことを、彼はよく承知していた。なにしろ各地で活動家が造船所のオーナーを脅迫しているうえ、家庭内では甘やかされて育ったひとり娘がまた問題の種となっているのだから。ドルーは、控えのオフィスでランドル・ベネットが羽を伸ばしていた様子を思い出し、にやりとした。ミセス・ヴァン・クリーヴの不機嫌な様子を見れば、あの男が無作法な真似をしていられるのも、あと少しにちがいない。ドルーは辛抱強く、オーロラが自分の存在に気づくのを待つことにした。オーロラはすぐに気づき、微笑んだ。「ああ、ドルー、わたしを救出にきてくれたのね」

「それはどうでしょうか、奥さま」

「ミスター・ベネットがお見えになった、そうでしょう？」

ドルーがうなずいた。「十五分、お待たせしてあります」

トマス・ハーデスティがにんまりとした。「出だしは上々だ、オーロラ。やつはいまごろ、いらついて指の爪でも噛んでいるだろう。あまり騒ぎを起こさずに、やつのもくろみを潰せるといいんだが」

いよいよ対決が目前に迫ったという思いを強くしたのだろう、オーロラが目をきらりと光らせたので、トマスは微笑んだ。同席したいものだ。さぞ見物だろうな。ランダル・ベネットは愚かにも、オーロラ・ヴァン・クリーヴを罠《わな》にかけられると思っている。だが、そんな真似はできないことを、やつは思い知らされることになる。これまで長年、ほかの男たちが驚愕《きょうがく》と無念とともに思い知らされてきたように。

「では、出張、よろしくお願いしますね、トマス。待ちぼうけを食わされている哀れなミスター・ベネットをご案内して、ドルー。じりじりなさっているでしょうから」

オーロラは、背もたれの高い革張りの椅子に腰を下ろした。すると、ドルーに案内され、ランダル・ベネットがオフィスの戸口に姿をあらわした。

オーロラは愛想よく会釈をした。「おはいりになって、ミスター・ベネット。お待たせして、たいへん申しわけありませんでした。もっと急を要する商用がありましたもので」

ランダルはもったいぶってお辞儀をした。「ビジネスが待ったなしなのはよく承知しております、ミセス・ヴァン・クリーヴ。それにいつの日か、いえ、じきに、あなたのその細い肩にかかっている重荷を、少しでも肩代わりさせていただければと存じます」

なんとまあ嫌味《いやみ》な男、と早くもオーロラはあきれはてた。指をぱちんと鳴らせば、なんでも手にはいると思い込んでいる。密会していたことがばれたあとも、大きな顔でまたジアナと会い、自分の魅力のとりこにしてしまったのだから。おかげでジアナはもう、ランダルの思うがままだ。

「まあ、なんて気高くて、おやさしいんでしょう、ミスター・ベネット」湧きあがる怒りを押し殺し、オーロラはおもむろに立ちあがると、オークの巨大なデスクをぐるりと迂回し、ランダルに近づいていった。「どうぞ、おかけになったままで、ミスター・ベネット。きょう、ここにお呼びたてしたのは、あなたがいつか自分のものにしたいと願っている、うちの敷地をご案内さしあげるためだと思われたでしょうね」

ランダルは愛想よく微笑んだが、なにも言わなかった。

「でも、そうじゃないんですのよ、ミスター・ベネット。きょう、ご足労願ったのは、あなたに関して誤解があるといけませんから、事実を明確にしていただこうと思いましたの。いま、あなたが置かれている状況を考えれば、ヴァン・クリーヴ家の敷地やオフィスにあなたがはいるのを許されるのは、これが最後になるでしょう」

「そうはならないことを願いますね、ミセス・ヴァン・クリーヴ」ランダルは落ち着いて応じ、黒い上着の袖《そで》についた糸くずをはじいた。

「ずいぶん自信家でいらっしゃいますのね、ミスター・ベネット。残念ながら、あなたのその確信は、うちの娘があなたにのぼせあがり、うっとりと永遠の愛でも誓ったからなんでしょうが」

「あなたには、ほかに相続人がいない」と、ランダルが低い声で言った。「あなたがなにをおっしゃろうと、また、どれほど反対なさろうと、ジアナはわたしと結婚するでしょう。いいですか、ミセス・ヴァン・クリーヴ。あなたはわたしを毛嫌いしておいでだが、ひとりの青年が、たったいちど、それも若気の至りで愚かな真似をしたからといって、そう青筋を立てなくてもよろしいのでは？　わたしはお嬢さんを愛していますし、力を尽くして世界でいちばん幸福な女性にします。信じていただかないと」

「わたし、遺書を書きかえましたの、ミスター・ベネット」

ランダルが、ブロンドの濃い眉をぴくりとあげた。

「もし、わたしの許可を得ずに、あなたと結婚するような真似をしたら、ジアナは三十歳になるまでびた一文もらえないようにしました。考えてもごらんなさい、ミスター・ベネット。

多額の借金をつくってから、もう何年もたつというのに、あなたはいまだに借金取りに追われている。連中が十三年ものあいだ、喜んで返済を待ってくれるかしら？」

「娘さんを飢えさせたくはないはずだ」

「当然ですわ」と、オーロラは涼しい顔で言った。「娘にはちゃんとドレスも揃えますし、召使をふたりつけた快適な住まいも用意します。でも、それだけです、ミスター・ベネット。あなた自身は、わたしからなにも得られない。十三年ものあいだ、あなた、ジアナに正体を隠しておけるかしら？　さすがにうちの娘だって、そのあいだに成長するでしょうね」

「では、お孫さんができたらどうなります、ミセス・ヴァン・クリーヴ？　わたしのことがお嫌いだからと、お孫さんまで苦しめるつもりですか？　ジアナはとても敏感に身体を反応させるお嬢さんだ。正式な結婚式を挙げるまで、はたして、彼女とベッドをともにするのを、わたしが我慢できるかどうか。まあ、我慢できなかったときには、あなたにはじきに、孫息子か孫娘ができるというわけです」

　憤怒のあまり、頬が紅潮するのがわかった。このわたしの目の前で、よくもまあぬけぬけと、ジアナを尻軽呼ばわりしてくれたわね。それも得意げに薄ら笑いを浮かべながら。まったく、面の皮が厚い男だ。

「むしりとるつもりなら、ほかのつぼみをさがしてちょうだい、ミスター・ベネット」オーロラには、そう言うのがせいいっぱいだった。

　ランダルが優雅に立ちあがった。「その比喩《ひゆ》はあまりいただけませんな、奥さま。いいですか、わたしが結婚したい女性は、ジアナのほかにいないのです」

その一瞬の隙を逃さず、オーロラはまっすぐにランダルをにらみつけた。だが、そこに宿る冷酷無比な表情に、思わず身をすくめた。自分の目的を達成するためなら、いかなる手段もいとわない男の目。思わず、彼女は後ろによろめいた。そして、ゆっくりと、みずからを卑しめる行動にでた。「ミスター・ベネット、一万ポンド差しあげます。それで、娘のことは放っておいて」

「おやおや、ミセス・ヴァン・クリーヴ。この勝負に勝ち目がないことを、ようやくお認めになりましたね。たしかに、わたしは財産目当てかもしれないが、そんな端金《はしたがね》で満足するほどばかじゃない。いつの日か、あなたを義理の母とすることで得られる恩恵を考えれば、それっぽっちの額で手を打つはずがないでしょう」

「あなたこそ、おめでたいかたね、ミスター・ベネット。もう二度とお目にかかることはありませんわ。ごきげんよう」

「ごきげんよう、奥さま」ランダルは頭を下げると、軽く口笛を吹きながら、部屋からゆったりとでていった。

その自信満々の様子に、オーロラは打ちのめされた。ランソンに頼んで、ぼこぼこにしてもらえばよかった。その光景を思い浮かべ、一瞬、愉快な気持ちになったものの、つぎの瞬間にはジアナがランダルのもとへと出奔《しゅっぽん》していく場面が目に浮かんだ。ママのことはけっして許さない、と母親をののしりながら。

「ジアナ、まあ、なんて可愛いのかしら。薔薇《ばら》色のシルクがとてもお似合いよ」と、ジアナの寝室で待ちかまえていたオーロラが、声をかけた。

「ありがとう、ママ」ジアナが警戒するように母親を見た。「なにかお話でも?」

「ええ、そうなの」オーロラは懸命に考えをまとめようとした。「きょう、ランダル・ベネットとお目にかかったの。わたしのオフィスで」

「知ってるわ、ランダルが教えてくださったから」

オーロラは、立ったままうなだれた。ランダルより先に、自分の口から伝えたかったのに。

ジアナが軽蔑《けいべつ》したように言った。「わたし、ママにドレスや召使を用意していただかなくても結構よ。ご親切に家まで用意してくださるそうだけれど、それも結構。ランダルさえいれば、それでいいんですもの。わたしが欲しいのは、ランダルだけ。ママがわたしに財産を相続させなくたって、わたしたち、そんなことどうだっていいの。二度とわたしに会わなければお金をあげると、そう言ったそうね。あまりにもひどい扱いだったと、彼、落ち込んでたわ。ママったら、ランダルとわたしが愛しあっているのがわからないの? よくもあんな真似ができたわね?」

オーロラは自分を抑えられず、娘に駆けよった。「そうよ、ジアナ。彼に一万ポンド渡すと提案したけれど、そんな端金じゃ話にならないと断わられたわ。うちの財産を、最後には一切合財、自分のものにするつもりだそうよ」オーロラは口をつぐみ、すがるように娘の顔を見たが、そこには不信の色しか浮かんでいなかった。

「お願い、ジアナ、わかってちょうだい。どうしてママがあなたに内緒で、彼に会ったんだと思う？　たしかに、わたしは疑い深い質《たち》よ。でも、まちがいない。ランダル・ベネットは、財産狙いの最低の男。ママはあなたを愛しているのよ。悪党があなたと一緒になるのを、指をくわえて見ていられるはずないでしょう？」

「よく言うわ。わたしを愛しているですって、ママ？　いつ、そうするって決めたの？　愛そうって決めたのは、ごく最近のことみたいね。だって、わたしは生まれてこのかた、ママの心のなかにも視界のなかにも、存在しなかったんですもの。どうしたっていうの、ママ？　娘をビジネスに利用できると思ったわけ？　だから、ランダル・ベネットは邪魔者だって決めつけたわけ？」

「聞いて、ジアナ。あなたに、うちのビジネスにくわわってほしいのは、ほんとうよ。きっと、あなたには向いている。自立した女性になれば、自分の人生に責任をもてる。絶対に、満足できるはずよ。だからといって、夫など不要だと言ってるわけじゃないの。ただ、ランダル・ベネットのようなクズは問題外だってこと」

「ママって、だれかを愛したことがあるの？　ひとりの男性を愛し、愛される経験をしたことなんてないんでしょ？　人生でいちばん大切なのはきみだと、男の人に思ってもらったことがないのよ」

「あなたがぺらぺらとしゃべっているのは、恋愛の幻想にすぎないわ。ええ、そのとおりよ。

わたしはだれにも恋をしたことがない。きっと、恋愛にどっぷり浸かるタイプじゃないのね。でも、聞いて、ジアナ。ランダル・ベネットは、あなたが望むものをなにひとつ与えてくれはしない。それだけはわかってちょうだい」

ジアナは胸を張り、せいいっぱい背筋を伸ばした。「ママこそ、わかってよ。わたしはひとりぼっちで孤独な人生を送りたくはない。結婚して家庭を築きたい。わたしはランダル・ベネットと結婚したいの」

ついに、オーロラの癇癪《かんしゃく》玉が破裂した。「じゃあ、あなたが結婚したあと、わたしが死んだら、どうなると思ってるの?」

「ママ、それ、なんの話? どういう意味? なにが言いたいの?」

「いいこと、ジアナ。あなたは三十歳になるまでわたしの財産を相続できないと、そう伝えたら、あの男、わたしをあざ笑ったのよ。なんとしても、わが家の財産を強奪して自分のものにする。その邪魔をするものは、だれであろうとなんであろうと許さないという、冷酷きわまりない男よ」

ジアナは母親のそばからさっと身をひるがえし、戸口に走っていくと、ドアノブをわしづかみにし、勢いよくドアをあけた。「なんとでも言えばいいわ。ママはわたしの人生をめちゃくちゃにしたいんでしょ? わたしの愛する男性が、ママを殺す計画を立てているとでも? ママはそんなにわたしのことが憎いの?」

オーロラはだまったまま片手をあげ、哀願した。だが、ジアナは母親に話す機会を与えず、寝室から駆けだしていった。娘のすすり泣きが、オーロラの耳に鳴り響いた。ひだ飾りの装飾がいたるところにある、いかにも娘らしいジアナの寝室を、オーロラはぼんやりと見つめた。勝負あり。わたしの負けだ。

「オーロラ。三日前にきみのメッセージをパリで受けとってね、とるものもとりあえず、駆けつけたよ」

「ダニエーレ」オーロラは飛びあがり、図書室のドアをさっと開けた。そして、呆気《あっけ》にとられているランソンのことなどお構いなしに、ダニエーレの腕のなかに飛び込んだ。

ダニエーレは図書室の薄暗い光に目を慣らそうとした。「おやおや、いったいどうしたことだ？　ようやく、わたしに三万ポンドを貸す気になったわけかい？」

オーロラは身を引き、ダニエーレ・チッポロの顔を見上げ、微笑んだ。ダニエーレはローマの取引先であり、旧友でもある。今回の件でだれかの助けを借りるとしたら、それはダニエーレだ。そう考えながら、オーロラは彼に手紙をしたためた。ランダル・ベネットの裏をかくだけの狡猾《こうかつ》な方策を考えつくのは、ダニエーレをおいていないだろう。

「力を貸してほしいの、ダニエーレ」と、前置きぬきで切りだした。「シェリーを一杯、いかが？」

ダニエーレはうなずき、サイドボードへと歩いていくオーロラの優雅な後ろ姿を目で追った。「わたしに金を貸すわけでもないのに、ロンドンまできてほしいと頼んでくるとはねえ。

さぞ複雑な問題をかかえているんだろう」オーロラが彼にグラスを渡した。「可愛らしい目の下に隈ができているぞ、オーロラ。オーロラ・ヴァン・クリーヴともあろう女性が、悶々《もんもん》と悩みつづけているとは」

「あなたのお世辞って最高ね、ダニエーレ」彼がシェリーをひと口飲むと、オーロラはいらいらと室内を歩きまわった。「問題に直面しているんだけれど、とても解決策があるとは思えないの。ジアナのことよ」

「あのちっちゃなジアナのこと？」ダニエーレは額を叩いた。「なんとまあ、月日のたつのは早いことか。スイスの上流女学校から帰ってきたのかい？」

「ええ、そうなの。三週間前に。帰宅したとたんに、下劣な最低男と結婚するって言って、きかないのよ。もちろん、財産狙いの男よ。あの娘はまだ、たったの十七歳なのに」と、オーロラは苦々しくつけくわえた。

「きみの悩みを解決する機会はないものかと、かねがね思っていたんだよ、オーロラ」ダニエーレが肩をすくめた。「そいつを縛りつけて麻袋に押し込み、きみの船でインドに送っちまおう」

「そのアイディアは思い浮かばなかったわ。でも、それじゃあ、今回はうまくいきそうにないの」オーロラは旧友の顔をじっと見上げた。だんだん気分が落ち着き、自信がよみがえってくるのがわかる。ダニエーレはいつだって、わたしのたかぶった気持ちを鎮《しず》めてくれる。ただ、ときどき大げさにものごとを言いたてて、失敗する嫌いはあるけれど。豊かな灰色の眉の下では、淡灰色の瞳が穏やかに澄みわたり、ときに興奮を押し殺すかのようにきらめいている。ダニエーレは、いわば聡明な金融の魔術師だ。残念ながら弟さんは数年前に自殺をとげてしまったけれど。オーロラは五年ほど前、ダニエーレを恋人にしてみようかしらと考えたこともあった。ところが無念なことに、結果として愉快なことに、それを拒否したのはダニエーレのほうだった。「ビジネスと快楽を混同してはならないよ、オーロラ」と、彼は言ったものだ。「こんな老いぼれとベッドをともにして貴重な時間を無駄にしてはならん」と。そういう仲だったので、オーロラは包み隠さず今回の事情をダニエーレに説明した。彼女の話に耳を傾け、ときおり質問をはさむ様子から、ダニエーレが真剣に問題を検討しているのがうかがえた。

「というわけなの。これが、この騒動の顚末《てんまつ》」と、オーロラは説明を終えた。「二日前、ママはわたしの人生をめちゃくちゃにしたいの？　と非難されたわ。それから、ろくに口もきいてくれなくて」

ダニエーレは椅子に座ったままわずかに腕を動かし、薄い胸に羽織った淡いグレーの上質のチョッキをなおした。そして、そのままだまっていた。このうえなく長い時間に感じられる。オーロラはとても座っていられなくなり、椅子から跳ねあがると、また行ったり来たりしはじめた。そして、胸の上で両の指を組みあわせた。

「マクベス夫人を気取るのはやめたまえ。どうやらジアナは、自分がオーロラ・ヴァン・クリーヴの娘だということを、すっかり忘れているようだね」

「あの娘ときたら、どうしてこうも愚かでだまされやすいのかしら？」オーロラは彼の忠告など耳にはいらないように、せわしく歩きつづけた。「あんな男と結婚したところで、せいぜい短期間、ペットのように扱われるのがオチだと、どうすればわかるのかしら？　真の人生を生きるには、責任をもって自分の運命を引き受けなければならない。そうでしょう？　ランダル・ベネットのような夫に一切合財をゆだねてはならないと、どうすればわかってもらえるかしら？」

「落ち着きなさい、オーロラ」と、ダニエーレがたしなめた。「世の中には、なにもモートン・ヴァン・クリーヴのような男しかいないわけじゃない——冷酷で強欲じゃない男もいるんだよ」

「ああ、わかってるってば」と、オーロラはダニエーレのほうに勢いよく顔を向けた。「でもね、どれほど良心的な男だって、女を下に見る誘惑にはまず抵抗できないものよ。結局、この公正で誇り高い国では、女なんて無価値なの。女は、自分のことをただ頭の混乱した無価値な存在だと思い込むように育てられるんですもの——ああ、どうしよう、ダニエーレ。たしかにわたし、かっかしている。でも、うちの娘がみずから監獄にはいろうとしているんだもの、頭にきて当然でしょう？　一生、現実社会や世間のことを知らずに、男たちが所有する世界で子どものままですごすなんて、ひどすぎる」

「きみの世界のことも知らずに、だろう？」

「ええ、そう、わたしの世界のことも知らずに。モートンが生きているあいだは、わたしだって頭のなかがからっぽの女にすぎなかった。でも、自分が言っていることや考えていることにも意味があるってわかったときの解放感といったら」

「きみは、その話をジアナにしたことがあるのかい？」

「もちろん。でも娘は、わたしのことを変人扱いしただけ。あの娘には、自分の鼻より先は見えていないし、ランダル・ベネットの甘いささやき以外は耳にはいらない。まだ若すぎて、自分の人生がどれほど味気ないものになるかがわからないのよ。そのうえ、あの財産目当ての男が娘を幻惑しているんだもの」

ダニエーレが静かに言った。「大半の女性には、きみが経験してきたような世界があることなど想像すらつかないんだよ、オーロラ」

「それは、女性たちの脳みそが、二十歳になるころには腐ってしまっているからよ」

「そうかもしれない」ダニエーレは深く考え込み、つけくわえた。「まさか、きみ、ジアナの目の前で、この男は母親の財産まで狙っていると非難しなかっただろうね？　やつだって、そこまで悪党じゃないだろうが」

オーロラはあえぐように息を吸った。「いいえ、非難したわ。彼はわたしの財産まで狙っているし、冷酷このうえない男だと断言した。わたしがこのまま妨害工作を続けたら、あの男、わたしを消そうとするかしら？」オーロラは怒りもあらわに肩をすくめた。「わからないわ、ダニエーレ。あのときは、彼にそれほどの能力があるとは思えなかった。でも、いまは――なんだかメロドラマみたいになってきたわね」

そんなことはないというようにダニエーレは片手を振り、ふいに立ちあがった。そしてオーロラが行ったり来たりしていたところを、深く考え込みながら歩きはじめた。「この件でわたしを呼びよせたのは賢明だったよ、オーロラ。この問題をきちんと解決するには、突拍子もない方策をとらなくては」一瞬、足をとめ、オーロラに低い声で尋ねた。「ジアナは、ほんとうにきみの娘なんだね、オーロラ？　彼女を支配しようとし、毎年、妊娠で彼女の腹をふくらませるような男と結婚すれば、ジアナはけっして幸福にはなれないと、きみはそう確信しているんだね？」

「そう思いたくはないけれどね。あの娘の瞳には知性が宿っているのよ、ダニエーレ。浮ついた真似をしていなければ、自尊心だってきらめいている。ランダル・ベネットがあんなごろつきじゃなければ、ジアナが質素な暮らしを選ぶことだって認めるわ。でもね、ダニエーレ、娘があの男と結婚するのを許してしまうほど、わたしは見下げた女じゃない」

「これは、じつに深刻な問題だ」と、ダニエーレ。「よくよく考えなければ。さあ、もういらいらするのはやめなさい。アクスミンスターの絨毯《じゅうたん》に穴があくぞ」

オーロラは従順にソファーに腰を下ろし、ダニエーレが眉根を寄せ、灰色の目を伏せる様子を眺めた。狡猾なダニエーレも、さすがにこの問題にはお手上げなのかもしれない。そう思ったとき、ふいに彼が微笑み、両手でぴしゃりと腿《もも》を叩いた。

「じつに独創的な解決策を思いついたよ、オーロラ」と、ダニエーレが控えめに言った。

「きみはお上品ぶる女性かい？」

「お上品ぶる？」と、オーロラは繰り返し、首をかしげた。「そうは思わないけれど、ダニエーレ。なぜそんなことを？」

「というのもだね」と、彼はゆっくりと言った。「わたしが考えだした、ジアナの目を覚ます方法は、ふつうの母親ならとても認められないたぐいのものだからだ」

「説明して、ダニエーレ」

「ああ、説明しよう。だが、わたしが話しおえるまで、途中で口をはさまないと約束してくれるかい？」

オーロラがうなずき、思わず身を乗りだした。

ダニエーレは少し間を置き、彼女の顔をやさしく見つめた。「いいかい、オーロラ。計画を話す前に、まず、きみは事実を直視しなければならない。きみを悩ますのはランダル・ベネットだけではない。ジアナを妻にしようとする男なら、だれだって、これからきみの悩みの種になるだろう」

「もちろん、そうね」と、オーロラが深い吐息をついた。「少なくとも、あの娘がちゃんとしたおとなになるまでは、心配が尽きないわ。あの娘のありのままの姿を受けいれ、ジアナがそれを望むのなら自分のお金の管理は自分でさせ、自分のことは自分でやらせてくれる男と結婚するだけの分別と見識が身につくまでは」

「そんな男はめったにいない」

オーロラが悲しそうにうなずいた。

「そうすると、ジアナにいま、いや、いますぐに必要なものは、強烈な人生経験だ。そうした経験をすれば、彼女も長い目でものごとを見られるようになるだろう。ローマの淑女たちは、きみたちイングランドの淑女たちとなんら変わらない。そして、まあ、男はといえば、それはもう万国共通だろう」

彼女がうなずいたので、ダニエーレは先を続けた。「では、計画の説明にはいるとしよう」

彼は計画の全貌を長々と説明した。オーロラは唖然とした。

「なんだか、とても非現実的に思えるわ。それに、とても――」

「不道徳？」

「いえ、そういうことじゃない。ただ、危険すぎる。ジアナはまだ幼いのよ。あなたが説明したような光景を、わたし自身、見たことがないし、想像したこともない。そんな世界に娘を放り込むなんて」

ダニエーレは微笑み、あたたかく彼女をからかった。「きみも生徒になりたいかね、オーロラ？」

「考えさせて、ダニエーレ」彼のからかいを無視し、オーロラは考え込んだ。「そんな人たちに娘を会わせていいものかしら。まちがいなく、わたしは世の母親らしからぬことをするわけでしょう？」

「きみを躊躇《ちゆうちよ》させているのは、きみ自身の道徳心だ。だが、いまは、きみの立場なんぞ考えている場合じゃないんだよ、オーロラ。ほかに選択肢はない。賢いきみのことだ、ジアナにとってなにが最善か、よくわかっているだろう？　きみなら、自分自身と自分の感情をうまく扱える」

「これほど重い決断が、わたしに下せるかしら」

「じっくり考えるがいい、オーロラ。じっくりとね」


翌朝、オーロラはふだんよりも早く目覚めた。寝室から外にでると、ジアナのメイドのデイジーが、だいじそうに胸に封筒を抱えているのが目にはいった。ランダル・ベネットとまた逢瀬の約束をしたのだろう。さもなければ、もう、駆け落ちの準備を始めているのかもしれない。その封筒を見た瞬間、オーロラは決心を固めた。そして、ジアナの寝室にあわててはいっていこうとしたが、思いとどまり、頭を振った。いいえ、これはふたりの正式な取り決めになるのだから、図書室できちんと話し合いをしなければ。

「お母さま、なにかご用？」ジアナが戸口に立っていた。母親が寝室にはいるのをためらっているのを察し、それなら対決してやろうと、自分から母親の部屋に出向いてきたのだろう。

「ええ、ジアナ」オーロラは努めて明るい声をだした。「はいって、おかけなさい。そろそろ、取り決めをする頃合だと思って」娘の姿に、オーロラは目を見張った。今朝のジアナは、またなんと愛らしいのだろう。パピエ・マルシェの椅子の端に、いぶかしげに腰を下ろす姿は優雅そのものだが、口元だけは不機嫌そうにとんがらせている。

「取り決め？」

「きょうは、六月一日でしょう？　だから、いまから三カ月後の九月一日に、あなたがランダル・ベネットと結婚するのを承諾するわ。ただし、ひとつ条件があるの。ダニエーレおじさまとローマに行き、夏のあいだ、ローマですごすこと」

娘がいぶかしげに目を細めた。頭のなかで疑問が渦巻いているのだろう。

「わたしはね、承諾すると言ったら、かならず承諾します。そうなれば、あなたは望みどおりのすばらしい結婚式を挙げられる。わたしも全面的に支援するし、協力するわ。ランダル・ベネットをわたしの義理の息子として認め、彼が希望するのなら、うちの会社にはいってもらっても構わない」

「ママったら、たった三カ月のあいだに、この世で永遠に愛しつづける唯一の男性を、わたしが忘れるとでも思ってるの？」

「まさか、そうじゃないわ」オーロラは、自分の手に目を落とした。椅子の肘掛けを強く握りすぎて、関節が白くなっている。娘の愚弄《ぐろう》するような声を聞き、オーロラは決心をあらたにした。もう後戻りはできない。「ジアナ、たいていの女性はね、結婚したとたんに自分ではなにひとつ決められなくなってしまうの。自由を失い、ただ、夫の言うがままになってしまう。いいえ、まだ口をはさまないで。わたしはランダル・ベネットのことだけを話しているんじゃないの。ただ、彼もそうなるだろうと確信はしている。いったん、あなたが彼の妻になったら、そして彼の所有物になったら、あなただってそんな扱いを受けるのよ。社交の場では彼の所有物として見せびらかされ、品定めされるでしょう。でも、それが終わればあなたはすぐに家にこもり、子どもの世話をしなければならない。そして、自分と同じような女性たちだけの社会に埋もれてしまう。あなたが下すもっとも重要な決断は、料理人にどんな夕食を用意させるかという程度よ。ワインさえ選ばせてもらえないわ。ワイン選びは男の領分ですからね。幼い娘たちにどんな乳母をつけるかは決めさせてもらえるし、仕立て屋も選ばせてもらえるかもしれない。でも、夫というものは、すぐに愛人をつくるの。まあ、あなたのことを嫌いにならなければ、少なくとも情事を隠しておいてはくれるでしょうけれど」

ジアナは自分を抑えることができず、声を張りあげた。「もう充分よ、ママ。ランダルはそんな人じゃない。彼はわたしを愛しているの。いつだってわたしを大切にし、庇護《ひご》してくれるわ。わたしを置いて、愛人のもとに走ったりするもんですか」

「そうよね、ジアナ、あなたはそう信じている。だったら三カ月だけ、ダニエーレおじさまとすごしてちょうだい。そうすれば、わたしの承諾が得られるのよ。三カ月なんてあっというでしょう？」

三カ月もランダルに会えないなんて。まるで永遠のように思える。ジアナは疑い深く母親をにらみつけた。わたしがランダルを愛さなくなると思うなんて、なんてママは愚かなんだろう。たとえ、はるか遠くの中国に追いやられたとしても、わたしはランダルを愛しつづける。ママの許可など必要ないと断言しようかと思ったとき、ランダルの悲しそうな声が思い出された。〝ああ、可愛いジアナ。きみに——ぼくたちに——お母さまを説得することができればいいのに。ふたりの愛と結婚を認めてもらえれば、ぼくたちの人生はずっと快適なものになる。それに、お母さまとぼくのあいだで、きみが板ばさみになるなんて耐えられないよ〟

「わかったわ、ママ。わたし、ダニエーレおじさまとローマに行く。絶対に三カ月だけよ。ただし、ひとつだけ、わたしからも条件を言わせて。わたしが留守にしているあいだ、ランダルをわたしから引き離そうとしないで。帰国したとき、わたしにたいする彼の接し方が変わっていたら、わたし、許さないから。一生、許さない」

「ええ、よくわかったわ、ジアナ。了解しました。でも、わたしが承認を与えるうえでの条件を、こちらからも言わせてもらうわ。ローマにいるあいだ、あなたはダニエーレおじさまの命令を絶対に聞かなくてはならない。ダニエーレおじさまが選んだ女性たちやご夫人がたに会わなくてはならない。そして、彼女たちがどんな生活を送り、どんな考え方をし、どんな話をしているのか、知ってほしいの。そうしたら――」

ジアナはせせら笑った。「いやだ、ママったら。そんなことなら、ロンドンでもできるじゃないの」

「三カ月後には、あなたにもわかるわ。ものごとには表裏があることが。ご夫人がたの夫がこっそり会っている女性たちと、あなたは会い、話すことになる。そして、男たちがそうした女性たちをどんなふうに扱っているかを学ぶことになる。男たちが、そうした女性や妻をどれほど見くだしているかが、あなたにもよくわかるでしょう」

「愛人のことを言ってるの？」ジアナが驚きのあまり大きく目を見ひらいた。「ふしだらな女たちと、知り合いになってほしいわけ？」

「いいえ、愛人じゃないわ。だって愛人というのは、ひとりの男性と一定期間、一緒にいる女性のことでしょう？　でも、わたしが指しているのは、娼婦のこと。もちろん、あなた自身が娼婦になるわけじゃない。それでも、あなたは人生の表裏を見ることができる。そして九月に帰国したとき、万が一、まだ結婚したいと思っていれば――」

「そうじゃないわ、ママ」と、ジアナが低い声で言った。「万が一、じゃない。わたしは帰国したとき、絶対にランダルと結婚したいと思っている」

「すべて、あなたの決断ひとつよ、ジアナ。わたしはもう口をはさむつもりはない。でも、ダニエーレおじさまの言うことには一言一句、従って。さもなければ、この取り決めは無効よ」

「これまでにない、一風変わった夏になるわね。わたし、身持ちの悪い女の人に会ったことがないし」と、うぶな娘らしくジアナがつけくわえた。

でも、おそろしく質《たち》の悪い男には会ったじゃないの。「わたしが頼んだこと、よくわかったわね？」

「ええ、わかったわ。淑女とふしだらな女の、両方と仲良くなってほしいんでしょう？」ジアナがくすくすと笑った。「どれほどお行儀の悪い、いけないことをお勉強するのかしら」

「いわゆる夏の休暇っていうわけにはいかないのよ、ジアナ。それは保証する」男たちに身体を売る商売をしている女性たちと顔を合わせるのがどんなことを意味するのか、ジアナにはまったくわかっていない。ほんとうに、こんな計画がうまくいくのかしら。一瞬、オーロラはダニエーレの案に不安を覚えた。それに、この計画を実行するというわたしの決断は正しかったのかしら。もちろんわたしは、そうした男と女の関係を、モートン・ヴァン・クリーヴと自分の悲惨な結婚生活に重ねあわせている。そして夫の死後、自分の財産を狙って群がってきた男たちにもだぶらせている。世間には、妻を愛している夫がいるのかもしれない。善良で忠実な夫もいるのだろう。でもランダル・ベネットは、けっしてそのひとりにはならない。

オーロラが視線を上げると、ジアナがいぶかしげにこちらを見ていた。思いが表情にあらわれていることに気づかず、眉間に皺を寄せている。

「ママって、男嫌いなの？」

ジアナの声に哀れみの情がこもっているのに驚き、オーロラは胸を衝かれた。「男の人が嫌いなわけじゃないわ、ジアナ。でも、かれらには力がある。女性よりもずっと強靭《きょうじん》な肉体をもっているし、自分たちに都合のいいようにつくった法律という権力ももっている。わたしは、それに用心しているの」

「でも、ママは男じゃないけれど、権力をふるっているじゃないの」

真実を話すのよ、オーロラ。少なくとも、少しは真実を話したほうがいい。「こんなふうになったのは、お父さまの本意ではなかったの。もし、あなたのお兄さまが亡くなっていなければ、わたしは家にこもって刺しゅうばかりして、むなしい日々を送っていたでしょうね」

「お父さまのことを憎んでいるのね」

「お父さまがいらっしゃらなければ、あなたを授かることができなかったわ、ジアナ。そしてわたしはこの世のなによりも、だれよりも、あなたを愛している」

「質問にイエスかノーで答えてと、強制はしないわよ、ママ。だけど、わたしだってもう、小さな女の子じゃないんだから。そろそろわかってくれないと」

オーロラは、ゆっくりと息を吐きだした。そして、ついに、とても低い声で言った。「モートン・ヴァン・クリーヴは、さっき説明したような、まさにそんな男性だった」

「自分がつらい思いをしたから、わたしを罰したいわけね。自分が夫に失望したから」

「そうじゃないわ。ただ、あなたを守りたいのよ。わかって、ジアナ。いま、あなたの頭のなかはランダル・ベネットのことでいっぱいなの。永遠に愛すとか一生尽くすとか、そんなことばかり思って、ママの言うことなど気にとめていないのはわかる。でも、いいこと、もしあなたがママの相続人でなければ、彼はあなたに興味などもたなかった。わたしの――いえ、わたしたちの――財産は、恩恵でもあるし、呪いでもある。人間というものは、男も女も、おいしい思いをしたければ本心を隠しますからね。だからこそ、あなたはむきだしの世間を見てこなければならない。そうすれば、いつか、あなたのことを心から愛してくれる男性を見つけることができる。あなたには、その相手がわかるはずよ。そうすれば、幸せになれる」

「わたし、もう、その男性を見つけたのよ。幸せになるのを拒否してるのは、ママのほうじゃない？　ランダルはわたしのお金になんか、これっぽちも興味ないのよ。ママだって、こんな茶番で彼への気持ちやわたしの決意を変えることはできないって、わかってるくせに」

苦い胆汁のように喉に湧きあがってきた塊を、オーロラはなんとか呑み込んだ。

「それが事実になれば、ジアナ、九月にあなたの決定にしたがうわ。いずれにしろ、ローマに発つ前に、ランダル・ベネットにいちど会っておきたいでしょう？」どっちにしろ、あなたをとめることはできないんだし。「ただ、これだけは約束してちょうだい。ふたりの愛情が三カ月もつことを母親に証明するために、イタリアでおじさまとすごすことに同意したと、それだけしか彼には言わない。約束できる？」

「約束するわ。どんな目的があるにせよ、遊女と楽しくおしゃべりするのを、ランダルが未来の花嫁に認めるとは思えないし」晴れ晴れとした笑顔を母親に見せると、ジアナは図書室からでていった。

ローマ、一八四七年

4

ダニエーレ・チッポロの御者は、幌《ほろ》をあけた馬車を広大なサンピエトロ広場に乗りいれ、左側で荷車を引く薄汚れた鹿毛《かげ》に気をつけながら、陽光あふれる広場で大きく弧を描き、ベルニーニが設計した列柱の影へと葦毛《あしげ》を駆った。

ジアナは、うれしそうに吐息をつき、広場の中央にあるアレクサンデル七世の噴水のほうに片手を振った。「すっかり忘れていたわ、ダニエーレおじさま。なにもかもがこんなに壮麗だったなんて。なんて見事な噴水でしょう。テベル川までコンチリアツィオーネ通りを行きません?」

ダニエーレは、興奮しているジアナの様子に微笑んだ。彼にしてみれば、この広場は夏のあいだ観光客が多すぎて閉口するのだが。

「お安い御用だ、ジアナ」ダニエーレが御者のマルコにすばやく指示をだすと、馬車は巨大な列柱に沿って走り、またひどい渋滞のなかへと戻っていった。

「ローマの夏って、こんなに暑かったのね。それに、人また人」ジアナは、扇であおぎながら言った。「昨晩は、なかなか寝つけなかったわ」

「わたしにはちっとも暑くないがね、お嬢さん。耐えがたいのはイングランドの夏のほうさ。霧はでるし、湿気はひどい。通りを歩いている人たちの顔をもっとよく見てごらん。休暇で観光中のきみの同国人が大勢いるはずだから。鉄道が敷かれたおかげで、人でごった返すようになってしまった」

「しかたないでしょう？　それだけ、ローマはロマンティックなところなんですもの。ああ、一緒にいられたらよかったのに、ランダ――」ジアナはあわてて口をつぐみ、目の端でちらっと彼の顔色をうかがった。

だが、ダニエーレはただ微笑むばかりだった。その寛容な笑顔が、かえってジアナの癪にさわったようだったが。彼は、ロンドンでランダル・ベネットと会っていた。それも、偶然を装い、自然にランダルと知りあえるよう算段してのことだった。ランダルという男がほんとうにオーロラが説明するような男なのか、それともオーロラの勘違いなのかを、自分の目で確かめたかったのだ。セントジェームズ通りの〈ブードルズ〉という酒場にでかけたダニエーレは、首尾よくその若者と親しく会話をかわしただけでなく、シェリーのグラスまで一緒に傾けたのだった。その結果、ジアナを一刻も早くロンドンから連れださなくてはと、あせりを覚えたほどだった。ランダル・ベネットの魔の手がおよばないところに、すぐにジアナを連れていかなくては、と。うぬぼれの強い、傲慢《ごうまん》な青二才め。オーロラが言うようにランダルが冷酷な男かどうかは判断しかねたが、この二週間、ジアナと一緒にすごすうちに、あの青二才がじつに巧みに二枚舌を使っていたことがわかり、ダニエーレ自身、舌を巻いていた。あんな男と結婚したら、悲惨な結末を迎えるのは目に見えている。なんとしても、このうら若き乙女を救わなければ。ダニエーレは決意を新たにしていた。

あの晩、酒場でゆっくりと話を聞いてやるうちに、あの若造は自分が貴族の出であることや、結婚相手が富豪の娘であることを自慢しはじめた。富豪って、どんな富豪なんだい？そうダニエーレが尋ねると、ランダルはこう打ち明けたものだ。じつはね、相手の家には、男と肩を並べて商売をしようとしている、頭のおかしいばあさんがいるんだよ。それが、なんと婚約者の母親でね。ダニエーレは、信じられないというような表情をわざと浮かべた。するとランダルはさげすんだようにつけくわえた。まあ、その娘には、おれがじきに手をつけるから心配ないさ、と。

顔から笑みを消すまいと努力しながら、ダニエーレは目に手をかざし、サンタンジェロ城を見やった。ハドリアヌス帝の霊廟《れいびょう》であるその灰色の遺跡は、テベル川を臨む崖の上にくっきりとそびえている。この風景を見ると、自分がローマっ子であることを感謝せずにはいられない。くわばらくわばら。ハドリアヌス帝は領土をイングランドまで広げたが、冷血なイングランド人に生まれていなくて助かった。

「じゃあ、きみはまだローマを楽しんでくれているんだね、ジアナ？　三年前のことを思い出すよ。きみにつきあっているうちに、疲れてげっそりしたものさ」

ジアナは少し不安そうな顔を浮かべた。ローマへの訪問のあいだ、おじさまに負担をかけすぎてしまったのかしら？

ダニエーレは身を乗りだし、ジアナの手袋をはめた手を軽く叩いた。「ハドリアヌス帝の霊廟に寄る時間の余裕もあるだろう。あのころ、愛くるしいきみがはしゃいだように、オリーブやイトスギの木立で遊びたわむれるとしよう」

ジアナは、しばらくだまり込んだ。カンポ・ディ・フィオーリ広場の花市に並ぶ色とりどりの鮮やかな花の列に目を向けながらも、街の花売りの呼び声も、値切る客の甲高い声も、往来の馬車の騒音も耳にはいってこない。ダニエーレおじさまは、もう思い出せないほど昔から、わたしの人生の一部だった。おじさまはいつもやさしくて、あたたかく見まもってくれた。でもいまは、ママの命令でわたしと一緒にいる。わたしがおじさまに頼んだわけじゃない。これから、いったいなにが起こるんだろう？　ジアナはひどく不安だったし、おびえてもいた。

ダニエーレは、じっとジアナを観察していた。彼女の気持ちも、少しはわかる。この娘はあまりにも若い。そのうえ自分のちっぽけなドラマに夢中になっていて、こちらの気持ちを推しはかることもできない。今回、ローマをふたたび案内するうちに、ダニエーレにはジアナのことがよくわかってきた。母親に似ておそろしく頑固なところがあるし、ものごとに無我夢中になるところもある。それでも、賢さの点では母親にはかなわない。今回の計画を実行に移せば、ジアナは激しく動揺するだろう。まだほんの子どもで、偽善や狡猾さを理解するだけのおとなの智恵がなく、ランダル・ベネットなら愛情と庇護を与えてくれると信じ込んでいるのだから。やれやれ、あの男はまさにオーロラが話していたとおりの見下げはてた男だというのに。

娼婦たちと会うだけでは、淫《みだ》らな快楽をのぞき見し、背徳の香りが記憶に残る程度で終わってしまうだろう。いや、それだけでは足りない。ジアナにはもっと直接、おとなの偽善を体験させなければ。そして、ジアナと同じ階級の男たちが女性に強要している恥辱を、身をもって体験させなければ。

自分が立てた計画をほんとうに実行に移し、ジアナをそうした環境に放り込んでいいものかと、ダニエーレはずっと逡巡《しゅんじゅん》していた。そして二週間かかり、ついにそのためらいを捨てていた。彼は、じっとジアナの横顔を見た。その愛らしい顔はあけっぴろげで、周囲のものを心から楽しんでいる。この計画を実施すれば、のちのち、ジアナから憎まれることになるだろう。だが母親にさえ計画の詳細を伏せたまま、娘を説得するだけの狡猾さが自分にはある。ダニエーレは、それをよく自覚していた。

「ジアナ」と、ダニエーレは声をかけ、彼女の目をこちらに向けさせた。「あのときと同じように、今回の休暇も一緒にすごせればと願ってはいるんだよ。だが、それはできない。きみの愛するミスター・ベネットに関して、わたしはお母上と同じ見解をもっている。そしてきみは、われわれに選択肢を与えてくれない。だから、ジアナ、きみにはこの短い夏のあいだに強烈な体験をしてもらう。夏が終わるころには、おとなにならざるをえないだろう。わたしの希望より、ずっと早くね」

「わたし、もう、おとなよ」と、ジアナが返した。「わたしのランダルへの愛情が、ひと夏ももたないと思っているのは、おじさまとママだけなんだから」

「そうかもしれない。だが、そんな愛情が続かないことを願うよ。この世には冷厳な事実があってね、ジアナ。ランダル・ベネットは、そうした厳然たる事実のひとつだ」

「おじさまは、まちがってる。どうしようもなく、まちがってる」

「まあ、いずれにしろ、わたしたちはそれぞれ、自分が考えていることを主張しているわけだ。お母上はきみに、人生の表裏を見ることになるとおっしゃっただろう？　きみと同じ階級の既婚夫人だけでなく、コインの裏の世界に暮らす女性たちとも会うことになると」

「ええ、おじさま。娼婦のことでしょ？」

その声には屈託がなく、小ばかにするような響きさえあった。この娘にとってはなにもかもが、淫らなゲームにすぎないのだろう。「お母上は」と、わざとへりくだった口調で言った。「俗世間から守られて生きてこられた。娼婦と会っても、相手が娼婦だとは気づかないかもしれないね」

「ええ、その点では、どこまでも淑女ですもの」

「だが、きみは人生を深く味わってみたいだろう、ジアナ？　人生の裏まで身をもって経験すれば、自分が置かれている立場にあらためて感謝するかもしれない」

「そうでしょうね」と、ジアナ。「現実を直視しようとせず、のうのうと暮らしている人もいるけれど、わたし、そんなのはいや」

「ほお。ということは、ジアナ、お茶を飲みながら娼婦たちとただおしゃべりをするだけじゃなく、まあ、その、娼婦になってみても構わないってことかい？　ちょっとした冒険ができるし、実人生を理解したいというきみの渇望も癒される」

ジアナが彼を見つめた。その青い瞳が、いかにも興味津々といったように輝き、黒といっていいほど濃くなった。「なにをおっしゃってるの、おじさま？」

ダニエーレは口をひらきかけたが、思いなおしたように肩をすくめた。「いや、なんでもない、ジアナ。もしかすると、わたしにも、きみ自身にも、証明してみたいんじゃないかと思ってね——だが、きみのような箱入り娘には、どだい無理な相談だ」

「聞かせて、おじさま。九月には、わたし、結婚するのよ。もう、自分のしたいようにするわ」

ジアナに袖まで引っ張られても、ダニエーレはまだ迷っているふりをした。「だめだ」と、ついに彼は口をひらいた。「きみのようなお育ちの、ましてや、きみのような性格のお嬢さんが、あんな裏の世界で生きていけるわけがない。こんな話をもちだしたわたしがばかだった」

「おじさま」と、ジアナがいらいらしたように言った。「わたしみたいな性格って、どういう意味？　その裏の世界とやらを直視するだけの力が、わたしにはあるはずよ」

「このうえなく卑劣で強欲な世界だぞ」

ジアナは、そんなもの意に介さないというように片手を振った。「からかわないで、おじさま。気の滅入ることばかりおっしゃって、わたしの気をくじこうとしても無駄よ」そして、なにもかもお見通しだといわんばかりに目を輝かせた。「それに、どんなことがあろうと、わたしのランダルへの気持ちはけっして変わらない」

「自信たっぷりだな、ジアナ」と、ダニエーレはつぶやいた。「それはね、きみがまだ若くて、なんの社会経験もなく、気高いほどに無垢《むく》だからだよ。世の中のことなど、これっぽっちも――いや、なにも、きみを侮辱するつもりはない」ジアナの顔にはさまざまな感情が浮かび、とうとう最後には、彼の恩着せがましい態度への怒りがあらわになった。

「それにね、可愛いおちびちゃん」と、やさしい口調に侮蔑をただよわせ、先を続けた。「きみとわたしのあいだで、まあいわば、この賭《か》けをしようと決めたところで、きみはすぐ約束をやぶり、おじさまは意地悪だとかなんとか、わめき散らすだろう。まだまだ幼いお嬢さまだもの」

「絶対にそんな真似はしません」ジアナが彼に顔を近づけ、にらみつけた。「この賭けを、仮に実行したとして――わたしが勝ったら、なにをいただけるの？」

「一万ポンド進呈しよう、ジアナ。ランダル・ベネットとの結婚祝いに」

「一万ポンド？」そんな贈り物をもらったら、ランダルはどれほど喜ぶだろう。それも、このわたしが自分で稼いだといってもいいお金なのだから。「じゃあ、わたしが負けたら？」

ジアナが甲高い声で尋ねた。

「負けたら、きみはランダル・ベネットと別れる」

「受けて立つわ」

「ちょっと待った、お嬢さん。この取り決めの条件について説明させてくれ」

ジアナは、そんなの結構というように片手を振ったが、ダニエーレは厳しい声で食いさがった。「いや、だめだ。ちゃんとこの賭けの内容を理解してもらいたいんだよ。いったん賭けを始めてから、こんなはずじゃなかったと口をとんがらせてもらいたくないからね」

「いいわよ、おじさま。わたしにショックを与えて、おじさまは満足したいだけなんでしょう？　おじさまはそもそも、わたしをびっくりさせたいだけなんじゃない？」

「きみは、ただ娼婦と会うだけではないんだよ、ジアナ。きみには娼館で娼婦を演じてもらう。つまり娼婦のような格好をして、娼婦のように扱われるわけだ。お母上には想像もつかないようなことを、きみは目の当たりにするだろう。しかし、約束する、きみの身体にはだれにも触れさせない。処女のままでいられる。どう、これでも受けて立つかい？」

ジアナは彼から視線をそらした。両手を膝の上で不安そうに握りしめる。「わたし、いままでいちども娼館に行ったことがないの、おじさま」と、ついに口をひらいた。「それどころか、そこでどんなことがおこなわれているのかも、よく知らないし」

ダニエーレは、思案しながら彼女の横顔を見つめた。これ以上、遠まわしに説明するのはよくない。いくら言葉を選んだところで、純真無垢な乙女のためにならない。「娼館というのはね、快楽の館なんだよ、ジアナ。男が性的な欲望を満足させるために行くところだ」

ジアナの頬が、恥ずかしさのあまり薔薇色に染まった。ほんとうにこれでいいのだろうかという迷いを捨て、彼は淡々と説明を続けた。「男と女が一緒になにをするか、知っているかね、ジアナ？ おしゃべりをしていないときには？」

ハイドパークでふたりきりになったとき、ランダルに背中を撫でられたときのことを、ジアナは思い出した。こわくて、思わず身を引いてしまった。でも彼は、悪かったとあやまってくれたわ。

「いちど、彼に背中をさわられたことがあるわ」膝に目を落とし、ジアナが答えた。

「ははん。これまでに、不思議に思ったことはないかい、ジアナ？ 結婚式の夜まで、どうして娘のほうだけがこれほどばかみたいに、なにも知らないままでいるんだろうって？」

「だって、きちんとした家の娘は、結婚するまで、そんな知識をもっちゃいけないんですもの」

「なるほど。じゃあきみは、夫のほうも同様に、肉体的なことについてなにも知らないままだと思っているのかい？ なんの知識もないと？」

ジアナは首をかしげた。「そんなこと、考えたこともなかった。だって、男の人は万事をよくわきまえていると、そう思い込んできたんですもの」

「じゃあ、セックスについて、男はどうやって学ぶと思う？」

そのあからさまな単語を聞き、ジアナはまた顔を真っ赤にした。その単語を耳にしたのは、フランス出身の友人リネットが、女学校の友人を侮辱するときに吐き捨てるように言ったときだけだったからだ。「ふしだらな女の人から教えてもらうんでしょ？ 身持ちの悪い女の人から」

「ふしだらで身持ちが悪い女性から教えてもらうのなら、そうした女性たちを利用する男たちだって、やっぱりふしだらで身持ちが悪いんじゃないのかな？」

「そうねえ。でも、男の人は話がべつなんじゃない？　だって、世間の人はそう考えてるでしょう？　わたしだって夜になったら、ルームメイトのデリーとベッドのなかで知っているかぎりのことをおしゃべりしたものよ。全部、聞きかじりだけれど」

ジアナの声が愚かといえるほど純真だったので、ダニエーレはひるんだ。そして一瞬、オーロラにたいして怒りを覚えた。まったく、オーロラともあろう女性が、娘をこれほど箱入りに育て、無知のまま放っておくとは。だが、とダニエーレは豊かな灰色の口ひげを撫でながら考えなおした。ジアナがこれほど世間知らずなのも、考えようによっては好都合だ。

「その友だちとおしゃべりをして、どんなふうに考えるようになったんだい？」

「男性は生まれつき、そういう欲望が強いんだからしかたがないって、女の子たちはみんな言ってたわ」ジアナは、ランダルにキスされたときの天にも昇るような心地と、背中に触れられたときにぞくっと感じた恐怖とを思い出した。「そういう欲望って、愛情とはちがうものなんだと思う」

そんなふうに考えるには、まだ若すぎるのにと、ダニエーレは思った。ひょっとするとオーロラも、男の腕のなかで性の悦楽を味わったことがないのかもしれない。モートン・ヴァン・クリーヴとの結婚は、砂漠での生活に等しかったのだろう。

「ローマには数えきれないほどの娼館がある」と、ダニエーレは言った。「でも、女性に快楽を提供する、女性向けの娼館がないのは妙だと思ったことはないかい？」

なんの話かわからず、ジアナがきょとんとした。「だって、女の人にとって、そういうことって楽しくないんでしょう？　正直に言うとね、おじさまの話って、あまりにも常識からかけはなれてるわ。もうわたし、そのことについて話したくない」

「そのこと？　それはつまり、セックスを指すのかい？　それとも性交？　交尾？　いいかね、お嬢さん。愛の行為には快楽がともなうべきなんだ。男性同様、女性もね。それは食事や睡眠と同じように、人間の自然な営みだから、そうあるべきなんだよ」ダニエーレは言葉をとめた。そしてジアナを侮辱しないよう、ぎりぎりの口調で話しはじめた。「さあ、これでさすがに討論しつくしただろう。もう、ご満足かな？　なにか質問は？」

ジアナは顎をつんと上げ、強い口調で言った。「もう、よくわかったわ。賭けに応じます、おじさま」

「よく考えなさい、ジアナ」

「よく考えたわ。考えましたとも」と、ジアナは答えた。「受けて立ちます」

「信じていいんだね」と、ダニエーレが明るい口調で言った。「約束は守るんだよ、ジアナ」

ダニエーレは幌をあけた馬車のなかで身を乗りだし、御者のマルコになにやら命じると、黒い革張りのクッションにふたたび背をあずけ、口をひらいた。「賭けに応じたのだから、きみは、わたしの命令に絶対に従わなければならない。いいね、ジアナ？　わたしがしろと言ったことは、かならずしてくれるね？」

ジアナはうなずいた。最後に密会したとき、ランダルに懇願されたことが思い出された。「お願いだ、いとしいひと」彼女が痛みで顔をゆがめるほど強く指を握り、ランダルが切羽詰ったようにささやいたのだ。「お母さまがおっしゃるとおり、そのおじさまとやらと、三カ月、ローマですごしてきてくれ。ぼくたちの未来と幸福がかかってるんだから。頼む、ぼくを失望させないでくれ、ジアナ」と。「きみはこれから、イングランドじゅうで、いやヨーロッパじゅうで、もっともその方面の知識を深めた処女になるだろう――だれよりも慎み深くはあるが、知識だけはだれにも負けない処女にね」と、ダニエーレが言った。

馬車はウンベルト一世橋を渡りはじめた。「おじさまも娼館に通われてるの?」おずおずとジアナに尋ねられ、ダニエーレはぎょっとした。だが、目を輝かせながら答えた。「ああ、ジアナ。もう年だから、昔ほどではないがね。それでも、ああ、ときおり行っている」

「奥さまは気になさらないの?」

「妻には言わないからね」無口で、冷淡なエラナ。もちろん、妻は知っている。これまでに数々の愛人が存在したことも、すべて承知している。だが、妻は気にしていない――だから、妻とはベッドをともにする気になれないのだ。エラナはお行儀のよい妻、お行儀のよい淑女でありつづけてきた。

ジアナはふたたびだまり込み、ダニエーレの返事について考え込んでいるようだったが、やがて口をひらいた。

「ランダルは絶対に、そんなことはなさらないわ」

ダニエーレはただ疑うような顔をして見せ、紋織りの白いチョッキをなおした。すると、静かで落ち着いた雰囲気のただよう横丁へと馬車が曲がり、とまった。

彼は馬車から降りた。「ここで待っていなさい、ジアナ。すぐに戻るから」

三十分ほどたち、ダニエーレが戻ってきたころには、ジアナは暑さで気分が悪くなっていた。

「おいで、ジアナ」ダニエーレが手を差しだした。「散歩をしよう」

ジアナは差しだされた手をとり、軽やかに歩道に降りたった。「どこに行くの?」

「娼館だよ、ジアナ。きみを連れていく場所を御者に知られたくないから、ここから歩くとしよう」

ジアナは奇妙な興奮を覚えた。これまでじれったい思いをしながら聞かされてきたことを、生まれて初めて目の当たりにするのだ。

「ジアナ、レッスンを始める前に、わたしがきみのことを心から大切に思っていることを覚えておいてほしい。おちびちゃんだったころから、わたしはいつだってきみを大切に思ってきた。一緒にすごした歳月は、かけがえのない宝物だよ。だがね、この夏は、絶対にわたしに服従してほしい。わたしがなにを命令するにせよ、そこにはかならず理由がある。きみはけっしてだれからも触れられないが、少しばかり現実世界を見ることになる。ひとりの男の妻と、その娼婦の生活を垣間見るんだよ。わたしの要求のなかには、きみにとって不愉快なものもあるだろう。娼館への案内は、その第一歩だ」

「わたしもおじさまのこと、大切に思っているわ。この手が込んだ謎かけは気に入らないけれど」

「わたしを信用し、わたしに従うね？　質問はなしだ」

「約束したことは守ります。おじさまったら同じことを何度も、しつこくってよ」

「いいだろう」


フランス生まれで、名前もフランス風の発音のままとおしているマダム・リュシエンヌ・ロスタンが、気前のいい友人ダニエーレ・チッポロをけだるそうに出迎え、手を振った。そして、彼の横にあんぐりと口をあけた娘が立っているのを見ると、笑いを押し殺した。身をこわばらせた、この可愛らしいお嬢ちゃんの面倒をこれから見るというわけね。

「ボンジョルノ」フランス訛《なま》りのイタリア語で、リュシエンヌは挨拶をした。「おはいりになって。シェリーをいかが、いとしいダニエーレ」

「グラーツィエ、リュシエンヌ。シェリーをいただこう」

「お子さまにはレモネードがいいかしら？」リュシエンヌは早口のイタリア語で、いかにもおかしそうに言った。

ダニエーレはしかめ面をやわらげた。もうこの世界にジアナを連れてきてしまったのだ。

いまさら堅物を気取り、酒を断るのも間が抜けている。「きみもシェリーを一杯どうだい、ジアナ？」

「いいえ、おじさま」ジアナは、スイスの女学校で学んだとおり、形式ばったイタリア語で答えた。「喉は渇いておりません」

シェリーのはいったグラスをリュシエンヌから渡されると、ダニエーレは紹介を始めた。

「ジアナ、こちらがマダム・リュシエンヌ。ローマで最上級の娼館を経営なさっている」

「ほんとうに立派ですわ」と、ジアナは言い、あたりに置かれている大理石でつくられた男女の彫像や石膏《せっこう》をじろじろと眺めた。どの彫像も裸体で真っ白。そして、とても妙な格好に身体を曲げている。なんだか、想像していたような場所ではないような気がした。ここにくるまでは、淫らな色の象徴である深紅色があふれんばかりの部屋を想像していたのだ。だが、広々としたサロンには豪華な調度品が置かれ、たくさんのソファーや背もたれの高い椅子が並べられており、すべてが青と白の微妙な色合いで統一されている。深紅色など、どこにもない。分厚いアクスミンスターの絨毯でさえ、純白に水色の渦巻き模様だ。どっしりとしたカーテンは紺青色の紋織りで、金色の重厚なタッセルがついている。

ジアナは、マダム・リュシエンヌの姿をまじまじと見た。広大な部屋の調度品と同様に、マダムもまた豪華このうえない姿で、燃えるような赤褐色の髪を高く結いあげている。鮮やかなあんず色のドレスは流行のデザインで、なだらかな白い肩から優雅なひだをつくり、ウエストのところできゅっと締まり、そこからはペチコートのせいで大きくふくらんでいる。

何歳なのか、見当もつかない。まさか自分の年齢を話題にして会話を始めるわけにもいかず、どうすればいいのかわからないまま、ジアナはおずおずと片手を差しだした。

リュシエンヌは心のこもった笑い声をあげ、手袋でおおわれたその小さな手を握った。

「お目にかかれてうれしいわ、ジョージアナ・ヴァン・クリーヴ」

「ジアナと呼んでください」

「わかったわ、ジアナ。可愛らしいお名前ね。さあ、観察して気がすんだら、そろそろ、とりかかりましょうか」

とりかかるって、なにに？　金箔の肘掛けがついた優雅な椅子の端に、ジアナは緊張しながら腰を下ろした。

「もう充分観察させていただきましたわ、マダム」ジアナは言い、胸を張った。

「そうかしら？　堅苦しいペチコートの下には、いろいろ隠れているのよ、お嬢さん。さあ、ここが娼館。清潔なリネンでくるんで見せているけれど、娼館であることに変わりはない。うちのお得意さまは、みなさん裕福な殿方ばかり。ローマ、そしてヨーロッパ社交界の最上流の紳士ばかりといえるでしょうね。でも、もちろん、どんなに上流のかたであっても男性は男性。ですから、じつに多種多様な要求があるのよ」

多種多様な要求？

ダニエーレが口をはさんだ。「マダム・リュシエンヌはこれから、いわばきみの先生役を務めてくださる。きみは何回か夜をここですごし、観察し、学ぶことになるだろう」

「なにを観察するんですの、ダニエーレおじさま？」と、ジアナが尋ねた。

リュシエンヌがふたたび声をあげて笑いはじめた。「だからね、お嬢さん、裕福な殿方がうちの女の子たちとやるところを観察するのよ、決まってるじゃないの」リュシエンヌはグラスに残っていたシェリーを飲みほすと、レースの掛けられたサイドテーブルにグラスを勢いよく置いた。「もう、おしゃべりは充分。そろそろ、女の子のお勉強を始めましょう」リュシエンヌは立ちあがり、背筋を伸ばすと、あんず色のスカートをゆすって形をととのえ、有無を言わせぬ口調で言った。「妻として成功するためには、可愛らしく、無力に見えるよう努力し、殿方の気を引かなくてはならない。そして、おっぱいがウエストのところまで垂れてしまう前に、何人か子どもを産むのが当然。でも、娼婦として成功するにも、同様に殿方の気を引かなくてはならない。娼婦は当然、それを顔と肉体の両方でするの。それに、居間ではなく寝室で男性を歓ばせる方法を学ばないと。おじさまからうかがったけれど、ハンサムで精力のありあまっている若者がロンドンであなたの帰りを待っているそうね。もし、うちのような娼館から彼を遠ざけておきたいのなら、お嬢さん、あなたは淑女と娼婦の両方にならなくちゃ。さあ、立ちなさい。あなたの様子を見たいから」

ジアナは困惑した表情でダニエーレの顔をうかがったが、彼が平然とうなずいたので、しかたなく立ちあがった。

リュシエンヌはあたりを威圧するように歩いてくると、ジアナの顎を手ではさみ、顔を上げさせた。「顔は可愛らしいわ、断言できる。青い海の色の瞳と漆黒の髪は、人目を引く組み合わせね。それに、これほどなめらかで白い肌には、イタリアではめったにお目にかかれない」リュシエンヌはジアナの頬へと指を這《は》わせていった。「恥ずかしがることないのよ、お嬢さん」リュシエンヌは身を引くと、唇をすぼめ、緑色の瞳で舐《な》めまわすようにジアナの身体を見た。「ダニエーレ、このお嬢さんはまだ、よそゆきの白いワンピースを着て教会に通ってる少女ってところね」そしてダニエーレの返事を待たずに、ジアナのほうに向きなおった。「ドレスを脱いで、お顔と同じくらい身体も可愛らしいのか、見せてちょうだい」

「なんですって?」ジアナは啞然とし、立ちつくした。

「だから、服を脱ぐのよ」今度は横柄な口調で、リュシエンヌが命じた。

「でも、わたし――」ジアナはすがるような思いでダニエーレを見た。「いったい、どういう――」

ダニエーレがやさしく言った。「言っただろう、ジアナ。ときには不愉快な要求もされるだろう、と。リュシエンヌの言うことには、喜んで従うんだ」

「おじさまの前で、服を脱げっておっしゃるの?」

彼は、ジアナのおびえた口調にもとりあわず、ただうなずいた。

「当然よ、お嬢さん。ダニエーレの女性を見る目はたしかだし、わたしとしては男性の評価を知りたいの。うちのお得意さまにも通用するほど、あなたが可愛らしいのかどうか確認しないと」

「冗談じゃないわ。そんな真似、するもんですか。ほかの人がいるところで服を脱ぐなんて。

母の前でさえ、脱いだことないのに」ジアナはくるりと背を向けると、スカートのひだをもち、ドアめがけて走りだした。

ダニエーレのとげとげしい声に、ジアナは足をとめた。「おやおや、ジアナ。じゃあ、これで賭けはおしまいだね？　そりゃ、きみがちっちゃな女の子みたいに真っ青になり、混乱するだろうとは思っていたよ。だが、約束しただろう？　約束は守らなければ。もし、このままここからでていき、命じられたことをしないのなら、きみには明日、ロンドンに帰ってもらう。そうなれば、お母上とかわした取り決めもやぶることになる」

ふいに、母親の前に立っていたときのことを思い出した。ママが娼婦のことを話題にしただけで、わたし、子どもみたいに興奮したっけ。そして、取り決めをやぶるもんですかと、大見得を切ったわ。それなのに、おじさまに命令されたとたんに賭けに負けてしまうなんて。ジアナの顔が蒼白《そうはく》になった。まさか、こんなことを命令されるとは思ってもみなかった。でも、ここで逃げだしたら、わたしの負けになる。このままロンドンに帰国したら、ママやランダルにあわせる顔がない。

「娼婦って、妻と同じなのよ」と、リュシエンヌが口をはさんだ。「男たちが望むことをするんだから。いちいち女がひるんでいたら、殿方は不平を言うでしょうね。いいこと、娼婦と妻のちがうところはね、娼婦はじゃんじゃん稼げるけれど、妻は稼げない。それが世間というものよ。あなたもそろそろ、それくらいわからないと」

ジアナは大理石の彫像のようにじっと立っていた。ランダルは、わたしがこれほど卑しく恥ずかしい真似をすることを望まないだろう。たしかに、ママの要求に応じてくれとランダルには懇願されたけれど、わたしがここでどんなことを命じられたかを知れば、きっとわかってくれるはず。だがそのとき、最後に会ったときの彼の強い視線や切羽詰った口調がよみがえった。

ダニエーレが奇妙なまでに冷酷な声で言った。「言われたとおりにするんだ、ジアナ。さもなければ、きみは約束をすぐやぶる自尊心のかけらもない子どもだと、証明することになるぞ」

不承不承、ジアナは足を踏みだした。そして、胸の前で腕を組み、足を踏み鳴らしているマダム・リュシエンヌのほうに戻った。

「この茶番に最後までおつきあいするわ、ダニエーレおじさま。でも、なにをさせられたって、最後にはランダルと結婚します」

「お手並み拝見といこう、ジアナ」

だが、いくら虚勢を張ったところで、恥ずかしくてたまらなかった。視線を上げることもできなければ、指の震えを抑えることもできない。ジアナはドレスのウエストに並ぶ小さなボタンをゆっくりとはずしはじめた。

「お嬢さん、そのペースじゃ、殿方のたかぶった気持ちも冷めてしまうわ。殿方は待たされるのがお嫌いなの、よく覚えておいて」リュシエンヌは進みでると、ジアナの両手を軽く叩き、払いのけた。そして残りのボタンを手際よくはずすと、あっという間にドレスの前をはだけた。

「よかった」リュシエンヌはせわしく指を動かし、何枚ものペチコートを脱がせていった。

「あなたの細いウエストが、コルセットのせいじゃなくて」

ペチコートが音をたててつぎつぎに足元に落ちていく。美しい白いモスリンのドレスが、積み重なったペチコートの上にだらしなく落ちる。リュシエンヌの手がシュミーズの肩ひもにかけられた瞬間、ジアナは目を閉じた。

素肌に冷気がさっと触れたかのように、ジアナは顔をゆがめ、両手の指をせいいっぱい広げ、身体を隠そうとした。

「靴を蹴《け》って脱ぎなさい」

ジアナは命令に従った。リュシエンヌの両手が、ジアナの腿から白いガーターを引きさげ、絹のストッキングを下ろしていく。やめて！　金切り声をあげたかったが、そうしてはならないこともわかっていた。ジアナは歯を食いしばった。なにも考えまい。いま起こっていることを忘れ、なにも感じず、彫像のように立っていなければ。

ダニエーレは食いいるようにジアナを見ずにはいられなかった。なんと美しい娘だろう。肌は抜けるように白く、細い腿のあいだには漆黒の毛が三角形に渦巻いている。つんと突きだした胸はかたちのよい丸みを帯び、薄桃色の乳首が紅潮し、細いウエストがひらたくなめらかな下腹部へと曲線を描いている。

「合格ってとこじゃないかしら」じっくり観察をすませると、リュシエンヌがダニエーレに話しかけた。

ダニエーレがうなずくと、リュシエンヌは続けた。「脚は長くてきれいね。殿方は、細くて長い脚の娘がお好きなのよ、お嬢さん。胸はこれから大きくなるでしょう――なんといっても、まだ子どもなんですもの。さあ、後ろを向いて、背中を見せてちょうだい。なで肩で、背中にくぼみがある。いい感じだわ」

マダム・リュシエンヌが両手を尻に軽く這わせてきたので、ジアナはぎょっとして飛びあがった。

「べつに銃で撃とうってわけじゃないんだから、お嬢さん。うちのお得意さまは、誘惑されるのがお好きなの。虚栄心が満たされて、よけいに興奮するのよ。だから、できるだけ姿勢をよくして、すっと立つ方法を身につけなさい。そして、その可愛らしいお尻をいちばん魅力的に見えるように揺らすこと。そうしないと、殿方は奥さんがいる冷たいベッドからでてきてくださらないわ。でもそんなこと、あの素敵な紳士がたはだれひとり望んでいないんですからね」

リュシエンヌは言葉をとめ、ジアナの左側の尻の真ん中にある小さな母斑《ぼはん》に軽く触れた。

「この痣《あざ》、小鳥が飛んでいるように見えるわ。殿方のお気に召すんじゃないかしら、ダニエーレ。もっと近くでごらんになる?」

「いや、結構」と、ダニエーレ。

「さあ、もう服を着なさい、お嬢さん」

ジアナはかがみ、脱ぎすてた服をつかみ、身体を隠した。どこか隠れる場所はないかと、必死であたりを見まわす——が、もはやリュシエンヌもダニエーレも、彼女のほうなど見ていない。

「この娘をまた今夜、お連れになるつもり？」

ダニエーレはかぶりを振り、目の端でジアナを見た。やはり、この娘をすぐに戦場に連れてきたのは正しかった。娼婦の世界を見せるのを先送りにし、もっと慎重にことを進めようものなら、ジアナはあの男と結婚してしまうだろう。いま、ジアナはがたがたと震え、ストッキングをうまく引っ張りあげることさえできない。シュミーズを頭からかぶろうともがいていると、部屋の外からきゃっきゃっという笑い声が聞こえてきた。

「ちょっと待って、ミス・ジョージアナ」と、リュシエンヌが命令した。「うちのお嬢さんたちがあなたのことをどう見るか、知りたいの」

リュシエンヌは戸口にさっと歩いていくと、勢いよくドアをあけた。そこには、三人の娘が立っていた。ジアナとほとんど年齢は変わらないだろう。リュシエンヌの奥に立っている娘を見ようと、首を伸ばしている。

「ずっとのぞき見していたのね、あなたたち。いいわ、はいっていらっしゃい。ルチア、マルゴ、エミリエ」と、リュシエンヌが声をかけた。

「うちでいちばん可愛い三人娘よ」と、リュシエンヌは自慢そうに言い、まだくすくすと笑っている三人をジアナの前に並ばせた。赤褐色、金色、栗色と髪の色こそ異なるが、それぞれが美しい。ひとりの娘が手を伸ばし、ジアナの乱れた髪を手にとった。

「とても可愛いわ、マダム」と、エミリエが言った。

エミリエがまだ髪を手にとっているのに、びくりと身を引いたので、ジアナの頭皮に鋭い痛みが走った。

「殿方は賞賛なさるでしょう、マダム」ルチアが賢そうに言ったが、その黒い目は笑っていた。「それに、肌が真っ白。あそこをおおう黒い茂みも可愛らしい」

恥辱のあまりジアナの顔が蒼白になるのが、ダニエーレにはわかった。ショックで目を大きく見ひらいている。ダニエーレは、蜂蜜色の髪をもつフランス娘のマルゴに声をかけた。

「ジアナがドレスを着るのを手伝ってやってくれ、マルゴ。もう疲れているんだよ」

マルゴがうなずいた。その琥珀《こはく》色の目は真剣だった。「いらっしゃい《ヴィアン》、お嬢さん《プティットゥ》」マルゴがやさしく言い、ジアナの手をとり、部屋のすみへと連れていった。

リュシエンヌがシーッと言い、ほかのふたりの娘を追い払った。「さあ、あんたたち、もう行きなさい。今夜も頑張るのよ」

ジアナがゆっくりと振り返り、ダニエーレに微笑んだ。「いつだって、最初のレッスンがいちばんきついのよね、そうでしょう?」

ダニエーレは下唇を噛み、なにも答えなかった。そして、ジアナの姿を目で追ったまま、おもむろに立ちあがった。「今夜は、連れて戻らないつもりだ、リュシエンヌ。ルイジ・デル・コンデと、甲高い声で話す彼の奥方が、今晩、晩餐《ばんさん》会をひらくんだよ。出席する紳士淑女諸君は、上流どころばかりさ。ここで、顧客としてのかれらに会う前に、社交の場でそうした紳士たちとジアナを会わせておこうと思ってね。無論、その奥方たちとも」

「ダニエーレ、あなたほんとうに、あのおちびちゃんが、おとなの偽善を理解できる年齢に達していると思ってらっしゃるの？」

「理解するだろう」ダニエーレはそう言うと、立ちあがった。「最後には」彼は肩をすくめ、ジアナのほうを見た。彼女は微動だにせず立ちつくし、マルゴがウエストの小さなボタンをとめているあいだ、ぼんやりと目の前を見つめている。

ダニエーレは、クリスピ通りに面した優雅な三階建ての娼館からジアナを連れだし、一頭立てふたり乗りの辻馬車を呼びとめた。御者にペリッチエリア広場のそばに広がる屋敷の住所を告げると、押しだまっている同乗者のほうを向いた。

驚いたことに、彼がなにも言わないうちに、ジアナのほうがこちらを向き、低い声で言った。「大切なマダム・リュシエンヌの立場に同情しろとはおっしゃらないでね、おじさま。それにあそこにいた下品な女の子たちにも同情なんかできないわ。だいいち、彼女たちをあそこで強制的に働かせているのは男どもだと、わたしを説得するのは無理ですからね。彼女たちのほうこそ、男を惑わす妖婦じゃない？　自分のほうから男たちに身を投げてるんだもの。無理強いされているわけじゃないわ。女性が本来もつべきやさしさや善や思いやりといったもののかけらもない。軽蔑に値する。よくもまあ、あの女、妻や淑女を娼婦と比べられたものよ」

あれほど優雅で魅力的な娼館にこの娘を連れていったのは失敗だったかもしれない、とダニエーレは考えた。だが、場末の娼館に連れていけるはずがない。そうした娼館では、娼婦たちが主人たちに奴隷同然の扱いを受け、虐待され、身体をぼろぼろにされている。そして二十五歳になるころには、病にむしばまれている。彼は口ひげの端を引っ張り、ただ答えた。

「きみにも、じきにわかる」

しかし、ジアナはまだ気がすまなかった。屈辱のあまり怒りが煮えたぎり、息ができない。

「よくも、あんな真似をわたしにできたものだわ。どうしてわたしを裸にして、棒みたいに立たせたの？　それも、おじさまや、あの意地悪ばばあの目の前で？」

「それはだね、ジアナ」ダニエーレはゆっくりと言い、彼女の顔を見すえた。「まさにああした扱いを、娼婦が受けているからだよ。娼婦には感情などあってはならないし、慎み深さなどもってのほかだ。娼婦の唯一の価値は、彼女たちを選んだ男をどれだけじょうずに歓ばせるかにかかっている。マダム・リュシエンヌは、自分の仕事をしたまでさ。熱心に相手を歓ばせようと思っている可愛い女の子を男たちに提供できなければ、彼女はいまの仕事であれほどの成功をおさめることはできなかっただろう」

ジアナは非難をこめ、冷たい声をだした。「じゃあ、マダムはあなたのことも歓ばせたの、おじさま？　それにわたしは、おじさまを歓ばせた？」

「きみの肉体を楽しみたいと思っている男の目で、じろじろ見たわけじゃない。だが、そんな男なら、きみのことをこう言うだろうね。満足だ、と。そしてマダムと話をつける。きみはまだ若い。胸はこれから大きくなる。愛撫されればされるほど、女性の胸は大きく、やわらかくなるんだよ。マルゴの胸は豊満だったろう?」

ジアナの身体に震えが走るのがわかった。オーロラがこの話を知ったらなんと言うだろう、とダニエーレは考えた。彼の目の前で、娘が一糸まとわぬ姿にさせられ、画廊に飾られた絵画のように品定めされたと知ったら? 妙なものだ、と彼はひとりごちた。オーロラが暮らす世界もまた、なんと無知なことか。そして処女の娘のほうはといえば、もしこのままローマに残ることができれば、イングランドに帰国するころには、箱入り育ちの母親よりもよほど見聞を広めていることになる。

ジアナは、混乱した頭で考えつづけた。もう、なにがなんだかわからない。でも、あのリュシエンヌという女がけだものだってことはわかったわ。淑女がけっして会ってはならないたぐいの女。たしかに、愛情ある生活に失望した男性は、ああした場所で慰めを得ようとするのかもしれない。でもランダルは、そんな真似をする必要はないわ。だって、わたしは冷たい女なんかじゃないし、ランダルを永遠に愛しつづけるんですもの。彼がわたしの愛に失望するなんてこと、あるもんですか。

「波紋のシルクのドレスが、とてもよくお似合いだこと。薔薇のように華やいで見えてよ」

「ありがとうございます、奥さま」今夜の女主人ミラベッラ・デル・コンデに、ジアナは礼を述べた。晩餐会は長く、つぎつぎと料理がでてきては、片づけられていく。ジアナは新参者であり、関心を一身に集めていた。だが、せっかく淑女や紳士がたと同席しているというのに、情けないほどうまく話せなかった。

「こちらのお嬢さんは、とてもお若いんですのよ」と、ミラベッラが同席していたほかの女性たちのだれに向けるでもなく言った。そしてため息をつくと、腰を下ろし、自分の刺しゅう枠をとりあげた。

ジアナは椅子の端に身を硬くして座っていた。ポートワイン片手の殿方の雑談が、あまり長引かなければいいのに。ジアナは心ここにあらずで、会話には困らないはずのイタリア語も、つっかえたり、アクセントをまちがえたりしていた。

裕福なイタリアの鉄道投資家の夫人で、ジアナと同じ漆黒の髪をもつ、すらりとした優美なルチアナ・サルヴァドが、大声で言った。「刺しゅうはお好き、ミス・ヴァン・クリーヴ?」

「ジアナと呼んでください、奥さま。ええ、もちろん、もっと上達したいと思っております」

「まあ、一生かけて学んでいけますわよ。観光でお疲れになったら、ぜひ拙宅にお寄りになってね。軽食でも用意いたしますわ。みなさん、よくお越しくださるんですのよ。ほら、あの、なんとかいう教会のために聖壇布の刺しゅうをしておりますの――ねえ、あの教会の名前、なんだったかしら、ミラベッラ?」

「サンジョン」

「そう、そう、サンジョン教会」

「うちの子どもたちは、あそこで堅信礼を受けたのよ、ルチアナ」と、カミーラ・パッリが言った。深紫色のタフタのドレスの裾《すそ》をたえず引っ張っている、やつれた顔をした細身の夫人だ。「当時はまだうちの娘たちも小さくて、白いドレスを着た姿はそれは可愛かったわ。それにピエトロ神父も愛想がよくて、思いやりのあるかたで」

「ええ、それに神父さまは聖壇布のことにも熱心でいらっしゃるわ。ミラベッラがいちばん刺《し》しゅうがお上手なのよ――図柄をデザインできるんですもの。もちろん、ピエトロ神父のお力添えがあってのことですけれど」

カミーラが皮肉たっぷりに小声で続けた。「ミラベッラはひとりぼっちの時間がとても長いから、あれほど刺しゅうが上達するのよ」

ルチアナが言った。「いつか主人と一緒に、あなたのお国に旅をしたいものですわ、ジアナ。主人の話によれば、アルバート公が大規模な博覧会の計画を立てていらっしゃるとか」

「ええ、奥さま。委員会はまだ建築家選びに難航しているそうですが」

「でもルチアナ、カルロは絶対にあなたが同行するのを許さないわ。わかってるくせに」と、カミーラが言った。

「とても面白い博覧会になりそうですから」と、ジアナが言った。「みなさん、お越しください」

驚いたような視線がジアナに集まった。「淑女たるもの」と、ミラベッラが口をひらいた。

「そんな遠いところに旅はいたしません」

「でも、なぜですの、奥さま?」ジアナも、同様に驚いて尋ねた。

カミーラ・パッリの高慢な口調が、ジアナの耳に不愉快に響いた。「まあ、ミス・ヴァン・クリーヴ、あなたのようなお嬢さんのお口からそんな質問がでようとは。淑女は繊細な感受性をもっていますでしょう? とてもあんな激しい長旅には耐えられませんわ。もちろん、子どもたちのことも考慮しなければ」

「考慮しなければならないことが、たくさんおありなんでしょうね」と、ジアナ。

カミーラのおっしゃるとおりよ」炉棚の左端にある置時計にちらりと目をやり、ミラベッラが言った。「ふつうの庶民と一緒に船に揺られるなんて、想像できないわ」彼女は優雅に肩をすくめた。「殿方は、いったいどうやって我慢していらっしゃるのかしら」

「あの臭い葉巻を吸って、ポートワインを飲んで我慢するのよ」それが事実だと断言するように、ルチアナが言った。

「あら、いやだ」ミラベッラが刺しゅう枠の布に針を刺しながら言った。「ひと目、飛ばしちゃった」

「おたくの可愛らしい赤ちゃんはお元気、アンジェラ?」ミラベッラに構わず、ルチアナが言った。「アンジェラは結婚して一年半になるのよ」と、ジアナに説明した。「可愛い女の子が生まれたんだけれど、アンジェラは不平ひとつ言わないわ。わたし自身は、夫のために男の子を産むまで、三人も女の子を続けて産んだのよ」

「マリアはもう、頭を自分であげられるようになりましたの」と、シニョーラ・アンジェラ・カヴールが言った。「でも、ルチアナ、この話題は避けるべきじゃありません？　ミス・ヴァン・クリーヴ——ジアナ——は、まだご結婚していらっしゃらないんですもの」

「結婚する予定ですの、九月に」

「まあ、それはおめでとう」そう言いながら、ミラベッラがまた置時計のほうにちらりと目をやった。「殿方はずいぶんゆっくりしていらっしゃるのね」

「婚約者は、イングランドのかたですの？」と、アンジェラが恥ずかしそうに尋ねた。

「ええ、奥さま。結婚後は、わたしの母と一緒に仕事をする予定です」

「お母さまが仕事をしていらっしゃる？　まあ、冗談はおやめになって、ジアナ」沈黙をやぶり、ミラベッラが言った。その手は、刺しゅう枠の上でとまっている。

「ほんとうです」と、ジアナは頑固に言った。「母にはビジネスの才能があるようで——父亡きあと、ヴァン・クリーヴ家の持ち株会社を増やしてきたのは、母なんです」

「ずいぶん変わったお話ですわね」と、ルチアナが言い、黒く濃い眉を吊りあげた。

「再婚なさらなかったとは、お気の毒に」と、尊大な口調でカミーラが言った。「淑女があくせく仕事をするなんて、想像もできないわ」

母親にたいして口にした言葉を繰り返され、ジアナはかっとした。カミーラの口から聞くと、ひどく物知り顔で攻撃的な台詞に聞こえるのだから不思議なものだ。

「母は、何度も求婚されたんですの、奥さま」と、ジアナは静かに言った。「でも母は、自分でものごとを決定するほうを選んだのです」

ルチアナの細く黒い眉は吊りあがったままだった。「淑女がひとりきりで生活するなんて――誓って、考えたくもないわ。まあ、少なくともお母さまは、あなたを守るだけの分別はおもちだったようね、ジアナ」

「お仕事って、どんなことをなさっていらっしゃるの？」アンジェラが穏やかな口調で尋ねた。

「ヴァン・クリーヴ家はさまざまな事業をおこなっております。海運業、ぶどう園、鉄道などです」ジアナは、ヴァン・クリーヴ家の事業について自分があまりよく知らないことに気づいた。これまで、わざわざ尋ねようという気にもならなかったのだ。「もしかすると」と、ルチアナに少しでも感銘を覚えてほしいと思いながら、ジアナはおずおずと説明した。「シニョール・サルヴァドは、鉄道の仕事で母とお会いになるかもしれません。博覧会の見物にロンドンにお越しになるようでしたら」

「カルロが仕事で淑女と会うですって？　そんなことはありえませんわ、お嬢さん。カルロは、そんな真似をするくらいなら、動物園で猿に会うでしょう。あら、ごめんなさい。でも、主人はそうした点については譲りませんから」

「殿方はポートワインをすまされたかしら」と、ミラベッラが言い、またもや時計に目をやった。

「きっと、政治の話でもなさっているんでしょう」と、カミーラ。「わたし、お話ししたかしら、シニョーラ・ヴァン・クリーヴ？　うちの可愛い娘ももうすぐ結婚する予定ですの。お相手はとても感じのいい青年で、古くからのローマの名家の子孫ですのよ」

華奢なアンジェラが、ためらいがちに口をはさんだ。「でもヴィットリオ・カヴェッリは、少々放埒《ほうらつ》な殿方だと、お聞きしましたけれど」

「結婚する前に、はめをはずさない若者などいないわ」と、カミーラが肩をすくめた。「可愛いカメッタは実際に彼と会ったとき、夫とわたしがすばらしい男性を選んでくれたと思ったようですわ。ヴィットリオは美男子で、話もじょうずですの」

「カメッタは、そのお相手の男性のこと、あまりよくご存じないんですの？」と、ジアナが驚いて尋ねた。

「イタリアの娘たちは、あなたのお国とはちょっとちがうふうに育てられますの。カメッタは、女子修道院から三カ月前にでてきたばかりですから、わたしども夫婦がお見合いさせたんです」

ちょっとちがうふうに？　そりゃ、わたしだって、マダム・オーリーの女学校では付き添いの夫人に監視されていたわ。でも、女子修道院だなんて。

「こちらでは、そうして娘を守っているんですの」と、ルチアナがとりすました表情で唇を結んだ。「あなたが、ダニエーレおじさまとこちらを訪問なさったことのほうが、ちょっと変わっているようにお見受けいたしますけれど」

「付き添いの夫人はいらっしゃらないの、シニョーラ・ヴァン・クリーヴ？」と、カミーラが尋ねた。

「いいえ、奥さま」と、ジアナ。「でも、それはたいした問題ではありません。だって、ダニエーレおじさまは、きょうは、娼館でわたしがとても幼いころから、わたしのことをご存じなんですもの」それに、きょうは、娼館でわたしがとても幼いころから、わたしのことをご存じなんですもの」

ミラベッラが刺しゅう枠の上で神経質に指を動かし、目を落としたまま言った。「イングランド人は、わたしたちほど、娘のことに注意を払わないのよ」

アンジェラがジアナの手を軽く叩き、やさしく言った。「ダニエーレおじさまは、すばらしい紳士だわ。うちの主人が、おじさまの銀行と取引をしているようなの。でも、もちろん、わたしにはよくわからないけれど」

「ああ」と、ミラベッラが言った。「殿方がいらしたわ」

ジアナはどこかほっとして、紳士たちが居間にどやどやとはいってくる様子を眺めた。軽快なイタリア語を話していることをのぞけば、イングランド人といっても通用するだろう。今宵の主人であるコンデは、ひょろりとした長身の男性で、その黒い目はあちこちを射るように見ている。カヴールは丸々とした温厚そうな男性で、華奢なアンジェラの夫だ。サルヴァドは、妻の話によれば、ジアナの母親と会うくらいなら動物園で猿と会うはずの紳士。二枚目だがずんぐりしており、ふさふさとした黒い口ひげと頬ひげをたくわえている。彼がその黒い瞳をジアナに向けたとき、品定めをしたようだった。そしてパッリは、威張っているカミーラの夫で、頬がたるみきっている。ジアナはダニエーレおじさまのほうを見た。地味な黒いタキシードを着ている。彼は、ジアナと目をあわせると、その黒く濃い眉尻を上げ、問いかけるような表情をした。なにかしら？　ジアナは考えた。殿方はみなだいぶ酔っているようで、かれらはなにかにつけ笑い声をあげたし、話し声は大きかった。

彼女は、サルヴァドのしゃがれ声にぎょっとした。「お嬢さん、ダニエーレから聞いたよ。きみの有名なお母さまは、鉄道会社を所有しているそうじゃないか」

ママなら激しく反撃をするだろう、とジアナは考えた。彼の口調には、嘲笑《ちょうしょう》するようなあざけりがあったからだ。ジアナは強い調子で言った。「うちの母は、シニョール、さまざまな分野で活躍しておりますから」

「実際」と、ダニエーレが口をはさんだ。「シニョーラ・ヴァン・クリーヴは、あのミスター・クックと一緒に働いておられる。懐に余裕のない庶民でも安い料金で鉄道に乗車できるよう、奮闘しておられるんですよ」

ジアナは自分の頬が紅潮するのがわかった。ダニエーレおじさまがこの場にいなかったら、わたしはママの事業についてなにひとつ説明することができない。なにか、ママは事業計画のことを話していなかったかしら？　ジアナは、母親とかわした会話を必死になって思い出そうとした。そして、目を輝かせた。「すばらしいアイディアじゃありません？　だって、海水浴にでかけられる余裕のある人は、限られていますもの」

「一般庶民は、ある意味で、われらが親愛なるご婦人がたのようですな」と、カヴールが笑った。「われわれの案内を必要としている者は、神がなにを意図して自分たちをつくられたのかを、けっして忘れてはならない」

ダニエーレがすばやくジアナのほうを見ると、穏やかな声で言った。「神がなにを意図して、われらが淑女をおつくりになったと思われますかな？」

「われわれの生活に歓びをもたらすため」カヴールが言い、アンジェラにやさしい笑顔を向けた。

ミラベッラの夫、コンデがぎょろ目をむいた。「われわれの財布の中身を軽くするため」

「それに、われわれの忍耐をすり減らすため」

「それはすこし厳しすぎないかね、カルロ」と、ルチアナの夫サルヴァドに、ダニエーレが言った。

カルロは妻にぶっきらぼうに微笑んだ。「妻は、愛される存在でなければならない。その存在目的は、夫を歓ばせ、子どもを産むことにある」

「一同、それには賛成いたしますわ」と、ルチアナが唇の薄いカルロに向かって微笑んだ。

「きみはどう思う、ジアナ？」と、ダニエーレが尋ねた。

「淑女は夫に守られ、大切にされるべきですわ。それに、やさしさと智恵を尊敬されるべきでは？」

「智恵だって？　新しいリボンに目がないのは、智恵がたいそうある証拠ですな」

「じゃあ、殿方が新しいネクタイに目がないのは、シニョール・パッツリ、やはり智恵がない証拠だとおっしゃるんですの？」

「ずいぶんはっきりものを言うお嬢さんだね、シニョリーナ」と、カヴールが笑った。「あまり幸福な結婚向きではない」

「ジアナはべつに、深い意味があって、そうおっしゃったんじゃないわ」と、アンジェラが微笑んだ。

ジアナは落ち着かない気持ちでだまり込み、白いサテンの上靴のつま先を見ていた。わたしったら、どうしてほかの淑女たちのように、ただ口をつぐんでいられないのだろう？　目を上げると、あからさまな非難をこめてルチアナとミラベッラがこちらを見ていたので、ジアナはぎょっとした。カミーラも、うさんくさそうにじっと見つめている。アンジェラ・カヴールだけが、まだ微笑んでいた。ジアナも微笑もうとしたが、アンジェラが夫の顔にそのやさしい目を向けるのを見ると、さっと視線をつま先に落とした。妻は浪費する存在だという冗談に、アンジェラは少しも怒りを感じないのかしら？

「ミラベッラ」と、一瞬の沈黙をやぶり、ダニエーレが軽い調子で言った。「お宅のすばらしいシェリーを一杯、いただけますかな？」

「ジアナ、疲れただろう」と、彼の屋敷へと向かう馬車のなかで、ダニエーレが言った。

「今夜は楽しんだかい？」

「ええ、もちろん」と、ジアナは答え、その声に陽気な調子が宿るよう努力した。そしてしばらくだまり込み、こうつけくわえた。「イタリアとイングランドのご夫人って、似ているのかしら、おじさま？」

「だいたいはね。ご夫人がたとは仲良くできたかね？」

「シニョーラ・ルチアナが、聖壇布の刺しゅうの会に誘ってくださったわ」

「それは、さぞ面白いだろう」

ジアナは、その声に軽い侮蔑を聞きとり、彼の視線を避けた。

「わたしの急ごしらえの姪《めい》として、そして非の打ちどころのない家のイングランドの貴婦人として、きみはまちがいなくかれらの階級に受けいれられた」ジアナが返事をしないので、ダニエーレはクッションに背をあずけ、口ひげを撫でた。あの紳士連中のだれにも、ジアナの正体を見破られないよう、くれぐれも万全を期さなければ。そのためは、まず、かつらをつけるのがいいだろう。それも、ブロンドのかつらがいい。

ダニエーレはだまり込んでいるジアナのほうに視線を戻した。今夜は、愉快な体験をしたとはとても言えないだろう。それどころか、おそろしく退屈だったにちがいない。いや、そうであってほしい、とダニエーレは考えた。ジアナは、あのオーロラの娘だ。攻撃されたときのあの見事な切り返しは、もって生まれたものにちがいない。

「アンジェラ・カヴールは好きよ」ディ・フィオーレ通り沿いに連なる明かりを落とした売店に目をやりながら、ジアナが言った。

「アンジェラは、きみと年齢が近い。内気でほとんどしゃべらなかったが、魅力的な夫人だろう？　彼女とは、まちがいなく、もういちど会うはずだ。淑女のグループは、しょっちゅう集まるからね。彼女たちと何時間一緒にいても、きみなら楽しめるさ。もちろん、近い将来、きみにも彼女たちとの共通点が増えることだし」

丸石にあたる馬の蹄《ひづめ》の音に、ジアナはしばし耳を傾けた。「教えて、ダニエーレおじさま」と、ジアナは言った。「ママがミスター・クックと立てている計画って、なんのこと?」

5

ジアナは額にはらりと落ちるブロンドの巻き毛にそっと触れ、見知らぬ女性の姿をまばたきもせずにじっと見た。

「じっとしててくださいよ、シニョリーナ」と、ぜいぜいと息を切らしながら、メイドのロザーナが言った。ロザーナは丸々と太った年配の女性で、冬はウール、夏はコットンと素材が変わりこそすれ、いつも真っ黒な服を着ている。口元にやわらかく黒いひげが伸びているせいで、上唇が黒ずんで見える。「お嬢さんは目が大きいし、このコール墨でふちどれば、もっと大きくなりますよ。それにお粉を少々はたいて、唇にピンクの口紅を引けば、さあ、できあがり」

「おなかがすいた」立ちあがってもいいとロザーナから許可を得ると、ジアナは突っかかるように言った。

「お夕食は、殿方と一緒にとっていただきます」と、ロザーナが落ち着いた口調で言った。

「コルセットのひもを締めるときには、おなかがからっぽのほうがようございます」

ロザーナにコルセットのひもをぎゅっと締められると、ジアナは低いうめき声をあげた。

息を大きく吐き、呼吸をとめ、衣装だんすの扉をつかみ、身体を支えた。そしてロザーナが身を離し、いかにも満足そうに自分の手仕事を眺めると、ジアナはふたたび細長い鏡に目をやった。

そこにはやはり、まったく見知らぬ女性がいた。ブロンドのかつらが顔をやわらかな巻き毛で包み、顔にはとてつもなく大きな瞳がある。淡黄色のシフォンのドレスは肩から薄いクリーム色のレースが波のように広がり、ウエストのところできゅっと締まっている。コルセットが胸を押しあげているせいで豊かな白い胸元がのぞき、白粉《おしろい》の下の頬は紅潮している。ロザーナにウエストを手で測られ、ジアナは思わず身を引いた。「よし《ベーネ》、よし《ベーネ》、シニョリーナ」と、ロザーナが満悦した。「まったく細いウエストだねえ。両手ではさめそうだよ」

マダム・リュシエンヌが寝室の扉を押しあけ、立ったまま、思慮分別のある目で大切なあずかりものを見た。その大きな瞳に恐怖の色さえ宿っていなければ、娘は、男が理想とする愛らしい娼婦に見える。リュシエンヌは、自分もかつてジアナのように感じていたような気がしたが、それはあまりにも昔の話であり、もう記憶の彼方だった。だが、それでもどういうわけか物悲しい気がした。この娘は処女でありながら、これから純真無垢な感情を失うことになるんだわ。だが、リュシエンヌはあわてて自分の弱さを恥じた。なに考えてるの、仕事は仕事。そこで、わざといらだちをつのらせることにした。わかってるわ、わたしはこのイングランド娘に嫉妬《しっと》している。娘になんでも用意してやれるほど金持ちの母親がいるというのに、ひとりの男のために、それも財産狙いの男のために、すべてを捨てようとしている愚かな娘。わたしはこれから、この娘の子守女の役を務めるのだ。やれやれ、このばかな小娘ときたら、自分の姿にぎょっとしているじゃないの。

「まずまずね、ジアナ」ようやく、リュシエンヌは口をひらいた。「いらっしゃい、もうお客さまがお待ちよ」

ジアナは、口紅を塗った唇を舌で舐めた。べとべとして、熟したチェリーの味がする。

「でもわたし、どんなふうにふるまえばいいんです、マダム?」

「あなたの愛するイングランド紳士と一緒にいるときみたいに、お客さまといちゃつくのよ。もし、だれかがあなたと寝室に行きたがったら、もう今晩は予約済みだとわたしが言ってあげる。そのうち、ダニエーレが迎えにいらっしゃる。いいこと、よく覚えておいて、お嬢さん。棒みたいに突っ立ってないでね。ほかの娘みたいに愛嬌《あいきょう》をふりまいて、殿方を楽しませること。さもないと、ダニエーレに告げ口するわよ」おびえている大きな瞳を見つめながら、リュシエンヌは考えた。あとは、言わぬが花だ。

ダークブルーの紋織りのドレスの裾をはたくと、リュシエンヌはおのれの豊かな胸に目を落とした。「いらっしゃい、殿方はもてなしてもらうのがお好きよ。そして、けっしてお待たせしてはならない。いいこと、あなたは英語にフランス語とイタリア語を適当にまじえて話しなさい。ダニエーレのためにも、教養あるイングランド娘だという正体を知られないように」

リュシエンヌの堂々とした体軀《たいく》のあとを追い、ジアナは絨毯の敷かれた広い廊下を歩いていった。両側に、娼婦の部屋がずらりと並んでいる。らせん状の階段を下りていくと、ひとりの男が値踏みするような視線でこちらを見ていることに気づいた。男は玄関からはいってきたところで、その横にリュシエンヌの召使頭を務めているフスコが立っている。でっぷりと太ったその客は、ジアナの父親といってもいい年齢だろう。頬ひげを伸ばし、黒い両の目のあいだが離れている。

「おお、親愛なるリュシエンヌ」と、客がゆったりと近づいてきた。「おたくの娘たちがみんなこれほど可愛いのなら、客よりもきみのほうが銀行に金を貯められるな」

「あら、もう、貯めておりますわ、アルフレード」と、リュシエンヌは陽気な笑い声をあげ、アルフレードの外套《がいとう》の袖を軽く叩いた。「この娘は、うちの新入りのヘレンですの。いらっしゃい、ヘレン、こちらはシニョール・アルフレード・アルバノ。セビリアからローマをご訪問中よ」

ジアナはリュシエンヌの背後で縮みあがった。すっかり怖気《おじけ》づき、なにも言葉がでてこない。しかたなく、不器用に会釈をした。

「処女かね？」アルフレードの目が、ジアナの胸にとまった。

そのあからさまな質問にジアナはうろたえたが、リュシエンヌは優雅に笑ってみせた。

「それはどうかと、アルフレード」

アルフレードが大きく息を吐いた。「おそろしく醜い娘のほかには、もう世間に処女など存在しないんだろう」彼は口をつぐみ、ピンク色の舌で分厚い下唇を舐めた。「処女じゃなくても、この娘にするよ、リュシエンヌ。美人だし、口が可愛らしい。さぞ、じょうずに奉仕してくれるだろう」

この男は、まるでワインのボトルでも買うように、あからさまにわたしを品定めしている。そして、わたしの身体を買いたがっているんだわ。男の顔をまともに見ていると、ジアナは足元の厚い絨毯の下に隠れてしまいたい気がした。

リュシエンヌがふたたび笑い声をあげた。「この娘の可愛らしい仲間をお楽しみいただけますわ、アルフレード。この娘はもう予約済みですの」

「それは残念。若くて、ういういしいのになあ。よしよし、可愛いヘレン」彼はジアナに話しかけた。「また今度、おまえを可愛がってやるからね」

ジアナが下を向いていると、リュシエンヌにわき腹をこづかれた。「ローマには、長いあいだご滞在で？」

「いや、それがちょっとしかおられんのだよ」と、アルフレードが応じた。「おまえはどこの出身かね、ヘレン？」

「パリです」と、ジアナは答えた。

「ほほう、それで奉仕じょうずな可愛い口をもっているわけだ」

わけがわからないまま、ジアナは言った。「ありがとうございます、シニョール」

「おっしゃるとおりですわ、アルフレード。ずいぶんこの娘を気に入られたようですわね。シャンパンを一杯いかが？」

ジアナはいやいやながらリュシエンヌのあとをついていった。サロンからは、男女が談笑する声が聞こえてくる。いやらしい目つきでわたしを見たこのおじさん、わたしの口がじょうずだとかなんとか言っていたけれど、いったいなんの話かしら。

そのとき、むきだしの肩に彼の手が置かれた。指で撫でられ、ぞっと鳥肌が立つ。思わず頬を平手打ちしそうになったが、リュシエンヌがこちらをにらみつけている。ジアナは下を向き、彼と一緒にサロンにはいっていった。

「わしにさわられて、気持ちよかっただろう？」アルフレードがにたりと笑った。

「わたし、喉が渇きました」と、つっかえながらスペイン語で応じた。

「おお、この娘はスペイン語を話すのかね？　こりゃうれしい。スペインに行ったことがあるのかい、ヘレン？」

「いいえ」恥ずかしさのあまり、シニョール・アルフレードの顔をまともに見ることもできない。

「きょうはだれを選んだんだ、アルフレード？　ああ、リュシエンヌが話していた、例の新顔の娘か」

この娘を離すまいというように、アルフレードがジアナの肩を握る手に力をこめた。「今晩、この娘を予約したのは、きみなのか、カルロ？」

ジアナはぎょっとして、その男の顔を見た。ルチアナの夫、カルロ・サルヴァドだわ！　娼館で、慣れた様子でくつろいでいるなんて。変装を見破られるのではないかと、一瞬、恐怖におそれたが、勇気をふりしぼり、カルロの物欲しそうな目を真っ向から見すえた。こちらの正体を見破った様子はない。ジアナは、彼の妻ルチアナのことを思い起こした。もちろん、このうえなく魅力的な女性というわけではなかったけれど、それでも彼の妻なのに。

カルロの声が聞こえた。「いいや、そんな幸運には恵まれちゃいない。だが、まわりを見てみろよ、アルフレード。可愛いお嬢さんがたばかりだろう？　いいかい、昼のビジネスの交渉とはちがうんだから、夜、最初に選んだ望みの娘が手にはいらないからと、意気消沈しちゃいかん」

アルフレードは、ご褒美の骨を見る犬のように、ジアナを物欲しげに見た。「この娘は、少しスペイン語も話せるんだよ」

カルロがにたりと笑い、手を伸ばしジアナの胸に手を這わせた。「これはこれは。この娘が多少醜くても、構わないな」

ジアナは思わず身体をすくめ、身を引いた。とても我慢できない。カルロ・サルヴァドが顔をしかめた。「マナーに気をつけろ、お嬢さん」その黒い目が怒りでぎらりと光った。

「喉が渇いてしまって」ジアナは、今度はイタリア語で言った。

「腹が減っていないとは残念だ」と、カルロ。「この娘の口にたっぷりご馳走してやりたいものだ……」

「失礼しないと」と、ジアナは言った。

リュシエンヌは、ジアナが後ろによろける様子を見ていた。気に入らんというように、カルロが口を結んでいる。そこでリュシエンヌは、優雅にかれらのほうに歩いていった。召使のドラコがすぐ後ろから、飲み物を載せたトレイをもってついてくる。リュシエンヌは、あだっぽい口調でカルロに話しかけた。「ありがたいことですわ、シニョール。あなたのことを考えるだけで、うちの娘たちはとろけてしまいますの。とくにエミリエとジャネットは、あなたがなにをご馳走くださるのか、興味津々ですから」

カルロが、ジアナの胸に未練がましく最後の一瞥《いちべつ》を投げかけ、肩をすくめると、アルフレードとその場を離れた。「また今度な、ヘレン」アルフレードが振り向きながら声をかけた。

「まったく、このまぬけ」と、リュシエンヌが小声で叱りつけた。「娼婦っていうのはね、まあ、その点では妻も一緒だけど、絶対に嫌悪感をあらわにしちゃいけないのよ。もし、殿方があんたにちょっとさわりたがったら、にっこり笑って、喜んでるような顔をしなさい。わかった？」

「でも……あの人、すごく気持ちが悪くて」ジアナは、まだ震えていた。

「ばか言わないで。殿方がここにおしゃべりしにきてるとでも思ってるの？」ジアナがまだ口答えしそうだったので、ぴしゃりとつけくわえた。「あそこにいる紳士がたが見える？ルチアに手をまわしているかたが？　そばに行って、ルチアがどんな話をしてるのか、よく聞いてらっしゃい。どんなふうに言葉を慎み、どうふるまえばいいのか、よくわかるから」

リュシエンヌはそう言うと、ドラコがもつ銀のトレイからシャンパンのグラスをとった。

「これを飲んで。少しは緊張が解けるわ」

ジアナは細長いグラスの脚を指ではさみ、ルチアが座っている大型ソファーのほうに歩いていった。ソファーの奥に大理石でできた女性の裸体像があったので、その背後に身を隠した。ひとりの男が堂々とルチアの胸を撫でまわしている。ルチアはといえば、くすくすと笑い、男の手のほうに胸を突きだしている。男はルチアの胸をおおっているドレスをぐいとはだけると、彼女の大きな浅黒い乳首をあらわにした。仰天するジアナの目の前で、男は身をかがめ、乳首を口でおおった。そして乳房に舌を這わせてから、乳首を軽く噛《か》みはじめた。

ジアナはただ唖然《あぜん》と見ていた。

ルチアがものうげに甘えるような声をだした。「シニョール、ここじゃいや。二階に行きましょ」

男は低いうめき声をあげると、すばやく立ちあがった。ルチアが男の股の膨らみにさっと手を這わせる。

ジアナはシャンパンを一気に飲みほした。味などわからない。

裸体像の裏に隠れていると、ふたりはたがいに身体を押しつけながら、サロンからでていった。「さて、ジアナ」と、ダニエーレのやさしい声が聞こえた。「快楽の館のご感想は？」

「あら、このうえなく魅力的ですわ」棘《とげ》のある口調で、ジアナは無理に明るく答えた。

「ユーモアのセンスを失わないでくれて、うれしいよ」

絞め殺してやるという目でダニエーレをにらんだが、彼はただ微笑むばかりだった。

ダニエーレはくつろいだ様子で言った。「すぐにきみとはわからなかったよ。ブロンドのかつらをかぶって、そんなお化粧をしていると、まるで別人だ。カルロとは話したかい？」

「ええ、もちろん」と、ジアナはあざ笑った。「とても愛想がいいかたね。わたしにさわったのよ、おじさま。ここに」

ダニエーレは、ジアナがまだ身を守ろうとでもするように、両の手で胸を押さえている様子を見た。「カルロは、自分を歓ばせてくれる娘たちにはじつに愛想がいいんだよ。指名されたかい？」

「喉が渇いているとわたしが言ったら、空腹じゃないのが残念だ、ご馳走してやりたかったとかなんとか言って、ほかの男の人と笑っていたわ」

「うまい言い回しができたと思ったんだろう。きみも、ちゃんと笑ってあげたんだろうね？」

「笑えるわけないでしょう？　ジョークの意味もわからないのに」

「まあ、まだ初日だからな。じきに、意味がよくわかるようになるさ。リュシエンヌは快適このうえない場所を提供しているとは思わんかね？　娘たちはみんな可愛いし、ドレスも上等。娘たちの技術も一級品だ。おいで、そろそろ二階で実地研修といこうじゃないか」

ジアナはダニエーレの腕をとり、しゃちほこばって歩きだした。すると、背後からカルロが談笑のあいまに声をかけてきた。「この好き者ダニエーレめ。今夜、この可愛らしいブロンドにご馳走してやるのは、きみだったのか」

ダニエーレはただ笑みを浮かべ、けだるそうに手を振った。

「リュシエンヌの娘たちのお相伴にあずからない紳士たちには、ほかのお楽しみが用意されているんだよ」彼は、二階に延びる長い廊下をジアナの横に立って歩いていった。いくつもの閉じられた扉の横を通りすぎると、廊下の突き当たりに紫色のベルベットのカーテンが掛けられていた。ダニエーレがカーテンをあけると、そこには細長い扉があった。彼は扉をあけ、先にはいりなさいと、そっとジアナの背中を押した。

部屋は狭かったが、片側にソファーが一脚あり、パピエ・マルシエの椅子が二脚あった。どちらの椅子も反対側の壁に面した台座のようなものの上に載っている。壁には、古代ローマ時代の饗宴を全裸で楽しむ人たちの姿が描かれた紋織りのタペストリーが、天井から床まで掛けられていた。

「こっちに座りなさい、ジアナ」椅子に座るよう、ダニエーレが手招きをした。「リュシエンヌの娼館を選んだのは、いくつか理由があってのことなんだが、その理由のひとつが、この部屋なんだよ」彼が金色のタッセルを引っ張ると、タペストリーが真ん中で割れ、隣りの部屋を臨む巨大なガラスがあらわれた。

「あそこはね、〈黄金の寝室〉と呼ばれている。当然、あの部屋を使う紳士は、自分たちが見られていることを承知している。だが、あちらの部屋からは、このガラスは鏡にしか見えない。科学の驚異のおかげさ」

ジアナは無理やり、隣りの部屋に視線を向けた。壁には金色の紋織りのカーテンが掛かり、部屋の中央に巨大なベッドが置かれ、そのベッドにもずっしりとした金色のカバーが掛けられている。床の絨毯まで豪勢な金色だ。突然、視界にシニョール・アルフレードの姿がはいってきたので、ジアナは息を呑んだ。でっぷりと太った年配のアルフレードは全裸で、エミリエも同様に一糸まとわぬ姿となり、隣りの男を見上げ、色っぽく微笑んでいる。ジアナはこれまで、男性の裸体を見たことがなかった。あまりの嫌悪感に吐き気がする。彼女は、そのでっぷりとした下腹から、股のあいだにだらりとぶらさがっているものへと視線を移していった。周囲には黒い毛が密集している。

「まあたしかに彼は、成人男子の一級品というわけじゃない」と、ダニエーレが淡々と言った。「だが、同じような食べ物を好んで年老いた男たちは、たいがいあんなものだ」

「とても見ていられない」ジアナは声を張りあげ、椅子からふらふらと立ちあがった。「吐きそう」

ダニエーレは彼女の肩を押さえ、やさしく椅子に座らせた。「頼むから座ってくれ、ジアナ。シニョール・アルフレードのような男の扱いが、エミリエは得意だからね。よく目を開けて観察しなさい、お嬢さん」

ジアナはふたたび隣室に目をやった。エミリエがベッドから離れ、アルフレードの前にひざまずいた。顔を上げ、アルフレードに微笑みかけると、その太った腿を軽く撫でまわし、細い両手をじわじわと上げていき、とうとう股のあいだの肉の棒を撫ではじめた。ジアナは腰を抜かした。なんと、アルフレードは、エミリエの頭を両手で押さえつけ、ゆっくりと腰を前後に動かしはじめたのだ。衝撃のあまり、ジアナは身動きができなかった。わたしの口について冗談を言っていたのは、このことだったんだわ。吐き気のあまり喉が詰まる。どうしてエミリエは吐かずにあんなことができるのかしら？　アルフレードの顔がだんだん赤くなってきた。歯を食いしばっている。突然、彼は身をこわばらせ、なにやら叫び声をあげた。ほとんど隣室には聞こえなかったが、ジアナの耳は、たしかにその声をとらえた。

「彼女、彼を殺したの？」

「一瞬だけね」と、ダニエーレがにやりと笑った。「エミリエのおかげで、彼はオーガズムに達したんだよ。それが、この商売の目的なのさ」

アルフレードはエミリエから手を離した。エミリエがのけぞり、腰を下ろした。口のまわりが白い液体で濡れている。

「あれはなに？　彼女、具合が悪くなったの？」ジアナが声をあげた。

あまりの無知ぶりに、ダニエーレは仰天した。「あれは彼の精液だよ、ジアナ。男の種みたいなものさ」と、彼は説明した。「男はあの種を女性の身体に蒔く。だが、もちろん、見てわかっただろうが、女性の口に蒔くのもまた快感なんだよ」

「おじさま、お願い、もう帰りましょう」ジアナは、アルフレードがぐにゃりと垂れさがった肉の棒に満足そうに手を這わせている光景に背を向けた。「お願い。あんまりだわ。気持ち悪い――」

「いいや。だめだ。これが現実なのだから。たったいま目撃した行為は、ランダルがきみに期待していることなんだよ。もちろん、そう想像するだけで、きみは気が遠くなるだろうがね。だからこそ、じきに彼も、われらがエミリエのように男を満足させるのがじょうずな女のところに通いはじめる。それは避けようがない」

「いいえ」と、ジアナはあえぐように言った。「そんなこと、あるもんですか。ランダルは、あの太った気持ちの悪い男とは、なにからなにまでちがうもの」

「たしかにランダルは太ってもいないし、老いぼれてもいない。だが、それでも」ダニエーレが肩をすくめた。「やっぱり男だからね」

ジアナはアルフレードが軽くエミリエを抱く様子を眺めた。彼の太った両腕が、エミリエの細い腰を撫でる。その真っ白な肌に、一瞬、ジアナは心を奪われた。彼女の胸は豊満で丸みを帯び、腰もまた同様だ。そして長い髪が細い背中へと垂れている。エミリエはアルフレードを抱きしめ、彼の唇をおおうようにキスをした。彼女の両手はまだ、彼の股にぶらさがっている肉の棒を愛撫している。ジアナはダニエーレをうつろな目で見ると、身をかわすようにして椅子から立ちあがった。両手を口に押し当てる。嗚咽《おえつ》が漏れるのを抑えられない。

ダニエーレはジアナに触れなかった。そして彼女が泣きやむまで、横に静かに立っていたが、しばらくすると、ワインのはいったグラスをジアナに渡した。「これを飲みなさい、ジアナ。最初の夜のレッスンは、これで充分だろう」

「お目にかかれてうれしいわ、ジアナ。昨夜、夕食をご一緒させていただきたかったんですけれど、テオドーロに言われましたの。ダニエーレが、あなたには先約がおありだとおっしやっていたと。ベラ、ショールをおあずかりして」アンジェラ・カヴールは話しながら落ち着きなく動きまわると、ジアナの手をとった。そして花が咲き乱れるバルコニーに面したサンルームへと、ジアナを案内した。

「わたしのお気に入りの部屋なの」と、アンジェラが手で示した。「初夏の山が見渡せて、気持ちがいいでしょう？　みずみずしい新緑の美しさが堪能できるのよ。どうぞ、おかけになって。なにをしていらしたのか、教えてくださる？　ローマの観光地をお楽しみになって？」

ジアナは、思わず笑い声をあげた。その皮肉な笑い声に、アンジェラが目を見ひらき、心配そうな顔をした。「ジアナ、あなた、大丈夫？　ここのところ、ひどく暑かったもの。お日さまにあたりすぎたのかしら」

ジアナはなんとか自分を抑えると、アンジェラ・カヴールをじっと見つめた。か弱くて、やさしいアンジェラ。彼女の夫も、とても口にはだせないような真似をアンジェラにするのかしら？　まさか。そんなこと、ありえない。

「お招きありがとう、アンジェラ」ジアナはようやく落ち着いた声をだした。

「お越しくださって、こちらこそうれしいわ、ジアナ。わたし、年齢の近いお友だちが少ないでしょう？　きょうは、バルコニーで昼食をいかが？　あとで、うちの可愛いマリアをお目にかけるわ。残念ながら、テオドーロはご一緒できそうにないの。ここのところ、とても忙しくて仕事仕事なのよ。ああ、ベラが昼食をもってきたわ。わたし、昼間はあまりいただかないようにしているの」と、アンジェラが秘密を打ち明けた。「テオドーロは、わたしがどっしりするのがいやなんですって」

ジアナは、にっこりと微笑んでいるテオドーロ・カヴールの姿を思い浮かべた。でも、テオドーロ自身の腹は、まだ若いのにズボンの上にせりだしている。「でも、シニョール・カヴールは、どっしりしていらっしゃるんじゃない？」

アンジェラは肩をすくめ、わずかに微笑んだ。「それでも、彼を喜ばせてあげたいの」

「あなたはとても小柄よ、アンジェラ」と、ジアナは口をすべらせた。「スマートだし」

「いまはね。でも、妊娠中はそりゃグロテスクだったのよ。山みたいにおなかが突きでてしまって。テオドーロはすごくいやがってたわ。まあ。無理もないわね」アンジェラは頰を染め、あわててつけたした。「ごめんなさいね。ジアナ。こんなぶしつけな話をして。あなたはまだ若いし、未婚なのに」

「あなたより、うんと年下ってわけじゃないわ、アンジェラ」

「わたしはね、先月、十九歳になったばかり。でも、いまはもう、おばさんの既婚夫人よ。ねえ、イングランドのこと教えてくださらない？　いちどでいいから、イングランドに旅をしてみたいわ！」

返事をする前に、ジアナはフルーツサラダを少し味わった。「イングランドは、イタリアよりずっと涼しいわ。似たところがあるかといえば、たとえば、サンピエトロ広場とトラファルガー広場は似ているわね。でも、サンピエトロ広場のほうがずっと素敵よ。ユーストン駅は、十年ほど前にできたばかり。ドリス式列柱がそびえているわ。でも、できれば万国博覧会が始まってから、いらしたら？」

「ああ、それは無理よ」と、アンジェラがおもむろに言った。「あんな遠いところまで、母親や付き添いの夫人なしで旅をするなんて、淑女には許されないもの。あなた、よく許していただけたわね」

「うちの母はね」と、ジアナは言った。「わたしに世間知らずのままでいてほしくないのよ」

「シニョーラ・ヴァン・クリーヴのお考えが正しいのかも」と、アンジェラがやさしい声で言った。「わたしはいちども海外旅行をしたことがないわ。テオドーロったら、わたしが自宅から離れるだけで、迷子になるんじゃないかと心配するのよ。それに、わたしが外出するときは、いつも一緒にいたがるし」

「まるで、あなたには判断能力がないみたいな扱いね、アンジェラ」

アンジェラはただ微笑み、皿の新鮮な小海老をいじった。「ルチアナは、本気でイングランドに行きたがっているはずよ。つぎの出張ではカルロに連れていってもらいたいって、打ち明けてくれたもの。でも、カルロが認めてくれるかどうか」

ジアナは、果汁たっぷりのオレンジをひと切れ嚙んだ。そして怒りを抑えきれず、思わず口走った。「連れていってくれなければ愛人でもつくるわよって、脅せばいいのに」

「ジアナ、そんなこと言っちゃだめ」だが、ジアナが驚いたことに、アンジェラはくすくすと笑いはじめた。「そんなアイディアを思いついたら、ルチアナなら実行しかねないわ。ルチアナって、すごく意志が強い人なの。娘さんたちも、みんな、ルチアナのことをこわがってる」アンジェラは顔をしかめ、半分残った皿を押しやった。「いいえ、でもやっぱり、無理な話だわ。ルチアナがそんな脅迫をしようものなら、カルロは妻を修道院に閉じ込めて、娘さんたちをとりあげるでしょうね」

「そんなひどい話ってある？　いくらカルロだって、そんな怪物じゃないはずよ」

アンジェラが肩をすくめ、唇に哀れむような微笑を浮かべた。「いいえ、彼ならやりかねない。だからといって、怪物ってわけでもないけれど」

だが、ルチアナの大切なカルロには、まちがいなく情婦がいる。

「でも、どうしてそんな要求を受けいれなくちゃいけないの？　それって、絶対に正しくないことなのに」

アンジェラが手を伸ばし、ジアナの手を軽く叩いた。ジアナがアンジェラの視線を追うと、糊《のり》のきいた灰色のワンピースと白の帽子を身につけた年配の女性がいた。ピンク色のフリルだらけの赤ん坊を抱き、こちらに歩いてくる。

「ジアナ、こちらがうちの赤ちゃん、マリアよ」アンジェラは、細い腕を伸ばし、膝に赤ん坊を置いた。

「あまり長時間はいけませんよ、奥さま」と、乳母がたしなめた。「奥さまがお疲れにならないようにと、ご主人さまから釘を刺されていますから」

「もう、テオドーロったら」と、留守中の夫に愛情を込め、アンジェラが言った。「主人は心配のしすぎなの。わたしがとても繊細だと思っているのね。ほんとうは、そうじゃないのに。ほら、ジアナ、この娘、あなたに笑いかけてる」

ジアナは赤ん坊の小さな顔を見た。ほんとうに、その幼児の唇は弧を描いていた。彼女は赤ん坊に自分の指を握らせ、やさしく引っ張った。ふいに、目の前にアルフレードの映像が浮かんだ。エミリエの唇を自分の種で濡らしているところが。あれでこの愛らしい赤ちゃんができるの？　ジアナは思わずぶるっと身を震わせた。

「アンジェラ」乳母がマリアを連れていくと、ジアナは言った。「赤ちゃんて、ほんとうのところ、どうやってできるの？」

アンジェラが赤黒く頰を染め、つと視線をはずした。落ち着かない様子で膝の上で両手を動かしている。

「ごめんなさい。恥ずかしい思いをさせるつもりはなかったの。ただ、赤ちゃんてどうすればできるのか、わたし、正確なところがよくわからなくて」

「そうよね」と、だいぶ間を置いてからアンジェラが言った。ようやく聞き取れるほどの小声で。「わたしも結婚する前は知りたいと思っていたわ。でも、知らないほうがいいと思うの。必要なことは、ご主人から教えてもらうのがいちばんよ」

アンジェラがまた頰を赤らめるのを見ると、ジアナはいぶかしげに首をかしげた。「それって、痛い？」

「最初はね。でも、そのうち全然痛くなくなるわ。テオドールはとてもやさしくて、気をつかってくれるから」

「そうなの」

「と言っても、もちろん、あなたにはわからないわよね。でも、どうすればいいのか、未来のご主人が教えてくださるわ。きっと、やさしくしてくれる。それほどこわいものじゃないのよ。ただ、わたし、ときどき――」アンジェラは言いかけて、ふいに言葉をとめた。まだ頬が染まっている。「でも、その結果、愛らしい赤ちゃんができるんですもの」アンジェラがだしぬけに立ちあがり、ぶっきらぼうに言った。「もう、これって、いちばんふさわしくない話題よ。うちの薔薇とアザレアをごらんになって。ローマのどこをさがしたって、スペイン広場の市場に行ったたって、これほど美しい花にはお目にかかれないわ。あなた、スペイン階段を上がって、トリニタ・ディ・モンティ教会にいらしたことある？　わたし、あそこの階段を二、三十段上がると、いつも気が遠くなってしまうの。でもテオドーロがしっかりと支えてくれるのよ」


長身で脚の長いエルヴィラが、豊かな黒髪を広げ、黄金色のベッドカバーの上に仰向けに寝ている。真っ白な脚を大きくひらいて。エルヴィラと同じようにおとなしそうな顔をした、青白い肌の髪の毛のない若者が、彼女にのしかかり、腿の内側に長い指を這わせている。

「どうやらこの紳士は、お決まりの手順を踏むようだな」と、ダニエーレが言った。「いいかい、ジアナ、たいていの奥さんがたは、こうされているんだよ」

男はエルヴィラの脚を大きく広げ、彼自身を彼女に押しつけ、白い尻を宙に浮かした。

「エルヴィラは、この行為を楽しんでいるか」と、ダニエーレが淡々と言った。「さもなければ、優秀な女優であるかの、どちらかだ。まあ、後者だろうが」

エルヴィラは長い脚で、彼が押しつけてくる腰をくるんだ。そして顔をゆがめ、彼を見上げた。

「あの人、彼女を痛めつけてる」

「いや、そうじゃない。エルヴィラはわざと顔をゆがめているだけさ。そうすると相手の男に、これほどの快感を感じさせられるのは世界で自分ひとりだと、思い込ませることができるからね」

エルヴィラと男はベッドの上で前後に揺れはじめた。男の両腕がエルヴィラの肩を揺らし、彼女の手は男の白い背中を撫でている。突然、男が身を硬直させ、頭をのけぞらせた。

「エルヴィラは、じつに才能豊かだ」彼女の上に男がくずおれるのを見ながら、ダニエーレが言った。「短時間で、それもたいした努力もせずにすませたからね」

だが、ジアナは目を閉じていた。ああやって赤ちゃんができるんだわ。ああいうことを、テオドーロはアンジェラにしているんだわ。あれを、わたしもランダルとすることになるんだわ。どういうわけか、ランダルが接吻をしてくれたときに感じた歓びを、もう思い出すことができなかった。ただただおそろしく、嫌悪感を覚え、恥ずかしかった。

「エルヴィラには赤ちゃんができるの？」

「娼婦は赤ちゃんをつくらないんだよ、ジアナ。妊娠するのは奥さんだけだ」ぽかんとしたジアナに、ダニエーレはため息をつき、説明を始めた。「妊娠を防ぐ方法があるのさ。ひと晩のうちに複数の男性とベッドをともにする娘は、そうした方法を使わなくてはならない。くわしいことを知りたければ、リュシエンヌに訊くといい」

ジアナはあっさりと肩をすくめた。「わたしは娼婦にはならないから」と、冷たく言いはなった。「知る必要はないわ」

ジアナは裸体像の陰という、いつもの定位置に立っていた。ここにいれば、物欲しそうなシニョール・アルフレードの視線を浴びずにすむ。彼女は、煌々《こうこう》と灯りのともったサロンに目を走らせ、なにげなくエルヴィラに目をとめた。ひとりの客の腿に、居心地よさそうに手を置き、けたたましく笑っている。まだたったの二十歳なのに、エルヴィラはもう五年も前から娼婦を続けているのだ。「シ、可愛いヘレン」その明るい、舌足らずの発音で、エルヴィラは言ったものだ。「あたしは、あなたとはまるでちがう。でもあなたときたら、理解できない。わからない《ノン・カピスコ》。男の人って、単純なのよ。ちょっとにっこりして、やさしく愛撫して、片脚をひらけばそれで満足するんだから。そして、お金を払ってくれる」エルヴィラはその黒い瞳をきらめかせ、目をまわして見せた。「どっかの貧乏な商人と結婚するよりずっと楽ちん。毎日料理して、毎年赤ん坊を産むなんて、冗談じゃないわ」

「ねえ、あなた、いままでに、なにか感じたことある？」ジアナは、そう尋ねたことがあった。

エルヴィラはその細く黒い、美しい眉を上げた。「かわいそうなヘレン——これって、あたしのオクパツィオーネ、つまり仕事なのよ。あたしは、いつか、自分が選んだ男の人と快楽を味わうつもり」

ルチアが急に腕に触れてきたので、ジアナはびくりとした。「見て」と、ルチアがささやいた。「彼って、いままでに見た男の人のなかでいちばんハンサムだと思わない?」

ジアナは、ルチアが指さすほうを見た。サロンの戸口にひとりの男性が、裕福な船主シニョール・トラヴォラと一緒に立っている。たしかにハンサムだわ、とジアナは認めた。長身で肩幅が広く、ウエストは細い。ダブルの黒い燕尾《えんび》服にシルクハットをかぶり、すらりとした黒いズボンをはいている。チョッキは淡灰色のシルクで、シャツと襟元のスカーフは雪のように白い。おそらく二十代後半だろう。肌は浅黒く、髪は漆黒、瞳もやはり黒に近い。イタリア人にしては身体が大きすぎるし、きれいにひげを剃《そ》っていて、イタリアで流行している頬ひげは生やしていない。まちがいなく外国人だ。でも、国籍はどこかしら? ジアナにはわからなかった。彼はシニョール・トラヴォラになにか言って笑うと、真っ白な歯を見せた。「シ」と、ジアナは言った。「たしかに魅力的だわ」

ルチアがため息をついた。「あたしを選んでくれればいいのに。なんだか……女の身体をすみずみまで知っていて、歓ばせてくれそうな感じがしない?」ルチアが楽しそうに身を震わせた。

「それでも男に変わりはないし……お客であることにも変わりはないでしょ」

「ああ、ジアナ、あなたっておかしな人ね。でも、あなただって、上流階級の晩餐会や舞踏会で彼に出会えば、魅力を感じるんじゃない？　彼の力強い腕に抱かれたくない？」

「いいえ」

「まったく、子どもなんだから。燃えさかる火をこわがる、ちっちゃな蛾《が》みたい。ああ、幸運を祈ってちょうだい。あたし、身体じゅうに汗をべとべとつける、太っちょのマリオ・ガルヴァーニより、ずっと彼のほうがいいもの」目を輝かせ、挑発的に腰を揺らしながら、ルチアが踊るように歩いていった。そしてシャンパンのグラスを手にとり、背もたれの高い椅子にもたれ、ポーズをとった。あの美しい若者にアピールしているのだろう。

ジアナは、彼がサロンを見まわす様子を眺めた。連れの男が笑うと、すぐに声をあげて笑ったが、その表情は退屈そうだった。ルチアに向かっておざなりの笑顔を見せてはいるが、彼女のほうに近づこうとはしない。やがて、その黒い瞳がジアナにさっととまった。彼女はあわてて裸体像の陰に身を隠した。われながら驚いたことに、身体がぶるぶると震えている。彼はあまりにも大きく、あまりにも圧倒的だった。ジアナは彼がおそろしかった。

アレクサンダー・サクストンは、蜂蜜色の髪の娘に目をとめ、その濃い黒い眉を上げた。

「どうした、アレックス、悪魔のような顔をしてるぞ」サンテロ・トラヴォラが前歯の広い隙間を見せてにっと笑い、アレックスの視線を追った。「あれはマルゴだよ。マダム・リュシエンヌが言うには、五カ月ほど前、戸口の上がり段に突然姿をあらわしたらしい。残虐なフランス軍が、パリの二月の暴動で姉さんを殺したそうだ」

「それで、ローマに美しい花がやってきたわけか」

「とても悲しそうな目をしているが、唇はこのうえなくやわらかいって話だぞ。おまえみたいに悲しげな顔をしている男には最善の処方薬だ」

「薬だと、サンテロ？　ほかの多くの男どもが服用したあとの薬など、とくに興味はないね」

サンテロが笑った。「あいかわらず、えり好みの激しいやつだな。一カ月間のローマ滞在の最後の夜だろう？　帰国する前にどうにかして処女を見つけて、愛人にするつもりなんだろう？　どだい、時間の無駄だと思うがな。それに、おまえはこの旅で、仕事と快楽をごっちゃにしてるようだが」

「シ」アレックスは言い、マルゴという娘に黒い瞳を向けた。長いうなじの優雅な湾曲が気に入ったし、白い肩の曲線も好みだ。大きく広がったドレスの下のウエストは、どうやら細そうだ。彼は吐息をつき、サンテロより自分に言い聞かせるように言った。「たしかに、ぼくは女を抱きたい。あの娘は充分に魅力的だ」アレックスは、混雑した室内をさっと見まわした。「あの、もうひとりのブロンド娘はだれだい？　彫像の後ろに隠れているようだが」

サンテロが肩をすくめ、やめておけと言うように指を振った。「急いだほうがいいぞ、アレックス。おまえのマルゴにはほかの客も興味をもっている。ブロンド娘は、ローマでは競争が熾烈《しれつ》なんだよ」

「べつに好みってわけじゃないさ、サンテロ。ただ、ほかの毛もブロンドかどうか、確認するのがお楽しみでね。さて、友よ、ちょっと失礼する。そろそろ薬を服用する時間のようだ。ミラノに出発する前に、朝、会う時間があるだろう」

サンテロは、アメリカの仕事仲間がマルゴのほうに堂々と歩いていくのを見守った。巨漢にしては、優雅な歩き方だ。マルゴの琥珀色の瞳が心からうれしそうに輝くのを見ても、意外には思わなかった。あれほどハンサムなアメリカ人には、たいていの女がうっとりする。まったくアメリカ人ってやつは、なにを食べてあれほどでかくなるんだ？　彼は、アレックスがマルゴの腕をとり、サロンから連れてでるのを見た。横を通りすぎるとき、彼はアレックスに大きくウインクしてみせた。「可愛いらしい口を存分に楽しめよ」

「あの美しい殿方はどなた？」サンテロにシャンパンのグラスを渡しながら、リュシエンヌが尋ねた。「とても大柄ね。外国のかた？」

「シ、アメリカ人さ、リュシエンヌ。ニューヨークから仕事できている」

「裕福な男性のようね」

「彼の海運帝国は、日に日に成長している」

「それにしては、まだお若いこと」

「そして、マルゴの強壮剤を必要としている。じつは昨年、奥さんを亡くしてね。それからというもの、やつは悪魔のように働いている――おそらく、忘れようとしているんだろう」

「きっと、今晩は忘れてくださるわ」と、リュシエンヌが悦に入った。「さあ、今度はあなたがお楽しみにならなくちゃ」彼女はルチアを手招きすると、身をひるがえし、ダニエーレを出迎えにいった。

サンテロは、ゆっくりとルチアを眺めた。今晩は、大きな胸の谷間で窒息したい気分じゃない。彼はシャンパンを飲むと、ルチアに向かってかぶりを振り、リュシエンヌにお休みと挨拶をし、娼館から暑い夜の街へとでていった。アレックスは楽しんでいるだろうかと思いながら。

「こんばんは、リュシエンヌ」と、ダニエーレが挨拶をした。「うちのひよこは、また彫像の後ろに隠れているようだね」

「そのおかげで、シニョール・アルフレードは今晩もお見えになっているのよ。あの娘の身体を味わうまでは、ローマを離れないと頑張ってるの。あの娘ったら、殿方をそばに寄せつけない術《すべ》は学んだようだけれど、アルフレードに肩にかつがれて二階に運んでいかれるんじゃないかと、おびえているわ」

「じゃあ、少しはきみの手管を学んだわけだね、リュシエンヌ？」ダニエーレは興味津々の様子で言った。

「少しはね。火曜の晩にあなたがお見えになる前、あの娘、数人の殿方とじょうずにおしゃべりしていたわ。とても人気があったけれど、残念ながら今晩は予約がはいっているんですって、練習したとおりにふくれっ面をして見せたほどよ。おまけに、あの小さな手をちょっとさわらせただけで、自分と話せたことを殿方に感謝させたのよ。少なくとも三週間前、わたしの腕にしがみついておびえていた女の子じゃないわね」

リュシエンヌの話にうれしそうな顔をして見せたものの、ダニエーレはどこか悲しかった。ジアナの美しい瞳が、娘らしい輝きを失ってしまったことに気づいたのだ。

「うちの娘たちとよくおしゃべりをしてるわ。あなたの望みどおりよ。質問攻めでまいっちゃうと、マルゴが愚痴をこぼしてたほどよ」

「まあ、質問は尽きないだろうな」ダニエーレはしばらく言葉をとめ、シャンパンを味わった。「来週、ちょっとした体験授業を実施するつもりだ。ジアナは、自分と同年代の男女と一日をすごすことになる。そこでだ、その若者のひとりが――」男のわめき声を聞き、ダニエーレは言葉をとめた。その男のほうに、ドラコがそっと近づいていく。リュシエンヌもそちらに視線を向けた。

「あのばか、呑みすぎよ」と、リュシエンヌがつぶやいた。「あとでね、ダニエーレ」

ドラコが泥酔した客をこっそりと連れだし、数分もすると、サロンには陽気な会話が戻ってきた。ダニエーレはジアナに近づいた。

「こんばんは、ジアナ」

「あら、おじさま。大声でわめいてたおばかさんはどなた?」

ダニエーレは肩をすくめた。「リュシエンヌの店の新しい常連客らしい。もう二度と、入店は認められないだろう。さて、わたしと一緒に二階に上がる準備はできてるかい?」

「またレッスンがあるの?」

「ああ、そうだ」

「いますぐじゃなくてもいいでしょう? もう、だいたいのことは見てしまったし」

その若々しい声には、冷淡な調子があった。わざと、そうしているのだろう。「とにかく、行こう」ダニエーレは片腕を差しだした。

ダニエーレが〈黄金の寝室〉のカーテンをあけると、ジアナは息を呑んだ。そこには、ルチアがハンサムだと指さしていた若者が、マルゴと一緒にいたのである。その黒い瞳は、マルゴのふっくらとした腿のあいだの濃い金色のV字形をじっと見つめている。

「きみと一緒にいられてうれしいよ」そう言うと、アレックスがマルゴを抱きよせた。

ダニエーレは、黄金のベッドにいるふたりを、鑑定家のように客観的に眺めていた。マルゴが彼の上にまたがり、その白い両手を彼の広い胸に広げ、背をそらせ、頭を大きくのけぞらせた。

「男が、まあいわば女性上位を認めるのは、非常にめずらしいんだよ」と、ダニエーレがジアナに説明した。ジアナはといえば、興味のなさそうなポーズをとるのも忘れ、目の前の光景に見いっている。

男はマルゴの髪を撫でると、その手を背中に下ろし、そのまま豊かな腰を撫ではじめた。その手には、やさしさと力強さがあふれている。そして、今度は優雅な動きで楽々とマルゴを仰向けにし、彼女の前にひざまずいた。ジアナは目をそらしたかったが、これほど完ぺきに均整がとれた男の身体も、おそろしいまでに優雅な肉体も見たことがなかった。胸は黒い巻き毛でおおわれ、ウエストと下腹は引き締まり、筋肉が盛りあがっている。彼がマルゴの両脚をやさしく自分の肩に載せると、ジアナは鋭く息を呑んだ。彼は微笑み、マルゴの大きく見ひらいた目をのぞき込むと、彼女の腰をもちあげ、股間に唇を近づけた。

ジアナは、全身の血が顔に上昇するのがわかった。なんだか身体が熱い。とくに下腹部のほうが。それに、急に唇も乾いてきた。「彼はなにをしているの、おじさま?」

ダニエーレは心からうれしそうに微笑んだ。「どうやら、きみもまだすべてを見たわけじゃなさそうだね、ジアナ。彼は、マルゴに女性の快楽を味わわせているんだよ。娼館ではじつにめずらしいことだ。それにマルゴの反応から察するに、彼は賞賛に値するほどうまくやっていると見える」

マルゴが身を震わせ、あえぎはじめた。彼を自分のほうに引き寄せ、彼にも快楽を味わわせようとしたが、彼はしっかりとマルゴを押さえつけている。彼、この道の達人なんだわ。ジアナはぼんやりと考えた。

「リラックスして、マルゴ」彼が顔を上げた。「演技をしてほしくないんだよ。きみに快感を味わってほしいんだ」

「いけません、シニョール」マルゴがあえぎながら言った。官能の歓びに、背が弓なりになっている。「あたしにそんな大それたこと。だって――」全身が大きくわななき、マルゴは叫び声をあげまいと歯を食いしばったが、喉からうめき声が漏れた。彼はマルゴにまたがると、脚のあいだにそっと指を差し込んだ。そして、マルゴの恍惚とした表情を眺めた。やがて、彼はマルゴのなかにはいっていった。マルゴは彼の唇に接吻し、彼女自身の蜜を味わった。彼女の全身が硬直し、室内に絶叫が響きわたった。その絶叫は、彼女が圧倒的な快感に身を震わせているあいだ、延々と途切れることがなかった。

あえいでいるふたりをじっと見つめているうちに、ジアナは息ができなくなった。下腹部が熱い。灼熱《しゃくねつ》の砂漠で燃えさかる炎のようだ。頭を左右に振り、はっきりさせようとしたものの、マルゴが震えたとき、自分も震えるのがわかったし、マルゴが顔をゆがませながら腰を激しく上下させ、男の下でもだえているのを見ていると、自分も全身が火照るのがわかった。いったい、マルゴになにが起こったの？　ジアナはこれほどわれを忘れた女を見たことがなかった。われを忘れるのは、いつも男たちのほうだったからだ。たしかに、男たちと寝ると、娘たちはうめき声をあげ、動いていた。でもジアナには、娘たちが嘘をついていることがわかっていた。すべて、演技にすぎないことが。

マルゴの白いわき腹には、汗が光っている。男の巨大な肉体は、まだマルゴにおおいかぶさっている。彼はマルゴをむさぼり、食べつくしているようだ。突然、ジアナは自分の身体の反応がこわくなった。「お願い、おじさま」ジアナはしゃがれた声で言うと、ダニエーレの袖《そで》をつかんだ。「もう、帰らせて。お願い」

「今夜は大切なことを学んだね、ジアナ」ジアナの火照った顔を見て、ダニエーレが言った。そして、ジアナと目をあわそうとした。「まさか、こんな光景をきみが見ることになるとは思いもしなかったよ。娼婦に快楽を与える男がいるとはね」

ジアナは、喉が詰まったような感覚を覚え、顔をそむけた。あの男は、マルゴを頭のおかしくなった動物のようにした。彼女を愛撫し、完全にコントロールしていた。そのうえ、わたしは彼を見ているだけで震えてしまった。まるで、わたし自身が触れられているかのように。ジアナは椅子に背中を押しつけた。彼から逃げだしたい。気づくと、全身が汗でじっとりと濡れていた。ああ、お風呂にはいりたい。身も心もきれいに洗い流したい。ジアナはふたりのほうに視線を戻した。マルゴはだらりと仰向けになっており、その隣りに男が横たわっている。男はマルゴの顔や乱れた髪にキスを浴びせている。だが、男根が豊かな黒い毛のあいだから屹立《きつりつ》し、まだマルゴの腿に押しつけられているのを見ると、ジアナはまた身を震わせた。

顔に当たるまぶしい陽射しをよけようと、ジアナはフリルのついた日傘を傾けた。そして、広大なエステ荘庭園の段差のついたすばらしい景色を眺めた。ローマ郊外テイヴォリにあるこの庭園は、噴水がたくさんあることで有名だ。ジアナは、カメッタ・パッリの朗らかなおしゃべりは聞こえないことにし、しばし、数百もの噴水から流れる水音に耳を澄ました。きょうは楽しもう、とジアナは考えた。スイスを離れてからというもの、同年代の友人とすごす機会がなかったからだ。とはいえ、かれらのひっきりなしのおしゃべりに、ジアナはすでに辟易《へきえき》していた。それがどうしてなのか、自分でもよくわからなかったけれど。

「いらっしゃい、ジアナ」と、カメッタが声をかけた。「ヴェスタ神殿まで歩きましょう」

ジアナはうなずいた。カメッタがきょうの午後言ったことのなかで、いまのがいちばん分別のある台詞《せりふ》だった。五、六枚も重ねてはいているペチコートがかさばり、歩くと邪魔だったし、コルセットが肋骨に食いこんで痛かったけれど、もう二度と腰を下ろしたくはなかった。カメッタが婚約者のヴィットリオ・カヴェッリについて長々と続ける無駄話を聞きたくなかったのだ。

「でも、もうくたびれちゃった」と、ビアンカ・サルヴァドが音を上げた。「休みましょうよ」ビアンカは、ヴィットリオ・カヴェッリのほうを嘆願するように見ると、ピンク色の唇をとがらした。

いちゃつきたいだけでしょ。ジアナは内心、ため息をついた。もう退屈しきっていた。女の子のドレスのなかでは、だれのにいちばん多くひだ飾りがついているかとか、エステ荘庭園の見物にティヴォリまで彼女たちを連れてきた若き紳士たちがどんな計画を立てているかとか、そんな話はジアナにはどうでもよかった。

五人の娘たちは全員未婚で、一緒にいる若者たちも未婚だった。飲み物や軽食を用意するために、従者が付き添っている。そしてお目付け役であるシニョーラ・パッツリは、一団から適度に距離を置き、同行していた。

カメッタ・パッツリの婚約者、ヴィットリオ・カヴェッリが陽気に微笑み、ジアナにふざけてお辞儀をした。「イングランドからいらしたお客さまは、山羊のスタミナをもっておいでだ」

「でも、ジアナったら、まじめすぎなの」と、カメッタが辛らつに言った。「あなたの笑い声、いちども聞いてないわ。ヴィットリオがこんなに面白いことばかり言ってくださるのに」カメッタが声を落とし、恥ずかしそうにつけくわえた。「それに、ブルーノも笑ってないわ。彼って、額に黒い髪がかかって、すごくロマンティックな感じがしない？　彼、あなたを見て、ぼうっとしてるわよ」

ヴィットリオの話は面白くもなんともなかったが、ジアナは唇に笑みを貼りつけた。ヴィットリオときたら、くだらないことしか言わないし、おもねるような魅力を発揮し、女の子といちゃつくばかりだ。いったい、この男のなかにカメッタはなにを見ているのかしら？　それにブルーノ・バルビネッリのほうは、詩人のバイロン卿を気取っている。ブルーノが視界にはいったことがこれまでに何度かあったが、いつも一定の距離を保ち、遠くからジアナを眺めて満足しているようだった――さぞ熱心に練習したであろう、相手を見透かすような目つきで。

ビアンカ・サルヴァドの希望どおり、一行は休憩することにした。若者たちが地面に毛布を広げ、娘たちが腰を下ろし、最高のポーズをとれるようにした。レモネードのグラスが、シニョーラ・パッツリの召使によって渡されていった。召使は寡黙で、いっさいの感情をおもてにださない。

「ねえ」と、カメッタがジアナにささやいた。「わたし、ヴィットリオとふたりきりになりたいの。ママには言わないでね。ポポロ広場では、何度か彼と会ったことがあるの。もちろん、うちのメイドが一緒だったけれど」カメッタがうっとりと吐息をつき、細身のヴィットリオを賞賛するように眺めた。

勘弁してというように、ジアナが彼女を見た。

「ああ、いけないなんて言わないで。ほら、わかるでしょう？　親って堅物なんだから。自分たちも昔は若くて恋をしてたなんてこと、すっかり忘れちゃうのよね」

「ええ、そうでしょうね」

「わたしたち、二カ月後に結婚するの」

ジアナはシニョーラ・パッリのほうに目をやった。レモネードを満足そうに飲み、娘のほうを眺めている。

「あなた、ヴィットリオのこと、愛してるの？」ジアナは尋ねた。

カメッタが黒い髪を揺らすと、きつく巻いたカールが耳元ではねた。「もちろん。当然でしょ？　彼、あんなにハンサムで、堂々としてるのよ」

ビアンカ・サルヴァドが口をはさんできた。「ふたりでなんの秘密をおしゃべりしているの？」そして、返事を待たずに続けた。「ねえヴィットリオ、あなたのこと、カメッタがなにもかもジアナに話しているわよ」

「お手やわらかに願いますよ、小鳩ちゃん」ヴィットリオが口の脇に皺《しわ》を寄せ、魅力的な笑みを浮かべた。

「鳩って不潔じゃない？　わたし、ほかの鳥のほうが好き」とビアンカ。

ヴィットリオはお得意の微笑を浮かべているけれど、さすがに目までは笑っていない。ああ、この男を見ているとうんざりする、とジアナはまつげの下から観察を続けた。なんだか妙だわ。両のてのひらを上に向け、指を広げて話すところなんか、ランダルに似ている。いいえ、まさか。ランダルはこんなうぬぼれの強い、格好つけたがる男じゃない。ランダルと一緒にいて、わたし、退屈したことなんてなかったもの。

いっぽう、肌の浅黒い、陰気な若者のブルーノ・バルビネッツリはタイミングを見計っているようだったが、ようやく立ちあがり、ばかていねいにジアナにお辞儀をした。「庭園を一緒に散歩していただけませんか、シニョリーナ？　もちろん、シニョーラ・パッツリの目の届く範囲におりますから」

一瞬迷ったものの、ジアナは承知することにした。この美しい庭園を歩きたい。だれのエスコートでも構うものですか。シニョーラ・パッツリのほうをうかがうと、夫人がうなずいてくれたので、ジアナはブルーノの手をとり、立ちあがり、彼の腕に手を通した。

「あまり遠くまで行かないでね、おふたりさん」カメッタが声をかけ、くすくす笑いはじめた。

「ブルーノをからかっちゃだめよ、ジアナ。ほら、もう、困った顔をして眉根を寄せているじゃないの」ビアンカがブルーノの双子の妹に同意を求め、三人は声を揃えて笑いはじめた。

「いいお天気ですね」と、ブルーノが言った。

「ええ」

「ローマの滞在を楽しんでいらっしゃいますか？」

「ふだんは味わえないような体験をしておりますわ」

ジアナは噴水の前で立ちどまり、手袋をはずし、冷たい水に指をくぐらせた。

「イタリア語がとてもお上手ですね」

「勉強中です」

「あなたの瞳はとても美しい」

「グラーツィエ」ジアナは言い、歩きつづけた。詩の引用でも始めるつもりかしら？

「うちの妹たちから、あなたは婚約なさっていると聞きました。残念です」

その瞬間、ジアナは彼の目を見る機会をとらえた。陰気な瞳がかすかにきらめいたのを、ジアナは見てとった。「なぜ、残念なんですの？」

「そのイングランドの男性は、ぼくより先にあなたに出会ったわけですよね」

「ええ、そういうことになりますわね」

「ぼくなら、あなたに彼のことを忘れさせられる」

大声で笑いだしたくなった。これほど激情に駆られたような台詞を吐いているのに、黒い瞳は冷静そのもの。台詞はおそろしく古臭いのに、彼はとても若い。ジアナは笑いを嚙みころしたが、ふいに年老いたような気分になった。

「それはどうかしら、シニョール」

「あなたはとても小柄で、華奢《きやしや》な女性だ、ジアナ」ブルーノはいっそう低い声で、情熱的な台詞を淡々と述べた。「そのイングランド男性は、落ち着いた分別をもっていらっしゃるあなたと、ちっとも釣りあわないのでは?」

「おっしゃるとおりですわ、ブルーノ」と、ジアナは輝くような笑みを浮かべた。だが、ブルーノが目をぱちくりしてこちらを見たので、笑みを引っ込めた。

「妹さんがたは、わたしの婚約者について、ほかにどんなことをおっしゃっていらして?」

ブルーノが肩をすくめた。ジアナのどっちつかずの質問に安堵《あんど》しているのがはっきりと伝わってくる。「婚約者のかたは、あなたのご実家のビジネスにくわわる予定だとか」

「ええ、というより、母のビジネスですけれど。わたしには、母しか家族がおりませんから」

そのつやつやした頬に信じられないという表情が浮かんだ。「お母さまが……ビジネスマンとは、存じあげませんでした」

「もちろん、ちがいます。母は、ビジネスウーマンです」

ブルーノがまた値踏みするような目つきをし、いかにも質問をしたそうだったが、ジアナは彼になにも教えるつもりはなかった。もう、ブルーノ・バルビネッリのことはよくわかったわ。それに、双子の妹たちのことも。つまり彼の父親は、ひとり息子と結婚してくれる金持ちの相続人をさがしているのだ。

ジアナは、腕にかけられた彼の指がこわばるのを感じた。「二週間前、あなたにお目にかかったときから、ずっとふたりきりになりたかった。あなたはとても感受性の強い女性ですね、ジアナ。小さくてなにも知らない可愛らしい小鳥。愛され、大切に飼われたいと願っている」

「鳩に似ているんじゃありませんか、ブルーノ？　わたし、昔から鳩が好きですの。鳩もやっぱり、小さくてなにも知らないでしょう？」

「あなたは、ぼくの話を真剣に聞いていらっしゃらない」と、ブルーノ。

「あなたはとてもお若いですもの」

目を丸くし、ブルーノが声をあげた。「若いだって？　ぼくは二十三ですよ」

「あら、不思議ですわね。もっとお若く見えますわ。ずっと、ずっと年下にね」

ブルーノは、怒りで顔を紅潮させた。だが、声に情熱的な親密さをなんとか込め、話しはじめた。「ぼくをからかっていらっしゃるんですね、シニョリーナ。でも、負けん気の強いお嬢さんは、ぼくの好みだ。あなたはぼくのやさしさと、あなたを喜ばせたいという思いを、未熟な男のしるしだと誤解なさっている」

突然、ブルーノが彼女の肩を抱き、引き寄せた。それは、やりすぎだった。もう我慢できない。ジアナは、けたけたと声をあげて笑いはじめた。驚いたブルーノが急に肩から手を離したので、ジアナは後ろによろめいた。

「少しはおとなしくしてください」と、ブルーノが怒鳴った。激怒し、浅黒い顔が真っ赤になっている。さぞ練習したであろう情熱的な表情も、どこかに吹き飛んでいた。

「なぜですの?」

「なぜって、なにが?」嫌悪感もあらわに、ブルーノが低くうなるように言った。

「どうしておとなしくしなくちゃいけないんです? あなたのことがおかしいと思っただけですのに」

「おかしい?」

「じゃあ、愉快」

「あなたは、礼儀正しいお嬢さんのはずだ。そんなふうに、ずけずけと相手を侮辱するところは、まるで……」

「売春婦のよう?」

「くそっ、あなたと結婚などするものか。たとえどれほど——」ブルーノは言葉をとめ、下唇をぎゅっと噛んだ。

「裕福であっても、でしょう? これで、ご自分の正直な気持ちをお話になりましたわね、ブルーノ。そろそろ、手が込んだ茶番はやめましょうよ。よかったわ、ブルーノ、いまのあなたのほうがずっといい感じ。あなたは、ほんとうのところ、女の子より詩のほうがお好きなんでしょう?」

彼は背筋をせいいっぱい伸ばし、硬い口調で言った。「きょうは、とても暑い。もう一杯、レモネードをいただくとしよう」

「それはいいアイディアですわ、ブルーノ」

一団のほうに歩いて戻ったが、ブルーノは怒ったままだまりこくっていた。ジアナは自分でも不思議に思った。どうしてブルーノにあんな無礼な真似をしてしまったのかしら。たしかに彼の動機は不純だけれど、虚栄心を深く傷つけてしまった。そのとき、はっと気づき、ジアナは頬を紅潮させた。一カ月前のわたしなら、彼に熱く見つめられて得意になっていただろうし、お世辞をうれしく思っていたはずなのに。

そう思うと、いらだたしかった。でも恥ずかしいことに、それは事実だった。ブルーノときたら、あまりにも見え見えの口説き文句を並べたてるから、いまは笑わずにはいられないけれど。ジアナは指先を頬に当てた。自分がローマにいることを忘れてはならない。ここの人たちは、イングランドの人たちとはちがうし、ちょっと変わっている。ダニエーレおじさまはどこの人間も同じだとおっしゃるけれど、そんなことはない。変わっているのは、ここの人たちであって、絶対にわたしじゃない。

だが、その日の午後、アニエーネ川やヴェスタの神殿を見ても、ジアナの口からはありふれたお世辞しかでてこなかった。それどころか彼女は、景色にも一行にもあまり注意を払っていないようだった。具合でも悪いのとシニョーラ・パッリが尋ね、ヴィットリオは優雅な眉を上げ、いぶかしそうに彼女を眺めていた。ブルーノは陰気な沈黙を続け、娘たちはほかの若者たちといちゃついていた。若者たちの名前は、もうジアナの頭にはいってこなかった。

その晩は、ダニエーレと静かに夕食をとった。チェスをしていると、彼が口をひらいた。

「きょうはローマにきてから初めて、同じ年頃の若者たちと一日をすごしただろう？　なのに、きょうなにがあったのか、きみはひと言も話そうとしないね」

ジアナは、彼の白駒のキングに、自分のクイーンのビショップを斜めに動かした。そして肩をすくめたが、顔は上げなかった。「とくに面白いことはなかったの。ただ、ティヴォリは楽しかったわ。エステ荘庭園には五百もの噴水があるんですって。ガイドブックで読んだの。すごいわねえ」

「ヴィットリオ・カヴェッリについては、どう思った？」

ブルーノのことを訊いてくれればいいのに。ブルーノがわたしに強い関心をもっていることを、ダニエーレは知っているのだろう。ジアナは顔を上げ、意外なことを訊くのねというように彼を見た。

「ヴィットリオは問題ないんじゃない？ カメッタにやさしかったし、変なことも言わなかったわ。でも、なんとなく、いけ好かない。表裏がありそうな人ね」

「知っているだろうが、ヴィットリオは貴族の跡継ぎだ」ダニエーレは自分のナイトを動かし、彼女のビショップを攻撃すると、すらすらと言った。「イングランドと同様に、イタリアでも、貴族はまだ多大な権力をもっているし、巨富を支配している。しかし、わたしたち庶民は——きみだって庶民のひとりだよ、ジアナ。母上には貴族の肩書きがあるが——貴族が無視できない一大勢力となっている。年々、庶民は強くなり、裕福になっているが、貴族は年々力を弱め、貧乏になっている。だから、ヴィットリオがカメッタ・パッツリと結婚するのも、もっともな話なんだよ。そうすれば、カメッタは伯爵夫人の座を獲得できるし、ヴィットリオはこのまま快適に怠惰な生活を続けられる。結婚すれば、カメッタは巨額の持参金をもってくるからね」

ジアナの指が、自分のビショップの上でとまった。「どういうこと、おじさま?」

「だからね」と、ダニエーレが肩をすくめた。「ランダル・ベネットが、貴族の一員でありながらビジネスで手を汚したいと希望しているのは、じつにめずらしいんだよ」

「だから、ランダルは財産狙いじゃないって申しあげたでしょ、おじさま」と、ジアナが言った。「チェック」

「お父上に似て、チェスの腕がいいとはなあ」ダニエーレがチェス盤を見つめた。「お母上でさえ、あれだけの知性をもちながら、このゲームの複雑なところまでは把握できなかったからね」

「それに、メイトも(〝メイト〟にはチェスの「王手詰め」という意味と、「配偶者」という意味がある)」

「まったくきみときたら、女性らしくないな。愉快痛快」

6

焼けるように暑い、いかにもローマの八月らしい日だった。ああ、水風呂に浸かって、そのまま眠ってしまいたい。何枚も重ねてはいたペチコートが重たく、汗で湿った肌着が肌にすれてうっとうしい。ジアナは、手元の刺しゅう枠のなかの亜麻布に汗が落ちないよう、唇をぬぐった。ローマの裕福な一家の大半は、もう何週間も前にこの暑さから逃れ、北部の涼しい山岳地帯へと長期滞在にでかけてしまった。あとに残ったのは、パッリ家、サルヴァド家、そしてコンデ家だけだったが、かれらも子どもたちだけは避暑地に送りだしていた。カメッタ・パッリとビアンカ・サルヴァドとしばしの別れを惜しんだあと、ジアナは心底ほっとした。だが、三週間前にでかけてしまったアンジェラ・カヴールの不在だけは寂しかった。穏やかな話し方をする、やさしいアンジェラ。もちろん、ジアナは彼女と一緒に避暑地には行けなかった。娼館は年中無休。八月といえども関係ない。

退屈のあまり吐息をつくと、ジアナはふたたび亜麻布に針を突き刺した。ミラベッラ・デル・コンデが、こちらを見ようと上半身をひねった。幸い、針は滑らかに動き、薄茶色の絹の糸をすんなりと引っ張ることができた。

「きれいに等間隔に刺しゅうができているわね」ミラベッラが淡々と言った。「その薄茶色、いい色合いだこと。サンルームの椅子にぴったりのカバーができるでしょう」

ジアナは、だまってうなずいた。終わることのない刺しゅうにも、終わることのない会話にも、もううんざり。ジアナは金切り声をあげたかった。こんなものより、人生にはもっとなにかがあるはずよ。そうした思いが心のなかで明確な言葉になると、ほどなく、自分のなかで自然に答えが返ってきた。人生にはもっとなにかがある――それを、あなたの母親は見つけたのよ、と。

ジアナは頭を振り、その考えを振り払った。気分が悪くなるようなこの暑さで、いらいらしているだけ。それに、こんなご夫人がたと、おそろしく退屈な時間をすごしているんだもの。そのとき、カミーラ・パッリに話しかけられていることに気づいた。「はい、奥さま?」

「ですからね、先月、エステ荘庭園にでかけたのが、うちのカメッタはとても楽しかったそうなの。あなたには山にも一緒に行っていただきたかったと、そう申していたほどよ」

「わたしも楽しかったですわ、奥さま。きょうみたいな日は、どこかの噴水で水遊びをしたいほどです」

「暑い気候には、じきに慣れましてよ」ルチアナ・サルヴァドが刺しゅうに目を落とし、非難がましく続けた。「ただ、散歩のときは、若いかた同士で楽しんでいただきたかったわ」

「楽しみましたけれど」と、ジアナ。

「ビアンカは、そうは申しておりませんでした」と、ミラベッラ。「あなたは、かわいそうなブルーノを置き去りにし、気落ちさせたそうじゃありませんか」

「まさか、奥さま。ブルーノは散歩を楽しんでいらっしゃいました。ただ、女性への気づかいが、ぎこちなかっただけです。まだ、未熟なんでしょう」

カミーラが、くすくすと笑った。娘のカメッタの笑いかたとそっくりだ。耳ざわりな声をあげるところもよく似ている。「あら、お嬢さん、あなただって、まだたったの十七歳でしょう? ブルーノはすばらしい夫になるんじゃないかしら」

「お忘れですわ、奥さま」と、ジアナは顎《あご》を上げた。「わたしには、イングランドで婚約者が待っておりますから」

「ブルーノは、うちの親戚ですのよ」と、カミーラが説明した。「彼の母親は、わたしのいとこにあたりますの」

なるほどね、とジアナは考えた。わたしをつかまえることができなかったから、ご立腹なわけ。

「イングランドの殿方は、とても冷ややかだと聞きましてよ」ミラベッラが針に糸を通しながら、だれにともなく言った。

「イングランドの気候は、たしかに、こちらよりひんやりしておりますわ」と、ジアナがそつなく答えた。

「ミラベッラは、そういう意味でおっしゃったんじゃないわ」と、ルチアナが厳しい口調でとがめた。

ミラベッラが置時計に目をやった。ジアナもその視線を追い、ほっと笑みを浮かべた。

「そろそろ、おじさまに会う時間ですの」と、ジアナは言った。

「でも、まだ椅子のカバーの刺しゅうを終えていらっしゃらないわ」と、ミラベッラ。

「またつぎの機会でよろしいでしょうか、奥さま。ダニエーレおじさまは、待ってくださらないので」マダム・リュシエンヌの娼館で夜をすごすのも、ここに座っているよりはましに思えた。

「あなたのドレス、なんだかだらしないわ」と、ルチアナが言った。「もっときつくコルセットを締めないと。そうすれば皺が寄らなくてよ」

「そんなことをしたら、気絶してしまいます。この暑さですもの」

「それでも」と、ルチアナの言い分をカミーラが真似た。「淑女たるもの、つねに完ぺきでいなければ。あなたのお母上だって、同じ忠告をなさるでしょう？」

「かもしれません」と、ジアナはサロンの扉のほうにそろそろと歩いていった。

「呼び鈴で召使を呼びましょう」ジアナが部屋からでようとしていることに気づき、ミラベッラがようやく言った。「あら、もうこんな時間」と、明るく言う。「もう四時よ。うちの主人は、八月のあいだは、あまり遅くまで仕事をいたしませんの。そろそろ帰宅するころですわ、ええ、いまにも」

ダニエーレは馬車の革のクッションに背をあずけ、さわやかな夜の風を楽しんでいた。ジアナは幌をあけた馬車のなか、彼の隣りに静かに座り、晩夏の淀《よど》んだテベル川を眺めている。

「あれほどおしゃべりなお嬢さんだったのになあ、ジアナ。ローマの暑さで舌まで疲れてしまったのかい？」

「そうかもしれません、ダニエーレおじさま」

だがダニエーレには、その原因が暑さではないことがわかっていた。週を追うごとに、ジアナはじっと考え込んだように沈黙することが多くなっている。そこで、彼はさぐりをいれることにした。

「二週間後には、イングランドに帰国するね」

「ええ」と、ジアナ。「ロンドンはずっと涼しいでしょう」

あまり幸先のいい出だしとはいえない。ダニエーレは口ひげを引っ張った。「きみがいなくて寂しいと、お母上が手紙を書いてこられたよ」

「ええ、拝見しましたわ」と、ジアナはしばらく言葉をとめ、ダニエーレをまっこうから見た。「愛している人たちに、早く会いたい」

まったく、いまいましい。この愚かな娘をどうやれば説得できる？　ダニエーレは一瞬、にやりと笑った。シニョール・バルビネッリと、その愛息ブルーノの話を聞き、少しは手ごたえを感じたのだ。聞いたところによれば、ジアナはブルーノの美文調のお世辞を見抜き、冷たくあしらったという。まあ、ブルーノは、ランダル・ベネットほど女の扱いに慣れていなかったのだろう。それはまちがいない。だからこそ、八千マイルも離れていながら、ジアナはまだランダルをすばらしい男だと思い込んでいる。そして、吐き気をもよおすほど従順に、完ぺきな理想の男だと敬っている。

突然、ダニエーレは強い怒りを覚えた。溺《おぼ》れる者はわらをもつかむというが、ジアナは夢ほどの実体もない男にしがみつこうとしている。そして自分は、そのジアナを終わりのないレッスンに夜な夜な連れだしている。ところが彼女はいまではもう、〈黄金の寝室〉で見る光景にたいして驚かなくなっている。彼は、ジアナの断固とした横顔に目を向けた。この娘のなかには鋼《はがね》がある。その鋼があるからこそ、頑固で手に負えないのだ。今度、オーロラに手紙を書こう。そしてオーロラが考えているよりもずっと、ジアナには父親ゆずりの面があると言ってやらなければ。だが、いまのところ、そのモートン・ヴァン・クリーヴの遺産に手を焼いているのだが。

「マダム・リュシエンヌの部屋に行きなさい、ジアナ」娼館に到着すると、ダニエーレは言った。「だがきょうは、ドレスを着替えたり、ブロンドのかつらをつけたりしなくていい。わたしが迎えにいくまで、待っていなさい」

「なぜ？」と、ジアナが短く訊いた。

「すぐにわかる」

今夜、ジアナは彼に黒い眉を上げてみせると、はしゃぐ様子もなく微笑んだ。「ということは、殿方はわたしの魅力的な会話を楽しめないというわけね」

「まあ、かれらは失望に耐えられるさ」

ダニエーレが迎えにいくと、今夜はどんなお楽しみが待っているんですの、とジアナが尋ねた。彼は、はっとしてジアナを見た。その声がひどく退屈そうだったからだ。まるで、天気を尋ねるような口調。

「説明するのがむずかしいんだがね、ジアナ」彼女の腕をとり、〈黄金の寝室〉につながる小さな扉へと長い廊下を歩きながら、ダニエーレが言った。彼女は、それを聞くと足をとめたが、ダニエーレは構わず彼女を引っ張り、四階に続く扉を引きあけた。

「四階は、召使専用でしょう?」

「専用というわけじゃない。おいで」

ジアナはだまって彼のあとに続き、狭い階段を上がっていった。屋敷の最上階に着くと、天井はひさしとなっており、傾いていた。彼は、ジアナを小部屋へと案内した。そこは、ほかの部屋とはまったくちがった。部屋の真ん中に小さなテーブルと椅子が二脚あるだけで、壁は紺青色の壁紙でおおわれている。

「座りなさい、ジアナ。ここで夕食をとる。お楽しみはそのあとだ」

小部屋のなかはとても暑く、ジアナはハイネックの襟元をぐいと引っ張った。もうくたびれており、力がはいらない。ダニエーレが秘密めかしているところから察するに、今晩もまた、裸で妙な姿勢をとった男が娘にのしかかり、肉欲の汗を流し、うめいたりうなったりするところを見るのだろう。そんな光景を見ても、もう嫌悪感を覚えなくなっていた。それどころか、もう、意識のなかにも届かない。そうした光景は、自分とは無関係のものだと考え、この数週間は自分自身の殻のなかに閉じこもっていたのだ。もはやなにを見ても、心を乱されることはなくなっていた。

新鮮な海老、フルーツ、よく冷えた白ワインという軽い夕食を、召使がすぐに運んできた。ジアナは控えめに食べた。食べ物を飲み込むたびに、汗で湿ったシュミーズにコルセットが食い込むからだ。ふたりは黙々と食事をした。ジアナは、今夜のダニエーレの機嫌がよくないことに気づいていた。彼女は顎をつんと上げた。思うようにいかなくて、せいぜい落ち込むがいいわ。わたしは、この賭けに勝てるよう、目標に向かって邁進《まいしん》するしかない。でも、妙なことに、ここのところランダルの顔を思い出そうとしても、頭のなかでぼやけてしまう。でも、彼のやさしさ、それにわたしに寄せてくれた信頼だけは、はっきりと覚えている。それが、なにより大切。もう何週間も前からわかっている。わたしは、けっしてランダルを失望させはしない。ランダルは、わたしが生きる拠りどころなんだもの。でも、わたしが彼の顔を思い出せないように、彼もわたしの顔が思い出せなくなっていたら、どうしよう。ジアナは顔を曇らせた。そして、ダニエーレに話しかけられていることに気づき、料理から視線を上げた。彼女は微笑み、耳を傾けた。というのも、ダニエーレはビジネスの話をしていたからだ。この話題ならふたりのあいだに口論を引き起こさないと、慎重に中立的な話題を選んだのだろう。

「ごめんなさい、おじさま。いま、なんとおっしゃって?」

「だからね、お母上と検討している新しいビジネスがあるんだよ。正直なところ、ヨーロッパには不穏が広がっているから、投機的な側面もあるんだがね、アメリカに渡る移民は増加するいっぽうだから、投資のリスクは少ないと踏んでいる。移民には旅をする船が必要だ。ニューヨークに到着する前に積荷で沈んでしまうことのない、頑丈な船がね」

「おじさまは、資金を提供していらっしゃるの？」

「ああ。お母上は、ヴァン・クリーヴ造船所で船をつくらせるだろう」

「でも、移民の乗る船は貨物船ではまずいけれど、客船というわけにもいかないでしょう？アメリカに渡る移民は、充分な船賃をもっていないでしょうから」ジアナが首をかしげ、その声にすごみが宿った。「やっぱり、アイルランド人は母国を離れざるをえないでしょうね。ジャガイモの飢饉《ききん》がひどいそうですもの。でも、アメリカへ渡る航路で狭い船室で揺られるために、わずかな船賃も払えるかどうか」

「ああ。それが、この問題の核心だ。問題解決のために、もうオーロラは何人かの設計士に仕事を依頼しているよ。貨物船に適しており、積荷の安全と乗客の命をおびやかすことのない、大勢の家族を乗船させることもできる船を設計するように、と」

「解決策がでるまで、おじさまは資金を提供なさらないんでしょう？」

「老後、生活に困窮したくはないからね」と、ダニエーレは笑ってみせた。

扉が軽くノックされたが、ダニエーレは立ちあがって扉をあけようとしなかった。そのかわり、彼は青いベルベットのカーテンのところに行き、その横にある金色のひもを引っ張った。

カーテンがひらくと、そこには〈黄金の寝室〉に比べると、ずっとがらんとした部屋があった。豪華な家具や調度品は、なにひとつない。だが、ベッドには汗をかいた裸の男が寝ており、彼の上に豊かな胸をあらわにしたルチアがまたがっていた。ルチアが男に背中を向けているという、その点だけがいつもとはちがったが、あとは同じだった。男がルチアにうなり声をあげ、ルチアが身体を上下させ、両手で男の脚を官能的に撫でまわしている。男があげるけだもののような声に、ジアナは思わず身震いをした。

ふいに、寝室の扉が勢いよく開き、もうひとりの男が走り込んできた。こちらの男は、きちんと服を着込んでいる。

「さあ、とくべつな即興喜劇《コメディア・デラルテ》が始まるよ」と、ダニエーレが静かに言った。「リハーサルはないが、全員、自分の役柄をよく承知している」

ジアナは啞然とし、ヴィットリオ・カヴェッツリをまじまじと見た。カメッタ・パッツリの婚約者がこんなところにいるなんて！　ヴィットリオは、白い長袖のシャツ、ぴっちりとしたズボン、そして黒い乗馬靴を身につけている。ヴィットリオは自分の腿《もも》に乗馬鞭《むち》をぴしりと叩きつけた。つやつやした若い顔が、憤怒でまだらになっている。

「なんだ、これは？」と、彼は叫んだ。「この尻軽女！　ご主人さまが部屋をでていったとたんに、こともあろうに、おれの親友に身を捧げるとは！」

ルチアは裸の男から身体を離すと、身を縮ませ、ヴィットリオから逃げだした。豊満な胸を震える手で隠している。「いいえ」と、ルチアが叫んだ。「誘惑したのは彼のほうよ。誓うわ。服従を強いられたの」

「嘘つけ。このずる賢い売女《ばいた》め。メス馬よろしく、やつにまたがっていただろうが。この野郎、おまえ、おれの女房を誘惑し、服従させたのか？」ヴィットリオは怒ったように裸の男に詰め寄った。男はいま、ベッドの端に腰を下ろしている。

ヴィットリオと同年代だろう、褐色の肌をもつ細身の若者が、あざけるように声をたてて笑った。「あの女が、ぼくの服を引きちぎったんだぞ」男は言い、がたがたと震えているルチアを指さした。「あの女は娼婦だ。きみにはふさわしくないんだよ、ヴィットリオ。求められれば、だれにだって脚を広げる女さ」

ジアナはダニエーレに混乱した目を向けたが、彼の顔は無表情だった。椅子の肘掛けを力を込めて握りすぎ、ジアナの関節は真っ白になっている。

「いいえ、ちがう」と、ルチアが叫んだ。「そんなの嘘よ、愛するご主人さま。あなたを裏切ったりするものですか。無理強いされたのよ」

「だまれ、売女。このおれがご主人さまだということを教えてやろう」

ヴィットリオは乗馬鞭を振りあげ、ルチアの白い肩に振りおろした。ルチアが悲鳴をあげ、ヴィットリオの前にひざまずき、彼の乗馬靴をつかんだ。

「やめて、ご主人さま。堪忍して」

「裏切り者の売女は、レッスンを受けねばならん」ヴィットリオが、もうひとりの男に怒鳴った。「縛りあげろ」

ジアナは座ったまま前によろめき、悲鳴をあげそうになった。すると、ダニエーレにむんずと腕をつかまれ、引き戻された。「シーッ。見え透いた芝居だが、見所《みどころ》はこれからだ。邪魔をするな」

ジアナがぼんやりと見ていると、男がルチアを引きずり、無理に立たせた。そして、ヴィットリオが投げてきた絹のスカーフで、後ろ手にルチアの手首を縛りつけると、長い髪を引っ張った。ルチアは上に引っ張られ、いまやつま先で立っている。

「ご主人さま、お願いです」と、ルチアが声をあげて泣いた。「勘弁してくださいまし」

ヴィットリオがゆっくりとルチアのほうに歩いていった。「売女」と、唾を吐き、彼女の白い尻に鞭を振りおろした。

「やめさせて、おじさま。お願い、やめさせて」

「だまりなさい、ジアナ。そんなことをしてもルチアは感謝しないよ。彼女はこの役柄を演じることで、たっぷり稼いでいるんだから」

「あれ、ヴィットリオ・カヴェッリよ」

「ああ、知っている。興味深い、若き紳士」

もうひとりの男が、いっそうきつくルチアを縛りあげた。「もう一発、お見舞いしてやれ、ヴィットリオ。悲鳴が聞きたい」

乗馬鞭が何度も何度も振りおろされ、ルチアが悲鳴をあげた。黒髪を振りみだし、鞭から逃れようと必死でもがいている。

「やらせろ」と、突然、ヴィットリオが叫んだ。彼がズボンを引きずりおろすと、もうひとりの男がルチアに鞭を振るい、ヴィットリオのほうを向かせた。腿を脚のあいだに突っ込まれ、ルチアが脚を広げると、またもやヴィットリオが鞭を振りおろした。そして、ルチアのなかへと彼自身を突き立てた。ヴィットリオのあげる快楽のうめき声が、ルチアの悲鳴と重なった。やがてヴィットリオは身を離し、ベッドに横たわった。そして、もうひとりの男がすばやく手首からスカーフをほどき、ルチアを床に叩きつけるのを眺めた。

「その売女とやれ。尻軽女に、腹いっぱい食わせてやれ」と、ヴィットリオが怒声をあげた。男がルチアにのしかかると、ジアナはひと言も言わずに立ちあがり、蒼白《そうはく》な顔で部屋からでていった。

ダニエーレは襟元をゆるめ、からになったブランデーグラスをサイドボードに置いた。物音が聞こえたような気がして、図書室からバルコニーにでた。すると、ジアナが薄手のナイトガウンを着て、バルコニーに立っているのが見えた。手すりに身をよせ、眼下に広がる街を眺めている。豊かな黒髪をうなじのあたりでリボンで結んでおり、ゆるい巻き毛が顔をふちどっていた。

「眠れないのかい、ジアナ?」

「ええ、暑すぎて」と、ジアナが振り向きもせずに言った。

「ここは風が気持ちいいね」

「ダニエーレおじさま？」

「なんだい？」

「結婚したら、ヴィットリオはあんなことをカメッタにするのかしら？」

「そうは思えん。娘が縛りあげられ、鞭を振るわれ、ほかの男と共有されたりしたら、カメッタの家族はいい気がしないだろう。カメッタに家族がいなければ、話は別かもしれないがね」

「ヴィットリオって、変態だわ」

「粗野な若者ってところさ。まあ、堕落してはいるがね。だが結婚すれば、カメッタはともかくにも、伯爵夫人におさまる。カネで釣って、カメッタは彼と結婚するわけだから、結婚してからもヴィットリオはよそであの茶番劇を楽しむことができる。まあ、彼の趣味からすると、カメッタ自身はベッドであまり痛い思いをせずにすむだろう」

「カメッタは彼を愛しているのよ」

「のぼせあがっているだけさ。あの娘には、子どもほどの分別もない。彼女は完ぺきに幸福になるだろう、心配いらないよ。ヴィットリオは彼女に子どもを与えるだろうし、カメッタはこれからも自分が育ってきた環境ですごせるんだから」

ジアナが身を震わせるのがわかった。

「寒いのかい、ジアナ？」

彼女はかぶりを振った。「いいえ、悲しいだけ」

「やめなさい」と、ダニエーレがぴしゃりと言った。「これが人生だ」

「でもカメッタは、ヴィットリオの妻になるのよ」

ダニエーレは深々と息をついた。「ジアナ、まだわからないのかい？　ひとりの男の妻になることに、娘ならだれしも憧れるが、そんなもの、夢見るほどのことじゃないんだよ。妻なんて、男の召使より少し地位が高く、夫の犬より少し地位が低いという程度のものだ。法律上、妻は夫の所持品なんだよ。だから、夫が妻を縛りたいと思えば、縛ることができる。ただカメッタの場合、財布のひもを握っているのは彼女の家族のほうだからね。とにかく、わたしが言いたいのはだ、結婚に憧れるのはあまり賢くないってことだ。そのうえヴィットリオのように、たとえ夫に倒錯した性癖があったとしても、イタリアでの法廷では、まあこの件についてはイングランドでも同様だが、自分が望むことを好きなようにできる権利が、夫にはある。だが妻は、服従しなければならない。それが妻の義務なんだよ」ダニエーレは、しばらく間を置いた。「かの有名な作家、ヴィクトール・ユゴーについて、こんな話を耳にしたことがある。ユゴーが女ったらしだという噂《うわさ》は、きみも聞いたことがあるだろう。彼は十八年ほど前に結婚した。妻は、あまりにも夫の性欲が過剰だと、訴えを起こした。結婚初夜など、九回も性交を強いられたと主張したそうだ。だが、当然のことながら裁判官は男だから、妻を厳しく叱責《しっせき》し、夫のもとに戻した」

怒りのあまり、ジアナは息が苦しくなった。そして暗い街並みをじっと見つめつづけた。ああ、どうしてランダルの顔が思い出せないのかしら？　いまの話にランダルがなんて言うか、どうして想像できないのかしら？

「イングランドの女性には契約書に署名する資格もないことを、きみは知っているかね？　だからこそ、お母上がビジネスで取引をするときには、トマス・ハーデスティにいてもらわなければならんのだ。パートナーに高貴な署名をしてもらわなければ、契約書は法的に無効なんだよ。まったく、きみのお国のヴィクトリア女王というのは、わけがわからん。そんな慣例を奨励しているだけじゃなく、女性を服従させる法律を復活させたのだから」

ダニエーレがジアナの腕に手を置いた。指の下で、彼女の腕がこわばっている。

「なにを考えている？」

ジアナは深くため息をついた。「べつに」そう静かに言ったものの、真実をちゃんと話していないことを自覚していた。「世界には不公平がまかりとおっているけれど、わたしは幸運だわ。だって、守ってくれるランダルがいるんですもの」

ダニエーレが、シーッというように息を吐いた。「ランダルがきみを守るだって？　そんなこと、あるわけがない。ジアナ、きみは自分で自分自身を守るべきだ」

やめてと言うように、ダニエーレの話をジアナが手でさえぎった。そして、悲しそうな声をだした。「ランダルとの別れに耐えられるかどうか、自信がないのよ、おじさま」

「ランダルについて、まだ虚像を描いているのかい？」

「おやすみなさい、おじさま」ジアナが彼の手を振り払い、硬い口調で言った。「だいぶ涼しくなってきたわ。もう眠れるでしょう」

7

「〈ザ・フラワー・オークション〉は」と、ダニエーレはジアナに説明した。「ローマの伝統として誉《ほま》れある催し物だ」

「ずいぶん変わった名前ね。どんな催しなの、おじさま？」

「きみのような処女の娘が、オークションで競り落とされる。そして競り落とした男が純潔を奪い、処女の花を散らす。だから、〈ザ・フラワー・オークション〉と呼ばれているんだよ。オークションには、慎重に選ばれた非常に裕福な紳士だけしか参加できない。今回のオークションに参加予定の紳士の名前が載ったリストに目を通してみたがね、なかには、運の悪いことに、マダム・リュシエンヌの娼館できみを見たことのある客もいる。きみの正体を隠し、よからぬ噂をたたせぬためにも、オークションでは赤褐色のかつらをかぶってもらおう」

「わたしに、品定めされる娘のひとりになれっておっしゃるの？」

「ああ、そうだ。もう、シニョーラ・ランポニに話はつけてあるし、料金も支払ってある。彼女が、いわばそのイベントの主催者なんだよ。だから、きみも参加を認められるはずだ。

オークションにかけられるのは、とびきり美しい娘たちだけだ。この娘たちは事前に選ばれ、その後、全員が娼婦として訓練を受けるが、貞操だけは注意深く守られ、処女のまま今夜を迎える。この娘たちの処女膜に支払われる金額ときたら、ときに、目をむくほどの額になる」

「おじさま、それは行き過ぎだわ」と、ジアナが激しく頭を振り、唇をきつく噛みしめた。

「心配いらないよ、ジアナ。きみを競り落とすのは、このわたしだから。約束する、きみが演壇のうえで裸になる前に、かならず競り落とすよ」

「裸ですって？」

あまりの侮辱に、ジアナは大きく目を見ひらいた。だが、ダニエーレは構わず話を続けた。

「ああ、だって、客はそのために入札するわけだから。娘たちは、ゆっくりと男たちを誘惑するように、一枚ずつ服を脱いでいく。客が欲望をつのらせ、付け値を上げるようにね。入札が終わるまで、娘たちは服を脱ぎつづける。そして、娘を競り落とした男が、その晩、娘の処女を奪う権利を得るという仕組みだ。しかし、目の前で娘たちが裸になるのを見たいがために、値を釣りあげる客も多い。そして、入札に成功した男が希望すれば、大勢の客の目の前で、娘がほんとうに処女かどうかをみずから確認できる」

「なんて卑劣なの。そんな胸の悪くなるような変態の見世物に、わたしが参加するわけないでしょう」

「ところが、参加するんだな、ジアナ。わたしたちの取り決めの期日が近づいているだろう？　きみは、お母上とわたしに約束した。ここで協定をやぶるのなら、これまでのきみの努力は水の泡だ」

「おじさまがそんな真似をわたしにさせたことを知ったら、母は激怒するでしょうね」

ダニエーレは肩をすくめた。「そんなことはどうだっていい。お母上は、きみをわたしにあずけた。そしてきみは、わたしが望むことはなんでもすると約束した。ジアナ、わたしをばかにするな。この山さえ越えれば、きみは勝利を獲得できるんだぞ」

ダニエーレはジアナの顎の下に親指を置き、彼女の顔を上げた。その目はまだショックに見ひらかれている。

「お願い、おじさま」ジアナがつぶやいた。「そんなこと、させないで。後生《ごしょう》ですから」

一瞬、ダニエーレは躊躇《ちゅうちょ》したが、断固として言った。「心配しなくていい、ジアナ。きみがドレスを脱ぐ前に、わたしがかならず競り落とす」ジアナがまだ反論を続けそうだったので、彼は続けた。「よく聞きなさい、ジアナ。この夏、きみが体験してきたのは、受け身の観察だけだった。だから、男の欲望の対象になるのがどんなものか、想像もつかないだろう。さあ、これ以上、わたしに懇願しても抵抗しても無駄だ。〈ザ・フラワー・オークション〉に参加すれば、少なくともきみは、馬のように売り物として衆目《しゅうもく》にさらされるのがどんなものかを肌身で感じられる」

ジアナは彼から身を引いた。あと二週間の我慢じゃないの。たったの二週間。それでも、彼女はこわかった。マダム・リュシエンヌの館での初めての晩、カルロ・サルヴァドにふいに胸を愛撫されたときよりも、ずっとこわかった。彼女は顔を上げ、ダニエーレを見た。
「馬じゃないわ、おじさま」と、冷たく言った。「メス馬よ」
「よく言った。また、事態を客観的に見られるようになったようだね」

ありがたいことに、雷雨が灼熱の街に降りそそぎ、熱をとりさった。ジアナは上品な白い絹のドレスを身にまとったが、その上にショールが必要なほど肌寒く感じた。処女性を象徴する白いドレスの下に隠れ、摘まれるのを待っている可憐な若い花の純潔をそこねないよう、顔にはいっさい化粧がほどこされていない。ただ褐色のかつらだけが巻き毛となって額にふんわりとかかり、変装の役目をはたしていた。

ダニエーレが御者に指示した番地は、メルラナ通りのはずれにあった。そこには赤レンガの屋敷がそびえ、黒い鉄製のフェンスが高く張りめぐらされ、奥にはうっそうと樹木が茂っている。ダニエーレが優雅に馬車から降りるのを見ると、黒い服を着た召使が鉄格子の門をあけた。馬車のそばで複数の犬がうなり声をあげているのを聞き、ジアナはびくりと身を乗りだした。

「心配ないよ、鎖でつながれているから。シニョーラ・ランポニは、プライバシーを大切にしているんだ。きみをまず、少しのあいだ、彼女にあずけるからね。そこで、ほかの娘たちにくわわってから、大広間に行き、客の紳士たちと合流することになる。オークションは八時ちょうどに始まる予定だ」ダニエーレは馬車に身を乗りだし、ジアナの顎を手にとり、やさしく言った。「しっかりと周囲を観察して、会話に耳を澄ましなさい。ほかの娘たちは全員、今晩、喜んでオークションにかけられる。それで大金を手にできるからだ。それでも、この〈ザ・フラワー・オークション〉を成り立たせているのは男たちであり、男たちの欲望であるという事実は残る。娘の処女性に大枚払うのが男なら、純潔を奪うためなら喜んで金を払うのも男だ。そうすることで、自分に男らしさも権力もあることを再確認したいんだろうね」

「おじさまだって、男よ」

「ああ、だが、もう老いぼれている。欲望が薄れるにつれ、自分が哲学的になってきたのがわかるよ。とにかく、きみにはそうした男の犠牲になってほしくないのさ、ジアナ。じつに単純な話だろう？　つけくわえれば、それはお母上の希望でもある」

「でも、男性が女性を大切にいとおしむ気持ちって、全然ないの？　誠意をもって奥さんを愛している男の人だって、なかにはいるでしょう？　男性が全員けだものだってことはないはずよ。たとえば、アンジェラのご主人、シニョール・カヴールはどう？」

「ああ。ぼくの知るかぎり、彼は若い奥さんに誠実だ。彼女は可愛いし、非常に従順で、夫を崇拝している。彼は彼女にとって神なんだろう。だから、まちがいなく、夫はその役割を楽しんでいる。だが、いくら夫の愛情があろうと、彼女は自分の人生に制限を設け、愚かなしきたりのなかで窒息死している。ところが、夫のほうはといえば――」ダニエーレは肩をすくめた。妙なものだな、と彼は自嘲《じちょう》した。これまでわたしは、このシステムが非常にうまく機能していると居心地よく感じてきた。ところがオーロラと会ってから、その同じシステムを非難するようになったのだから。

「シニョール・カヴールは太ってるでしょう?」と、ジアナが言った。「なのにアンジェラは、ご主人を歓ばせようと、いつもひもじい思いをしているのよ」

ダニエーレは笑った。「まだ若いのに、賢い女性だ。アンジェラならきっと、夫に浮気をさせないだろう。まあ、わからんがね」

ジアナが肩をすくめたが、その唇はきつく結ばれていた。彼は上半身を寄せ、手袋をはめた彼女の手を軽く叩いた。

「そう、やけになるな、ジアナ。いつの日か、きみと対等に接し、きみのためならなんでもしてくれる男が見つかる。そして、きみも彼におなじことをする」あらゆる美徳の鑑《かがみ》のような男性だと、またランダル・ベネットを賞賛するのではないかと思ったが、ジアナはだまったままだった。

無表情をまったく崩さない女性の召使に案内され、ジアナが控え室にはいっていくと、そこでは五人の娘たちが陽気におしゃべりしていた。彼女たちはいっせいに顔を上げ、はいってきたジアナを見た。その瞬間、ジアナは、マダム・オーリーの女学校に戻ったような気がした。午後のお茶の時間に、ほかの女学生たちと合流したときの、あの気分。だが娘たちの目を見たとたん、そんな気分は消散した。どの目も、ジアナを競争相手として値踏みしている。娘たちは全員、非常に若く、美しく、やわらかい色調のドレスを着ていた。床まで届く長さのスカートが連なるその様子は、まるで鮮やかな虹のようだ。

「とうとうご到着ね、シニョリーナ。いらっしゃい。殿方に会う前に、全員に話しておきたいことがあるから」

シニョーラ・ランポニは、長身で骨太の大柄な女性で、漆黒の髪と大きな茶色の瞳の持ち主だ。上品な中年夫人のように黒い絹のドレスを身にまとっているその様子は、とても若い娘の処女を周旋《しゅうせん》している女には見えない。五人の娘たちはびくりとしてランポニの顔を見ると、必死で耳を傾けた。ジアナは頭を左右に振り、ぼんやりしている自分を叱った。ほら、しっかりしなさい。話をよく聞かないと。

「殿方たちがそうしたいとおっしゃったら、あんたたちは、一緒にお酒を飲みなさい。そして、楽しい会話を心がけなさい。ただし、ひとりのお客さまに自分を独占させせないこと。あんたたちがどんな快楽をもたらせるかを、ひとりでも多くの殿方に見てもらえば、付け値は高くなる。懐にはいってくる稼ぎも多くなるんだからね。それに、ちゃんとしたルールがあるから、あんたたちは身体を撫でられることもない。知ってるだろうが、今夜いらっしゃるのは、たいへんなお金持ちの紳士だけだ。あんたたちの腕さえよければ、自分を買ってくれた殿方が、そのまま愛人として囲ってくれるかもしれないよ」

娘たちは、それぞれの思惑に興奮し、低いうめき声をあげた。信じられない、とジアナは考えた。この娘たち、愛人になりたがっているんだわ。それも、全員が。でも、みんな女学生みたいに、まだすごく若いのに。

「いいこと」と、ランポニが続けた。「演壇に上がる順番がまわってきたら、誘惑するように服を脱ぐか、純真無垢《むく》なふりをしなさい。たとえどれほど腕に自信があっても、処女だからこそ、あんたたちには価値がある。殿方とふたりきりになったら、もちろん、相手の望むようにふるまいなさい。訓練を積んできたんだから、なにをすればいいのか、わかってるだろうね」

「毎日、処女膜を再生できればいいのに」と、娘のひとりが言った。

「そうしたらあたしたち、一カ月後には大金持ちになっているわね」と、もうひとりがつけくわえ、笑った。

ランポニが手を叩いた。「さあ、もうおしゃべりは充分。お嬢さんたち、デビューの時間だよ」

ジアナは娘たちのあとを追い、のろのろと大広間にはいっていった。そこには、ろうそくが灯されたシャンデリアが明るく輝く壮麗な空間が広がっていた。古典劇でよく見るような高い丸天井の下、部屋の両端には大理石の美しい暖炉がしつらえられている。深紅色のベルベットのカーテンが細長い窓に掛けられ、象嵌《ぞうがん》の散りばめられた床のあちこちに毛足の長い絨毯《じゅうたん》が敷かれている。そこかしこから、蜜蠟《みつろう》とレモンの香りがただよい、家具は繊細なフランス式で揃えられている。その大広間の突き当たりに、四角い演壇が置かれていた。優雅な燕尾服を着た男たちが三十人ほど、いくつかのグループに分かれて椅子に座り、煙草を吸ったり、酒を飲んだりしながら、会話を楽しんでいる。まるで、自宅でくつろいでいるようだ。しかし、娘たちが列になって入場してくると、シーッという声が広がった。

だしぬけに笑い声があがった。そして、客たちは娘たちを見ながら会話を再開した。娘たちも、好みの客を選ぼうとでもするように、周囲をじっくり観察している。娘たちが唇に笑みを浮かべ、幅の広いスカートの裾を揺らしながら得意げに男たちのほうに歩いていく姿を、ジアナは眺めていた。

両手がじっとりと冷たく感じられ、ジアナは手をドレスの裾でぬぐった。見知らぬ男たちの目の前で、自分を見世物にするなんて想像もできない。自分の魅力を値踏みさせ、自分を買わせるために男たちを誘惑するなんて、冗談じゃないわ。客のなかにダニエーレの姿を見つけたので、ジアナはそちらに歩きはじめた。しかし、ダニエーレは顔をしかめ、かぶりを振った。どうしよう。こんなふうに、指人形のように突っ立ってちゃいけないのよね。そのとき、恐怖が身体のなかから湧《わ》きあがった。怖気づいてはだめ。恐怖心なんか払いのけるのよ。この男たちは、わたしに手出しはできない。だから、マダム・リュシエンヌの館で練習したように、男たちに話しかけるのよ。こんなこと、すぐにすむのだから。

アレクサンダー・サクストンは、召使のほうに動き、シエリーのグラスをとった。彼はシエリーをゆったりと飲みながら、娘たちがくすくす笑いながら集団で歩く様子をものうげに眺めた。娘たちは男たちのあいだを踊るように進み、期待に顔を輝かせている。たんまり儲《もう》けられるという期待だろう。アレックスは葉巻を引き抜きながら、われながらあきれた。まったく、どうしてまた、こんな愚かなところにきてしまったのだろう。ローマの退廃は度を超えている。

「おや、小さな妖精がいるぞ」と、サンテロ・トラヴォラが言い、アレックスに漆黒の髪の娘を指さした。ハイネックの白いドレスの胸元がはちきれそうになっている。「あの小柄な美女が、いちばんの高値になるんじゃないか。あの可愛らしい身体を拝むためなら、ほかの男を蹴散《けち》らしたいと思うだろうさ」

「もう娼婦っぽい感じがするぞ」と、アレックス。

「堅いこと言うな。ああ、こっちにひとり、歩いてくる。お行儀よくしろよ、アレックス」

ジアナはふいに足をとめ、狼狽《ろうばい》し、息を呑んだ。マダム・リュシエンヌのところでマルゴと一緒にいた男の人だわ。組み敷かれているのが自分のように感じられた、あの男。その記憶に、ジアナの頰が真っ赤になった。アレックスが顔を上げ、なんの興味もなさそうに、ジアナと目をあわせた。彼はけだるそうに微笑むと、あざけるようにジアナを見つめ、見てみろというように指で差した。

ジアナは必死で周囲に目を走らせた。だが、ダニエーレはほかの客と話し込んでおり、ジアナにまったく注意を払っていない。しかたなく振り返ると、アレックスが黒い眉を上げ、あからさまにこちらを値踏みしていた。もじもじしているジアナの様子を、じっと眺めている。

ひとりの客が話しかけてきたが、彼女は気づかなかった。なにかしなければ。だれかに話しかけなければ。そこでジアナは胸を張り、アレックスの前でふいに足をとめ、黒い瞳をのぞき込んだ。そこにはなにかがあった。彼の着ている優雅な燕尾服とは相容れない、なにものにも縛られない野生。彼はあまりにも大きく、圧倒的だった。

「名前は？」シェリーを投げやりに飲みながら、アレックスが言った。

「ヘレンです」

「もってこいの名前だな」

アレックスが、ふいにイタリア語をやめ、英語で話しかけた。「シェリーを一杯どうだい？」

ジアナは頭を横に振った。

「おれを歓ばせる努力を、おまえはまったくしていないぞ、ヘレン」

彼女はなにも考えず、思わず英語で切り返した。「あなたが歓んでくださらなくても、まったく構いません、サー」

「おやおや、この娘にはかぎ爪がある。気をつけろ、アレックス。おまえの魅力が通用しないらしい」

「おれの金もね。どうやら、サンテロ」アレックスがジアナを見ながら言った。「この娘はイングランド人らしい」

ジアナはあとずさりをし、愚かな真似をしてしまったことに遅まきながら気づいた。そこでぶっきらぼうに、あわててフランス語で言った。「ノン、ムッシュー。わたしはフランス《ジュ・スイ・フラン》人《セーズ》です。イルフォ——失礼《エクスキュゼ・モア》します。シル・ヴ・プレ」

「いいや、失礼してはならん」と、アレックスが英語で言った。「きみと話がしたいね、ヘレン。ここに座りなさい、ぼくの隣りに」

アレックスが手を差し伸べてきたので、ジアナはしかたなく震える脚を曲げ、腰を下ろした。

「さて、なんでまたイングランド娘が、それもイングランドの処女が、ローマくんだりで自分を売り物にしている?」

「あら、あなたのようなアメリカ男が、ローマくんだりでなにをなさってるの?」歯切れのいい持ち前の英語で、ジアナは言い返した。もう、偽っても無駄だとわかったのだ。

「きみとちがい、おれは買っているんだよ。売っているんじゃない」彼は母音を延ばし、ばかにするように言った。「アクセントで、アメリカ人とわかったわけか」

興味津々といったように、彼の瞳が輝いた。この男は、わたしとの会話を楽しみはじめている。だが、ジアナは気づいた。こういうタイプの男と、話をしたことなどないことに。一緒にいると、こわくて全身が震えてしまう。ジアナは両手で顔の火照りをあおぎ、立とうとした。大丈夫、こわがることないわ。だって、客は娘たちに触れてはならないと、ルールで決まっているんだもの。「もう、失礼いたしますわ、サー」

「だから、失礼してはだめだと言っただろう? ヘレン、一緒にいるんだ。そうしてほしい。きみのほんとうの髪は何色だい?」

ジアナは呆気《あっけ》にとられて彼の顔を見ると、無意識のうちに、耳にかかるやわらかい赤褐色の巻き毛に触れた。

「ほうら、かつらだろう？　そう思ったよ。青い瞳にその色はあわない。白く美しい肌にはそばかすもないし、おかしいと思ったんだ」髪に触れようとするかのように、アレックスが彼女のほうに身をかがめた。おそろしさのあまり、ジアナは思わず身を引いた。蒼白になったジアナの顔を見ると、アレックスがその黒い眉を上げた。

「計算しつくして入場してきたんだろうが、うまくいっていたぞ」と、ゆっくりと言った。「ういういしかったよ。罠《わな》にかかったあどけない小鹿さながらにね。さもなければ、サンテロの言うとおり、きみは仔猫だ。かぎ爪のある仔猫」

「わたしは動物じゃありません」と、ジアナはきっぱりと言った。「それに、計算なんかしてません」そうつけくわえると、彼女は乾いた唇を舌で舐《な》めた。それがとても官能的なしぐさだとは自覚せずに。

アレックスが声をあげて笑った。「ほう、計算していない？　言わせてもらうがね、おれに興味をもっているようなふりをしたのは、きみのほうだぞ。物欲しそうにおれを見ていたじゃないか……欲望の対象としてね。だから、きみに礼儀を尽くすことにしたまでの話さ」

「冗談じゃないわ。あなたのことなんか、好きじゃありません」と、ジアナ。

「侮蔑の言葉を吐くたびに、魅力的になるな」アレックスは言葉をとめ、紅潮した顔をじろじろと見た。「いくつだい、ヘレン？」

「十七です。あなたのほうは、とてもお年のようね」

「二十七だよ。まあ、きみのような少女にしてみれば、老いぼれなんだろう。だが、よく周囲を見てごらん、ヘレン。ここでは、ぼくがいちばん若い。目の玉が飛びでるほど高価なきみの処女膜を、ほかの太鼓腹の紳士がたより、ぼくに落札されるほうがましってもんだろう?」

この男はわたしに触れることができない、とジアナは自分に言い聞かせた。大丈夫、絶対にダニエーレおじさまがわたしを競り落としてくれるんだから。この男は、わたしが娼婦だと思い込んでいる。そして、わたしを抱きたいとは思っているようだけれど、わたし自身のことは嫌いみたい。そう思うと、ジアナは恥ずかしかったし、怒りを覚えた。そこで、攻撃にでた。「ずいぶん粗野なかたですのね。まあ、しかたないですわ。アメリカ人なんですもの。ええ、そうです、お気づきのとおり、わたしはイングランド人ですわ」

「そのうえ、育ちのいいイングランド娘が怒っている様子を、完ぺきに演じている。いやいや、たいした演技の才能だ」

「気をつけろ、アレックス。この娘、処女膜に釘を打ちつけているかもしれないぞ」

ジアナは、アレックスの隣りに座り、身を乗りだしているイタリア人のほうを見た。

「きみのことも好きじゃないとさ、サンテロ」そう言うと、アレックスは椅子にふんぞり返り、長い脚を組んだ。指先をあわせ、興味津々とジアナを見る。やはり、この女はおれを釣ろうとしているにちがいない。

「ぼくも、育ちのいいところを見せようか。彼女に一リラ」とサンテロが言い、前歯にあいた大きな隙間を見せ、にっと笑った。

ジアナは、アレックスが指先をあわせる姿から目をそらすことができなかった。マルゴの白い身体を愛撫した、爪を丸く切った指。アレックスが身をかがめてきたので、ジアナは後ろに飛びのき、バランスを崩しそうになった。そこに緑の瞳をもつ栗色の髪の美しい娘が近づいてくると、関心を惹こうとサンテロの腕に触れた。

「さあ、これでふたりきりになれた」アレックスはふたたび深く座りなおし、くつろいだ様子でジアナを見た。「なんだか、きみはヘレンって感じじゃないな。本名はなんだい？　モリー？　デイジー？」

「そうよ」と、彼女が冷たい声で断言した。「モリーです。あなたにしては、鋭い読みね」

アレックスがにこりと笑い、真っ白な歯が光った。「ずいぶん毒舌だなあ。その舌と可愛い口が、お話と同様、ベッドのなかでも巧みに動いてくれるといいんだがね」

ジアナは殴られたかのように身を引き、青ざめた。

「おやおや、無知ではないのがばれちまったぞ。どうなんだい、ヘレン、いやモリー、そんなふうに男を歓ばせるのが好きかい？」

彼女はだまったまま、首を横に振った。

「じゃあ、なにが好きなんだい？」

「聖壇布の刺しゅう」

アレックスは彼女を見つめ、首をかしげた。ずいぶん機転がきく娘だな。こしゃくなほどだ。突然、どうしても彼女に触れたくなった。おれの言うことを聞かせ、屈服させたい。愛撫し、官能の声をあげさせてやりたい。サンテロの横に座った娘が、くだらない冗談にくすくすと声をあげて笑うのが聞こえてきた。このヘレンだかモリーだかが、おれを選んでくれてよかった。この娘は一筋縄ではいかないが、おれは一筋縄ではいかないものが好みだからな。翌朝パリに発たなくてはならないことを、アレックスは残念に思いはじめた。

「教えてくれ、お嬢さん。その高価な商品を競り落とされたら、そのあと、きみはどうするつもりだ?」

彼がなんのことを指しているのか、ジアナにはしばらくわからなかった。アレックスは、ジアナが大きく目を見ひらく様子を眺め、たいしたものだと賞賛した。あくまでも純真無垢を装うつもりか。だが驚いたことに、ふいに彼女が身をこわばらせ、ようやく話が呑み込めたという表情を浮かべた。そこには、痛みのようなものさえ浮かんでいる。

「あなたには関係のないことです」と、ジアナはぴしゃりと言い、背筋を伸ばした。アレックスがくっくっと笑ったような気がした。ああ、とジアナは考えた。あの自信たっぷりな笑みを顔からはぎとってやりたい。

「一緒にパリに行かないか? ぼくを歓ばせてくれるのなら、じつに気前のいい男になってあげよう。きれいなドレスやらなんやらも、買ってやるぞ」

あなたを歓ばせるですって?「パリじゃなく、地獄にいらっしゃれば? あちらは、わが家のように居心地がいいんじゃなくて? ほかの好色な男たちと一緒にすごせるんですもの」

露骨な侮辱に、アレックスは一瞬、唖然とした。だが、すぐに彼のなかの狩人が頭をもたげた。アレックスは声をあげて笑い、ジアナをあざけった。「娼婦たちが天国に昇れるとも思えないね、ヘレン。娼婦がいるからこそ、色欲にふける男がでてくるんだ」

「あら、その反対ですわ。色欲にふける男がいるからこそ、娼婦がいる必要がでてくるんです。ルールをつくっているのは男性であって、女性じゃありませんもの」

突然、アレックスが手を伸ばし、指先で彼女の手首をつかんだ。ジアナは息を呑み、おびえて身を離そうとした。「触れてはいけないはず」彼が指に力をいれたので、ジアナは非難をこめてささやいた。「行かせてください」

「もちろん、きみの言うとおりだ」アレックスが彼女の手を離した。「商品に手を触れてはならない。落札者以外は」

ジアナはよろよろと立ちあがった。「わたしは動物じゃないし、商品でもない。わたしは……もうこれ以上、あなたとお話したくありません」彼にとめられる前に、ジアナは背を向け、急ぎ足で去っていった。幅の広いスカートの裾を、椅子で衣擦《きぬず》れさせながら。

サンテロが口笛を吹いた。「あの娘になんと言ったんだ、アレックス？〈ザ・フラワー・オークション〉で、あれほど行儀の悪い小娘を見たことがないよ」

アレックスは考え込むように彼女の後ろ姿を見つめていた。彼女はほかの客を避けて歩きつづけると、大理石の暖炉に背中をぴたりとつけて立った。

「あんまり早く侮辱で切り返してくるから、さすがのぼくも言い返せなかったよ。あの娘には、服従と行儀を教えなければ」

「おそらく、シニョール・チッポロが彼女を買うんだろう」と、サンテロが言い、彼女をじっと見つめている年配のでっぷりと太った紳士を指さした。

アレックスは、いかにも放蕩《ほうとう》しつくしたという男の顔をじろじろと見た。腹に嫌悪感が湧きあがる。チッポロは彼女を傷つけるだろう。あの目を見ればわかる。

「おい」と、サンテロが言った。「オークションが始まるぞ」

シニョーラ・ランポニが演壇に立った。そして、手にもったシルクハットをそっと振った。

「娘たちが数字を引くんだ。それで順番が決まるんだよ」と、サンテロが小声でアレックスに説明した。

アレックスは、ほかの娘たちと一緒にヘレンがシルクハットに手をいれるのを見ていた。数字を引くその手が震えている。アレックスは頭を振った。くそっ。あの小娘がおびえているはずがない。ここにいる娘たちは、望んでここにきたのだから。

「さて、小鳩ちゃんたちは、しばらく失礼いたします」と、ランポニが低い声で宣言し、大広間からでるよう、娘たちに手で指し示した。「数字が呼ばれるまでのお楽しみ。さあ、紳士のみなさん、どうぞ、この季節のお愉しみをご堪能ください」

賛同のつぶやきが広がった。

「さて、入札にはいります。一番は、クラウディア。このうえない甘美な——果実。ミラノ出身の愛嬌ある娘です」

　クラウディアが踊るように演壇に歩いてくると、客に軽くお辞儀をした。

「可愛いじゃありませんこと？　この魅力的な可愛らしい処女への付け値は？」

　百リラ、とだれかが叫んだ。笑いが起こり、値が上げられた。クラウディアがゆっくりと、長い手袋をはずした。彼女は艶然と笑い、演壇のそばに座っている客に手袋を投げた。

　ジアナは、カーテンの陰からクラウディアを眺めていた。彼女は衆目を集めており、自分でもその状態を大いに楽しんでいる。フラン、リラ、ポンドと、各国の貨幣単位で入札が続き、付け値が上げられていく。

　彼女は自分の番号に目を落とした——四番。半狂乱になりながら、必死で考えた。ここで、わたしが演壇に上がるのを拒否したら、ダニエーレおじさまはどうするかしら？　ランダルの顔を思い浮かべようとした。こわくなったときには、これまで何度もそうしてきたからだ。だが、どういうわけか、はっきりした顔が浮かんでこない。ジアナはどうしようもなく不安になり、頰に涙が伝わるのを感じた。

　いま、クラウディアは、ペチコートとシュミーズだけという格好で立っている。男たちのあいだからしわがれた歓声が上がり、値をつけるペースが遅くなった。男たちはゲームを心得ている。クラウディアが一糸まとわぬ姿になるまで、ゲームを終わらせる気などさらさらない。

　クラウディアのペチコートが、一枚ずつ、床に落とされていった。やがて、彼女はシュミーズ一枚という姿になり、膝のあたりまでレースでおおわれているだけとなった。絹のストッキングは、フリルのついた黒いガーターでとめられている。

また入札があった。今度はリラだった。ジアナは頭のなかで、それがイングランドの貨幣でいくらにあたるか計算した。二百ポンド。

クラウディアがとうとう裸になると、ジアナの顔から血の気が引いた。クラウディアは誘惑するように腰のあたりに両手を置き、胸の谷間を強調しようと胸をかがめている。そして口をとがらし、唇を舐めた。

「二百五十ポンド」だれかが叫び、また拍手や笑い声が起こった。

「この可愛らしいクラウディアが処女かどうか、ご自分で確かめられますか、シニョール？」と、ランポニが尋ねた。

「確かめるとするか」男はそう叫ぶと、声援のなか、演壇に上がってきた。

演壇にソファーが置かれている理由が、ようやくジアナにもわかった。クラウディアが挑発的に腰を振りながらソファーに歩いていき、仰向けになった。男は片手を高く上げ、観客とのあいだにカーテンをひいた。

ジアナは背を向け、胃のあたりを押さえた。吐き気がこみあげる。

「よろしい」と、男が叫び、カーテンをあけた。「彼女は処女だ。おまけに、すっかり濡れている」

男がランポニに金を払っているあいだに、召使がクラウディアの服を拾い集めた。そして演壇の奥にある小さな扉のなかへと、男とクラウディアは消えていった。

「二番」と、ランポニが大声をだした。ジアナの隣りにいた娘がくすくすと笑い、ウインクをすると、演壇に歩いていった。

ジアナは背を向け、椅子に座り込んだ。頭を下げ、白い革の上靴のつま先に目を落とす。数分がたったと思われるころ、残っているほかのふたりの娘たちが自分を見つめていることに気づいた。「四番はだれ？　あなたじゃない？」と、娘がジアナに言った。「急いで。お客さまがざわざわしてるわよ」

「四番」と、ランポニがいっそう癇《かん》にさわる声で叫んだ。

気がつくと、だれかに腕をとられ、椅子から立ちあがっていた。そして演台のほうに背中を強く押された。ジアナは目の前の床を見つめながら、ぼんやりと歩いていった。

「おや、例のおてんば仔猫がやってきたぞ」

「いやいや、あれはわんぱく小僧だ」

「四番、ヘレン」と、ランポニが言った。「フランス娘です。この季節のお愉しみに、急遽、参加が決まりました」

「お愉しみがすぎると、あの娘に目玉をくりぬかれるかも」と、サンテロが愉快そうに言った。

「いただこう」と、シニョール・チッポロが声をあげた。「千リラ」

「どうやって言うことを聞かせるんだい。鞭か？」

男が笑うと、ジアナは凍りついた。その目はまだ床を見つめている。ランポニがささやくように怒る声が聞こえてきた。「手袋をはずしなさい、このまぬけ」

ジアナは視線を上げると、ダニエーレが無表情にこちらを見ていることに気づいた。ゆっくりと、彼女は右の手袋をはずしはじめた。

アレックスは眉をひそめ、彼女を見ていた。初めて見る男には、あの娘が心底おびえているようにしか見えないだろう。ぎこちなく、ぶざまに動くところなど、まるで木製の指人形じゃないか。

けだるそうに、アレックスは声をあげた。「三百ドル」

「さすが、アメリカ人は、野蛮人を飼いならすのに慣れている」と、だれかが叫んだ。

チッポロが、垂れさがった瞼の下からアメリカ人のほうを見た。「四百」

ジアナは、ランポニが耳元で悪態をついていることに気づいた。「もう片方の手袋もはずすのよ、このおたんこなす」

ジアナは、ダニエーレのほうをすがるように見ながら、もうひとつの手袋を床に落とした。

「五百」

「田舎娘が、恥ずかしがってみせてるぞ」

「ずいぶん演技がうまいものだ」

「さあ、ドレスを脱ぎなさいったら」ランポニが低い声で吠えるように言った。まったく、このばか娘、あたしの評判を落としかねない。

ジアナが、白いドレスの胸元のボタンに力なく指をかけ、その手をとめた。

やはり、これ以上は無理というものだ。そう踏んだダニエーレは、隙を狙い、命令するように大声を張りあげた。「千ドル」

ダニエーレが大きく付け値を上げたので、驚いたような沈黙が広がった。ジアナは両腕をだらりと落とした。全身に安堵感が広がる。

アレックスは、金額を釣りあげた老人のほうを見た。あの娘の祖父でも通じる年齢じゃないか。演壇に視線を戻すと、彼女が微動だにせず立っているのが見えた。まるで、周囲で起こっていることから、完全に隔絶されているように。

ランポニが入札を終えようとしている。思わず、アレックスは叫んだ。「二千ドル」

ダニエーレが啞然とした。勘弁してくれ、あのアメリカ人、なにを考えている？　演壇に目をやると、ジアナがふらりとよろめくのが見えた。

落ち着いた声で、ダニエーレが叫んだ。「四千ドル」

すかさず、ランポニが言った。「落札されました。四千ドル」

ダニエーレがさっと立ちあがったが、アレックスのほうが早かった。彼は演壇に歩いていくと、静かに言った。「全額、現金で支払うほうが勝つんだったね？」

ランポニが、しかたなくうなずいた。

アレックスは、財布から二千ドルをとりだした。「この紳士に四千ドルを見せていただこうか」と、ていねいに言った。

「わたしが嘘つきだと言うのかね？」できるだけ堂々と見せながら、ダニエーレが言った。

「そうじゃない。ただ、あなたが四千ドルを現金でもちあわせているのかどうか、知りたいだけだ」

ダニエーレには、五百ドル程度しかもちあわせがなかった。そこで、最後の抵抗を試みた。

「シニョーラ・ランポニは、わたしが信頼を置ける男であることを、ご存じだ。金をもって、すぐに戻ってくるよ」

「しかし、入札が終わった時点で、付け値は全額、支払わねばならない。それがルールだろう、シニョーラ？」

ランポニが、助けを求めるような目でダニエーレを見た。「おっしゃるとおりです、シニョール」

「おじさま」ジアナがつぶやき、急に足を踏みだした。

もう、これ以上、打つ手はない。そう悟ったダニエーレは、ぼんやりとしたジアナの目を見つめ、励ますように微笑んだ。

それから、アメリカ人のほうを向き、こう言った。「あの娘はあなたのものだ」そして、踵《きびす》を返し、大広間からでていった。

「アメリカのお客さまが落札なさいました」

「二千ドルとはね。彼女は、処女膜をふたりぶん、もっているべきだな」

アレックスが二千ドルを支払うと、ランポニが尋ねた。「処女かどうか、確かめられます?」

「それは手間がかかりそうだな。まだドレスを着込んでいることだし」と、アレックスはジアナを見ながら顔をしかめた。彼女は肩をいからせ、顎を高く上げ、彼をにらみつけている。アレックスがかぶりを振ったので、ランポニはほっとした。「確かめなくていいよ」

アレックスはジアナのほうに足を踏みだし、言った。「手袋を拾いなさい、ヘレン」

彼女は動かない。

アレックスは大きく息を吐くと、彼女の腕をとった。「それでは、置いていこう」

「五番」と、ランポニがあわてて呼んだ。

彼女が身を離そうと腕を強く引っ張ったので、アレックスは低い声で叱った。「もう演技は充分だ。さもなければ、ここでドレスを脱がすぞ」

身体から力が抜け、ジアナはだらりと彼にもたれかかった。アレックスは大広間をでると、ガス灯がともる薄暗い小部屋へと彼女を連れていった。そして彼女の肩を両手でつかみ、しばらくのあいだ、じっと見つめた。

「さあ、もう演技はなしにしてくれよ、ヘレンだかモリーだか。ローマでいちばんの高値がついた処女になった気分はどうだ? その価値はあるんだろうな」

ジアナはじっと彼をにらみつけた。その目が大きくひらき、翳《かげ》を帯びた。この男はあまりにも大きく、おそろしい。そして、わたしのことを娼婦だと思い込んでいる。ああ、ダニエーレおじさまはどこにいるの?

る。

「離して」と、ジアナはつぶやいた。

「そうはいかないよ、仔猫ちゃん。陽が昇るまで帰すわけにはいかない。おそらく、そのあとも、一緒にいてもらうことになるだろう」アレックスは彼女を乱暴に胸に抱きよせ、顎を上げさせた。彼女の唇を自分の口でおおい、固く閉じた唇に舌を強く押しつけた。震えが伝わってきたので、アレックスはペースを落とした。少し腕の力を抜き、両手を背中に這《は》わせる。

ジアナは、彼の変化を感じとった。彼の両手はわたしのうなじを押さえているけれど、もう、身体を強く抱きしめてはいない。わたしのことは放っておいて。そう言おうとして唇をひらいた瞬間、口のなかに彼の舌が滑りこんできた。舌と舌がからみあう。ジアナは全身に快感が走るのを感じ、われながらこわくなった。

アレックスは、彼女がキスに反応したのを感じとった。そこで片手を下ろしていき、邪魔なペチコートをかきわけ、愛撫していった。身体の震えが伝わってきたが、突然、彼女は抵抗を始めた。そして、めったやたらに、彼の胸や肩をこぶしで殴りはじめた。

ふと、赤褐色のかつらが片側にずれるのがわかった。ジアナはあわててかつらをもとの位置になおそうとした。

アレックスが笑い、乱暴にかつらをはずした。「おや、仔猫ちゃん。きみは黒髪だったのか。すごく素敵だよ。なぜ隠そうとするんだい？　だって、きみを裸にすれば、そんなことはすぐわかるのに」

「二千ドル、絶対にお返しします。お願い。これはまちがいだったの。もう行かせて」

アレックスは、黒い目をいぶかしげに細めた。「くだらない芝居はやめろ。もう、演技につきあっている気分じゃないんだよ」自分でも理由はわからなかったが、彼はやさしい口調で言った。「やさしくしてあげる、こわがらなくていい。ぼくのキス、よかっただろう？もっと感じさせてあげるよ、もっと、もっとね」彼女が怒ったように息を呑む音が聞こえた。そこで、彼は冷たく言い放った。「娼婦に最初のレッスンをしてやりたいと、昔から思っていたんだ。もう、いいだろう？」

「いいえ」彼女は突然、両手を突きだし、彼の顔を引っ掻いた。

爪で引っ掻かれ、血がでるのがわかった。身を守ろうと手首をつかむ。だが、彼女は頭を下げてくると、今度は嚙みついてきた。そして激しくすねを蹴った。彼は、こぶしを振りあげ、彼女の顎を殴った。ジアナはその場でくずおれた。

アレックスはハンカチをとりだし、自分の頰についた血をそっとぬぐった。しばらく、倒れている彼女を見つめた。ピンでとめられていた豊かな黒髪が乱れ、いまでは背中に広がっている。

「まったく、おれとしたことが」と、アレックスは声にだして言った。失神した娘を抱いて、どうやってホテルのロビーを歩けっていうんだ？　彼女を抱きあげると、顎に指を置いた。多少の痣《あざ》は残るだろうが、幸い、どこも折れてはいないようだ。まったく、なぜこの娘は、殴りかかってきたりしたんだ？

だが、気づいたときには、彼女のクリーム色のイングランド人らしい肌にうっとりと見とれていた。頬の上には、黒く豊かなまつげが扇形に広がっている。アレックスは、その細い首からドレスの胸元へと視線を落としていった。抵抗している最中に、胸のあたりのドレスがやぶけたらしい。驚いたことに、その下にあるシュミーズは純白のリネンで、フリルもなければレースもついていない。

いかにも若い女性らしい、張りのある乳房が上下している。その胸のあたりで、アレックスはしばし指をとめたが、そのままシュミーズを引っ張りあげた。そして、彼女を抱いたまま、巨大な屋敷の裏口からでていくと、馬車をもってくるよう、召使にうなずいて見せた。頬に、霧雨があたる。彼は低く声をあげると、肩を揺らしてコートを脱ぎ、彼女にかけた。

馬車を待ちながら、アレックスは不思議に思っていた。この娘は自分にすぐ高値がつくという自信があり、最初からドレスを脱ぐつもりがなかったのか？　雨に濡れないよう、アレックスは彼女を強く抱きよせた。すると、突然、物音が聞こえ、鞭を振るう音がした。が、そのときにはもう遅かった。頭に激しい痛みが走り、意識が遠のく。

「ジアナ。ジアナ。ああ、大丈夫かい？」

ダニエーレが、アレクサンダー・サクストンの身体を乱暴に脇に押し、ジアナを両腕に抱き寄せた。彼女はがたがたと震えている。

ジアナは一瞬、恐怖に襲われ、彼に飛びかかっていった。

「やめなさい、ジアナ。わたしだよ、ダニエーレだ」

「ああ、神さま」ジアナはあえぎ、なんとか膝で立とうとした。「なにがあったの？　いったい、わたし――」

「あとでなにもかも説明する、ジアナ。さあ、おいで。ここを離れよう」

「彼を殺したの？」

「いや。明日の朝、ちょっと頭痛がする程度さ。急ぐんだ、ジアナ」

痛みでぼんやりとした頭で、アレックスはその名前を聞いた。ジアナ。なんと変わった名前だろう。

8

ロンドン、一八四七年

ジアナは九月の朝のさわやかな空気を深く吸った。涼しさが心地よいはずなのに、夏外套を着ていても身が震える。御者のアベルに手を貸してもらい、一頭立て四輪馬車から降りると、ハイドパークの西側にある枝の茂ったオークの木陰にしばらくたたずんだ。優雅な服装をした紳士や淑女が何人か、とりすまして歩道を散歩している。聞こえてくる言葉がすべて英語って、いいものね。銀色に降りそそぐ木洩れ日をとらえようと、彼女は顔を上げた。

「ジアナ」その声に微笑みながら振り返ると、ランダル・ベネットがこちらに闊歩《かっぽ》してきた。記憶のとおり、うっとりするほどハンサムだ。もみ革で誂《あつら》えた小粋な乗馬服に、黒い乗馬靴をあわせ、優雅に着こなしている。そんなランダルの姿に、ジアナはぼんやりと思った。馬はどこに置いてきたのかしら。いいえ、そもそも、馬には乗ってこなかったんだわ。さしずめ、乗馬服を着ているときの自分がいちばん魅力的だと踏んだのよ。

「ああ、ぼくの小鳩ちゃん。とうとう帰ってきたんだね。きみに会えない毎日は、気が遠くなるほど長かった」ミトンをはめた彼女の手を、ランダルがやさしく握った。

「ただいま、ランダル」

「なんて美しいんだろう、ジアナ。それは新しいボンネットかい？」

「ええ、パリで買ったの」

ランダル・ベネットが笑い、胸に彼女を抱き寄せた。「なんだか、くだらない話ばかりしているね。ぼくがほんとうにしたいのは、きみをこの腕で抱きしめることなのに」両手で背中を撫でられ、ジアナはゆっくりと身を離した。

「お元気そうね、ランダル」

「きみに再会できたんだから、元気になって当然だろう？　さあ、ジアナ、どこかで腰を下ろそう。話したいことがたくさんあるんだよ」

ジアナはランダルの腕に手をかけ、緑陰にある小さな丸池に向かって歩き、細長い石のベンチに腰を下ろした。スカートをふんわりと広げ、彼が指をからめてくるのを許した。

「パンくずがあれば、鴨《かも》にあげられたのに」と、ジアナは言った。

「ぼくの小鳩ちゃん」興奮に目を輝かせ、ランダルが言った。「きみの美しさがこれ以上ないほど映える場所を見つけたんだ」

「ガーガーうるさい鴨に囲まれていると、わたし、きれいに見えるのかしら？」

「ばかだなあ」と、ランダルが笑った。口の右側に、愛嬌《あいきよう》のあるえくぼが浮かぶ。「いや、ジアナ、それがうっとりするような領主館でね。ホーシャム・ホールという大邸宅で、ロンドンから汽車でたったの一時間。哀れな所有者が文無しになり、泣く泣く手放すことにしたらしい。新婚旅行から帰ってきたら、ぼくたちの別荘にしようじゃないか。庭園は見事だし、きみの願いに応じる召使もいる」

「わたしの願い？」

ランダルがわざと声を落とし、親密そうにささやいた。「夫には、ビジネスで成功してほしいだろう、ジアナ？」

「わたしがヴァン・クリーヴ家の一員であることを考えれば、それは避けられないわね」

ランダルは、彼女の手を自分の唇にもちあげ、指に一本ずつ接吻しはじめた。「ああ、いとしいジアナ。きみにふさわしい男になるために、平日は仕事の世界にどうしても時間をとられるだろうが、じきに、いや、すぐにきみは子どもを授かる。ぼくの子どもを」彼は甘い声でそう言うと、彼女のすらりとした身体を舐めるように見た。

「わたしがイタリアですごした夏のこと、なにひとつお訊きにならないのね」

ランダルはわざと哀れっぽい顔をして見せた。「許してくれ、ジアナ。ようやく再会できたのがうれしくて、将来のことしか考えられないんだよ。ぼくたちが一緒になったあとのことしかね。この夏は、おそろしくのろのろと時間が進むように思えた。きみはどう？」

「ええ、それはもう、のろのろとしていたわ」

ジアナが奇妙なほど淡々と話していることに、ランダルはようやく気づいた。ひょっとすると、あの踊り子の噂を耳にしたのかもしれない――慎重をきわめて密会していたのに。いや、たとえ、あの胸クソの悪い母親が、夏のあいだ、このおれを締めだしたところで、そんなことがあるものか。

ランダルは彼女の顔色をうかがった。だが、ジアナの顔はあくまでも美しく、まったく擦れたところがない。「時間が長く感じられることは、もう二度とないからね、ジアナ」

「おっしゃるとおりだわ、ランダル。ねえ、あなたのお話を聞かせて。郊外に領主館を見つけられたのね。そして、ご自分がここロンドンで富と名声を得ているあいだに、わたしにそこで暮らせとおっしゃるの？　いえ、やっぱり」と、ジアナは言葉をとめ、池辺で羽づくろいをしている鴨に目を向けた。「得るのは名声だけかもしれませんわね。だって、富はすでにおもちなんですもの」

「そのほうがよければ、ロンドンにも家を買おう」と、ランダルが慎重に言った。そして、どうして彼女はこうも淡々としているのだろうと、いぶかしんだ。だが、こちらを見上げる彼女の顔はあくまでも無邪気で、生き生きとした瞳に悪意はない。「ぼくはただ、きみの幸せを願っているだけなんだ」

「そんなふうに言ってくださって、うれしいわ」

彼が優雅に眉尻を上げた。「きみの幸せ以外に、望むものなどあるものか」

ジアナは微笑んだが、その目はやはり奇妙にきらめいている。

「ジアナ、なにかあったのかい？　なんだか様子がおかしいよ。お母さまは、この掘り出し物の領主館の購入に、援助をしてくださるだろうか？」

「大丈夫だと思うわ」と、ジアナは肩をすくめた。ランダルがほっと安堵の吐息を漏らした。

「ランダル、あなたって、ベッドのなかではどうなのかしら？」

彼は、その唐突な質問にぎょっとした。まさか、ジアナがそんなことを考えるとは。そんなぶしつけな質問をすることも意外だったが、ジアナの表情は真剣そのものだった。そこで、顎先を軽くつつき、いけない仔猫ちゃんと呼ぶのはやめておいた。きっと、おれの悪い噂をなにか耳にしたのだろう。そこで、とりあえず秘密めかした笑みを浮かべた。ここは慎重にふるまわなければ。「ジアナ、可愛いひと、その答えはぼくたちが結婚した夜にわかるさ。きみを失望させないよう、最善を尽くすよ」

「失望なんかしないって、わかってる」

「なぜだい？」

「恋人としてのあなたの技量に失望したことがないからよ、ランダル」

ジアナの言葉を額面どおりに受けとり、彼は得意になった。だが、まじめな声でこう諭した。「そんなことを口にしちゃだめだ、ジアナ。お行儀が悪いぞ。それに、そんなふうに言われると、ぼくは理性を失ってしまう」

「あなたが理性を失うとは思えないわ」

彼は笑った。「散歩している人がそばにいなければ、ぼくは自分自身を見失うだろうね。そうなれば、きみにもぼくの本性がわかるというものだ」

「問題はね、ランダル」と、ジアナはひと言ひと言をはっきり発音した。「わたしにはもう、あなたの本性がわかってるってことなの。夫が姦通《かんつう》の罪を犯しても、女性は離婚できないこと、ご存じ？　女性にはその権利がないのよ。いっぽう、夫は自分の好きなようになんでもできる。もし、妻がうっかり愛人をつくってしまったら、夫は、彼女を離婚できるだけじゃなく、子どもも財産も、すべて奪うことができる。短く言えば、夫を不快にさせるようなことをすれば、妻は文なしで野垂れ死にするしかないのよ」

ランダルはしげしげと彼女を見た。悪魔にとりつかれたとしか思えない。「法律が不公平なのかもしれないね。でも、心配いらないよ、ジアナ。ぼくたちに、そんなことはけっして起こらない」そして、心の底から笑おうとした。「きみこそ、まさか、恋人をつくるつもりじゃないだろうね？」

「いいえ、そんな真似はしないわ。ただ、夫の権利について、あなたはよくご存じなのかしらと思って」

ランダルは、できるだけさりげなく肩をすくめた。「妻を大切にし、守ること、妻が世俗にまみれないようにすること。それが夫の責任であることは知っているよ。もちろん、心から妻を愛することもね」

「そう」と、ジアナが考え深げに顔をしかめた。

「なにも心配することはないんだよ、ジアナ。十月の初旬に結婚式を挙げよう。きみが望むなら、もっと早くてもいい。新婚旅行はギリシアがいい。ヨットを貸しきり、島巡りをしようじゃないか」

「とても費用がかかる計画みたいね」

そういうわけか。あのいけすかない母親が、おれのことを財産目当ての男だと吹き込んだにちがいない。「ジアナ、信じてくれ」ランダルは彼女の両手をきつく握り、情熱的に訴えた。「きみを愛している。愛しているのはきみだけだ。新婚旅行には行かず、ふたりきりで部屋にこもっていたって構わない。きみと一緒にいられるのならね。ぼくの望みはそれだけさ。きみを支えるために、必死で働く。そうすればお母さまも、ぼくのことを怠け者のすねかじりだとは思わないだろう」彼は、ジアナの手をやさしく叩いた。まるで早熟な子どもをあやすように。「それに、きみは男の欲求のことがよくわかってると言うが――まあ、結婚式の夜には、ぼくがどれほどきみを欲しているかがわかるよ、ジアナ」

「ずいぶん饒舌《じょうぜつ》なのね、ランダル。とても饒舌だわ」

「なんだって？」

「だって、あまりにもおじょうずなんですもの。まるで、鏡の前で練習してきたみたい」

ランダルは怒りで顎を引きつらせた。「いったいどういうことだ、ジアナ？　なぜ、くだらないことばかりしゃべる？　イタリアで見つけた男に心変わりしたのか？　もうぼくを愛していないのか？」

「あなたを愛したことなどないわ、ランダル」

彼はさっと立ちあがり、乗馬靴を鞭で叩きながら、ぎこちなく行ったり来たりしはじめた。ふいに、ジアナの頭にあのおそろしい光景がよみがえった。ヴィットリオ・カヴェッリが怒りで顔をまだらに染め、憤怒の形相で仁王立ちし、身をすくませているルチアに鞭を振るっているところを。「嘘つき。ぼくをもてあそんでいるんだね？　心からきみを愛している男を」

彼女は頭を振り、あのいやな記憶を振り払った。そして、勇気を振りしぼり、ランダルの顔を見上げた。奇妙ね。怒りでゆがんだ彼の顔って、美しくもなんともない。たしかに、鞭を振るっているランダルのことが一瞬こわかったけれど、もう忘れなければ。「あなたは女性に鞭を振るうの、ランダル？　愛しあっているときに鞭を使うのがお好き？」

「やれやれ。今度はぼくが妻を虐待しているとでも言うのか？」

「いいえ、そんなことは言っていないわ。だって、あなたは結婚なさったことがないんだもの」

ランダルはなんとか癇癪《かんしゃく》を抑えようとした。まちがいない。あの踊り子との噂が耳に届いたのだ。やれやれ、こうなったら白状するしかない。あのクソったればばあが、おれのあとをつけさせたんだろう。だから、まだ仔猫のぶんざいで、ジアナはおれをからかうことにしたにちがいない。まあ、すべてを白状し、ひざまずき、許しを請えばすむはずだ。それにしても、なんだって鞭のことをあれこれ言いたてる？　しかたなく、ランダルは鞭を地面に落とし、ジアナの横に腰を下ろした。「ジアナ」いかにもつらそうに灰色の瞳を曇らせながら、ランダルは彼女の瞳をのぞき込んだ。「きみ以外に女性などいない。たしかに男は――結婚する前に、性欲を抑えられないことがある。まあ、当然の話だがね。お母さまからなんと聞いたのかわからないが、きみがいなくて寂しくてたまらなかったから、ある娘と会っていただけさ。べつになんの意味もない、どうでもいい娘さ、ジアナ。だから、きみがイングランドに帰国する前に、その娘は遠くにやってしまった。ぼくが心から望み、愛しているのは、きみだけだ」

ジアナは声をあげて笑いたかった。まったく、見栄っ張りの孔雀《くじゃく》みたいな男ね。卑劣な浮気がばれたと思っているんだわ。

「あやまらなくていいのよ、ランダル。男の人に欲求があるのは、よくわかっていますもの。ほんとうよ。ただ、わからないの。どうして男の人しか欲求をもつのが認められていないのかしら」

「言っただろう」と、ランダルがしわがれた声で言った。「結婚したら、きみに官能の世界を教えてあげる。きみとぼくの官能の世界だ。信じてくれ。きみと結婚したら、ほかの女になど見向きもしない」

あなたが言っていることは支離滅裂よ。そう言ってやりたかったが、これ以上続けても無駄だろう。言えば言うほど、わたしが残酷な女になってしまう。でも、残酷なのは彼のほうだ。慎重に計画を練ってわたしを選び、わたしの夢をもてあそんだのだから。そのうえ、わたしと首尾よく結婚するまで、ほかの娘と寝るのを我慢するだけの分別さえもちあわせていないとは。ジアナはつと立ちあがり、彼を見下ろした。

「ランダル」と、ジアナは朝の空気のように冷ややかな声で、ジアナは言った。「あなたと結婚するつもりはありません。それどころか、ほかの男の人と結婚するかどうかもあやしいけれど。だから、ほかの男と浮気をしたと、わたしを責めるのは無理な話よ。富豪の銀行家のノーマン・カール・フレチャーのお嬢さんが、独身を貫いている理由がよくわかったわ。そりゃ、彼女はとくべつ美人ってわけじゃないけれど、そんなことは問題じゃないんですもの」

ランダル・ベネットは身を震わせ、立ちあがった。この女は、まるで取るに足りない虫けらを見るように、鼻先でおれを見くだしている。繊細なレースの上にある白い喉元が目にはいった。やめて、とひざまずいて懇願するまで、あの喉を絞めてやりたい。

「こんな真似が許されるものか」怒りと失望のあまりわれを忘れ、ほかに言う言葉が思いつかなかった。

ジアナは肩をすくめ、肩に外套を巻きつけた。「さようなら、ランダル」

彼女が背を向けようとすると、ランダルが腕をつかみ、振り向かせた。「おれが女に捨てられるものか。おまえのような甘やかされた、頭がからっぽの小娘なぞに」

「離して、ランダル」

「お嬢さまから手をお離しください、サー」

不意をつかれ、ランダルが思わず両手を落とした。振り向くと、ヴァン・クリーヴ家の御者が立っていた。

「ありがとう、アベル」と、ジアナが言った。「もう失礼するわ」

「ただですむと思うなよ」ランダル・ベネットが、ジアナの背中に吠えた。

手を貸してもらい、一頭立て四輪馬車に乗り込むと、ジアナは御者のほうを振り向いた。

「どうして、肝心なときに助けにきてくれたの?」

「わしが、状況を察したわけじゃございませんで、ミス・ジアナ。奥さまがそうおっしゃいなさったんで。ミスター・ベネットは笑顔がすてきで魅力あふれる若者だが、卑劣な男に変貌する顔つきをしているとね」

ジアナは啞然として御者を見た。ランダルと別れるつもりであることを、だれにも話していなかったのに。ママを少し懲《こ》らしめてやろうと思ったのに。でも、そんなこと、ママは百も承知だったんだわ。そして、わたしを守ってくれた。ジアナは御者に淡々と言った。「家へ帰りましょう。ママにも、これまでなにかまちがいを犯したことがあるのかどうか、訊いてみなくちゃ」

「あまりうれしそうじゃないわね、ジアナ」と、オーロラが娘に紅茶のカップを渡しながら言った。

「そう？　まあ、それも当然でしょ？　だって、白馬に乗った王子さまだと生まれて初めて思った男性が、実際はそうじゃないと思い知らされたのよ。愉快な体験じゃないわ」ジアナはため息をついた。「でも、ほっとしたわ、ママ。なにもかも終わって、ほっとした」

ふたりのあいだに沈黙が流れた。居心地の悪い沈黙が。そして、ふいにジアナが口をひらいた。「お薬は苦かったわ、ママ。あんまり苦くて、飲み込むとき喉が詰まりそうになったほどよ」

「ごめんなさいね、ジアナ」

「そんなこと言わないで」と、ジアナが制するように片手を上げた。「この苦い体験は、ママのせいでも、だれのせいでもないんだから」

まったく、ダニエーレはいったい娘になにをしたのかしら？「ローマでなにがあったのか、話してくれる？」

母親の大切な友人、心から信頼しているダニエーレが、ベッドに連れ込むことをのぞけば、ありとあらゆる体験を自分にさせたことを、ジアナは母親に知られたくなかった。「話せないの、ママ」ようやくそれだけ言うと、ジアナはかぶりを振った。「わたし、今年の夏のことはただ忘れてしまいたいの。そして、自分の人生を生きていきたいだけ」

オーロラは娘の顔色をうかがった。「あなたが会って話した娼婦たちは——そんなにひどかったの？」

驚いたことに、ジアナが微笑んだ。「いいえ、そんなことないわ」

「わかってほしいの。許してね、ジアナ。ランダル・ベネットの正体を知ってもらう方法をほかに思いつかなかったのよ。彼との結婚は人生で最悪のまちがいだと、どうしても知ってもらいたかった。自分の目で人間の裏の顔を見てもらいたかったのよ。妻を利用したあげく、妻や娘たちに空虚な人生を送らせる男たちの正体を」

「わかってるわ、ママ」ダニエーレは、実際にローマで起こったことをすべてママに話したのかしら。いいえ、おじさまがそんなことをするはずがない。なにもかも、わたしたちふたりだけの秘密だもの。どうか、もう二度とダニエーレと会わずにすみますようにと、ジアナは敬虔《けいけん》に祈った。おじさまに会えば、また記憶がよみがえってしまう。

「おかしなものね」と、ジアナは母親の質問をはぐらかそうとした。「お父さまも、ああした男たちのひとりだったんでしょう？　いまは、それがわかるの。それに、お父さまの残酷なまでの無頓着さに、ママがどれほど苦しんできたのかも」ジアナは、ドイツから遊びにやってきたという口ひげをたくわえた太鼓腹の男が、マダム・リュシエンヌの娘のひとりに満足しなかったことを思い出した。それどころか、三人がかりで楽しませろと要求してきたのだ。最低の下司《げす》。

オーロラは、娘の言葉に狼狽したが、ふいに凍りついた。娘の瞳が濁《にご》っていたのだ。数々の不幸な場面を見てきたため、つらい記憶が脳裏に陣取ってしまったかのようだった。もちろん、瞳にはまだ純真さが残っていたものの、若い娘らしいロマンティックな夢を見ている輝きはなく、暗い翳があった。オーロラはゆっくりと言った。「お父さまが亡くなったあと、もう男の人とは一緒に暮らさないと、わたしは決心したの。だからって、男の人と親交を深めないというわけじゃないのよ。いい娘《こ》だから、あなたも想像してみて。心から尊敬できる、信頼できるすばらしい男性との出会いが、これからかならずあるわ」

ジアナはゆがんだ笑みを浮かべた。「残念だけれど、ローマから帰国してからはもう、そんなふうに男の人を信頼することができないの」オーロラに反論の隙を与えず、ジアナは続けた。「わたし、数学が得意でしょう？　文字を書いたり読んだりするのは苦手だし、金融や商業のこともちんぷんかんぷんだけれど、自分のことをそれほどばかだとは思っていないの。ママ、わたしにビジネスを教えてくれる？」

オーロラは娘を悲しそうに見た。勝利の代償はなんと高くつくことか。娘を追いやらなければよかった。そもそも、花嫁学校などにやらなければよかった。あのくだらない寄宿女学校などに、娘を手離さなければよかった。

「ええ」オーロラは静かに言った。「教えてあげるわ、ジアナ」

「よかった」ジアナが椅子から立ちあがり、ドレスの皺を伸ばした。「ママの目の前には優秀な生徒がいるのよ」

「ジアナったら、ローマで体験したことを、どうして教えてくれないの？」

「どうしても、教えられないの」と、ジアナが微笑んだ。「どちらにとっても、忘れてしまうのがいちばんよ」

9

ロンドン、一八五一年

ラッセル街には夕方の買い物客がほとんどいなかった。オーロラは、通りにさっと目を走らせると、丸石に視線を落とし、重いタフタのスカートのひだをもち、ロンドンでもっともお洒落《しやれ》な婦人帽子店〈マドモワゼル・ブランシェット〉の色彩に富んだウインドーのほうに歩いていった。彼女の頭のなかは、オリオン号の積荷のことでいっぱいだった。積荷を全部降ろして、貨物用の木枠を臨時の寝棚か仕切りにすれば、乗客を乗せることも充分可能なはずよ。オーロラはここ三年、ダニエーレと協力し、アメリカに乗客を送るため、四隻の船を装備しなおしていた。そしていま、カリフォルニアで新たに発見された金鉱に大挙して向かう乗客のための船が必要となっている。考えごとに没頭していたオーロラは、馬車の車輪の鳴る音がまったく聞こえなかったが、ふいに、馬が激しく鼻を鳴らす音が聞こえ、ぎょっとした。高級な一頭立て四輪馬車を引く鹿毛《かげ》の巨大な雄馬が、いまにもこちらに襲いかかろうとしている。馬は奇跡的に身をかわしたが、その勢いで馬車を引っくり返しそうになった。あわてた御者が、馬をとめた。

オーロラは、喉に焼けるような熱さを感じながら、ただ呆然《ぼうぜん》と馬車の客を眺めていた。その紳士は馬車から飛びおりると、こちらのほうにすたすたと歩いてきた。馬を落ち着かせろと、仕着せ姿の御者のほうに叫ぶ。

「まったく」と、紳士は彼女に吠えるように言った。「通りの真ん中で、いったいなんの空想にふけっていたんです?」紳士はオーロラの腕をとり、気持ちを鎮《しず》めようと歩道のほうに連れていった。衝撃のあまり脚から力が抜け、ふらついていることを察し、彼女の腕を放そうとはしなかった。

「すみません」オーロラが、紳士にもたれながら言った。

「大丈夫ですか?」今度は穏やかな声で、紳士が言った。

「わたしがいけなかったんです」と、オーロラが言った。なんとか脚で身体を支えようとし、とてつもなく美しい顔立ちの紳士を見上げた。長身で、細身で、りゅうとした高級な服に身を包んでいる。黒いフロックコートは肩のラインがぴったりとあい、チョッキは濃い栗色のシルク。幅広の縦縞《たてじま》がはいったズボンは長い脚を優雅におおい、先が細くなっている。ビジネスをしている紳士じゃないわ。瞳は銀色に近い淡灰色で、これまでに見たこともないほど長いまつげがひさしのように並んでいる。オーロラと同様、漆黒の髪には、こめかみのあたりに白いものが混じっている。

「とても美しいまつげをおもちですのね」

紳士の銀色の瞳がきらめいた。

「すみません」と、オーロラは繰り返した。「お怒りになるのも当然ですわ。わたしがぼんやりしていたんですもの。よけてくださって、ありがとうございます」

彼女の両腕を押さえていた手から力が抜けた。

「あなたはご結婚なさっておいでで？」紳士が尋ねた。

オーロラは目をぱちくりした。

「ご結婚なさっておいでで？」と、紳士が繰り返した。

彼女はかぶりを振った。「未亡人ですの」

「すばらしい」と、紳士が言った。そして長い指を伸ばし、オーロラのボンネットをまっすぐになおすと、彼女の頰に触れた。「お名前は？」

「オーロラといいます」

オーロラの顎の下で青いタフタのリボンを結びながら、紳士はにっこりと笑った。「そううかがって、安心しましたよ。メアリやプルーデンスじゃなくて、助かりました」

「なぜですの？」オーロラが困惑して尋ねた。

「うちの乳母たちの名前なんですよ、子どものころのね。ふたりとも、それは厳格でした。あなたがそんな名前だったら、とても耐えられない」

オーロラは声をあげて笑った。自分を抑えることができない。「あなたのお名前は？」

「アーリントンです。アーリントン家の者は全員、長いまつげの持ち主だ。で、オーロラ、お住まいはどちらです？」

「ベルグレイヴ・スクエアですわ」どういうわけか、彼の手がリボンから肘に動いていくのがわかる。

「いい住宅地だ。ご一緒しましょう、オーロラ。ご自宅までお送りします。たいへんなショックを受けて、神経がまいっているはずだ。わたしの神経もね」

「でも――」

彼が愛嬌のある笑みを浮かべたので、オーロラは思わず口元をゆるめた。

「いいお嬢さんだ」

「もう娘じゃありませんわ、ミスター・アーリントン。四十四ですもの」

「それでは、よけいに反省なさらないと。あなたのような年頃の女性が、通りの真ん中で突っ立ち、白昼夢にふけっていらしたのだから」オーロラは反論したかった。白昼夢にふけることなどめったにないのです、と。だが、そのときにはもう、待たせている馬車のほうへと連れていかれた。

「ところで」と、馬車に彼女を乗せながら、彼が言った。「ダミアンと呼んでください。〝ミスター〟と呼ばれてはおりませんから」

「まあ、いったい、どんな立場のかたですの？」

「明日、あなたをランチにお連れする紳士といったところでしょう」

「ランチに？」オーロラは繰り返した。見も知らぬ男が、このわたし、オーロラ・ヴァン・クリーヴをファーストネームで呼び、自信にあふれた様子で馬車に落ち着いている。

「ええ、いかがです？」

冗談じゃないわ、図々しい。そう言うべきだったのに、気づいたときにはうなずいていた。

「ええ」と、オーロラは言った。「ご一緒いたしますわ」

「すばらしい。明日の朝、十時きっかりにお迎えにあがりますよ」

「ランチなのに、朝の十時？」

驚いたような表情を浮かべ、ダミアンがその黒い眉尻を上げた。「当然でしょう、オーロラ。だって、わたしの気に入りのレストラン、〈鉄馬亭〉はウィンザーにあるんですから」彼はオーロラの手を軽く叩き、御者に行き先を告げた。そして、彼女の隣りにゆったりと座りなおした。

「でも、わたし、まだボンネットを買っておりませんの」オーロラは力なく、〈マドモワゼル・ブランシェット〉の店を指した。

ダミアン・アーリントンが、彼女のほうを向き、微笑んだ。「明日、ウィンザーから戻ってきたら、いくらでもボンネットを買いましょう。わたしは趣味がいいですよ」

「でも、わたし、あなたのことをなにも存じあげておりませんのに」

「明日のランチで、わたしのことを知ってもらうことにしましょう。わたしは堅気の男ですから、あなたを傷つけることはいたしません。ご自分の評判に傷がつくのを心配する必要もありませんから、どうかお付きの女性は連れてこないでください。あんなもの、邪魔なだけです」

「あんなもの、じゃありませんわ。彼女の名前はフェイスです」と、オーロラは言った。

「まったく口の減らないお嬢さんだ」ダミアンが微笑み、彼女の手をまた軽く叩いた。

「でも」と、オーロラが言った。「わたしのボンネットの買い物につきあってくださるよりも、もっと大切な用事がおありなんじゃありません？」

「まあ、用事はありますが、わたしたちがもっと親睦を深めてからでも間に合う用事ですから」

「わたしは身持ちの悪い女ではありませんわよ」

ダミアンの銀色の目が、オーロラを見てきらめいた。「わたしだって、身持ちの悪い男ではない。さあ、静かに。ネッドは優秀な御者だが、老いぼれスパルタンに目を光らせていないと——この馬は町の雑踏を好まないのでね」

オーロラはやわらかな革のクッションに背をあずけた。もう反論する台詞が思いつかない。ベルグレイヴ・スクエアの一角にはいると、オーロラはヴァン・クリーヴ家の場所を教えた。明日は予定がありますのと、この手に負えない男に言わなければ。だが、その台詞が喉まででかかったとき、突然、彼に腰をもちあげられ、歩道に降ろされた。

「なんと美しいかただろう、オーロラ」ダミアンは言い、上を向いたオーロラの顔をじっと見つめた。そして、その長い指で彼女の頰に触れた。「さあ、ご自宅におはいりください。そしてゆっくりお休みになるといい。あなたには優雅な落ち着きがおありだ。それを取り戻されることだ」そう言うと、彼はオーロラの腕をとり、正面玄関前の奥行きのある階段に歩いていった。

「では、明日の朝」ダミアンは背を向け、颯爽《さっそう》と立ち去った。

オーロラは、ダミアンの後ろ姿を目で追った。馬車が通りを曲がるとき、彼が手を振った。

そんなことをするつもりはなかったのに、オーロラも彼に応じ、手を振った。

「奥さま」オーロラが玄関にはいろうとすると、ランソンが言った。「ミス・ジアナが応接間でお待ちです」

オーロラは、もごもごとランソンに礼を言うと、応接間にはいった。

「お母さま」と、ジアナが言い、銀のティーポットをもちあげた。「トマスとドルーに会う前に、お茶をいかが？」

「ええ、いただくわ」

「なんだか、様子がおかしいわ。お母さま、大丈夫？」

オーロラは正面の窓に歩き、ずっしりとしたカーテンを開け、外を眺めた。「明日は雨にならないといいけれど」

「お天気はもつんじゃないかしら」母親の様子をうかがいながら、ジアナが言った。「雨だと、なにか問題でも？」

「ランチにウィンザーまででかける予定なの」そう言うと、オーロラは娘の横を通りすぎ、応接間からでていった。紅茶にも気づかずに。

「ランチに？　どなたと？」

オーロラは、階段の下で振り返った。「ダミアンと」

ジアナは母親を目で追ってはいたものの、わけがわからず、それ以上質問することができなかった。そして、驚いた目でランソンを見た。「ダミアンって、どなた？」

「たいへん高級な馬車をもっていらっしゃる紳士です、お嬢さま」

「お母さま」と、ジアナは母親の背中に声をかけた。「一時間後には出発よ」


ジアナは首をかしげ、左の耳たぶをぐいと引っ張った。集中しているときは、いつもそうする癖がある。ドルーが、濃い頬ひげを撫でた。その頬ひげは、ミセス・ヴァン・クリーヴの秘書を務める彼が自分に許している贅沢《ぜいたく》だった。そして、オーロラの共同経営者であるトマス・ハーデスティに、ジアナが返事をするのを待った。「わからないの、トマス」と、ジアナが顔をしかめ、目の前に置かれた書類の山を見た。「ピエール・ルクレールの提案を、どうして考慮してはいけないの？　わたし、どんな質問にだって答えられるわ。だって、もう一週間近く、この提案を調べてきたんですもの――ベッドのなかでもよ」

「彼の提案についてきみが徹底的に調査をしたのは、よくわかっている、ジアナ。きみが調べた数字が満足できるものだということも、わかっている。だが、ルクレールの評判やビジネスの実績に、なにか気づいたことはなかったかい？」

「ロンドンでの彼のビジネスの評判なら、よくわかってるわ。もちろん、いい評判ばかりよ。ドラバーに頼んで、ルクレールの財政状態もよく調べてもらったし。ドラバーは、大金を投資するのにふさわしい男だと報告してきたわ」

「あなた、覚えている？　ルクレールが所有するフランスのアライアンス号が、昨年、セイロン沖で沈んだこと？」と、オーロラが娘に尋ねた。

「ええ、覚えてるわ。それも報告書に書いておいた」

「あの事故で、乗組員は全員、命を落とした。それに、たまたま乗船していた二十人の乗客も亡くなった」と、トマスが説明した。「ロイズ保険組合に多額の保険金をかけていたそうだ。たまたま、オラン・ディンウィティがその件を担当していてね。彼の話では、アライアンス号は堅牢な船で、あの程度の嵐では沈没するはずがなかったそうだ。彼は保険金詐欺を疑ったが、なにも立証することはできなかった」

「オラン・ディンウィティは、自分の仕事をまっとうしたわけね」と、ジアナが言った。

「まだあるわ」と、オーロラが言った。「うちのマロー船長がね、アライアンス号が寄航していたコロンボに居合わせたそうなの。そのときには、すでに船は荷を降ろしていたそうよ。ルクレールの言い分とは矛盾するわね。そのうえ、アライアンス号に積んであった大金は、事故の前に、ちゃんとイングランドの船に移されていた」

「ところが、一名だけ、生存者がいた。二等航海士が生き延びたのだ」と、トマスが説明した。「ジャック・ランボーという男だが、妙なことに、半年前、マルセイユで殺害されているところを発見された。マロー船長がフランスの同僚から聞いた話によれば、生前の彼はじつに金回りがよかったそうだ」

「つまり」と、ジアナは母親を見てからトマスを見た。「ルクレールは、そのジャック・ランボーという男に金を払い、アライアンス号を沈没させたというの？　乗組員や乗客もろとも？　そして不要になったから、今度はその男を始末させたというわけ？」

「そうとしか思えない」と、トマス。「残念ながら、証拠はない。だが、これだけは言える。ロイズ保険組合はもうルクレールの船の保険には応じないだろう。だからこそ、ルクレールはヴァン・クリーヴ海運会社の株に大金を出資したいのだ。やつの目的は、自社の船をすべてヴァン・クリーヴ社の傘下に置くことにある。そうすれば、出資して配当を得られるうえ、業務に口出ししないパートナーとしてわれわれをとりこみ、合併にもち込めるからね。やつにはヴァン・クリーヴ社といういい隠れ蓑《みの》ができるし、自分の船に乗組員も確保できる。おまけに、ヨーロッパ最大の海運会社の共同経営者にもなれるというわけだ」

オーロラが肩をすくめた。「ルクレールは、ロイズ保険組合とのトラブルにうちが気づいていないと思っているの。でも、わたしたちは突きとめた。もし、ルクレールの提案を受けいれたら、わたしたちまで保険をかけられなくなるわ」

「じゃあ、なにひとつ利益はないわけね」と、ジアナ。

「そうだ」と、トマスが同意した。「では、おふたりの同意が得られたと考えていいね？　お宅といっさい関わるつもりはないと、ルクレールに伝えなければ。それに、われわれが暴いた証拠によれば――」トマスがドルーのほうを向いた。「ドルー、調べてもらえるかな？　フランス当局にこの情報が伝わっているかどうかを。堅牢な証拠というわけではないが、当局も関心をもつだろう」

ジアナは、背もたれの高い革張りの椅子に背をあずけ、口元に笑みを浮かべた。またひとつ、貴重なレッスンを受けたんだわ。きっとこれも、ママとトマスがわたしのためにお膳立てしてくれたのよ。「もう、おかげで、きりきり舞いさせられたわ。おつぎは、ルクレールのかわりの案があるんでしょうね」

トマスがにっこりと笑い、書類の束をもちあげた。「実際あるんだよ、ジアナ。真剣に考慮する価値のある提案を受けた。それも、アメリカから――ニューヨークからね。正確に言えば、造船家の富豪、アレクサンダー・サクストンからだ。ルクレールに比べれば、サクストンの提案のほうがはるかに多面的だ」

「でも、まず、トマス」と、ジアナが愉快そうに言った。「ミスター・サクストンの料理人について教えてもらいたいわ。毒きのこが好きな料理人じゃないでしょうね?」

「料理人やきのこのことまではわからないが、サクストンは代々、造船業を営む家の三代目だ。彼の祖父、ジョージ・サクストンは、前世紀末に小さな造船所をボストンにつくった。そして孫息子が、祖父と父ニコラスからビジネスを学んだ。ものごころついたころには、もうビジネスのノウハウを教えてもらっていたらしい。彼の母親、ミセス・アメリア・サクストンは、彼が十四歳のときに亡くなり、父親はその四年後に亡くなった。彼には一歳下のデイレイニー・サクストンという弟がいる。この弟がまだ未知数でね。いまはカリフォルニアのどこかに暮らしており、金鉱を発見したという程度のことしか、われわれにはわかっていない。さて、当のアレクサンダー・サクストンは、父親にはない資質をいくつかもっている。

たいへんな野心家で、抜け目のなさも想像力も兼ね備えている。二十二歳のとき、アメリカ北東部で最大の捕鯨場を所有するフランクリン・ニールソンの娘、ローラ・ニールソンと結婚。この若い年齢での結婚で、彼は巨額の資金を得た。そして、父親から受け継いだ造船事業を拡大していった」

「ずいぶん欲得ずくの男性のようね」と、ジアナ。「たった二十二歳で、お金目当てに結婚するなんて」

「それを〝野心〟というのよ、ジアナ」と、オーロラが言った。

「彼の義父は数年前に亡くなった」と、トマスが続けた。「アレクサンダー・サクストンは、ボストンにあるニールソン造船所を売却し、ニューヨークに拠点を移した。以降、非常にリスクはあるものの、機略縦横の動きをし――」

「たとえば？」と、ジアナが尋ねた。

「ええと、たとえば――ヴァンダービルト家が独占していたフェリー業界にも手を広げた。この事業のおかげで、たいした経費もかけずに大きな利益を得たようだ。現在、アレクサンダー・サクストンは三十一歳。ニューヨークでもっとも裕福な、かつ、もっとも有能な造船家だ。アメリカ人の例に漏れず、傲慢《ごうまん》でがむしゃらなところはあるが、判断力には信用が置ける」

「神童といったところね」と、ジアナが淡々と言った。「うちになにを望んでいるの？」

「わが社との合併だ。ヴァン・クリーヴ海運会社の定期便のために六隻、新しい船をつくる提案もしてきた——事業拡大のためにね。彼は非常に生産性の高い製材所と鉄工所も所有している。インドへの貨物船需要が増えているから、うちにとっても有利な話だ」

ジアナはトマスの話をさえぎった。「でも、なぜ、わが社が必要なの、トマス？　すでに造船事業を始めているんだから、自分で海運会社を興《おこ》せばいいじゃないの？」

「数年前、自社の船をインドに直接売り込んだこともあるらしい。まあ、若さゆえだったんだろう。とにかく、たいへんな野心家だよ。うちのような既存のイングランドの海運会社と契約すれば、受注を独占できる。それに、信用ある企業と合併すれば、大きなリスクを回避できる」トマスはしばらく間を置いた。「もちろん、多額の利益を得るためには、サクストンはうちに大金を出資し、わが社の株主にならねばならない。彼は、所有権の五割を希望している。つまり、ヴァン・クリーヴ＝サクストン海運会社にしたいわけだ」

ジアナが怒りのあまり息を呑んだので、オーロラがあわてて言った。「サクストンは、プリマスにあるうちの造船所が、二十年前とは経営状況が変わってしまっていることも、よく知っているのよ。あそこは利益があがらないでしょう？　なにしろ、原材料も労働力も豊富なアメリカの会社と競争しなければならないんですもの。そのうえ残念ながら、プリマスの造船所を閉鎖するだけの資金も、もう、うちには調達できないのよ。でもサクストンと合併すれば、相当の資金が手にはいる。そうすれば、わが社だけで造船するよりも、もっと生産性を上げることができるわ。サクストンはね、コンスタント号の損失でうちが痛手を負ったのを知っているのよ。それに、もっとも利益のあがる契約をうちが切られそうになっていることも知っている。事実を言えばね、サクストンより、うちのほうがこの合併を必要としているの。サクストンも、そんなことは百も承知。だから、所有権の五割という、法外な要求をしているのよ」

「コンスタント号でうちがどれほどの損害をこうむったか、彼は把握してるというわけ？」と、ジアナが尋ねた。

「ええ。彼ほど抜け目がない人なら、あちらについてうちが調べた程度のことは、うちについて調べているでしょう。だから、うちの財政状態についてはすみずみまで調べあげているでしょうね。だれかにすぐにでも手を差し伸べてもらわないと、危ない状態にあるということを」

「ほかの出資者から出資してはもらえないの？　彼みたいなハゲタカには、地獄に堕ちろって言ってやればいいじゃない？」

「そうできるのなら、それに越したことはないんだが、ジアナ」と、トマス。「しかし、オーロラがミスター・クックと提携するにあたり、資本を確保しておかねばならないんだよ。ミスター・クックのツアー旅行で、イングランド全土から鉄道で万国博覧会に大量の乗客がでかけるようになれば、この事業は金の卵になる」

「ミスター・サクストンの提案について、くわしく調べてみてはどう、ジアナ？」と、オーロラが尋ねた。

「そうね」ジアナはドルーから書類の束を受けとった。「でも、よそ者とは手を組みたくないわ。それも、よりによってアメリカ人だなんて。このミスター・サクストンとやらは、危険人物みたいだし」

トマスがうれしそうに笑った。「彼の弱点を見つけるのが、われわれの仕事だ。きみと母上には、楽しい仕事になるかもしれない。われらがミスター・サクストンは、たいへんな男前だそうだから」

「好色家なの？」と、ジアナが尋ねた。

「そういう意味ではない。奥さんは五年前、コネティカットにあるサクストン家の避暑地で亡くなった。ボート事故にあったらしい。サクストンには、リーアというお嬢さんがひとりいる。そして、山ほどの召使もいる。まだ若いから、当然、女の出入りもあるだろう。淑女たちは彼に熱い視線を送っているそうだ」

ジアナは鼻を鳴らした。「事故にあったらしい、なんて表現しなくてもいいのに、トマス。彼は、奥さんを厄介払いしたんでしょう？」

「それはちがう。アメリカの新聞記者は扇情的な記事ばかり書く。サクストンは若くて裕福だし、奥さんは世間を避けていたから、事故のあと、あることないこと書きたてられたようだ。だが、われらがミスター・サクストンは妻を殺すような男ではない。まあ、奥さんを亡くしたあとは、仕事と女性の両方を楽しんでいるようだが、だからといって、べつに罪にはならない」

「ならないわ」と、オーロラが立ちあがった。「ジアナ、ドルーとまた博覧会に行くつもりなの?」

ジアナは目を輝かせてうなずいた。「だって、一見の価値ありよ。人込みに耐えるだけの価値もあるわ」

ドルーが言った。「正直なところ、ミセス・ヴァン・クリーヴ、マコーミックの芝刈り機に興味をもっているのはお嬢さまくらいのものです。お嬢さまときたら、ほかの一万三九九九もの展示品にほとんど関心を示されませんから」

「もっと熱意をもってくれたっていいじゃない? マコーミックの発明で、すごく儲けられると思うの。聞いたところでは、彼、シカゴに会社を移したそうよ。シカゴで芝刈り機の大量生産を始めるんですって」ジアナは微笑み、うなずいた。「ドルーが、ロンドンにも専門の機械工がいるって教えてくれたの。アメリカにその機械工を送り、芝刈り機の製造を学ばせましょうよ。そして、ここイングランドで芝刈り機を製造する権利をうちが獲得する」

オーロラがくすくすと笑い、トマスに言った。「この娘のずる賢さときたら、いったい、だれに似たのかしら」

「まあ、この話の半分は冗談だけれど、少なくともイングランドでの市場開拓については考えてみてもいいんじゃない?」

「ミスター・サクストンなら、そんな提案をするかもしれないな」と、トマス。

「そうかもしれないわね、トマス。ミスター・サクストンは、交渉のためにロンドンにいらっしゃるの?」

「われわれは、そう主張するつもりだ」トマスは、オーロラにおどけた視線を送った。「ロンドンには、ハメット・エングルズという、彼の代理人がいる。だがエングルズは、オーロラとの交渉にはもう臨みたくないと思っているだろうね」

ジアナがくつくつと笑った。「ミスター・エングルズと、彼の株券のことは、よく覚えているわ。ずいぶん思いあがった人ね」

「そうね」と、オーロラが穏やかな声で同意した。「わたしのように頭がからっぽな女に空売りして、悦に入りたかったんでしょう」ミスター・ハメット・エングルズは、もはや敵手ではなく、オーロラにとってみれば、自分に求愛してくる男のひとりだった。まあ、一カ月にいちど、オペラでばったり会う程度なら、あのどうしようもないうぬぼれにつきあってあげてもいいわ。

ドルーが腕時計を見た。「ミスター・クレイボーンが、じきにお見えになりますが」

「ああ、そうだったわ」と、オーロラがスカートを揺らしながら立ちあがった。「ダニエーレ・チッポロのイングランドの代理人なの。イタリアでは政治が悲惨なことになっているでしょう？　資金が足りないのかもしれないわ。もしかすると、オリオン号は、わが社のプロジェクトになるかもしれない。わが社だけの」

翌朝、抜けるような青空が広がっているのを、オーロラは寝室の窓から確かめた。十時きっかりに、玄関の扉が重々しくノックされた。ランソンが、わし鼻の上の両目を好奇心に輝かせ、応対にでた。

「ミセス・ヴァン・クリーヴはおいでかな」帽子やステッキをランソンに渡そうとはせず、ダミアンが言った。

「二階に上がって、確かめてまいり――」

「おはようございます」と、オーロラが滑稽《こっけい》なほど高い声で言い、足早に階段を下りてきた。鮮やかな緑色の絹のドレスはウエストがきゅっと細くなっており、六枚も重ねたペチコートの上に広がっている。

「なんという美しさ」と、ダミアンが感嘆し、彼女が下りてくる姿を目で追った。「それに、時間厳守。それが、きみという女性なんだね。穏やかな湖のように落ち着いている」

それが合図だったかのように、ジアナが図書室の戸口に姿を見せた。そして、紅潮した母親の顔から、こちらを悠々と振り返った長身の紳士のほうに目を向けた。

「オーロラのお嬢さんだね？　たいへんな美人だ。それでも、お母さまにはかなわないかな？　お名前は？」

「ジョージアナ・ヴァン・クリーヴです、サー」

「大丈夫、ご心配にはおよびません」と、オーロラが言った。「メアリでもプルーデンスでもありませんから」

「助かった」と、ダミアンがオーロラに微笑んだ。「きみのほうは、お母さまは男性の趣味が洗練されすぎていると、あとでお嬢さんから叱《しか》られるかもしれないね。さあ、失礼するよ、ジョージアナ。今夜は、夕食にお母さまを拝借するかもしれない」

「でも、あなたはどなたですの？」と、ジアナがせっついた。

「ああ、失礼。わたしはダミアン・アーリントンだ」

「お仕事はなにをなさっていらっしゃいますの？」と、ジアナが尋ねた。

ダミアンが怪訝《けげん》そうにジアナを見た。「ビジネスだよ。ほんとうのところを知りたいのなら、弁護士に聞いてみないと。わたしにはわからんのだ」

ジアナは、わけがわからないといった顔で、ダミアンを見た。

「じゃあ、今夜、また会おう、ジョージアナ」と、ダミアン。「行こう、オーロラ」

母親の笑い声が聞こえた。ジアナは、ランソンのほうを向いた。「けさは、ミスター・ハーデスティに会う予定だったわね？」

オーロラは、幌《ほろ》のあいた馬車にダミアンに乗せてもらうときも笑っていた。馬車の扉には紋章がある。そして、仕着せ姿の御者がいることに、初めて気づいた。

「なにがそんなにおかしいんだい、オーロラ？」

「娘のことよ」と、彼女は瞳を輝かせた。「じきに娘から、正式な晩餐《ばんさん》の招待があるはず」

「可愛らしいお嬢さんだ。楽しみにしているよ」

オーロラはまだ微笑みながら、頭を横に振った。「まだ謎が残っているわ。あなたは何者なの、ダミアン？」彼女は尋ねた。「馬車に紋章がついていたけれど」

「名前を全部聞きたいかい？　よろしい。わたしはダミアン・アイヴズ・セント・クレア・

アーリントン。第八代グラフトン公爵だよ」

「まあ、そうでしたの。それでしたら、あなたはまちがいを犯しておいでですわ――閣下」

「ネッド、少し急いでくれないか」と、ダミアンが御者のネッドに声をかけた。「まちがいとはなんだい？　オーロラ」彼はオーロラの手を引き寄せた。

「わたしはオーロラ・ヴァン・クリーヴです。仕事をしておりますの――ビジネスを」

「ああ、知っている。わたしは愚かな女性には耐えられなくてね。それに、あなたを見た瞬間、すばらしい女性だとわかった。まあ、通りの真ん中に突っ立つのは習慣にしてほしくないが」

「アメリカへ渡る乗客をオリオン号にどうやって乗せようかと、考えていたものですから」

「まったく哀れだよ、アイルランド人は。飢饉があったことを考えれば、もう祖国にはとどまっておられんのだろう。それで、問題を解決できたのかな、オーロラ？」

彼女は正直にかぶりを振った。「いいえ。あなたのことしか考えられなくて」

「わたしもだ。昨晩はきみのことしか考えられなかった」

なにを言ってもダミアンがまったく驚かないことに、オーロラは気づいた。「あなた、わたしのことをよくご存じなの？」

ダミアンは心からうれしそうだった。「ああ。これから結婚する女性のことをすべて知っておきたいと思うのが人情だろう？」

「結婚？」

「息子のエドワード、つまりダンスタブル卿は、面白味のない男だが、義務はきちんとはたしていてね。その息子の話によれば、ありがたいことに故人となったきみのご主人は、ろくでなしだったとか。さしずめ、きみのお父上が娘を売ったんだろう。ぞっとする話だ。きみは、たったの十七歳だったのに」

オーロラは、驚いて彼を見つめた。「たしかに、モートン・ヴァン・クリーヴはろくでなしでした」オーロラは、あの痛みを思い出した。「でも、財産のすべてがわたしのものになるとは、夢にも思っていなかったでしょうね。わたしに財産を遺すくらいなら、悪魔に売り払い、わたしを火あぶりにしたでしょうから。それに、おっしゃるとおり、わたしの父はギャンブラーでした。准男爵という貴族の血も、父を救うことはできなかった。つまりわたしは、貴族の血を引いているからという理由で、夫に買われたのです。夫は父の借金を帳消しにするかわりに、わたしを手に入れるという寛大な和解をした。ええ、夫はろくでなしでした。わたしたち夫婦は、愛しあってはいなかった。夫はただ、所有物を増やしたかっただけ」オーロラは、ふいに言葉をとめた。どうしてよく知らない男に向かって、過去を打ち明けているのかしら？

「まあ、それも全部すんだことだ」と、ダミアンが彼女の手袋をはめた手を叩いた。「わたしと結婚すれば、きっと楽しめる」

「でも、夫と結婚していたのは、とうの昔の話。いまのわたしは、自立した女性です。どうして、そんな話をもちだされるのか、わかりませんわ。それに、あなたと結婚するなんて

――閣下、頭がおかしくなったんじゃありませんこと？」

ダミアンは愉快そうに彼女を見た。「頭がおかしい？　きみを愛することが？　いいかね、オーロラ、自分をおとしめてはならないよ。それはいただけない」彼のすばらしい銀色の瞳が彼女を撫でるように見ると、クリーム色のヴァランシエンヌ・レースに一瞬、とまった。「子どもをもつには、わたしたちは少しばかり年がいっているかもしれない。だが、跡継ぎのエドワードは心身ともに健康だ。その下のふたりの弟と三人の妹も、すこぶる健康」

「しばらく、美しい景色を楽しませていただけますか、閣下」ダミアンは快く希望に応じ、口を閉じると、満足そうにオーロラを見つめた。

〈鉄馬亭〉は、丸石の敷き詰められた古風で趣のあるウィンザーの街角にあり、食堂の個室からは城の眺望が楽しめた。そっと椅子を引かれたオーロラが腰を下ろすと、先のとがった顎ひげを生やした若いウエーターが、ダミアンにつきまとい、こまごまと世話を焼こうとした。ダミアンが注文をすませ、ウエーターが個室からでていくまで、オーロラはずっとだまっていた。

「閣下、わたしが未亡人になってからもう何年もたちますし――」

「よければ、ダミアンと呼んでくれ。ここの鶏料理はきっと気に入ってくれるだろう。ベシャメルソースが有名でね」

「ダミアン、わたしはただの頭の混乱した女性じゃありません。あなたは不意打ちばかり仕掛けてくるけれど、わたしはとても重い責任を負っている女性なの。自分で決断を下すことに慣れているし、自分の好きなように暮らしています。紳士がたはたいてい、わたしが仕事をもっていることにいい顔をなさいません。紳士は、知性のある女性がお嫌いですからね」

「もう二度とわたしを侮辱しないでもらいたいね、オーロラ。いいかい、繰り返す。二度と、ほかの男たちと一緒にしないでくれ」

ウエーターがワインをもって戻ってきた。ダミアンは味見などせず、ただ下がるようにとウエーターに手を振った。

「さて、ワインを味わってほしいな。ボルドーの辛口だが、軽いから」

「わたし、ボルドーにぶどう園をもっておりますのよ」と、オーロラが必死に抵抗した。

「それでは、うちのワイン貯蔵室にアドバイスをいただけるとうれしいね」と、ダミアンが落ち着きはらって言った。「わたしたちに乾杯しよう、オーロラ。わたしたちの未来に」

オーロラはワインをひと口飲んだ。「わたしはヴァン・クリーヴ社を所有しているんですのよ、ダミアン。それに……」好戦的な顔をして続けた。「――会社のことをすべてとりしきっておりますの。娘の助けを借りて」

「すばらしい」

「それに、たいへん裕福でもありますわ、ダミアン。もう二度と結婚はしないと、ずいぶん前に誓いましたし、自分の財産をひとりの男性にゆだねるつもりはありませんの」

「これ以上、財産を増やして、わたしになんの利益がある?」ダミアンが驚いて尋ねた。

「きみが望むのなら、わたしの財産もとりしきってくれて構わないよ。ビジネスのほうは、からきしだめだからね」

まだ通じないのかしらというように、彼女はダミアンを見た。「閣下のような立場のかたは、商人階級の女性などと結婚なさらないものですわ、ダミアン。たとえ、相手が准公爵の娘でも」

「わたしは信じているよ」と、ダミアンが落ち着いて続けた。「きみは男が嫌いなわけじゃない。夫はろくでなしだったかもしれないが、わたしは恋人として最高の男だそうだ。そう言われてきたからね」

「こんな話、いくら続けても無駄ですわ」

ダミアンは長いあいだオーロラを見つめていた。その瞳には疑問が浮かんでいる。「きみは賢い女性だ――なぜ正直に話してはならない？　わたしの最初の妻は、いまは幸福に天国で暮らしているだろうが、愚かな女だった。頭がからっぽで、要求が多かった。そして、伯爵の娘だった。わたしは彼女に耐えた。だって、彼女もまたしぶしぶながら、わたしに耐えてくれたからね。そして、子どもたちを産んでくれた。その後、わたしは誓ったよ。もし再婚するのなら、心から愛している女性と結婚しよう、と。そんな女性をさがしつづけて、かれこれ十数年。きのう、きみとばったり出会えたことに、心から感謝している」

「わたしのことは、なにひとつご存じないのに。あなたは――」

「きみのことをすべて調べるには数年かかるだろうが、わたしには残り時間が少ないものでね。わたしは四十七歳だ、オーロラ。一緒にならないかい？」

ランチをもって、うるさいウエーターがまた姿をあらわした。ダミアンは、いらだった様子で彼をにらみつけ、手で追い払った。「もう帰ってこないでくれよ、クランショー」と、ウエーターの後ろ姿に叫んだ。

オーロラは、ベシャメルソースに浸かった鶏の胸肉を眺め、笑った。「ワインのせいで、頭がぼんやりしてしまって」彼女は胸の前で手を組んだ。「わたしは静かに座って紅茶をいれるような女性じゃありませんのよ、ダミアン。それどころか、非常に強い個性の持ち主です。それに、最新流行のファッションを生きがいにしている、役に立たない女の人生には我慢できないし」

「そういえば、鉄道がブラッドフォードまで開通したそうだね。あの小さな村は、グラフトン公爵家の館の西側にあるんだよ。だから、個人専用の車両を買おうかと思っているところだ。アドバイスをくれるかい?」

オーロラがうなずいた。彼にではなく、自分自身に。「ええ。アドバイスさせていただきますわ」

「そして、わたしにキスしてくれるかな? きみの美しい口元を見ながら、ランチなど食べていられない」ダミアンが椅子から立ちあがり、その長い指でオーロラの顎をもつと、自分のほうに近づけた。

「きみは、わたしが心から愛する女性だ」と言い、ダミアンはオーロラにキスをした。

10

早朝のロンドンは霧が深くたちこめ、その厚い灰色のベールを見通すのが一苦労だった。アレクサンダー・サクストンはコート街で折り返し、ようやく霧から抜けだした。ホテルからグレイソン通りにあるヴァン・クリーヴ社まで辻馬車を拾えばよかったと、彼は後悔した。まったく、ロンドンの連中はよくもまあ、七月半ばだというのに震えるほどの寒さに我慢できるものだ。先を急いでいると、ひとりの男にぶつかりそうになった。どうやら、遅刻しそうで走っている事務員らしい。なんだ、と彼は考えた。ニューヨークとたいして変わらないじゃないか。足早に通りを渡っていくと、今度は怒声が聞こえてきた。「旦那！　どこに目ん玉つけて歩いてんだ！」ビールの樽《たる》を満載した荷馬車を引く御者が、アレックスに向かって頭を振った。いやはや、とアレックスは考えた。ロンドンはニューヨークとまったく変わらない。

さて、きょうの交渉をどう進めようかと、アレックスは頭のなかで要点を確認した。計画の概要と、妥協するつもりのない点を確認する。どうしてまた、ロンドンの代理人ハメット・エングルズは、もっと早く交渉を進めることができなかったのだろう？　そのうえ、貴殿にぜひロンドンまでお越し願いたい、そしてご自分で交渉に臨んでいただきたいと、わざわざ手紙までよこしたのだ。オーロラ・ヴァン・クリーヴは軽くあしらえる女性ではないと、その手紙には綴ってあった。もちろん、助手のアナスレイ・オリアリーを送り込むこともできたのだが、ロンドンの事務弁護士レイモンド・ファルクスまでもが、取引が成立するまでは、アレックス自身がロンドンに滞在していたほうがいいと忠告してきたのである。アレックスは、もったいぶったファルクスのことがあまり好きではなかったが、その前の晩、ハメットをまじえて夕食をとったとき、自分の仕事を心得ている男という印象をファルクスから受けていた。それに、アレックスには休日が必要だったし、これまでロンドンを訪れたこともなかった。そこで、ついでに万国博覧会にでかけ、パクストンが設計した見事な水晶宮《クリスタルパレス》を見ようと、ロンドン訪問を楽しみにすることにした。ロンドンにはほかにもさまざまな愉しみがあるだろう。その合間に策略家と名高いミセス・ヴァン・クリーヴとの交渉をさっさとすませてしまおう。そして、週末にはパリに移動したいものだ。

彼は、三階建ての灰色のレンガの建物の前で足をとめた。玄関にはどっしりとした両開きの扉があり、その上には繊細な装飾模様で描かれた活字が並んでいる。ヴァン・クリーヴ社。グレイソン通り十一番地。

墓のような玄関広間に足音を響かせながら、ひとりの若者が近づいてきた。二階へどうぞ、とアレックスは案内された。広い大理石の階段を上がりながら、アレックスは考えた。ロンドンではなにもかもが古い。古くて陰気で、イングランド人の尊大さをこれ見よがしに見せつけている。オークの分厚い両開きの扉を押すと、そこは優雅な調度品がしつらえられた控え室だった。もじゃもじゃの頬ひげを生やし、眼鏡をかけた若者が立ちあがり、彼を出迎えた。

「ミスター・サクストン？」

アレックスがうなずくと、若者が言った。「わたしはミセス・ヴァン・クリーヴの秘書、ドルー・モーテッソンです。ようこそ、ロンドンへ。そちらの事務弁護士のミスター・ファルクスと、ミセス・ヴァン・クリーヴの共同経営者ミスター・ハーデスティが、会議室でお待ちです。どうぞ、こちらへ」

「で、ミセス・ヴァン・クリーヴは？」アレックスは尋ね、その黒く濃い眉尻を上げた。猛女ヴァン・クリーヴは交渉にかならず同席する、という話を聞いていたからだ。

一瞬、間を置いてから、ドルーが返事をした。「残念なことに、ミセス・ヴァン・クリーヴはインフルエンザでお倒れになりました。お嬢さんのジョージアナ・ヴァン・クリーヴが、会合に出席なさいます」

また、女か。母親のことはよく調べていたが、まさか娘までしゃしゃりでてくるとは。アレックスは内心、そう毒づいたが、顔にでてしまったらしい。というのもドルー・モーテッソンが、静かにこう言ったのだ。「ミス・ヴァン・クリーヴも、お母上と同じくらい有能であることがすぐにおわかりいただけると存じます。たしかにお若いですが、ここ四年間、ヴァン・クリーヴの事業のすべてに関わっておりますから。そして、そちらさまがご提案になった合併案についても、あらゆる点から論じるだけの能力をおもちです」

「でしょうな」と、アレックスは皮肉たっぷりに言った。なんと、小娘とビジネスの話をするはめにおちいるとは。さしずめ、婚期を逃したオールドミスだろう。たとえオーロラ・ヴァン・クリーヴの子どもが男であっても、やはり婚期は逃していたにちがいない。彼はこれまで、父親のビジネスに首を突っ込んでくる、偉いつもりでのぼせあがっている息子たちにさんざん我慢してきていた。

　呼び鈴が鳴り、ドルーがあわててオフィスのほうを振り返った。「ちょっと失礼いたします、サー」そう言うと、急いででていった。

アレックスは、控え室の外にでると、分厚い絨毯が敷かれた通路をゆっくりと歩いていった。絨毯は、まるで足音を吸い込んでいくようだ。まったく、陰気なうえに、気味が悪いほど静かだな。手入れのゆきとどいた霊廟《れいびょう》のようじゃないか。おれにはやっぱり、サウスストリートの喧騒《けんそう》のほうがお似合いだ。港には帆柱の高い船がひしめき、路上は乗客、ポーター、御者、荷馬車でごった返している。そして、通りの向こうにあるオフィス街からは山高帽をかぶった事務員たちが足早にでてくる。アレックスは、一八二〇年代にサウスストリートにそびえていた大手会計事務所の建物をとりこわし、荘厳な三階建ての建物を建築していた。そして、亡くなった義父のことが好きだったので、建物にA・サクストン&F・ニールソンという名前をつけた。アレックスの広大なオフィスは最上階の半分を占め、気が向いたときにはいつでも椅子を回転させ、巨大なガラス窓から街の雑踏を眺めることができた。

彼は足をとめ、高級そうな板張りの壁にずらりと掛けられた絵画の列をしげしげと眺めた。総帆を掲げた船の絵が何枚も並んでいる。どの絵画にも、黄金の筆記活字体で船名が記されていた。ネーデルランド号、コルヌコピアイ号、アラステア号。どれも今世紀初頭に造られた有名な船だ。そして最近のものは絵画ではなく銀板写真で、プリマスの造船所に置かれた数隻のヴァン・クリーヴ家の船が写っている。ハンター号は巨大な貨物船で、ひとつの建物をおおえるほど巨大な白い帆布が装備されている。アレックスがこちらに発つ一週間前に、ニューヨークのドックにはいっていた船だ。ボルドーにあるヴァン・クリーヴ家のぶどう園からワインの箱を運んできたのである。

アレックスはそのまま通路を進み、優雅な曲線を描く両開き戸のほうに歩いていった。その扉ときたら、彼の手首から肘までの長さと同じくらいの厚みがありそうだ。彼は、いまにもドルー・モーテッソンが姿を見せるのではないかときょろきょろしたが、だれの姿も見えない。そこで、彼は肩をすくめ、扉をあけた。そこはまた別の控えの間であり、重厚なマホガニーの椅子が数脚あり、黒い革張りのソファーが一台置かれていた。この部屋は、オーロラ・ヴァン・クリーヴの謁見室の外にある待合室にちがいない、とアレックスは考えた。

驚いたことに、突き当たりの壁にあるカーテンの掛けられたガラス窓からは、隣室を見ることができた。もしかすると、自分では気づかないうちに、取引相手としてふさわしい人物かどうか、じろじろと観察されることになるのかもしれない。アレックスは足音をたてないように窓のほうに行くと、カーテンをあけた。そこには、みごとな装飾がほどこされた部屋があり、すみずみまで抑制のきいた上品な趣味でまとめられていた。はるか遠くには床から天上まである窓が並び、巨大なマホガニーのデスクがある。彼は皮肉っぽく考えた。この重厚なベルベットのカーテンは、なぜ開けられているんだろう？　窓の外を見たところで、どうせ濃い霧しか見えないのに。部屋の真ん中には細長いオークのテーブルがあり、座り心地のよさそうな重厚な椅子が周囲に置かれている。テーブルの中央には銀のトレイが置かれ、クリスタルのグラスとデカンタが並べられている。窓際に、ミスター・ファルクスが立っているのが見えた。ハンカチで太い眉を拭いているその様子は、丸々と太った気取り屋といったところだ。そしてアレックスの代理人ハメット・エングルズがデスクに近いほうの椅子に座っていた。こちらは真っ黒のスーツを着ており、陰鬱《いんうつ》な表情の葬儀屋よろしく、膝の上で書類を揃えている。もうひとりの男が、オーロラ・ヴァン・クリーヴの共同経営者、トマス・ハーデスティだろう。彼はデスクの端にあるポットから自分のカップに紅茶をそそいでいる。灰色の目はぼんやりとしているが、その細い唇には退屈そうな笑みが浮かんでいる。この男を過小評価してはならない、とアレックスは考えた。オーロラ・ヴァン・クリーヴの成功は、この穏やかな顔をした抜け目のない男のおかげだろうから。

そのとき、男たちに背を向け、ひとりの女性が窓のほうに顔を向けて立っているのが見えた。非常に洗練された服を着ているが、絹のドレスは地味な灰色で、あきらかに身につけているコルセットで胸の下の曲線を隠そうとしている。髪は漆黒で、後頭部で渦巻状のシニョンにまとめている。そのとき、ファルクスがなにか言ったので、彼女は軽く笑いながら横を向いた。ほほう、まだほんの小娘だが、なかなかの美人じゃないか。トマス・ハーデスティが細長いテーブルのほうに歩いていったので、彼女が振り向いた。その顔が全部見えたとき、アレックスはどこか腑《ふ》に落ちない感覚を覚えた。そして、はっと真相に気づき、雷に打たれたような衝撃を受けた。まさか。そんなはずがない。だが、彼女の顔を見ているうちに、下腹のあたりが怒りで熱くなるのがわかった。彼女だ――あの顔を忘れるものか。いきいきとしたダークブルーの瞳、優雅な曲線を描く眉、漆黒の髪。だが、彼女であるわけがない。ヘレン、モリー、ジョージアナ・ヴァン・クリーヴ……。ジアナ、そうジアナだ。四年前のローマの夜、耳にした奇妙な名前を思い出した。まさか。かの有名なオーロラ・ヴァン・クリーヴの娘、ジョージアナ・ヴァン・クリーヴが、おれから二千ドルをだましとるために、安っぽい娼婦を演じていたはずがない。おまけに、おれの頭を強打させる手配までするはずがない。まあ、そもそも、彼女を買ったおれの頭がどうかしていたのだ。とはいえ、なにより彼をいらだたせ、いまでも彼をいらだたせているのは、彼女がしかけた罠にまっしぐらに進んでいった自分が、完全にコケにされたことだった。記憶がありありとよみがえる。シニョーラ・ランポニの〈ザ・フラワー・オークション〉で、部屋じゅうの客のなかから、どんなふうにしてあの小娘が彼を選び、関心を惹こうとしたか。たいした女優だよ。あの小娘を見つけようと必死になり、おれはパリへの出張を延期さえしたのに、なんの成果もあがらなかった。彼女は忽然《こつぜん》と姿を消したのだ。口の堅いシニョーラ・ランポニは、ただ、あの小娘がパリから来たこと、当然、強く推薦されてのことだったとしか、説明しなかった。そんな話は嘘だとわかっていたが、いくら問い詰めても、マダムは頑として口を割らなかった。そして、あわてて二千ドルを返してきたが、マダムの目の前で、彼は札束を叩きつけた。怒り心頭に発し、まともにものが考えられないほどだった。あの小娘が見つからないほうが身のためだと、これまでずっと考えてきた。見つけようものなら、この手で絞め殺してしまうだろう。

くそっ。いくらなんでも、オーロラ・ヴァン・クリーヴの娘が、四年前に買った処女の娼婦であるはずがない。やれやれ、処女とは。とんだお笑いぐさだ。とにかく、真相をさぐらなければ。だが、とりあえず、いまはビジネスというおれの土俵で演技をしなければならないことを、あの小娘に思い知らせてやる。

ふと気づくと、ドルー・モーテッソンが、アレックスの真横に立っていた。「お待たせいたしました、ミスター・サクストン。よろしければ、ご案内いたします」

アレックスはうなずき、息を吸い、落ち着いた表情をつくろった。ドルーのあとを追い、会議室にはいると、室内は急に静かになった。アレックスはジョージアナ・ヴァン・クリーヴのほうを見ないようにした。

「紳士諸君」ファルクスとエングルズが同席していることを知っていたので、アレックスはそう第一声を発した。「あなたがミスター・トマス・ハーデスティでいらっしゃいますな？はじめまして。お目にかかれて光栄です」

「はじめまして、ミスター・サクストン。こちらこそ、お目にかかれて光栄です」と、トマスが言った。「世界のこちら側に、たとえ短期間でも移住者がお越しくださるのは、うれしいものですな。ドルーからお聞きおよびでしょうが、ミセス・ヴァン・クリーヴはご気分がすぐれません。しかし、代理としてふさわしい人物が同席させていただくことになりました。お嬢さんのミス・ヴァン・クリーヴです」

アレックスは、黒いあざけるような目を娘に向けた。ミスター・ハーデスティの歓迎におごそかに耳を傾けながらも、娘の口からあえぎ声が漏れたような気がした。彼女の目は大きくひらき、顔はドレスの白いレースのように蒼白だ。目の前にいる男がだれなのか、彼女が悟ったようなので、アレックスは満悦した。この金持ちの小娘め。ローマでやり込めたはずの男が目の前にいるんだから、さぞ驚いたことだろう。

ジアナは、心臓が急につま先まで下がったような気がした。彼の黒い目が舐めるように自分を見ている。ちょうど、あの夜のように――自信たっぷりに、不遜《ふそん》に――そして、ああ、彼はわたしがだれだか、わかったのだ。あの晩の恐怖と恥辱がよみがえる。彼女は視線を彼の両手に落とした。指の長い、図々しい大きな手。あの指が、わたしを愛撫したのだ。恐怖のあまり、彼の顔を爪で引っ掻いたことを思い出した。彼に顎を殴られたときの激しい痛みも。

走って逃げたかったが、そうはせず、椅子に身を沈めた。母親からいつも言い聞かされていたのだ。けっして、けっして、男性の前で怒りをあらわにしてはならない、と。なかには、あなたを怒らそうとする男性もいるでしょう。そうした男性は、あなたを見くだすようにふるまったり、傲慢な態度をとったり、くだらないお世辞を並べたてたりするでしょう。そんなことをされたら、相手を笑ってやりなさい。そうすれば、むくれるのは男性のほうよ。さもなければ、まったく相手にせず、冷淡な態度をとりなさい。そうすれば、かれらは自分の男らしさや自信に、不安を覚えるでしょうから。そうした母親の言葉を思い出しながらも、ジアナの心は男に絶叫していた。あなた、なにをするつもり？　ここにいる男の人たちの前で、この女は娼婦をしていたと、わたしを責めるつもり？　ジアナは自分の顔から血の気が引くのがわかった。こうなる運命だったのだという、ぞっとするような思いが頭をよぎったが、表情を読まれまいと努力した。

　ジアナは座ったまま、けなげにも落ち着いた声で言った。「あなたはミスター……」そこで、名前を忘れたようなふりをした。「サクストン、でいらしたかしら？　はじめまして」彼女は手を差しだそうとしたが、彼が手を差しのべてこなかったので、あわてて引っ込めた。

　彼女の声が冷静だったので、アレックスはその黒く濃い眉をわずかに上げた。しばらく、ふたりの目と目があった。アレックスは、彼女の虚勢に感心した。

「遅れて申しわけない」と、アレックスが言った。「そんな特権は、淑女におまかせするべきですな。淑女には、遅れるだけの価値が充分にあるのですから」

　なるほど、少なくとも当面は、そういうふうに会話を進めるつもりなのね。「こちらこそ、お名前を失念して、失礼いたしました、ミスター・サクストン。たった十分の遅刻より、お名前を忘れるほうがはるかに罪が重いですわ。でも、お仕事をなさる紳士は――」そこで、ジアナは肩をすくめてみせた。「みなさん、とてもよく似ていらっしゃるんですもの。お名前とお顔を一致させるのがむずかしいときもありますわ」

「では、充分に記憶に残るようにいたしましょう。そうすれば、ジアナ、あなたはもう二度と、わたしの名前をお忘れにはならないでしょう?」

いやだ。どうしてわたしのニックネームを知ってるの? この冷血動物。

信じられないという顔で、トマスがふたりの応酬を見ていた。どうして初対面のふたりが、こうもひねくれたゲームをしている? それに、なぜサクストンは遠まわしに彼女を侮辱している?

ハメット・エングルズが、こいつ頭がおかしくなったのかというように、唖然《あぜん》としてアレックスを見つめた。そして、心配そうにレイモンド・ファルクスのほうを向き、座るようにと手振りで示した。それから、アレックスに声をかけた。「どうか、アレックス、座ってくれ。そろそろビジネスにとりかかろう」

「ビジネス?」アレックスが言い、ジアナのほうにさっと目を向けた。「美しい女性と一緒に朝をすごすのは快適なものだ。もちろん、夜もすばらしい。だがビジネスとなると、さて、いかがなものか」

怒りがこみあげた。この男ときたら、あからさまに、わたしをからかっている。そして、わたしが冷静でいられなくなるのを待っている。冗談じゃない。こんな男を歓ばせてたまるもんですか。

その場にいる男性はみな、面食らっているようだった。だがドルーだけは、いぶかしげにアレックス・サクストンを眺め、値踏みしていた。

ジアナはすばやく応じた。「怒らないでね、ドルー。だって、こちらの紳士はアメリカ人なんですもの。女性とビジネスをするのに不慣れでいらっしゃるのよ」

だが、娼婦には慣れているよ。アレックスのすがめた目が、そう彼女に告げていた。こうなったらしかたない、とジアナは必死に考えた。あとで彼にすべてを説明しよう。まちがいだった、とんでもないまちがいだったことを、わかってもらおう。

「さて、ビジネスだ」と、アレックスが声高に言った。「けさはほかに予定がないのでね」

筋骨隆々とした身体を椅子に沈めると、アレックスは長い脚を組み、いかにも退屈そうに傲慢な態度をとった。「それでは」と、ファルクスに言った。「そろそろ始めてくれ」

レイモンド・ファルクスは襟元のスカーフをさっと引っ張りながらも、サクストンがスカーフではなく最新流行の黒く細いネクタイを締めていることに気づいた。「ご承知のように、みなさん」と、ファルクスは気取った口調で始めた。「この合併案は、どちらにとっても、このうえない利益を生むものです。とくに、ヴァン・クリーヴ社にとっては、大きな恩恵でしょう」ファルクスの恩着せがましい態度に、ジアナは身を硬くした。そして、母親の落ち着いた物腰と機知を見せようとしたが、口のなかで舌はぴくりとも動かなかった。

「ミスター・サクストンのご指示により、この合併によるヴァン・クリーヴ社の利益を要約いたしました。ミスター・サクストンの提案がどれほど寛大なものか、よくおわかりいただけるでしょう」そこでテーブルにきちんと積みあがった書類に目をやり、そのひとつを手にとった。「この計画がいかに収益の高いものであるか、その点を列挙して説明させていただきます。もちろん、ミスター・サクストンがその経営手腕を発揮する機会があることが条件ですが」

トマスが冷静に言った。「もちろん、それが交渉のポイントでしょうな、ミスター・ファルクス。そうした合併によって、ミスター・サクストンがどれほどの権力をもたれるようになるかが」トマスはジアナのほうを見て、ほっとした。どうやら彼女はすっかり自分を取り戻したらしい。

ジアナが、彼の視線に応じて答えた。「どうぞ続けてください、ミスター・ファルクス、あなたの講釈を。とても楽しいものになると期待しておりますわ」

そう言いながらも、ジアナはアレックス・サクストンのほうを用心深く見た。おまえが重要なことなど言うはずがないといった顔で、アレックスがこちらを見ている。ジアナは身を硬くした。見てらっしゃい、じきにわかるわ。そして視線をファルクスに戻した。〝無能なファルクスには、好きなように話をさせておきなさい〟と、母親に言われていたのだ。〝そして、彼が落とし穴の手前まできたら、あなたがちょっと背中を押す。それで相手は万事休すよ〟

ファルクスが顔を輝かせた。ミス・ヴァン・クリーヴは、たしかに小娘ではあるが非常に頭が切れると、エングルズに言ってきかせていたのである。ファルクスは、その日の朝、妻のレノアが灰色の頭を振りながら、ひどく同情してくれたことを思い出した。「世も末ね。若い女性とビジネスの会合で同席するなんて、聞いたこともないわ。場をわきまえてほしいわよね。ミスター・サクストンを喜ばせるためにも、せいぜいその娘をおだてないと」

ジアナは、ファルクスが数字を並べたてながら長々と続ける話に耳を傾けた。

「……十二隻のヴァン・クリーヴの船の積荷、そしてもちろん、コンスタント号の損失を考慮すれば――」

「失礼、ミスター・ファルクス」と、ジアナが口をはさんだ。「十二隻のヴァン・クリーヴの船の、現在の積荷が勘定にはいっておりませんわ。それで、八千トンは見積もりが増えるはずです。あなたがおっしゃるその数字は、どこからはじきだされましたの？」

ファルクスが少し驚いた顔をした。「お待ちください、ミス・ヴァン・クリーヴ。お調べいたしますから」彼は書類をめくり、前の週に事務員が用意した元帳を引っ張りだした。

「積荷は現在、三千八百トンです」

「それは妙ですわ、ミスター・ファルクス」と、困惑したようにジアナが言った。「経営陣が変わり、六隻の船が追加されれば、船荷のスペースは大きく増大するはずです。どうやら、ミスター・サクストンは、船倉の幅を伸縮させるとくべつな技術をおもちのようですわね」

「そんなことはありません、ミス・ヴァン・クリーヴ」と、ファルクスが言い返した。「どこかにミスがあるはずだ。ミスがあったのに気づかなかったのでしょう」

「そのミスについては、あとでお話することにしましょう」と、可愛らしい声でジアナが言った。「続けてください」

ファルクスはしばらく口ごもっていたが、ミス・ヴァン・クリーヴが口をはさんでこないので、なんとか自信を取り戻し、話を再開した。「――すると、この計画による利益は増大することになります。取引のルートを拡大すれば、利益率は三割といったところ。年間、十万ポンドほどでしょうな」

「とおっしゃいますと、ミスター・ファルクス」と、ジアナ。「うちの造船を中国にまで広げることも考慮にいれてくださいますわね？　インドと取引するほど、利益はあがらないかもしれませんが、数字を再確認なされば、この計画による増益が五割に達するはずだということが、おわかりいただけるでしょう。もちろん、ミスター・サクストンの経営手腕が改善されれば、年間五十万ポンドの収益が期待できるはずですわ」

ファルクスの顔が、まだらにどす黒くなった。トマスがさっとハンカチをとりだし、笑みを隠した。オーロラがここにいてくれれば、愛娘が立派に役割をはたしているところが見られたのに。ドルーの神経質な顔に、邪悪な歓喜が浮かんだ。

「ミスター・ファルクス、交渉は真剣に始めるべきでしょうね」ジアナは、両のてのひらをテーブルに広げた。「あなたはミスター・エングルズかミスター・サクストンと一緒に、見積もりの修正にとりかかってください。報告書を修正するまで、打ち合わせは延期にしましょう。それでは、よい一日を、みなさん」

「ごきげんよう」

背後からアレックス・サクストンの声が聞こえ、ジアナは足をとめた。振り返り、彼の姿をとらえると、心臓が早鐘を鳴らした。

「ミス・ヴァン・クリーヴ」と、全員に聞こえるよう、アレックスが声を張りあげた。「ぼくとあなたとで、今夜、夕食をとりながら、この合併について話しあいましょう。八時にお迎えにあがります」

ドルーとトマスが呆気にとられていると、ジアナがうなずいた。

「いやはや、機転がきくお嬢さんだ」と、アレックスがジアナに近づいた。「ぼくたちには話しあうことが山ほどある。そうでしょう?」

11

オーロラが、《タイムズ》の夕刊を脇に置き、歓迎の笑みを娘に向けた。

お返しに、ジアナは無理やり微笑んだ。「奇跡的な回復ぶりじゃないの、お母さま」と、ジアナは言った。淡黄色のシルクの茶会服を着て、長い髪を小冠状の髪飾りで高くまとめているオーロラは、まぶしいほどに美しい。

「インフルエンザって、急に悪くなったりよくなったりするから、便利なものよね」と、オーロラが笑った。「おかけなさい、ジアナ。交渉のことやミスター・サクストンのことを教えてちょうだい」

ジアナは、紡錘の彫刻がほどこされたフランス製の椅子のほうに歩き、背もたれを強く握った。花瓶に活けられたこのうえなく美しい薔薇《ばら》の花をしばらくぼんやりと見つめてから、母親のほうを振り返った。なるほど、この薔薇は、けさ公爵が贈ってくれたものなのだろう。

「第一戦としては、まあまあだったと思うわ。お母さまの参戦に向けて、次回はあちらも武装してくるはずよ」

ジアナの沈んだ声に、オーロラが怪訝そうな顔をした。ジアナのふるまいは見事だったとトマスから聞いていたので、てっきり、得意になっているものと思っていたのだ。そのとき、娘が青白い顔をしていることに気づいた。血の気が引き、瞳だけがぎらついている。「なにか、気が動転するようなことでもあったの、ジアナ?」

「気が動転? いいえ、なにも」あの男の望みがはっきりするまで、ママには話さないほうがいい。「レイモンド・ファルクスは、わたしがちょっと背中を押したら、案の定、墓穴を掘ったわ。わたしが女王さながらにあちら側を軽蔑《けいべつ》する態度をとって、交渉を延期してみせたから、トマスとドルーは面白がっていたみたい」

「二十一歳の小娘にやりこめられたときのファルクスの顔は見物《みもの》だったでしょうね。それで、ミスター・サクストンはどうだった? どんな男性だった?」

「そうね」と、ジアナは用心深く言った。「ファルクスにいらだっていたみたいだけれど、わたしが交渉を延期したときには、口出しをしてこなかったわ。とにかく、万事、こちらの計画どおりよ。ミスター・ファルクスが挙げてくるだろうと、こちらが予想していた数字までね」ジアナは母親の顔色をうかがった。「今夜、ミスター・サクストンと夕食をとるつもりなの」

「彼と夕食を?」と繰り返し、オーロラは驚いて娘を見つめた。

「ええ」

そっけない返事に、オーロラはどう反応すればいいのかわからなかった。この四年間で、ジアナは美しい淑女へと花ひらいた——わたしによく似ている、とオーロラはうぬぼれることなく考えた。あのころのわたしに。ところが、ジアナは若い男性との社交を避け、だいぶ年齢が上のトマスのような男性にエスコートしてもらうのを好んだ。

「そう」と、オーロラはようやく返事をした。「じゃあ、ミスター・サクストンのことが気に入ったのね」

「アメリカの商慣習の話を聞くために夕食をとる、それだけよ」

「そう」と、オーロラは繰り返したが、まったく納得していなかった。「夕食はどこで?」

「わからない。そこまで聞かなかったわ」

「あなたが気を配らなくちゃだめじゃないの、ジアナ。ミスター・サクストンはロンドンにくわしくないのよ。〈アルビオン〉か〈ロンドン・タヴァーン〉をお薦めしたら? せっかく殿方がエスコートしてくださるのに、女性が満足できないような場所で食事をするなんてもったいないでしょう?」

あの男は、わたしをソーホーに連れていくつもりじゃないかしら。そう考え、ジアナは青ざめた。彼はわたしのことを娼婦だと思っている――娼婦のように扱わないはずがない。

「今夜、お迎えにいらしたときに、ミスター・サクストンにご挨拶したいわ」と、オーロラが言った。

「ごくふつうの人よ、お母さま。どちらかといえば、退屈って感じ」

「それでも、ご挨拶させていただきたいわ。ビジネスの話はしないと約束するから」オーロラが目を輝かせた。「ちょっと顔色を悪く見せないといけないわね。だって、インフルエンザにかかっていることになってるんですもの」ジアナは返事をしなかったが、オーロラは明るく続けた。「ふたりだけで食事をすれば、この商談は大きく前進する。だからこそ、ミスター・サクストンはあなたを招待したんでしょう。ジアナ、あなたなら抜け目なくやってくれる。いいこと、ヴァン・クリーヴ社は、絶対に経営権を維持しなければにはいかない。合併するにせよ、ミスター・ヴァン・サクストンに四割を超える株式を取得させるわけにはいかないのよ」

「ええ、お母さま、わかってる」ジアナはふたたび母親から花瓶の薔薇へと視線を移した。母親の詮索《せんさく》するような視線から逃れたい。なにをどうすべきか、ひとりきりで考えたい。

「グラフトン公爵のお屋敷の薔薇なの。ダミアンが温室で育てたのよ」と、娘の視線の先を見て、オーロラが言った。「美しいでしょう？　今夜、うちで食事をなさる予定なの。あなたが同席できないと知ったら、残念がるわ」

「ええ、ほんとうに」ジアナは椅子の背の紋織りをいじった。母親が公爵と恋愛ごっこを始めてから、もう何週間になるかしら。母親の様子を心配してはきたものの、ジアナのなかで今夜への不安が怒りに変わった。「ここ数週間、たびたび閣下と会っているのね、お母さま。結婚するつもりかどうか、なにも教えてはくれないけれど」

オーロラが椅子から立ちあがり、娘をやさしく抱き寄せた。「この話は、あなたがいやがっているように見えたのよ、ジアナ。わたし、ダミアンにプロポーズされたの。わたしも、あの御しがたい男性に心を奪われてしまったみたい。彼って、つぎになにを言うのか予測もつかないけれど、なにを言っても変わらず魅力的よ。わたし、恋に溺《おぼ》れているんでしょうね。

昔から彼のことを知っているような気がするんですもの」

「どうしちゃったの、お母さま。よりによってお母さまが、また再婚しようという気になるなんて。彼、お父さまみたいな夫になるんじゃないの？　男の人や結婚がどういうものか、よくわかっているくせに、どうしてまた再婚なんか」

「ダミアンは、あなたのお父さまとは全然ちがうのよ、ジアナ。それは断言できる。あなたはこれまで、男性にたいして欲求を覚えたことはないの、ジアナ？」

男たちの光景が頭に浮かんだ。マダム・リュシエンヌの娼館で娘たちにのしかかり、けだもののようなうめき声をあげている男たち。どの男にも虫唾《むしず》が走った。ただひとりをのぞいて。わたしを〈ザ・フラワー・オークション〉で買った、あの男をのぞいては。「あるわ、ママ」と、ジアナはようやく返事をした。「ひとり、そんな男性がいた。ランダル・ベネットじゃないけれど」

「ローマで出会った男性？」

「ええ」

「それなら、ひとりの女がひとりの男を求めるように、わたしがダミアンを求めていることを、わかってくれるわね。わたし、長年、自分のなかに引きこもってきたわ。でも、いまはちがう。わたしはダミアンの声が聞きたい。彼に触れられたい。彼に気づかってもらいたい。わたし、自分から、そうしたことを望んでいるのよ、ジアナ」

ジアナは、ローマでのアレックス・サクストンの記憶を振り払った。彼をこわいと思いながらも、彼が欲しくてたまらなかった。あのときのことを思い出すだけで、いまでもおそろしくなる。

「この十五年間で積みあげてきたものを、すべて壊すなんてできないはずよ、お母さま。いくら女学生みたいにのぼせあがっているからって、滑稽な男の人のためにすべてを捨てるなんて」

「ダミアンの人間性については自信があると言ったはずよ。尊敬に値する、誠実な男性。わたしは彼を信じているわ」

「それって、万博で展示されていたライオンを信用するようなものよ。しばらくママをもてあそんで、飽きたらぽいと捨てるかもしれないでしょ？　たしかに閣下は魅力的だし、そのへんの殿方より頭もいいのかもしれない。でも、最初の奥さんとお互いに尊敬しあっていたかどうかは、あやしいものだわ。奥さんは繁殖用の雌馬として扱われていたんじゃない？　妻は夫の所有物にすぎない。それは、お母さまだってよくわかってるはずよ。最初の奥さんは、閣下のために五、六回、種の繁殖に協力してあげたのよね？」

オーロラは、娘の言葉に怒りを感じとった。その怒りは手に負えないほど強く、ねじくれている。彼女はやさしく言った。「ジアナ、わたしたち女性は、あることを信じ、ある方法でふるまうように、躾《しつけ》られて育ってきている。そりゃ、女性より男性に法が権力を与えているのは——」

「あのとんでもない法律をつくったのも、男たちよ」

「とにかく、ダミアンと結婚したら、わたしはもっと懸命に働かなくてはならないでしょうね」と、オーロラが明るい口調で言った。「ダミアンは、わたしにお金のことをとりしきってほしいそうなの。彼のビジネスに関わる男たちは、わたしがグラフトン公爵夫人になったら卒倒するでしょうね。愛しているわ、ジアナ。世界のほかのだれよりも。あなたとわたしは、このまま手をたずさえて働いていける。ただ、ちがうのは、そこにダミアンがくわわること。わたしたちの人生にくわわるのよ。わたしたちからなにかを奪うんじゃないわ」

「まったく、もう。ダニエーレおじさまに頼んで、お母さまをローマにさらってもらおうかしら」

「それは無用よ、ジアナ。わたしはもう四十四。自分が欲しいものはよくわかっている」彼女は娘の手に軽く指を重ねた。「あなたにも、ダミアンのような男性と出会ってほしいの。あなたを隷属させようとか、自分のものにしようとか思わない男性と」

アレックス・サクストンの浅黒い顔が目の前に浮かんだ。「遠慮するわ」と、ジアナ。「ごめんなさい。そんな男性がいるとは思えないの。でも、お母さまには幸せになってもらいたい。それは信じて」ジアナはゆがんだ笑顔を浮かべた。「閣下がお母さまを悲しませるような真似をしたら、わたし、芝刈り機で轢《ひ》いてやる」

無理に明るく冗談を言う前に、娘の顔に無数の表情が浮かんだのを、オーロラは見逃さなかった。きっと、いまのジアナの苦悩は、わたしとダミアンとの結婚とはなんの関係もないのだろう。

「閣下に、そう警告しておくわ」

「わたし、祈ってる」ジアナは淡々と言った。「閣下がお母さまの望むような男性であることを。だから、もう、わたしのことは心配しないで。わたしもそろそろ変わらないと」

「そうね。だけど――」

「なに、お母さま」

オーロラはかぶりを振った。「いいえ、なんでもない。また今度にするわ」

「ミスター・サクストンがお見えになりました、ミス・ジアナ」

ジアナはすばやく立ちあがり、炉棚に背を強く押しつけた。黒い服装で正装したアレクサンダー・サクストンが、颯爽と応接間にはいってきた。こんなに大きな男性だったかしら。拳闘家のような体格のランソンでさえ、彼の横では小柄に見える。

「ミスター・サクストン」ジアナは冷たい声で言った。

アレックスが口元を引き締め、ゆったりと部屋を横切ってくると、ドレス姿の彼女を見た。ジアナは顎《あご》をぐっと上げた。わたしのことを娼婦のように扱わせ、彼を満足させたくない。だから、わざわざ流行遅れの格好をしてきたのだ。彼女は、鼻にずり落ちる眼鏡をもちあげた。

「ミス・ヴァン・クリーヴ」アレックスが彼女の前で足をとめた。「なんとお美しい」彼の目が、ジアナの頭からつま先までをじろじろと見た。オールドミスのように頭のてっぺんできつくシニョンにまとめた髪、鼻眼鏡、からし色のシルクのドレス。唯一、お洒落な物といえば、ドレスの裾《すそ》からのぞいている上靴だけだ。それでも、アレックスの目には、四年前とおなじジアナが見えた。やわらかそうな胸、白い頬の上に扇のように広がる漆黒のまつげ。

「母が、あなたにお目にかかりたいそうですの、ミスター・サクストン」と、ジアナは言った。「ご案内させていただきますわ」

「ちょっとお待ちを、ミス・ヴァン・クリーヴ」気づいたときには、鼻眼鏡をとりあげられていた。ジアナが息を呑むのも構わず、彼はそれを目の高さに掲げた。「レンズに度がはいっていない」と言うと、彼は鼻眼鏡をさっと暖炉の火床に放りなげた。「きみがどんな様子だったか、よく覚えているよ、ジアナ」彼はくだけた調子で言った。「ありありとね。さあ、三十分あげよう。一緒に二階に行く前に、まともなドレスに着替えてもらおう。その滑稽な髪型もやめてもらおうか」

「そんな真似をするつもりはありません、ミスター・サクストン。よくわたしに命令ができたものね」

「ああ、それじゃあ、そんな格好がお好みなのかな？　自分のイメージとぴったりだとでも？」

「あなたには関係のないことです」

「失礼だが、ぼくはそうは思わない、ミス・ヴァン・クリーヴ。大いに関係がある」ジアナの頬が怒りでこわばるのがわかった。アレックスは、ぞっとするほど冷たい声をだした。

「言うとおりにしないと、後悔することになるぞ、ジアナ」

ジアナは、裾まであるスカートをつかみ、毅然《きぜん》と応接間からでていこうとした。

「三十分だ。ぼくを待たせないほうがいい」

ぴったり三十分後、ジアナが応接間にはいっていくと、アレックスはくつろいで座っていた。手にブランデーグラスをもっている。「ああ。ずっとよくなった。純真無垢に見える。どこから見ても、ういういしいお嬢さんだ」

ジアナのメイドのアビゲイルが、なれた手つきでシニョンをほぐし、頭の上に小冠を飾ってくれたのだ。黒い巻き毛を少し額に落とし、ほつれ毛が耳にかかるようにすると、若いお嬢さんはこうじゃなくちゃと、アビゲイルは皮肉たっぷりに言った。そのあと、ダイヤモンドとエメラルドのネックレスを首にかけ、淡黄色のシルクタフタのドレスを着せ、ウエストをきゅっと締めると、ペチコートの上に優雅な折重ねをつくったのだ。

「さあ、これ以上、お母上をお待たせしてはならない。もう、ご気分はよくなられたんだろうね?」

「ええ、だいぶよくなりました」彼のぶしつけな視線を浴び、顔から血の気が引くのがわかる。「あなた、まさか——」と、ジアナは言いかけた。「母に——」

アレックスがさえぎった。「ミセス・ヴァン・クリーヴに、おたくの可愛らしい箱入り娘が娼婦を演じて楽しんでいたとは言わないでくれ。そうだろう? お母上が事情をご存じなくてなによりだ。まあ、ぼくの言うとおりにしていれば、心配無用さ」

アレックスは彼女の隣りを歩き、幅広の階段を上がっていった。「それとも、きみのささやかなゲームのことを、お母上もご存じなのかな？　うまく演技をしたきみのことを、お母上は誇りに思っているとか」

ジアナは彼の顔をきっとにらみつけ、頬を平手でぴしゃりと打った。アレックスは彼女の手首をつかみ、乱暴に脇に下ろした。ジアナは痛みにあえいだ。「これでまた、きみの借りが増えたぞ」

これまでに見たことがないほど長身で堂々とした男性が、娘のために扉を開け、オーロラの居間にはいってきた。優雅な正装の下に広がるがっしりとした幅広の肩に、オーロラは目を見張った。しなやかで優美な腰、筋肉質の長い脚。髪はジアナと同じ漆黒で、長いまつげの下のこげ茶色の瞳は、やはりあからさまにこちらを見つめている。これほど魅力的な男性だから、ジアナは夕食をともにすることを承諾したのかしら？　それとも、いやいやついていくのかしら？　でもジアナは、ごくふつうの人だと言っていた。どちらかといえば退屈な人だ、と。

「ミセス・ヴァン・クリーヴ」と、アレックスが深く響く声で快活に言った。

「あまり、わたしに近づかれないよう、ミスター・サクストン」寝椅子に横たわったまま、オーロラは言った。「うかつにも、インフルエンザにかかってしまいましたの。ミスター・サクストンまでお倒れになったら大変ですわ。ジアナ、あなた、素敵よ」

「ありがとう、お母さま」ジアナが淡々と応じた。

「ジアナの話では、けさの会合ではレイモンド・ファルクスがずいぶんいい加減な報告をなさったようですわね。いくら細かい計算だからといって、なにもかも事務弁護士や会計士にまかせてしまうのは、いかがなものでしょう、ミスター・サクストン。かれらには、どうも人をばかにしたところがありますもの」

アレックスが愉快そうに哄笑《こうしょう》したので、オーロラは驚き、ジアナのほうに目を走らせた。ほんとうに、この男性は傑出した動物だわ。

「おっしゃるとおりです、奥さま」アレックスが黒い瞳を楽しそうにきらめかせた。「彼には、はっきり言ってやりましたよ。きみに金を払っているのは、考えてもらうためでも、ビジネスの競争相手を批判してもらうためでもない。ただ、正確な情報を提供してくれればそれでいい、とね。つぎの交渉では、もう少しましな仕事をしてくれるでしょう。それにしても、奥さま、すっかり回復されたようですな。つぎの会合には出席なさいますね？」

オーロラは楽しそうに微笑んだ。「それは様子を見なければわかりませんが、わたしたちは同じことを望んでいるはずですわ。合併が双方の利益になることです。ところで、イングランドにいらしたのは初めてですの、ミスター・サクストン？」

「ええ、初めてです、奥さま。週末にはそちらと合意に達し、ロンドン観光を楽しみたいと思っております」

「それは、そちらのお仲間がどうでるかにかかっていますわ。今回、お嬢さまは一緒にロンドンにお越しになっていらっしゃいますの？」

「いいえ。娘のリーアはニューヨークに残り、女性家庭教師と一緒に安全にすごしております。旅の醍醐味《だいごみ》を味わうにはまだ幼すぎますから」

まるで合図をするかのように、オーロラが咳き込んだ。すると、すぐにジアナが口をはさんだ。「今晩はもうお休みにならないと。ずいぶんお話をなさいましたもの、お母さま」

「まさか」と、アレックスが巧みに言った。「退屈と疲労をごっちゃにしてはいらっしゃらないでしょうな、ミス・ヴァン・クリーヴ」

「母は具合が悪いんですのよ」

「なんだか、過保護な母親に小言を言われている娘のような気分ですわ」娘が怒りを爆発させたあとの一瞬の隙をつき、オーロラがそつなく言った。「今夜はどちらでディナーを?」

「〈アルビオン〉へ」と、ジアナが言い、無表情な顔をアレックスに向けた。

「おや、ぼくは〈ロンドン・タヴァーン〉に行くつもりでしたが、まあ、構いません。ご挨拶させていただき、光栄でした、ミセス・ヴァン・クリーヴ。ご回復をお祈りしています」

「お気づかいに感謝いたしますわ、ミスター・サクストン。あまり遅くならないでね、ジアナ。明日は朝から予定がはいっているでしょう?」

「若い娘らしい格好をしてくれて、ほっとしたよ」雇った馬車にジアナを乗せながら、アレックスが言った。「きみの本来の職業に向いている服に着替えてきたらどうしようと、半ば心配していたがね」ジアナが息を呑んだが、構わず彼は続けた。「それとも例の仕事が順風満帆で、客の紳士を相手に、今度は淑女のふりをしているのかい？　お得意さんがずいぶんたくさんいるんだろう」と、考えごとを口にだしているようにいった。「ビジネスの世界からよりどりみどりというわけか」

「あなたって、鼻持ちならない田舎者ね。あなたみたいな人が発つときには、ロンドンっ子は狂気乱舞するわ」

「だが、ぼくのことはけっして忘れないだろうね、ジアナ。きみの記憶に焼きつくことだけは請けあうよ」

沈黙が返ってきた。アレックスは闇のなかでにやりと笑い、深々と座りなおした。

黒い雨雲が空に低くたちこめ、大気は湿り、ひえびえとしていた。ジアナは馬車の扉にもたれ、身体を縮こませた。馬の蹄《ひづめ》が丸石に当たる音に集中していると、馬車はグレートラッセル通りにはいり、〈アルビオン〉の優雅な正面玄関の前でとまった。

「さすが、いいレストランを選んでくれた。ロンドンのかんばしくない横丁で、行き当たりばったりの店に放り込まれなくてよかったよ。紳士が評判を落とさずに淑女と食事をできる店は、そうはないんだろう？　それとも皆無かな？」

アレックスは、馬車から降りる彼女に手を貸し、御者に支払いをすませた。そして肘を包み込むようにして彼女をエスコートし、〈アルビオン〉にはいっていった。

「これはこれは、サクストンさま」支配人のアンリが、慣れた手つきでジアナの肩からショールをとり、アレックスから帽子とステッキを受けとった。「ミスター・エングルズから、お話はうかがっております。さあ、こちらへどうぞ、ムッシュー、マドモワゼル。ご要望どおり、個室を用意いたしました。今宵は、亀のスープが美味でございまして」

「〈ロンドン・タヴァーン〉にしようと思っていらしたのでは？」豪勢な個室へと案内する小粋なアンリのあとを歩きながら、ジアナは感情を押し殺して言った。

「そんなことは、どうでもいいんだよ、ジアナ。きみの願いとは裏腹に、アンリがぼくをうやうやしく出迎えてくれたから、がっかりしているのかな？　富と権力さえあれば、さまざまな特権に恵まれるのさ。たとえ無作法なアメリカ人だろうとね」

ジアナが椅子のなかで身をこわばらせていると、サクストンがボルドー産の赤ワイン、一八四四年物のシャトー・マルゴーを注文した。赤ワインがくると、サクストンは顔を輝かせているウエーターに向かって、流暢《りゅうちょう》なフランス語で、このフルボディの赤ワインの蘊蓄《うんちく》を述べた。

「われわれの再会に乾杯」と、アレックスが言った。

ジアナはなにも言わなかったし、グラスをあわせもしなかった。

アレックスは、彼女の好みを尋ねもせず、ふたりぶんの料理を注文した。そして座りなおし、考え深げに彼女を眺めた。ジアナは、ウエーターが戸口のところまで下がるのを待ってから、冷たい声をだした。「わたし、インド風サーモンも新ジャガも好みませんの」

ウエーターが困ったようにアレックスを見た。

「では、なにがお好みかな、ミス・ヴァン・クリーヴ？」アレックスがわずかに微笑んだ。

「マトンのホワイトソース、アスパラガス添えをいただきたいわ。それにサンクルー・プディングとシャンパンの冷えたものを。赤ワインは好みません。重すぎますから」

心配そうなウエーターにアレックスはうなずくと、深く座りなおし、胸の前で腕を組んだ。

「きみが赤ワインを飲んだことがあるのかどうか知らないが、まあ、いい。今朝は、ファルクスをずいぶんばかにしてくれたな。もちろん、周到に練られた計画だったと、彼は考えている。きみのことを、冷血な売女《ばいた》だとも言っていた。それについては、われわれに異論はないわけだ。真実にほかならないのだから」彼女の青い瞳が光るのが見えた。「きみが男だったら、その抜け目のなさを、彼も賞賛しただろう。とりあえず、ミスター・ファルクスは、きみの顧客のひとりではないようだね」

ジアナは、ディナーナイフに視線を落とした。ふと気づくと、それを武器のように握りしめていた。「ここで刺し殺すのは勘弁してくれ。きみだって、スキャンダルはいやだろう？」彼は思慮深くつけくわえた。「どうやってスキャンダルをもみ消そうとするのか、とくと拝見したい気もするがね。だいいち、お母上だって、ほんとうに具合が悪かったのかどうか、あやしいものだ」

「どういう意味かしら」

「とぼけるね。ファルクスはわめくばかりだったし、ぼくは、彼がなにを言っているのか把握しようともしなかったが、とにかく、そちらは事前に情報を入手していたんだろう？　エングルズも含めて、ほかの連中は、そこまで理解していない。さしずめ、ミスター・ファルクスの下で働いている事務員が情報を流したんだろう？」

ジアナはディナーナイフを彼に突きつけた。「情報源に関しては、なにもお教えするつもりはないわ、ミスター・サクストン。母に関していえば、今夜はとても元気そうで、わたしもほっとしました」ジアナはまだなにか言いたそうな顔をしていたが、そこへウエーターが戻ってきた。亀のスープをいれた蓋《ふた》つきの深皿をもっている。

ジアナはスープをしげしげと見た。ぞっとして、胃が縮む。アレックスがおいしそうにスープを口に運ぶのを見ながら、あからさまに嫌悪の表情を浮かべた。

「視線で人を殺せるのなら、ぼくはいまごろ、確実に死体になっているな」アレックスはそう言うと、最後のひと口をすくい、にやりと笑った。

「くだらない言い合いはやめましょう。ミスター・サクストン。あなたはわたしと母を脅迫しようとしている。見返りになにをお望み？　ヴァン・クリーヴ社の造船所と船をただで手にいれることかしら？」

アレックスは、ジアナを穴の開くほど見つめている。彼女の言葉を、胸のうちで反芻《はんすう》しているようだ。「優位に立ち、ぼくを否定しようとするのはよせ、ミス・ヴァン・クリーヴ」と、彼は口をひらいた。「きみと議論させてもらおうか。そうすれば、きみの得になるんだよ。きみへの怒りがやわらぐからね。この四年、ぼくはおのれを呪ってきた。ほかの買い手の目の前で素っ裸にして、きみのなかに指をいれ、処女かどうか調べなかったことをね。ほお、きみはいまだに頰を赤らめることができるのか。なかなか可愛らしいじゃないか」ふいに、アレックスは座ったまま身を乗りだし、思わしげに指先を軽くあわせた。「まったく、ぼくは本物のばかだった。きみが処女だと、自分で確かめられると思い込んでいたんだからな。十五歳のきみをだ、ジアナ」

「十七歳」

「ああ、そう、そうだった。いいか、この商談のためにきみのことも調べたんだよ。だが、わかったのは、かの有名なオーロラ・ヴァン・クリーヴの娘であり、十七歳までスイスの上流女学校に寄宿していたことだけだった。まったく、ぼくを出し抜いた娼婦の小娘と久しぶりに再会したとき、どれほど驚いたか、想像がつくだろう？　ちょっとした気晴らしをしに、ローマで休暇をすごすのは、きみの習慣なのかい？　まあ、金持ちのお嬢さんというものは、退屈しきって刺激を欲しがるんだろう。だが、そのいわば解決策たるや、じつに変わっていたじゃないか。それとも、ローマで変わった趣味の男と恋に落ちたとか？〈ザ・フラワー・オークション〉できみを物欲しげに見ていた、あの気味の悪い老人かい？　きみの存在しない処女膜に大金をはたくよう、ぼくに仕向けたあいつ？」

彼の言葉に、ジアナは目を閉じた。「もう侮辱は充分です、ミスター・サクストン。あなたがおっしゃったことで真実はひとつだけ。わたしはジュネーブにあるマダム・オーリーの女学校に寄宿していました」

「なるほど。で、夏のあいだはローマで娼婦ごっこに興じていなかったと？　あくまでも否定しようという魂胆か」

「信じてください、あれはとんでもないまちがいだったんです。わたしは、いまも昔も、あなたが考えているような女性ではありません。どうすれば、わたしが娼婦でないとわかってくださいますの？」

「方法はいくつかある」と、アレックスが言った。「だが、きみにできるのはひとつだけだ」

ジアナが、すがりつくように彼を見た。

「なんです？」

「ぼくが、きみの処女を頂戴する」

「先を続けて、ミスター・サクストン」ジアナはつとめて冷静に言った。「我慢できないのなら、怒りを吐きだし、鬱憤を晴らせばいい。それで、窒息死すればいいのよ」

「演技も侮辱もそこまでだ、ジアナ。まあ、正直なところ、じつに見事なお手並みだったよ。いまでも、うっかりするとだまされるところだ。だが、いいか。ぼくは思い出してしまったんだ」彼の声が、冷ややかな怒りでこわばった。「思い出すまでに、たしかに時間がかかったがね。それでもようやく、きみをマダム・リュシエンヌの娼館で見たことを思い出した。きみは、よくできた裸体像とシダの鉢植えの陰に隠れていた。あのときはブロンドのかつらをつけていたな。〈ザ・フラワー・オークション〉のだいぶ前のことさ。いいかい、初めて見たときから、ぼくはきみに惹かれたんだ。だが、もしかすると、きみは毎回〈ザ・フラワー・オークション〉に参加しているんじゃないか？　よそ者をカモに選び、金をむしりとる寸法だろう？　それにしても、ぼくがきみに惹かれていると、よく見抜いたものだ。それに、ぼくならきみの高価な処女を衆人の前で確かめることはしまいと読んだんだろう？　もうよしてくれ、仰天したような表情を浮かべるのも、おびえて身を震わせるのも。いいか、あれ以来、ぼくはきみとあの老人をさがしつづけてきた。だが、きみは、ぼくが泣き寝入りするタイプの男ではないと踏み、じっと身を隠しつづけてきたんだな？　抜け目のない小娘め。だから、きみを少しでも打ち負かすことができれば、これ以上の喜びはない。きみは、ぼくにずいぶん借りがあるんだぞ、ジアナ。耳を揃えて返してもらうつもりだから、覚悟しておけ」

「二千ドル」と、ジアナがつぶやいた。「お返しします。信じて、あなたが考えているような事情ではなかったの。なにもかも、まちがいだった」

アレックスは粗野な笑い声をあげた。「ちゃんと払ってもらうぞ、ミス・ヴァン・クリーヴ。とはいえ、ぼくは金には興味がない」

「そんなふうに話すのはやめて、ミスター・サクストン。あなたは残酷だわ。わたし、もう耐えられません。お金はお返しすると、約束しますから」

「言っただろう、ミス・ヴァン・クリーヴ。かならず返してもらうと。ぼくは、自分の金の価値ならよく知っている。そして、敵がルールをやぶったら、こちらも同様のことをする。だから、弱々しく抵抗するのはやめろ。ぼくに怒れ」

ジアナは、皿の上の料理をじっと見つめた。それから蒼白《そうはく》な顔を上げ、予期せぬことを言った。「あなたはわたしを殴った。わたしがあなたに抵抗したのは、とてもこわかったからよ。なのにあなたは、わたしを信用しようとしなかった」

アレックスはすぐには返事をせず、サーモンを味わっているようなふりをした。「そのとき、きみが可愛らしい胸をしていることに気づいたのさ、ジアナ」と、盛りあがっている胸元に視線をそそいだ。「きみの共犯者に殴られていなければ、抱いているのが処女でないことを、自分で確かめられただろう。だが実際のところは、きみが下着をつけていることしか確かめられなかった。何枚も着込んだ女性を愛撫するほど、面倒なものはない。それにしても、会えないあいだに、きみは格段に美しくなった。いまじゃ女性らしい身体になっているじゃないか。どれほど熟練した技術をもっていても、少女は好みじゃないからね」

ジアナがふいに立ちあがり、手提げ袋をつかんだ。「もう、自宅に戻ります。これ以上、あなたのお話はうかがえません」

「座りなさい。せめて夕食には口をつけるんだ。それに、エスコートなしでここから走って逃げようものなら、どうなるかわかっているね？　ぼくの望みがなんなのかも、知りたいはずだ。好奇心をくすぐられなければ、ここにこなかったはずだからね」

ジアナは椅子のなかにくずおれ、アレックスをにらみつけた。

「ぼくは、こう結論をだした」間髪を入れず、まるで仕事の話でもするように、アレックスが口をひらいた。「きみとお母上を脅迫するつもりなのかという質問についてだがね、それは時間の浪費だという結論に達した。小娘とビジネスごっこをするなんて、冗談じゃない。だが、けさのきみのふるまいに好奇心を刺激されてね。今回の取引に関しては、けっしてきみを脅迫しない――約束する。そんなことをしても面白くもなんともない。だが、明日の午後、キュー王立植物園を一緒に散歩してもらいたい。ただし、妙なドレスは二度と着るんじゃないぞ、ジアナ」

ジアナは、アレックスの望みを理解した。彼はただ、わたしをもてあそんで、悦に入りたいだけなのだ。

「ミスター・サクストン。たしかにわたしは四年前、ローマにいました。それはほんとうです。でも、それはわたしが望んだことではなかった。わたしはなにもしていません、誓います。ただ観察していただけ」

黒く濃い眉が上がった。「ほお、うら若きお嬢さまが娼館に腰を下ろし、セックスのお勉強をしていたと言うのかね？　お嬢さま教育にふさわしい仕上げというわけか」

「わたしは行きたくなかったんです、ほんとうに。こんなくだらないこと、もうやめて」

「ジアナ」アレックスは静かに言った。「きみ自身の身の潔白と、その信じられないつくり話がほんとうだと立証する方法は、ひとつしかないと言ったはずだ」

ジアナは勇気を振りしぼり、アレックスの目をまっすぐに見た。「わたしはヴァージンよ、ミスター・サクストン。あなたがどう思おうと」

「すばらしい」と、愉快そうに彼が言った。「久しく、処女を味わっていなくてね。最後に処女を抱いたのは、二年ほど前のパリの小娘だったかな。それでも、二千ドルは払わなかったよ」

「いい加減にして。わたしはなにもしていません。〈ザ・フラワー・オークション〉に参加するよう、強要されただけです。マダム・リュシエンヌの娼館にいたのもそう。二千ドルはお返しします。ロンドンでお好きなだけ処女を買えばいい」

「それじゃだめだ」アレックスはくつろいだ口調で言い、彼女の腕にそっと触れた。「もっと技術のある相手のほうがいいんだよ。処女では貧乏くじを引くことがあるからね。男の歓ばせ方を知らないし、自分のこととなればなおさらだ。ところが、きみなら、ぼくを申し分なく歓ばせてくれる」

ジアナがさっと腕を引いた。

「わかりました、ミスター・サクストン。そのにやけた顔を殴られないかぎり、真実がおわかりにならないようね。ヴァン・クリーヴ家が非常に裕福だということは、よくご存じでしょうね。それに、権力ももっている。ジョージアナ・ヴァン・クリーヴが娼婦だという噂がロンドンで流れるようなことがあれば、犯人はあなたしかいない。手短に言えば、ミスター・サクストン、地獄に堕ちるがいいわ。なにがあろうと、わたしの評判には傷がつきませんもの。富と権力はつねに生き残る。でも、あなたもご自分の経験から、それはよくご存じですわね。あなたの奥さまは事故らしきもので亡くなったそうだけれど、あなたはスキャンダルをもみ消すことができなかったのかしら?」

アレックスの顔が蒼白になった。彼はしばらくジアナをにらみつけた。自分を落ち着かせているのだろう。彼女は一瞬、勝利の高揚を覚えたが、やがて彼は笑みを浮かべた。残酷な笑みを。

「いや」彼がゆっくりと口をひらき、ジアナの顔をひたと見据えた。「妻のローラは、事故で死んだのではない」

「まあ、それじゃ、お気の毒な奥さまは、少なくともあなたを不快にさせる機会に恵まれたんですのね、ミスター・サクストン？　あなたが無情な男だとわかっていたのかしら？　それとも、妻を裏切っていたから、あなたを憎んでいたのかしら？　これまでいくつの娼館にいらしたの？　奥さまが生きているあいだに、何人の愛人を囲った？　ボートの事故を仕組むなんて、たいしてむずかしくはないんでしょうね」

「ああ」彼の目にさっと痛みが走った。「むずかしくはない。だが、それも昔の話だ。きみには関係ない」

アレックスは、怒りと痛みの記憶を振り払った。妻のことを思い出すと、いまだにたまらない。アレックスは、慎重に抑えた口調で言った。「スキャンダルを流されてもこわくないというきみの勇気は、賞賛に値する。事情がちがえば、ぼくがなにを言おうと、きみは痛くもかゆくもないだろう。だが、気をまわさなければならないことがあるんじゃないか？　ロンドンじゅうの噂になっているが、きみの美しいお母上はグラフトン公爵に求婚されているそうだね。さて、ここで問題だ。ああした貴族は、スキャンダルを好むだろうか？　ほら、とうとうわかったようだね。未来の妻と義理の娘が、貴族の世界に受けいれられないとわかったら、閣下はどう思うだろう」アレックスは、彼女の蒼白な顔に向かってにやりと笑った。

「さて、ぼくの要求はよくわかっているはずだ。決心するんだな、お嬢さん。きみに飽き飽きするまで、ぼくはきみを離さない。これでもまだ侮辱を続けるようなら、ロンドンの愛人として、永遠に囲うことにするからな」

妙なものね、と驚くほど冷静にジアナは考えた。悪魔って、急に要求してくるんだわ。その日の午後、身勝手な男性への怒りを並べたてたことを思い出し、ジアナはたじろいだ。なにがあろうと、この話はママには言えない。ことの真相を知れば、オーロラ・ヴァン・クリーヴは後先を考えず、地獄に堕ちろと彼に言うだろう。だが、それでも合併案があるのは、厳然たる事実だ。サクストンは、合併さえ危険にさらすような真似をするだろうか？

ジアナは、意外なほど冷静に口をひらいた。「あなたのそのちっぽけな復讐は、それほど重要なものなの？ それで合併話がつぶれても構わないの？」

「ぼくたちの取引は、合併とはなんの関係もない」と、アレックスが微笑んだまま言った。「実際、ヴァン・クリーヴ社のほうがこの合併を強く望んでいることは、ぼくと同様、きみにもよくわかっているはずだ。なにか事件が起こるとすれば、ミス・ヴァン・クリーヴ、それはきみの責任であって、ぼくの責任ではない」彼は肩をすくめた。「不平を言うんじゃない。ぼくのおかげで、きみは技術を向上できるんだから。請けあうよ、ぼくはね、自分さえよければいいという身勝手な男じゃない。それとも、レイモンド・ファルクスのような男が好みかい？ 太鼓腹を突きだした小男、暑さのなか大量の汗をかく男のほうがいいのかな？」

「あなたなんて、大嫌い」ジアナが疲弊した声で言い、硬くなった肉を見つめた。「もう夕食を終えましたわ、ミスター・サクストン。失礼します」

アレックスはテーブルにナプキンを投げ、おとなしく立ちあがった。

この男、自分が勝ったことがわかっているんだわ。ジアナは彼を呪った。

「合併交渉がうまくいきますよう、ミス・ヴァン・クリーヴ」馬車がベルグレイヴ・スクエアにとまると、アレックスが調子よく言った。「きみのビジネスの機転と、ぼくの機転との戦いだ。しかし、もうひとつのビジネスについていえば、期限は金曜日だ」アレックスは、ヴァン・クリーヴ家の幅広の階段にジアナをエスコートした。「明日の朝また、お嬢さん」

ジアナは彼のほうに顔を向けた。アレックスは、彼女の見ひらいたミッドナイトブルーの瞳をしばらく見つめた。そして彼女の顎を親指と人差し指でさっとはさみ、キスをした。そして、ふいに手を離した。むこうずねを思いきり蹴《け》られたのだ。

「ええ」ジアナが言い、口を手でぬぐった。「あなたは、これもわたしの借りにくわえるんでしょうね」

アレックスは蹴られたむこうずねを、もう片方のふくらはぎで撫でた。「そうする。覚悟しておけ」アレックスはそう言うと、ジアナに背を向け、口笛を吹きながら馬車へと戻っていった。

12

「紳士諸君」椅子から立ちあがり、アレックスが言った。「お先に失礼する。ミス・ヴァン・クリーヴと一緒に、キュー王立植物園に行く約束なので」

ドルーが驚いてジアナを見ると、彼女はアレックスの横で従順に立ちあがった。「万国博覧会に、わたしがご一緒させていただく予定だったはずですが、ミス・ヴァン・クリーヴ」

「また来週ね、ドルー」と、ジアナが言った。正直なところ、ドルーとそんな約束をしたことなど、すっかり忘れていた。「せっかくミスター・サクストンがイングランドをご訪問くださったのですから、少しご案内してさしあげないと」

「ぼくがアメリカに帰国したあと、諸君には彼女と一緒にすごす時間がいくらでもあるでしょう?」と、アレックス。

ドルーは、ミスター・サクストンがジアナをエスコートして部屋からでていくのを見ていた。ジアナの背に軽く手を当てている。どうしたことだ? このアメリカ人のぶしつけな魅力にまいってしまったんだろうか? けさはずっと、あの男を軽蔑する言葉を並べたて、うさを晴らしていたようだったのに。いまは、いそいそと一緒に歩いているじゃないか。

四十五分後、アレックスはジアナに手を貸し、遊覧船ビリー号に乗せた。これでテムズ川をのぼり、植物園に向かう。ありがたいことに、ロンドンの夏にはめずらしい快晴だ。アレックスはロンドン橋に目をやってから、ジアナのほうを向いた。

「きょうは、ばたばたと忙しい一日だったね、ジアナ。それにしても、けさは少しばかり押しが強すぎやしなかったかい？　そっちは喉から手がでるほど、うちの資本と船が欲しいはずだ。ポーツマスにあるおたくの造船所は、目も当てられないほど生産性が落ちている。ミッドランド鉄道のほうに大金を投資してしまったからね。おまけに、建設に欠かせない材木の調達にさえ難儀しているじゃないか。それもこれも、うちとの合併に合意すれば、一挙に解決できる」

「あなたは、同じ話ばかりなさっているわ、ミスター・サクストン」と、ジアナが言った。

「そうかな？　まあ、真実から目をそらしたところで、なんの益もないんだよ、ミス・ヴァン・クリーヴ。聞く耳さえもってくれれば、きみの不機嫌など、ぼくの魅力で解消してあげるのに。正直なところ、これほどまっとうなビジネスはしたことがないよ。頼むから、いったんそのかぎ爪を引っ込め、ぼくを侮辱するのをやめてくれないか」

「わたしは自分に正直なだけですわ、ミスター・サクストン。真実から目をそらしているのは、あなたのほうよ」そして、興味津々にアレックスの顔を見上げた。「わたし、娼婦のように見えて？」

「ありがたいことに、見えないよ。娼婦のように見えたら、きみを欲しがるものか」

少しへこませてやろうと言い返しただけなのに、かえって彼の欲望を刺激してしまったんだわ。ジアナはため息をついた。いまさら、また娼婦を演じるわけにもいかない。そんなことをすれば、彼をよけい面白がらせるだけだ。

「一緒に外出すれば、少しはぼくに借りを返せると思っているんだろう？　まあ、支払い期限は大幅にすぎているがね。こうなったら、気持ちを切り替えて、ふたりでどれほどの官能を堪能できるか、想像してごらん。きみはぼくの首の骨をへし折りたいと思っているだろうが、そんなこと、しばらく忘れさせてあげる」

アレックスはやさしくジアナの肩に触れたが、彼女は船べりへと身を引いた。

「こわがらなくていいんだよ、ジアナ。きみを傷つけはしない」彼はため息をついたが、その目は愉快そうにきらめいていた。「いまだに悔やまれるなあ。きみの腿《もも》の白さも、腿のあいだの美しさも、あのとき拝まなかったとは」

「やめて、下品な」

「おや、また処女の演技かい？　まあ、これから二日間、好きなだけ演技をするがいいさ」

ジアナがくるりと振り返った。麦わらのボンネットの下の顔は蒼白だった。彼女についてあれこれしゃべりたてている観光客のあいだを縫い、ジアナは船尾に歩いていき、テムズ川の濁った水が泡立つ様子を眺めた。

彼に腕をつかまれた。どうして、彼に触れられると、こんなに身体が熱くなるのかしら？　ジアナは、彼の注意をそらそうと、冷たく尋ねた。「なぜ、キュー王立植物園に関心を？」

「園芸が趣味でね。あそこの植物園には、世界各国の花が栽培されている」アレックスは彼女の顔を眺め、にっこりと笑った。「園芸の趣味は、それほど変わっているかな、ミス・ヴァン・クリーヴ？　ぼくは、とくに蘭《らん》が好きだ。蘭、つまりOrchid《オーキッド》という単語は、ギリシア語のorchis《オルシス》に由来するんだが、これはもともと〝睾丸《こうがん》〟を意味するんだよ。おや、その怒った顔から判断するに、知らなかったようだね。とにかく、きょうの午後ずっと、きみを抱いてすごすつもりじゃないとわかって、少しはほっとしただろう？ これからしばらく、きみにはぼくの腕のなかで可愛らしい花飾りになってもらう。ずっと一緒にいれば、さすがのきみも卑怯《ひきょう》な悪事を練るわけにはいかないからな。さて、キュー王立植物園にはくわしいんだろう？　案内してもらおうか」

ジアナにとって、この有名な庭は馴染みの場所だった。とくに、優雅な白鳥が川面を縦横に動く美しい池がお気に入りだった。

「案内するほうが、まだましだわ、ミスター・サクストン。あなたのわめき声を聞かされるよりは」

アレックスが、愉快そうに笑った。「意気消沈しているわけじゃなさそうで、よかったよ、ジアナ。まったく、きみと一緒にいるのは面白い」

この人、怒るってことを知らないのかしら？

アレックスが言った。「きみのベッドでの技術も、その機知と同じぐらい格別なんだろうなあ」

ジアナの脳裏に、彼がベッドでマルゴと一緒にいる場面がなまなましくよみがえった。マルゴはすすり泣くようにうめきながら、身をよじり、声をあげていた。彼は、筋肉で引き締まった腹と腰を、マルゴにあてがっていた。マルゴは彼の身体をむさぼっていた――あれは、演技じゃなかったわ。

「どうした、お嬢さん？　夢でも見ているような顔をして。その夢のなかにぼくもでているといいんだが」

「ミスター・サクストン、あなたにいてほしい唯一の場所は、地獄よ」

だが彼女の頰は火照っており、嘘をついていることを露呈していた。「男女の仲になったら、アレックスと呼んでくれないか？　歓喜に身をよじりながらぼくの名前を呼んでくれれば、〝ミスター・サクストン〟じゃだめだってわかるさ」

「じきにわかるわ、ミスター・サクストン。あなたにどんな名前がふさわしいと、わたしが考えているかが」

庭園の中央を走る広い小道を歩いていくと、アレックスは彼女の手をしっかりと腕にはさんだ。彼が驚くほど博識なので、ジアナは驚いた。まるでフランスのワインの名前を並べたてるように、植物の学術名をすらすらと口にする。そして、蘭が栽培されているガラスの温室に着くと、彼女を手なずけようとする試みを放棄し、繊細な花を大切に育てている庭師とあれこれしゃべりはじめた。そして、つぼみを見るたびにうやうやしく身をかがめ、その美しさをだれにともなく褒めちぎり、気づいたときには二時間近くたっていた。おかげで、ロンドンに戻る最終便にあやうく乗りおくれるところだった。

「ずいぶん楽しまれたようね」なんとか船に乗り込むと、ジアナがようやく言った。

「心から楽しんだよ。ああ、明日の打ち合わせをレイモンドとハメットにまかせてしまいたいほどだ。園丁のエドワード・ブレイクソンと話したんだがね、もっと栽培技術を教えてくれるそうなんだ。そうなれば、ぼくがコネティカットで育てている蘭だって、ぐんと生長がよくなる。蘭はじつに繊細な植物だ。女の比じゃない。当然、世話の方法も異なる」アレックスは間を置き、無表情なジアナの顔に目をやった。「女の世話のしかたは心得ているが、蘭の世話のほうも熟知したいものだ」

「あなたの当てこすり、ちっとも面白くないわ、ミスター・サクストン」

「それでは、もっと無礼な話し方をしていいのかな？　たしかに、きみをこの腕に抱きしめ、そのやわらかい唇にキスをしたいと考えているわけさ、ミス・ヴァン・クリーヴ。期待で胸がはち切れそうだよ」

「ひと言も話さないでいただけると助かるわ」と、ジアナは、彼の手から自分の指を引きはがした。「あなたはわたしを欲しがってなどいない。あなたはただ、ささやかな復讐を遂げたいだけ」

「とんでもない誤解だ。ぜひとも、それが誤解だと証明させてもらおう」

「なにも証明してほしくないわ、ミスター・サクストン。もうわたしには構わず、ご帰国なさって」

アレックスが彼女のてのひらに指先を這わせた。「妙だな」と、ものおもわしげにジアナの瞳をのぞき込む。「触れると、震えているように思える」

ジアナは手をさっと引っ込めた。「お願い」と、つぶやく。

「なにをお願いする？　当ててみようか？」

「地獄に堕ちて」

「今度キスするときには、その乱暴な態度はやめてもらおう。むこうずねがまだ痛いよ。次回は、どこも蹴飛ばさないでもらえると助かる」

ジアナは彼をにらみつけたものの、痛快なユーモアに言い返す言葉が思いつかず、なにも言わなかった。とてもくつろいだ様子で、彼が自分のすぐ横に立っていることを意識せずにはいられない。そうよ、とジアナは考えた。万が一、この男に処女を与えることになったところで、だれにも知られなければそれでいい。そもそも、そんなこと、だれも気にしないわ。わたしだってもう二十一。愚かな女子学生じゃないんだもの。そんなふうに考えている自分に気づき、ジアナは啞然とした。どうかしている。

「もう、からかうのはやめて」と、ジアナは声をあげた。「それに、あなたはおそろしく図体が大きいから、向こう側が見えないわ」

アレックスは彼女の背後にまわると、彼女の背中をやさしく胸に抱き寄せた。「そういう意味じゃありません」乗客の興味深げな視線を浴び、ジアナは真っ赤になって振り向いた。

「では、きみの好みを聞かせてもらおうか、ジアナ」と、アレックスがやさしく彼女の身体を離した。「男の快楽は、女の快楽と密接に関係しているからね。ああ、言うのを忘れていたよ。きみとぼくは、金曜日、列車でフォークストーンに向かう。岸辺の美しい家を押さえてあるんだ。お母上には、好きなように話をとりつくろってくれ」

帰宅すると、驚いたことに母親が一階でジアナの帰りを待っていた。美しいドレスを身にまとっている。「ダミアンが」と、オーロラがにっこり微笑んだ。「夕食をご一緒してくださるそうなの。昨晩はあなたが留守で、残念がっていらしたわ。今晩は、うちで夕食よ」

「素敵」心ここにあらずといった調子で、ジアナが答えた。

ジアナは手袋を引きはがし、万国博覧会にいたトラのように行ったり来たりしはじめた。

「ミスター・サクストンとの外出は楽しかったようね。どちらにおでかけを?」

「楽しくなんかなかったわ。キュー王立植物園に行ったの」

「それなら、どうしてまた彼と会う約束をしたの？　それに、どうしてまた植物園になんかに？　ロンドンにいらした観光客なら、もっと楽しめるところがあるでしょうに。とくに殿方は」

「花がお好きなんだそうよ」ジアナが淡々と答えた。「閣下はいつお見えになるの?」

「じきに。それにね、たまたま、トマスがきょうの午後寄ってくれて、あなたをすごく褒めていたわ。これほど積極的な姿勢で仕事に臨むあなたを初めて見たそうよ」

「合併は一大事ですもの」と、ジアナ。「それに、あの男にはびた一文やるもんですか」

「あら、今回の合併は、とてもいい取引なのよ」と、オーロラが言った。

「お母さま、わたし、しばらくロンドンを離れようと思うの。学生時代の友人がフォークストーンに招待してくれたのよ」

「わかったわ」そう返事をしたものの、オーロラはなにもわかっていなかった。「出発はいつ？」

「金曜の午後」

「帰宅は？」

「よくわからない」

「お友だちの名前は？　連絡をとりたいときには、どうすればいいの？」

「ブレイクソン」思わず、植物園の園丁の名前が口をついた。「エドワード・ブレイクソンご夫妻。フォークストーンの駅に迎えがくるはずだから、ご自宅の住所は知らないわ」

「アビゲイルに一緒に行ってもらう？」

「だめ。ううん、必要ないってこと。友人のスーザン・ブレイクソンが、メイドを使わせてくれるはずだから」

「グラフトン公爵がお見えです、奥さま」と、ランソンが戸口から告げた。

「ランソンたら、ダミアンがお見えになると、もったいぶった態度をとるのよ」と、オーロラが小声で言った。そして立ちあがり、スカートの裾を広げた。「ご案内して」

ダミアンの瞳は、母親に吸い寄せられ、一瞬も離れなかった。オーロラの手を唇に掲げると、ダミアンの中指にはめられたルビーの任印指輪《シグネットリング》が鮮やかに輝いた。

「ほんとうに結婚式の夜まで待たなければだめなのかい？」と、ダミアンがオーロラの耳元でささやいた。

「ええ」と、オーロラ。

「じゃじゃ馬め」と、ダミアンがつぶやいた。そして、セーブル焼きの小立像を所在なげに

いじっているジアナのほうを向いた。「美しいお母上に気をとられて申しわけない、お嬢さ

ん。しかし、わたしを責めないでいただきたい」

「こんばんは、サー」ジアナは言い、母親のうっとりした視線に気づいた。「もちろん、閣

下を責めたりいたしませんわ」

「見解が一致しましたな。ところで、ジアナ、お忙しかったようだね」

「かわり映えのしない毎日ですわ、サー」真実を無視し、ジアナは言った。「閣下はもっと

刺激の多い毎日を送っておいでてでしょうが」

ダミアンが悲しそうな顔をした。「きょうも、愚息に言おうとしたんだがね、ジアナ。き

みは、うちの息子よりはるかに聡明だ。息子のようなでくの坊には見向きもしないだろうが、

きみなら、あのばか息子のすばらしい奥さんになってくれるだろうに」

ジアナは驚き、そして我慢できずに笑った。「ご冗談を、閣下。エドワードは、レディ・

アラベラ・ロートンに夢中でいらっしゃるはずですわ」

「ああ、そうらしい。しかし、とにもかくにも、きみが笑ってくれてよかった。あれこれ深

刻に考えてすごすには、人生は短すぎる。笑っていれば、人生、どうにかなるものさ」

「たしかに、笑っていれば、敵を威圧できますわ。それが閣下のアドバイスであり、哲学でもありますの？」

「これだけは信じてくれ、ジアナ。お母上と出会えたんだから、わたしは幸福な笑みを浮かべて天に旅立つだろう。さて、もう腹ぺこだ。そろそろ、夕食の時間かな？」

「すぐにご用意いたしますわ。今宵の閣下は、両手に花ですわね」

「身にあまる光栄」

13

ユーストン駅は暑く、右往左往する旅行客、急ぐポーター、叫ぶ行商人が構内にひしめいていた。「どこも同じようなものだな」と、アレックスがジアナに言った。「わたしたちが乗る列車は、あれじゃないかしら」と、ジアナが立ったまま手で指し示した。アレックスに肘をつかまれると、ふいに目が覚めたようにぱちぱちとまばたきをし、てこでも動かないというように足を踏ん張った。

「それは、お世辞と受けとめていいのかい、ジアナ？　ぼくの魅力に圧倒されて、このまま失神してぼくに抱かれたいとか？」ジアナは怒りのあまり、大きく息を吐いた。「しばしお待ちを、お嬢さん。ちゃんと乗せてあげるから。ああ、ポーターがきた」

「奥さまはお具合がよろしくないのですか、サー」と、ポーターが尋ねた。

「奥さま？　ああ、暑さに少しやられたんだろう」アレックスが彼女を見つめ、にっこりと微笑んだ。「さっきより、だいぶ気分がよくなったらしい」

アレックスは彼女を支え、個室にはいると、ポーターが座席の上にある棚に荷物を置く余裕をつくった。そして、くつろいだ様子でジアナの隣りに腰を下ろした。

彼は愛嬌《あいきょう》のある笑みを浮かべた。「おいで、ジアナ。それほど悪い取引じゃないと思うよ。これから始まるささやかな冒険を、そう、いやがらないでもらいたい」

ささやかな冒険ですって？　この旅をそんなふうに思ってるの？

突然、汽笛が鋭く鳴り、黒煙をもうもうと渦巻かせ、汽車がゆっくりと動きだした。

「いや」ジアナはドアのハンドルをぐいと引っ張り、断言した。「あなたとは行きません」

アレックスが腕を押さえ、もがいているジアナを引き寄せた。「シーッ」驚くほどやさしい声でささやく。「ちょっと緊張しているだけさ。じきにおさまる」

「あなたなんか、大嫌い」ジアナは、彼の肩に顔を埋めたまま言った。

「今夜、ぼくの腕に抱かれたとき、いまの台詞《せりふ》を思い出すんだな。それを思い出させるのも、また一興というものだ」ジアナの紅潮した顔をしばらく眺めると、彼は濃く黒い眉尻を上げた。「きみはぼくを欲しがっている。自分でもわかっているくせに。きみに触れると、ぼくに反応するのがわかるんだ。かすかに震えているじゃないか。それに、ボンネットが曲がってるぞ」

ジアナは彼から身を離し、深紫色でふちどりされた麦わらのボンネットをなおした。なんだか力がはいらない。こめかみもずきずきする。ジアナは思わず目を閉じた。

身をこわばらせてジアナが腰を下ろすと、アレックスは真正面からその顔をじっと見つめた。頬を紅潮させ、手を強く握りしめている。やれやれ、いつまで激怒している処女のふりをするつもりだ？　まったく、わけがわからない。

「きみがお母上と互角の能力を発揮するようになるまで、あと何年かかるだろう」しばらくしてから、アレックスが口をひらいた。「今回の交渉では、ぼくは譲歩しているんだよ。たしかに、きみのお母上は聡明な女性だ。だが、ヴァン・クリーヴの利益しか考えていない」

「月曜日に、またお目にかかりたいそうよ」

「それまで三日しか一緒に夜をすごせないんだね、お嬢さん。ぼくは真っ昼間に太陽の光を浴びて愛しあうのが好きなんだが、ロンドンではお行儀が悪いことになってるんだろうね？」

「ええ」ジアナはそっけなく言うと、彼にまた横顔を見せた。

「たしかに」と、アレックスは大声で言った。「オーロラ・ヴァン・クリーヴは、驚くべき女性だよ。レイモンドとハメットが彼女との交渉に用心していた理由がよくわかった。だが、きみにはお母上の魅力が欠けているぞ、ジアナ。ぼくのひとりよがりかな。ほかの男には甘美な魅力を見せるのかい？」

「いいえ」

「お母上は魅力的な笑い声をあげられる。だが、まだ、きみが笑い声をあげるのを聞いたことがない、ジアナ」

「あなたの前では絶対に笑いません」

「やれやれ、フォークストーンまでずっと独り言を言いたくないのなら、昼寝でもして、体力をたくわえておくほうがよさそうだ。もっと意思疎通をはかる気になったら、起こしてくれ」そう言うと、アレックスは胸の前で腕を組み、長い脚を伸ばし、目を閉じた。そして数分もすると、寝息をたてはじめた。

カンタベリー駅、とポーターに告げられたころには、さすがのジアナも体調が悪いことを認めざるをえなかった。頬にてのひらを当てると、触れていられないほど熱い。喉はいがらっぽく、頭はずきずきする。声をあげて笑いたかったが、涙で目が痛んだ。ジアナの心に荒々しい考えが去来した。アレクサンダー・サクストンはすやすやと眠っている。旅行かばんを思いきり頭にぶつけてやろうか。シルクのストッキングで首を絞め、走る列車から死体を放り投げてやろうか。そうすれば、少なくとも、この憎たらしい寝息はとまる。

わたしはいま、熱がある。この男だって、さすがに熱のある女を抱きたくはないだろう。ジアナは彼の肩に手を伸ばしたが、すぐに引っ込めた。熱があると言ったら、愉快そうな顔をするだけで信じてくれないかもしれない。ただ笑うだけで、今度はどんな罠《わな》を仕掛けているんだと言うにきまっている。ジアナは頭をはっきりさせようとしたが、朦朧《もうろう》としていた。目を閉じ、気づいたときには列車がスピードを落としていた。フォークストーンに到着したのだ。

ポーターが客室のドアをノックし、あけた。

「フォークストーン駅に到着しました」そして、前かがみになっている紳士に目をやった。

アレックスは、ポーターに笑いかけた。「すばらしい。とうとう着いたね、いとしいひと」

アレックスが手を伸ばし、親密そうにジアナの手袋をはめた手を叩いた。

ポーターが、横目で愛想笑いを返した。

「すまなかった、ジアナ。旅のあいだじゅう眠ってしまった。さぞ退屈しただろう。残りの三日間は、きみに全神経を集中すると約束する」アレックスはあくびをし、伸びをした。

「昨夜は、レイモンドと一緒に、ロンドンの興味深い一角を訪ねたものでね」

「なにか不潔な病気をうつされればよかったのに」

「ジアナ、じきにわかるよ、ぼくが清潔このうえないことが。ぼくは不潔とはほど遠い男だ」彼は、あざけるように笑った。「きみこそ、不潔な病気に感染してるんじゃないか」

ジアナは、幌付き馬車にアレックスに乗せてもらうと、あたたかい毛布を腰のあたりまで引っ張りあげた。馬車の窓から外を眺め、静かな通りに響く馬の蹄の音に耳を澄ます。これまでは、フォークストーンが大好きだった。これまでは。ジアナはくたびれたクッションにぐったりと背をあずけ、頭のなかでずきずきと鳴る音に聞きいり、アレクサンダー・サクストンのことは無視した。

馬車は、低い木の塀に囲まれた白い漆喰《しっくい》の壁のコテージの前でとまった。霧雨が降っている。ジアナは顔に手を上げ、雨をよけながら、アレックスに手を借りて馬車を降りた。突然、喉が渇いていることに気づいた。もう、からからだ。

コテージのこぢんまりとした居間に案内してもらうと、ジアナはそう伝えた。

「ぼくも喉がからからだ」と、アレックス。「最初に、用事をすませてしまおう。座っていなさい、ジアナ。暖炉に火をいれるから」

ほかになにも考えられず、彼女は木綿更紗《さらさ》のソファーにぐったりと座り込んだ。窓に掛けられた綿布のカーテンから陽射しが射し込んでいる。分厚いウールのラグが床のあちこちに敷かれ、重厚なマホガニーの椅子やサイドテーブルの脚をきちんと支えている。居心地のいい部屋で、彼女は動きたくなかった。寝室のことなど、考えたくもない。

「おなかがすいたわ」

用事をすませたアレックスが振り返り、陽気に言った。「おなかいっぱい食べさせてあげるよ、お嬢さん。だが、それはまだ先だ。シャンパンを飲んで、暖炉の前でたらふく食べよう。じつにロマンティックだろう？　非常に遅い夕食になるがね」

突然、ジアナの食欲が失せた。彼女は立ちあがるとよろめき、額に手を当てた。「夕食はいりません」

「つまり」とアレックス。「ぼくが欲しくてたまらなくて、夕食など後回しでいいわけか」

「そういう意味じゃないわ」発音は不明瞭で低く、ジアナらしくなかった。暖炉では炎が明るく燃えていたが、彼女はがたがたと震えていた。ジアナは身体をあたためようと、暖炉のほうに歩いていった。

「上着とボンネットをとりなさい、ジアナ」

彼女はそうした。指の動きがおぼつかないし、ぎこちない。アレックスが手伝い、上着とボンネットをソファーに放り投げた。

肩に彼の両手が置かれると、ジアナは飛びあがった。彼のほうに向かされ、抱きしめられ、腕を愛撫されると、身体がいっそう熱くなった。彼のせいなのか、病のせいなのか、わからない。ジアナ、いい娘《こ》だから、処女だってもういちど言いなさい。熱があるって言いなさい。そう自分に言い聞かせたが口をついてでたのは、喉の奥から湧きあがったあえぎ声だけだった。だめ。彼になにも言ってはいけないわ。

アレックスは、彼女の燃えさかる瞳を見下ろした。頬は紅潮し、唇がわずかにひらいている。すると、ジアナが両手で胸を強く押してきた。「リラックスして、ジアナ」彼はやさしく言い、ゆっくりと唇を下ろしていき、キスをした。熱を帯びた甘い味。彼女のなかでほとばしる情熱が、唇から伝わってくる。また震えているじゃないか。唇に舌を滑り込ませると、彼女がびくりと反応するのがわかった。まるで驚いているようだ。アレックスは彼女の背中で腕をしっかりと組み、強く抱きしめ、口のなかで彼女の舌をまさぐった。彼女の下半身が熱くなっている。彼は唇を離し、彼女の目に、頬に、喉にキスをした。

「アレックス」もがきながら、ジアナが言った。「喉が渇いているの。お願い」

アレックスも震えていた。どうしようもなく、彼女が欲しい。彼は、自分でも驚いていた。童貞の少年のように、どうにかなりそうなほど、彼女が欲しい。

「ああ」アレックスはそうゆっくり言うと、自分を抑えた。「ぼくもだ。シャンパンはどうだい？」

ジアナがうなずいた。シャンパンを飲めば、少しは頭がはっきりするだろう。

アレックスは旅行かばんからシャンパンのボトルをとりだし、音をたててコルクの栓を抜き、絨毯《じゅうたん》にぬるいシャンパンを撒《ま》き散らした。「先見の明があってよかった。ちゃんとグラスをもってきたよ」彼はにっこりと笑った。どうして、そんなに不安そうにぼくを見つめている？　まるで、ぼくがけだものかなにかのようじゃないか。「さあ」アレックスはしわがれ声で言い、グラスを渡した。

シャンパンが喉を伝わり落ちていくと、口のなかの火照りがおさまった。ジアナはおかわりを頼み、すぐに三杯めを頼んだ。だんだん頭がぼんやりしてきたが、不快感は軽くなり、こめかみの痛みもやわらいだ。

「経験豊富な男性はいつも、相手の女性に処女かどうか尋ねるの？」

アレックスは、好奇心をくすぐられたように、しばらくジアナを見た。「たいていは、そうだろうね。最初のお相手は、きみが処女だと知らなかったのかい？」

「とても行動的で、乗馬を楽しんだりする活発な女性だったら、じつは処女だと男性に気づかれないこともある？」

「可能性はあるだろうね。だが、それでも女性は多少の痛みを感じるはずだ」アレックスが彼女のほうに首をかしげた。「妙だな。なぜそんなことを訊く？」

ジアナが肩をすくめた。「ただ、なんとなく、訊きたかっただけ」ジアナは、またもやおかわりを求め、グラスを差しだした。

「もうだめだ、ジアナ。酔っ払った女性をベッドに連れていきたくない」

「あなたのベッドにご一緒するつもりはないわ、ミスター・サクストン」

「では、暖炉の前はどうだい？」アレックスが彼女のグラスをもち、それを小さなテーブルに置いた。その動作は慎重でゆったりしている。彼女のほうから望んでくるまで、無理強いをしたくなかった。

アレックスはやさしく彼女の顔を愛撫し、指で顎をもちあげた。唇をそっとあわせると、彼女はみずから唇をひらいた。彼は舌で愛撫を始め、彼女の尻を両手でおおい、思わせぶりに下のほうへと手を這《は》わせた。ジアナが身をこわばらせるのがわかる。その瞬間、彼の全身に歓喜が貫いた。彼に抱いてもらいやすいようにと、ジアナがつま先だって背伸びをしたのだ。

「女性が着ている服ときたら」と、アレックスは彼女の耳元でささやいた。

彼は、ジアナの胸元の小さなボタンをひとつずつはずしていった。そして唇をあわせ、今度はもっと深く舌を差しいれた。ドレスを肩から下ろす。むきだしになった肌に触れると、ジアナがしがみついてきた。

「まだ着ているのか、ジアナ」アレックスはささやくと、シュミーズのリボンをほどいた。

ジアナは身を引き、おびえたように胸を隠そうとした。そして、混乱した目を大きく見ひらき、彼を見上げた。

アレックスはそんなジアナの表情に気づかなかった。彼はジアナの胸元からやさしく手をはずし、あらわになった胸を見つめた。そっと乳房を包み込むと、彼の手が震えた。あまりにも白く、シルクのようになめらかな肌。乳首は淡いピンク色のベルベットのようだ。胸を愛撫していると、ふいに怒りが込みあげてきた。ほかの男どもも、彼女に触れたのだ。いまのおれのように、歓ばせたのだ。アレックスは身をかがめ、ジアナの乳首を口でおおった。

ジアナは息を呑んだ。驚愕《きょうがく》と歓喜で、胸の鼓動が速まる。そして思わず、のけぞった。アレックスは、ジアナが身体を震わせているのを感じた。喉からは低いうめき声が漏れている。信じられない。彼女のなかにこんな情熱がひそんでいたとは。これほどあからさまに身を差しだしてくるとは。だが、当然じゃないか。快楽を味わえるからこそ、男どもに身体を与えてきたのだろう。

「くそっ」彼は言った。アレックスは乱暴にジアナのドレスをはぎ、何枚ものペチコートもはぎとった。彼女はされるがままに立っていた。アレックスはストッキングをくるくると下ろし、靴も脱がせた。

「わたし、どうしちゃったのかしら」と、ジアナはつぶやいた。頭が重く、ぼんやりしている。ふいに、また身を震わせた。身体をおおっているのはシュミーズ一枚だけとなっていた。

アレックスは低くうめき声をあげ、シュミーズの肩ひもをつかみ、引きちぎった。

ジアナは一糸まとわぬ姿となった。アレックスはこちらを舐《な》めるように見つめている。彼の言うことに意識を集中させようとしたが、アレックスはなにも言わず、彼女の顔や喉に、軽く嚙むようなキスを浴びせた。

「思いちがいなんかじゃなかった」と、彼はささやいた。「こんなに脈が速いじゃないか、いとしいひと」そして彼女の喉の脈から、ゆっくりと下腹部へと指を這わせていった。指がつぼみをさぐり当てると、ジアナはたまらず、彼に身をあずけた。

しっとりと濡れたやわらかいふくらみを、アレックスは指に感じた。彼は、唇にキスをしながら微笑んだ。彼女のなかに指をそっといれると、身体の熱が伝わってきた。筋肉が痙攣《けいれん》し、引き締まるのを感じた。もはや、アレックスにはなにも考えられなかった。彼は身を引き離し、自分でも想像しなかったほどの速さで服を脱いだ。

ジアナはまた寒気におそわれ、ゆっくりと膝をつき、両腕で胸をおおった。彼の笑い声が聞こえたかと思うと、あたたかい身体がおおいかぶさってきた。そしてジアナは、そっと仰向けにされた。

「髪をほどいて、ジアナ」彼の声が聞こえたものの、彼女は腕をだらりと下げていた。力がはいらない。ジアナはぼんやりとアレックスの顔を見上げた。彼は全裸だった。なんて美しい裸体だろう。全身でジアナをおおい、彼女をあたためている。ジアナは身をのけぞらせ、なにも言わずに懇願した。恥ずかしくて口にだせない。アレックスは微笑みながら、ふたたびジアナに指を這わせた。

これが情欲なんだわ。全身がぴんと張りつめているのに、彼を受けいれたくて、あそこはやわらかくなっている。アレックスが彼女から指を離した。触れてほしくて、ジアナはあえいだ。

「ちょっと待って、ジアナ」アレックスは彼女の髪からピンを抜き、ウエストまで垂れた乱れ髪を指ですいた。

「きみはおいしい味がする」ジアナの唇にものうげに舌で触れたまま、アレックスがささやいた。

彼の身体はやけどしそうに熱く、ジアナはアレックスにしがみついた。そして、のしかかってきた彼を歓迎した。

「四年間、ずっときみが欲しかった」

もう我慢できない。アレックスは、ジアナから身を離し、立ちあがった。ジアナは、彼のあたたかい身体を求めて声をあげた。彼を抱き寄せようと上半身を起こしたが、そっと押し戻された。

「ちょっと待つんだ」そう言いながら、アレックスはジアナの下腹部に目をやった。そして、彼女の陰部をやさしくまさぐる自分の指に視線を向けた。「ああ、だが、もう待てない」アレックスは彼女の腿を押し広げた。欲しくてたまらない。アレックスはあえぎながら、彼女のなかに一気に突いた。

彼がなかにはいってくると、ジアナは焼けつくような痛みを感じた。まるで、引き裂かれているよう。ジアナは激しく頭を振った。髪が顔や目に乱れ飛ぶ。ジアナは彼にしがみつき、唇からかぼそい悲鳴をあげた。

はるか彼方から、アレックスの悪態が聞こえた。その声は当惑し、怒りに震えている。

「くそっ」

ジアナは、こめかみに垂れた髪に涙が伝わるのを感じた。彼に突き刺され、身動きできない。「わたし、処女なの」と、ささやいた。

「嘘だろ」ふいに、ジアナの上で彼が身をこわばらせた。硬い肉の棒が、彼女の奥深くで脈打っている。と、アレックスが全身を震わせ、彼女のなかに射精し、彼女を満たした。

アレックスは息を切らし、おのれを呪った。この盛りのついたけだものめ。彼女から身を離し、立ちあがった。自分とジアナへの怒りを抑えることができず、思いつくかぎりの悪態をついた。やがて、すすり泣きが聞こえたので、ジアナのほうを向いた。その顔は涙に濡れ、腿にはいく筋も血が流れている。ジアナはぶるぶると身を震わせ、両腕で乳房を隠した。そして目をあけると、彼の目には怒りが燃えさかっていた。

「気分が悪い」彼女はつぶやいた。

「気分が悪い？　気分が悪いとはどういう意味だ？　くそっ、たしかにきみは処女だったが、それは病気じゃない」

彼女の額にそっとてのひらを当てた。熱がある。「なんてことだ」彼はそれだけ言うと、ジアナを両腕に抱きあげた。「ぼくは人食い鬼じゃないよ、おばかさん」彼女を抱いたまま、短い廊下を歩き、寝室に連れていった。「具合が悪いのなら、そう言ってくれればよかったのに。お母上のインフルエンザがうつったかな？」

「母はインフルエンザにかかっていないの」

道化を演じさせられたのか。アレックスは怒りを覚えた。「もちろん、わかっていたさ」

と、つぶやいた。「だからといって、具合が悪いと言わなかった理由にはならない」

「わたしの言うことなど、あなたは信じてくれないもの」

理由はそれだろう。「頭が痛い？」ジアナに毛布を掛けながら尋ねた。

「ええ。シャンパンで少しおさまったけれど」

「きみ、ほんとうに処女だったんだな。ああ、処女と寝てしまったとは。どうして言わなかった？」そう言ったとたんに、アレックスは自分の台詞を後悔した。

「ああ、もどしそう」ジアナがふらふらと上半身を起こした。

アレックスが、タイミングよくおまるを差しだした。

しばらくすると、アレックスはジアナに水を与え、彼女が口をゆすぐあいだ、頭を支えていた。それから、ジアナはごくごくと水を飲んだ。

彼は、ふたたびジアナを寝かせ、毛布を掛けると、額に手を置いた。髪に指を這わせ、大きく息を吐きだした。「医者に診てもらわないと」アレックスはベッドから立ちあがり、彼女をじっと見つめた。「おばかさん」と、頭を振る。まったく、おれときたら悪態をつくしか能がないのか。なんというへまをしたものだ。

「医者を呼んでこよう。おまるは横に置いておくよ。留守中、必要になったら使いなさい。いい娘《こ》だから、ジアナ、毛布にくるまって、あたたかくしておくんだよ」

ジアナは、彼が居間で歩きまわる音を聞いていたが、やがて、玄関の扉がばたんと閉じる音が聞こえた。彼女は身を起こし、薄暗い部屋を見まわした。寒くはない。ありがたいことに、もう頭痛は消えていたが、腿のあいだがずきずきと痛んだ。その痛みで、ジアナは理性を取り戻した。医者になんか診てもらっちゃだめよ、ジアナ。ここから逃げださなくちゃ。まだロンドンに戻る列車があるはず。

重いブランケットにてこずりながら、なんとかしてベッドからでようとした。必死でもがいて、毛布の横に身体をだし、床に滑り落ちた。居間に向かってよろよろと歩く。床にはペチコート、ストッキング、靴、下着が散乱している。こわばった指は、まるで他人のもののようで、まともに動かない。それでもジアナは無理やり、ドレスのボタンをとめた。

いっぽう、アレックスは深々と安堵《あんど》の吐息を漏らしていた。コテージから四軒先に、医師の家があったのだ。夜の八時。ドクター・プレストンはやれやれというように、玄関先に立っている乱れた服装の紳士に目をやった。

「妻の具合が悪い」と、アレックスが言った。自分のアメリカのアクセントが、これほど耳につくとは。「急いでください。いまはベッドに寝かせているが、インフルエンザかもしれない。熱があり、寒気がして、頭痛がする」

ドクター・プレストンは、パイプを恋しく思った。いままさに、ジャマイカ産のタバコを詰めようとしていたところだったのだ。「よろしい。すぐにうかがいましょう。お名前は、サー？」

「サクストン。アレクサンダー・サクストン。貸しコテージに滞在中だ。裏口が海辺に面している白い家に」

「あそこか」と、プレストン。「あなたはアメリカ人ですな」アレックスがぎこちなくうなずいたので、少し気が楽になった。「心配無用です。奥さまはお元気になられる」

数分後、アレックスは薄暗い寝室にそっとはいっていた。そして長いあいだ、乱れたベッドをじっと見つめていた。まさか、ジアナが姿を消したとは。信じたくない。

「ジアナ、どこだ？」

急いで居間にはいっていくと、ひと目で、ジアナのドレスや外套がなくなっていることがわかった。ハンドバッグや靴は、肌着と一緒に床に落ちたままだ。玄関ドアから飛びだそうとしたその瞬間、背後から一陣の風を感じた。踵《きびす》を返し、狭いキッチンに全速力で走った。裏口の扉が少しひらいており、庭に続く低い階段が見えた。

「ジアナ」

庭木戸が風に揺れ、錆《さ》びた蝶番《ちょうつがい》がきしんだ音をたてている。木戸を押しあけると、そこには浜辺が広がっていた。ぼんやりとした上弦の月が海面や白波をやさしく照らしている。

「ジアナ」

月光のなかに青いしぶきがあがるのが見えた。ジアナは濡れた砂に脇を下にして横になり、脚を胸に引き寄せている。その足に小波が寄せ、さざめいている。アレックスは彼女のもとに走り、ざらざらした砂にひざまずいた。両腕で抱きあげたが、ジアナは抵抗せず、ただぼんやりと彼女を見上げている。大ばか者、と彼女の耳元で怒鳴りたかったが、聞こえるかどうかあやしかった。もどかしい思いで外套とドレスを脱がせ、彼女を家に運び込み、ベッドに寝かせたその瞬間、玄関の扉が鋭くノックされた。ドクター・プレストンだろう。

プレストンはベッド脇に腰を下ろすと、彼女の顔を見て驚いた。頬にべったりと濡れた砂がついている。「泳いでいたのかね?」皮肉まじりに言うと、不審そうにアレックスを見た。

「ここに戻ってきたときに、浜辺にいる妻を見つけたんです。意識が朦朧として、ふらふらと外にでていったんでしょう」

「ミセス・サクストン」と、プレストンがやさしく彼女の肩を揺さぶり、声をかけた。

「こんにちは」自分を見つめている見知らぬ紳士に、ジアナは挨拶をした。

その若い女性が目を閉じるのを見ると、胸の鼓動を確認しようと、プレストンは毛布をめくった。全裸の彼女を見て、彼はぴしゃりといった。「ナイトガウンをもってきなさい。あたたかくしなければ」

フランネルのガウンを片手に、アレックスがふたたび姿をあらわすと、プレストンは痛烈な皮肉を浴びせた。

「きょうが、新婚初夜ですかな、サー?」

アレックスは呆気《あっけ》にとられてプレストンを見た。

「血ですよ。奥さんの腿に血がついている。まったく、体調が回復するまで、婚姻のちぎりをかわすのを待てなかったのかね? 理性をもちあわせてないのか?」

「あまりもちあわせていないようです」と、アレックスが言った。「風呂にいれましょう」

プレストンは鼻を鳴らした。彼の所見では、この女性はそれほど危険な状態ではなかった。

だが少なくとも二日間はインフルエンザで熱が下がらず、衰弱したままだろう。彼は黙考した。いやはや、なんだってまたこんなに熱があるのに、浜に散歩にでようなどと思ったのだ？　若い連中というものは、わけがわからん。もう理性ある人間などおらんのかもしれん。

「奥さんは眠っておられる。それがいちばんだ。食塩水を置いていこう。しっかり寝かせておくんですぞ。あなたは奥さんに触れてはならない。まあ、二日もすれば元気になるでしょう。奥さんは若くて体力もあるが、インフルエンザには抵抗できないし、あなたの好色な攻撃にも耐えられない。料理にきてくれる女性はおいでかな？」

アレックスはかぶりを振った。このコテージでは、ジアナとベッドですごすことしか考えていなかった。

「よろしい、ミスター・サクストン。では、あなたが看病をして、料理をするのです」

ドクター・プレストンは治療費を受けとると、また鼻を鳴らし、いとまを告げ、こう忠告した。ミセス・サクストンの容態がまた悪化するようなことがあれば、またきますから、と。

アレックスは玄関の扉を閉めると、しばらくそこに寄りかかった。それから、ジアナのところに戻ると、そっと毛布を引き下げ、血痕をぬぐった。それから、いかにも処女にふさわしいフランネルのガウンをやさしく掛け、しぶしぶながら笑った。何枚か重ねた毛布をしっかりとジアナの首元まで上げ、顔からそっと砂を払う。

「すまなかった、ジアナ」と、アレックスは言った。

14

彼女は一晩じゅう彼をさがしつづけ、炎に引きよせられる蛾《が》のように、彼の温かい身体に身を寄せた。アレックスはふたりの身体のあいだに一分の隙もできないほど、ぴったりと彼女を抱き寄せていたが、彼自身はくるまっている毛布のせいで汗をびっしょりかいていた。少しずつ、身体の震えがおさまり、彼女は大きく寝息をたて、深い眠りにはいっていった。ここまでくれば、あとはみじめな夜を甘んじて受けいれるだけだ。

眠ろうとしても、すぐに目が覚めた。この一週間の出来事がめまぐるしく頭に浮かぶ。アレックスはやり場のない怒りにいらだったかと思えば、つぎの瞬間にはわが身の愚かさに苦笑いしていた。まったく、信じられないことだが、たしかにジアナはローマにいたのだ。そして、〈ザ・フラワー・オークション〉でおれを選びだした。いまにして思えば、彼女は妙な態度をとっていた。傲慢《ごうまん》ともいえる態度をとっていたが、マダム・リュシエンヌの娼館にいたのも、やはり彼女だったのだ。アレックスはいらいらと頭を振った。おれの数々の疑問に答えられるのはジアナだけだろう。彼女はずっと真実を話していたが、なかには嘘も織りまぜていたはずだ。なぜだろう？　だれかを守っていたのだろうか？　自分の純潔を守りたくはなかったのか？　体調が悪いにもかかわらず、ジアナはおれと愛しあった。そして初めての体験に驚きながらも、官能を知るにつれ、身体を反応させていた。最後に、彼女を傷つけてしまうまでは。ああ、おれはなんという大ばか者だろう。彼女は正真正銘の処女だった。そして、箱入り娘だった。いったいおれは、彼女のどこを見て、勝手に勘違いをしていたんだ？　だが、気づくと、アレックスはふたたびにやりとしていた。あの夏、ローマの娼館でさまざまな光景を目の当たりにしてきたであろうジアナを、純潔な箱入り娘などと呼べるものか。とはいえ、彼女の処女を奪い、傷つけたのはこのおれだ。ああ、自分で自分を蹴飛《けと》ばしたい。

アレックスは、しぶしぶながら、こうなったら新郎にならざるをえないという事実を直視した。それもこれも、おのれの復讐心と欲望の代償なのだ。このおれ、アレクサンダー・サクストンは、もう二度と結婚生活なぞに縛られはしないと誓ったのに。ローラのことを思うと、一瞬、胸が痛んだが、彼は断固としてその痛みを追い払った。

ジアナが彼の肩でやさしくうめき、まるで彼が悪夢から守ってくれる避難港であるかのように、身をくねらせ、寄せてきた。アレックスはわずかに身を動かし、彼女が楽に眠れるようにした。くそっ。自分でも、この娘のことが好きなのかどうかわからない。ジアナは頑固で、毒舌の持ち主で、男と同じように自立した女性だ。そして、ぞっとするほど聡明だ。おまけに、顔も身体も愛らしいときている。その瞬間、自分では認めたくなかったが、彼女への激しい欲望の波に襲われた。これほど身体をぴったり寄せられていると、フランネルのナイトガウンごしに、彼女の下腹部が感じられる。

悶々《もんもん》としながらも、アレックスはようやく浅い眠りに落ちた。そして、このイングランド娘と結婚することになるだろうという事実を認め、受けいれた。男たるもの、上流階級という禁猟地で密猟を楽しんだら、その結果も引き受けねばならない。深い眠りに落ちる寸前、アレックスはこう考えていた。やれやれ。そうなったら義理の母親が、あのおまぬけ公爵の夫人になるってわけかい。

翌日の夜になるまで、はっきりと目が覚めなかったが、昼間にいちど起きて、おいしいスープを飲んだことは覚えていた。プレストン先生がもってきてくれたのだろう。もう熱がある感じはなかったし、頭痛もだいぶおさまっていた。アレックスが廊下を歩いてくる音が聞こえたので、ジアナはあわてて目を閉じた。とにかく、彼とは顔をあわせたくない。わたしがすっかり元気になったと知ったら、さまざまな質問を浴びせかけてくるだろう。ジアナは、彼が自分を見つめているのを感じた。どうしようもない。彼女はたぬき寝入りを始めた。

「起きたと思ったが」と、アレックスの声が聞こえた。彼女は片目をあけ、にらみつけた。

「放っておいて」

「そうしたいのはやまやまだがね、ぼくもそこまで悪党じゃない。とにかく、すんだことはしかたがない。この最悪の状況を、ふたりでどうにかしようじゃないか。もう、かりかり怒るのはやめてくれ。熱がぶり返すといけない」

「どういう意味？」と、ジアナは尋ね、もう片方の目もあけた。

「そりゃ、きみに尋ねたい質問は山ほどある。だが、あとにしよう。きみがすっかり回復するまで待つことにするよ。だが、きみの返事がどうであれ、ぼくたちは結婚する。きみは処女だった。祭壇の前で婚姻の誓いをするほかに、理性ある解決方法はない」

「祭壇？」と、ジアナが繰り返した。その意味をようやく理解すると、ジアナは彼をぽかんと見た。「結婚ですって？　あなたと？　たとえ人類が滅亡しても、ミスター・サクストン、あなたを夫として受けいれるもんですか」

「だいぶ、いつものきみらしくなったな」と、アレックスは言った。断固として結婚を拒絶されると、おかしなことに頭にきた。そして、抑えがきかなくなった。くそっ、この小娘には理性ってものがないのか？「この話は、また明日にしよう。ぶり返したら大変だ」

「話しあうことなんて、なにひとつないわ」ふいに、頭痛がぶり返した。彼女は目を閉じ、枕の上で顔をそむけた。「最初から真実を話していたのに、あなたはわたしを信じようとしなかった。そして、無礼な態度をとりつづけたのよ」

「ちゃんと筋道が通るように事情を話してはくれなかっただろう？　ぼくがこの目で見たことを、きみは頑固に否定したじゃないか。だいいち、愚かにメーメーと鳴く雄羊《おひつじ》のような話し方をしていたしね。いや、雌羊《めひつじ》か。とにかく、ぼくは興味津々なんだよ。このレモネードを飲み、また眠りなさい。明日には、もっと理性を取り戻しているだろうさ。理性があればの話だが」

ジアナはレモネードを飲んだが、とても眠る気になれなかった。アレックスが寝室からでていくまで、彼女はずっと目を閉じていた。結婚だなんて——あのアメリカ人、頭がおかしくなったんじゃない？　たしかに、わたしは彼に抱いてほしいと思った。ジアナは、われながらおそろしかった。だいいち、熱があったことと、彼の肉体に熱い欲望を覚えたこととは、なんの関係もない。

でも、だからといって、結婚しようと言いだすなんて、夢にも思わなかった。アメリカ人に紳士はいないと、これまではそう思い込んできた。でも、アレックスの怒りの決断を見るかぎり、アメリカ人にたいする見解を変えなければ。いいえ、やっぱり、変えることないわ。だって紳士はそもそも、女性を無理やりベッドに連れ込んだりしないもの。

彼がベッドにはいりこんできて、すぐ隣りに横になったのを感じると、ジアナはぴくりとも身体を動かさないことにした。せめてわたしをひとりきりにしてくれればいいのに。どうしてソファーで眠ってくれないのかしら？

彼が頑固なことはよくわかっていた。いったんこうと決めたら、てこでも動かないだろう。とはいえ、もう借りは返したわ。それに、気力も戻ってきた。あとは、機会を待つだけよ。

寝室に明るい陽射しが射し込むと、ジアナはまつげをしばたたいた。そして、好機を逸したことを悟った。

「目をあけて、ジアナ。もう起きているのはわかってる。パンとレモネードをもってきた。

これを口にいれなさい。そのあいだに、なにか食糧を調達してくるから」

血が騒ぐのがわかった。だが、ジアナは従順にうなずき、彼に支えられてベッドで上半身を起こしたときには、わずかに微笑みさえした。

「どこで食糧を調達できるかわからないから、しばらく待っていてくれ」と、アレックスが続けた。「ベッドからでるんじゃないぞ。必要なら、おまるを使いなさい。裏庭の屋外トイレまで無理して歩かないように。頼むから、浜辺にはでないでくれ」

「わかったわ」彼のほうを見ないで、ジアナは言った。

ジアナのことをもう少し知っていたら、なにか企んでいるなとぴんときたかもしれない。だが、アレックスは戸口へと歩き、振り返った。「戻ってから、ゆっくり話そう」

食糧や白ワインのボトルなどを抱え、アレックスが戻ってきたのは昼近くだった。眠っているジアナの邪魔をしないよう、彼は足音をしのばせて寝室にはいっていった。そして、怒りのあまり、こぶしを握りしめた。今度は浜辺をさまよっているわけではないことが、すぐにわかった。ジアナは旅行かばんに荷物をまとめ、でていってしまったのだ。枕のうえに、大慌てで残した置き手紙があった。〝ミスター・サクストン〟と、手紙には綴《つづ》られていた。

どうぞご無事でアメリカにご帰国を。そして、少なくともわたしに関しては、明晰《めいせき》な意識をおもちになって。貴殿にも、さすがに、わたしが借りを全額お返ししたことはおわかりいただけたでしょう。これから、貴殿はヴァン・クリーヴ社と関わりをもつことになるかもしれませんが、わたしたちのあいだにあったことを知る者はだれもいませんので、ご心配なく。もう二度と、わたしと会合で同席することはないでしょう。親切にご指摘くださったように、母と互角の存在になるためにも、わたしはこれから努力しなければなりません。ニューヨークへの航路で、あなたの船が沈みますようにと祈ったりはいたしませんわ。

そして、手紙の最後に、傲慢な飾り書きの署名があった。〝ジョージアナ・ヴァン・クリーヴ〟

オーロラに話しかけながら、ランソンが耳を引っ張った。「アメリカの紳士、ミスター・アレクサンダー・サクストンがお見えです、奥さま。ミス・ジアナにお目にかかりたいそうで。お嬢さまはまだ休暇からお戻りになっていませんと申しあげたのですが、それなら、奥さまにお目にかかりたいとおっしゃいまして」

オーロラは、読んでいた日曜版の朝刊を静かに置き、立ちあがった。「ミスター・サクストンをご案内して、ランソン」

アレックスは、図書室の壁の二面を占めている造り付けの立派な本棚にちらりと目をやり、室内に涼しい雰囲気をかもしだしているフランス風の軽やかな家具の趣味にうなった。「ミセス・ヴァン・クリーヴ」彼女のほうに歩みだし、アレックスは声を発した。

彼の冷たい挨拶に応じ、オーロラが手を差しだした。「ミスター・サクストン。ジアナはまだ帰宅していないと、ランソンがお伝えしたはずですが」

アレックスはひと息つき、前置き抜きで話を切りだした。「お嬢さまのことでお話があり、こうしてうかがいましたが、ミセス・ヴァン・クリーヴ」

優雅な黒い眉尻が上がった。「娘のことで？　どうぞおかけください、ミスター・サクストン。シェリーを一杯、いかがです？」

「ええ、頂戴します」

オーロラが優雅にサイドボードへと歩き、クリスタルのデカンタからワインをそそぐ様子を、アレックスはじっと見つめた。そして、ふたたびおのれを罵倒《ばとう》した。おれは、なんとというまぬけだったんだろう。ジアナはこれ以上ないほど、事実をはっきり述べていた。もう二度と、彼女はおれに会いたくないだろう。彼女はおれとの結婚を望んでいないし、今回の件ではなんの負い目を感じる必要もないと、おれを義務から解放してくれた。だが、くそっ、おれは彼女を辱めた。そして、あの頑固な小娘は、結婚のほかに選択肢がないことを悟り、姿を消したのだ。彼は、ミセス・ヴァン・クリーヴからグラスを受けとり、シェリーをひと口飲んだ。

「ご自身のぶどう園でつくられたものですか、ミセス・ヴァン・クリーヴ？」

「ええ、ミスター・サクストン。こちらのシェリーはパンプロナのものですわ」

オーロラは彼の正面に腰を下ろし、この訪問の目的を切りだすのを辛抱強く待った。ところが、いつまでたっても沈黙が続いたので、彼女はいらいらした様子で、冷ややかに言った。「ジアナはフォークストーンの友人のお宅にお邪魔しておりますの」

「それはちがう」と、アレックスが言った。「ジアナは、フォークストーンでわたしと一緒でした」

胃袋がつま先に落ちたような衝撃を受けた。だがオーロラは、驚愕をいっさい表情にださなかった。「そうでしたの」と、用心深く言った。「それでしたら、ミスター・サクストン。なぜ、いま、娘と一緒にいらっしゃらないんです？」

「お嬢さんは、わたしを置いて帰ってしまわれたのです。もう、こちらに帰宅していらっしゃるのではと思いまして。まだ戻っていないと、わたしには嘘をつくようにと、執事に指示をだしていらっしゃるのではないかと」

「でも、申しあげましたでしょう、ジアナは留守です」オーロラは彼と視線をあわせたが、心はあらぬほうへと走りはじめていた。だが、彼女は冷静に言った。「なにがあったのか、正直にお話くださるのがいちばんいいようですわね」

アレックスはそわそわとソファーから立ちあがり、彼女の目の前を歩きはじめた。そして、ふいに振り返ると、吐きだすように言った。「ぼくは四年前、ローマの〈ザ・フラワー・オークション〉で、お嬢さんを買ったんです」

「〈ザ・フラワー・オークション〉？」わけがわからないといった口調で、オーロラは繰り返した。「なんのことをおっしゃっているのか、見当もつきませんわ、ミスター・サクストン」

「〈ザ・フラワー・オークション〉は、数カ月ごとにローマで開催される、裕福な紳士のための催し物です。四年前、ぼくは夏の終わりに、その催し物に出席しました。あなたのお嬢さんは、処女のひとりとして、オークションにかけられていた。もっとも高値をつけた客に競り落とされるわけですが、そのとき、このぼくがお嬢さんを競り落としたのです。残念ながら、いや、あなたからしてみれば幸運なことに、競り落としたあと、ぼくは頭を殴られ、気づいたときには路地で伸びていた。翌日、ぼくはお嬢さんと、ぼくを殴ったと思われる老人を一日かけてさがしましたが、彼女は忽然《こつぜん》と姿を消していたのです。それからお嬢さんとはいっさいお目にかかっていなかったのですが、とうとう再会をはたしたのが、奥さまの会議室でした。どうか、ミセス・ヴァン・クリーヴ、そのときのぼくの混乱と憤りをお察しください」

オーロラの顔から血の気が引いた。ああ、ダニエーレときたら、いったいジアナになにを強制したの？　オークションにかけられたですって？　オーロラはぞっとして、アレックスの顔を見た。「ミスター・サクストン、おそらくその老人は、ジアナのおじ、ダニエーレ・チッポロでしょう。娘を守るために、あなたを殴ったのだと思いますわ」

「なんだか、くだらないメロドラマのような話ですな」

「ミスター・サクストン。あなた、ジアナになにをなさったんです？　娘はどこに？」

「いま、どこにいらっしゃるのか、わかりません」アレックスが静かに言った。「しかし、なんとしても、さがしだします。ぼくは、お嬢さんと結婚させていただきたいのです」

「結婚ですって?」

自信家のオーロラ・ヴァン・クリーヴが、うろたえて彼を見た。「ミセス・ヴァン・クリーヴ」と、アレックスは彼女の横に腰を下ろした。「すべてをお話したほうがよさそうですね」そして、一部始終を話しはじめた。〈ザ・フラワー・オークション〉の夜のこと、かの有名なオーロラ・ヴァン・クリーヴの娘ジアナと再会したとき、激しい憤りを感じたこと。「そのあと、ぼくはお嬢さんを脅迫しました。一緒にベッドにきてくれ、と。お嬢さんは、その点でぼくに借りがあるわけですから、なんとしてもその借りを払ってもらうつもりでした。どうか、ぼくが下劣な誘惑をしたなどと想像なさらないでください」そのとき初めて、アレックスがかすかに微笑んだ。顔の緊張が解けたのだろう。「お嬢さんは、インフルエンザにかかっていました。しかし、体調が思わしくないことを、お嬢さんは隠していました——理由は、いまでもよくわかりません。ぼくは嘘はつきません。ご本人をベッドにお連れしたのはぼくですが、最初は、ご本人もそれを望んでいたのです。だが不幸なことに、熱をだされたお嬢さんを、抑えがきかなくなったぼくが求めた結果、あの夜の出来事は茶番となってしまった」彼は両手に目を落とし、膝のあいだで手を組んだ。「もう、インフルエンザの心配をなさる必要はありません。けさ、発たれたときには、だいぶ回復なさっていましたから。そして、この置き手紙を残された」アレックスはチョッキのポケットからたたんだ四角い紙をとりだし、オーロラに渡した。

オーロラは、ジアナの短い手紙にさっと目を通した。そしてふたたび、ゆっくりと読みなおした。そして顔を上げると、アレックスが口をひらいた。「お嬢さんは、遠慮なくものをおっしゃる。だが、たしかにこの件では、お嬢さんはどうしようもなく愚かでもあった。べつに、欠点を並べたてるつもりはありません、ミセス・ヴァン・クリーヴ。ただ、ぼくが犯したあやまちのせいで、お嬢さんに苦しんでほしくないのです。どうか、居所を教えてください。ぼくが説得します。信じてください」

「すると、あなたは、ベッドをともにするよううちの娘を脅迫した。そのうえ今度は、自信たっぷりに、娘はあなたの胸に飛び込んでいくはずだと、おめでたくもそう思っているわけですの?」

「ええ」と、アレックスが静かに言った。「そんなところです」

オーロラは怒りを鎮めようと、大きく息を吐いた。きっとジアナは、コーンウォールに身を隠しているのだろう。ペンザンス近郊にある、父から譲り受けた別荘に。「娘の居所をお教えするつもりはありません。ミスター・サクストン」オーロラは淡々と言った。「見当はついておりますが。この置き手紙を読むかぎり、もうあなたとは縁を切りたいようですから、娘の判断を尊重いたしますわ」

「判断? あのお嬢さんは、尊重なさるほどの分別をもちあわせていませんよ、ミセス・ヴァン・クリーヴ。けさ、フォークストーンを発ったときだって、完全に回復していなかった」

「うちの娘に、ずいぶん強い感情をおもちのようですわね、ミスター・サクストン」

「それは、隠さずに認めます。しかし、ものごとの結果を受けいれようともしない、愚かで頑固な小娘に拒絶され、そのまま引っ込むつもりもありません」

「お言葉ですが、ミスター・サクストン。ジアナはものごとの結果ならよく承知しておりわす。わたし、ときどき思いますの。一日でいいから、娘が愚かな小娘に戻ってくれたら、どんなにいいかしらと」

アレックスはしばらく、ものおもわしげに彼女を見つめた。「どうやら、ぼくがローマでお嬢さんと出会った夏のことを、なにかご存じのようですね。ジアナはくわしい事情を話してくれないのです。ただ、すべてがまちがいだった、自分に非はないとさえずるばかりで」

「ええ、ミスター・サクストン」と、オーロラが冷静な声をだした。「ローマのことはわかっています。少なくとも、わかっているつもりです。あの夏、ローマに娘を送ったのは、このわたしですから」

「もうゲームはやめてください、ミセス・ヴァン・クリーヴ」アレックスの声にはいらだちがにじんでいた。「まさか、十七歳のお嬢さんを娼館に送り込んだとおっしゃるんですか？」

ああ、それが冗談だと言えたらどんなにいいか。「あなたには真実をお話しなければならないようですわね、ミスター・サクストン。わたしの知るかぎりの真実を、お話しいたしますわ。シェリーをいかが？　ああ、わたしもおつきあいします。長い話になりますから……」

「……というわけですの」しばらくすると、オーロラが話を結んだ。「わたしは娘をダニエーレにあずけました。でも、取り決めでは、娘を娼婦たちと会話をさせるという、それだけのものでした。人生の裏側について学ばせるだけだと。〈ザ・フラワー・オークション〉のようなことがあったとは、想像だにしませんでした。そんなことなら、ランダル・ベネットの飢えた腕に送り込むほうがましだったかもしれません。ああ、どうすればよかったのか。とにかく、あの夏のことは絶対にあれこれ訊かないでと、娘から釘を刺されていましたの。でも、あの夏以降、娘の心境の変化はあきらかでした。若い男性との関わりをいっさい避け、ビジネスに没頭するようになりました。ただ、わたしにはわからないんです。なぜ、娘はあなたのことを、わたしに言わなかったのでしょう？」

「奥さまが、ぼくというアメリカのけだものを追い出したら、合併がうまくいかなくなるのではと、心配なさったのでしょう」

「まだ、あなたの無罪は確定しておりませんわ、ミスター・サクストン。ひとつ、質問させてください。もし、ジアナがあなたとベッドをともにするのを拒絶したら、この合併話をふいにするおつもりでした？」

「もちろん、そんなことはありません。ぼくは復讐を遂げたかったし、同衾《どうきん》するのがいちばんいい方法だと思っていただけです。もちろん、拒絶されても、お嬢さんの説得に努めたでしょうが」彼はしばらく言葉をとめ、シェリーのグラスに向かって顔をしかめた。「お嬢さんは、ぼくと寸分たがわぬ無礼者になることがあるんですよ。ぼくがこちらにうかがうとは、お嬢さんは夢にも思っていないでしょう。もし、それがわかっていたら、ぼくの腿にナイフを突き刺していたでしょうから。お嬢さんがぼくとフォークストーンにでかけたのは、ご自身の意志であったと、いまは確信しています。おまけに、そうする完ぺきな口実を、ぼくが用意したわけですから。居所を教えてください。お嬢さんをかならず正気に戻すと、お約束します」

そういえば、ローマでひとりの男性に欲望を覚えたと、ジアナは話していたわ。その男性とは、まちがいなく、このミスター・サクストンだ。そういえば、彼と一緒にいるときの娘の瞳を見たことがある。あのときも、この娘はなにかを感じているんだわと、ぴんときた。彼が到着したその日から、わかっていたことだったのよ。ああ、彼とじっくり話しあう機会さえあれば、娘は本心をちゃんと伝えられるのかもしれない。だが、そうは思っていても、娘を裏切るわけにはいかない。「娘の居所を、お教えするつもりはありません。もし、なんらかの気持ちをあなたにもっているのなら、娘は自分の意志であなたに会いにいくでしょう。でも、娘に義務感と恐怖心しかなく、あなたを大切に思う気持ちがこれっぽっちもないのなら、結婚を強制するつもりはありません。あなたはアメリカ人です、ミスター・サクストン。そしてジアナは、頭のてっぺんから爪の先までイングランド女性です。それだけでも、ふたりのあいだの大きな障壁となるでしょう。娘には、自分の思うようにさせます。介入するつもりはありません」

アレックスが立ちあがった。「それでは、自力でお嬢さんを見つけだします、ミセス・ヴアン・クリーヴ」

オーロラは、図書室から颯爽《さっそう》とでていく彼の後ろ姿を見送った。そして考えぶかげに眉をひそめ、つぶやいた。「幸運を、ミスター・サクストン」

オーロラはそのまま数分間、不運な指の爪を噛《か》みつづけていた。ああ、こんなことをしていても、埒《らち》が明くわけがない。彼がジアナを見つけられるはずがない。あの娘は、コーンウォールの片すみに隠れているんですもの。彼はじきにニューヨークに帰国しなければならないはず。オーロラは呼び鈴でランソンを呼ぶと、ジアナのメイドを連れてくるよう頼んだ。そして娘に手紙を書こうと、デスクに向かった。

15

「いい娘だから、いらいらするのはやめなさい」

ジアナがよこした手紙を握りしめたまま、オーロラはダミアンの顔を見上げた。

「あなたのおっしゃるとおりなんでしょうようね。娘は元気で、満足しているようですもの」ダミアンの落ち着きはらった態度に、オーロラは感心していた。数週間前、ジアナの身にふりかかった一連の出来事の顚末《てんまつ》を打ち明けたとき、ダミアンは仰天しているように見えた。だが、彼の銀色の瞳は変わらずやさしさにあふれていた。そして、彼は身をかがめ、彼女の手をやさしく叩き、こう言ってくれたのだ。「立派な行動をとったね、オーロラ。ああ、じつに立派だった。ふつうの女性なら、いまごろ腹黒い義理の息子と、打ちのめされた娘に手を焼き、辛酸を嘗《な》めていただろうさ」

「ほんとうに、これでよかったのかしら」

「シーッ、いとしいひと。キスしてもいいかな」

そして彼はキスをしたが、それは慎み深いキスではなかった。

「そろそろ、わたしたちの結婚式のために、ジアナを呼び戻してもいい頃合かもしれないわ」と、オーロラが思案顔で言った。「うちの者の話によれば、アレクサンダー・サクストンはついにジアナの捜索を断念して、パリ経由でニューヨークに戻ったそうなの」

「わたしは、そうは思わんね」と、ダミアンが言った。「ミスター・サクストンは、ジアナの処女を奪ったことに責任を感じ、騎士道精神から結婚を望んでいるわけではなさそうだ。彼は、あの娘のことが好きなんだよ。さもなければ、とうの昔に捜索を断念しているはずだ」

オーロラはため息をついた。「彼の動機がどこにあるのか、もう考えるのはやめたの。娘を見つけるために、彼が大金を使ったこともわかっている。実際、成功するんじゃないかと心配したほどよ。わたしがジアナにだした手紙を、彼、押さえそうになったもの」

「ここは寛大な態度を示し、ジアナの居場所を教えてやったほうがいいんじゃないか？　若者《ひと》同士、とことん言いあえば、それでいいじゃないか。コーンウォールは、墓場みたいに人気《け》がないところだ。ふたりで心ゆくまで罵倒しあえばいい」

「それはどうかしら、ダミアン。ジアナは、もう二度と彼には会いたくないと、手紙に書いているのよ」

「嘘八百さ」と、ダミアンがにっこりと笑った。「きみには隠していたんだがね、オーロラ、ミスター・サクストンがこともあろうに、《ホワイツ》までわたしのあとをつけてきたんだよ。そして、あなたの権力を利用させてもらいたいと、説得にかかってね」

「まさか」

「事実だ。じつに説得力のある男だよ、ミスター・サクストンは。ジアナの夫に悪くないと思うがね」

オーロラは、ドルーとトマスのことを考えた。あのふたりにさえ真実を伏せ、ジアナは休暇を楽しんでいると伝えてある。まあ、信じたかどうか、わからないけれど。でも、ミスター・サクストンがダミアンにさえ接触したのなら、あのふたりには、とっくに接触しているだろう。そんなこと、ふたりともおくびにもださないが。

オーロラは立ちあがり、シルクのスカートの裾をなおした。「もう、彼は帰国したのよ、ダミアン。以前どおりの生活が戻るといいんだけれど」

「本気かい、オーロラ？　わたしたちの結婚を、忘れてやいないかい？」

「ああ」オーロラが笑った。「そういう意味じゃないわ」

「ジアナに手紙を書き、こちらに戻るよう伝えなさい」

「そうするわ」メイドのドリーでさえ、その朝、オーロラに尋ねてきたのだ。お嬢さまは結婚式までにお戻りになるんでしょうか、と。

「そのはずよ、ドリー」オーロラは用心深く言い、鏡台から顔を上げ、ドリーの落ち着いた顔を見た。

「そうですか。さあ、じっとしてらしてくださいよ。髪を仕上げましょう。閣下が一階で歩きまわっておいでですから」ドリーがくすくすと笑い、手際よく頭の高い位置で髪をシニョンにまとめた。「閣下ときたら、若い花婿さんのように落ち着きがないですわ。でも、お子さんたちはお行儀がよくて。ずいぶんたくさん、お子さんがおられるんですね。いえ、だからどうっていうわけじゃありません。さて、奥さま、ご自分が公爵夫人になったところを想像してくださいよ」

十月はたいてい曇天が続くロンドンだったが、その日はありがたいことにあたたかく、快晴だった。セントアンドリューズ教会からブラッセルズ・スクエアにグラフトン公爵夫妻がでてきた。五百人の招待客、地域の貴族、ビジネスマンたちが、少なくともこの日だけは寛容に混ざりあっていた。そして、鮮やかな深紫色のクジャクの巨大な羽の群れのようにお祝いの装飾がほどこされた幌《ほろ》のついた馬車へと、ふたりを押しやり、口々に祝福の言葉を叫んだ。ジアナは、ダミアンの三人の娘たちと一緒に馬車に乗った。娘たちは全員、桃色のシルクの極上のドレスに身を包んでおり、新しい母親となる女性の結婚式に明るい笑い声を響かせていた。

グローヴナー・スクエアに面した公爵の邸宅に到着したとき、ジアナは驚愕のあまり息を呑んだ。巨大な食堂には、白いリネンでおおわれたテーブルがいくつも並び、これまでに見たことがないほどの量のご馳走の重みにきしんでいる。ダミアンは、広大な舞踏室を埋めつくすほどの客を招待しており、午後の披露宴はいつのまにか夜の舞踏会に変わっていた。そして、グラフトンの領主館で育てられた薔薇、カーネーション、すみれ、ジャスミンの鉢植えがところせましと飾られていた。白い手袋をはめた召使が、どう見ても四十人は直立不動で立ち、客の襲来を待っており、執事のゴードンが眼光鋭く采配をふるっている。

ジアナは、客を出迎えるために会場の入口に立ち、会話をかき消すほどの笑い声のなか、いっそう声を張りあげる招待客の終わりのない奔流に向かって笑みを浮かべた。もう二時間近く、母親とも、新しい父親とも話す機会がない。

母親が、公爵に明るく話しかける声が聞こえた。「ロンドンに一生住んでいても、これほどの数の男性にキスをされ、これほどの数の女性に手を握られるなんて、思ってもみなかったわ」

「女性は、ぼくと握手しかしてくれないなあ」とダミアンがぼやき、妻に微笑んだ。

ジアナは母親の正面にしばらく立ち、唇にゆがんだ笑みを浮かべた。「式は終わったわ。この手に負えない紳士と、まだ一緒にいたいの?」

オーロラはジアナに向かって肩をすくめ、うれしそうに笑った。「いま、彼を置き去りにしたら、彼の評判も地位も地に堕ちてしまうわ」

「やれやれ、脚だけ百歳くらいに感じるよ」と、ダミアンが言った。

「ダンスが始まるまでの我慢ですわ、閣下」と、ジアナが新しいパパに言った。ダミアンは、ぴりりとしたシェービングローションとほんのり甘いタバコの香りがする。ジアナの目に涙が浮かんだ。

「いまにも泣きそうなのは、わたしのほうだ」と、ダミアンがジアナをたしなめた。「まあ、わたしはベッドでは悪名高かったわけだが」と、ジアナの頭ごしにオーロラにウインクをした。「そのベッドも、ようやくからっぽじゃなくなったよ」

「恥を知りなさい、閣下」と、オーロラがささやいた。

「おふたりとも、とても幸せそうね。わたしも幸せよ」

「ありがとう、ジアナ」と、オーロラ。

「ああ、このいたずらっ子、老いぼれたおばちゃまを抱いておくれ」

紫色のターバンを頭に巻き、おなじ色のドレスを着たシュルーズベリ伯爵夫人が、ダミアンの腕めがけて船のように全速力で突進してきた。ジアナは思わず身をよけ、背を向けると、女性用の控え室に向かった。そのとき、エルダーブリッジ伯爵夫人が親友のシャールベリー子爵夫人に鼻にかかった声を張りあげるのが聞こえた。「閣下は、新しい義理の娘のふるまいを恥ずかしく思わずにすむわね。控えめで、礼儀正しいお嬢さんだわ」

「あら、オリーリア、わたしの聞いた話では、あのお嬢さんはビジネスをしているそうよ。母親と一緒に」

公爵夫人が鼻を鳴らした。「ダミアンのことだから、なんの手も打たないんでしょうね。あれほどぼうっとした彼、見たことがないわ。あんなにぼんやりした人だったかしら」

おあいにくさま、閣下は最高に幸せよ、とジアナは考えた。そして、公爵のほうに歩いていく年配の女性ふたりの後ろ姿を見送った。わたしはママに似ているけれど、あくまでもママの影でしかないんだわ、とジアナは思った。やわらかな象牙色のシルクのドレスを身にまとった母親は、これまでにないほど燦然《さんぜん》と美しい。まるで、はるか彼方にある幸福そのもののようだ。

ジアナは、披露宴のご馳走が並んだテーブルのそばに立っておしゃべりしている客たちのあいだに、しかたなく混じることにした。銀の皿に載ったロシア産キャビアにぱくつき、公爵のいとこにあたり、淡灰色のシルクで正装した小柄なエルジン・ブレイトン子爵と、新郎新婦のためにシャンパンのグラスを掲げた。

永遠とも思われる時間がすぎたころ、公爵の執事ゴードンが目を光らせるなか、ようやくオーケストラの団員が楽器を調律し、ワルツの演奏を始めた。母親とダミアンが微笑みあい、優雅にダンスフロアを滑っていき、やがて、ほかのカップルもあとに続いた。

ダミアンの末っ子ジョージが、胸を張ってこちらに近づいてくる。彼の若者らしい熱心なじゃれあいにつきあう気力もなく、ジアナは舞踏室から抜けだし、肖像画の飾られた長い廊下を抜け、庭にでた。

その夜は、昼間と同じように晴天に恵まれていた。ジアナは満月をじっと見上げた。邸内から音楽が流れてくる。誘われるように、人々が舞踏室へと向かいはじめた。ひとりになりたい、とジアナは考えた。情けないことに、涙が込みあげてくる。彼女は薔薇の茂みに一輪残ったつぼみの香りを嗅ごうと、身をかがめた。

「ずっと、きみと踊りたいと思っていたのに、ジアナ。また、ぼくのもとから逃げだしたね」

皮肉たっぷりの声が背後から聞こえてきた。ジアナはぎょっとした。ゆっくり振り返ると、アレクサンダー・サクストンの顔があった。みじめな思いですごしたこの二カ月、眠っているときにも、彼女をおびやかしつづけていたその声を聞くと、妙なことに息が苦しくなった。月光を浴び、シルエットとなって浮かびあがった彼の顔つきに、ジアナは驚いた。かんかんに怒っている。冗談じゃないわ、どんな権利があってわたしに怒るわけ？

「パリにいるはずでしょう」と、ジアナが言った。「さもなければ、ニューヨークに」

「パリにいたよ。だが、ほら、いまはロンドンにいる。お母上と閣下にお祝いを言いたくてね。だが、ぼくが姿を見せたら、おふたりは唖然としそうだな」

アレックスは、ジアナのすぐそばに立った。思わず後ろに下がった拍子に、ドレスの裾につまずきそうになった。アレックスが両腕を差しだし、彼女の身を支えた。彼女は、アレックスから身を引きはがした。いやだわ。どうしてわたし、いま彼に触れられて、うれしかったのかしら。「ここでなにを？」

「取引をすませていなかったものでね、ジアナ。この数週間、きみがどこに隠れていたのか知りたかったし」

「コーンウォールよ」と、ジアナは必死で彼を見上げた。「ミスター・サクストン。わたしの気持ちはなにひとつ変わっていません。どうしてあなたがこの件について、これほど執着するのか、わからないわ」

「痩せたね、ジアナ」アレックスが舐めるようにジアナを見た。「それに、顔色も悪い。まあ、月光のせいかもしれないし、その桃色のドレスのせいかもしれない。きみはパステル調のドレスは似合わないよ、ジアナ」

ジアナは耳を手でおおった。「お願い、ミスター・サクストン。わたしのことは放っておいて。もう、満足なさったはずよ」

「きみには、いろいろなことをしすぎたよ、ジアナ。きっと美しいお母上はきみに手紙を書き、四年前ローマにきみを送り込んだ理由を、すべて説明したんだろうね」

彼女はうなずき、母親から届いた手紙に愕然としたときのことを思い出し、顔をゆがめた。少なくとも、もう彼はわたしのこと、娼館で淫《みだ》らな遊びに耽《ふけ》っていた金持ちのわがまま娘だとは思っていないわけね。

「しかし、お母上は、きみの身になにがあったのか、くわしいところはご存じない。きみが処女だったってこと以外はね。そして、きみのダニエーレおじさまは、ずいぶん好きなようにきみを教育したようじゃないか。男と寝るのがどんなものか、きみがほんとうに知るのに四年もかかったとは、じつに妙な話だ」

「この無礼きわまりない無頼漢」ジアナは、アレックスの言葉に深く傷ついていた。この男、絶対に許さない。ジアナは、頰に平手打ちを食らわそうとしたが、手首をつかまれ、内側にそらされた。「あなたはわたしを傷つけたわ」

「ぼくがきみをフォークストーンに連れていったときかい、それとも、いま？」

「どうしてわたしを拷問にかけるの？」と、ジアナはささやいた。

「拷問にかけるつもりはない、ジアナ。妻になってほしいだけだ」

目に涙が浮かぶのを抑えられない。涙は頬にぽろぽろと流れ落ちているのに、胃が裏返るような気がした。ジアナは彼から身を引きはがし、蔦《つた》の茂みのほうによろよろと歩いた。

「もどしそう。あなたのせいよ」

「またか」背後で、アレックスがうんざりしたように言った。

胃のなかにはなにもなかった。昼間、食べる時間がなかったのだ。でも、身体がうねるように感じられ、ジアナは草の茂みのうえに膝をついた。彼は両手を肩に置き、ジアナを落ち着かせようとさすった。吐き気がおさまると、アレックスは彼女を立たせ、薔薇の木の下にある石のベンチへと抱いていった。

「つぎになにが起こるのか、よく覚えてるよ」と、つまらなそうにアレックスが言った。「座って、いい娘にしておいで。水をもってきてあげよう。頼むから、もう浜辺にはでないでくれ」

アレックスが水をもってくると、彼に見られているのもお構いなしに、ジアナは口をゆすいだ。そして、残りの水を飲み込んだ。ふいに怒りの洪水に襲われ、ジアナはからのグラスを彼に投げつけた。

アレックスはグラスを楽々と避け、なにごともなかったように言った。「まだインフルエンザがなおっていないようだね」

「くだらないこと言わないで」

「では、突然ぼくが姿をあらわしたから、きみは屈折した歓びを感じ、吐き気をもよおしたというわけか」

ジアナは嫌悪感もあらわに、彼の愉快そうな顔をにらみつけた。「放っておいて」と、つぶやく。「お願いだから、放っておいて」

「ジアナ、まるで決闘をしているように、ぼくたちはたがいを侮辱しあっている。もう、きみのドラマの悪役を演じるのには疲れたよ。それに、愚かな子どもと時間を浪費するのもうんざりだ。きみの脳といわれるものには、まったく分別が含まれていないからね」

「愚かな子どもですって？」ジアナは飛びあがった。「よく言えたものね、サクストン。わたしは愚かな子どもなんかじゃないわ。この礼儀知らず。子どもが妊娠なんかするもんですか」

その言葉はむきだしのまま、ふたりのあいだの宙に浮いた。「そういう意味じゃないわ。あなたがあんまり怒らせるものだから、言い返したかっただけ」

すがるようにジアナに見つめられ、アレックスはその目を意地悪くきらめかせながら、微笑みはじめた。

「そんなおつにすました顔をしないで。いいわね、いまのは嘘だから」

「嘔吐が、ぼくの今夜のしわざのせいじゃなくてうれしいよ」彼の笑みが大きく広がった。それが、最初に思い浮かんだ台詞だった。アレックスは、そう言えてほっとした。というのも、彼女の爆弾発言に、内心おろおろしていたからだ。今夜、もういちどだけジアナと正面から向きあい、話をしよう。アレックスはそう決心して、この場にきていた。それは良心の呵責(かしゃく)だったのかもしれない。だが嵐のような展開で、自分はいま夫となり、ふたたび父親となるべき運命にある。

「こんなの、公平じゃないわ」と、ジアナは彼にではなく自分に向かって言った。「いちどだけ、たったいちどだけのみじめな体験のせいで、泣きたくないときに泣きたくなったり、ドレスに吐いたり、言いたくないことを言ったり、顔色が悪くなったりするなんて」ジアナは、彼に怒りの目を向けた。「そしてあなたは、無礼にもただ突っ立ってわたしを笑いものにするだけ。なにがおかしいのよ。ああ、鞭《むち》で打ってやりたい」

「じゃあ、打ってくれ」と、アレックスが淡々と言った。そしてイブニングコートの前をはだけ、チョッキのボタンをはずし、シャツをめくった。

ジアナはそうした。彼の腹をこぶしで殴りつけ、怒りをすべて吐きだし、とうとう力尽きた。そして、彼にぐったりともたれかかった。

「少しは気分がよくなった？　子どもが生まれたら、またぶたせてあげよう。そのときは、まちがいなく、きみはもっと力強くなっている」

「あと数分もすれば、また強くなれるわ」

アレックスは彼女の頭の上で微笑んだ。「万事うまくいくさ、ジアナ。約束する」彼は心の底からそう言った。この頑固な、愉快なほど一筋縄ではいかないイングランド娘が、おれの妻になるとは。これから彼女の言い分を聞き、愚かな反論のすべてに言い返し、どうあっても彼女を祭壇に引きずっていくのだ。

「人生が、おかしくなってしまった」と、彼女がつぶやいた。「いちど。たったいちどの愚かな時間のせいで」

「わかってる」と、アレックス。「公平じゃない、だろう？　そろそろ妊娠二カ月か。できるだけ早く結婚しよう」

「いや。あなたとは結婚しません」

「妊娠しているとわかったのはいつ？」

「一週間ほど前かしら」

「なるほど。では、この七日間、あらゆる可能性を考えて落ち込んでいたわけだ。父親のいない子どもを産む決心をした？　それともアメリカ大陸に渡って、こっそり出産しようと思った？　子どもをあきらめるか、世間には姪《めい》か甥《おい》ということにして育てるつもりだった？」

「世間には、母の子で通そうかとは思ったわ。母は、子どもを産めない年齢じゃないから」

「それについて、お母上はなんとおっしゃるだろうね。もう伝えたのかい？」

「どうするか決めるまで、母には言わないつもり」

「子どもはぼくのものでもあるんだぞ、ジアナ。だから、決断するときには、かならずぼくの意見も半分とりいれてくれ。ジアナ、頼む。どうかぼくの子どもを、ぼくたちの子どもを、父親のいない子どもにしないでくれ。結婚しよう」

「あなたとは結婚できない。アメリカ人なのよ」

「ぼくはそれほど横柄な男じゃないだろう？　ぼくに相談しようという案を、ちらりとでも考えなかった？」

「考えたけれど、すぐにあきらめたの」

「どうして？」

「わたし、だれとも結婚するつもりがないからよ」

アレックスは驚かなかった。薄々、気づいていたのだ。オーロラ・ヴァン・クリーヴの説明を聞き、ジアナがローマで目の当たりにしたことを思えば、不思議はない。おれを受けいれろと、どうにかして説得したいが、その武器もない。「きみはその目で、夫が妻をどう扱うかを見てきたんだろう。だが、結婚生活がそんなふうになるとはかぎらない。お母上を見てごらん。あの閣下が浮気をすると思うかい？　妻の信頼を裏切るような真似をするとは、とても思えないだろう？」

「そうかしら。しようと思えば、閣下にはなんだってできるわ」と、ジアナが言った。「結婚という契約なんか、女性にはなんの意味もない。夫が妻を支配しようとし、妻の財産まで牛耳ろうと思えば、好きなようにできる。それが法律よ」

「じゃあきみは、結婚そのものをおそれているわけだ。きみを裏部屋に閉じ込めて、ぼくが妻の財産でギャンブルでもすると思ってるのか？　つぎからつぎへと愛人をぼくの家に連れ込むとでも？　そして愛人たちを、きみの鼻先で行進させるとでも？」

「それがあなたの権利ですもの。それに、あなたの言葉がすべてを物語っているわ、ミスター・サクストン。結婚したって、家はあなたの家なのよね」ジアナは背筋を伸ばし、ベンチから立ちあがった。彼は、そうさせておいた。彼女の目には苦悩の色が浮かんでいる。アレックスは彼女を抱きしめたかった。彼女がローマで見たものを、すべて忘れさせてやりたい。

「さあ、これで、わたしたちのあいだに嘘はなくなったわ、ミスター・サクストン。わたしはあなたの子どもを身ごもった。でも、それは、わたしの身体のなかの話。あなたはどうぞ立ち去って。そうしてほしいの。今後どうするか決心がついたら、計画をお知らせするわ」

「きみがおそれているのは結婚だけではなさそうだね、ジアナ」アレックスは立ちあがると、彼女の横にぬっと立った。「きみは自分自身をおそれている。きみがぼくに感じた情熱をおそれているのさ、ジアナ。フォークストーンでの夜、体調が悪かったのに、きみの肉体はぼくを求めていた。性の悦楽を味わいたいと望んでいたのに、きみはそれを認めようともしなかった」

「また、男性お得意の傲慢ね、ミスター・サクストン。子どもが息子ではなく、娘であることを祈るわ」

「証明しろ」

「証明って、なにを？」ジアナは彼から身を引いた。

「きみが、ぼくに無関心だということを証明しろ。もしきみがほんとうに無関心なら、望みどおり、ぼくはきみの人生に関わらないようにする。好きにするがいい。だが、きみの言葉とは裏腹に、身体がぼくを求めたらどうする？」

怒りのあまり、身がうずいた。「あなたに無関心だと証明できれば、わたしのことは放っておいてくれるのね？」

主よ、力をお貸しください、とアレックスは祈った。「ああ」

彼の黒い目が彼女の顔を舐めるように見た。そうされると、ジアナは視線をそらすことができなかった。まさか、わたしの官能を目覚めさせようと、陵辱するつもりじゃないでしょうね。

「いまぼくは、最悪のことをしているのかな？」きみの考えなどお見通しだというように、アレックスが笑った。

ジアナは返事をしなかった。アレックスが近づいてくる。ワルツを踊るパートナーのように、彼の左手がジアナの背中のくぼみを押し、右手で肩にそっと触れた。ジアナは思わず身を硬直させた。アレックスはやさしく触れたまま、身をかがめ、唇ではなく耳たぶをそっと嚙んだ。「今度、愛をかわすときには、ジアナ」彼のあたたかい息が耳を満たす。「きみはもう痛みを感じない。きみの隣りに横たわり、きみを愛撫するよ、こんなふうに」彼の唇が、目と頰を愛撫する。そして、ジアナの唇の周囲でそっと円を描いたが、唇に触れようとはしない。やがて、背中を撫でていた両手が、少しずつ、胸のほうに滑ってきた。

「きみがどれほどやわらかいか、思い出したよ、ジアナ。ぼくのことが欲しくなると、きみの乳房はぼくの両手からあふれそうになる。それから、ぼくのほうに弓なりに腰をそらせる。そうなったら、ふたりで一緒に動こう。きみが声をあげて、ぼくを求めるまで」

ジアナは彼にもたれまいと思ったが、胸をまさぐられているうちに、乳首がつんと立つのがわかった。そして、痛んだ。「やめて。言葉なんかに惑わされるもんですか」

「もう話さないで、いい娘《こ》だから」彼の息が唇に熱く感じられる。彼の舌が、そっと唇に触れ、やさしくなぞりはじめた。アレックスが彼女のうなじのところで手を組み、彼女を抱きよせた。ペチコートごしに、彼が硬くなっているのがわかる。思わず、すすり泣くように声をあげた。もう、自分を抑えられない。

「ああ」ジアナは唇をひらき、彼の舌が自分の舌に触れるのを感じると、彼の肩を両腕で強く抱き、自分のほうに引きよせた。アレックスは、彼女が震えているのを感じた。

深く激しいキスを続けてから、身を引き、彼女の目をのぞき込んだ。月明かりの下、その瞳はぼんやりと夢見ているようだ。

「ごめんね、いとしいひと」アレックスは、彼女の髪にささやいた。

ジアナは痛みがおさまるまで彼の肩に頭を載せていたが、やがてしゃくりあげて泣きはじめた。

アレックスは彼女を両腕に抱き、やさしく揺らした。「シーッ、ジアナ」

「もう、あなたなんか大嫌い」ジアナは彼から身を引きはがした。アレックスも、なすがままにさせておいた。

「ぼくと愛しあいたかったくせに、どうして、つぎの瞬間に大嫌いになるんだ？」

ジアナは、荒涼とした敗北の視線を向けた。「閣下は、母を愛しているわ。でも、あなたはわたしを愛していないし、わたしもあなたを愛していない。ただ、わたしの身体があなたを欲している証拠を見せたと決めつけて、それでわたしがすべてを忘れると期待している。あなたがどういう人間かも、結婚に付随するすべても忘れ、わたしが無邪気な目であなたを見つめ、あなたの言うことにはなんでも同意すると思ってるの？」

「すばらしい結論じゃないか」と、アレックスが微笑んだ。「だが、きみのことはよくわかっているよ、ジアナ。せっかく希望があっても、粗探《あらさが》しばかりする。おいで、ぼくはそれほど悪い買い物じゃない。財産狙いのランダル・ベネットとはちがう。それどころか、きみの新しい義父となる人物が、貴族のお偉いさまだっていう事実も見すごしてやるさ」

「わたし、聖壇布を縫うつもりはないの。繁殖用のメス馬になるつもりもない。ほかのご夫人がたと腰を下ろし、時計を眺めては、夫はいまどこにいるのかしらと気を揉《も》み、召使や子どもや食べ物のことばかりおしゃべりするなんて、まっぴらごめんよ」

「きみは繁殖に向いていそうだが、ジアナ」アレックスは、笑みを押しとどめようとした。「だが、ぼくなしでは、繁殖用のメス馬にもなれないんだぞ。ぼくはなにも、五人も六人も子どもが欲しいと言ってるわけじゃない。三十歳になるまで、妻に子どもを産みつづけてほしいとも思わない。知っているだろうが、妊娠しないようにする、簡単な方法があるんだよ」

「ええ、知ってるわ。でも、妻は妊娠しつづける。そして、そのあいだ、愛人をつくるという恥知らずの快楽に耽る権利が自分にはあると、夫たちは思い込んでいる。わたし、絶対に、そんな屈辱は味わわない」

「避妊の方法を、どこで知ったんだい？」

「ローマで。質問したの。マダム・リュシエンヌの娘たちが、どうして妊娠しないのか、不思議だったから」

「ああ、またもや、きみの尋常ならざる教育の成果か。それなら、わかるだろう？　きみが年がら年じゅう妊娠しているわけじゃなければ、恥知らずの快楽にふけるために、どこかにでかける必要など、ぼくにはない」

頬がかっと火照った。「そんな話をしているんじゃないわ。お願い、ミスター・サクストン。わたしの話を聞いて。真剣なの。あなたとは結婚しません。わたしには自分なりの人生の計画がある。結婚したからといって、自立した女性でなくなるのはいやなの。それに、夫の欲求に応じたり、もっとお金を使わせてと夫に懇願したりするのもいや」

「ということは、きみはぼくを信用していないんだね、ジアナ」

「権力って腐敗するものなのよ、ミスター・サクストン。わたし、その犠牲者になるつもりはない」

「袋小路にぶつかったようだ。それなら、今後どうするつもりか教えてくれ、ジアナ。きみの立場は、とても擁護できないが」

ジアナが急に肩を落とした。「まだ、わからない」

やれやれ。おれの子を宿したこの二十一歳の小娘を置き去りにできるものか。アレックスは大きく息を吐いた。「ひとつ提案がある、ジアナ」

「提案?」ジアナが用心深く彼の顔を見上げた。

「ぼくたちは極秘裏のうちに結婚したと、宣言しよう。それから、きみはぼくと一緒にニューヨークにくる。妻としてね。ぼくとの結婚生活が息苦しくて、とても我慢できないと思ったら、子どもを産んだあとイングランドに帰国し、離婚したと言えばいい。そうすれば、ぼくらの子どもの正当性について、だれも口をはさんでこないだろう。そしてきみは、もうぼくに縛られずにすむ。法律上は」

「結婚したふりをしろって言うの? 嘘の生活を送れと? 母やみんなにも、嘘をつけと?」

「お母上に言うも言わないも、きみの自由だ。だが、ぼくと生活しても、それほど自分の地位が下がったような気がしないかもしれないだろう? そうしたら、きみの好きなときに結婚しよう。なにもかも、きみしだいだよ、ジアナ」

ジアナは頬に両手を当てた。「なんて言えばいいのかしら。少し考えさせて」

アレックスが微笑んだ。「きみだって、結婚には有利な点があることは認めるはずさ。この偽装結婚はきみにとって、不利なし、有利のみになるはずだ」

「どうしてそこまで断言するの、ミスター・サクストン?」

「双方が受けいれられる解決策を、それしか思いつかないからだ。だが、ひとつだけ約束してくれ。アメリカで子どもを産んだあと、イングランドに帰国すると決心したら、ぼくが子どもに会うことを認めてくれ。未来の息子か娘にたいして、ぼくに父親役をちゃんと務めさせてくれ」

「そんな話——荒唐無稽《こうとうむけい》だわ。わたし、約束なんかできない」

「くそっ、ぼくは本気で言ってるんだよ。いいかい、ジアナ、できるだけ早く決断を下すんだ。さもないと、ロンドンじゅうの人間に、きみの妊娠が知れ渡ってしまう。きみだって、スキャンダルは避けたいだろう?」

「でも、あなたはわたしのことが、好きでもないのよ」

「ことあるごとにきみが剣を抜きえしなければ、うまくやっていけるさ。それに、きみにはユーモアのセンスがあるしね」

「でも、あなたの利点になることなんて、ひとつもないわ。ビジネスの世界でのあなたの評判はよく耳にしているわ、ミスター・サクストン。わたしと結婚するなんて、あなたらしくない。どうして、そんなにまでして、わたしと結婚したいの?」

まったく、どうしてだろう。アレックス自身、不思議に思った。裏をかかれて、頭にきたからか? いや、それだけじゃない。おれは彼女が処女ではないと誤解し、純潔を踏みにじり、子どもまでつくったのだから。

「きみが好きだ、ジアナ」と、アレックスが言った。「ほんとうだよ。きみが好きだ。たしかに、もう二度と結婚はしないと思っていたのは事実だ。だが、ぼくたちの子どもが生まれるのもまた事実。ジアナ、ぼくの提案に同意するかい?」

ジアナはゆっくりとうなずいた。そして彼のほうに顔を上げ、大きく息を吐いた。「子どものことを考えると、ほかにいい解決策を思いつかないわ、ミスター・サクストン。わかったわ、同意します」

「これほど説得にてこずる女性が、妻になるとはなあ。まあ、とにかく、二、三日は時間の余裕がある。そのあいだに、いろいろと申請書をだし、承認をもらおう。それから、ぼくたちが結婚したという情報を新聞社に伝えよう。そうすれば、来週末にはニューヨーク行きの便に乗船しているはずだ」

あと七カ月、彼と一緒にすごすなんて。それも、彼が夫のようなふりをして、親密にすごさなければならないなんて。アメリカでの七カ月。ジアナはこめかみに指を当てた。アレックスとの顚末を手紙で説明したら、ママはどれほど驚愕するだろう。でも、しかたないわね。そもそも、あの夏、わたしをローマに送り込んだのはママなんだもの。今ごろになって狼狽《ろうばい》されてもね。そのとき、頭にデリーのことが思い浮かび、ジアナは明るい気持ちになった。

「笑っているね、ジアナ。なにを考えている？」

ジアナはちらりとアレックスを見た。「友人のことを考えていたの、ミスター・サクストン。もう四年も会っていない親友よ。当時は、恋愛にたいする夢や憧れのことしか考えられない乙女そのものだった。四年前に結婚したけれど、いまは、さぞつまらない毎日を送っているでしょうね」

思わず、ぴしゃりと言い返しそうになったが、アレックスは自分を抑えた。「ずいぶんはっきりものを言うんだね、ジアナ。だが、少なくともほかの人間の前では、皮肉な物言いは慎むんだ。ぼくたちはこれから世間にたいして、幸せな結婚生活を送っている夫婦のふりをしなければ」

「なるほど」と、ジアナ。「つまり、あなたの言葉に一言一句従って、腫《は》れぼったいぼんやりとした目で、あなたを見ていればいいのね？」

ジアナの声にあざ笑うような響きを聞きとり、アレックスは微笑んだ。ありがたい。この娘にはたしかにユーモアのセンスがある。「まあ、今晩のうちは、その調子でしゃべっても構わないさ、ジアナ。さて、舞踏室に戻ろう。駆け落ちのニュースが周囲にあまりショックを与えないよう、何人かにぼくを紹介しておくほうがいいだろう？」

彼は腕を差しだした。ジアナは、彼の黒い袖《そで》に片手をそっとかけた。「ぼくをアレックスと呼べそうかい？」

「なんとかやってみるわ。じゃあ、まず最初に、グラフトン公爵夫妻に紹介しましょうか」

16

ジアナは、ブリストルの霧に煙る通りを〈ローヤル・ジョージ・イン〉の三階の部屋の窓から眺めていた。ラム酒ですっかりいい気分になった水夫たちが、しわがれ声で歌いながら、徒党を組んで練り歩いてくる。

男が叫ぶよ、よお、姉ちゃん
田舎者が叫ぶよ、ビールもってこい
可愛い娘を連れた、いなせな兄ちゃん
すっかりいい気分で、ケツにお宝いれたとさ
さあ、行くぞ、男たち
力のかぎり叫べ、おーい船よ、おーい船よ

歯切れのいいロンドン訛《なま》りを聞いていると、嗚咽《おえつ》が漏れそうになった。明日、わたしはイングランドを発ち、アメリカの蒸気船ハリョン号に乗船しなければならない。ジアナは窓か

ら離れ、隙間風の多い部屋の夜の寒さに背を丸め、暖炉の火格子の向こうで白く輝く炎にあたった。そして、アレックスの部屋へと続く扉のほうに、用心深い目を向けた。たしかに彼は、〈ローヤル・ジョージ・イン〉では二部屋を予約した、と言っていたけれど、まさか続き部屋だとは思いもしなかった。彼女はもう、ドレスの背中のボタンをはずすのはあきらめていた。メイドをよこして、着替えを手伝わせると言っていたのに。

それにしてもママの立ち直りは早かったわ、とジアナは思い起こした。結婚式のあとの舞踏会で、わたしがアレクサンダー・サクストンを見上げてにっこり微笑み、彼に手をしっかりと握られているのを見たときも、ママはうろたえはしなかった。そして二日後、わたしは青白い顔に笑みを浮かべ、真実を残らず打ち明けた。まあ、娘が七カ月間の休暇をアメリカで楽しみ、その結果、孫というすばらしいお土産までついてくると考えてくれればいいのよ、と軽口も叩いた。すると驚いたことに、想像していたよりもずっと早く、母親は事実を受けいれた。そして、一緒に夕食をとりましょうと言い張ったのだ。夕食の席で、アレックスは心からくつろいでいるように見えた。そして食後は、公爵と応接間に移動し、香りのきつい葉巻を吸いながら談笑していた。ジアナが気に入らなかったのは、別れ際に、母親がなにも言わずに、ただアレックスに意味ありげな笑顔を向けたことだった。母親は、なにも言葉にださないまま、彼にメッセージを送っていたのだ。そのことを責めると、アレックスは好色そうに、にやりとした。「そりゃ、ジアナ、どんな快楽がきみを待っているのか、お母上はよくご存じだからね」

「そんなもの、あるはずないでしょう。わたしたち、ほんとうは結婚していないのよ、ミスター・サクストン」

ジアナは髪にブラシをかけた。そして髪を三つ編みにまとめようとしたとき、続き部屋に通じるドアが軽くノックされ、ワイン色のベルベットのガウンを着たアレックスがはいってきた。

「メイドはどこ？」ジアナは、落ち着かない様子で肘掛け椅子の背を押した。

「しまった」と、アレックスが言った。「いつもなにか忘れちまう。大丈夫だよ。今夜はぼくがきみのメイドになってあげる」

「その手にもっているものはなに？」

彼はシャンパンのボトルとグラスをふたつ、ジアナに見せた。「新婚初夜だ、愛しあう新郎新婦は乾杯するのが習慣だろう？」

「それって、多産のおまじないかなにか？」

アレックスが頭をのけぞらせ、哄笑した。「きみには、ジアナ、ものすごい効き目があったようだな。あの晩は、具合が悪かったというのに。たしかに、あまりロマンティックではなかったが。さあ、ドレスを脱いで、一杯どう？」

「じゃあ一杯だけ。もう疲れて、横になりたいの」

ジアナはグラスの泡をのぞき込み、アレックスが乾杯の音頭をとるのを待った。

「ぼくのイングランドの花嫁に乾杯。ニューヨークの野蛮人どもに、文明をもたらさんこと

「乾杯」と、ジアナが応じた。「まあ、それも短期間だけれど」

彼女がシャンパンを飲みほすと、アレックスがおかわりをついだ。「今度はきみが音頭をとる番だよ、いとしいひと。昔からの習慣だろう?」

グラスのふちから、彼をしばらく見つめた。「うぬぼれがすぎる男性に」

「喜んでうぬぼれをわかちあいたいと思っている男に」

「衣服のようにうぬぼれを身につけている男性に。うぬぼれを身にまとっていないと、まるで裸の王様のような男性に」

「乾杯」

「ミスター・サクストン、もうシャンパンは結構よ」ジアナが椅子から立ちあがった。

「ほんとうに、ミセス・サクストン?」

彼女はぎょっとした。「いやだわ。そんな呼び方に、慣れるかしら」

「ああ、慣れてもらおう。妻の〝ミス・ヴァン・クリーヴ〟ですときみを紹介するのは、恥ずかしいからね」

ジアナはあいまいに微笑み、彼に背中を見せた。「ボタンをお願い、アレックス」

小さなボタンが、彼の指でまたたくまにはずされていった。ドレスが腰のあたりまではだけると、むきだしの肩に彼のあたたかい手が触れた。そのとたん、全身に快感が走り、ジアナは飛びあがった。ゆっくりと、威厳をもって、なんとか彼から身を離した。

「こりゃなんだ？」

「なんのこと？」

「ぎゅっとウエストを締めあげている、これだよ」

「ああ、それはコルセットよ。そのひももほどいていただける？」

「フォークストーンではこんなもの、つけていなかったね」

「ええ」と、彼女は言った。「つけていなかったわ」

コルセットがゆるむと、ジアナはほーっと息をついた。「ああ、気分がよくなった」すると、アレックスがコルセットをはずすのがわかった。目の端で様子をうかがうと、彼は暖炉の炎へと上体をよじっている。「なにをしているの？」

「鎧《よろい》を破壊しているのさ」

硬いコルセットが、みるみる炎をあげ、燃えはじめた。

「骨の部分は燃えないはずよ」と、ジアナ。「アレックス、もうこれ以上、わたしの服を壊さないでいただけると助かるわ」

「もう、絶対にコルセットをつけちゃだめだ。だいいち、きみは棒みたいに細いじゃないか。それに、おなかがでてきたら、このばかげた装置は赤ん坊を傷つけるぞ」

「そんなこと、考えもしなかったわ」

「きみが考えもしなかったことは、ほかにもある」

「もう、ご自分の部屋に戻って、アレックス」と、少し大きすぎる声でジアナが言った。

「手伝ってくださって、ありがとう」

「新婚初夜に花嫁を放っておけって？　ぼくはそこまで無礼者じゃないよ、ジアナ」

ジアナは自分のつま先をじっと見つめていた。彼にはわかっているんだわ。ああ、いやになる。わたしの肉体が彼を欲していることが、よくわかっているのよ。そして、わたしから少し離れたところで、いかにも退屈そうに、わたしのことをじろじろ眺めているんだから。

「ほかにすることはないの？」

「あるよ」と、アレックス。「花嫁と愛をかわすのが、ぼくの聖なる任務さ」

「わたし、あなたの花嫁じゃないわ」

「きみがどれほどきれいか、わかるかい？　腰までドレスをはだけて、髪を下ろしているところが」

「わたしがきれいじゃないことは、だれだって知ってるわ。お願い、アレックス、ひとりにして。わたしのこと、もう、からかわないで」

アレックスの微笑みが消え、彼は背を向け、椅子に座り込んだ。「ナイトガウンを着なさい、ジアナ」

彼女はコットンのナイトガウンを手にとり、衝立《ついたて》の陰にそっと隠れた。その指は震えていた。「明日、船は何時に出港するの？」

「午前九時だ。もう、きみのトランクは積み込んだ。あわてる必要はない」

ジアナが衝立からでてくると、アレックスは振り返った。ナイトガウンの前をぎゅっとあわせている。その顔は躍る炎を浴びながらも蒼白で、おびえた子どものようだ。ただ瞳だけが、問いただすように彼を見つめている。

アレックスは大股で近寄っていき、彼女の顎《あご》をもちあげた。「これほど官能的な女性は見たことがないよ。そして、それを必死で否定する女性もね」そしてジアナの両手を、ナイトガウンの前からやさしくはずした。「ぼくを抱きしめて、ジアナ。女性と同じように、男だって抱きしめられるのが好きなんだよ」

ジアナは彼の背中におそるおそる手をまわした。そして、つま先で立った。「あなたって、とても大きいのね」

アレックスが強くジアナを抱きしめた。そして、しばらくじっと立っていた。ジアナを手で愛撫したくてたまらない。我慢するのがつらい。「きみと愛しあいたいんだ、ジアナ」

「わたし、もう、堕落した女だもの。堕落ってどういうものなのか、知りたいわ」

アレックスは彼女の鼻に軽くキスをした。そして、ジアナが眉をひそめるのを見ると微笑んだ。

「もし、わたしが気に入らなかったら?」

「気に入らなかったら、ジアナ、あとでぼくの男性自身をもぎとればいい」

「それ、悪くないかも」

アレックスは、彼女のすぼめた唇にキスをすると、彼女を腕に抱きあげた。ジアナがうろたえ、驚いたことに、アレックスは彼女をベッドに運ぶのではなく、暖炉の前の肘掛け椅子にそっと下ろし、自分の膝の上に彼女を座らせた。

「もうコルセットはつけないと約束してくれ」

それは、真剣そのものの声だった。ジアナは彼の肩に身を寄せた。この人ったら、わたしと身体をぴったりあわせてるっていうのに、コルセットの話をしてわたしをじらすなんて。

「約束するわ」と即答した。

「ずいぶん、素直だな」アレックスは、ジアナの背中を腕で抱き、期待に満ちた彼女の顔に微笑みかけた。「クリスマスの朝の子どものように、期待に胸をふくらませているじゃないか」

彼の声は甘い愛撫のようだった。喉に指が触れ、脈をはかるかのように、しばらくそこにとどまった。やがて、ナイトガウンの腰ひもが落ち、彼がボタンをはずしはじめた。恥ずかしくてたまらなかったが、胸の高鳴りを抑えることができず、ジアナはきつく目を閉じた。やがて、肩と胸に冷気を感じ、目をあけた。アレックスがじっとこちらを見つめている。そして、指先でそっと愛撫をしながら、ジアナの肉体を凝視しはじめた。とうとう片手で乳房をおおわれると、ジアナは大きく息を呑んだ。

「わたし、昔は胸が小さかったの」

「ぼくだって、昔は手が小さかったよ」彼の両手が胸から離れ、そっとおなかのあたりに下りていった。そして、てのひらを彼女の下腹部に強く当てたが、三角形の丘には触れそうで触れない。ところが、アレックスが頭を椅子の背にあずけ、目を閉じたまま愛撫を続けたので、ジアナはうろたえた。いやだわ、まるでわたしを安楽椅子の肘掛けのように扱っている。それに、まるで退屈でしかたがないような顔をしているじゃないの。ジアナは身を硬くしようとしたが、ただ、彼の腕へと身をのけぞらせることしかできなかった。やがて、彼の指先が少しずつ下に向かった。

アレックスが目をあけ、ジアナの紅潮した顔をのんびりと眺めた。「その気になっているのは、恥ずかしがり屋の花嫁のほうじゃないかな」

「わたしに興味がないのなら、放っておいて」

アレックスは微笑んだ。腰の下でおれのものが硬くそそりたっているのが、わからないんだろうか？「きみを放っておくだって、王女さま？　いや、そんなことを二度とするものか」彼の指が、彼女自身をさがしはじめたが、まだ話し続けている。敏感な部分をそっと愛撫したかと思うと、腿のほうへと指を這わせる。ジアナは大きく息を呑み、彼の肩にしがみついた。

「明日になれば、罪の意識がなくなるよ、ジアナ、後悔もだ」アレックスは、静かに彼女を抱きしめた。「まだぼくの妻ではないが、きみはぼくのものだ、ジアナ。いまも、明日も。ぼくが言っていること、わかるね？」

ジアナは彼の頬に寄せていた顔を離した。「わたしを抱いて、アレックス」

アレックスはなにか言ったのかもしれないが、もうなにも返事はできなかった。アレックスは、ほんとうにわたしに欲望を感じているのかしら？　じらされてばかりで、ジアナはどうにかなりそうだった。アレックスは彼女を抱きあげ、ベッドに運ぶと、腕のなかにそっと抱いた。そして、彼女の肩からナイトガウンをはぎとり、放り投げると、裸のジアナを仰向けに横たえた。

「寒い？」

「少しだけ」

「ちょっと待って」アレックスがガウンを脱ぎ、全裸で立った。彼の硬くなったものが脚のあいだからそそり立っている。アレックスは、ジアナに観察する時間を与えた。

ジアナはじっくりと観察を始めた。アレックスの黒い胸毛は腹のあたりで細くなり、股のあたりでまた密集している。「あなた、わたしを欲しがっているのね」ジアナがささやいた。

アレックスがにっこりと笑った。「見ればわかるだろう？」彼はジアナの隣りに身体を横たえ、肘をついたが、彼女には触れない。「どうして世間ではブロンドが色っぽいと考えられているのか、解せないね。きみがどれほどおいしそうに見えるか、わからないだろう？

シルクのように白い肌に、黒い毛がやわらかく渦巻いている」

アレックスは片手を彼女の乳房に当てた。彼女の胸の鼓動が速まったので、うれしくなった。「おいで、いとしいひと」

アレックスは彼女を強く抱き寄せ、深くキスをした。その唇を味わい、おずおずとした反応を楽しむ。抱きしめたまま、彼女の乳房を、腰を撫でまわす。とうとう、ジアナがうめき声をあげはじめた。彼女の下腹に、アレックスは自分のものを強く押しつけ、顔を彼女の胸へと下げると、乳首を吸いはじめた。

「アレックス、お願い、助けて」ジアナが、彼の肩に指を食い込ませる。

アレックスは、彼女の上にのしかかり、乳房や腰を手で愛撫しては、唇で追った。そして、彼女の腿を大きくひらき、そのあいだに身を置いた。「きみは美しい、ジアナ。かぐわしいつぼみのようだ。ピンク色でやわらかい花がひらきはじめている」

ジアナが腰を突きあげた。「あなたのお花みたいに？」

ジアナは、腿を強くつかまれた。そして、身体を引きあげられ、あたたかい唇で濡れたつぼみをおおわれた。そのとき、ふいに、〈黄金の寝室〉にいる彼の姿が見えた。「あなたは、これをマルゴにしていたのね」

アレックスが悦楽でぼんやりとした目を向けた。「マルゴ？」

ジアナは、彼の両手のほうに腰を突きあげた。どうしても我慢できない。「ええ、わたし見たのよ、アレックス。あなたがローマのマダム・リュシエンヌの館で、マルゴと愛しあっているところを」

突然、アレックスの頭がはっきりした。「なんだって？　どうしてぼくのことが見えたんだ？」

ジアナは悲鳴をあげたかった。そんなことはどうでもいいの、と。「あなたは〈黄金の寝室〉にいた。わたし、ガラス越しに、隣りの部屋から見ていたのよ。そんなふうに見られていること、あなたも知っているのかと思ってたわ」

か」

「まさか。知るはずないだろう？　娼婦と寝ているところを観察されたがる男がいるもの

「そういう男の人、多いのよ」彼の唇が離れたので、少し理性が戻ってきた。「それに、みんな同じだったわ。たったひとり、ちがうひとがいたけれど」

「それが、ぼくか」

「ええ、あなたはちがった」と、ジアナは繰り返した。「ほかの男の人とは全然ちがった。快感に震えているような演技を女性にさせるには、あなたはうぬぼれが強すぎるのね」

アレックスは彼女の横に身体をぴたりと寄せた。見るまに、彼女の目が失望で曇った。

「それは、見栄っ張りのせいばかりじゃない。ぼくは、女性に快楽を味わってもらうのが好きなんだよ。そうすると、愛しあう行為がよりいっそう満ち足りたものになる。さあ、おしゃべりはこのへんで終わりにしよう。いいかい？」

「いいわ」

アレックスは微笑みながら身をかがめ、彼女の身体にキスを始めた。演技をしているんじゃないかと、ジアナを疑うことは一生ないだろう。

両手でジアナの腰を抱き、その感触を楽しんだ。舌を下腹部に這わせ、てのひらでやさしく乳首をなぶる。それから、両手で彼女の腰をつかんだ。ジアナはいまや、彼を迎えいれようと、脚をひらいている。アレックスは彼女を組み敷き、そっと脚のあいだに指を差し込んだ。彼女の脚が硬直し、悲鳴があがった。ジアナは枕の上で激しく頭を振っている。しばら

く、快楽の渦のなかにいるジアナを抱きしめていたが、やがて身を引き、彼女を貫いた。

「ジアナ」そう言ってから、ジアナの口をおおった。

ジアナは、快楽の嵐に身をゆだねた。彼がわたしのことをよく知っているから、わたしはこれほど激しい快感のなかにいるんだわ。彼の腰に脚をからめ、もっと彼を深く引き寄せ、彼の喉元でもだえた。身体が震え、全身に緊張が走る。ジアナは荒々しく彼にキスをし、彼の口のなかに舌を突き刺した。彼が、ジアナのなかに彼のものを突き刺しているように。

アレックスはうめき声をあげると、絶頂に達した。そして、しばらくすると、力の抜けたジアナの身体を抱きしめた。

「ついに」と、とうとうアレックスが口をひらいた。「ヴァン・クリーヴ社とサクストン社の合併が完結したね」

喉元で、ジアナが微笑むのがわかった。両手を彼女の首にまわし、しっかりと抱き寄せた。

「ああ、ジアナ。ぼくは、きみの期待を裏切った？」彼女の鼻に軽くキスをした。

「いま、わたしから離れるような真似をしたらね」

ジアナは彼の胸を抱きしめ、いっそう身を寄せた。彼は、まだ彼女のなかに深くはいったままだ。

「愛をかわしたあと、女性は話したがるものとみえる」ジアナの額に、彼はつぶやいた。

「おかしなものね」

アレックスは、肩に彼女のまつげがさっと触れるのを感じた。そして、まだ部屋に光を投げかけているランプをうらめしそうに見た。あとにしよう。眠っているあいだに、彼女が身を離したら、ランプを消しにいこう。彼は、多くの男たちに耳にたこができるほど聞かされてきた話を思い出した。きっと、やつらの奥さんがたは、お育ちがよすぎて、自分の肉欲を素直に認めることができないんだろう。そして暗闇のなか、禁欲的に黙々と、義務をはたすだけなんだろう。例の男と結婚していたら、ジアナもそんなふうになっていたかもしれない。もしかすると、それはおれの買いかぶりかもしれないが、いずれにしろ、ジアナと愛しあえたのはおれだけだ。そして永遠に、おれだけのはずだ。アレックスは唇に笑みを浮かべたまま、眠りに落ちた。

アレックスはぼんやりと目を覚ました。髪の毛が何本か口にまとわりついている。それに、ぬくもりのある身体が押しつけられている。目をしばたたかせると、室内に朝の光が満ちていたので仰天した。ベッド脇のテーブルにある置時計に目をやり、悪態をついた。目覚めたジアナと愛しあいたかったのに、もう八時近い。船は一時間後に出帆する。

「ジアナ」アレックスは、彼女の額に呼びかけた。

彼女は眠ったままなにかつぶやき、彼の胸に顔を埋めた。

「起きるんだ、お寝坊さん、急がないと」軽く彼女の尻を叩き、からみつくジアナの腕と脚をはずした。

ジアナは腕と脚を引っ込め、おそろしく乱れたベッドの上で、裸のままあくびをした。

「あくびをするには、遅すぎる時間だよ、王女さま」アレックスはにっこりと笑い、ベッドから飛びだすと、はつらつと伸びをした。自分の身体がしなやかなことが、素直にうれしい。

「急げば、入浴する時間があるよ。風呂を用意させようか?」

ジアナはふたたびあくびをした。アレックスは、彼女の全裸に目を這わせた。「ええ、お願い」

「ハリョン号に乗船してから朝食をとろう。ボタンとめ係が必要なときは、そう言ってくれ」

アレックスは彼女の顎を両手ではさみ、唇に軽くキスをした。「朝食のあと、デザートの相談をしよう」そう言うと、裸のまま隣りの部屋に歩いていった。腕にガウンをかけ、思わず船乗りの歌を口笛で吹いたが、ありがたいことに、ジアナは歌詞を知らないらしい。

巨大な蒸気船ハリョン号に乗船すると、アレックスの前にひとりの男がのっそりとあらわれたので、ジアナは驚いた。それは、船長のダフィーだった。がっしりとした体格と、なめし革のような肌の持ち主だ。

「ようこそ、サー」と、船長はよく響く太い声で言い、アレックスの手を握ると、上下に勢いよく振った。「乗船いただき、光栄です。いや、この荷物はわしがおもちいたしやしょう、ミセス・サクストン。奥さまにとっても、充実した旅になりますよう。どうやら、ミスター・サクストン、イングランド随一の別嬪《べっぴん》さんをさらってきたようですな」

「じつに充実した旅だったよ」と、アレックス。「ミセス・サクストン、船長を紹介しよう。

こちらがダレル・ダフィー船長。うちの船隊のなかでは、だれよりもうまいホラを吹く老練なる水夫だ」

「はじめまして、ダフィー船長」と、ジアナが会釈をした。

「個室を用意しておりますんで、サー。お恥ずかしい話ですが、いま、舵手《だしゅ》の二日酔いを醒ましているところでして。アイルランドの水夫につかまり、しこたま飲んだらしいですや。まあ、やつはアメリカ人ですから、それほどの頭痛は――」

船長がしゃべりつづけていたが、ジアナはあわただしい船上を見まわした。水夫たちは高いところで帆装したり、船荷の木枠を運んでは防水帆布の下や船室に固定したりしている。やがて、ニューヨークに渡る乗客が十五名ほどいると話すダフィー船長の声が聞こえてきた。

「ハリョン号がお気に召したかな?」

「あなたの船だって、教えてくれればよかったのに、アレックス」

「だって、この船を買ったのは、きみがコーンウォールに監禁されている最中だったからね。それから、うちの乗組員たちにあわてて艤装《ぎそう》させたんだよ。二週間もあればアメリカに着くはずだ、ジアナ。運がよければ、初冬の嵐は避けられる」

ジアナは、きらきらと光る銅の手すりに指を這わせた。「二週間。そんなに早くアメリカに着くなんて、信じられない」

「蒸気と総帆の組み合わせが、最高の船をつくりだすのさ。さて、船室に案内しよう」

ところが、個室にあるマホガニーでおおわれた豪華な壁や、足元の分厚い絨毯をじっくり眺める余裕はなかった。耳にキスをされ、両手で背中を撫でられていたからだ。

「待ちぼうけをくわされて、すっかり飢えてしまった」

「この時間からそんなにおなかをすかせていたら、太っちゃうわ」

「どちらが最初に太るのか、拝見しようじゃないか」

ジアナは彼の首に腕をまわし、つま先立ち、彼に身体をくっつけようとしたが、それでも彼の唇には届かない。アレックスは彼女をじらし、少年のような微笑みを浮かべた。そして、ジアナをさらうように抱きあげると、勢いよくベッドに放りなげた。

「服を脱ぐ時間は三分だけだ、ジアナ。それ以上は許さない」

ジアナがまだストッキングと格闘しているというのに、アレックスはもう魅惑的な裸体をさらしていた。そして、彼女のかかとをつかみ、ベッドへとひっくり返した。ストッキングがくるくると下ろされていく。彼に触れられると、どうしてこんなに切羽詰った気持ちになるのかしら、とジアナはぼんやり考えた。やがて、アレックスがのしかかってきた。ジアナは彼にキスし、しがみついた。

「ぼくをレイプしないでくれ」アレックスがじらすように喉をそっと齧《かじ》る。そして、彼女の顔を手ではさみ、自分のほうを向かせると、片手をつかんだ。彼女の指に手を重ね、ふたりの手をそっと下ろしていく。彼女の脚のあいだをまさぐり、愛撫しながら、ジアナにも自分の手でそれを感じさせた。最初は恥ずかしくてどうにかなりそうだったが、じきに恥じらいは消えた。そして、彼に手を離されると、今度はみずから彼自身へと指を這わせていった。

そっと、やさしく、そそりたつ彼を手でくるむ。

「すごく大きいわ、アレックス。わたしを引き裂かないのが、不思議なくらい」

アレックスの指はまだ彼女をまさぐっている。「ぼくのことが欲しいんだろう？　そう思ってくれないと、きみを傷つけてしまう。でも、ほら、きみはこんなにやわらかい。ぼくが欲しくてたまらない？」

彼女の指が、硬くなったものを上へとしごきはじめた。アレックスがうめき声をあげた。

「ああ、この小悪魔め。やめないと、ふたりで最後までいけなくなってしまう」

ジアナは全身から骨がなくなってしまったような気がした。やがて、彼がまたジアナの身体を押し、身を引いた。ジアナが顔を上げると、アレックスがまた強く抱きしめた。うなじにキスをし、乳房を包み込むように愛撫する。そして、下腹を強くジアナに押しつけ、指でふたたび彼女をさがし当てると、少しずつ、彼女のなかへと身を沈めていった。

あのかすかな痛みと興奮が身体のなかから湧きあがる。昨夜、彼が教えてくれたあの快感にまた震えたい。また、あの高みに達したい。ジアナはもだえた。どうして、こんなにじらすの。早くいかせて。彼の指が触れるか触れないかといった愛撫を続けた。羽のように軽く、触れてはじらし、じらしては触れる。ジアナは悲鳴をあげた。

「意地悪」

「きみがペースを落とすには、何年もかかりそうだな」アレックスが耳元でささやいた。ジアナは朦朧とした頭で考えた。ああ、いまやめられたら、死んでしまう。

全身を快感が貫き、ジアナは絶頂に達した。ひんやりとした船室の空気に、ぐっしょりとかいた汗も乾く。彼女は、彼のぬくもりある身体へと身を寄せた。

「あなたって、すごすぎる。大変なうぬぼれ屋さんだけど、目をつぶってあげるわ」

「きみの夫として充分なほど、すごいかな？」

ジアナが身をこわばらせるのがわかった。「名目上の夫というだけよ、アレックス。でも、あなたはわたしの愛人。それは否定しない」

「じゃあ、子どもが生まれたら、もうぼくを欲しがらないとでも？」

「でしょうね」ジアナが吐息をついた、「いまはあなたがすごく欲しい。でも、そうした欲望も、だんだん消えていくんじゃないかしら」

「実践を積んでいけばわかるよ、ジアナ。ぼくは実践を怠らない」

ジアナが身を離し、ベルベットの上掛けを引っ張った。「わたしなんか不器用でへたな女だって、そのうち飽きてしまうかも」と、ジアナがさびしそうに言った。

「でも、やる気は満々だろう？　ぼくは何事においても、忍耐強い男だ」

「女に関しても、忍耐強くなれる？」

アレックスが黒い眉尻を上げた。「ぼくが不貞をはたらくにきまっていると、いまから非難するつもりか？」

ジアナがつま先を見つめた。「いいえ、そうじゃない。でも、わたしはあなたにとって、じきに退屈な女になる。そして、おなかが大きくなれば、わたしはあなたと愛しあうこともできなくなる」彼女は肩をすくめた。「でも、そもそも、あなたは自由なんですもの。好きなようにしていいのよ」

アレックスは、顎がひきつるのを感じた。「くだらない皮肉は、もううんざりだ」怒りのあまり、きつい口調で言った。「色眼鏡で見るのはやめてくれ」

ジアナは、彼のほうにさっと頭を振った。「まあ、ローマの種馬がずいぶん殊勝な台詞を並べてくれるじゃないの。あなたのほうが、よっぽど無礼よ、アレックス」

アレックスはベッドからでると、ぬっと立ちあがった。なんて大きな男の人だろう。ジアナは、彼女のせいですっかり濡れている男根を、目の端でとらえた。

「妻であろうとなかろうと、ミス・ヴァン・クリーヴ、これ以上くだらないことをわめきつづけるのなら、鞭で打つぞ」

「愚かな男と脅迫。完ぺきな組み合わせね。でも、真実はごまかせない。わたしには構わず、売春婦のところに慰みを求めにいけばいい。あなたにお似合いよ、ミスター・サクストン」

「まったく、こうして突っ立ってきみの話を聞いていても、時間の無駄だ」アレックスが服をかきあつめ、ズボンをはいた。

船室をでていこうとすると、ジアナが大声で呼びとめた。「待って。わたしを置いていかないで。ドレスを着るのを手伝ってくれる人がいないのよ」

「じゃあ、そのままベッドに寝ていろ。きみはぼくが欲しくてたまらない。ここに戻ってきたときには、我慢できずにぼくに飛びかかり、服を引き裂くだろうさ」

「この自信過剰男。あなたとなんか、絶対に結婚するもんですか」

「お気をつけあそばせ、奥さま。もうきみに求婚しないかもしれないぞ」アレックスは背を向け、扉を叩きつけるようにして閉め、船室をでていった。


ジアナは、口と目を閉じ、アレックスに冷たい布で顔を拭いてもらった。

「汗だくじゃないか」

「だれのせいかしら」ジアナは微笑まずにはいられなかった。「淑女は汗をかかないのよ」

そのとき、水が半分はいったグラスがテーブルの上を滑っていくのが見えた。ハリョン号が波の谷間で右舷《うげん》に大きく舵《かじ》を切ったのだ。つぎの瞬間、ジアナはあわてておまるをつかんだ。

心配そうな顔を見せまいと、アレックスは彼女に背を向けた。ハリョン号には医者が乗船していない。うかつなことに、この獰猛《どうもう》な大西洋の嵐が妊娠中のジアナにこたえるだろうということまで、彼は計算していなかった。嵐はもう三日近く猛威をふるい、乗客の大半が船酔いにかかっていたが、妊婦はジアナだけだった。彼女は嵐が始まってからほとんど食べ物を口にしておらず、胃のなかには、もうもどすものもない。

「ジアナ、なにか食べないと」アレックスは彼女の隣りに腰を下ろした。

「もうわたしのこと、嫌いになったでしょう?」ジアナはすっかり衰弱していた。顔は青白く、髪はつやを失い、汗で濡れている。アレックスが髪を三つ編みに結ってやったので、ジアナはおとなのふりをしている少女のように見えた。そのとき、巨大な船がひときわ荒い波にうねり、彼自身、吐き気を覚えた。

すっかり男らしさを失い、意気消沈していると、ジアナのつぶやきが聞こえた。「お願い、アレックス、赤ちゃんを死なせないで」ジアナの頰に涙がとめどなく流れた。唇に到達する前に、彼はあわててその涙をぬぐった。ジアナは腹部に手をまわし、胸のほうに膝を曲げた。

「まったく、最低の船室だ」と、唐突にアレックスが言った。そして、傾いては上下する贅沢な装飾がほどこされた室内を見た。「ここからでよう」

アレックスは何枚かセーターを重ね着し、その上にレインコートを羽織ると、ジアナを目のあたりまであたたかい毛布に包み込んだ。

「わたしを海に投げるつもり？」

「そんなことをしても、魚に投げ返されるのがオチさ。きみはグッピーより軽いぞ。シーッ。すぐに、気分がましになるはずだ」

アレックスがよろめきながら甲板にでていくと、雨に打ちつけられたダフィー船長が驚いた顔をした。彼はお構いなしに、激しい雨と風があまりあたらない場所を操舵室の外に見つけると、椅子をもってきてくれと水夫に命じた。

数分もすると、腕のなかのジアナの顔色が戻り、アレックスはほっとした。そして、片手を毛布の下に滑り込ませ、やさしく彼女の下腹部に触れた。

「少しよくなった？」

「ええ。信じられない。アレックス？」

操舵室の周囲の壁に、勢いよく雨が打ちつけた。アレックスは彼女を守ろうと、頭を下げた。「なんだい？」

「ありがとう」

眉毛に軽くキスをすると、彼は微笑んだ。「どういたしまして、ミセス・サクストン。船外でびしょ濡れになっても回復しなかったら、ほかの治療法を試していたさ」

そのあと、昼近くまで、ふたりは眠りつづけた。それはこの三日間で初めてとぎれのない深い眠りだった。アレックスは目覚めると、ふたりの周囲で身体を丸めて甲板に寝ころがっている乗客に、あつかましくにやりと笑った。

「なんというハネムーンだ」そう言うと、ジアナの顔を見た。血色が戻っている。「夫でもない男が、これほど妻のために――」

「まだ、妻じゃないわ」と、ジアナが言った。「わたし、ひどい格好でしょう？」彼女は毛布から手をだそうとしたが、アレックスに押さえられた。

「きみの緑色の顔にも慣れてきたよ、ジアナ。見栄っぱりも回復したようだし、熱いスープでも飲むかい？　ニューヨークに着いたとき、腕に幽霊がぶらさがっているのは勘弁してもらいたい」

ジアナはまばたきをし、驚いたように言った。「おなかがすいたわ」

スープを飲み、パンもひと切れ口にいれると、ジアナはふたたび眠りに落ちた。そして、そのまま夜まで目覚めなかった。彼女はアレックスの腕のなかで伸びをした。すると、彼がまた下腹部に手をもぐらせてきた。

「もう腹痛はおさまった？　気分はよくなったかい？」

「ええ、大丈夫。でも、あなたは腕が疲れたでしょう？」

「きみが生き延びてくれたんだから、ぼくの腕だって生き延びるさ、王女さま」彼はしばらく言葉をとめ、うねる灰色の嵐雲を見つめた。「そういえば、うちの家族のことは、あまり話していなかったね」

ジアナが微笑んだ。「ディレイニー・サクストンのことは、少し存じあげてるわ。あなたがロンドンにいらっしゃる前に、あなたのこと、少し調べさせてもらったのよ。弟さんのディレイニーは二十八歳で独身。まだカリフォルニアに滞在していらっしゃるの？」

「ああ。先日もらった手紙を読むかぎり、絶好調らしい。金鉱でひと山当て、いまじゃ、二カ所も金鉱を所有しているそうだ。地域の議員にも選ばれたそうだよ。昨年、カリフォルニアが自由州として連邦への加入が認められたときには、政治家として貢献したそうだ」

「イングランドには欠点が多いけれど、少なくとも、国の内部で仲間割れはしていないわ」

「たしかに、国家がふたつに分断されるかもしれないな。新聞で声高に非難しあっているよ。ケンタッキー州選出のヘンリー・クレイ上院議員が、昨年、妥協案をだして、かろうじて対決は食いとめた。ぼくは弟への手紙に、名を広めたいのなら、西部を遊説してまわるべきだと書いたところだ」

「そうしたら、せっかく稼いだお金もすべて使ってしまうでしょうけれど。弟さんにお目にかかるのを楽しみにしているわ、アレックス。でも、あなたのお嬢さんのリーアに、最初にお目にかかりたいの。どんなお嬢さんなのか、全然わからないんですもの」

「可愛らしい少女だと思うよ。よそよそしいところはない」

「お嬢さんにとって、あなたはきっと、ぴったり身体をくっつけて寄り添える、大きな熊さんなんでしょうね。あなたに似ているの？」

「少しね。目は同じだが、あとは――」彼は肩をすくめた。「やさしく接してくれると、ありがたい、ジアナ。ここのところ、出張が多いだろう？　娘は女性の家庭教師とふたりきりで置いてけぼりなんだ」

「そういうことは」と、断固とした口調でジアナが言った。「わたしの守備範囲よ、自分が経験してきたことだもの。まさか、意地悪な継母《ままはは》みたいな真似を、わたしがすると思ってはいないでしょう？」

「まさか。だが、いずれにしろ、ニューヨークにはあまり長く滞在しないつもりなんだろう？」ジアナは返事をしなかった。「ぼくと一緒にいるあいだだけは、娘に微笑みかけ、やさしくしてもらえると、ほんとうに助かる」

「ミスター・サクストン、おまかせください。わたし、あまり子どもと接したことがないけれど、お嬢さんはあなたにとって、とくべつな存在なんでしょう？」

「ああ」と、アレックスが静かに言った。「とてもとくべつだ」

ジアナはうっかり口をすべらせた。「奥さまも、とくべつな存在だったんでしょうね」

「それは」と、彼が冷たく言った。「過去の話だ。その話はしたくない。もう、すんだ話だ」

「そうおっしゃるなら」

「そういえば、ニューヨークに暮らしている友人の名前を教えてくれないか」と、アレックスが話題を変えた。

「デリー・フェアマウント。ううん、いまはラティマー。ご主人のチャールズ・ラティマーは裕福な銀行家よ」

黒い眉が上がった。「きみはつまり、あのデリーを知っているのかい？」

「学校でいちばんの親友だったわ。そのはずんだ声から察するに、デリーのこと、よくご存じなのね？」

「ああ。ご夫人は魅力的だが、ラティマーとは馬があわん。そりがあわないんだよ」

「あの颯爽《さっそう》とした、ロマンティックなチャールズと？」

「おなじみの皮肉がにじんでいるね、ジアナ」

「そんなつもりはないわ。ただ、デリーに幸せでいてもらいたいだけ」

「チャールズ・ラティマーがどんな男であれ、若い妻を満足させておくだけの機知と資力はあるようだ」

「ほらまた、ミスター・サクストン。愛情という骨を投げて歓ばせておけば妻は満足している、女なんかちょろいものだと思っているんでしょう？」

アレックスはにやりと笑った。「だいぶ、いつものきみらしくなったな」と、からかった。

「まだ口論を続けるかい?」

「いいえ。おなかいっぱい夕食を食べたい気分」

アレックスは彼女を抱きしめた。「すばらしい、ミセス・サクストン。そのちっちゃな胃袋をいっぱいにして、ぼくの腕のしびれがとれたら、きみを大きな浴槽にいれ、身体を洗ってあげる。それからベッドにはいろう」

「まあ、ミスター・サクストン、ずいぶん複雑な行程ね」

「途中まではね。最後にベッドにたどりついたら、あとはシンプルきわまりないさ」

17

荷馬車が走り、行商人、ポーター、水夫がひしめくニューヨークの港は、この世のものとは思えぬ騒がしさだった。ハリョン号は停泊位置に身をおさめ、ゆっくりとくつろいでいる。

「ニューヨークって、すっかり文明化されているように見えるわ、アレックス」

十月の陽射しを受け、アレックスが目を細めた。サウスストリートの埠頭にはいつものように喧騒《けんそう》が満ちており、この風景を見るたびに、わくわくと胸が高鳴る。母国に帰ってくるのは、まったくもって最高の気分だ。彼は、ジアナにのんびりとした笑顔を向けた。「まさか、通りには丸太小屋が並び、原始的な格好をした野蛮人がうろついていると思っていたんじゃないだろうね。さあ、あれが、うちのビル、サクストン&ニールソンだ。ほら、通りの向こうにある、赤レンガ造りの三階建てだよ。ぼくのオフィスは三階。あそこの角部屋だ。もぐもぐしゃべる事務員の話に疲れると、窓の外を眺めて、気分転換をするんだよ。それに、サクストン造船所はほんの一ブロックほど先にある」

「わたしのオフィスにもぴったりだわ、アレックス」と、ジアナが言った。

アレックスが、黒い眉を上げた。「さすがに、そこまでは考えてなかったなあ。だが、妻がサウスストリートにスカート姿で元帳をもってあらわれても、ぼくの評判に傷がつくことはあるまい」彼はにっこりと笑った。「耳をおおっておくほうがいいよ、ジアナ。このあたりの言葉を聞くと、腐ってしまうかも」

「あなたのおかげで、耳は充分鍛えられたわ、アレックス」

アレックスは、短く微笑んだ。というのも、アナスレイ・オリアリーがこちらを見ていることに気づいたからだ。アレックスの助手であるアナスレイは、黒いシルクハットを勢いよく振っている。「ぼくたちより先に、手紙が届いていたようだ」と、アレックスが手を振り返した。「アナスレイ」と、長身の赤毛の男性に叫んだ。その低い声が、一定の秩序を保っている雑踏に響きわたる。「荷物をとりにきてくれ」

「彼は、アナスレイ・オリアリー」と、アレックスが説明した。「ぼくの助手だよ。きみの力になってくれと、あとで説得してみる。アナスレイはじつによく働く男だ。必要とあれば倫理など無視する暴れん坊でもある。唯一の欠点は、アイルランド出身だから、イングランド人嫌いのところかな。だが、きみはイングランド人といっても女性だし、いかにも弱々しいきみの様子を見れば、アナスレイだって冷たくはできないだろう。とにかく、きみは、ビジネスの世界のまっただなかで子どもを産みたいんだろう?」

「それほど、まっただなかじゃなくてもいいかも」と、ジアナはアイルランド出身の男を見た。埠頭の道板にとまっている無蓋《むがい》車に手を振っている。

「とにかく、しばらくは身体を休めてほしい、ジアナ。釣り竿みたいに細いじゃないか」

「あら、お世辞をありがとう、ミスター・サクストン。港を吹きぬける冷風から、あと七カ月、わたしを守ってくださるのね」

ジアナは、彼から笑みを引きだした。「きみの勝ちだ、ジアナ。きみに関心をもつのは、もう、夜だけにするよ」

アレックスは、ダフィー船長に手を振り、礼を言うと、ジアナの手をとり、木製の道板を下りていった。ふたりは、微動だにしない陸地に立ったあとも、しばらく身体が揺れているような気がした。

アナスレイ・オリアリーは、実際に会ってみると、想像していたよりもずっと若かった。ニンジンのような赤い眉毛とまじめそうな茶色の瞳をもつ青年だ。

「元気だったかい、アナスレイ」と、アレックスが握手をした。「こちらは、妻のジアナ・サクストンだ」

「お目にかかれて光栄です、奥さま。お帰りなさいませ、旦那さま」アナスレイがにっと笑った。「ここ数カ月、旦那さまはビジネスにかかりきりなのだとばかり思ってましたよ」

「ビジネスと快楽の両方を追求したわけさ。ところで、アナスレイ、造船所はまだ無傷だろうね？」

「ジェイク・ランサムが、イースタン・スター号のメーンマストの修理の件で、旦那さまにアドバイスをうかがいたいと。ああ、奥さま、ランサムとは旦那さまの造船所の職工長でして」と、アナスレイが説明をつけくわえた。

「問題はどこにありそうなの、ミスター・オリアリー？」と、ジアナが尋ねた。

「木材かと、奥さま。ランサムは、木材が充分に年輪を経ていないのではと心配しているんですよ」

「その木材、バルト海から船積みされてるんじゃない？」

「ええ、そのとおりで」と、アナスレイが目をぱちくりさせた。

「とすると、アレックス」と、ジアナが笑った。「あなた、詐欺にあったのよ」

「よしよし、月曜に確認してみるよ。ジェイクを、朝一番にオフィスまでよこしてくれ。出迎えありがとう、アナスレイ。月曜にジェイクと一緒に会おう」アレックスは、ジアナに手を貸し、馬車に乗せると、そのあとから勢いよく飛び乗った。

「わたしも月曜にご一緒させていただくわ、ミスター・オリアリー」と、ジアナが彼の背中に呼びかけた。

「今晩が待ちきれないよ」と、アレックスが馬車のなかで言った。「愛をかわすのが、きみの口を閉じる唯一の方法らしい」

ジアナはなにも答えなかった。ほかのことに気をとられていたのだ。やがて馬車はブロードウエーにはいった。

「後ろにあるのが、ジアナ、かの有名な砲台の跡だよ。その向こうにあるのが、ブルックリン。ぼくたちは、このままブロードウェーを進み、ワシントン・スクエアを迂回する」

「あれがトリニティー教会？」ジアナが声をあげ、高い尖塔《せんとう》を指さした。

「ようやく、数年前に改築されたところでね」と、アレックス。「きみのところのイングランド野郎どもが、また破壊しないといいんだが」

ワシントン・スクエアの南端に着くと、広大な芝生の上を整列して行進する、鮮やかな色の制服に身を固めた兵士たちに向かって、ジアナが興奮して手を振った。全員が銃剣付きライフルを気をつけの姿勢でもっている。

「毎日の鍛錬だ」と、アレックス。「第七連隊が教練を見せているところさ」

馬車は、ワシントン・スクエアを取り囲むようにして並ぶ住宅街の前を走り、五番街に曲がった。ジアナが息を呑んだので、アレックスはうれしくなった。

「ずいぶん木立があるのね、アレックス。都会の真ん中なのに」

「これほど美しい緑樹を誇るのは、ニューヨークでもここだけさ」

馬車が北に走るにつれ、住宅はいっそう高くなっていった。そしてついに、太い円柱が並ぶ白い大邸宅の前で馬車がとまった。広い前廊があり、薔薇《ばら》の木がトレリスにしつらえられている。三階建ての建物には張出し窓がすべての部屋にあり、明るい午後の陽射しを受け、窓ガラスがきらきらと輝いている。

「アレックス、わたし、あなたの家が丸太小屋だとは思っていなかったけれど、カールトン・ハウス・テラス（ロンドンにある巨大ビル）までは期待していなかったわ。なんて素敵なんでしょう」

「ぼくだって、イングランドの公爵の義理の娘と同じ屋根の下、手を伸ばせば触れるところで暮らすようになるとは思ってもみなかったさ。裏庭を見るのを楽しみにしてくれ。残念ながら、いまは秋だからそれほどでもないが、春には、いちばんの気に入りの場所になる。あそこで、よく仕事をするんだよ。屋根裏には温室のようなものをつくっていてね、天窓から明かりがふんだんにはいるんだが、やはりコネティカットの家の温室にはかなわない。いやいや、まだ、だまされたという顔をするのは早いぞ、ジアナ。うちのなかを見たら、きみの想像どおり、最悪の趣味の調度品で埋めつくされているかもしれない」

優雅な幅広の階段が、玄関ホールの中央からゆるやかに上に曲がり、踊り場のところで二手に分かれていた。ロビーには、船や造船所を描いた絵画が掛けられ、その下にオークの椅子とテーブルが置かれている。そこには三人の女性と、灰色の巻き毛の持ち主で唇を片方に曲げて笑っている長身の男性がひとり、立っていた。アレックスが新しい女主人を紹介すると、ひとりの女性がわずかに膝を曲げ、会釈をした。それはアグネスという料理人で、微笑むと白い歯がまぶしい巨体の女性だった。ビーは一階のメイドで、そのゲルマン民族らしい顔を引き締めつつ、興味津々といった表情を浮かべている。上階のメイドのエレンはまだ若い娘で、ジアナと会って緊張しているようだった。

「最後に、ミセス・サクストン、ハーバートを紹介しよう。わが家がうまくまわっているのは、彼のおかげだよ」アレックスは、ジアナの耳元でつけくわえた。「きみよりずっとイングランド臭い男だよ、ジアナ。ニューヨークでいちばん鼻持ちならないやつ。おかげで、ぼくの評判は上々さ」

「奥さま」ハーバートがお辞儀をした。

「なにもかも準備してくださってありがとう、ハーバート。もう、解散なさってください」

「ありがとうございます、奥さま」ハーバートが振り返り、手を叩いた。「持ち場に戻りなさい」

「リーアはどこだ。ハーバート？　それにミス・ガスリーは？」

居心地悪そうに、ハーバートが寄せ木張りの床に視線を落とした。「リーアお嬢さまは、ミス・ガスリーと一緒に子ども部屋においでかと」

アレックスが顎をこわばらせた。

「ミス・ガスリーですが、例のいらいらが始まりまして。旦那さまがご結婚なさったという手紙を頂戴してから、ずっと機嫌が悪いのです」

「まあ、それは」と、ジアナが言い、アレックスの袖に触れた。「さぞショックだったことでしょう。子ども部屋に行って、お目にかかってもいいかしら？」

「それはだめだ。ハーバート、エレンを二階にやって、娘を連れてこさせてくれ。五分後に図書室で会おうと。ミス・ガスリーも一緒に」

「わかりました、旦那さま」と、ハーバートが応じた。

アレックスは、ジアナを図書室に案内した。暗く男性的な部屋で、重厚な革張りの家具、オークの巨大なデスクが並び、ひとつの壁には黒ずんだワイン色のベルベットのカーテンが天井から床まで掛けられている。地球儀がひとつあり、書見台にはひらいた辞書が置かれ、暖炉のそばのテーブルには新聞が積みあげられている。

ジアナは、アレックスの手が腕を滑りあがってきたのを感じ、彼にもたれかかった。「すばらしいお宅ね、アレックス。自慢のご自宅でしょう?」

「まあね。だが、奥さま、ひどくやつれて見えるぞ。きょうは、あちこちを走りまわらせすぎたかな?」

「わたしは馬じゃないのよ、アレックス」ジアナは、彼の広い肩に頬を寄せた。

「そりゃそうだ。きみは頑固なラバさ。娘に会ってもらったら、二階に行こう。そして、今夜は部屋で静かに夕食をとろう」

「リーアと夕食をおとりになりたいんじゃない、アレックス?」

彼が返事をする前に、図書室のドアに引っ掻くようなノックがあった。ドアが開き、蜂蜜色の髪と鹿のような茶色の瞳をもつ長身の魅力的な女性が、すばやくはいってきた。大きくかさばるスカートの陰から、ほっそりした子どもがこちらをうかがっている。

アレックスはゆっくりとジアナから手を離した。「ミス・ガスリー」彼の声は冷たかった。「どうして一階まで出迎えにこなかったんだね?」

アマンダ・ガスリーは、落ち着きはらっている小柄なイングランド女性のほうに目を向けた。「リーアの気分があまりよくなかったので、ミスター・サクストン」

「リーア」アレックスが呼びかけた。「ここにきて、ジアナにご挨拶しなさい。おまえの新しいお母さまだ」

ジアナはアマンダ・ガスリーをじっくり観察した。アレックスが、彼女についてなにか言っていたわ、ブロンドだとか、なんとか。ミス・ガスリーは、実際ブロンドで、じつに魅力的な女性だった。父親に向かってうれしそうにスキップしていくリーアの様子を目で追っている。リーアはといえば、リボン、ひだ、レースなどで眉毛のあたりまでこれでもかと飾りたてられている。でも、目は父親ゆずりだ。それに、顎もアレックスに似てしっかりしている。淡茶色の髪の毛が細面の周囲に、縦長に細く巻かれている。たしかに流行の髪形だけれど、よけいに顔がとんがって見えた。

アレックスはしゃがみ、リーアを腕に抱きしめた。「久しぶりだね、仔猫ちゃん。すごく可愛い娘だろう？」アレックスは、娘がジアナのほうをじっと見つめていることに気づいた。「キスしておくれ。そして、新しいお母さまにご挨拶しよう」

リーアは、父親にべっとりとキスをし、細い腕を首にまわした。「しばらく、おうちにいてくださるんでしょう、パパ？」

「重い岩のように、てこでも動かないよ」と、アレックス。「新しいママの名前はジアナだ、仔猫ちゃん。変わった名前だが、すぐに慣れるさ。すごくいい人だし、可愛い女の子が大好きだから」

「こんにちは、リーア」と、ジアナがミトンをはめた手を伸ばした。「パパみたいに大きくはないのね。パパに抱きしめられると、一瞬、肋骨が折れちゃうんじゃない？」リーアは、その小さな手をジアナの手に重ねた。一瞬、その目に好奇心が光った。

「ときどきね」と、ジアナはアレックスに微笑んだ。「お父さまって、大きなクマさんみたいよね？」

リーアは、その黒い目を好奇心で大きく見ひらき、新しい継母の観察を続けた。「ほんとうにイングランドの人なの？　ジアナ、あなたって、お金持ち？」

「そんなこと、だれから聞いたんだい、仔猫ちゃん？」と、アレックスが娘に尋ねた。

「ミス・ガスリー」

アレックスが、ミス・ガスリーと目をあわせた。「先生は、ずいぶん情報通だねえ」

ミス・ガスリーが身をこわばらせた。ジアナは不思議に思った。先生、とアレックスに呼ばれるのがいやなのかしら？　そんなの、おかしいわ。彼女がそれ以上の存在――たとえば愛人、でないかぎり。ジアナはリーアに言った。「もう疲れてしまったわ、リーア。明日の朝、パパとわたしと一緒に朝食をとってくださる？　仲良くなりましょう。航海中のわくわくするようなお話を聞かせてあげるわ」

「リーアはいつも、わたしと朝食をいただきます」と、アマンダ・ガスリーが口をはさんだ。

「そうですの」と、ジアナが楽しそうに言った。「お気遣いくださっていたんですのね。でも、いまは、わたしがここにいます。リーアは、お父さまとわたしと、朝食をいただきます」彼女は、リーアの喉元を飾っている、ぞっとするような黄色のレースに指を這《は》わせた。

「ねえ、リーア。一緒にお買い物に行けるかもしれないわ。そうしたい？」

「いつも、仕立て屋をここに呼び、リーアに服をつくらせております」と、ミス・ガスリーがまた口をはさんだ。「お嬢さまは、あまり人込みがお好きではありません」

アレックスは興味津々と、ふたりのやりとりを眺めていた。そして、ジアナが堂々とした貴婦人の傲慢さをもって言い放ったので、感心した。「リーアのような髪や肌の九歳の少女になにが似合うかを、わたしが忠告すれば、仕立て屋は感謝するでしょうね」

「あたし、公園で鴨《かも》に餌《えさ》をやりたいわ」と、リーアが言った。

「わたしも鴨に餌をやるの、大好きよ、リーア」と、ジアナが答えた。「とくに、買い物をしたあとはね」

ジアナは、リーアの瞳――アレックスの瞳だ――をのぞき込んだ。ああ、この娘を守ってあげたい。わたしにも、その昔、ミス・ガスリーのような女性家庭教師がいた。彼女ほど美人ではなかったし、彼女ほど所有欲が強くはなかったけれど、家庭教師であることにちがいはない。そして、わたしはほんとうに、ひとりぼっちで寂しかった。この少女には、二度とそんな思いをさせるものですか。わたしとアレックスとで、これからたっぷりと愛情をそそぐのだ。

「ほんとうはね」と、ジアナは声をひそめてリーアに語りかけ、その小さな手を両手で握った。「大海原を渡るのって、最悪なの。わたし、恥ずかしいほど気分が悪くなってしまったのよ。だから、もう休まないと。でも明日は、一緒にお買い物にでかけましょう。そして鴨に餌をやりましょう。それがすんだら――」彼女は、アレックスに聞こえるように声をあげた。「お父さまが、昼食とアイスクリームをご馳走してくださるわ。とっても素敵なレストランで」

「すばらしいアイディアだ」と、アレックスが言った。「おまえの義理のママは、明日の朝には元気いっぱいになっていると請けあうよ、仔猫ちゃん」

ティーポットの裏がすれ、耳ざわりな音をたてた。

「信じられない。彼が結婚したそうよ。それもイングランド女と」

デリー・ラティマーはフォークを置いた。義理の娘が新聞を小さく丸め、いらいらと力まかせに絨毯に投げつけた。

「よくも、こんな真似を」と、ジェニファーが言い、皿の上でこぶしを震わせたので、スクランブルエッグまでぶるぶると震えた。

「よくも、こんな真似をって、だれに向かっておっしゃってるの、ジェニファー?」うんざりとため息を漏らすのをこらえるように、デリーが尋ねた。

「ミスター・アレクサンダー・ニコラス・サクストンによ。よくも、こんな真似を、このわたしに」

「ミスター・サクストンがあなたをその気にさせるようなことをなさったとは、知らなかったわ、ジェニファー」デリーが落ち着いて言った。「それに、お父さまが彼のことをよく思っていらっしゃらないの、知っているでしょう?」

ジェニファーが、父親の意見を一蹴《いっしゅう》するように手で振り払った。

「パパだって考えを変えてくれるわ。パパはいつだって、あたしがすごく欲しいものがあれば、考えを変えてくれるんだもの。ああ、それなのに、アレックスが結婚しちゃったなんて。こんちくしょう」

「イングランド女性？　あら、どなたかしら。お相手の名前、新聞に載っている？」

ジェニファーが、握りつぶした社交欄をひらき、新聞紙を伸ばした。「ミセス・アレクサンダー・サクストンは、グラフトン公爵の令嬢。夫とニューヨークにハリョン号で航海中。旧姓、ミス・ジョージアナ・ヴァン・クリーヴは――」

「ジアナだわ。信じられない！　アレックスがジアナ・ヴァン・クリーヴと結婚したなんて。あなた、覚えてる、ジェニファー？　学生時代、わたしの親友だった女の子よ」

「あの胸がぺちゃんこの色気ゼロ女？」ジェニファーが言った。「そんなガリガリ女、アレックスなら見向きもしないわ」

「四年って、長いのよ、ジェニファー」デリーが淡々と言った。「胸だって大きくなる。もう少し、言葉づかいに気をつけてちょうだい。ジアナ・ヴァン・クリーヴは、色気ゼロなんかじゃないわ。それに、第一線で活躍するビジネスウーマンでもあるのよ。ヴァン・クリーヴ社で、お母さまのパートナーを務めているんですもの。まったく」デリーはため息をつき、椅子に深く背をあずけた。「ジアナがアレックスと結婚するなんて。こんなこともあるのね」

「もうイングランドを出航しているのなら――やだ、もう、到着しているころだわ。だけど、こんなこともあるって、どういう意味？」

デリーは微笑んだ。「ジアナからの手紙を読むかぎり、彼女には結婚するつもりがまったくなかったからよ。それに、ジアナもわたしも、アメリカのビジネスマンと結婚したなんて、たいへんな偶然だもの」

ジェニファーが、また新聞に視線を落とした。「ミスター・サクストンは、ヴァン・クリーヴ社との合併交渉に臨むため、ロンドンに滞在していたそうよ。アレックスは、彼女のお金目当てで結婚したにきまってる。今ごろはもう、ヴァン・クリーヴ社を自分のものにしてるのよ」

だが悔しいことに、デリーは大声で笑いはじめた。「冗談はやめて、ジェニファー。ジアナは、アレックスと同じくらいやり手の実業家よ。それに、彼女のお母さまもね。だから、ジアナが彼と結婚したのなら、それは、彼女がついに恋をしたからよ」

「だけど、アレックスが彼女を愛しているかどうかは、わからないでしょ」ジェニファーは引き下がらなかった。「彼、イングランド人を毛嫌いしているのよ。地位とか肩書きとか、勘弁してくれって言ってたわ。もっとも、イングランドでは貴族でなければ、召使になる訓練を積むしかないんだってばかにしてたけど。彼女の義理パパは公爵なのね」

ということは、オーロラ・ヴァン・クリーヴも結婚したんだわ、とデリーは考えた。ごく最近のはずよ。だって、ジアナはなにも手紙に書いていなかったもの。だいたい、ジアナはどうして自分の結婚を知らせてこないのかしら？

「でも、アレックスがイングランドに行ったのは、たった二カ月前なのよ。そんな短いあいだに、ジアナはどうやって彼のことをからめとったの？」

アレックスがジアナを押し倒し、さらってきたにちがいない。さもなければ、たった二カ月で結婚にもち込めるものですか。デリーは、アレックスがそんなことをするタイプだとは思ってもみなかった。たしかに、彼は女心をかき乱すほどハンサムだし、ニューヨークで結婚適齢期の娘をもつ親にとっては垂涎《すいぜん》の的だったけれど。

「ジェニファー」デリーは、忍耐力をかき集めて諭した。「わたしの友人を侮辱しないでいただけるとありがたいわ」そして、義理の娘が食べ散らかしたあとの朝食のテーブルを見つめた。アレックス・サクストンは、ジェニファーに目をとめたことはなかったと、断言できる。べつに、ジェニファーは不細工ではない。それどころか、髪は愛らしい栗色だし、目は明るい灰色だ。でも、ミス・ラティマーと結婚した男はすぐに酒に走るようになるだろう。

「あたし、買い物に行きたいわ、デリー。そのイングランド女に出し抜かれたくないもの」ジェニファー、とデリーは考えた。あなたは、出し抜かれているどころの話じゃないのよ。あなたが口をあけた瞬間、すべての努力が無駄になる。だが、居間へと逃げ込んだころには、デリーの顔には、なにかを期待するような、うれしそうな笑みが浮かんでいた。ジアナは、新婚初夜のことをどう思ったかしら？　アレクサンダー・サクストンとすごしたベッドのことを。

「彼女、あなたの愛人なの、アレックス？」

アレックスは、靴を脱いだ足を主寝室の絨毯《じゅうたん》に下ろし、目をジアナのほうに向けた。

「ねえ、そうなんでしょう？」

靴を投げつけてやろうかと思ったが、ジアナの声に憎悪がにじんでいたので、思わずにやりとした。おやおや、偽の妻が嫉妬《しっと》している。

「愛人とは、ミス・ガスリーのことかい？」

「ええ、ミス・アマンダ・ガスリーよ――ブロンドの。あれは本物ね」

いたずらっぽく笑って見せた。「ああ、生まれつきのブロンドだ。この目で確認したからね」

「お好きなように、どこにでも囲えばいいわ、アレックス。でも、少なくとも、わたしが妻を演じているあいだは、あなたも誠実な夫を演じてちょうだい。わたしの家に愛人を置くなんて、冗談じゃないわ」

ジアナの頰は可愛らしく紅潮しているが、その目は怒りで黒ずんでいる。「きみの家だって、ジアナ？」

彼女の目に、世をすねたような用心深さが戻るのがわかった。アレックスは、おのれを呪った。おい、からかいすぎだぞ。「こっちにおいで、ジアナ」アレックスは、自分の腿《もも》を叩いた。

彼女が振り返り、よそよそしい声で言った。「ごめんなさい、アレックス。ここでは、偉そうにあなたを批判できないことを忘れていたわ。ここで、あなたがなにをしようと、なにを続けようと、わたしには口出しできないのよね。ここは、あなたの家なんですもの。わたしは一時的な下宿人にすぎない」

アレックスは怒って立ちあがり、片足にまだ靴をはいたまま、彼女のもとに勢いよく歩いていった。「からかっただけだよ、おばかさん」と、ジアナのつむじに向かって言った。「聖人ではないが、禁欲主義者でもない。だが、どんなふりをしていようとも、ジアナ、ぼくはきみを妻として扱う。ぼくは、世間によくいる、家庭の外で女漁《あさ》りをする夫とはちがう。いいかい、ぼくは清教徒の家系だ。一夫一婦婚を信奉する宗教だからね」

アレックスは、彼女の腕に両手を滑らせ、やさしく振り向かせた。彼女は、魅了されたように、胸元のはだけたシャツを見つめた。

「ニューヨークに発つ前には、たしかにひとり愛人がいた。ルーシーという女だ。だが、いまではルーシーもぼくたちの結婚を知っているだろう。そして、じきにぼくと会い、ふたりの関係を終わらせることになると承知しているはずだ」彼はジアナの顎をはさみ、顔を上げさせた。「ぼくが娘の家庭教師をベッドに連れ込むような男だと、本気で思っているのかい？」

ジアナはため息をついた。「いいえ」彼女は彼の額を軽くはたいた。「われながら、ミス・ガスリーにどうしてあんな意地悪をしたのか、わからないの。でも、彼女があなたを見る視線に、つい——」

「嫉妬かな、王女さま？」

「まさか、とんでもない。また、あなたの過剰なうぬぼれのお出ましだわ」

「ぼくのうぬぼれは、きみが愛してくれれば消えるよ、ジアナ。きみにその気があるのなら、すぐにでも構わない」

ジアナは黙っていたが、しばらくしてささやいた。「ずるい。あなたは、わたしをじっと見さえすればいいんだもの。そうすると、わたしはあなたが欲しくなってしまう。わたしにも、男の人と同じくらいの欲望があるみたい」

「だが願わくば、相手にするのはこの男だけにしてほしいね。残ってる靴を脱がせてくれないか、ジアナ」

彼が靴を脱ぐのを、ジアナはくすくす笑いながら手伝い、立ちあがると、身体を押しつけた。「お願い、キスして。アレックス」

彼はキスをした。ジアナの豊かな髪に両手をからませ、肩からガウンを落とし、胸をあらわにした。そっと乳房を撫でる。「きみの胸、また大きくなったね。痛くないかい?」

ジアナは、彼の漆黒の髪を撫でた。そして彼に身体をもっと近づけたくて、背中を弓なりにした。「いいえ」と、ジアナがやさしく言った。「あなたっていつも、すごくやさしいんですもの。あなたにさわられるの、大好きよ」

アレックスは彼女の下腹部に手と視線を這わせた。ああ、信じられない。おれの子どもが、彼女のなかに宿っているとは。こんなに細く、平らな腹なのに。「きみはちっとも丸くならないね、ジアナ」

ジアナが笑った。彼の広げた指の下で、おなかの筋肉が硬くなる。「まだ妊娠三カ月なのよ、アレックス。そんなに早く不格好になってほしいの？」

「いっこうに構わない」彼は、ジアナの唇をとらえようと身をかがめた。

もちろん、そんな言葉は信じられなかったが、ジアナは彼の腰にきつく手をまわした。そして、おそらく真実であろうものは見ないことにした。あと何カ月か、彼を味わいつくそう。この関係は、一生続くわけではないのだから。

その夜、ふたりは夕食のテーブルをはさみ、向かいあって腰を下ろした。ジアナは、食事をしながら尋ねた。「あなたって、どうしてそんなにやさしいの？　ロンドンでは、とんでもなく不躾《ぶしつけ》な無骨者だったのに」

アレックスは、ふんわりしたポテトをフォークに刺し、にやりとした。「わざと冷たくして、気を引いたのさ。結婚してもらうためにね。そうすれば、最後にはきみの財産をわが物にし、鼻をあかしてやれる」

ばさっと頬に豆をぶつけられ、アレックスは笑みを引っ込めた。「いつも、こんなに乱暴者なのかな、ミセス・サクストン？」そして、ひとつずつ、豆を投げ返した。

「田舎者」と、ジアナが言い返した。

「かわいそうなエレン」と、アレックスが言った。「明日、床に食べ物が散らばっているのを見たら、ぼくたちがよほど倒錯したゲームを楽しんだにちがいないと思うだろうな」恥ずかしくなり、ジアナは椅子から下り、豆を拾い集めようとした。そしてアレックスの足元で、両手と両膝をついた。

「おや、ジアナ。今度は女性お得意の誘惑のポーズか」

しまった、からかうんじゃなかった。こちらをひたとにらみつけるジアナの目を見て、アレックスはすぐに後悔した。きっとローマで見た数々の光景を思い出したのだろう。マダム・リュシエンヌの館で、娘たちがひざまずき、男たちに口で奉仕しているところを。ジアナは、ごく自然に素直な行動をとっただけなのに、彼女がこれまでなにを目にしてきたのかも考えずに、おれは彼女を傷つけてしまった。

アレックスは身をかがめ、彼女を膝の上に抱きあげた。「きみを恥ずかしがらせるつもりはなかったんだ、王女さま」と、無理に明るい口調で言った。「許してくれ」

「知らなければよかった」彼の肩に顔を埋めたまま、ジアナが言った。「なにも知らなければよかった」アレックスは彼女の背中をさすりつづけた。しばらくすると、彼女が身体から力を抜き、彼にもたれてきた。「わたし、あまりにも多くのことを見すぎたの、アレックス。ときどき、どうしても思い出してしまって」

「日一日と消えていくさ、ジアナ。そしていつか、かならず忘れる」

ジアナは彼の腕のなかで背をそらせ、ゆがんだ笑みを浮かべた。「あなたがなにもかも、忘れさせてくれるの？」

「これでもぼくは夫だぞ。たとえ偽の夫でも、得意分野はあるものさ、王女さま」

18

「ずいぶん広々しているのね、アレックス。窓から降りそそぐ陽射しがすばらしいわ」

「お世辞を頂戴いたしまして、おそれいります、奥さま。お母上の謁見室ほどじゃないが、まあ、なんとかここで生き延びてるよ」

「ジェイクが来ています、メーンマストのことで」と、アナスレイが言い、ミスター・サクストンの航海日誌に目を通しているミセス・サクストンのほうを見た。

「通してやってくれ、アナスレイ」

アレックスの造船所の職工長、ジェイク・ランサムの姿を見たジアナは、ロンドンにいるオーロラの執事、ランソンのことを思い出した。元拳闘家であるランソンに似て、ランサムの前腕は彼女のウエストほどの太さがある。おまけに、酒場でのけんかのせいだろう、鼻が中央から少しずれている。

「お帰りなさい、旦那さま」ジェイク・ランサムが大声を張りあげた。

「ただいま、ジェイク。こちらが妻のミセス・サクストンだ」

「奥さま」ランサムが、額にかかる茶色の髪の束を引っ張った。

「はじめまして。ミスター・ランサム。イースタン・スター号のマストが、思うように機能していないそうですわね」

「は？」ジェイク・ランサムが、なんなんだこの女はというように、不審そうにジアナを見た。

「座ろうか、ジェイク」と、アレックス。「ジアナ、きみはアナスレイに建物のなかを案内してもらったらどうだい？　それとも、ぼくたちの話を聞くかい？」

職工長のランサムがあからさまに不快そうな顔をし、ジアナが瞳をきらめかせた。「そうしたほうがよければ、わたしはアナスレイに案内していただくわ。ああ、ミスター・ランサム」と、オフィスの戸口で振り返った。「バルト海から来た材木は、もういちど旋盤にかけてみるといいわ。もちろん、窯《かま》で乾燥させる前にね」

「はあ？　ああ、そうします、奥さま」

アレックスはしっかりと扉を閉じると、にやりと笑いながら職工長のほうを振り向いた。

「さて、ジェイク。ミセス・サクストンが提案なさったこと、もうやってみたかい？」

「あっしはきのう、生まれたわけじゃありませんや、旦那」ランサムは、しばらく考え込んだ。「まあ、旦那の許可なしで、やってはいけないと思っただけで」

アナスレイのオフィスにいたジアナの耳に、アレックスの笑い声が届いた。いやだわ、職工長と一緒になって、わたしのことをばかにしているのかしら？「ミスター・サクストンのオフィスは、あまり好きじゃないの、ミスター・オリアリー」と、ジアナは言った。「家具は重厚すぎるし、色調も暗すぎる。でも、窓はすばらしいわ。この反対側にはなにがあるの？」

「どういうことでしょう、奥さま」やれやれ、ミスター・サクストンが一緒にいてくれればいいのに。アナスレイはそわそわした。

「わたしね、オフィスが欲しいの。もうご存じでしょうけれど、ヴァン・クリーヴ社とサクストン社は合併したの。だからね、わたし、ヴァン・クリーヴ社のニューヨーク支社代表を務めるつもり。もちろん、自分の仕事と並行してね」

三十分後、オフィスからでてきたアレックスの目に、肩を落とした事務員たちが列をなしている光景が目に飛び込んできた。元帳を手に、二階へと階段を下りていく。そのとき、仰天顔のアナスレイを従えたジアナの姿が見えた。デスク、椅子、ファイルを広い事務室から運びだすよう、事務員たちに指示している。なんなんだ、これは。アレックスは顔をしかめた。このおれにひと言もなく、ジアナがオフィスを乗っとろうとしている。

ジアナが振り返り、頰をすすで汚しながら、うれしそうに微笑んだ。そして汚れた手をドレスでぬぐい、急ぎ足でやってきた。「見て、アレックス。これで完ぺきでしょう？　事務員のことは心配しなくていいのよ。二階に事務室にぴったりのすてきな部屋があるの。アナスレイが、一週間以内にきちんと改修してくれるそうよ。わたし、これから問屋に足を運んで、家具を選んでくるわ」

アレックスは顔に笑みを貼りつけた。興奮しきっている様子を見ると、とてもジアナの耳元でがなる気にはなれない。そこで、もごもごと意味不明なことをつぶやいた。「いけない」ジアナが壁にかかっている大時計のほうに目を向けた。「デリーとランチをする約束をしていたんだったわ。お願い、事務員たちに指示を続けてね、アナスレイ。またあとで」

そうまくしたてると、ジアナはタフタのスカートをざわめかせ、去っていった。

「だが、事務員には同じ階にいてほしかったなあ」と、アレックスがつぶやいた。

「旦那さま？」

「なんでもない、アナスレイ」アレックスは微笑んだ。「どうやらイングランド軍がまた上陸したらしい」

「どこから始めればいいのかしら、ジアナ。おたがいに、これまでの話を始めたら、何週間もかかっちゃう」

ジアナは、〈アスター・ハウス・ホテル〉の広々としたレストランで正面に座っている若い夫人をうれしそうに眺めた。たしかに、あれから四年の歳月がたっただけあり、目は以前よりおとなびていたが、デリー自身は以前と変わらず美しかった。

「あきれたわ、ジアナ。アレックス・サクストンと結婚とは。ニューヨークでは一等賞を獲得するようなものよ」

「ほんとうに？」ジアナが居心地悪そうに微笑んだ。「ほんとうに一等賞？」

「気をつけなさい、ジアナ。あなたの目をえぐりだしてやりたいと思っている親やお嬢さん連中がごまんといるのよ。わたしの義理の娘、ジェニファーは言うにおよばず。新聞であなたの結婚記事を読んだときから、ジェニファーはずっと気が立ってるの。ずいぶん我慢させられたわ」

「ジェニファーは、アレックスのことが好きだったの？」

「ええ。でも、アレックスは見向きもしなかった」と、デリー。「ただね、ちゃんと警告をしておこうと思って言ったまでなの。ジェニファーって、おそろしく退屈な娘なのよ」

「まだ結婚していないなんて、驚きね」

「驚きなんてものじゃないわ。頭がどうにかなりそうよ」と、デリーが言った。「いまでもジェニファーは、あなたが四年前に見たとおりの娘よ。あれから、まったく進歩していない」

「かわいそうなデリー」ジアナは同情するように微笑んだ。「うちの義理の娘は、まだ九歳でよかったわ」

「九歳なら、うまくいくわ。うちのジェニファーと取り替えてくれない？」

「だめよ。わたしには、あなたほど忍耐力がないもの。でも」と、ジアナはつけくわえた。「あなたは女性家庭教師の心配をしなくていいでしょう？」

「男の家庭教師を雇っても、ジェニファーは目もくれないでしょうね。彼がロマンティックな詩を引用して、いくらジェニファーの眉毛を賞賛しても無駄よ」

ふたりの若い女性は陽気に笑い、白ワインで乾杯した。

ジアナは手を伸ばし、デリーの手を握った。「あなたがここにいてくれて、すごくうれしいわ、デリー」

「わたしは、変わらずここにいる。スカートにまとわりついてくる子どももいないし、あいかわらず落ち着かない蝶《ちょう》のような毎日を送っているわ」

「それで？　チャールズは、あなたみたいな奥さんがいて、それだけで幸福でしょうね」

デリーは微笑んだが、ジアナの目を避けた。「わたしの話はこれくらいにしましょう。ねえ、教えて。アレックスはどうやってあなたを説得して、結婚までもち込んだの？　大変な早業だったわね」

ジアナは、デリーにことの顛末を話す気になれなかった。わたしは妊娠しているのだ。アレックスは自分が違法行為をおこなったことを、だれにも漏らしてほしくないだろう。

「まあ、気がついたら、ほかに選択肢がなかったのよ。アレックスって、すごく押しが強いの。わかるでしょう？」

「それにすごくハンサムだわ。ほら、前にあなたに話したことあったでしょう？　もし、チャールズに恋をしなかったら、わたし絶対アレックスの家に忍び込んで、彼のベッドにもぐり込んでたわ」

「ねえ」と、ジアナが尋ねた。「あなた、秘密は絶対に守ってくれる、デリー？」そう言うと、ワインをひと口飲んだ。

「当然よ。わたし、口が堅いもの」

「あのね。じつはわたし、妊娠しているの」

「でも、あなた、結婚したばかりじゃないの。それって――」

「じきにニューヨークの社交界は、わたしのおなかがせりだしてくるのに気づくわ。そして、指で勘定するでしょうね。妊娠がわかってから、もう二カ月になるのよ、デリー」

「まあ、それは」

「助けてくれる、デリー？　なにもかも――あれよあれよという間に起こってしまって。そのうえ、思ったとおりにいかないんだもの」

「ばかなこと言わないで、ジアナ。一緒に乗り越えるのよ」デリーが頭を上げた。「赤ちゃんが数カ月早く生まれたって、気にする人なんかいないわ。ただ意地の悪い老婦人たちが、偉そうに指を振るくらいよ」デリーが、そばにいるウエーターに微笑んだ。「ロシア産キャヴィアを」

会話が聞こえなくなるところまでウエーターが下がるのを待ってから、ジアナは口をひらいた。「そう長くは無理でしょうけれど、できるだけスキャンダルが広がるのを防ぎたいの」

「なんだか、わたしまでわくわくしてきた」と、デリーがため息をついた。「わたしも、チャールズのためにに子どもを産んであげたい。あなたは、なんの努力もせずにそうして子どもを授かったのに、わたしときたら、自分がすべきことがなにひとつできていない」

「キャビアを食べて。そんなふうに悲観的になっちゃだめ、デリー。あなたと結婚できたんですもの、チャールズは世界でいちばん幸運な男性よ。それに、わたし、ほんとうは妊娠したくなかったの」

「まあ、たしかにちょっと早すぎたわね。でも、アレックス・サクストンほど男らしくてセクシーな男性が相手なら、無理もないわ」

「それに、子どもをつくる能力まであるなんて」

「クッキーの缶のなかになにがはいっているのか、開けてみるまでわからないものね。いやだ」と、デリーが笑いを噛み殺した。「わたしたち、すごく低俗な話をしてる」

「そもそも、男が低俗だからよ」

「ああ、わたしたちの話を聞いたら、ママは卒倒しちゃうわ。でも、ジアナ。あなたはアレックスを愛しているんでしょう？　それがいちばん大切なんじゃない？」

「ええ」

「結婚に関しては先輩ですもの。アレックスはさぞ新婚生活にわくわくしているんでしょうね」

「わくわく？　ええ、満足しているんじゃないかしら」ジアナはクラッカーでキャビアをすくった。「わたし、アレックスのこと、あまりよく知らないの」少し間を置いた。「あっという間のなりゆきだったから」

「アレックスは、男性の傲慢《ごうまん》さと色気を兼ね備えた、稀有《けう》な人よ。アレックスと、うちのチャールズが、あまり仲がよくないのは知っているでしょう？　不仲の理由は、わたしにもわからないの。でも、わたし自身はアレックスのことを大切な友人だと思ってる」

「もう、わたしとアレックスの話はおしまいにしましょ。今度は、あなたの話を聞かせて。最近、どんなことをしてすごしていたの？」

デリーは少し考え込み、ワイングラスに向かって微笑んだ。「チャールズの仕事仲間や奥さんたちと、社交を楽しんでいるといったところかしら」

「あとは、ジェニファーの世話ね」

「ええ、それはもう大変。わが娘ながらあの態度はひどすぎると、チャールズでさえわたしに同情しているほどよ。夜、チャールズとふたりきりですごせたら、どんなに楽しいか」

「ハンサムで、優雅なチャールズ。都会的で洗練されてるって、婚約時代から大騒ぎしていたものねえ。四年半たっても、あなたのチャールズへの情熱はちっとも衰えてないって感じ」

「ええ、一緒に夜をすごすのは楽しいわ。たとえ、ジェニファーがそばにいても」

「あら、昼間《デイズ》はどうなの？」

「昔は」と、デリーが応じ、「わたしたちも、若かったわねえ」と、唐突に話題を変えた。

「ええ、そして愚かな夢ばかり見ていた」

「ほんと、ほんと。でもあなたは、アレックスと出会うまでちゃんと待った。財産目当ての恥知らずとは結婚しなかったんだから、偉いわ」

「わたし、べつにアレックスとの出会いを待っていたわけじゃないの。そもそも、結婚する気がなかったんですもの。わたしは、自分の人生を生きていた。それなのに突然、アレックスが姿をあらわした」

「これからも、仕事を続けるつもり？」

「ええ、もちろん。きょうなんか、アレックスのオフィスの隣りの部屋を乗っ取って、わたし専用のオフィスにしちゃったわ」

「ハンサムなご主人は、反対しなかったの？」

「彼に訊かないで、実行したの。だって、決断は自分でするものだし、時間だって自分のもの。彼のものじゃないでしょ？」

「でも、建物自体は、アレックスが所有しているんでしょう？」

ジアナは面白そうに目をきらきらと輝かせた。「そうよ。アレックスのことだから、この件が気に入らなければ、悪態をついて、たいへんな剣幕で怒ったでしょうね」

「気をつけて。あなたの腕をつかまえて、クロゼットに閉じ込める程度じゃすまないかもしれないわ」

「そうしたら、こっちだって痛い思いをさせてやる」

デリーが笑った。「いやだわ、なんていう夫婦かしら。でも、あなたたちは夫婦っていうだけじゃないのよ。リーアがいるんだもの」

「リーアは、とても可愛らしい女の子よ。アレックスは心配しているけれど、けっして、つんとして冷たい少女じゃない。でもね、女性家庭教師のほうは、話が別。ミス・ガスリーは、すごく独占欲が強いの。わたし、あの人とはしょっちゅう衝突することになりそうで、心配なの」

デリーが、しばらくものおもわしげに考え込んでから、口をひらいた。「ねえ、ジアナ。スイスでの女学生時代、あなたには自信がなかった。わたし、それはお母さまのせいじゃないかしらって、よく怒りを覚えたものよ。でも、いまのあなたはとても堂々としている。でも、わたしはといえば、胸を張って自慢できるようなこと、なにひとつできていない」

「チャールズに銀行業務の話を聞かせてもらったら？　あなたは聡明だし、名案をたくさん思いつく人よ。いいアドバイスができるんじゃないかしら」

デリーが、ジアナのお世辞に頰を染めた。これだから男の人っていやになる、とジアナは思った。どうしてデリーの夫は、きみと結婚できてぼくは幸せ者だと、気持ちを伝えてあげられないのだろう？

「そんなこと、ありえないわ」と、デリーが肩を落とした。「銀行の話なんて、チャールズはしてくれないもの。帰宅すると、わたしが昼間なにをしていたか、あれこれ尋ねてくるだけ。どうしてかしら」

ジアナがグラスに白ワインを勢いよくつぎ、グラスの縁から液体が跳ねた。「ねえ、デリー」と、だいぶあってから、ジアナは口をひらいた。「ニューヨークには、わたしに力を貸してくれる人が、ひとりもいないの。もちろん、人を雇うことはできるけれど、安心して仕事を任せられるほど信頼できる人は知らないし。わたしね、ヴァン・クリーヴ社の利益を守るだけじゃなく、サイラス・マコーミックと提携したいと思ってるの」

「サイラス・だれ?」

「マコーミック。掛け値なしの天才よ。いまはシカゴで、芝刈り機を生産する巨大工場を建設中。わたしね、その芝刈り機をイングランドに輸出したいの」

デリーが目をぱちくりさせた。

「当然、彼と契約を結ぶことになれば、資金が必要になる。でも、資金のほかにも必要なものがあるの。それは、わたしに力を貸してくれる聡明な人。強力な味方がいなければ、この計画はうまくいかないのよ」それは、かならずしも真実ではなかった。というのも、なにかあればアナスレイ・オリアリーに助けてもらいなさいというアレックスの言葉を、ありがたく実行に移すつもりでいたからだ。

「いい男性がいないか、チャールズに心当たりを訊いてみましょうか」

「いい男性? いいえ、そうじゃないの。わたしは、女性のことを言っているの。デリー、それはあなたよ」

デリーは椅子に座ったまま身をのけぞらせ、啞然《あぜん》としてジアナの目を見た。

「ありえない」ようやく、デリーが言った。

「どうして?」

「チャールズや友人になんて言われるか、わかったものじゃないわ。それに、ほんとうのことを言うと、わたし、自分にそんなことができるとは、とても思えない」

「やめてよ。あなた、忘れたの？　マダム・オーリーの女学校では、わたしによく数学を教えてくれたじゃないの。真剣に考えてみて、デリー。ほんとうにあなたの助けが必要なの。好きな時間に働いてくれれば、それでいいんだから」

「ああ、びっくりした」と、デリーが大きく息をついた。「あなた、つむじ風みたいにわたしの人生に戻ってくるんだもの」デリーがふいに片手をあげ、大きく手を振った。「ウエーター、シャンパンをお願い」

ジアナは高揚した気分で、サウスストリートを戻っていった。「王さまは、どなたかと謁見中かしら？」アレックスのオフィスに着くと、アナスレイに尋ねた。

アナスレイは思わず微笑んだ。「旦那さまは、ミスター・ブレアロックと屋根の件での交渉を終えたところで。もちろん、旦那さまが勝利をおさめました」

「当然ね」と、ジアナ。

彼女がオフィスにはいっていくと、アレックスが立ちあがり、大きく伸びをした。「おやおや、奥さま。ばかでかいカナリアを飲み込んだばかりの猫みたいに見えるぞ」

「カナリア以外にも、収穫があったわ。デリーの説得に成功したの。一緒に働いてもらうことにした」

「嘘だろ？　きょうは朝から八面六臂《はちめんろっぴ》の活躍じゃないか。うちの事務員たちをオフィスから放りだしたかと思えば、今度は、裕福な奥さまを従業員に雇ったのかい？　やれやれ。つぎは市長選に立候補する気か」

「女性にも投票権があれば、ニューヨーク市の行政はまちがいなく向上するでしょうし、汚職も減るでしょうね」

「足を引っ張られないよう、せいぜい注意するよ。そうそう、リーアが楽しみにしていた。明日の朝、公園にでかけて鴨に餌をやるんだって、はしゃいでいたよ」

「ええ、わたしとリーアのふたりきりでね。リーアはとても可愛らしいわ。それに、心からあなたを愛している。とても聡明なお嬢さんだし。いまから目に見えるようよ、サクストン&ドーター造船会社」

アレックスはデスクをぐるりとまわり、ジアナのところにくると、うれしそうに笑った。

「会いたかった。きみと一緒にいると、仕事がうまくいくと自信がもてる。元気もでるよ」

彼はデスクにもたれたまま、ジアナに両腕を差しだした。ジアナは躊躇《ちゆうちよ》することなく、アレックスにしなだれ、彼の首に両腕をまわした。

「オフィスでこんなことするなんて、いけない人ね」と、彼の顎にキスをする。

「どうして、あそこにあれほど大きなソファーがあるのか、不思議に思わなかったのかい？」

ジアナは両手を彼の背中で組み、力いっぱい抱きしめた。でも、彼は笑うだけだった。

「たしかに、きみはぼくの息をとめることができる。でも、ちがうやり方でだ」アレックスが顎で彼女の顔をそっと小突き、軽くキスをした。

「かわいそうなアナスレイ。こんなところを見たら、どんなにショックを受けるかしら」

「じゃあ、いますぐ家に帰ろう、奥さま」

「それは無理だわ、アレックス。わたし、これから家具問屋にでかけるつもりなの」

19

強いインド産紅茶のカップを置き、ジアナは買ったばかりの水色のソファーに、デリーと並んで腰を下ろした。「もういい加減、数字とにらめっこするのはやめて、紅茶をいかが、デリー？　ティータイムに文明人はお茶を飲むのが相場でしょう？」

「なに？　ああ、お茶ね。アレックスが造船所の施設拡大について、ミスター・ブレアロックと結んだ契約に、目を通しおえるところよ。いい契約だわ、ジアナ。ヴァン・クリーヴ＆サクストン社は、二月初旬には生産を開始できる」

「生産といえば」と、デスクの時計をちらりと見て、ジアナが言った。「もう二時だわ。陛下が造船所からお戻りになるころよ」すばやく残りの紅茶を飲みほし、立ちあがった。「どうぞ仕事を続けて、デリー。すぐに、吉報をもって戻るわ」

「幸運を、ジアナ」デリーが言い、友人が髪をととのえるのを眺めた。

しばらくすると、アレックスのオフィスの前でジアナが尋ねた。「ミスター・サクストンはいらっしゃるかしら、アナスレイ？」

「奥さまをお待ちです、ミセス・サクストン」

ジアナはうなずき、オフィスにはいっていった。アレックスはサウスストリートを眺め、こちらに背を向けている。

「こんにちは」と、ジアナ。

「やあ、ジアナ。きみを迎えに行こうと思っていたところだ。家のことで、吉報がある。ミス・ガスリーが明日の朝、でていくことになった。新しい家庭教師には、もっと年配の未亡人、ミセス・アナ・カルサーズがくることになった。きみやリーアとも、馬があうだろう。明日、きみに会ってもらうと伝えておいた」

この予期せぬニュースに、ジアナは一瞬、身を硬くした。「アレックス・サクストン、あなたはわたしにひと言もなく、リーアの家庭教師を雇ったというの？　わたしが会ったこともない女性を雇い、ミス・ガスリーを解雇したというの？」

「ああ、そうだ」

つぎの瞬間、ジアナの口から嘘が飛びだした。「ミス・ガスリーには、なにも悪いところなんかなかったのに、アレックス。一緒にうまくやっていけそうだったのに」

信じられないといった顔で、アレックスが眉を上げた。「ジアナ、それはずいぶんな言い草じゃないか。ミス・ガスリーは、悩みの種だったはずだ。ミス・ガスリーの将来を心配しているのなら、その必要はない。立派な推薦状を書いておいたからね」

「ミス・ガスリーのこと、そんなに困っていたわけじゃないわ。それに――」

「ジアナ。ミス・ガスリーとの溝を埋めるか、彼女を解雇するか、きみには充分な時間を与えたはずだ。だが、きみはどちらもしなかった。ぼくとしては、感謝してもらいたいね」

彼の言い分が正しい。「ありがとう、アレックス。じゃあ、わたしも驚かせたいことがあるんだけれど、いい？」

「おや、今度は事務員たちをビルの外に追い出したとか？」

「まさか」と、ジアナは明るく微笑んだ。「わたし、あなたからお金を借りたいの。ミスター・マコーミックと提携する契約を結びたいのよ」

「マコーミックは昨日、ニューヨークに到着したばかりだぞ」と、アレックスは淡々と言った。「さすがのきみも、この件に関しては、ことを急《せ》いている」

「けさ、〈アスター・ハウス・ホテル〉で会ってきたの。そして、契約書に署名したわ。アレックス、必要な資金を貸していただけるかしら」

まるで、礼の言葉を要求しているような態度じゃないか。「ジアナ、契約を結ぶ前に、きみのアイディアを検討させてもらいたいんだがね。資金とは、いったいなんの話だ？」

ジアナは興奮しきっており、彼の声の冷たい響きに気づかなかった。「相談するつもりだったのよ、アレックス。この契約は、ロンドンで万博が開催され、彼の芝刈り機が展示されていたときから、ずっとわたしが望んでいたことだったの。今度の契約は、とても条件がいいのよ。だからね、五万ドルほど貸してちょうだい」

「五万ドルだと？」アレックスは、顎を引きつらせた。

「大金に思えるでしょうけれど、かならず利益がでるわ、アレックス。投資したお金は、年内に取り戻せる。そうしたら、あなたはもっと裕福になれるのよ。わたしから利益を搾《しぼ》りとれるんですもの。あなたに共同経営者になっていただいても構わないわ」

「これはこれは」と、なにを言っても無駄だろうと思いながら、アレックスは淡々と続けた。

「今回のマコーミックとの契約のことは忘れろ、ジアナ。契約を破棄したからといって、いざこざは起こらない。契約書のきみの署名は、法的になんの効力もないからね」

「あなたさまの賛同を得なかったという、それだけの理由で反対しているのね、アレックス。少しは頭を冷やしたら？　わたし、契約を破棄するつもりはありませんから」

「まるで、ぼくが意地の悪いひねくれ者みたいな言い草じゃないか。勘弁してくれよ」

「じゃあ、なんなの。アレックス？　契約に不正はないわ、保証する。たしかに、ヴァン・クリーヴとサクストンの合併のあとに話を進めたことは認めるわ。でもね、ミスター・マコーミックは、今後イングランドから押し寄せてくるはずの大量注文に応じるためにも、資金が必要なのよ。この点に関しては、どこにもおかしなところはないわ」

「じゃあミスター・マコーミックの財政状況を、どのくらい時間をかけて調べたんだ？」

ジアナがいらいらと肩をすくめた。「たしかに彼は、ストライキで問題をかかえているわ。それに、どこかのおばかさんが、彼を訴えている。でも、そんなこと、それほど心配する必要はないはずよ」

「ミスター・マコーミックは」と、アレックスはゆっくりと言った。「訴訟に首までつかっている。シカゴでのストライキのせいで、生産は停止している。きみから五万ドル提供してもらっても、きみの契約に応じられるかどうか、あやしいね。だって、第一に、ここアメリカでの客の注文に対応しなければならないんだから。契約を取り消しなさい、ジアナ。一年ほど待てば、ミスター・マコーミックの財政状態がきみにもよくわかるはずだ」

「いや」と、ジアナ。「あなたって守りの姿勢が強すぎるわ、アレックス。ときには、危険を冒さなくちゃ」

「きみに資金を提供するつもりはない、ジアナ。それは、いま述べた理由によるものだ。いま、危険を冒すわけにはいかない。ぼくの資金の大半は、ヴァン・クリーヴ&サクストンの合併と造船所の設備投資にまわっている。きみとお母上が、いい条件で契約してくれたおかげでね」

「ということは」と、彼のデスクの上にあるリーアの銀板写真に、ジアナは目をやった。「ほかのところからお金を借りなければならないのね」

「まともな銀行家が、きみに金など貸すものか。法外な利率か、常軌を逸した担保を求めないかぎり。だが」と、アレックスはしばらく間を置いた。「お母上に頼めばいいじゃないか」

こんな博打《ばくち》にオーロラが資金を提供するはずがないことが、アレックスにはよくわかっていた。

「いやな人ね」と、ジアナ。

「しばらく放っておきなさい、王女さま」と、アレックスが言った。

「わたしは絶対にあきらめませんから」と、礼儀正しく言い、ジアナがオフィスをでていった。

馬車はブロードウェーをがたがたと走り、カナルストリートへと滑らかに曲がった。御者のレイバーンが馬を御する腕は最高だ、とアレックスは考えた。おかげで、今夜は気持ちよく馬車を楽しめる。そういえば、ジアナはまだ今夜のパーティーの主催者に会っていなかったなと思い出し、アレックスは闇のなかで微笑んだ。

「アーチャー夫妻は、ニューヨークの社交界の華だ」と、ヴァージニア訛りをわざと強調し、アレックスは母音を延ばして発音した。「あれほどの上流階級の気取り屋じゃなければ、ミスター・ハミルトン・アーチャーは金融界でヴァンダービルトに匹敵する存在になるだろう。ところがやつは、貴族を気取って悦に入っている。そこはきみに似ているかな。ぼくら野蛮人を食わせ、文明化させてやっているという態度が見え見えさ」だが、そこまで話して、自分がずっと独り言をしゃべっていたことに気づいた。ジアナはぐっすり眠っていたのだ。

アレックスはやれやれと頭を振った。その日の午後、ようやく説得に成功し、なんとかジアナに検診を受けさせたあと、ドクター・デイヴィッドソンからじっくりと話を聞いたのである。

「奥さまは、たいへん活動的なご夫人だね」と、エルヴァン・デイヴィッドソンは遠まわしに言ったものだ。

アレックスは、ドクターにシェリーのグラスを渡し、図書室の扉を閉めた。「それはつまり、エルヴァン」と、アレックスがあとを続けた。「頑固者の妻は、きみの言うことを聞かず、競走馬のように走りつづけるつもりだという意味だね？　おなかがあまりにも大きくなり、速足にペースを落とさざるをえなくなるまで」

長年の友人であるエルヴァンは、アレックスと目をあわす前に上等のシェリーに口をつけた。「想像していたようなご夫人じゃなかったよ」と、時計隠しをいじる。われながら、頬が紅潮するのがわかった。それは、医療に関わる人間がしてはならないことだ。「アレックス、きみの奥方は、ほかの若い奥さん連中とはまったくちがう。最初の子どもを懐妊しているご夫人は、妊娠がどんなふうに進行するのか、微に入り細をうがち、あれこれ知りたがるものだ」

ジアナのことだ、被告人側の証人のように、エルヴァンに向かって反対尋問でも始めたのだろう。「妻に話してくれたんだろうね」と、アレックスはさりげなく言った。

「もちろん。だが、奥方の要望を拒絶できる人間がいるとは思えん」

「ということは、エルヴァン。きみはまた、尋常ならざる反応に驚いたわけだ」

エルヴァンが笑みを浮かべ、ようやく頬から火照りが引いた。たいていは女性患者の警戒心を解く微笑も、ミセス・サクストンには通用しなかった。べつに、アレックスが本人と同じくらい気の強い女性を選んだからといって、それは医者の仕事とはなんの関係もない。ミセス・サクストンは妊娠四カ月にはいっており、懐妊した日付が、アレックスがロンドンに到着した最初の週だとしても、それも関係のないことだ。エルヴァンは革張りの椅子に座ったまま身をかがめ、真剣な声をだした。「きみは、彼女の夫だ、アレックス。奥方も、きみの言うことなら聞くだろう。奥方はいたって健康だが、もっと休養しなければ。いまの時点では、細すぎる」

アレックスが黒い目を心配そうに細めた。「どういう意味だ、エルヴァン?」

「奥さんを縛りつけろ、アレックス」と、エルヴァンが時計隠しを落とした。「もっと休養させせろ。とくに、妊娠初期はもっと食べさせろ。いいか、アレックス。奥方はこの家をあずかっているだけじゃなく、仕事もしているそうじゃないか」

「ああ」エルヴァンの声にショックを聞きとり、アレックスは微笑んだ。「妻は、ロンドンの母親のために、ヴァン・クリーヴ社の仕事をしている。それに、ぼくのオフィスビルの半分を占拠し、ぼくの事務員を三人盗み、助手として友人まで雇った。そして、うちの娘とたっぷり時間をすごしている。エネルギーに満ちあふれているが、およそ妊婦には似つかわしくないんだろうね」

頭にまた別の疑問が浮かび、アレックスはおもむろに切りだした。「ぼくは、妻と夫婦生活を大いに楽しんでいるんだが、なにか問題は――」

ドクター・デイヴィッドソンは彼の話をさえぎった。それは、友人にきまりの悪い思いをさせないためというよりは、自分の頬を紅潮させないためだった。「問題はない」と、彼は短く言った。「奥方にも同じことを訊かれたよ」

アレックスは我慢できず、思わず笑い声をあげた。

「つけくわえるとだね、大丈夫ですと返事をしたら、奥方、それはうれしそうに微笑んだ」

「じゃあ、夜の営みをしても、なんの問題もないんだね、エルヴァン？」

「ない。だがね、もっと慎重にしろ、アレックス。そして、子どもはふたりで満足すべきだろう。それ以上は、望まないほうがいい」

薄暗い馬車のなか、影になっているジアナの寝顔を見おろしながら、アレックスはひとりごちた。ひとりだって、ありがたいことだ。ジアナとのあいだに授かる子がたとえひとりだとしても、生まれてくる子に感謝しなければ。だがジアナは、出産後、イングランドに帰国する覚悟を決めている。アレックスにはわかっていた。身を横たえ、やさしく彼の腕を叩いたり、愛撫したり、彼を抱きしめたりして、まるで彼がいなければ世界が終わるような顔をしているときでも、ジアナの瞳にはどこか用心深さがあることが。そんな瞳を見ると、アレックスは彼女を絞め殺したくなるのだった。いちど、愛をかわすのを断ってみてはどうだろう？　拒まれたら、さすがのジアナも、おれを欲していることを認めるだろうか。身体は嘘をつかないからな。だが、そんな真似などできないことは、アレックスがいちばんよく知っていた。彼もまた、ジアナを求めていたからだ。ジアナへの渇望は、彼女の欲求と同じくらい激しいものだった。

アレックスはクッションに背をあずけ、不思議に思った。自分の人生はこれまでシンプルそのものだった。ロンドンへのあの不運な旅の前までは、こんなに複雑ではなかった。いま、おれはひとりの女性と一緒に馬に乗っている。野良猫のようにおれと口論するのを好む女性なのに、おれはどうにかして彼女と一緒にいたいと策略を練っている。だが、本音を言えば、おれはジアナをたきつけるのが好きなのだ。ユーモアのセンスも、ビジネスと同様に効率的に自宅を維持する才能も好きだ。毎晩、ビジネスの諸問題について彼女と議論するのも楽しい。まったく、人の話に耳を傾け、意見を述べることができる女性がいるという事実には、いまだに驚かされている。それに、朝、彼女がおれに身を寄せ、おれの肩に頭を乗せ、丸まって寝ているのを見るのが大好きだ。

「ジアナ」と、やさしく肩を揺さぶった。「アーチャー家に着いたよ」

彼女はしばらくもごもご言い、猫のように身を伸ばし、野性的にあくびをした。「あああ」と、眠気を振り払い、正面玄関に馬車の列が並ぶ明かりの灯った邸宅をじっと見た。「ごめんなさい、アレックス」と、ジアナは微笑んだ。「どうしてこんなに疲れてしまうのかしら。急に眠くなってしまうの。きっと、あなたの粗野なニューヨークの空気のせいね」

毎日、午後にはかならず休憩をとるよう、あとで言って聞かせなければ。「このパーティーには出席せず、家に帰ろう、ジアナ」

「そんな」と、ジアナが長い手袋を伸ばした。「デリーもくるはずなの。それにミスター・マコーミックも、ワデル夫妻も——」

アレックスは片手を上げた。「ゲストのリストを並べないでくれ」

「それに、ジェニファーも」と、ジアナが顔をしかめた。「あの娘は大変な厄介者よ、アレックス。なんどか会ったことがあるけれど、彼女はわたしを非難して、デリーを困らせるんだから」

馬車から降りるのを手伝うと、耳元でジアナがささやいた。「ジェニファーはね、わたしのことが嫌いなの。だって、あなたが欲しくてしかたないんですもの。ベッドのあなたがどれほど最高か、教えてあげようかしら」

アレックスはジアナのウエストに手をまわしたまま、真剣なまなざしで言った。「いや」と、静かに言った。「ぼくがどれほど最高の夫かを伝えてくれ」

ジアナの思わせぶりな視線が、彼の顔からはずれ、アレックスは彼女を歩道に降ろした。「寒くないかい？」そう尋ねると、レイバーンに手を振って行かせた。アレックスは、クロテンの毛皮が裏地についた外套《がいとう》を引っ張り、ジアナの肩にしっかり巻きつけた。

「リーアみたいに扱ってくれなくていいのよ、アレックス」と、ジアナ。「あなたこそ、寒くない？」

「ああ、ぼくは妊娠していないからね」

アーチャー家の邸宅は、白い柱が並ぶ南部の大農園の邸宅のように、三番街の一ブロックを占めて広がっていた。そのうえ、出迎え、外套を受けとってくれたのは黒人の執事だった。邸宅にはいったとたんに、ジアナが彼にお構いなく、社交の輪のなかにはいっていくことが、アレックスにはわかっていた。ジアナが襲撃していくビジネス界の紳士たちは、彼女の魅力に攻められるだけでなく、なんの仕事をどんなふうにしているのか、終わりのない質問攻めにもあうだろう。きっと、デリー以外の女性たちはジアナをうさんくさそうに見るだろうが、いざ本人に話しかけられれば、一言一句を聞き漏らすまいとするだろう。なにしろ、ジアナの母親が公爵夫人であることは、いまや周知の事実だ。アレックスは、貴族のような風貌のミスター・アーチャーを、ジアナが値踏みする様子を眺めた。そして、小声で言った。「疲れたら、正直に言うんだよ、ジアナ。きみの好きなときに失礼するから。約束だよ」

ジアナは彼のほうに頭を向け、不思議そうな顔をした。「わたし、とてもいい気分よ、アレックス。馬車のなかで気持ちよく夢を見ていたから、心配なの？」

アレックスが返事をする間もなく、やはり貴族の血を引くミセス・ハミルトン・アーチャーが、ふたりに襲いかかろうと、周囲のものを振り払うように歩いてきた。目がくらむほどのオレンジ色に染めた巨大なダチョウの羽根を頭に巻いている。

「まあ、ミスター・サークストーン」と、アーチャー夫人はとてつもなく名前を伸ばして発音した。「そしてこちらが可愛らしい花嫁さんですのね。ところで、わたくし、奇妙な噂《うわさ》を耳にいたしましたのよ。ミスター・マコーミック――とてもがさつな感じの方――が、奥さまとビジネスをしているとかなんとか話していましたの。もちろん、ミスター・サクストンの言いまちがいだと思っておりましたら、まあ、あなた、あの方あわてて、交渉相手はご夫人のほうだと言うじゃありませんか。わたくし、淑女らしからぬことに、息を呑んでしまいましたわ。でも、こうしてはいられません。とにかく、主人を紹介いたしますわ。主人ときたら、ビジネスをしているイングランド女性について一晩じゅう、しゃべりっぱなしだったんですもの」

「困ったわ」と、ジアナがアレックスの腕をぎゅっと握った。

「これは、ふつうでは考えられないことだぞ、ジアナ。まさかあの夫人が、口をはさまずに夫の話を聞いていたとはね」

ハミルトン・アーチャーは、美しい女性に目を見張り、引きつった笑みを浮かべた。そういえば、彼女はイングランド人だったな、と彼は思い出した。それも貴族の。そして、彼女の白い肩と胸に視線を這わせた。と、その笑みがわずかにゆるんだ。イングランド人には、変わった連中が多い。それも、裕福になればなるほど、変わっている。

「アレックス、よくきてくれた。美しい奥方を紹介してくれ。そして、きみは失礼してくれ」

紹介が終わり、ミスター・アーチャーはジアナの手袋をはめた手を唇に引き寄せ、あなたの魅力には脱帽だ、と明言した。

「ヴァージニアのご出身だとうかがいましたけれど」と、ジアナはそっと手を引っ込めた。「南部にまだ土地を所有しておいでですの？　綿の栽培をなさっていますの？」

アレックスは微笑み、気づかれないように移動した。これからアーチャーは、ジアナが知りたがる詳細をあれこれ説明させられることになるだろう。

だがジアナは、座ったままアーチャーにとくと胸を見せると、すぐに席を立った。会場に立っているデリーを見つけたからだ。残念ながら、隣りにはジェニファーがいたが。ジアナは、横を通った召使からシャンパンのグラスを受けとり、居間の奥にある巨大な大理石の暖炉へと絨毯の上を歩いていった。

ジェニファーは、ジアナが優雅に近づいてくるのを見ると、デリーに小声で言った。「ミスター・アーチャーといちゃつくのを終えたようね。あの濃い緑色のベルベットのドレス、わざと肩から落としちゃって、すごく品が悪いわ」

「人をけなすほうが、よほど下品だと思うわ、ジェニファー」

ジアナは挨拶を穏やかに終えた。「こんばんは、デリー、ジェニファー。立派なお宅ね。天井が高くて、影ができるほど」

「わたしは、アレックスの家のほうが好き」と、ジェニファーが応じた。「あそこはとても居心地がいいわ。さあ、わたしは失礼させてもらうわ。継母はどうせ仕事の話をしたいんでしょうから」

「ジェニファーのこと、許してね」ジェニファーが引きさがるのを見届け、デリーが言った。「アレックスが結婚したせいで意気消沈してますっていう演技を続けてるの。おまけに、あなたのことは愛人呼ばわりしているし。頑として、妻だと認めようとしなくって」

「お互い、頑張りましょうね、デリー」

「ずいぶん長いあいだ、ミスター・アーチャーと話し込んでいたわね。なんの話をしていたの？」

「綿の栽培よ、デリー。まだ奴隷を使っているんですって。でも、もちろん、彼とその是非について論じたりはしなかったわ。そんなことしたら、絶対に言い負かしちゃうもの」

「あなたはニューヨークに嵐を起こしてるわ、ジアナ」

「今夜、ミスター・マコーミックを見かけた、デリー？」

「もちろん、見かけたわ。でも、わたしは直接、話してはいないの。そうそう、わたしね、芝刈り機のプロジェクトについてチャールズに尋ねてみたのよ。アドバイスをもらおうと思って」

「チャールズはなんて？」

「すぐにわかるわ。彼とダンスをしたら」

「わたしの話を聞いてくださるなんて、光栄だわ。たしかにリスクがあるビジネスよ。でもね、デリー。わたし、どうしてもやりとげたいの」

オーケストラが新しいワルツを演奏しはじめると、デリーが答えた。「わかってる。ほら、アレックスったら、あなたにダンスを申し込みたいんじゃないかしら。うっとりと、あなたを見つめてるわ。あんなにぼうっと女性に夢中になってる男性、見たことない」

「アレックスが、ぼうっとしてるですって？」ジアナが笑った。「ありえないわ、デリー。彼はただ、わたしが疲れちゃうんじゃないかと心配してるのよ」

「アレックスがここにくるまで、わたしがあなたと一緒にいるわ。そうすれば疲れなくてすむでしょ？　それにしても、あなたのウエストラインときたら、全然変わらないわね、ジアナ」

「それはありがたいわ。明日、一緒にランチをしましょう、デリー。デザートはアイスクリームがいいわ、ストロベリーのね。最近、あまりたくさん食べられなくて。アレックスからは、いつも、もっと食べろと文句を言われてるのよ」

「そりゃオニオンの酢漬けより、アイスクリームのほうが食べられるものね。じゃあ、明日、ランチに。あら、ジェニファーとミセス・ヴァンダービルトがきたわ。進水しようとしている大洋航路船みたい」

ジアナはくすくすと笑い、アレックスに笑顔を向けた。

「いとしいひと」

アレックスの腕に手を置くと、ジアナはダンスフロアに連れていかれた。ウエストに手をまわされ、指で軽く背中をなぞられると、もう彼をじっと見つめることしかできない。ああ、彼にかすかに触れられただけで、どうして身体が反応してしまうのかしら。

まるで彼女の思いを読みとったかのように、アレックスが顔を近づけ、にっこりと笑った。

「ぼくをここから連れださないでくれよ、ジアナ。きみが裏部屋にぼくを連れていくのを見たら、ご夫人がたはまちがいなく、いらだつからね」

「でしょうね」ジアナは、息もたえだえに言った。

「今夜のきみは、ここでいちばん美しいイングランド女性だよ」

「たったひとりの、よ」

「そう？ そうか」アレックスは彼女を引き寄せ、広い舞踏室をくるくると回転させた。大きな輪を描きながらも、ほかのカップルとぶつからないようにアレックスがじょうずに回転させるので、ジアナははしゃいで声をあげた。そして、ワルツが終わると、アレックスは彼女を解放した。ジアナは、失望の色を浮かべて彼を見上げた。「また、あなたと踊りたい」

アレックスはかぶりを振った。「このままきみを独占していたら、ここにいる紳士面した連中から、どやされちまう。夫たる者、妻に思いやりある態度を示してはならないのさ。それに、ぼくたちは愛しあっていると思われちまう。そんなことはありえないんだろう？」

ジアナはさっとアレックスの顔を見た。その表情は冷たい。「ええ」と、彼女は大きく息を吐いた。「ありえない」

その夜遅く、チャールズ・ラティマーがジアナに近づいていった。「今夜はひときわお美しい、ミセス・サクストン。お目にかかるたび、わたしはデリーの意見に賛同していますよ。あなたは美しい女性に成長なさった。ジュネーブでは内気な少女だったのに」

「ずいぶん昔の話ですわ」と、ジアナが答えた。「あなたは、とてもおやさしい方ですのね。今晩の奥さまは、とてもおきれい。まるで天使のよう」

チャールズが金色の眉を上げた。「俗世間を知らぬ天使だったが、いまやいきいきと世間を飛びまわっている」

「いいじゃありませんか、チャールズ。ハープをつまびいてるばかりでは、人生、退屈ですもの」

チャールズがかぶりを振り、ジアナに微笑んだ。「あなたの切り返しはたいしたものだ、ジアナ。それにしても」と、ものおもわしげに続けた。「妻がこれほどいきいきしているのを、初めて見ましたよ。うちの毒舌の娘さえ、ここのところ、妻には太刀打ちできない。おかげで友人たちからは、夫婦揃って頭がおかしくなったと思われている」

ジアナは胸を張った。「あなたとデリーさえよければ、それでいいんじゃなくて？　他人がなにを言おうが、知るもんですか」

「まあ、慣れるしかないんでしょうな。たとえば、いまでは妻と昼食をとるのに、事前に都合を尋ねなければならない」

「残念ながら、明日も忙しくあちこちまわる予定ですの」

チャールズが愛想よく笑った。「ダンスとビジネスを少々混同してはいませんか？」

「ご心配なく。足元《ステップ》には気をつけておりますわ」

「ところで、デリーから、ミスター・マコーミックとの提携案の話を聞きました。五万ドルを出資してくれるよき隣人をおさがしだそうですね。ご主人は、あなたに貸すのを拒否したとか」

「おっしゃるとおりですわ、チャールズ」

「つまり、家計費からは捻出《ねんしゅつ》できないわけですな。しかし、わたしは関心をもっている。ただし、担保を倍にしていただきたい。つまり、ヴァン・クリーヴ&サクストン社の二五パーセントの所有権を担保にする、それが条件です」

「それは、あこぎというものですわ、チャールズ」

チャールズが、くるりとジアナを回転させた。「だが、担保は投資のリスクに見合うものでなければ。この場合のリスクは相当なものだ」

「考えさせてください、チャールズ。書類を作成して、明日、送っていただけます？」

「承知した」

「わたしの提案なぞに銀行は見向きもしないと、アレックスにはばかにされたんですの。あなたは、この出資をデリーのためになさるおつもり？」

「まあ、そういう部分もあります。まちがいなくご主人は、この契約が気に入らないだろう。しかし、わたしはビジネスマンだ。あなたが担保の条件を認めてくだされば、銀行側としては健全な貸付けとなる」

数分後、アレックスが迎えにきた。「おや、王女さま。サファイアのように目を輝かせているね。今夜はまた新たな領土を征服したのかい？」

「ええ」と、ジアナはおもむろに答えたが、アレックスとは目をあわせなかった。「今夜は、とても収穫があったわ」

デリーと踊っているチャールズ・ラティマーのほうを見ると、ジアナは微笑んだ。

「ラティマーは領土じゃないぞ。ジアナ」

「どうしてあなたは、チャールズ・ラティマーが嫌いなの、アレックス？」

「ぼくらは関わらないほうがいいと、お互いによくわかっているからさ」

「これは、ミセス・サクストン」

振り返ると、例のごとく落ち着きのないミスター・マコーミックの姿があった。両手を深くポケットに突っ込み、わずかに身体を揺らしている。

「ミスター・マコーミックとふたりだけで話がしたいんだろう、ジアナ？　では、またのちほど」

まったく鼻持ちならないんだから、アレックス。わたしは契約を取り消しませんからね。ジアナは未来のパートナーに輝く笑みを見せ、週末までには資金を用意すると請けあった。

「すばらしい」と、ミスター・マコーミック。「さあ、もう仕事の話はやめましょう。ダンスをご一緒願えますかな？　わたしのような老いぼれでも、ときには、美しいビジネスパートナーをこの腕に抱いているのを、人に見られたいものなのです」

ジアナとアレックスが帰宅すると、いかにも眠そうに目をしょぼしょぼさせているハーバートだけが出迎えた。「ミセス・サクストンを二階にお連れしてくれ、ハーバート」とアレックスが言った。「ぼくは、少々仕事が残っている。すぐに二階に行くから」アレックスはジアナの手をぎゅっと握ると、大股で図書室に向かった。「それから、ハーバート」と、肩越しに呼びかけた。「おまえも休みなさい。前から言っているように、ぼくたちを起きて待っていなくていいんだよ」

三十分後、アレックスはそっと寝室にはいっていった。そして、あんぐりと口をあけた。暖炉のそばにある、大型の袖つき安楽椅子に座ったまま、ジアナが舟を漕《こ》いでいる。まだペチコートと下着を着たままで、膝の上には上靴をもっているが、白い頬には黒いまつげが広がっている。アレックスは、自分を叱《しか》った。どうして、ちゃんと二階まで一緒に上がり、べッドに寝かせなかった？　そもそもジアナだって、これほど疲れているのなら、早く帰りたいと言ってくれればいいものを。

アレックスは彼女に静かに近づき、抱き起こした。

「まったく、ジアナ」

ジアナはびくりと起きあがった。目の前にアレックスの激怒した顔がある。アレックスが彼女を揺さぶった。「アレックス？」ジアナが眠そうに応じた。

「約束したじゃないか」

「約束って？」

「コルセットだよ」と、彼は乱暴にジアナを立たせ、くるりと後ろを向かせ、レースの部分をぐいと引っ張った。そして、押したり突いたりして、気にさわるコルセットをとうとう引きはがし、暖炉のなかに投げ捨てた。「どうして言うことを聞かないんだ」

「いい加減にして。コルセットが必要なのよ」

アレックスはジアナを解放したが、その目にはまだ怒りが煮えたぎっていた。

すっかり目が覚め、ジアナは静かに繰り返した。「本気よ、アレックス。わたしにはコルセットが必要なの」

「どうして？　どうしてまた、ぼくの子どもにそんな真似を？」

ジアナはため息をつき、腕をさすった。「コルセットをつけないと、ドレスのボタンがとまらないんだもの」

「じゃあ、ほかのドレスを着ろ」

「口汚く、わたしに怒鳴りつづけるつもり？」堪忍袋の緒が切れた。「情報を教えてあげるわ、ミスター・サクストン。いまのわたしに着られるのは、そのドレスだけなの。そして、あれが、いま締められる最後のコルセットだったのに」ジアナが暖炉で煙をあげているコルセットを見た。

「どうしてほかのドレスを買わない？」

ジアナが、顎をつんと上げた。「時間がなかったの」

彼はうめき声をあげ、髪をかきあげた。「とんでもない女だ、時間がないとは――」

「ええ、わたしはとんでもない女だし、時間もなかったの。ただし、あなたの大切な子どもは傷つけていないわ。アレックス。さあ、もうわめくのをやめて、寝かせてくれる？」

「理由はほかにもあるんだな？」

「ええ。そうよ、教えてあげましょうか。わたし、まわりの人にウエストラインを見られたくないの」

「いいか、きみに分別というものを教えてやろう。ぼくとの約束はどうなった？　きみの妊娠についてだれがどう思おうと、構うものか。きみは妊婦なんだぞ。遅かれ早かれ、周囲の知るところとなる」

「もうコルセットは残っていないから、心配ご無用よ」

アレックスはまだ猛《たけ》りたっている。ジアナはため息をついた。「お願い、アレックス。わたしもう、くたくたなの」

「だろうさ、もう真夜中なんだから」アレックスは深く息を吐き、寛容な口調で静かに言った。「もう、妊娠していないようなふりをしてほしくないんだよ、ジアナ。周囲の人間にも、自分自身にも。きみはぼくの子どもを妊娠しているし、ぼくの妻の役割をはたさなければならない。ロンドンにいたときよりも仕事に励んだところで、事実は変わらない。もう朝から晩まで動きまわるのはやめてくれ。もっと身体を休めなければ。子どもと自分の健康のことを、きみが気にかけないのなら、ぼくが気にかける。この件については、言うことを聞いてもらう。さもなければ、部屋に閉じ込めるぞ」

「もう命令しないでいただけると、ありがたいわ」

「頑固なひねくれ者のようにふるまうのをやめ、分別あるおとなとしてふるまうのならね」まるで、自分が賢い父親で、わたしがわがままな子どものような態度ね。ジアナは歯噛みをし、思わず口走った。「わたしは自分が正しいと思ったことをするまでよ、アレックス。偉そうに命令されるいわれはないわ。それに、あなたがどう思おうと、わたしはばかじゃない。そうそう、おかげさまで、ミスター・マコーミックとの提携はうまくいきそうよ」一瞬、言葉をとめ、彼の目をにらんだ。「チャールズ・ラティマーがだした条件を呑むつもりよ。そうすれば、資金を貸してもらえる」

アレックスが目を黒ずませ、おもむろに言った。「ラティマーが、きみに金を貸すだと?」

ジアナがうなずいた。

「それで、ラティマーがだした条件は？」

「貸付金額の二倍の担保。わたしがもっているヴァン・クリーヴ&サクストン社の所有権の二五パーセント」

アレックスが頭を振り、疲労のにじんだ声をだした。「ぼくとラティマーが犬猿の仲なのは、きみも知っているはずだ。彼がきみに貸付けを申し出ている唯一の理由は、きみが事業に失敗すれば、きみを通じて、ぼくを苦しめられるからだ。そんなこともわからないのか？」

「そんなことないわ、アレックス。チャールズは、提携がうまくいくと信じているからこそ、資金を融通してくれるのよ。だって、銀行家として成功した人物ですもの。あなたたちふたりの男同士の張り合いとはなんの関係もないわ」

慎重に言葉を選んでいるように、アレックスがゆっくりと言った。「ラティマーとぼくは、非常に単純な理由から犬猿の仲となった。それは、彼がぼくの最初の妻、ローラに求愛していたからだ。ローラの父親は、娘の結婚相手として、ラティマーよりぼくを気に入った。だからラティマーは、ローラを横取りして結婚したと言いがかりをつけ、ぼくを許さなかった。ぼくがローラと結婚するのは金目当てだと思い込んでいた。言葉を変えれば、ぼくがローラと結婚するのは金欲しさからであって、彼女のことなど愛していないと思い込んでいたのだ。やつはまちがいなく、きみへの貸付けを報復手段として考えている」

一瞬、ジアナは自分の決断に不安を覚えた。それでも、やはり、何年も前にアレックスと同じ女性を愛したからといって、貸付けを申しでるのはおかしな話だとしか思えなかった。たしかにアレックスは無骨者だけれど、だからといってチャールズがこんなかたちで仕返しするとは思えない。やっぱり、チャールズは、わたしの計画を信用してくれたのよ。なんといっても彼はデリーのご主人なんですもの。デリーのことをあれほど気にかけているのに、わたしを利用するはずがない。ジアナは、暖炉で黒くくすぶっているコルセットを見ながら考えた。ふたりの誇り高い男たちが、犬みたいにいがみあってるだけの話。もう何年も前に地面に埋めてすっかり忘れてしまった骨を、今ごろになって掘りだして、くちゃくちゃ噛んでいるんだわ。

「とにかく」と、ペチコートのひもをほどきながら、ジアナは言った。「わたしもう、休みます」

アレックスは顔をしかめた。ジアナは、ラティマーの条件を呑むだろう。それがわかっているだけに、いっそう頭にきた。ローラをめぐるラティマーとのいざこざも、ささやかな内輪もめのようにしか聞こえなかったのだろう。

ジアナが肩をすくめた。すると乱れた髪がゆるりと背中に落ち、気づいたときには、アレックスは彼女の胸に手を伸ばしていた。あっという間に、怒りが欲望に変貌した。彼がだまっていると、ジアナがさっと顔をあげた。「機嫌が悪いのなら、アレックス、一階でお休みになったら?」

「いや」アレックスは身体を寄せた。「ぼくは妻と愛しあいたい」

ジアナが乱暴に彼に顔を向けた。レースの白いシュミーズは薄地で、丈が膝までしかない。アレックスにはもう、ほかのことは考えられなかった。「冗談じゃないわ、アレックス。もう、あなたにあまり欲望を感じないの。それに、どんどんあなたを好きでなくなっているし。いつもわたしに反対ばかりするんだもの」

「それもすぐに変わる」アレックスは用心深く言い、彼女に目を逭わせた。「ベッドにはいればね」

「やめて、アレックス。もうあなたとなにもしたくないの、わかった？　わたしはどこかの身持ちの悪い女じゃない。あなたの呪われた快楽のためにここにいるわけじゃないのよ」

気づいたときには抱きすくめられ、握りしめていたこぶしは彼の下腹に押しつけられていた。アレックスは、身動きできないように彼女を抱きしめ、笑った。こめかみにあたる息があたたかい。「言っただろう、愛する人、子どもが生まれるまでは我慢するんだな。そのときには力を取り戻して、ぼくを思う存分平手打ちするがいい」

「笑うのはやめて」身を引き離そうとしたが、彼に片手で強く抱きしめられ、もう片方の手でシュミーズを背中で引き裂かれた。

「これも暖炉に投げるつもり？」アレックスは答えず、彼女を抱きあげ、ベルベッドのベッドカバーの上にどさりと投げだした。

「まったく頑固なお嫁さんだ」靴を脱ぎながら、アレックスがそうつぶやくのが聞こえた。脱ぎ捨てた衣服の真ん中で、アレックスが裸でぬっと立った。ジアナは彼のそそりたつものを目にし、息を呑んだ。「お願い、やめて、アレックス。あなたのこと、ぶつわよ。無理強いしないで」

わたしってばかだわ、とジアナは思った。母親の結婚式の夜、庭にいたときのように。あのとき、マダム・リュシエンヌの館の男たちと同様に、アレックスもわたしをひどく痛めつけるつもりなのだと思い込んでいたんだもの。そう思っていると、アレックスがおおいかぶさってきた。長い脚を彼女の脚にからめ、頭の上で彼女の両手を押さえ込む。目の前にある彼の黒い瞳を見上げ、ジアナは身をはがそうとした。どうして、この人はわたしに暴力をふるわないのかしら？　ジアナは両手を自由にしようとした。「痛いじゃないの、この乱暴者」

なにが起こったのかよくわからなかった。だが、つぎの瞬間、ジアナはひんやりとした冷気を全身で感じた。アレックスはベッドの横へと転がり、立ちあがった。そしてランプの炎に水をかけ、ベッドに戻ってくると、どさりと身を横たえた。

アレックスは仰向けになり、両手を頭の下に組み、おのれに悪態をついていた。どうして、あれほど原始的な方法で彼女を服従させようとした？　それも、最低に卑劣な方法で。彼女に言わなくてはならないことがたくさんあるのに、ひと言も口にしていない。そりゃ、ジアナは手に負えない。おれの言っていることが正しいとわかっているくせに、それを認めようとしない。それもこれも、おれがジアナと子どもに一緒にいてほしいと思っていることを、承知しているからだ。それにしても、ベッドではあれほど奔放に乱れ、おれと快楽をわかちあっているのに、帰国して、ひとりぼっちのひからびた暮らしに耐えられると思っているんだろうか？

「アレックス？」

「なんだい？」

「お願い、わたしのこと、嫌いにならないで」

いらだちのあまり、アレックスは口走った。「ぼくの子どもを連れて、ぼくを捨てないかぎり、嫌いになるものか」

ジアナがつらそうな声をあげたが、アレックスは冷淡な態度をとった。そして、彼女のほうを向いた。「きみはぼくになにを望んでいるんだ、ジアナ？」

彼女の荒々しい息づかいしか聞こえなかった。決めかねている様子が、沈黙のなか、手で触れられるように伝わってきた。突然、ジアナが身を寄せてきた。そして、両手で顔をはさまれた。アレックスは彼女を受けいれ、キスをし、深く舌をいれた。両手を彼女の身体に這わせ、脚のあいだをまさぐった。ぐっしょりと濡れている。そして、指先で軽くじらすと、彼女は大きな吐息を漏らした。ああ、これはただのゲームじゃないのか？　おれを信じろ、と叫びたかった。忘れてしまえ、と。なにを忘れる？　真実？　ほかの男たちが妻を扱っているようなやり方で、おれもジアナの気持ちを踏みにじるのではないかという恐怖？

ジアナが彼の胸に当てていた手を、下腹部へと下ろしはじめた。密集する毛をしばらくもつれさせたあと、その手はようやくさがしていたものを見つけた。硬くなったそれをてのひらでやさしく包み込むと、アレックスは身をのけぞらせた。思わずうめき声を漏らしそうになり、歯を食いしばった。

もう、ふたりのあいだに言葉はなかった。室内には、たがいを愛撫する官能の音だけが響き渡った。

ジアナは彼の腿に脚を投げだし、ぐったりと身を横たえた。彼の胸毛を手でもてあそぶ。アレックスはわれながら驚いた。気持ちも身体もたかぶり、もう、とても眠れそうにない。だが、絶頂に達したあとの息の乱れがおさまってくると、アレックスは腹の底から叫びたくなった。ジアナはおれの女だ。絶対に、手放すものか。子どもが生まれたあとも、手放さないぞ。

20

リーアは咳払いをすると、ロンドンの《タイムズ》をひらいた。それはアレックスからの贈り物で、ジアナがサクストン家にやってきてから、一週間ぶんがどっさりと束になって配達される。リーアはそのイングランドの新聞に目を通し、朝食のテーブルで豆記事を読んで聞かせるのが好きだった。

「ロンドンできょう、つまり三週間前に起こった、いちばん面白いことは」と、リーアが始めた。「ハンガリーの革命家、コシュート」――と、変わった名前につっかえながら読み進む――「勝利の凱旋《がいせん》。イングランドのジョン・ラッセル首相は」彼女は誇らしげにつけくわえた。「コシュートら革命家に共感を示し、トルコ経由で到着したハンガリー難民には、アメリカへの渡航費用としてひとりあたり八ポンドを支給すると発表」と、記事を読み終えた。

「わたしたちのところに来るのね」

「ヨーロッパには争いが絶えないの」と、ジアナが説明した。「どの国でもね。アメリカとイングランドは例外だけれど」

「ぼくらの国だって、ふたつに引き裂かれてしまうかもしれない」と、アレックス。

「奥さま、ストウ夫人の小説を読んでいらっしゃいましたね」と、アナ・カルサーズが言った。

ジアナは、アナ・カルサーズに向かってうなずいた。リーアの新しい家庭教師はとてもいい人だ。白髪を束ねているところも、実用的な靴をはいているところも、ジアナは気に入っている。とても穏やかで心休まる、やさしいお母さんのよう。だから、リーアもアナのことが好きなのだろう。アナは立派な教育を受けたドイツ人だ。

アレックスはトーストから顔を上げた。「例の『アンクル・トムの小屋』を読んでいるの？」

「ええ」と、ジアナ。

「アトランタにいるうちの代理人、ジョージ・プラマーがその本について一席ぶっていたよ」

「南部にも代理人がいるなんて知らなかったわ、アレックス」

「ぼくのことで知らないことは、まだまだあるぞ、ジアナ」

ジアナは驚いて彼の顔を見た。アレックスは落ち着き払っている。が、ふたりのあいだの緊張は、リーアのくすくす笑いでやぶられた。「あ、こんな記事もある」

リーアが新聞に頭を突っ込み、声をあげて読んだ。「ウィリアム・ホジソンがニューゲイト刑務所で死亡。享年、百六十前後。一七九三年に革命の演説をしたかどで逮捕され、その後、ずっと服役していた」

「石頭のイングランド人め」と、アレックス。

ジアナは、アレックスにおどけた顔を見せてから、義理の娘に言った。「きょうは、ひとつだけじゃなくて、ふたつもニュースを読んでもらえて、うれしかったわ、リーア。それにしても、百六十年も生きる人がいるなんて」

「お父さまのおっしゃるとおりよ」と、リーアが顔をしかめた。「ひどい話じゃない？　ちょっと、つまらない演説をしただけなのに、ずっと刑務所にいれられていたなんて。自由に生活できていたら、その間、どれだけ好きなことができたかしら」

「ほんとうねえ」と、ミセス・カルサーズがすばやく口をはさんだ。「まあ、とにかく、彼がどんな演説をしたのかまでは、わかりませんからね。さあ、リーア。一緒にいらっしゃい。イングランドの地理を勉強しましょう。きょうは、サマセットにしましょうか。あなたの義理のおばあさまの生まれた場所ですよ」

ジアナはびくりとした。そういえば、この前、母からもらった手紙にまだ返事を書いていない。そうね、とりあえずアレックスの調査内容をそのまま伝え、芝刈り機のイングランド輸出に関してサイラス・マコーミックと提携を結んだことを報告しよう。「リーア、いつかあなたに、わたしの母に会ってほしいの。おばあさまは、とても美しくて素敵な女性よ」

「でも、おまぬけ公爵の奥さんなんでしょう？」と、リーアがわけもわからずアレックスの言葉を真似して言った。

「リーア」

「ええ」と、ジアナが微笑んだ。「母は公爵夫人だけれど、美しくて素敵な女性よ。それに」と、つけくわえた。「たいていの殿方より賢いわ」

「でも、パパほど頭はよくないんでしょう?」と、子どもらしい自信をもって、リーアが言った。

「そうねえ、どうかしら、リーア」

アレックスが口をひらいた。「そういえば、来週は感謝祭だ。われらが清教徒の祖先たちの祝祭だよ」

「感謝祭」と、ジアナが繰り返した。「聞いたことがあるわ。それは正式なお祝いなの? 毎年あるの?」

リーアがいかにもわくわくしているような表情を浮かべたので、アレックスがウインクをした。「ああ、アメリカの伝統行事さ」

「清教徒って――一夫一婦婚で有名よね?」

「そうだ」と、アレックス。

「毎年、アップルパイを食べて、林檎《りんご》ジュースを飲むのよ」と、リーア。

「ええ、それにサツマイモも」と、水色の瞳に笑みを浮かべ、ミセス・カルサーズがつけくわえた。

「感謝祭って、いつあるの?」と、ジアナが尋ねた。

「来週よ」と、リーア。「木曜日。今年は、お友だちを呼んでいい、パパ?」

ジアナが、期待するようにアレックスを見た。「考えておくよ、仔猫ちゃん」アレックスはポケットから懐中時計を引っ張りだし、時刻を確認した。「やれやれ」と、ジアナに言った。「きみを置いていくのはつらいが、造船会社の退屈な会合がある。残念ながら、帰宅は遅くなるよ」

考え込んでいるように眉をしかめ、ジアナがうなずいた。いったいなにをたくらんでいる? アレックスは好奇心を抑えつつ身をかがめ、ジアナの頬に軽くキスをした。「今夜は早く休むんだよ、いいね?」

「なんですって? ええ、そうね、わかったわ、アレックス」ジアナがまぶしいばかりの笑みを浮かべたので、アレックスは不審そうに黒い眉尻を上げた。その夜、夕食のテーブルに着いたとき、アレックスの好奇心はようやく満たされた。

「感謝祭といえば」と、ジアナがまた輝くばかりの笑みを浮かべ、カスタードクリームを口に運びながらアレックスに言った。

「なんだい?」

「感謝祭にはたいていお客さまをお招きするって、リーアから聞いたわ」と、ジアナが顎先を少し上げた。「ラティマー夫妻を招待したいの、アレックス」

「なんてすばらしいアイディア」と、ミセス・カルサーズ。「ミセス・ラティマーは、とても魅力的なご夫人ですわ」

「デリーに会いたい」と、リーア。「ジェニファーはこないだろうけど」

三人の女性が期待を込めて、じっとこちらを見つめている。たしかに、毎日デリーに会っていながら、社交のつきあいを抜きにして一緒に仕事だけするというのは、ジアナにとって無理な話だろう。だが、チャールズ・ラティマーがおれの自宅で夕食をとりたがるとは思えない。それなら、ラティマーに招待を断らせればいい。アレックスはしかたなくうなずき、遅ればせながら笑みを浮かべた。

「ありがとう。アレックス」と、ジアナがすばやく椅子から立ちあがった。「感謝祭のお料理をなににするか、アグネスと相談しないと」

「心配ない」と、アレックス。「アグネスのご先祖さまもわれらが清教徒だから、料理に関しちゃ、よく心得ているさ」

こうした経緯で、アレックスにとっては癪《しゃく》にさわることに、翌週の木曜日、サクストン夫妻は感謝祭の客を出迎えることになった。家のなかには、アグネスが腕をふるった七面鳥、砂糖で煮詰めたサツマイモの香りが満ちていた。

「ようこそ、ラティマー」と、アレックスが出迎えた。

「久しぶりだな、サクストン」と、チャールズが応じた。

ふたりの男性がしぶしぶ握手をすると、ジアナとデリーは目配せをかわした。

「ジェニファー」と、ジアナが言った。「きょうは、とてもおきれいよ。それに、とてもいいお天気。十一月末には強い風が吹いたり、雪が降ったりするのかと思っていたけれど、こんなにお日さまがさんさんと照るなんて」

ジェニファーはただうなずいただけで、ジアナのあふれんばかりのおしゃべりに、ひと言も応じなかった。

「デザートにスエットパイ（牛脂や小麦粉にレーズンなどを混ぜて焼いた菓子）があるわ」と、ジアナはデリーに明るく言った。

「ちがう」と、アレックス。「アメリカではミンスパイというんだ」

「それに、二十五ポンドはある七面鳥よ、デリー」と、リーアが言った。

「じゃあ、ベルトをゆるめておいたほうがいいね？」

リーアのおかげでどれほど助かっているかしら。少し遅れて夕食のテーブルに着くと、ジアナは感謝した。リーアはうれしそうにおしゃべりをし、アグネスがつくった七面鳥がおいしいかどうかを、チャールズ・ラティマーに礼儀正しく尋ねるのを忘れなかった。ラティマーは驚いたような顔をして、イエスと微笑んだ。

アグネスがバニラアイスを載せたミンスパイを配り終えると、ジェニファーが待ちかねていたようにアレックスの手を握り、甘えた声で言った。「また、こうしてお招きいただいて、うれしいわ、アレックス」ジェニファーが食堂を見まわした。「改装をお認めにならなかったんでしょう？　昔のままでよかった。でも、いずれにしろ、奥さまはお忙しくて、家のことに割く時間がないんでしょう。それに、かわいそうなミス・ガスリー。美人なのに、ワデル夫妻のところにやられたとか」

「ワデル夫妻は、とてもいい方よ」と、パイを食べながらジアナが言った。「あなたがミス・ガスリーと親しくしていらっしゃるとは、存じませんでしたわ、ジェニファー」

「わたし、アナがきてくれてうれしい」と、リーア。

ジェニファーがあいまいにうなずいた。「ミス・ガスリーはここで幸せに働いていたはずよ。でも、やっぱり彼女、美人よね？」

「ジェニファー」と、チャールズ・ラティマーが制した。

「ほんとうに」と、ジアナ。「だからわたし、すごく嫉妬を覚えて、彼女にはどうしても、よそで働いていただきたかったの。リーアとアレックスを独占したかったのよ」

ジェニファーがジアナをにらみつけた。

「わたしの気持ち、おわかりいただけますわね。アレックスに好意の目を向ける女性がいれば、わたしは牙《きば》をむきます。イングランド人はね、ジェニファー、独占欲の塊ですから」

「この部屋にも、どこかに爆薬が仕掛けてあるかもしれないわ」と、デリー。

「みなさん、ワインはお手元にあります？」と、ジアナが尋ねた。「リーアは、レモネードをつぎなさい。わたし、発表したいことがありますの——できれば乾杯していただきたくて」

アレックスは疑わしそうにジアナを見たが、おとなしくグラスにワインを満たした。

ジアナは微笑み、グラスを掲げ、アレックスの目をまっすぐに見た。「アレックスとわたしは、話しあって決断いたしました。これから何カ月か、わたしは仕事の量を減らし、少しのんびりすることにいたしました。というのも、じつは、赤ちゃんが生まれることになったんです」

ジェニファーが息を呑んだ。

「予定は、五月」と、アレックスの視線をとらえたまま、ジアナがつけくわえた。彼も笑みを浮かべている。

「じゃあ、あたしに弟か妹ができるのね」と、リーアがはしゃいだ。「万歳！」

「五月」と、ジェニファーがいぶかしげに目を細めた。

「ええ、そうよ」と、ジアナ。

「おめでとう、サクストン」と、チャールズ・ラティマーが言った。

「ということは、あなたとアレックスは――」と、ジェニファーが言いかけた。

「おだまりなさい」と、デリーが義理の娘を本気でにらみつけた。

「だまっていられるもんですか」と、ジェニファーがグラスをテーブルに勢いよく置いた。

「だって――」

「ジェニファー」と、アレックスが脅迫するような口調で言った。「ジアナとぼくは、あっという間に恋に落ちた。結婚してくれと説得するには、少々時間がかかったがね」

「最初のときと同じように、二度目も説得力があったわけだ」と、チャールズ・ラティマーがグラスに向かって言い、アレックスが身をこわばらせた。

デリーがあわててジアナを見たが、ジアナは微笑み、ひるまなかった。「ああ、ご馳走をいただきすぎたみたい。ウエストがきつくなってきたわ。赤ちゃんがいやがっているかも。

アナ、リーアを二階に連れていってくださる？　殿方のみなさまは、居間でコーヒーをいかが？」

緊張がぴんと張りつめ、一瞬、沈黙が広がったが、ジアナは構わず立ちあがった。アレックスは感心した。まるで将軍のようだ、と。

平静そのものの態度で、ジアナはコーヒーを配った。「お砂糖をいかが、チャールズ？」

ラティマーがうなずいた。

「あなたはいま、ヴァン・クリーヴ社を所有しているの、アレックス？」と、ジェニファーが尋ねた。

「まさか」アレックスが眉をひそめたので、ジアナがあわてて応じた。「それどころか、アレックスは持参金を受けとってくださらなかったのよ。だからね、自分でも少しは仕事をしたいと思って」

「豹《ひょう》が獲物を追う場所を変えたというわけかな？」と、チャールズ。

「獲物を追う女はお嫌いかしら、チャールズ？」と、ジアナが甘い声をだした。

「いや。だが、きみ自身が獲物かもしれない」

「まあ」と、間髪をいれずにジアナが言った。「アレックスがわたしのお金目当てで結婚したと、あなたまで思っていらっしゃるの？」

露骨な質問に、チャールズ・ラティマーが目を白黒させた。

「だって、あなたはとんでもなくお金持ちだもの」と、父親にかわってジェニファーが答えた。

「そこまで金持ちなら、法外な担保を要求する銀行家から金を借りるものか」と、アレックスがちくりと言った。

「お言葉を返すようだが、わたしはビジネスマンだ」と、ラティマーが応じた。

「おっしゃるとおり」と、ジアナ。「それに、拝借したお金は利子をつけてお返ししますから、チャールズ、あなたはじきにもっと裕福なビジネスマンになられてよ」

「でも、それが目的でお金を貸したわけじゃない」と、デリーが口をはさんだ。「そうでしょう、チャールズ？」

チャールズ・ラティマーは、若い妻を見つめた。「分をわきまえなさい、デリー。わかりもしない話に、口出ししないでもらえると助かる」

「いいえ、チャールズ、わかってるわ」と、デリーがやさしく言った。「そろそろ、過去を洗い流してもいいんじゃない？　十年ものあいだ、おたがいを毛嫌いするなんておかしいわ。もう、充分じゃないかしら」

突然、アレックスが立ちあがり、暖炉のほうに歩いていった。その目はジアナをにらみつけている。「きみがこんな計画を立てていたとは。気づかなかったぼくがばかだった」

「デリー、ジェニファー、もう失礼するぞ」

「ああ、だめよ、チャールズ」と、デリー。「おかしいわね、ジアナ。恨みつらみを忘れないのは、女性のほうだと思っていたわ。男性って、もっと論理と理性をもちあわせているはずじゃない？」

「なんの話？」と、ジェニファーが言ったが、父親からにらまれた。

「十年て、とてつもなく長く感じられるわ」と、ジアナが静かに言った。「たしかに、もしローラが貧しい家庭の女性だったら、アレックスは結婚を申し込まなかったかもしれない。でも、チャールズ、あなただってそうじゃない？　デリーは、目もくらむほどの持参金をもってきたんじゃなくて？」

「それは、結婚とはなんの関係もない」と、チャールズが断言した。「わたしが心から愛していることが、デリーにはわかっている」

「わたしもよ、チャールズ。でもあなたがそこまでかたくなに、自分が求婚した女性とアレックスがお金目当てで結婚したと思い込んでいるのなら、わたしだって、あなたについて同じように思い込んでもいいでしょう？　アレックスだって、そう思っていいはずだわ」

「もうたくさんだ」と、アレックス。「ラティマーとぼくは、自分勝手に仕事をしているそれぞれの妻を、高く評価している。それでいいじゃないか」

「あらそう、アレックス。もし、あなたがわたしのお金目当てで結婚したのなら、デリーだって同じ立場かもしれないでしょう？　それなら、デリーとわたしが、自分がしたいことを自分で決めて、どこが悪いっておっしゃるの？」

「お父さまは」と、ジェニファーが口をはさんだ。「絶対にお金目当てで結婚なんかしませんん」

「わかってるわ、ジェニファー」と、きつく唇を結んでいる夫に向かって、デリーが微笑んだ。「お父さまは高潔な男性ですもの。頑固ではあるけれど」

「アレックスと同じね」と、ジアナがつけくわえた。

チャールズ・ラティマーが、ぎらぎらと光る目でアレックスを見た。「いいか。ローラ・ニールソンは、わたしと結婚するはずだった。彼女の父親さえ反対しなければ」

「信じるわ、チャールズ」アレックスがこぶしを握りしめたので、デリーがあわてて言った。「あなたがわたしと結婚してくださったとき、もうローラへの激しい感情は消えていたこと、よくわかっているの。ただ、あなたにとって、わたしが二番目の選択だと思うのはいやだけど」

「ばかなことを言うな」と、チャールズが怒鳴った。

「うちの父は、あなたを義理の息子として歓迎していなかったんじゃない？」

「くそっ」と、アレックス。「もう充分だ、ラティマー。詮索《せんさく》好きのご夫人がたは、もう、放っておこう」

「まったくだ」と、チャールズがすばやく立ちあがった。

「あまり飲みすぎないでね、アレックス」と、ジアナがアレックスの背中に声をかけた。

長いあいだ、デリーとジアナはたがいを見つめていたが、やがて、どっと笑いはじめた。

「よくも父を笑い者にしたわね」と、ジェニファーが怒った。

「ああ、ジェニファー」と、デリーが目から涙をぬぐった。「わたし、幸福だから笑ってい

「アレックスがあなたと結婚した唯一の理由は、あなたを妊娠させたからよ」と、ジェニファーがジアナのほうを向いた。「言っておくけど」

「アレックスにはたいへんな説得力があるのよ」

「かもしれない」と、ジアナが落ち着いて言った。「アレックスにはたいへんな説得力があるもの」

「ジェニファー」と、デリーが厳しい口調で言った。「あなたの不機嫌な物言いには、もううんざり。それに、礼儀もなってないし、口のきき方にも気をつけなさい。それじゃ、召使のほかに口をきいてくれる人がいなくなるわよ。アレックスとジアナは、結婚した。話はそれでおしまい。さあ、外套をとっていらっしゃい。家に帰りましょう。ブランデーで祝杯をあげたい気分」

「アレックス、あなた、お酒臭い」

「ブランデーだ」アレックスはそう言うと、服を脱ぎ、よろよろとベッドに近づき、ジアナを見おろして立った。ジアナは、彼の顔を見ようとしたが、つい、視線が身体のほうに吸い寄せられてしまう。

「きみは、あれこれ口出しする妻だ」

「そうね」と、ジアナ。「許してくださる？」

「あやまるっていうのか？　初耳だな」

「許してくださる?」

「きみ、裸だな」と、アレックスが顔をしかめた。

ジアナがベッドを軽く叩いた。

「とことんぶちのめしてやる」と、とってつけたように言い、アレックスは彼女の横に仰向けに寝ころがり、くらくらする頭の下で手を組んだ。

「赤ちゃんが生まれるまで待ってね」そこで言葉をとめ、薄暗い天井を見つめているアレックスの横顔を見た。「チャールズ・ラティマーとなにがあったのか、教えてくれる?」

アレックスは、ジアナのほうを見ないまま、疲れた声で言った。「すぐに仲直りしたのかどうか、聞きたいのかい? いや、ジアナ、仲直りまではいってない。理解に達したというところだ。やつがぼくのことを悪党と思っていようが、いままでは気にもとめなかった」ジアナに口をはさませず、アレックスは続けた。「ニューヨークでいちばん悪意に満ちたおしゃべり娘に、きみは妊娠を発表してしまったね」

「だって、あなたの言うとおりですもの、アレックス。赤ちゃんが生まれてくるのは事実でしょう? あなたがひとの噂を気にしないのなら、わたしも気にしないわ」

「これからは、もっと妊婦らしくふるまうと、自分から宣言したようなものだぞ」

「ええ、そのとおりよ。わたし、赤ちゃんと自分の健康に気をつかうわ」

「ジェニファーには、当然の報いを与えたね」と、アレックスが微笑んだ。

ジアナがくすくすと笑った。「ええ、よくやったでしょう?」彼女はアレックスのほうを向き、黒い胸毛をやさしく愛撫した。「だいぶ酔ってるわね、ミスター・サクストン？」

「それほどでもない。きみなんて、ちょろいものだ」アレックスは、彼女の手が下腹に動くのを感じ、身をこわばらせた。

「どんな男性でも、わたしを興奮させることができると思う、アレックス？」

「いいや」

「わたしもそうは思わない」と、ジアナ。「あなたって、とても美しいわ、アレックス」ジアナは起きあがり、膝をつくと、彼の唇のほうに身をかがめた。「ブランデーの匂いがぷんぷんしても、あなたにキスしてほしいの」

「きみの誘惑に屈服すれば、すべて許されるとでも思ってるのかい？」

彼の声にいらだちを聞きとり、ジアナはうれしそうに笑った。「いいえ、ただわたしがあなたを欲しいだけ」ジアナは、彼の胸に自分の乳房をこすりつけ、男根をそっと手でくるんだ。「あなたにはその気が全然ないとでも？」

「魔女め」

「キスして」アレックスが彼女から手を離すと、ジアナがささやいた。

アレックスは彼女を仰向けにし、唇をむさぼるように吸い、乳房をやさしく撫でまわした。

「ぐんぐん成長しているね」ジアナのふくらんだおなかに手を這わせながら、アレックスもささやいた。「きみは美しい。足以外はね」

ジアナがきょとんとした。「足ですって？　あなた、酔ってるのね」

「きみを傷つけたくなくて、だまってたんだが」と、ジアナの足をじろじろと見て、アレックスが顔をしかめた。「だが、ブランデーで舌がなめらかになったから言わせてもらおう。きみ、扁平足《へんぺいそく》だぞ、ジアナ」

アレックスは手を足へと滑らせ、しばらく膝の裏側を愛撫してから、足の先を引っ張った。「ほら、平らだろう？　それに、ちっちゃな足だ。こんなちっちゃな足で、ずかずか人の縄張りにはいってくるんだから」

アレックスは淫《みだ》らな笑みを浮かべ、ベッドから抜けだした。「もっと明るくしないと。男は、自分がしていることを見るのが好きなんだ」

彼はランプを近づけ、ジアナの肉体の研究を再開した。しばらくすると、満足そうに「ああ、やっぱり、欠点は足だけだ」と言い、ふたたびジアナにおおいかぶさった。ジアナは力の抜けた脚を大きくひらいた。そして、アレックスの名前を叫び、彼の髪をつかみ、身をのけぞらせた。

「やっぱり足だけだ」アレックスは、彼女のなかへと深く突いた。ジアナの筋肉が収縮するのがわかる。深く身を沈め、突きあげ、ジアナのうなじに向かって快楽のうめき声をあげた。アレックスは酔ったまま、深い眠りに落ちていった。ジアナを背中から抱きしめ、彼女の下腹部にぞんざいに手を置いたまま。

いい一日だったわ、とジアナは考えた。そして、アレックスの下腹部に身をすり寄せた。突然、アレックスが言った。「きょうは、なんとかきみを太らせようと、最大限の努力をした。月曜日は、ドクター・デイヴィッドソンの診察だろう？　先生はきみのこと、小動物よりちっちゃいと思ってるぞ」

がっかりしたことに、ドクター・デイヴィッドソンの診察に自分も同席すると、アレックスは言い張ってきかなかった。そのうえ、おそろしく機嫌が悪かった。

エルヴァンは、ふたりの険悪な雰囲気に気づき、気づいたときにはまた頬を紅潮させていた。それは、アレックスが同席しているという、それだけの理由ではなかった。

「赤ちゃんが動くのをまだ感じませんか、ミセス・サクストン？」

ジアナがかぶりを振った。

「ぼくも感じない」と、アレックス。

エルヴァンが咳払いをした。「毎日、午後、横になって休んでいらっしゃいますか、ミセス・サクストン？」

「ええ。いまは、毎日」

「それはほんとうだ」と、アレックス。

「牛乳をたっぷり飲んでいらっしゃいますか？」やけになって、エルヴァンが言った。

「わたし、牛乳は好かなくて」

「ぼくが、トーストにバターをたっぷり塗ってやっているよ、エルヴァン」

「ええと、その、上半身にうずきを感じますか、ミセス・サクストン？」

「つまりさ」と、アレックス。「おっぱいが痛むかい?」

「どういう意味かよくわかっていてよ、アレックス」と、ジアナがぴしゃりといった。「ええ、デイヴィッドソン先生、少し痛みます」

「ぼくは、すごく慎重にしているんだ。わかってるだろうが」と、アレックスが言った。

エルヴァンが首をすくめ、やりにくそうに彼女の下腹部に手を当てた。「お子さんはたしかに成長しています」と、驚いたように言った。

「妻にいつも言っているんだよ、エルヴァン。ぼくはすごく大きいほうだと。だが、きみの口からも、ご主人は大男だから気をつけるようにと妻に言ってくれたんだろう?」

「ああ、言った。おそらく、双子ではないでしょう、ミセス・サクストン」

「双子?」と、ジアナが蒼白になった。

「それは残念」と、アレックス。「アメリカの赤ん坊とイングランドの赤ん坊。それなら攻撃に耐えうる解決策だろうに。ああ、じつに残念だ」

エルヴァンが、彼女のナイトガウンをさっと下ろし、立ちあがった。「以前よりだいぶ健康になられたようです、ミセス・サクストン。できるだけ、お身体を休めてください。最初のお子さんはたいてい難産になる。できるだけ健康を維持してください」

「ええ、よくわかっておりますわ」と、ジアナ。

「これからも、ぼくが彼女を横にならせておくよ」と、アレックスが言った。

21

「ミスター・サクストンは、あれほど大柄なのに、とても優雅なかたですわね」ミラー池の氷上をスケートで滑る父と子を眺めながら、ミセス・カルサーズが言った。

「わたしも一緒に滑りたいわ」と、ジアナは言った。「アレックスったら、スケート靴に視線を向けたら最後、わたしを木に縛りつけるって言うのよ」

「ミスター・サクストンは、奥さまを大切になさっていますもの。とても気をつかっていらっしゃいますわ」

「でも、自分はわが道を行くのよ」

「リーアは幸せなお子さまです」しばらくしてから、ミセス・カルサーズが言った。「そして、リーアにとって、奥さまはすばらしいお義母《かあ》さまだと思いますわ。まだ、とてもお若いのに」

「やさしいのね、アナ」

「お子さまの誕生が待ち遠しい。赤ちゃんは、ほんとうに家族の元気の源ですわ。家庭に新たな生命をもたらすんですもの」

ジアナはうなずき、ミセス・カルサーズが編んでいる小さな上着に目を向けた。わたしの赤ちゃん、アレックスの赤ちゃんのために編んでくれているのだ。

「わたし、編み物をしたことがなくて」と、ジアナ。

「全然、むずかしくありませんよ」と、ミセス・カルサーズが小さな袖《そで》から目を上げた。編み針がかちかちと鳴る音がしばしやんだ。「でもあなたは、もっと重要なことでお忙しいんですもの、ミセス・サクストン。編み物なんぞにかかずらっている暇はないでしょうに」

「そうでもないの」と、ジアナは言った。オフィスですごすのは午前中の二時間だけと決められてから、穏やかな日々を送っている。だから編み物を覚える時間くらいあるのだ——それとも聖壇布に刺しゅうでもしようかしら。アレックスがどれほどすばらしい夫であり、父親であるかをミセス・カルサーズがだらだらと話す声に耳を傾けていると、まるでアレックスを中心に世界が回転しているような気がしてきて、ジアナは愕然とした。あの夏、ローマで見た夫人たちと一緒じゃないの。ジアナは、ミセス・カルサーズの手元の小さなセーターを見つめた。「それ、青いのね」ジアナはようやく言った。

ミセス・カルサーズが無表情にうなずいた。「奥さまは息子さんをお産みになる。まちがいありませんわ。ミスター・サクストンはなにもおっしゃいませんが、息子さんを望んでおいでです。きっと、旦那さまのお望みどおりになるでしょう」

「でも、わたしは娘のほうがいいのに」

「そうですの。まあ、おふたりとも意見を曲げませんものね」ミセス・カルサーズが編み針のほうにまた身をかがめた。「奥さまはミスター・サクストンを見つけられて、幸運でしたわ。旦那さまは公平で立派な紳士です」

「わたしが彼を見つけたんじゃないわ、ミセス・カルサーズ。彼がわたしを見つけたの」

「とにかく、旦那さまは家庭を大切になさるかたですわ。いつだって、家族が最優先。とくに奥さまとご結婚なさってからは」

家庭を大切になさるかたねえ、とジアナは考えた。ローマの紳士たちもみんな、家庭をもっていた。ふと気づくと、昔ながらの心配ごとに押し流されそうになり、ジアナは驚いた。マダム・リュシエンヌの館の娘たちの顔がつぎつぎと思い浮かんだ。男たちの本性と終わりのない欲望を心得《こころえ》、彼女たちはすっかりせちがらくなっていた。そういえば、とジアナは愕然とした。アレックスは、この四日間、わたしを愛していない。もうわたしに飽きたのかしら？　わたしが飽くことなく彼を求めるから、うんざりしたのかしら？　娼婦のエルヴィラが笑いながらこう言っていたっけ。「ああ、可愛いヘレン。教えてあげるわ。お客さんの奥さんが妊娠するとね、それはみんなにとってとても幸せなことなの。奥さんのおなかは、じきに子どもでいっぱいになる。そしてわたしのあそこは、夫の一物でいっぱいになる」

ジアナはふいに立ちあがり、よろめいた。ミセス・カルサーズがぎょっとした。

「ご気分が悪いんじゃありませんか、奥さま？」

「いいえ、ここにいて、アナ。ちょっと疲れてしまったみたい。ミスター・サクストンには、わたしは辻馬車を拾って帰ったと伝えてちょうだい」

ジアナが自宅の寝室に戻り、十五分ほどたったころ、アレックスが勢いよくドアをあけ、はいってきた。

「なんだって先に帰ったりしたんだ？　ぼくにひと言もなく」

ジアナは足元の絨毯に脱いだ服に目をやり、ガウンの腰ひもを結び、肩をすくめた。「リーアと一緒の時間をお邪魔したくなかったの。リーアも、とても楽しそうだったし」

アレックスが大股で近づいてくると、彼女の肩をつかんだ。「ぼくはね、きみがいちばん心配なんだよ、ジアナ。どうして、無分別にもミセス・カルサーズを置き去りにし、馬車を拾って帰ったのか、理由を聞かせてもらおうか」

「わたしはなんにもできない子どもじゃないのよ、アレックス。ひとりで自宅に帰ることぐらいできるわ」

「そういう話じゃない。きみは無作法なうえに思慮に欠ける。ミセス・カルサーズは、きみが気を動転させていたと言っていた。なにかあったのかい？」

目に涙が浮かぶのがわかった。ジアナは乱暴にガウンの腰ひもを引っ張り、気持ちを落ち着かせようとした。

「なにがあった？」

「ミセス・カルサーズが、赤ちゃんの服を編んでくれているの」彼女はつぶやき、つま先を見つめた。

「知っている」アレックスが言い、先を待った。

「編み物をしながら、あなたのことを褒めちぎっていたわ」と、目をそらしたままジアナが続けた。

「気に入らないのかい？」

その口調に面白そうな響きがあったので、ジアナはさっと頭を上げた。

「わたしは、あのご夫人がたのようにはならない。なんにもせず、ただだらりと座り込んで赤ちゃんの服を編むなんて、絶対にいや。夫を歓ばせることしか考えられない女性にはなりたくないの」

「きみは、自分が妊娠していることを、すぐに忘れてしまうんだな、ジアナ」

「忘れてないわ。忘れられるわけないでしょう？　もう、アレックス。あなたって、ローマの尊大な夫たちと同じよ。あなたは、わたしをもう欲しがっていない」

「きみを欲しがっていない？」アレックスが繰り返し、唖然としてジアナの顔を見た。

「わたし、もう、挑んでいくような女じゃないもの。予想がつく女になりさがってしまったのよ。あなたはもうわたしに飽きた。それに、わたし、太っていくいっぽうだし」

アレックスが近づいてきたので、ジアナはあとずさりをし、ガウンの前をかきあわせた。アレックスは、ガウンを彼女の肩から引きはがし、シュミーズを引き裂いた。ジアナは、彼に喉を撫でられ、胸をまさぐられ、ただ呆然《ぼうぜん》と立っていた。乳首を口でおおわれる。そのとき、アレックスの声が聞こえ、われに返った。「きみのほうこそ、ぼくに飽きていない？ぼくの愛撫に、もう退屈してるんじゃない？　だって、ぼくがつぎになにをするか、だいたい予測がつくだろう？」

「男の人はちがうのよ」

「どうして？」アレックスは気まぐれに指を使い、予測がつかない愛撫を始めた。

「あなた、これでもう四日もわたしに触れていないのよ」

「三日だ。きみが欲しくなかったからじゃない」アレックスは、ジアナの目の下にうっすらとできた隈《くま》に指で触れた。「きみにはどうしても休息が必要なんだよ。ぼくは、自分さえよければそれでいいと思ってるわけじゃない。きみには健康でいてほしいんだよ、ジアナ。それで、どうしてだい？　男はちがうって、どうしてさ？」

「あなたにそんなふうにされていて、考えられるわけないでしょう」

アレックスは彼女の唇に両手を当てた。「どうして？」と、繰り返す。

「男の人って」と、ジアナは必死になって思考能力をかきあつめた。「いろいろな趣向を楽しみたいのよ。わたし、ローマで見てきたんですもの。マダム・リュシエンヌの館では、ひとりの男性に、そのたびにちがう娘がつくこともあったわ。あなただって、最初に見たときはマルゴと一緒だったけれど、一カ月のあいだに何人の女性と楽しんだの？」

「三、四人かな。正確には覚えてないよ」と、冷静に答えた。「たいてい、夜になるともう疲れていたし、仕事のことで頭がいっぱいだったからね。でも、ぼくの肉体が安らぎを求めれば、歓んで快楽をわかちあってくれる女性がいたのはたしかだ」

「やっぱり、趣向を楽しみたいのよ」と、ジアナが言った。「あなた、嘘もつかないのね」

「どうして嘘をつく必要がある？　ぼくは結婚していなかった。あの三年前に、ローラが亡くなっていたからね」

「あなたはいまでも結婚していないわ」

「すると、ぼくがきみに飽きたのは、きみが太って予測がつくようになったからというわけか」

「そうよ」と、ジアナが言った。「正直に答えて。あなたはもうわたしに、なんの借りもないんですもの」

「よくわかった。そこまで言うのなら、正直に言うよ、ジアナ。打ちのめされるかもしれないが」

アレックスはやさしく彼女の乳房を手でおおい、こちらを見上げている彼女の目を黒い瞳でじっと見つめた。「きみが欲しい、ジアナ。予測がつくところ、ぼくを受けいれてくれるところ、なにもかもが大好きだ。ぼくの腕のなかで歓んでくれると、うれしくてたまらない。ぼくが触れて、きみが悦楽を味わってくれると、すごくうれしいんだよ。丸いおなかがあたる感触も大好きだ」

彼女の瞳に歓びが宿った。が、すぐに隠しようのない不信の色も浮かんだ。アレックスはため息をついた。

「正直に言ったのに、ずいぶんだな」

「アレックス、わたし――」

「だまれ、ジアナ。ぼくは行動派だからね」アレックスは唇をむさぼった。酸っぱい林檎ジュースの味がする。公園で飲んだのだろう。「きみの胸は、すごくやさしくぼくに触れる」と、ジアナの口元でささやいた。

「痛いの。痛くて我慢できないこともあるのよ」

「さすがのぼくも、それには反論できないな」と、アレックスは微笑もうとした。顔を下げ、ふたたび乳首を吸いはじめると、ジアナが髪に指をからませてきた。アレックスはてのひらを彼女の心臓に当てた。どくん、どくん。鼓動が伝わってくる。「どこが痛いの、ジアナ？胸、それともおなか？」

「両方とも。それに脚もよ。まるで骨がなくなったみたい」

アレックスは彼女のガウンを引きはがすと、引き裂いたシュミーズを腰の上まで引っ張りあげた。ジアナは、シルクのストッキングと、それを吊る青いガーターベルトだけという格好で、アレックスの前に立った。彼は、丸くせりだしたおなかへと視線を移した。おれの子どもが、彼女の子宮のなかで成長している。「きみはほんとうにおいしそうだ、ジアナ」

「もう服を引き裂くのはやめて、アレックス」

「きみの下着は、いつだって邪魔なんだ」彼は、ジアナの腰の上に手をまわし、にっこりと笑った。「赤ん坊はぐんぐん大きくなっている。じきに、きみの腰に手をまわせなくなるだろう」

アレックスは一歩下がり、服を脱ぎはじめた。ジアナがこちらを見ていることはわかっていた。彼女は、おれの肉体のとりこになっている。おれが彼女の肉体のとりことなっているのと同じくらいに。ジアナが口をひらいた。「あなたって、美しいわ、アレックス」

「ローマでの尋常ならざる夏のことを考慮して、それはお世辞として受けとっておくよ」アレックスはジアナの手をつかみ、引き寄せた。彼女の尻を両手で包み込むと、ジアナは彼の肩に頬を押しつけ、広い背中に手をまわし、吐息を漏らした。

「こんなふうに、ずっと満ち足りた気持ちですごせたら、どんなにいいかしら」ジアナはつま先だって立ち、身体をこすりつけた。もう少し背が高くなりたい。そうすれば、もっと身体を密着させることができるのに。髪からピンが抜かれるのを感じ、ウエストのあたりまで届く豊かな黒髪を撫でられた。

「じらしてるのね、アレックス」ジアナは艶《つや》っぽい笑みを浮かべ、彼の脚のあいだに手を滑らせていった。

「ジアナ、やめろ」アレックスは彼女を腰から抱きあげた。ジアナは彼に抱きつき、彼の喉元で笑い声をあげた。アレックスはジアナをやさしくベッドに運び、彼女におおいかぶさった。が、突然、肘をつき、ぎょっとした目でジアナを見た。

「どうしたの？」ジアナはささやき、彼を抱きよせようとした。

「赤ん坊が。ぼくを蹴った」

ジアナがくすくすと笑った。「お願い、アレックス。このこと、デイヴィッドソン先生には言わないでね。恥ずかしくて死んじゃうわ」

しかし、アレックスは顔をしかめた。「こんなふうにしていると、ぼくは重すぎるだろう」

ジアナが反論しようとしたので、すぐに微笑んだ。「生まれる前から、父親に悪態をついてほしくないからね」

アレックスはジアナを背中から抱き寄せ、じっと顔を見つめた。「もっと工夫しないとね、ジアナ」と、口元でささやいた。「これも悪くないだろう？」

ジアナも少し身を寄せ、彼がうめき声をあげると、ささやいた。「悪くないわ、アレックス。あなたもすごく気に入ってるでしょう？」

しばらくして、とうとう、ジアナが彼に寄り添ってくると、アレックスはやさしく彼女の背中をさすった。ジアナは首をひねり、彼の顔を見た。「いつも、こんなふうにしてくれる？ いつも、あなたが欲しくて死にたいほどの気分にさせてくれる？」

「やってみるよ」

ジアナが彼の顎先にキスをした。「ひげを剃《そ》らなくちゃ。ごわごわしてるのって、好きじゃないの」そして、ものおもわしげにつけくわえた。「毎日、顔に剃刀《かみそり》を当てるのって、いやでしょうね」

「きみがそんなことをするのは、ぼくだっていやだ」

ジアナは笑い、彼の胸に頬をすり寄せた。

「王女さま」しばらくすると、アレックスが口をひらいた。「もし、なにか悩みごとがあったら、かならずぼくに言うと約束してくれ」

「すごく気持ちが落ち込んでいたの」と、ジアナがため息をついた。

「そんな必要はなかったのに。いまなら、信じてくれるね」

「あなたの言うとおりなんでしょうね」そう口では言っているものの、ジアナは確信をもっていないようだった。

アレックスは、彼女の髪を耳にかけ、その眠そうな顔を見つめた。「さすがのぼくも、法律までは変えられないよ、ジアナ」

「そうね」ジアナが悲しそうに言った。「変えられないわ。男たちがそれを許さない」

「だが、法を無視することはできる。ぼくたちには手出しできない」

ジアナが腕のなかで静かになった。アレックスは、彼女の目が閉じるのをしばらく慎重に待った。そして、自分もまたジアナと同じくらい、ぐったりしていることに気づいた。

ジアナはなにも言わなかった。

「おやすみ、ジアナ。夕食まで、まだ二時間ほどある」

ジアナは、彼の声に失望の響きを聞きとった。すると、目に涙がにじむのがわかった。ジアナはおそれていた。

22

「聞いて、ジアナ」と、継母の注意をうながしてから、リーアが《タイムズ》の音読を始めた。「パーマストン上院議員、ルイ・ナポレオンのクーデタに賛意を表明し、外相を解任される」

「″クーデター″と読むんだよ」と、アレックスがすかさず訂正した。

「って、なんのこと?」

「突然、政権を奪いとろうとすることよ」と、ジアナ。「もちろん」と、フランス人を見くだすイングランド人を気取ってつけくわえた。「フランスのような国では、そう意外なことでもないけれど」

だが、リーアは説明には返事をせず、また《タイムズ》をひらき、頁に頭を埋めた。

「パーマストン上院議員は、すばらしい政治家だ」と、アレックスが言った。

「やめてよ、アレックス」と、ジアナ。「ラッセル首相としては、解任するしかなかったんでしょう。パーマストンは常軌を逸した真似をしでかした。オーストリアのハイナウ将軍が醸造所の従業員に襲撃されたあと、にやにや笑っていたんですもの。謝罪してすむ話じゃないわ」

「ハイナウ将軍は、最低だよ」と、アレックス。「パーマストン上院議員が、少しばかり無礼な真似をするもの当然さ」

「画家のJ・M・W・ターナーって、有名なの?」と、リーアがふいに尋ねた。

「どうして、リーア?」と、ジアナ。

「亡くなったんですって」

「まあ、それは残念だわ」と、ジアナが言った。「ターナーは、母の親友だったの。とても有名な画家よ、リーア。うちの居間にターナーの絵が飾ってあったの、覚えてるでしょう、アレックス?」

「ああ」と応じたものの、もう朝食のテーブルではなく、手元の手紙に目をやっていた。手紙を読みおえると、アレックスは顔を上げ、にっこりと笑った。「ディレイニーが、クリスマスにこちらにくるそうだ」

「ディレイニーおじさま」と、リーアが声をあげ、椅子から滑り落ちた。「ああ、アナもきっと、おじさまのことが大好きになるわ。ジアナもね。とっても面白い人なの」そして、父親を率直な表情で見た。「おまけに、とってもハンサムよ。もちろん、パパほどじゃないけれど」

「でも、パパよりお若いんでしょう、リーア?」と、ジアナがアレックスにおどけた視線を向けた。

「年齢とともに、ディレイニーも向上するだろう」と、アレックス。「さあ」と、立ちあがった。「今年のクリスマス・ツリーを切り倒すのを、だれが手伝ってくれるかな?」

ジアナも手伝いを志願し、毛皮の裏地がついた外套で耳までしっかりおおい、森にでかけていった。そして今年のツリー用のモミの木を選ぶと、それをアレックスが切り倒した。ふたりでその大木を馬車の後ろの橇《そり》にくくりつけ、町まで引きずっていった。リーアはクリスマス・ツリーにすっかり興奮し、馬車のなかで父親に抱かれたまま眠ってしまった。アレックスがリーアの口元からホットチョコレートをぬぐい、滑らかな眉にそっとキスをする様子を、ジアナは眺めていた。ふと気づくと、目に涙がにじんでいた。ジアナはあわてて顔をそむけた。きっと、妊娠のせいだわ。だから、こんなふうに感傷的になっているだけよ。でも、きょうという一日がずっと記憶に残るだろうということが、ジアナにはわかっていた。たくさんの笑いにあふれた、心から楽しかった一日。けっして色褪《いろあ》せないであろう一日。

「ずいぶん静かだね、ジアナ」その晩、寝室の暖炉の前にふたりで座っていると、アレックスは読んでいた本を閉じ、ジアナの顔をまじまじと見た。「疲れたかい?」

アレックスが心配そうな声をだしたので、ジアナはびくりとした。そして、わざと肩をすくめた。「まさか、アレックス」だが、しばらく見つめられているうちに、また例の不可解な涙が目にあふれてきた。「わたし、どうかしちゃったの」と、指でまぶたを強く叩いた。「あんなクリスマス・ツリー、うちにはなかったわ。ここ数年、母はただ配達させていただけ。ごくふつうの荷物と同じように裏口に運ばせ、それを召使が飾りつけるの。母ったら、飾りつけを召使にやらせるのよ！　それでも、わたしはいつだってツリーが好きだった。そして、ランソンにちゃんとお世辞を言い、召使たちの努力をねぎらった。ほんとうはわたしが自分で飾りつけをしたかったのに。だから、わたしはクリスマスが大嫌いだった」

アレックスは、だまってジアナを見つめていた。ぼくと一緒にいてくれれば、そのつらい思い出をすべて忘れさせてあげる。そう言いたかった。毎年、クリスマスをとくべつなものにしよう。ジアナが落ち着くのを待ってから、彼は尋ねた。「リーアの年齢のころ、どんなクリスマスをすごしていたんだい？」

「プレゼントだけは、山ほどもらったわ。いまなら、母が多忙だったという事情もわかる。でも、子どもはそれほどものわかりがよくないわ。だから、リーアは幸運よ」

「今年は、とくに幸運さ。新しい母親と父親と一緒にすごす、初めてのクリスマスだから。ぼくも、きょうはとても楽しかった、ジアナ。きみはリーアと同じくらい興奮していたね」

アレックスが話を続けるうちに、ジアナの顔に自然に笑みが浮かんだ。「何日か、ツリーを水につけておこう。それから居間に飾ろう。ミセス・カルサーズがリーアと一緒に飾りつけをしてくれるだろう」

「素敵」と、ジアナ。「わたしも、アナにやり方を教えてもらうわ」

「ぼくが教える。飾りつけは大の得意だ」

「蘭《らん》を育てるのと同じくらい？」

「ツリーのほうが、断然、得意さ。きみさえ構わなければ、この家の伝統にのっとり、クリスマス当日には、自宅を開放したっていいんだよ」

ジアナの目が輝いた。「ええ、すてき。ラティマー夫妻を招待したら、あなた、おいや？」

アレックスは、わざと冷淡に言った。「いいや。いかにもきみらしい、このうえない名案だと思うね」

「ときどき、あなたってすごく癪にさわるわ、アレックス・サクストン」

「言わせてもらうがね、王女さま、マコーミックがきみを破産させるころ、チャールズ・ラティマーはきみの担保一覧をむさぼり読んでいるだろうよ」

「その件について今夜、やりあうつもりはないわ、アレックス」

「すばらしい」と、アレックスが腿を叩いた。「ぼくはまだ、きみを居心地よく抱けると思うよ」

ジアナがさっと椅子から立ちあがり、彼の膝に乗った。

「わかっているだろうが」しばらくすると、アレックスが言った。「ぼくは家庭生活がとても楽しい。それにきみは、まるで自分の子どものようにリーアと接してくれている」

「リーアのこと、大好きなんですもの」

「ぼくが九歳だったら、ぼくのことも愛してくれるかい？」

そのからかうような明るい声に、ジアナが同様に明るい調子で応じた。「リーアとはけんかなんかしないのに、あなたとはけんかしちゃう」

「まるで野良猫の夫婦みたいだな。まあ、少なくとも、メス猫のほうは、休むべきときに休んでいるが」

「その点に関しては、たまたまあなたが正しかったわ、ミスター・サクストン。ニューヨークにきたころは、わたし、ちょっと高飛車だったかもしれない」

「かもしれない、だって？」

「あなたはとてもやさしかったわ、アレックス」

「ぼくがやさしいなんて、あまり自慢しないでくれよ、王女さま。やさしい男なんていう評判がたったら、ビジネスの世界では生きていけない」アレックスは、ジアナのせりだした腹に手を当てた。「人生とは、じつに奇妙なものだ」と、考えぶかげに言った。

「ほんとうね。わたしは自分のことだけ考えて、それで完ぺきに幸福だと思っていた。なのに、あつかましいアメリカ人がわたしの人生に侵入してきた。そのたった一週間後には、わたしは処女を失い、堕落して――」

「そして、とても美しい妊婦になった」と、アレックスが満足そうに言った。

「高飛車だったことは、あやまらないわ」

アレックスが黒い眉を上げた。「おやおや、野良猫は、あやまることを知らないと見える」

「アレックス、信じられない」

「メリー・クリスマス、ジアナ」ジアナの驚いた顔に、アレックスは微笑んだ。

「わたしのために、してくださったの？」ジアナは、家の南角を占めていた、かつては陰気な居間であったものを、もういちど見つめた。野暮ったい浮畝縞《うきうねじま》のカーテン、灰色の壁紙、雑然と並べられていた調度品が忽然《こつぜん》と消えている。そして、いま目の前にあるのは、青と白の柄の高級な絨毯《じゅうたん》、壁の造り付けの本棚。砲台跡からニューヨーク湾を臨んだボルネの風景画がイタリア製の優雅な暖炉の上に掛けられている。庭に面した窓を向くようにオークのデスクが置かれ、すべすべとした机上には象牙細工の箱があり、ペンや鉛筆がたくさん並べられている。箱の横には、ミセス・カルサーズが撮影した銀板写真が飾られ、デスクの中央には箱がふたつあり、ジアナはそのうちひとつの蓋《ふた》をおずおずとはずした。なかには、美しい便箋がはいっていた。「ジョージアナ・ヴァン・クリーヴ・サクストン」という文字がアレックスのオフィスビルの住所とともに、黒い流麗な活字で便箋の上に印刷されている。ジアナはゆっくりと振り返った。「どうして?」ジアナは尋ね、部屋全体をぐるりと手で指し示した。

「どうしてかって?」アレックスが、愉快そうに黒い眉を上げた。

「自衛本能だよ、ジアナ」と、アレックス。「きみはぼくの図書室を乗っとりはじめただろう? だから、きみ専用の書斎をつくるべきだと思ったまでさ。それに、自分専用の書斎があれば、きみがもっと自宅にいてくれるだろうと思ってね」

しばらく、ふたりは見つめあった。アレックスは、彼女の口にださぬ思いを読みとった。

〝でも、わたしはここにずっといるわけじゃないの。五カ月後には、もうこの部屋を見ることもないのに〟

「この便箋」と、ジアナが言った。「なんて美しいのかしら」彼女は、かさかさと音をたて、便箋を指でめくった。ジョージアナ・ヴァン・クリーヴ・サクストン。ああ、アレックス、やさしいのね。わたしの名前から、なにひとつ奪っていない。

「夫の便箋を使うのは」と、アレックスが冷静に言った。「きみのような地位の女性にはふさわしくないだろう？　なにもかも、お気に召すといいんだが」

ジアナはうなずいたが、彼と目をあわせることができなかった。そこで本棚のほうに歩いていき、並んでいる本の背表紙に目をやった。「ディケンズ。ディケンズは好きよ」

「ギリシア哲学とか、よくある全集も揃えてある。経済や政治といった現代の作品もね」

「それに、ジェイン・オースティン」ジアナは、赤い羊皮紙で綴じられた分厚い『エマ』をとりだした。「どうして、わたしの好きな作家だってわかったの、アレックス？」

「お母上から手紙をもらったから」

彼女はゆっくりと振り返った。「ずいぶん時間をかけて、これだけの計画をなさったの？」

「まあね。きみが外出している隙に、職人たちに仕事をさせたわけさ。きみがストロベリー・アイスクリームを夢中になって食べている時間も貴重だった。暖炉の工事が遅れて、夜にかかってしまったから」

ジアナは本を棚に戻した。「この椅子、あなたのとそっくりね。ただ、ひとまわり小さいだけ」ジアナは、内心、アレックスが図書室で使っている椅子に憧れていた。でも、そのいかにも権力をもつ人間が座りそうな椅子のことで、アレックスをからかってばかりいたのだ。

「そうだよ」

ジアナはガウンの裾《すそ》をもち、彼のほうに走っていった。「ありがとう、アレックス」と、声をあげ、彼の背中に腕をまわした。

アレックスは軽くキスをし、彼女の頭ごしに、自分のつくりだした空間を満足そうに眺めた。

「あなたへのクリスマスプレゼントは、これほどすごいものじゃないの」と、ジアナが恥ずかしそうに彼のガウンのボタンを指でいじった。「それどころか、全然、気に入らないかも」

「なにもくれなくていいんだよ、ジアナ」と、アレックスが乱暴に言った。

「あなたはプレゼントが好きじゃないのよね、ミスター・サクストン？ 大の男だって、ときどきは、胸をときめかすほうがいいのに」

「ときめかしているよ、ほぼ毎晩ね」

ジアナは彼から身を離した。「ここにいて、アレックス。すぐ戻ってくるから」

改装した部屋をアレックスが満悦して眺めていると、ジアナが息を切らして戻ってきた。大きな包みをかかえている。

それは絵画だった。リボンをはずしていくと、包み紙ごしに額があるのがわかった。

「それ、わたしなの」と、背後でジアナが言った。

彼は、ジアナのデスクの椅子に、その絵画を立てかけた。そして、数歩下がった。

「ミスター・ターナーが描いたの」アレックスがずっとだまっていたので、彼女が口をひらいた。「ターナーは風景画で有名だけれど、母に説得されて、わたしを描いてくださったの」

アレックスはジアナの肖像画を見つめた。こちらに向かって無邪気に微笑んでいる。そのはつらつとした瞳は、これと断定できる色ではないが、不思議に大きく見ひらいている。彼女は紺色の乗馬服を着ており、立派な雄馬の横に立っている。手袋をはめた手が手綱を握り、背景にはクリームのようなきめの細かさで森や山が描かれている。その少女は、ローマで見たジアナそのものだった。「これが描かれたのは、いつ？」と、彼は静かに尋ねた。

「一八四六年のクリスマスよ」

ローマの前だ。ローマの半年前。

ああ。この少女には、純真無垢《むく》な気持ちと、相手にたいする信頼があふれている。アレックスは、あらためて確信した。いまのジアナの顔にそうした表情を取り戻すためなら、おれはなんだってする、と。

「ロンドンから船で送ってもらったの」アレックスのまわりを踊るように動きながら、ジアナが不安そうに言った。「クリスマスプレゼントになにがいいのかわからなくて——あなたはなんでももっているでしょう、だから——」彼女の声が細くなった。アレックスがもの思いにふけりながら、じっと微笑んでいたからだ。

「想像もしていなかった贈り物だ。この肖像画を——ぼくの——図書室に飾ってもいいかな？」

ジアナがほっとしたように息をついた。「ほんとうに、お気に召した、アレックス？」

「ジョージアナ・ヴァン・クリーヴ、若いときのきみも、いまのきみも、両方好きだよ」ああ、ジアナ。イングランドに帰国したあとの思い出のために、おれに肖像画をくれたのかい？

「おいで、ジアナ。リーアはもう、ミセス・カルサーズとディレイニーをベッドから引っ張りだしているだろう」

ほんとうにそうだった。リーアはディレイニーのベッドに膝を折って座りこみ、いくつもあるプレゼントの包みを引きはがしている。

「おお、救出隊がやってきた」アレックスが冗談で贈った片眼鏡をぎこちなくかけ、ディレイニーが言った。「助けてくれ、まだ朝の七時半だぞ。つけくわえれば、昨夜はしこたま飲んだんだ。アレックス、ぼくら子どものころ、こんなにエネルギーがあったっけ？　それに、こんなに欲張りだったっけ？」

「もっとすごかったぜ」と、アレックスがにっと笑った。「サンタが斧《おの》をくれたときのこと、覚えてるかい？」

「かわいそうなママ。おかげで、クリスマスの晩に、食卓には三本しか脚がなかったよね。だけど、悪いのは兄貴だぜ。兄貴はもう八歳だったが、ぼくはまだキリストのように純真な赤ん坊だったんだから」

リーアがうれしそうに声をあげた。繊細な花びらのある花のなかに、細いチェーンにぶらさがった金塊があるのを見つけたのだ。リーアはディレイニーに飛びつき、勢いよく首に腕をまわしたので、ネックレスが彼の鼻にぶつかり、ばかばかしい片眼鏡が飛んだ。ディレイニーが片眼鏡をかけなおし、怪物のような顔をしてじろりとにらんだので、リーアがまた笑い声をあげた。その二日前、ディレイニーは山ほどのプレゼントをもって、アレックスの家に到着した。アレックスにそっくりのその瞳を見たとき、初めて会うディレイニーにたいするジアナの不安は吹き飛んだ。ディレイニーにはやさしさがあふれていた。彼と一緒にいると、どんな不安も感じなかった。ディレイニーは、ジアナのイングランド人らしい発音を面白がり、片眼鏡をかけたその顔には、気取った人間をばかにするような表情が浮かんでいた。

「どうやら」と、リーアを押さえつけながら、ディレイニーが言った。「ぼくはまた、おじさんになるみたいだな」

「おまえのほうはどうなんだ」と、アレックス。「まだ結婚しないのか？　ぼくだって、その甥《おい》だか姪《めい》だかを甘やかしてやりたいのに」

「そりゃまあ」と、ディレイニーは、アレックスに負けじと愉快そうに言った。「たくさん女性はいるよ。ただ、意気地なしだからね、なかなか決心がつかないだけさ。それにしても兄貴は、とびきり美しい女性を釣ったものだな」

「わたし、魚じゃないのよ」と、ジアナが大声で言い、笑った。「兄さんもひげを生やせと、アレックスをけしかけないでね。彼、毛が黒いから、北部の黒熊みたいになっちゃう」

ディレイニーは淡茶色の頬ひげを撫でた。「アレックスはうぬぼれ屋だから、ハンサムな顔を隠したくないんだよ。それにね、ぼくは兄貴みたいな立派な顎に恵まれなかったからね」

「ジアナ、これ見て」

リーアがディレイニーのプレゼントをもうひとつ、とりだした。それはりんごほどの大きさの淡緑色の翡翠《ひすい》の仔羊だった。

「頭に穴があいている」と、リーアが穴に親指をいれて叫んだ。

「きみのペン立てだよ、かわいこちゃん」と、ディレイニー。「さ、リーア、ちょっと身支度をさせてもらえるかな？　きみの義理のママの前で、こんな格好じゃ恥ずかしいだろ」

ジアナの目が、ディレイニーの茶色のすね毛をちらりととらえた。だが、すぐにアレックスにつかまった。彼は、ジアナとリーアを両脇にかかえるようにして、笑いながらディレイニーの部屋からでていった。

「カリフォルニアは大陸の反対側じゃないか、ディレイニー。それに、サンフランシスコまで鉄道が開通するのに、あと何年もかかる」

ディレイニーはコーヒーを飲み、カップごしにおどけた目をジアナに向けた。「兄貴はこれから、一緒にビジネスをしろと説得にかかるらしい」

クリスマスのめまぐるしい一日を終え、ジアナはくたびれ、眠かった。もう真夜中に近い。リーアは興奮でふらふらしていたが、頑張って起きており、だいぶ遅い時間にようやくベッドにはいった。おとなだけになったあと、三人は居間に移動し、美しく装飾されたツリーをのんびりと眺めた。

「うちに顔を見せたのも、四年ぶりじゃないか」と、アレックスが説得を続けた。「それにしても、おまえときたら、ついこの前まで一文無しだったのに、見事に成功したものだ」

「運がよかった」と、ディレイニーがあっさり言った。「すごく、運がよかった」しばらく間を置き、兄にではなく自分に言い聞かせるように言った。「妙だよな。昔からおやじの造船業が大嫌いだったのに。鼻にはいってくるおがくずも嫌いだった。サンフランシスコまで蒸気船に乗るのもいやだった」と、ディレイニーはゆがんだ笑顔でアレックスを見た。「そのぼくが、いまでは海運業にも手を広げているんだよ、アレックス。あの翡翠の仔羊の置物も、うちの船で中国から運んできたものだ。政治の世界に乗り込んだのは、実直な生活を送るためさ」

「信じられん」と、アレックスがにっこり笑った。「ディレイニーは権力に抵抗するタイプだったんだが」と、ジアナに言った。「ぐずぐずするのをやめ、冒険に乗りだすきっかけが必要だったんだろう」

　ジアナが言った。「ディレイニーは、勘も冴《さ》えていたのね。金鉱を掘り当てるなんて」ジアナが手首に巻いたブレスレットに視線を落とした。ディレイニーがおどけた口調で説明した。「カリフォルニアにいる細工職人は、金鉱を当てるのに失敗した男たちばかりさ」

　ジアナがおかわりのコーヒーを配り、また腰を下ろした。そろそろ、ドレスのウエストをゆるめたい。「それにしても」と、ディレイニーがコーヒーに角砂糖をひとつ、かきまぜた。「大勢の人間のあいだで生活するのは大変だぜ。七年前、サンフランシスコの住民はせいぜい五十人といったところだった。ところが、金鉱めざしてやってきた連中のせいで、いまや人口は五万人にふくれあがっている。酒場、テント、丸太小屋がずらりと並んでいるよ。とにかく、抑えきれないほどの活気があふれている」

「どうやらまだ、カリフォルニアにとどまるつもりのようだな」

「そのつもりだ」

「いたっ」と、ジアナが突然飛びあがり、アレックスを見た。

「またかい?」

「ええ、ひどく蹴るの」ジアナがふたたび飛びあがった。「ウエストをきつく締めているのが、気に入らないんでしょう」

「そりゃそうだ」と、ディレイニー。「父親が父親だから、独占欲が強いんだよ。母親はぼくのものだと訴えてるんだろう」

「冗談じゃない」と、アレックスが伸びをした。「息子が生まれてくるまで、ジアナはぼくが独占するぞ。さて、そろそろ寝る時間だよ、ジアナ」彼はジアナに手を差しだした。

「でも、ベッドにはいったら、クリスマスが終わって、明日になっちゃう」

そして来年のクリスマスには、いないつもりなのか?

「なんだったらディレイニーに、ぼくらと一緒に寝てもらおうか。まだ話したりないことだし。だが、いくら荒くれ者のカリフォルニア人でも、ぼくらのベッドのなかではさすがに頬を染めて、減らず口を叩くこともないだろう」

「アレクサンダー・ニコラス・サクストン」と、ジアナ。

「おじいちゃんにそっくりだな」と、ディレイニー。「おじいちゃんは、好きなことをして、好きなように生きていた。巨漢でね、繊細なところはこれっぽちもなかったものさ、ジアナ。まあ、ぼくのかわりにせいぜい頬を染めてくれ、アレックス。ぼくはひとりで寝る」

アレックスは、ジアナが寝室で服を脱ぐのを見ていた。そして、彼女のおしゃべりの半分も聞いていなかった。彼女の脚をちらっと見るだけで、欲望がつのる。だが、身をかがめてキスをすると、ジアナはもうすやすやと眠っていた。「くそっ。残念無念」

アレックスは、彼女の腹部にそっとさわった。赤ん坊が、指の下でわずかに動く。なぜ、とアレックスは眠りに落ちる寸前に考えた。なぜ、ものごとは簡単にいかないのだろう?

23

バワリー街に面したビヤホール〈ジャーマン・ウィンター・ガーデン〉の広い店内には、にぎやかなポルカが鳴り響いていた。耳を傾けているディレイニーとデリーを残し、ジアナは凝った造りの正面玄関から店をでようとした。

「送っていくよ、ジアナ」と、ディレイニーが外套に手を伸ばした。だが、そのとき、デリーが物足りない様子でダンスフロアのほうを眺めている光景を、ジアナの目がとらえた。

「あら、だめよ、ディレイニー。ダンスのパートナーを連れて帰ったりしたら、デリーに怒られちゃう」

ジアナはひとり雑踏のなかへと歩きだし、冷たい一月の空気を吸い込んだ。ポルカのうるさいリズムから逃れ、ほっとした。あたりには雪が降りそうな気配がただよっていたが、頭上でふくれている雲が町を白い毛布でおおうまでには、まだ時間がありそうだ。ジアナは、バーナム博物館で気球のパノラマが展示されていたことを思い出し、ブロードウェーに向かう辻馬車をとめた。

アンストリートの角で馬車を降り、入場料を払うと、ジアナは博物館を見物して楽しい時間をすごした。おかしなものね、と彼女は苦笑した。どうしてわたしはこうも、機械類に惹かれるのかしら。博物館をでると、フルトンストリートの〈ラファー葉巻店〉に立ち寄り、アレックスの好きなハヴァナ産葉巻を一ダース買い、銀板写真が飾ってある〈ブラディ〉のギャラリーをぶらりと見物し、鮮やかな写真に目を見張った。そして、ミスター・ブラディはどういった新しい手法を駆使して、これほど見事な銀板写真に成功したんですかと矢継ぎ早に質問をし、店員をあたふたさせた。気がつくと、あたりは暗くなっており、ジアナはあわててブロードウェーに戻った。そして、家具屋の〈D&W・H・リー〉の倉庫のほうを名残り惜しそうに見た。でも、アレックスはきょうの午後、自宅の図書室に閉じこもっているはずだ。帰りが遅いと心配しているだろう。ジアナは辻馬車をさがしたが、一台も見つからなかった。そこでしかたなく、分厚い外套をぎゅっと首に巻きつけ、しっかりとした足取りでブロードウェーを歩きはじめた。〈アスター・ハウス・ホテル〉の前でいちど足をとめ、その幅広の立派な石の階段のところで休憩した。それからまた歩きはじめたが、バークレイストリートを渡りおえたとき、人々のわめき声が聞こえ、驚いて足をとめた。そのまま歩きつづけなければならないことはわかっていたが、好奇心に負け、ヴィージーストリートのほうを振り返った。

目の前には、まさに地獄のような大混乱の光景が広がっていた。乱れた服装の男たちが棒で武装し、三階建ての工場の倉庫の前で乱闘を繰り広げている。工場の所有者、ミスター・ビドルにいまわしい言葉を叫び、仕事をよこせと脅迫している者もいる。あたりには、複数の言語もいりまじっていた。そのとき、がっしりした男がぶつかってきたので、ジアナはあやうく倒れそうになった。と、ほかの男たちもわっと押し寄せてきた。おそろしい形相の男たちのなかには酔っている者もおり、妊婦であろうがお構いなしに、ジアナを小突いたり押したりした。

「よお、娘っこ、おめえ――？」

流し目を送ってきた男が伸ばした腕を払い、わいせつな呼びかけには耳を貸さず、ジアナは無我夢中で前進した。そのとき、一ブロック先にとまっている辻馬車が目にはいり、ジアナは御者に向かって必死で手を振った。なんとかして男たちの群れのなかから抜けだそうと、ジアナは奮闘を続け、息を切らした。ついに集団から抜けだし、自由になりかけたそのとき、労働者たちと同じような服装をした男がジアナのほうに走ってきた。

「つまかえろ」何者かが叫ぶ声が聞こえた。「こっちに連れてくるんだ」血が凍った。声の主のほうをうかがったが、群衆のなか、だれだかわからない。つまずきそうになり、悲鳴をあげ、走りだした。が、おなかが重く、思うように走れない。

バランスをとろうと、そばにあった街灯柱にしがみついた。

ジアナ、と叫ぶ声が聞こえたが、彼女は振り返らなかった。辻馬車まであと少し。「待って」ジアナは御者に叫んだ。「お願い、待って」

突然、右手の路地から労働者の一団が飛びだしてきて、路上に男たちがあふれ返った。ジアナの背後にいた男は、行く手をさえぎられた。怒声が聞こえたが、ジアナは振り返らなかった。そして辻馬車のところにたどり着くと、ドアのハンドルを力まかせに引っ張り、御者に叫んだ。「急いで。五番街と二十五丁目の交差点へ」

御者がのろのろとうなずいた。まるで、退屈しているかのようだ。そしておもむろに両手を上げ、馬を走らせた。

ジアナは窓から身を乗りだした。ひとりの男がこちらに走ってくる。その背後にもうひとりいたが、顔はわからなかった。

「急いで」と、ジアナは急かした。「急いでくれたら、十ドルだすわ」

無気力な御者の態度が一変した。御者が鞭《むち》で馬を打ち、スピードを上げた。追っ手は背後に遠ざかり、路上に倒れ、御者に悪態をついた。ジアナは、あたたかい革のクッションに背をあずけた。馬車は傾きながら通りを走っていく。

御者は、頭がおかしくなったように馬を走らせ、歩行者の罵声《ばせい》などお構いなしにブロードウェーを急いだ。ジアナはただ呆然としていた。ユニオン・スクエアの南側に着くと、ビールの荷馬車にぶつかりそうになりながら、馬車は東に曲がった。ジアナは、サクストン邸に着くまで、身じろぎもしなかった。アレックスに会いたい。頭のなかにはそれしかなかった。

ジアナは、御者が伸ばした手に二十ドルを置いた。仰天した御者は、ジアナの背中に向かって叫んだ。「ありがとうございます、奥さま」ジアナは構わず、ふらふらと正面玄関へと走っていった。

「ミセス・サクストン」ハーバートが息を呑んだ。ジアナは蒼白《そうはく》で、服はゆがみ、ボンネットは左耳のほうに傾いている。

「アレックスは——ミスター・サクストンはどちら?」

「図書室です、奥さま。まだ会合を——」

ジアナは、ハーバートの横を通りすぎ、長い廊下を歩き、図書室に向かった。そしてなにも考えずに、図書室のドアを勢いよくあけた。

アレックスは暖炉の横に立っていた。炉棚に肩をあずけ、書類に目を通している。周囲には、黒っぽいビジネススーツを着た四人の男が立っており、予期せぬ闖入《ちんにゅう》者のほうをいっせいに振り返った。かれらは一様に驚いた顔をしており、不審そうに目を細めたり、眉をひそめたりしている。ジアナは彫像のように立ちつくした。動くことができない。わたしは男の帝国に侵入してしまった。そして会合の邪魔をした。男たちの邪魔をする愚かな女。

アレックスと目があった。彼が顔をしかめ、近づいてきた。

「ミセス・サクストン」男たちのひとりが、いらだちと驚きが混じった声で言った。

声が震えた。「失礼しました。お願い、許して」ジアナはふいに駆けだし、図書室のドアをばたんと閉めた。

アレックスはアナスレイに書類を渡した。「失礼する、諸君。きょうの打ち合わせはここまでだ」そう話しながらも、ジアナの蒼白な顔が頭から離れなかった。いったい、なにがあった?

彼は一段おきに階段を駆けあがり、声をかけてきたハーバートには手を振り、話をさえぎった。二階に上がると、寝室にはいっていった。ジアナは暖炉の前で床に両手と両膝をついていた。周囲に外套を丸く広げ、オレンジ色の残り火をぼんやりと見つめている。

「ジアナ」と、アレックスは言った。その声は思ったより大きく、かすれていた。振り返ったジアナを見て、彼は肝をつぶした。彼女の目には恐怖が宿っていたのだ。「どうした。なにがあった？」

ジアナは彼を見つめたが、身をこわばらせるだけで、言葉を発しなかった。アレックスは彼女の横に膝をつき、抱きよせた。

「大丈夫だよ、ジアナ」アレックスはささやき、彼女の背中を撫でた。「もう安全だ、ジアナ。約束する」そう話しつづけたが、言葉は役に立たなかった。しばらくすると、ようやく彼女の身体から力が抜けた。ジアナは嗚咽《おえつ》を漏らし、彼の両腕にしがみついた。

「よしよし、ジアナ。なにがあったのか教えてくれ。もう大丈夫だよ」

数分後、ジアナは彼の胸から涙に濡れた顔を上げた。だが離れたくないというように、アレックスにしがみついたままだった。

「わたしね」と、恐怖にこわばった声でジアナが話しはじめた。「ブロードウェーをひとりで歩いていたの。そうしたら、ストライキがあったみたいで、男たちが群れをなしていたの。わたし、そこを通りすぎ、辻馬車を拾おうとしたんだけれど、ひとりの男が追いかけてきたの。その後ろに、もうひとり男がいて、わたしのほうを指さしていた。わたし、あなたのところにたどりつくことしか考えられなくて」

いる。

くそっ。アレックスはジアナをぎゅっと抱きしめた。暴徒のなか、ジアナはひとりぼっちだったのだ。まちがいなく、ストライキがあったのだろう。いったい、ディレイニーとデリーはどこにいたんだ？　彼は暖炉の前にある気に入りの椅子に座り、膝の上にジアナを抱き寄せた。彼女は小さなボールのように身体を丸め、彼の首筋に顔を埋めた。自信家のジアナ、自立心旺盛で経済的にも自立しているジアナが、いま、おれの保護を求めて身をすり寄せている。

ジアナには、自分が愚かだったことがわかっていた。もちろん、もうなんの心配もいらないことも、安全そのものであることもわかっていた。だが、思わずでた言葉が、彼女の本心を物語っていた。「お願い、わたしから離れないで。アレックス。離れないで」

驚いたことに、欲望がむくむくと湧きあがり、アレックスは飛びあがりそうになった。初めて、ジアナが新たな一面を見せたのだ。いままで隠していた、弱い面を。アレックスの気持ちも肉体も、か弱いジアナを求めていた。「ああ。けっして離れはしない」彼女の蒼白な顔と閉じた目をじっと見つめ、アレックスは唇を近づけた。

ジアナは、彼の唇がそっと触れてきたのを感じた。彼女はそのまま彼に身をあずけていた。やがてボタンがはずされ、肩から外套が落ちた。胸に暖炉の炎の熱を感じると、ジアナはゆっくりと目をあけ、彼を見つめた。「わたしが欲しい？」

「ああ、きみが欲しい」

ジアナはまだ受け身のまま、ぐったりとしていた。アレックスは構わず彼女の身体に手を言《は》わせた。なにか正体はわからないけれど、なにかがアレックスのなかで起こっていることを、ジアナは感じていた。アレックスの愛撫にはやさしさのかけらもなかったが、激しい独占欲があふれていた。

ジアナはベッドに運ばれた。彼がおおいかぶさってくると、ジアナは下腹部に欲望のうずきを感じ、同時に恐怖心が消えていった。ジアナは思わず声をあげた。アレックスは、彼女の顔を指で撫でた。

「ぼくを見て、ジアナ」

ジアナは従った。混乱した目で彼を見つめる。

「ぼくが欲しいと言ってくれ」

「あなたが欲しい」と、ジアナが言った。それは、彼女自身の声だった。ジアナはついに理解した。彼が一緒にいてくれるなら、彼が望むことを、わたし、なんだってする。

「アレックス、わたしを愛して。お願い。わたしを愛して」

アレックスが深く身を沈めた。ジアナは思わず声をあげ、その瞬間、悟った。わたしはアレックスと永遠に一緒にいたい。永遠に。彼の肉体が彼女の一部となり、彼女のなかで溶けていく。全身に緊張が走る。痛みをともなうほどの快楽に、身体が収縮するのがわかる。だが、新たな恐怖が彼女を襲った。もっと、もっと、大きな恐怖が、ジアナの全身を屍衣《しい》のようにおおった。ジアナは、その恐怖にたいして悲鳴をあげ、その力に抵抗しようと苦悶した。だが肉体はその恐怖を感じろと命じていた。

「ジアナ」彼女の目に涙を見ると、アレックスが言った。だが、激しい欲求を抑えることができず、ペースを落とすこともできなかった。「ジアナ」

アレックスは、自分の肉体から魂が引き裂かれるように感じた。ジアナがついにおれのものになった。おれだけのものに。そして、ああ、おれもジアナを愛している。あまりにも愛しすぎて、こわいほどだ。こう叫んでやりたい。もう二度と、おれを傷つけるな。そんな真似をしたら、もう愛さないぞ。だが、言葉はなにもでてこず、舌の先が震えるばかりだった。

「アレックス?」

喉に、彼女の唇が触れるのがわかった。

「ありがとう」

なんの礼だ?「ジアナ、きみを――」愛している。アレックスはやさしく彼女の顔を自分に向け、押しつけられた丸みを帯びたおなかに微笑んだ。「ジアナ、きみ、感じた?」

「ええ、すごく感じたわ」

アレックスは身を離そうとしたが、彼女がしがみついてきた。「お願い、アレックス――」

ふいに、ジアナはわれに返った。まるで、あらゆる快楽が奪いとられたように。そして、他人行儀の冷たい声で、自分が言うのが聞こえた。「殿方との会合を邪魔したこと、あやまるわ」

「ばかなことを」思わず、怒鳴りかけた。だが、ジアナの目はまだ涙でうるんでいる。アレックスは、彼女のもつれた髪に顔を埋めた。「許してくれ。もういちど、なにがあったのか、聞かせてくれ」

ジアナが口をひらいた。「奇妙だったのは——ふたりめの男よ。声に聞き覚えがあるような気がしたの」そして、かぶりを振った。思いすごしにちがいない。「あなたに買ったハヴァナ産の葉巻を無くしてしまったわ」と、話をしめくくった。「どこかに落としたんでしょう」

アレックスは、彼女の鼻先にキスをした。「御者がどんな風貌だったか、覚えてる?」

「わたしに無関心だったわ。急げば十ドルあげる、と言うまでは」御者の様子を思い浮かべようと、目を細くした。だが、ひげを生やした顔と、重そうなウールの服しか思い出せない。

「絶対に、その男たちを見つけだしてやる、ジアナ。そしてミセス・サクストン、もう二度と、勇んでひとりで散歩にでかけないこと。約束できるかい?」

「アレックス、わたしを傷つけたいと思う人間がいると思う?」

「わからない。ストライキがあり、暴動があり、きみはそのさなかで身動きできなくなった。とにかく調べてみるよ。いいね?」

ジアナはうなずき、ゆっくりと彼の腕のほうに動いた。「いま、ディレイニーの声が聞こえたような気がする」ジアナはガウンに手を伸ばし、自分の落ち着いた声に驚いた。

アレックスがベッドから抜けだし、立ちあがった。ジアナは、彼の男根に目を落とした。ふたりのせいで濡れている。

「ああ」アレックスは短く言い、その黒い目を閉じた。きみは、おれを欲している。だが、おれは欲望以上のものが欲しいんだよ。ふいにぶっきらぼうな態度をとったので、ジアナの目に傷ついた表情が浮かんだのを、アレックスは見てとった。

「アグネスはきょう、夕食になにを用意している?」と、アレックスは淡々と言った。

家のなかは静かだった。ディレイニーは、その朝、さっとジアナを抱きしめ、別れを惜しむと、ワシントンに発っていった。「さすがのぼくも、長居して嫌われるほどの野暮じゃない」と、ディレイニーが頭を振った。「ぼくときたら、きみが大変な目にあっているときに、退廃的なポルカを踊っていたんだから」

リーアとアナは、二階でお勉強の時間だ。アレックスは造船所にでかけている。ジアナは書斎で書類仕事をすることになっていた。だが、どうしても集中できない。ペンの端を嚙《か》んでいると、ハーバートが半開きのドアをノックした。

「奥さま?」

「なに、ハーバート」

「奥さまにお目にかかりたいとおっしゃる男性がお見えです。奥さまがなくされたものを持参なさったとか」

ジアナは一瞬、恐怖を感じた。だが、すぐに思いなおした。いちいちこわがっていて、どうするの。「応接間に案内してさしあげて、ハーバート」

ジアナがはいっていくと、安っぽい真っ黒なスーツを着た男が待っていた。顔立ちにはどことといって特徴がなく、年齢は四十前後だろう。面識のない男だった。

「なんでしょう？」と、ジアナは口をひらいた。「なにかわたしのものをおもちになったとか」

「チャーマーズといいます、奥さま。ええ。これを昨日、落とされたのではないかと」

男は、アレックスに買ったハヴァナ産葉巻がはいった木箱をジアナに渡した。ジアナは、さっと男の顔を見た。「あなた、あそこにいらしたんですの、ミスター・チャーマーズ？」

「ええ、奥さま。この手紙を奥さまにお届けするよう、ある紳士に頼まれまして。個人的なものだそうです」

男は、ジアナに封印された封筒を差しだした。「では、これにて失礼、ミセス・サクストン」

「ありがとう、ミスター・チャーマーズ」

ジアナの顔が蒼白になった。そして、彼女の名前を記した男が目の前に立っているかのように、その手書きの黒い文字を見つめた。ランダル・ベネットの筆跡は、独特で優雅だ。そう簡単に忘れられるものではない。

するとランダルがここにいたのだ。ニューヨークに。

ジアナは封筒を引きちぎり、なかから一枚の便箋を引っ張りだし、広げた。

親愛なるジアナ。おわかりだろうが、いまぼくはニューヨークにいる。どうしても、きみに会いたい。明日、三時に、ウィリアムズストリートのレストラン〈ルイジ〉で会うのはどうだろう。大事な話がある。もし、約束の時間にこなければ、きみたち、つまりきみとご主人は、後悔することになる。ただし、この件について、ミスター・サクストンに知らせるのは大まちがいというものだ。その理由はじかに会って説明するとしよう。では、明日、いとしいひと。

その下には流麗な文字で〝ランダル・ベネット〟と署名されていた。

24

ジアナはパールストリートで辻馬車から降り、最後の一ブロックをウィリアムズストリートめざして足早に歩いていった。凍るような風にも、顔に舞い散る雪片にも、ほとんど気づかなかった。そして、レストラン〈ルイジ〉の前を通りすぎてから、店の前まで戻ってきた。入口の前でしばらく足をとめ、胸を張り、店にはいった。狭い店のなかは薄暗く、十卓ほどしかないテーブルには、赤と白の格子柄のクロスが掛けられている。ジアナは店内を見まわした。テーブル席に座っている数人の客の向こうに、ランダル・ベネットの姿があった。いちばん奥のテーブルから、ジアナに向かってけだるそうに手を振る。エプロンをつけた太った男が彼女に近づいてきたが、ジアナはかぶりを振り、ランダルのほうを指した。

「ミセス・サクストン」と、ランダルが言った。

「ミスター・ベネット」昔と変わっていないわ。ギリシア彫像のような顔には、あいかわらず傷ひとつなく、身体はしなやかだ。

「きょうは寒いね、ジアナ。すごく寒い。それにしても、きみはすっかり妊婦らしくなったな。ああ、礼儀を忘れていたよ。座って」

ジアナは安物の籐《とう》の椅子に腰を下ろした。「あなたは全然変わっていないのね、ランダル」

「そうかい？　いとしいジアナ、きみは変わったよ。ずいぶんと変わった。公爵の義理の娘が、植民地に暮らしているとはね。まったく変わった女だ」

ウエーターがあらわれ、ランダルが安物の赤ワインのボトルを注文した。

「あいかわらず将来のことなど考えず、その日暮らしをしているの、ランダル？」

「きみにそんな偉そうな口を叩かれる覚えはないね、ジアナ。しかし、ずいぶん腹がふくれたなあ。さすがのご主人も、もうきみのベッドからは退散し、夫婦の寝室は別々だろう？」

「ずいぶん子どもじみた侮辱ね、ランダル。望みはなに？」

「きみ、チャーマーズがだれだか、わからなかったのか？」

ジアナはぎょっとしてランダルを見た。「なんのこと？」

「ストライキのときにいた男だよ、ジアナ。下男にきみのあとを追わせたんだ。だが、きみはまんまと逃げおおせた。ぼくはただ、話がしたかっただけなのに。だから、ご主人に知られないよう、手紙を届けさせたというわけさ」

ジアナは椅子に背をあずけた。「なんだか聞き覚えのある声だと思ったの。でも、だれだかよくわからなかった」

「では、なぜ走って逃げた？」

「こわかったのよ。ストライキの人たちが暴徒と化していたし。それに、わたしを追いかけてきた男は、お世辞にも愛想がいいとはいえなかった」

「下男のチャーマーズだ。ごろつきだが、いまのところ、あれよりましな男を雇う余裕がなくてね」

ウエーターがボトルをもってきて、ふたりのグラスにワインをそそいだ。

「ぼくらの和解に」と、ランダルがグラスを掲げた。

「五分後にはこの店からでていくことに」

「あいかわらず毒舌のあばずれだ」ランダルがグラスをテーブルに置いた。

「ランダル、わたしはただ、あなたが脅迫状をよこしたからここにきたのよ。さあ、説明してちょうだい。さもなければ、わたし、五分もここにいないから」

「きみの親愛なるご主人はどうしている？　ぼくらの逢引きを、ご主人に話していないだろうね？」

「あなたはまだ、女性との逢引きにふけっているの、ランダル？　十七歳の少女たちはもう、さすがにあなたの年齢の男性のえじきにはならないと思うけれど」

「ぼくと会うこと、ご主人に話したのか？」

「いいえ、話していないわ」

「それは賢い。しかしだね、きみとミスター・サクストンは、ずっとうまく立ちまわってきたと思い込んでいる」

ジアナがグラスを強くにぎり、指が白くなった。「もう、残り時間は五分未満よ、ランダル」

ランダル・ベネットは、椅子に深く座りなおし、にやりと笑った。「まったく、堂々としたものじゃないか、ジアナ。きみとミスター・サクストンが、あれほど見え透いた、よくできた嘘をついてきたと、だれが思うだろうね？　アレックス・サクストンがロンドンにきてすぐ、出会って一週間もしないうちに、やっと寝たとは」

この男はなんの手出しもできない。わたしが結婚する前に妊娠していたことしか、この男は知らないのだから。「あなたの話は退屈だわ、ランダル」と、ジアナは言った。「つけくわえれば、うちの夫は、わたしが退屈したり、うんざりしたりするのを好みませんの」

「よろしい。ぼくは、少しばかり資金が必要でね、ミセス・サクストン。そしてきみ、いとしいきみなら、それを提供してくれるはずだ。一週間以内に、一万ドル用意しろ。まあ、あのとき、ぼくがもらえなかった持参金だと思ってくれればいいさ」

「あなた、どうかしてる」

「とんでもない。たしかに、いまはちょっと金回りが悪いが、ぼくにはニューヨークの社交界に知り合いがいる。きみは見るからに妊娠しているが、そのことについて、あまり取り沙汰されてはいない。だが、きみたちの秘密を知ったら、連中はさぞ驚愕するだろうな。ぼくは知ってるんだよ、ジアナ。きみたちがほんとうは結婚していないことを」

「ランダル、脅したって無駄よ。あなたの話なんて、だれが信じるものですか。さあ、話が終わったのなら――」

ジアナは立ちあがろうとしたが、さっと腕をつかまれた。「わかっていないようだな、ジアナ。忘れたのか？　きみはぼくの妻になるはずだったんだぞ。だから、きみのことも、きみの母親のことも、ぼくはよく知っている。世間的には結婚したことになっていても、きみは結婚などしていない。まあ、きみにはちょっとした関心をもっていたから、調べさせてもらってね。それにしても、これほどとんでもない計画を企てていたとはね。さすがのぼくにも想像がつかなかったよ」と、ランダルが彼女に指を振ってみせた。「哀れなミスター・サクストン。きみと暮らしていながら、きみの財産には手出しができないとは。きみたち母娘はなにを見返りに、彼を承諾させたんだ？」

一万ドル払おうが払うまいが、ランダルが脅迫をやめることはないだろう。でも、このまま支払わないでいたら、赤ちゃんが生まれる前に、すべてがご破算になってしまう。

ランダルの声が聞こえてきた。自信満々の口調で、早口で歯切れよくしゃべっている。

「二日あげよう、ジアナ。期限は金曜だ。きみはここに現金をもってくる。もってこなかったら、きみとミスター・サクストンはニューヨークを離れる計画を立てたほうがいい。ぼくのせいで、きみたちふたりは世間からさげすまれる存在になるからね。ああ、ぼくのことをようやく信じる気になったかい？　金曜の午後だ、ジアナ。そのときは、きみにワインをご馳走してもらうよ。お祝いにね」

見逃して、という懇願が舌の先まででかかった。だが、そんなことをしても無駄だということが、ジアナにはよくわかっていた。なにをしたところで無駄なのだ。

「この取引は、ぼくらふたりのあいだのものだ、ジアナ。ミスター・サクストンに、なんら思うところなどないからね。だが、きみの選択によっては、躊躇《ちゅうちょ》なく彼を破滅させる」

ジアナは返事をしなかった。そして椅子からゆっくりと立ちあがり、店をでていった。辻馬車の御者が期待を込めて彼女のほうを見たが、ジアナは強い冬の風にボンネットのひもを締め、ぼんやりと通りすぎていった。彼女はなにも感じなかった。ひどく疲れていた。そして、なんの脈絡もなく、ふいに思い出した。そういえば年老いた乳母がよく言っていたわ。嘘は悪魔の勝利だ、と。

子宮のなかで赤ん坊が動くのを感じた。ジアナは口に手を当て、嗚咽をこらえた。そして、時の流れについては考えまいとした。子どもとロンドンに帰国するまで、わたしとアレックスに残された時間のことは考えまい。ところが、どういうわけか、いまはアレックスを失いたくなかった。一緒にいれば、これからふたりでいろいろなことができるのに。そう考えている自分にわれながら驚き、ジアナは足をとめた。あなたとアレックスは、短期契約を結んだだけなのよ。あなたは帰国する。そして彼は、あなたのことなどすぐに忘れる。

二日後、とジアナは考えた。二日後までに、どうしても決心しなければならない。

「静かだね、ジアナ」

彼女は無理に笑みを浮かべた。「ちょっと疲れただけ」そう言うと、アレックスから目をそらした。

アレックスはそっと彼女の肩に触れ、こわばった筋肉を揉《も》んだ。「おいで。きみを運べなくなるほど、まだ太ってはいないんだから」アレックスが彼女を抱きあげた。

「アレックス、あなた、腰を痛めない？」

「あと一カ月くらいしたら、気をつけるよ」

アレックスは寝室でジアナをそっと立たせたが、腕の輪のなかから外にはださなかった。

「なにか問題があるなら、話してくれないか？」

ジアナは彼に身をもたせた。真実を話したくてたまらない。だが、彼女はゆっくりと頭を振った。「あなたが心配することじゃないの、アレックス。ほんとうよ」

意外にも、アレックスはあっさりと肩をすくめた。「わかった、ジアナ」そして、淫らな笑みを浮かべた。「すごく疲れてるんだよね？」アレックスは、彼女を腕のなかでゆっくりと回転させ、せりだしたおなかが許すかぎり、近くに抱きよせた。そして、やさしく頭を撫で、唇を重ねた。ジアナは、頭のなかからランダルを追い払おうとした。アレックスのことだけ、考えなくちゃ。

「これからは気をつけないと」と、彼女の耳たぶをそっと齧《かじ》った。「あいもかわらず頬を紅潮させたエルヴァンから、これからは無理しないようにと言われたんだ」

「でも、あなたはわたしを傷つけないもの」と、ジアナがささやいた。「ほんとうに、あなたはいつもやさしい。あなたのすること、全部好きよ」

「ぼくは想像力が豊かだからね、ジアナ。きみだって、少しはいろいろと工夫してみたらどう？　もう恥ずかしがる理由なんてないんだから」

「ええ」と、ジアナは言った。「わかってるわ」

アレックスは彼女をやさしく、ぎゅっと抱きしめた。「すばらしい。これからは、師匠の指示を待つことにするよ」アレックスは彼女をくるりと回転させ、背中のボタンをはずしはじめた。

愛しあったあと、ふたりはそのまま眠りに落ちた。アレックスは背中からそっとジアナを抱き、伸ばした腕に彼女の頭を置き、もういっぽうの手で彼女の下腹部を撫でた。

「ぼくのおなかに、きみの可愛らしいお尻が当たる感覚が大好きさ」アレックスが耳元でささやいた。その低い声には、歓びがあふれていた。

「あなたって、どうかしてる」愛しあったあとのジアナの声はぼんやりとしていた。

アレックスは、赤ん坊の動きをてのひらで感じとった。「ちっちゃな野獣だなあ。ぼくたちの子どもにどんな名前をつけるか、考えた？」

「ええ」振り返った拍子に、甲高い声をあげた。長い髪が彼の腕にからまったのだ。アレックスは彼女を抱きなおし、唇にキスをした。

「それで？」

アレックスにじっと見つめられ、ジアナが思わず目を伏せた。こんなに強く見つめられると、なんだかこわくなる。彼って、どうしてこれほど強い力をもっているのかしら。でも、そう思っていることを知られたくない。いっそう強く身体を押しつけても、ジアナはまだ不安だった。もちろん、彼は子どもを欲しがっているし、子どもを育てたがっている。わたしとも、このまま一緒に暮らしてくれるだろう。アレックスが説得の努力を続けていることが、ジアナにはよくわかっていた。ぼくと一緒に暮らしてくれ、と訴えているのだ。わたしの名前がはいった便箋までつくらせて。でも、あれだって、わたしの信頼を得るための小道具なんだわ。餌《えさ》なのよ。

「どうして泣いている？」

「泣いてなんかない」ジアナは彼から身を離そうとした。

「そうか」と、アレックスはふいに怒りを覚えた。「ぼくたちの子どもの名前を考えていたわけじゃないんだな。イングランドに帰る船のことでも考えていたんだろう？　だから、お母上に手紙を書いて、アメリカにきてくれと頼んだのか？」

「ちがうわ、アレックス。ニコラスよ。子どもの名前は、ニコラスにしようと思ってるの」

アレックスが静かに言った。「ぼくの父の名前だ」

「ええ、そうよ。でも、あなたのセカンドネームでもあるでしょう？　ニコラス・ヴァン・クリーヴ・サクストン」

「それじゃあ、きみはぼくに息子を産むと決めたわけ？」

「ええ」

「まったく、いったん決心したら、なにがあろうと、きみの決心は揺らがないんだな」

「揺らがないわ」と、ジアナが落ち着いて言った。「なにがあっても――揺らがない。でも、ほんとうは、わたしたちふたりの決心でどうにかなる問題じゃないけれど」

「じきにわかるさ」と、アレックスが言った。「じきにわかる」

ジアナは馬車のなかでつり革につかまっていた。もう気持ちは固まっていたが、肩にずっしりと重荷がかかっているような気がした。昨夜のアレックスはとてもやさしかった。アレックスに正直に話そう。ランダル・ベネットの件を打ち明け、アレックスに助けを求めよう。ジアナはそう決心していた。

「ミスター・サクストンは、こちらにいらっしゃる?」

「申しわけありません、奥さま」サクストン造船所の職工長、ジェイク・ランサムが答えた。「ボストンの取引先のクリントン・マードックと〈ジェム・サロン〉にお出かけになったようで。なんでも、店のなかには、おそろしく巨大な鏡があるって話で」

ジアナはぼんやりとうなずいた。〈ジェム・サロン〉の噂は聞いたことがある。ブロードウェー劇場の店内にある酒場で、もちろん、紳士専用だ。

「それから、リッチ博士の運動ジムについて、なにかお話しになってたようで。よく、旦那さまが身体を鍛えにお出かけになるところですよ」

「クロスビーストリートにある、〈ブリーカー〉のそばの?」

「ええ、奥さま」ジェイク・ランサムが居心地悪そうに耳を引っ張った。「ご夫人がお越しになるような場所じゃありませんや」と、とうとう言いきった。

「わかってるわ」と、ジアナはため息をついた。

「だれかにご自宅まで送らせましょうか？」

「ええ、ミスター・ランサム。お願い」

帰宅すると、ジアナは寝室のなかを歩きまわった。ミセス・カルサーズは鴨《かも》に餌をやりに、リーアを連れてユニオン・スクエアにでかけている。邸内はぬけがらのようで、ジアナはわびしさを感じた。

だが、ふと気づいた。わたしったら、愚かな鴨みたいに行ったり来たりしている。おろおろして、ばかみたい。「もう、いい加減にしなくちゃ」と、ジアナは声にだして言った。そしてスカートの裾をもつと、アレックスの図書室へと降りていった。

アレックスの銃のケースには鍵がかかっていた。彼女は長いあいだそれを見つめていた。ああ、どうすればいいのだろう？

「なにかご用事で、奥さま？」

「ハーバート」ジアナはくるりと振り返った。「いいえ、ありがとう」ハーバートが、しょぼしょぼした目で銃のケースを見たが、なにも言わなかった。「しばらくひとりになりたいの」

ハーバートがでていくと、ジアナはアレックスのデスクの抽斗《ひきだし》をあけはじめた。二番めの抽斗の奥にしまってあった小箱に、複数の鍵がついたキーホルダーを見つけた。ジアナはぞっとするような微笑を浮かべ、それをとりだした。銃の扱い方はよく知らないけれど、とりあえず、ランダル・ベネットを死ぬほどこわがらせることならできるだろう。あの極悪人。

あのレストランに行ってみよう。店主なら、ランダルの住所を知っているはず。

青いシルクのスカートを扇のように広げ、ジアナは床に座り込んだ。ピストルには、どうやって銃弾を詰めればいいのかしら。ジアナは、あちこちいじってみた。「もう、いやになっちゃう」彼女はつぶやき、銃身をにらみつけた。

「ただいま、ジアナ」

ピストルが膝に落ちた。ジアナは顔を上げ、アレックスのあたたかい声のほうに目をやった。

「おかえりなさい。もっと遅いお帰りかと思っていたわ」

「そのつもりだったんだが。きみは、銃弾の装塡《そうてん》に手間取っているところかな?」

「ええ、ちょっと――まあ、そうね」

アレックスが関心なさそうに言った。「手伝おうか?」

「いいえ。自分でどうにかするわ」

「リーアにも何度か説明したんだが、けっして銃身を見おろしてはいけない。そして、けっしてそばにいる人間に銃口を向けてはならない。それにしても、妙な話だな。同じことをきみにも言わなくちゃならんとは」

「銃のことはよく知らないの」ジアナはつくづく不運を呪った。ピストルと銃弾をもちだし、水洗トイレにこもればよかった。彼女は、銃をしっかりと握り、振ってみた。引き金に指を近づけた。「銃弾は、はいってないんでしょう?」

突然、爆発が起こった。ジアナは、ピストルから上がる灰色の煙を呆然と見つめた。が、しばらくすると、まるで火傷《やけど》でもしたように、ピストルを放り投げた。

アレックスのデスクの裏に、穴が大きくぎざぎざに開いている。

「旦那さま」

ハーバートが息せききって図書室に飛んできた。恐怖のあまり、顔から血の気が引いている。そのあとから、大きく目を見ひらいたエレンがあらわれた。

「大丈夫だ、ハーバート」と、アレックスが言った。「ミセス・サクストンがピストルを試しただけだから。下がってくれ」

心臓が大きく早鐘を打ち、アレックスは窒息してしまうような気がした。彼はゆっくりとデスクのほうに歩いていき、身をかがめ、マホガニーの裂け目をのぞき込んだ。

「狙いはいいぞ」と、アレックス。「ど真ん中に命中している。修繕はできないだろうが」

そう言うと、ジアナのほうを振り返った。彼女は床に放り投げたピストルから視線を上げ、ぼんやりとアレックスを見た。

「もう装塡されていたのね」

アレックスは、デスクに寄りかかり、胸の前で腕を組んだ。そして、明るい声で言った。

「ここでぶってほしいかい？　それとも、ふたりきりの場所のほうがいいかな？」

ジアナが彼を見上げた。ドレスの襟のように、その顔は蒼白だった。「銃弾が人間に当たると、そんなふうに穴が開くの？」

「もっとめちゃくちゃになる。保証するよ。そこらじゅうに血が吹き飛び、不快な絶叫がこだまする」

ジアナが舌で唇を舐《な》めた。そしてふたたびピストルに目をやると、まるで距離を置こうとするように、あとずさりを始めた。「ああ、神さま」両手で顔をおおう。「知らなかったの――」

「そりゃ、知らなかったんだろう。自分を殺す寸前だったんだぞ。はたまた、ぼくを殺すか、ハーバートを殺すところだったんだぞ」

少し理性が戻ってきたことを自覚すると、アレックスは冷静を装い、ジアナが座っているほうに歩きはじめた。身をかがめ、ピストルを拾う。銃のケースを慎重に開け、ピストルを溝に収めた。それから、ゆっくりと時間をかけてケースに鍵をかけると、キーホルダーを悠長にいじった。しばらくすると、自制心が戻ってきたのがわかった。アレックスは床に膝をつき、ジアナの顔から両手をはずした。「おいで、二階に行こう」

ジアナはうなずき、なんとかして立ちあがろうとした。だが、力がはいらない。ああ、わたしはなんて愚かだったのだろう。すでに装填されていた銃に、必死で銃弾をこめようとしていたのだから。もう二度と、床から立ちあがれそうにない。彼女は甲高い笑い声をあげた。

「わたしが銃で遊んでいるところを、あなたが見つけたのよね」彼女はくすくすと笑った。

「ねえ、わたし、立てないの」彼女はいっそう甲高い笑い声をあげ、肩を震わせた。

「ジアナ」アレックスが声をかけると、突然笑い声がやみ、彼女の目に涙があふれた。

アレックスはジアナを立ちあがらせると、ひしと抱きしめた。「泣いているきみをぶてるものか。泣くのをやめてくれ。ぼくには、おしおきをする権利があるだろう?」

ジアナは彼の首筋に顔を埋め、首にしがみついた。「あなたがなにをしようと、わたし、構わない」

「ぼくが構う」と、アレックス。「きみはあっさり自分で自分を殺すところだったんだぞ。きみをぶてば、きみの神経もぼくの神経も落ち着くはずだ」

アレックスはジアナを寝室に連れていった。彼女はぐったりともたれかかってきたが、しばらくすると身を引き、彼の険しい顔を見つめた。

「あなた、赤ちゃんには慎重にしてくれるわね、アレックス?」

「もちろんだ。ジアナ、いったいなにをしている?」

「ガウンを脱いでいるの」

「それはしばらく忘れてくれ。ジムでの運動やなにかで疲れて、へとへとなんだよ」

ジアナはしばらく彼を見つめ、肩をすくめた。「ほかの方法を見つけるほうがいいようね」と、彼にではなく、自分に話しかけた。

「そう願いたいね。まあ、ランダル・ベネットのような悪党を殺害した罪で、妻が絞首刑になるのなら、それもしかたないが」

ジアナは肝をつぶし、アレックスの顔を見た。「どうして知ってるの?」

「いいかい、あれほど言ってあったのに、きみがひとりで外出すると知らされたから、男を雇い、きみを見張らせたんだよ。ストライキに巻き込まれたときの事件が、あのまま終わるとは思えなかったからね。そうしたら、きみがミスター・ベネットと会っていたと、けさ、報告があったんだ。さあ、泣いたり笑ったりするのをおしまいにしたら、どうしてランダルの件をぼくに話さなかったのか、理由を聞かせてもらおうか」

ジアナは大きく息を吐いた。「あなたと話していると、いつも、自分のことがとんでもないおばかさんに思える」

「事実、おばかさんなんだから、当然だろう？」

ジアナの目つきが暗くなった。「すばらしい」と、アレックスは微笑んだ。「ずいぶん弱気な女性になったもんだ。さあ、座って、ジアナ。いつもの負けん気はどこにいった？　めそめそするなんて、きみらしくないぞ」

「もし、あなたに正直に話したら、わたしたちを破滅させると、彼、脅迫してきたの」

「やつの言うことなど、信じなかっただろうね」

「いいえ、信じたわ。四年前、求婚を断ってから、ランダルはずっとわたしのことを恨んできたのよ。彼、わたしたちが結婚していないことを知っていたの。一万ドル払わなければ、世間に公表すると脅してきたわ」

「ほう」

「あのストライキの日、わたしを追ってきたのは、ランダルの下男だったの」ジアナはしばらく口をつぐんだ。沈黙が耳を聾《ろう》するように思えた。「わたし、彼を脅したかったのよ、アレックス。あなたに知られたくなかった」

「だが、わざわざ造船所まで、ぼくに話しにきたんだろう？」

ジアナはうなずいた。「でも、お留守だったから」

「いいか、ジアナ」と、アレックスはものおもわしげに言った。「なぜ、昨夜、言ってくれなかった？　ぼくにはいくつか情報源があるのに」

それでもジアナがだまっていたので、アレックスは繰り返した。「なぜだ？」

「あなたの身が心配だったの。ランダルが、あなたのことを傷つけるんじゃないかと思って」

アレックスは長いあいだ彼女をねめつけていたが、やがて、淡々と言った。「そうか。だが、きみはもう、なにもかも忘れていい。ランダル・ベネットのこともだ」

「どうして忘れられるの？　アレックス、彼は脅迫を実行に移すわ。そうしたら、わたしたち全員が苦しむことになる。わたし、あなたに迷惑をかけたくないの。あなたは、なにひとつ、まちがったことをしていないのに。彼は本気よ、アレックス」

「鼻の骨を折られ、顎《あご》にひびがはいった男が本気になったところで、屁の河童さ」と、アレックスが静かに言った。

「鼻の骨を折られたですって？」

「ランダル・ベネットをぶちのめしてやったんだよ。痛快このうえなかったね」アレックスはしばらく考え込んでから、つけくわえた。「やつの下男もだ」

「いつ、そんなことを？　だいいち、あなたは傷ひとつ負っていないように見えるわ」アレックスは片手を上げ、指の関節に残った痣《あざ》を見せた。彼女がすりむけた肌にそっと触れると、アレックスはぴくりとした。「どうして？」と、ジアナは尋ねた。

アレックスは皮肉な笑みを浮かべた。「ぼくたちがほんとうに結婚したら、きみを愛し、尊重し、大切にすると心に誓っているからさ」

「でも、わたしたち、結婚していないんですもの」

「そういう問題じゃない」と、アレックスが疲れたような声をだした。「とにかく、ベネットにはこう言ってやった。今後、もし口をひらくようなことがあれば、その舌を引っこ抜き、無理やり食わせてやるぞ、とね。野蛮なアメリカ人の口からでた台詞《せりふ》だから、やっこさんも脅迫を真に受けたんだろう。とにかく、尻尾を巻いて帰ったよ。いまごろ、故郷のイングランドに向かっているだろう」

「お金のためなら、なんでもするっていう感じだったわ」と、ジアナ。

「悪党ってのは、そういうものさ」と、アレックスが野蛮ともいえる笑みを浮かべた。「じつはね、ジアナ。やつはもう帰国の途にあるんだよ。うちの男たちが何人か、ランダルをエスコートし、船に乗せてやったから。旅費はだしてやった。それに、けさ、お母上にも一筆書いてお送りした。ランダルがロンドンに到着したら、お母上がやつに目を光らせてくださるだろう。さあ、ジアナ、きみさえよければ、少し横にならせてくれないか。きみのおかげで、心臓がとまるかと思ったよ」

「あなたと一緒に休んでも構わない？　まだ足がゴムみたいで力がはいらないの」

アレックスがようやっと身を横たえた瞬間、ジアナが横でくすくすと笑うのが聞こえた。

「なにを面白がっているのか、当ててみようか」

「ランダルったら、せっかくの美しい顔が台なしねえ。あなた、ほんとうに彼の鼻を折ってやったの？」

「まったく、きみときたら。この血に飢えた小さな野蛮人め」

25

「デリー」ジアナが声をはずませ、手紙から顔を上げた。「やったわ。第一便がシカゴからニューヨークに向かっているそうよ。芝刈り機三十台。ロンドンの代理人が知らせてくれたの。ストライキにも、卑劣な法律にも負けず、注文に応じられるそうよ——二カ月以内にはね」

「じゃあ、わたしたち、ドレスを売らなくてすむのね？」

ジアナはにっこりと笑った。「もちろん。ドレスを山ほど買えるわ」ジアナは、デスクのまわりを踊りはじめた。そして歓喜の笑みを浮かべ、やはり微笑んでいるデリーに抱きついた。「わたし、ほんとうは、すごくこわかったの」そう言うと、抱きしめる腕に力をいれ、しまいにデリーが甲高い声をあげた。

「わたしもよ、ジアナ。こわかった」デリーは少し間を置き、かぶりを振った。「チャールズが喜んでくれるのか、がっかりするのか、わからない」

「チャールズは、興味津々のはずよ。まあ、よくもあんな男まさりの女と結婚したなと、アレックスをなじるかもしれないけれど」

「冷たくだまりこくっていられるよりは、そのほうがましだわ」

「男の人って、そういうものよ。女が手柄をあげるのが、気に入らないんでしょう。さあ、アレックスに知らせにいかなくちゃ」

その知らせに、アナスレイがあたたかく祝いの言葉を述べた。「残念ながら、奥さま、旦那さまは造船所においででで。けさは、ご機嫌がよくありませんでしたから、気分転換にいらしたんでしょう。事務員に頼んで、こちらにお呼びしましょうか？」

「いいえ、アナスレイ」と、ジアナ。「自分で見つけるわ」

「しかし、奥さま——」アナスレイがとめようとしたが、ジアナは踊るような足取りでオフィスからでていった。

どこ見てるんだ、気をつけろ、と荷車を押す男が叫んだが、ジアナは陽気に手を振り、サウスストリートをあわてて渡っていった。途中で、ビールを積んだ荷馬車にまたぶつかりそうになった。だが、ジアナの頭はアレックスのことでいっぱいだった。きっと、アレックスは喜んでくれるわ。そうにきまってる。わたしが勝ったんだもの。

ジアナは、清冽《せいれつ》な冬の大気を胸いっぱいに吸い込んだ。馬とラバの群れのあいだを縫うようにして雑踏を歩き、サクストン造船所に近づくと、港の匂いが鼻をくすぐった。切りたての新鮮な木材や、造船所の北側にある鉄の基盤のくすぶるような香り。ジアナは労働者にぶつかりながら歩き、知り合いには手を振り、こちらを見る男たちにはうれしそうに会釈をした。

上着を脱ぎ、ワイシャツ姿のアレックスを見て、ジアナは驚いた。新しい船のマストに昇り、索具にハンマーを振りおろしている。高いところで集中力が必要な作業をしているのに、気を散らせてはいけないわ。ジアナはアレックスに向かって声をかけるのをやめ、だまって彼が働く姿を眺めた。背中の筋肉と隆々とした腕が、ハンマーを打ちおろすたびに収縮する。ジアナのなかに、激しい欲望が湧きあがり、全身を貫いた。「あなたには負けるわ、アレックス・サクストン」

支柱ができあがると、アレックスは目にしみる汗を手でぬぐった。そして、落ちないようにマストと腰をくりつけている革ひもをゆるめ、視線を落とした。そのとき、甲板にジアナが立っているのが見えた。外套に身をくるみ、こちらを見上げている。

ジアナ。そう叫びそうになってから、胸のうちで悪態をついた。いったい、何度言えばわかるんだ？　ここにくるときは、かならずだれかに付き添ってもらえと、あれほど言ったのに。そりゃ、造船所のそばに自宅を置いたのは、気配りが足りなかったかもしれないが、職務怠慢というほどではないはずだ。だいいち、造船所というところは、妊娠七カ月の妊婦がくるところじゃない。アレックスはマストを揺らしながら、あわてて、だが慎重に、むきだしの甲板へと下りていった。そして、最後に梯子《はしご》を下りた。

ジアナが、よたよたと走ってくるのが見えた。手に、なにやら紙をもっている。

「アレックス」

突然、材木が引き裂かれるような音がした。見上げると、重い支柱の下で、メインマストが風にあおられ、揺れていた。そして、ゆっくりとマストが傾き、ちょうど半分ほどの高さのところで、ぼきりと折れた。白い帆を屍衣のようにからめ、マストが真っ逆さまに落下を始めた。

「ジアナ」アレックスは、なすすべもなく立ちつくした。落下するマストから逃れようと、ジアナと男たちが走りはじめた。そして、あたりは静かになった。ジアナが立っていたあたりにマストが倒れており、その下ではひとりの男が身動きできなくなっている。アリ・ルチーノだ。

「近づくな」ジェイク・ランサムの叫び声が聞こえた。ランサムが数人の男たちと力をあわせ、マストの下からアリ・ルチーノを引っ張りだす様子を、アレックスはぼんやりと見ていた。

「脚にけがをしただけでさ、ミスター・サクストン」と、ランサムが叫んだ。「命に別状はありません」

アレックスはジアナに駆け寄った。安堵《あんど》のあまり、しばらく、なにも考えられなかったし、なにも言えなかった。きつく目を閉じ、ジアナがマストの下に横たわっている光景を消そうとした。ジアナの生命が砕け散っている光景を。

「ジアナ、無事か?」ようやく、アレックスは声をだした。思わず、彼女の身体に手を伸ばす。「赤ん坊は?」

「わたしは大丈夫」と、ジアナが言った。そして、アリ・ルチーノが折れた脚を支えられ、タール桶《おけ》にもたれているところを眺めた。「あのマストが折れたのよ」と、ジアナがつぶやいた。「けがをしていたのは、あなただったかもしれない」

「ぼくが？」アレックスは頭をのけぞらせ、しゃがれた声で笑った。「ぼくが？」

突然、笑い声がやみ、アレックスの目が暗くなった。あまりにも強く腕をつかまれ、ジアナがひるんだ。「いったい」と、アレックスがおもむろに言った。「ここになにをしにきた？」

「知らせを伝えに」と、ジアナがつぶやいた。

だが、アレックスは返事を聞いてはいなかった。「けっして、けっして、ぼくよりましな付き添いなしで、ここにきてはいけないと言っただろう？　どうしてきみは、いつまでたってもばかなんだ？」

激昂するアレックスをなだめるように、ジェイク・ランサムが声をかけた。

「旦那さま、ミセス・サクストンはご無事で？」

「ああ、ジェイク、無事だ。アリを医者に連れていってくれ。残りの者は――後始末をして、持ち場に戻れ」

「痛いわ、アレックス」強くつかまれ、痣のできた腕を、ジアナは振りほどこうとした。

アレックスは、どうしようもない怒りを抑えることができなかった。それは、ジアナを喪《うしな》うかもしれないという恐怖から生まれたものだったが、それを認めたくはなかった。ただ、ジアナがまたもや軽率にも言いつけを守らず、命を危険にさらしたことが腹立たしかった。

アレックスは、またジアナの腕を強く握った。「帰るぞ。いいか、奥さん。家から一歩もでるんじゃない」

アレックスに引っ張られ、ジアナはだまり込んだ。アレックスはすたすたと歩いていく。どうしてこれほど怒っているのか、ジアナには理解できなかった。辻馬車に乗ると、ジアナはとげとげしく尋ねた。「お願い、アレックス、家に閉じ込めたりしないで。わたしなら、大丈夫。いま、家になんか帰りたくないのよ。あなたにお知らせがあるの」

「だまれ」

「よくもそんな口を」

アレックスはジアナから顔をそむけ、まっすぐに前を向き、なにを言われても返事をしなかった。自宅の前に辻馬車がとまると、アレックスが馬車から飛びだし、料金を支払うと、ジアナを残したまま自宅に向かって歩きはじめた。ジアナは悪態をつきたかったが、御者が興味津々にこちらを見ていた。そこで唇を嚙みしめ、彼のあとを追い、家にはいった。いつもと変わらぬ調子で、ハーバートが出迎えた。だが、ジアナが言葉を発する前に、アレックスがやってくると、吠えるようにまくしたてた。「ひと言もしゃべるな、ジアナ。ハーバート、しばらく奥さまと図書室にいる。邪魔しないでくれ」

アレックスは、ジアナを乱暴に図書室に連れていくと、ドアをばたんと閉めた。そして、彼女のほうを向いたその顔は、怒りで蒼白になっていた。「いいか、口答えするな、ジアナ」とおそろしく低い声で言った。「きみはまちがっている。アリが立っていた場所にきみがいたら、どうなっていたと思う？　何度も言ったはずだ。ぼくと一緒でなければ、造船所にきてはならないと。だが、きみは、人の言うことに耳を貸さない。もう、きみにはうんざりだ、ジアナ。無頓着なところも、頑固なところも」

「そんなつもりはなかったのよ、アレックス」ジアナが口をひらいた。「うれしくて舞いあがっていて、早くあなたに会いたかっただけなの」

「ぼくに会いたかった？　よくも、そんなお笑い草を。ミス・ジョージアナ・ヴァン・クリーヴは、自分がしたいことをする。それを証明したかっただけだろう？」アレックスは、ジアナの白い顔を見ていたが、その声にふいに疲れがにじんだ。「ぼくも頑固だったよ。きみがいつか変わってくれると、思い込んでいたんだから」

ジアナは呆然と立ちつくしていた。なにも言えないほど、傷ついていた。そして、その沈黙が、彼の怒りに油をそそいだ。

「なるほど。なにも言うことはないわけか、奥さま？　きみがぼくをどれほど憎んでいるかを、思い知らせたかったんだろう。粗野な暴漢、アメリカの野蛮人ってわけか」

「あなたのこと、憎んでなんかいない」と、ジアナはつぶやいた。

「ほお、いまは憎んでないってか」と、わざとアイルランド訛《なま》りで言った。「なぜだ？　ぼくの身体にまだ欲望を感じるからか？　きみみたいなイングランド貴族の淑女が、あふれでる肉欲をもてあましているとはね。いいか、その肉欲を呑み込むんだ、ミス・ヴァン・クリーヴ。それで窒息するがいい」

「肉欲じゃないわ」と、ジアナが言った。まるで憎んでいるように、アレックスはわたしをにらんでいる。目に涙が浮かぶのがわかった。

「女の最終兵器のおでましか？　そんなものにだまされるものか。まったく、ジアナ。いつもぺらぺらとしゃべる舌が動かなくなったのか？」

「アレックス、そうじゃないの」ジアナは必死だった。「お願い、話を聞いて」

「話を聞く？　これ以上きみの話を聞いていたら、頭がおかしくなっちまう。もう、きみに信頼してもらいたいなんて、思っちゃいない。いいか、きみに望んでいるものは、子どもだけだ」

「そんな、本気で言ってるんじゃないでしょう？　お願い、アレックス。そんなこと言わないで。わたしたちの関係を終わりにしないで」

アレックスはジアナをねめつけた。そして頭をのけぞらせ、がっしりした肩を震わせ、大声で笑いはじめた。

ジアナのなかのなにかが壊れた。気づいたときには、こう叫んでいた。「ばかはあなたよ、アレックス。おたんこなす。わからずや。あなたなんか大嫌い。聞こえた？　あなたなんか大嫌い」

「きみの話は退屈だ、ジアナ」アレックスは背を向け、立ち去った。そして振り返り、捨て台詞を残した。「もう、聞き飽きたよ」

ジアナは、図書室の真ん中にぽつんと立っていた。彼女はぼんやりと、手元にあるサイラス・マコーミックからの手紙に目をやった。あの歓喜、あの興奮が、すべて灰になってしまった。大丈夫、心配いらないよ、とわたしを安心させてくれる人はもういない。夫をこれほど怒らせるような真似をしたのはきみじゃないとは、もうだれも言ってくれない。わたしに残されているのは、もう、自尊心だけだ。ジアナは、パッチワークを縫うように自尊心をかき集めると、ゆっくりと二階に上がっていった。

26

ジアナはベッドに横たわり、窓の向こうを流れていく冬の灰色の雲を眺めていた。夜のとばりに包まれ、ふたたび太陽が昇るときには、ポーツマス行きの定期船、スターフライト号にわたしは乗船しているだろう。目ににじんだ涙を、ジアナは乱暴にぬぐった。愚かな女。愚かで、弱い女。

最初は、朝の陽射しで目覚めたのかと思った。そこで、無感覚になったような眠りから、必死で自分を目覚めさせた。ところが、ゆっくりと目をあけると、ベッド脇の椅子にアレックスが座っていた。じっとこちらを見つめている。その顔は無表情で、顎の下で長い指を組み、三角形をつくっている。

「どうやって、ここに？」

「起きたのか。ランプをつけたせいだろう」長い指の先を、軽くあわせはじめた。「ホテルの支配人に賄賂《わいろ》を渡したのさ」

「そう」ジアナは、疲れはてたように言い、頬にかかる乱れ髪を振り払った。「どうして居所がわかったの？」

「きみが家をでていったものだから、ハーバートが仰天してね。ここ〈アスター・ハウス・ホテル〉まで、あとをつけてきたんだよ」

「冒険家だこと」あまりにも疲れていて、反論する気力もない。「ここでなにをしているの、アレックス？　わたし、置手紙を残したでしょう？　事情はわかったでしょうに」

「きみを家に連れてかえるためにきたんだよ、当然じゃないか。置手紙についていえば、そんなたわごとにはもう慣れている」

ジアナはベッドカバーを肩まで引っ張り、ぼんやりと言った。「たわごとじゃないわ」

「起き上がりたいかい？」

ジアナは返事をせず、ゆっくりと上半身を起こした。

「部屋まで、ふたりぶんの夕食を運ぶよう注文しておいた。少しは食べられるだろう？」

ジアナはだまったまま、部屋の奥に掛かっているニューヨーク郊外の風景画をじっと見つめた。すごく下手な絵ね。太陽が、大きなオレンジ色の円盤みたいに空にぶらさがっている。

「きみはそんな臆病者じゃないはずだ、ジアナ」と、アレックスが言葉を選びながらいった。

「銃を装塡し、帰宅したぼくに発砲しようとした気概があるくせに」

ジアナは、彼のほうに顔を向けた。「なぜ？」と、無表情に尋ねた。

彼女はひどく青白く、ひどく意気消沈しているようだった。「気分はどう？」アレックスが椅子に座ったまま身を乗りだした。驚いたことに、ジアナはたじろぎ、身を引いた。

「大丈夫。明日になれば、だいぶよくなると思うわ」

「ああ、なるほど。逃げようっていう魂胆だろう？　イングランドに帰国しようっていうのか。この嵐のなかを？」

「いいえ。コーンウォールに行くつもり。母や閣下に、スキャンダルで迷惑をかけたくないもの」

「きみにしては、よく考えたものだ。じゃあ、ぼくはどうなる、ジアナ？」

「あなた？」彼女は驚いたように、優雅な眉を片方上げた。「あなたは、ご自分の希望を断言したじゃないの、アレックス。もうわたしなど見たくないって。だから、あなたの言葉に従うまでよ」

「冗談はやめてくれ。こんなことを望んだわけじゃない、わかってるだろう？」アレックスがふいに椅子から立ちあがり、ジアナにのしかかった。「昨日は悪夢のような一日だったよ。帰宅してみたら、妻が荷造りをして、家をでていったというじゃないか。まったく、きみときたら軽率なんだからな。だが、もうどうでもいい。とにかく、ジアナ。夕食をすませたら、家に帰ろう」

ジアナの指がベッドカバーをたぐり寄せた。返事をしないでおこう。なんとかして、この怒りを抑えなくちゃ。だが、気づいたときには我慢できず、わめいていた。「わたしはあなたの妻じゃないのよ、アレックス。あなたなんか、地獄に堕ちればいい」

驚いたことに、彼は微笑んだ。「そのほうがましだ。無気力な老いぼれ馬のような演技をずっと続けるわけにはいかないだろう？　おいで。ぼくのことをどう思っているのか、教えてくれ」

「やめて。アレックス・サクストン、やめて」

アレックスが横に座り、よける暇もなく、彼の手が額に触れてきた。髪をかきあげられ、そっと顔をはさまれる。身をかがめたアレックスに、鼻先に軽くキスされた。彼女は身を離そうともがいたが、アレックスにひしと抱きしめられた。

「やめて」ジアナは、彼の肩を両手で押した。「わたしのことをどう思っているのか、よくわかったもの。なんのゲームをしているのか知らないけれど、もう、つきあえない」

アレックスが、彼女の髪に顔を押しつけた。「これまでの人生で、あれほどこわかったことはない」

ジアナはもがくのをやめた。「こわかった？　あなたが？」

彼の指先が彼女の顔をあてどなくさまよった。そして、眉の線をなぞった。「命を落とすところだった」と、アレックスが淡々と言った。「ぼくに見えたのは、きみがマストの下で横になっているところだった。きみと子どもが、ふたりとも死んでいるんじゃないかと思った」と、深く吐息をついた。「ぼくには耐えられなかっただろう、ジアナ」

ジアナは用心深く彼を見上げた。「ばかにしないで、アレックス。あなたはおびえてなんかいなかった。かんかんに怒っていた。そして、わたしにひどい罵声を浴びせた」

「ああ、わかった。わかっている。だが、ぼくが短気なことはわかってるだろう？　きみと同じさ。かっとすると、心にもないことを口走ってしまうんだよ」

「ほら、今度はわたしを責める。でも、責められるべきは、あなたよ」

「ぼくらはふたりとも責められるべきだ。だが今回、激怒していたのはぼくのほうだ。あやまるよ。許してくれるかい？」

「許してほしいわけね？　そうすれば、わたしがまた家に戻り、スキャンダルにならずにすむから？」

「そんなこと、これっぽっちも考えてはいない。ほんとうさ。さあ、ぼくを許してくれ。きみを傷つけてほんとうに悪かったと思っている。誓うよ、これからは癇癪《かんしゃく》を起こさないように努力する」

「誓うだけでしょ、アレックス。誓いをまっとうするつもりなんか、ないくせに」

「わかった。癇癪を起こしたときには、そのつど、きみにあやまると約束する。さあ、許してくれるかい？」

　ジアナは、彼の黒い瞳を見つめた。「これは、あなたにとってほんとうに大切なことなの、アレックス？」

「もちろんだよ、ジアナ」と、アレックスは彼女にやさしくキスをした。「可愛い頑固者、きみを愛している」彼女が身をこわばらせるのがわかったが、アレックスはやさしい声で続けた。「ブランデーをしこたま飲んで帰宅したら、きみがでていったと知らされた。きみをぶちのめしたいと思ったよ。だが、そんなふうに思った自分を許せなくて、今度は自分の手首を殴りつけた」

ジアナは、幻惑されたようにアレックスを見つめていた。「でも、わたしを愛せるはずがないわ。そんなこと、ひと言も言ってくれなかったでしょう？　これはただの取引だって、そもそも、あなたが提案したのよ」

「あれから、いろいろなことがあっただろう？」アレックスは、彼女の不安と不信を感じとった。「行かないでくれ、ジアナ。ぼくと一緒に、家に帰ろう」

むなしさは、あとかたもなく消え去った。「ええ」ジアナは微笑んだ。「あなたと一緒に、家に帰るわ。でも、あなたのことは、理解できない」ジアナは彼の喉元に顔を埋め、彼の男らしい香りを胸いっぱいに吸い込んだ。ああ、なんて懐かしい香りだろう。

「きみは、自分のことがわかってる？」

「そうね、よくわからないときがあるわ」

「本気で、ぼくと別れるつもりだったのか？」

ジアナはため息をついた。「だって、ほかにどうしようもなかったんですもの。でていけと望んだのは、あなたのほうよ」

アレックスはふたたび彼女にキスをし、ゆっくりと言った。「愛しているより、信頼していると言ってほしいな」

ジアナは、長いあいだ、だまりこくっていた。ああ、やっぱり。まだおれのことが信頼できないのか。くそっ、わかっているつもりだったのに。

「でも、わたしたち、口げんかばかりしているでしょう？」なんとか言い逃れをしようとしていることが、ジアナ本人にも、アレックスにも、よくわかっていた。

アレックスが姿勢を正し、立ちあがった。

「どこに行くの？」

「夕食の時間だ」

ジアナがシャンパンのおかわりを飲んでいると、彼がふいに言った。「造船所に、なにしにきたんだい？」

「胸躍るお知らせがあったのよ。あのとき話を聞いてくれれば、いまごろになって訊くこともなかったのに」

「きみは妊婦だぞ」

「アレックス、芝刈り機の第一便が、たったいま、ニューヨークに向かっているの。三十台」ジアナは視線を皿に落とした。「だから、造船所まででかけていったの。造船所にはくるなと言われていたのを、すっかり忘れてしまって。考えが足りなかったわ」

アレックスが椅子に背をあずけ、長い指でシャンパングラスのふちをいじった。「ぼくの妻は、成功したビジネスウーマンだ」

「ビジネスの判断力のある？」

「ああ、そうだ。そのようだな。きみ、酔いたいのかい？　きみの成功を祝うため？」

ジアナが下唇を舐めた。その官能のしぐさに、アレックスは欲情を覚えた。「ぼくたちの成功、じゃないわよね、アレックス？」

アレックスがにっこりと笑った。「ぼくたちの、のほうがいいな。さあ、ふたりで祝杯をあげ、とことん楽しもう」

ジアナは不安そうに彼を見た。ほんとうにつかみどころがない人だわ。わたしを愛していると言ったけれど、いまはまたゲームを楽しんでいるように見える。「ええ」ジアナの声には、あきらかに失望の色がにじんでいた。「あなたがそうしたいのなら」

ジアナは、彼の口元をじっと見つめている。アレックスはやさしく笑った。驚くことに、ジアナの欲望はけっして衰えない。それが、彼にはうれしかった。アレックスは椅子から立ちあがり、大きく伸びをすると、おもむろに服を脱ぎはじめた。椅子の背に衣服を一枚ずつ、きちんとたたんで載せていく。そして一糸まとわぬ姿になると、椅子を押し、このうえなく淫らな格好でジアナに微笑んだ。

「あばらのあたりに、痣があるわ」

「そのことは、あとで話すよ」

アレックスは微笑み、彼女の頭のてっぺんからつま先まで舐めまわすように眺めた。そして、よこしまな視線を送った。「今度は、きみの番じゃないか?」

ジアナが顎を上げ、彼をまっすぐ見つめた。「ええ。そのようね。恥ずかしがらせないで、アレックス・サクストン」

ガウンとシュミーズを床に落としながらも、ジアナは彼の目を見ることができなかった。そして気づいたときには、彼にやさしく抱きしめられていた。アレックスは、自分の膝にジアナを座らせた。「腕いっぱいで抱けるようになったね」と、彼女の下腹部に手を置いた。

ジアナは軽く身をよじり、彼の胸に乳房を押しつけた。

「自分を抑えられないのかい、ジアナ？　欲しくてしかたがないんだろう？」彼は深くキスをした。昼間の暴力的な感情が消え、かわりにやさしさが湧きあがってくる。

ジアナを抱きあげ、ベッドに連れていくと、彼女の心臓が早鐘を打っているのが胸に伝わってきた。

アレックスはやさしく彼女を愛した。室内には、彼女の浅い息とあえぎだけが響きわたった。そして、ジアナが全身をこわばらせるのがわかると、アレックスも絶頂に達した。そして、彼女の喉元で悦楽のうめき声を押し殺した。

「愛してるわ、アレックス。くやしいけれど、愛してる」

アレックスは、彼女の髪に両手を差し込み、唇に際限のないキスを浴びせた。

「きみを、家に連れて帰る」アレックスがやさしく彼女の背中を撫でた。「それだけで、もう充分だ」

官能で曇った目で、ジアナが彼の顔を見た。「すごくこわい」ささやいた。「もう、自分じゃないみたい」

「それなら、ぼくがどう感じているかもわかるだろう」アレックスは、両腕に彼女を抱きあげた。そして、彼女はいやがったものの、ベッドに座らせた。「きょう、ぼくがしたことを説明しよう。そうしたら、いくらきみでも、しばらくはぼくを休ませてくれるだろうから」

アレックスは彼女の隣りに座り、脇に抱きよせ、微笑んだ。「きみと別れたあと、砲台跡のそばにある、水夫が通う酒場に行ったんだよ。あばらの痣は、酔っ払って、けんかをしたせいさ」

ジアナは、紫色の痣にそっと指を這わせた。「わたしを殴っていたつもりだったの？」

「いいや。ぼくは穏やかな男だからね、女性を殴るなんて無理さ」

「あなたが穏やかですって、ミスター・サクストン？」

「穏やかだが、精力絶倫」と、アレックスは平然と言った。

「ほんとうね。あなたの息子さんときたら、一日じゅう、わたしを蹴るのよ」

「ジアナ、きみに話しておきたいことがある」

ジアナが身構えた。

「チャールズ・ラティマーがローラと結婚したがっていたと、話したことを覚えてる？」

「ええ」

「ローラに関しては、まだきみに話していないことがあるんだ。いまになってみれば、きみにあれほど癇癪を起こしたのは、ローラのことがあったからなのかもしれない。ローラの記憶がね」

「どういうこと、アレックス？」

彼は深く息を吐いた。「ローラはボートの事故で死んだんじゃない。彼女は、自殺したんだ」

「そんな、まさか」彼の傷心の目を見て、ジアナは身を震わせた。「どうして?」

「結婚して一年目には、ローラは心の病に苦しむようになっていた。そして、彼女のおなかには、リーアが宿っていた。そのうちに、ローラはすべてをおそれるようになった。ぼくのことも、人と会うことも、出産で死ぬこともおそれていた。リーアが生まれたあと、ローラはひどいうつ状態に陥った。手を尽くしたが、症状はよくならなかった。だからぼくは、コネティカットに家を買ったんだ。ローラはそこで、付き添いと一緒に三年をすごした。父親が亡くなったあと、彼女は現実を把握できなくなり、自殺した」

「ごめんなさい、アレックス」ジアナは彼にしがみついた。つらい記憶を、やわらげてあげたい。「でも、それならいっそう、わたし、取り返しのつかないことを言ったのね、感謝祭のときに。あなたの態度はすばらしかった。わたし、あんな暴言を吐いたのに。あなたは、わたしを責めなかった。わたし、そうとも知らず――」

「きみを責められるはずがないだろう」と、驚いた声でアレックスが言った。「きみは、なにも知らなかったんだから。だれも、事故の真相を知らないからね。ぼくは、ローラの家族にさえ事実を伏せていた。かれらは厳格な清教徒だ。ローラが自殺をしたと知ったら、打ちのめされるだろう」

「わたしはいつも勘違いばかりして、ばかな女だわ。思慮深さというものがないのよ」

アレックスは彼女を抱きよせた。「この件で、きみが自分を責めるいわれはない。もう、すんだことだ。ずっと前に。ただ、きみに知っておいてほしいと思っただけだ」

ふたりはしばらく静かに横たわっていた。やがて、ジアナが言った。「アレックス？」

「うん？」

「どうして、わたしを愛してくれるの？」

アレックスは闇のなかで微笑んだ。「それは、ぼくをすごく欲しがっているのに、隠すのがじょうずだからさ」

ジアナが手を伸ばし、彼の胸毛を引っ張った。アレックスは、しかめっ面のまま笑ってみせた。おれが彼女を愛している理由を、ジアナは知りたがった。そしておれは、話をはぐらかした。だって、説明などできるものか。ただ、彼女を愛していると感じているだけなのに。ほかのものがすべて色褪《いろあ》せて見えるほど、彼女を求めているだけなのに。

「きみからも、聞いておきたいことがある、ジアナ。さあ、ぼくの顔をまっすぐ見てくれ。そして、ぼくの妻になり、残りの人生をぼくとすごしたいと言ってくれ。不公平な法律も、不実な男たちも、女性に手荒な真似をする男たちも、知ったことか」

ジアナが鋭く息を呑むのがわかった。「それとも、まだぼくのことが信頼できない？」

「少し、時間をちょうだい」ようやく、ジアナはささやいた。彼を失いたくはないけれど、どうしても、こわくなってしまう。十七歳のころのわたしは、とても幼く、人をすぐに信用するほど愚かだった。それに、ローマで見たおぞましい光景が、いまでも頭をよぎることがある。でも、アレックスに出会ってからは、たしかにローマの記憶に苦しまなくなったような気がする。

　そんな思いを説明しようと、ジアナが言葉をさがしていると、アレックスの静かな声が聞こえた。「純真無垢な人間を利用しようとする、ランダル・ベネットのような手合いは、どこの世界にもいるものさ。きみは運がよかったんだよ、ジアナ。ぼくはお母上に同意するね――ローマでの体験は、ランダルとの結婚よりはましだった」

「わたしの考えていることが、どうしてわかるの？」

「きみがローマにいなければ、ぼくは、自分が買った恥ずかしがり屋の処女に恋をすることもなかっただろう」

「四年後にロンドンで出会った女性を愛していたかもしれないわ」

「あの冷たい女性を？」

「冷たくなんかないわ」

「あのころのきみは、雪の下に埋もれているほど冷たかった。ローマで出会っていなかったら、とても雪をかきだして、本物のきみをさがしだすことはできなかっただろう」

「本気でそう思ってるの、アレックス？」

「ああ、本気だ」

　ジアナは深く息を吐いた。「なによりも、あなたと一緒にいたい。それが、自分でもよくわかるの、アレックス。わたし、ここにいてもいい？　赤ちゃんが生まれたあとも？」

　アレックスはしばらくだまっていた。それだけじゃだめだ。それだけじゃ足りない。だが、いまはまだ、それを口にする時期じゃないだろう。まだ、時間はある。アレックスは顎に力をいれた。いつだって時間はある。彼はゆっくりとうなずき、彼女を抱き寄せた。

「ああ。きみにいてほしい」アレックスは彼女のこめかみにキスをし、彼女の息づかいに耳を傾けていた。やがて寝息となり、ジアナが彼の肩に頭を乗せ、深い眠りに落ちるまで。

27

四月初旬の輝くばかりの日、ワシントンから戻ったばかりのディレイニーは、ワシントン・スクエアの芝生の上をジアナと並び、歩調をあわせてのんびりと歩いていた。ジアナは、歩きながらランダル・ベネットの話をした。省略すべきところは省略し、アレックスがランダルにどんな真似をしたかを、くわしく説明した。

ディレイニーが声をあげて笑った。「わかるだろう、ジアナ。その昔、弟たちにいやがらせをしたやつがいれば、アレックスは相手構わずぶちのめしたものさ。ありがたいことに、ぼくが十歳になると、さすがにしなくなったけどね。名誉を重んじる男だよ。兄貴は」と、つけくわえ、ジアナの腕をぎゅっとつかんだ。

「そうね」ジアナは言い、明るい色の制服を着た連隊から芝生へと視線を移した。「わたしに関しても、アレックスはいつもそうだった」

「兄貴は、オークの大木が倒れるように恋に落ちるんだろうな」と、ディレイニーが言った。

「アレックスは、ローラを愛していたのね」

「兄貴は、ローラのことが好きだった」と、ディレイニーが悲しそうに言った。「かわいそうなローラ。ほんとうのところ、兄貴は、ローラの父親のことが心から好きだったんだよ。彼のためなら、なんでもしただろう。だから、ニールソン家にはローラの死の真相を伏せていた。兄貴にとってはつらい時期だった。でも、兄貴がきみにその話を打ち明けたと聞いて、安心したよ。それにしても、あれほど満ち足りた様子の兄貴をいまだかつて見たことがない。まさか、小生意気で口数の減らないイングランド娘のおかげで、兄貴の化けの皮がはがれるとはねえ」

「ええ、化けの皮の下には、とても素敵な男性が隠れていたわ」

「まったく、ぬけぬけとのろけてくれるなあ、ミセス・サクストン。とにかく兄貴ときたら、いつもきみに触れていないと気がすまないみたいだ。とくに、おなかからは手を離せないらしい」

「いやだわ、ディレイニー。わたし、牝牛みたいでしょ?」

「もう競走馬みたいに全速力で走るのはやめたそうじゃないか。だけど、牝牛にも見えないな」

ジアナはふいに歩くのをやめた。両手をおなかに当て、ぎょっとした顔でディレイニーを見た。

「どうしたの?」

「一カ月早い」

「どういう意味?」そう問いかけながらも、ディレイニーは答えを聞きたくなかった。

「破水したみたい。デイヴィッドソン先生から、お産が始まるときにはそうなるって、教えてもらったの」

ディレイニーが呆然とジアナを見つめた。勘弁してくれ。おれは赤ん坊のことなんか、なんにも知らない。出産の知識なんかあるものか。「帰ろう。それしかない。きみを連れて帰るぞ」

ジアナは下腹部がひきつるような感覚を覚え、そのつぎの瞬間、子宮がぎゅっと収縮するのがわかった。痛んだものの、恐怖心のほうが先に立ち、ジアナは叫び声をあげ、どうすればいいのというように、ディレイニーを見た。「赤ちゃんが」

「それだけは勘弁してくれ」ディレイニーはジアナを抱きあげ、跳ねるようにして芝生を駆けだした。十七連隊の全員の目が、あわてふためいて走るディレイニーの姿を追った。

帰宅すると、アレックスが自宅にいたので、ディレイニーは心底ほっとした。アレックスは、ひと目で状況を察した。

「痛みの間隔はどのくらいだ、ディレイニー？」

「ぼくにわかるわけないだろ」ディレイニーは、兄が伸ばした腕にジアナをそっと渡した。

ジアナは顔をゆがめ、アレックスの首にしがみついた。アレックスはジアナを抱き、階段を駆けあがりながら、大声でいくつか命令をした。だが、ジアナが突然、痛みに身をよじったので、あやうく落としそうになった。「ごめんなさい」収縮がおさまると、彼女はあえいだ。

「あやまるんじゃない。子どもを産むってのは、とんでもなく痛いんだから」

「アレックス」と、ジアナが切れ切れにつぶやいた。「すごくこわい。こんなにあっという間に始まるなんて」

「なにをこわがることがある？　ぼくがついてる。忘れるな」

アレックスは、ジアナの服を勢いよく引き裂き、しっかりと結ばれたシュミーズのリボンに毒づいた。よほど、鬼のような形相をしていたらしい。灰のような顔色になったハーバートが、この世のものとは思えぬほどのスピードで、ドクター・デイヴィッドソンを呼びに走っていった。

アレックスは、ジアナにずっと付き添っていた。そして、彼女の顔から吹きでる汗をぬぐいつづけた。だが、ジアナの目に恐怖の色を見た瞬間、後悔に襲われた。ああ、どうしておれは、ジアナの子宮のなかに種を蒔くなんて真似をしでかしたんだ？　これほどの痛みに苦しませることになるとは。「がんばれ」と、アレックスは言った。「すぐにエルヴァンがくるさ。ぼくの手を握って」

アレックスは、すぐに自分の言葉を後悔した。肉に食い込むほど、ジアナが満身の力を込めてアレックスの手に爪を立ててきたからだ。エルヴァンが真っ赤な顔で戸口に姿をあらわしたとき、アレックスは胸のうちで誓った。助かった、エルヴァン。よく来てくれた。謝礼は倍にはずむからな。

今度ばかりは、エルヴァンの頬は羞恥心から紅潮しているわけではなかった。「痛みの間隔はどのくらいかね？」外套を脱ぐと、ドクターは袖をめくった。

「継続している。十分ほど継続しているところだ」

エルヴァンがうなずき、もうアレックスには話しかけなくなった。エルヴァンは毛布を引き下げ、手早くジアナを診察した。

「予定日まで、まだ一カ月ある」と、アレックス。

「心配ない」と、視線を上げずにエルヴァンが言った。「あと一カ月先だったら、そのほうが心配だ」

「なにかできることは」

「ミセス・カルサーズを呼んできてくれ」エルヴァンがぴしゃりといった。「きみは、弟と一階にいろ。きみたちふたりの顔を見るに、ブランデーを少し引っかけたほうがよさそうだ」

「いや」と、ジアナが叫んだ。「行かないで、そばにいて」

アレックスは、おびえたジアナの目を見た。そして、エルヴァンにかぶりを振った。

「いいだろう」と、エルヴァンが言った。「まだです、ミセス・サクストン、まだ、いきまないでくださいよ。ふうー、ふうー、と呼吸をして。わたしが言ったこと覚えていますね」

ジアナは、アナ・カルサーズが室内にいることも気づかなかった。ミセス・カルサーズは落ち着いた様子で、がたがたと震えているエレンに指示をだしている。ジアナはいまや汗だくで、これまで想像もしなかった痛みに消耗していた。

やがて、肩にアレックスの腕が置かれた。ミセス・カルサーズに渡してもらった濡れ布巾で、額から汗をぬぐっている。

「じきですよ、ミセス・サクストン」と、ドクター・デイヴィッドソンの声が聞こえた。その声には疲労がにじんでいる。ずいぶんかかるのね、とジアナはぼんやりと考えた。永遠みたいに思える。

数秒、痛みがほかのすべてを圧倒し、エルヴァンの言葉もどこかに飛んでいった。アレックスに揺さぶられ、理性をわずかに取り戻した。エルヴァンがうなずいたので、アレックスは強い調子で命じた。「いきむんだ、ジアナ」

ジアナはうめき声をあげ、必死でいきんだ。悲鳴をあげ、身をのけぞらせる。

「赤ちゃんが下りてきましたよ。もういちど。いきんで」

アレックスが力を抜いたとき、エルヴァンが彼の息子をとりあげるのが見えた。「神よ」モップのような黒い髪。そして、息子の獰猛《どうもう》な泣き声を聞き、繰り返した。「神よ」

アレックスは、満面の笑みを浮かべ、ジアナのほうを振り返った。そして彼女の少しひらいた口にキスをした。「ありがとう、愛するひと。きみは息子を産むと約束してくれた。疑ったことはなかったよ」

ジアナは目を閉じながら微笑んだ。

「さあ、もう、でていってくれるかな、アレックス？　まったく、あと一カ月待っていたら、きみの息子は生まれてすぐにしゃべっていたぞ」

アレックスはベッドの端に腰を下ろし、エルヴァンが授乳の方法を教える様子を眺めていた。赤ん坊の小さな口が、ふいに彼女の乳首を包むと、ジアナは息を呑み、微笑んだ。そして、すぐにアレックスを見た。

「ああ」と、ジアナ。「すごく変な感じ」

エルヴァンが立ちあがった。「さあ、もうわたしは必要ないでしょう。見送ってくださらなくて結構だ、アレックス。息子さんが夕食をとっているところを見ていたいだろうからね」

「いま、ぼくがなにをしようと、ジアナはもう気にしないだろう」と、アレックスが笑った。ジアナは三つ編みを肩から払い、乳房をつかんでいる小さな指をぼんやりと見つめている。ジアナはなんと美しいのだろう。とても、きのう子どもを産んだばかりには見えない。誇らしくて、いとおしい。胸がいっぱいになり、アレックスは顔をそむけた。

「ワインを一杯どうだい、エルヴァン?」アレックスは、エルヴァンを図書室に案内した。しばらくして寝室に戻ると、息子のニコラスは、アレックスがあわてて買った揺りかごのなかで眠っていた。

「もうすぐ寝息をたてると思うわ」と、ジアナが息子から視線をはずした。「アレックス、あなた、とても自慢そうね」

「自慢なのはきみだよ」アレックスは大きな手で彼女の顔をはさみ、そっとキスをした。

「息子を産んでくれて、ありがとう」

ジアナは、アレックスがわずかに身を震わせているのを感じ、彼のうなじの黒い巻き毛をやさしく撫でた。

「あの子、二枚目よね」ジアナが、幸福な沈黙をやぶった。「でも、全然、わたしに似てないわ。不公平じゃない？　たいへんな思いをして産んだのは、このわたしなのに」

「ああ、だが、すべてを可能にしたのは、このぼくさ。きみの台詞を正確に引用すれば、たった一回の貢献でね」笑みが消え、彼の声に不安がにじんだ。「気分はもういいのかい？」

「もちろん。それに、おなかもたいらになったわ。わたし、また細くなった」

アレックスは、必死で唇に笑みを浮かべ、彼女のおなかに手を置いた。「このままでいるんだろうね？」アレックスの強い声に、ジアナは驚いた。なんだか変だわ。ずっと耐えてきたあのおそろしい痛みは、ジアナのなかからすっかり消えていたが、アレックスはちがった。

ジアナはふたたび眠っている息子に目をやった。「あの子のことが好き、アレックス？」と、恥ずかしそうに尋ねた。

「食欲が旺盛すぎるけどね。リーアは弟ができたことを認めてはいるが、釘を刺されたよ。弟に夢中になって、あたしのことを忘れないでね、と」

「リーアには、細心の注意を払うつもりよ」ジアナは言い、あくびをした。

「もうぼくに退屈したの？」

ジアナはかぶりを振ったが、もう起きているのがつらそうだった。「お母上は気の毒に。

すべてを見逃すことになるなあ。一カ月後に、おまぬけ公爵とこちらにいらっしゃるころには、ニコラスはすっかり大きくなっているだろう」と、ジアナがアレックスの声を真似て言った。

「公爵はきっと、アメリカ独立宣言をそらんじてみせるんじゃないか」と、アレックス。

「さあ、もう眠りなさい。エルヴァンに忠告されたよ。最低一カ月は、きみに触れてはならないと」

ジアナが、まつげの下から彼を見た。「我慢できるかしら」


「どうやら」と、ダミアンが言い、オーロラの腕のなかで眠っているニコラスを見つめた。

「きみの娘さんは、時計の見方がわからないらしい」

ディレイニーが物問いたげに微笑んだので、ダミアンがつけくわえた。「赤ん坊ってものは、ぜんまい仕掛けの時計のようなものだと、妻に話していたんだよ。ところがジアナは、自然の法則を無視して早く出産し、哀れなアレックスを右往左往させた。鶏が豆鉄砲を食ったようにね」

「鳩です、サー。鳩が豆鉄砲を食ったように」

「ああ、失礼した、坊や」

「ええとですね、ぼくは坊やじゃありません。もう立派なおじさんです、お忘れのようですが」ディレイニーは赤ん坊の顎に親指を当てた。「しっかりした顎。これは、ジアナゆずりか、アレックスゆずりか」

「まあ、家のなかで主導権を握っているのは、このぼくだからな」と、アレックスが言いかけたが、ディレイニーが一笑に付した。

「スカートの裾がすれる音が聞こえたぞ」

「そのとおりよ、ディレイニー」と、ジアナが戸口から声をかけた。

アレックスが顔を上げた。ジアナを見たその目が、うれしそうに輝いた。ジアナのウエストは以前のように細くなり、ニコラスへの授乳のせいで乳房は大きくふくらんでいる。意外なことに、アレックスと目があうと、ジアナは頰を染め、真っ赤になった。

すると魔法をかけられたようにニコラスが目をあけ、祖母を見上げた。その小さな指が、オーロラの胸に伸びた。

「あら」と、オーロラが言った。「ごめんなさいね、ジアナじゃなくて、おぼっちゃま」オーロラが優雅に立ちあがり、ジアナにニコラスを渡した。

「心配するな」と、ダミアン。「きみの乳房には、このわたしが夢中になっているんだから」

「あのー、ぼく、まだたった二十八歳の若造なんですが」と、ディレイニーがからかった。

「おとなの男になったとき、それだけの色気とエネルギーがあるかどうか、自信ないですよ」

「それは、相手がどんな淑女かによるのだ」と、ダミアンが応じた。「秘密はそこにある」

「やめて、ダミアン。恥ずかしいじゃないの。いやだわ」

ディレイニーは、公爵から公爵夫人へと視線を移し、深くため息をついた。そして立ちあがった。「悲しみをビールで癒してきますよ。兄貴でさえ、ぼくにはもう構ってくれないんだから」

「そりゃそうだ」と、アレックスが息子から目を離した。「しかたないだろ?」

「ぼくの運命は、やっぱりカリフォルニアにあるんだな」

「ひょっとすると、運命の女性もね」と、ダミアン。

「ちょっと、あなたたち」と、オーロラが言った。「あなたもアレックスも、少しは口を慎みなさい。かわいそうなディレイニーは、ひとりにしてあげましょうよ」

「ようやく、ぼくも認めてもらったぞ」と、ディレイニーがおどけた。「ぼくと孤独をわかちあっていただけませんか、奥さま?」

「すばらしいお誘いね」と、オーロラが夫に微笑んだ。

「リーアも連れていきなさい、愛するひと。野蛮なアメリカ人は、なにをしでかすかわからん」と、ダミアンが笑った。


ジアナがニコラスに授乳している様子を、アレックスは座って静かに眺めていた。見飽きることのない、魅了される光景。だが息子が生後一カ月をすぎたことを思い出すと、顔から笑みが消えた。アレックスは自分の両手に目を落とし、膝のあいだで握りしめた。昨夜、ジアナのせいでときの流れを思い知らされたのだ。彼女が身をすり寄せてきたので、おれは身を引き、エルヴァンに診察してもらってからにしようと言った。だが、ジアナを拒絶した理由はほかにあることが、自分にはわかっている。じっと考え込んでいると、ジアナが言った。

「きょう、デイヴィッドソン先生に診ていただいたの」

「それで？」

「ええ」と、ジアナはまっすぐに彼の目を見た。「もうすっかり元気ですって。すっかりよ、アレックス」

アレックスは、すぐに股間が硬くなったのがわかった。「それはよかった」そう言うと、彼は窓の外を見た。

ジアナは混乱し、まばたきをした。わたしと同じくらい、彼も愛しあいたいと思っているはずなのに。アレックスって、どうしてこう鈍感なのかしら。

満腹になったニコラスは、腕のなかで寝息をたてている。ジアナは、その滑らかな眉にさっとキスをし、ガウンを締めなおすと、新しく雇った子守のクレアに息子をあずけにいった。

アレックスは窓辺に立ち、路上を見おろしている。

ジアナは、じっとアレックスを見つめた。あの首筋に顔を埋め、彼の匂いを嗅ぎたい。美しい肉体に自由に指を這わせたい。ジアナは、思わず指先を丸めた。彼の胸毛をからませたい。そして、もっと下のほうにも手を這わせ、彼の筋肉がこわばるのを感じたい。強烈な欲望の波が全身を襲い、ジアナは身を震わせた。

「アレックス？」

「なんだい」と、アレックスが退屈そうに言ったので、ジアナはびくりとした。ああ、アレックスったら、退屈しているんだわ。

「どうしたの？」

アレックスはゆっくりと振り返り、冷たく彼女を見た。「どうしたのって、なにが？」

「怒っているみたいだから。わたしがしたことが気に入らなくて、怒ってるの？」

「忍耐強いふりをするのは、もう、うんざりだ、ジアナ。ものわかりのいい夫を演じるのも、もう、ごめんだ」アレックスが言い、彼女の顔を見た。

わけがわからず、ジアナは頭を左右に振った。「でも、あなたは――」

「そうさ。ぼくはきみの夫じゃない。そうだろう？　さあ、いいか、きみの愛人の役を演じるのはもう無理だし、こんなことを続けるつもりもない。ぼくは結婚したいんだ。きみのすべてが欲しい。それができないのなら、終わりにしよう」

「愛しているわ。アレックス」と、ついにジアナは口にした。その声は震えている。「言ったでしょう、あなたを愛していると、何度も何度も。でも、それだけじゃ足りないのよね。あなたは信頼してほしいんでしょう？　心の底から」ジアナは視線をはずした。「あなたは、わたしを打ちのめすだけの力をもちたがっているのよ」

「ほお。じゃあ、きみの将来の夫になら、その力があるのか、ジアナ？」アレックスは首をかしげた。そして、高慢な口調でジアナをあざけった。「きみは、ぼくの肉体を愛しているんだろう？　じゃあ、ここで裸になってやろうか？　きみに触れ、きみの白い脚のあいだを愛撫したら、もうびっしょり濡れているんだろう、ジアナ？　ぼくが欲しくて、どうしようもないと見える」

あまりにも残酷な言葉に、ジアナはたじろいだ。顔をゆがめ、アレックスを見る。なんて言えばいいの？

「ぼくのために、あえぎ声を漏らすのか？　ぼくが欲しくて、悶えて我慢できなくなるんだろう？」

「やめて」

「愛しているとささやくのか、ジアナ？　そして、ぼくが快楽を与えたあと、また繰り返すのかい？　哀れな悪魔に仕事を与える――それが、きみの役目なんだろう？」

あざけられているうちに、欲望が消えていくのがわかった。ジアナはあわてて背を向けた。早くここから逃げだしたい。

「いや、だめだ、まだ逃げるな」と、アレックスが冷たく言った。「まだ終わってないぞ」

「なにが？」

「わからないのか？　よし、説明してやろう。きみは、ぼくの妻としてここにいる。だからぼくは夫として、きみに従ってもらうことにした。ぼくの命令を聞くんだ。男がどれだけの力をもっているか、教えてやろう。いまから始めようじゃないか。さあ、服を脱げ。ここ数カ月、女の柔肌にご無沙汰だったからな。まだ、きみに飽きてないんだよ。だが、それもいまのうちだけだ。一年もすれば、ぼくはローマに戻るだろう。あの娘、なんという名前だったか。マルゴ？　いや、彼女はもう年をとりすぎている。きみと同じぐらいの年齢だからな。

もっと若い女、きみよりも技巧に長《た》けた女をさがそう。ジアナ、きみはぼくの妻だ。始終顔を突きあわせ、口論している女を愛しつづけられる男がいるものか。毎日、毎日、顔を見てる女なぞ、抱けるわけがない。おまけに、望めばいつでも手にはいる女だ。だが、きょうはこのへんにしておこう。さあ、ぐずぐずしないで、さっさと服を脱げ。早くしろ」アレックスは肩をすくめ、チョッキを脱いだ。「きみが脱いでいるあいだに、どうやってきみを抱くか、趣向を考えておくよ」

「わたしになにを望んでいるの？」

シャツのボタンをはずしながら、アレックスはいらだたしそうにジアナを一瞥《いちべつ》した。「さっき、はっきり言ったはずだ。わからない女だな。もう、きみと一緒にいる理由がないんだよ。ぼくはきみの欲望を満足させるだけだ。きみは絶頂には達するが、男を心から信頼することができない」アレックスは、ジアナの蒼白な顔をにらみつけた。だが、ふたたび話しはじめたとき、その声には満足そうな響きがあった。「きみに脱ぐ気がないのなら、脱がすぞ」

「いや」

「だが、ぼくは女の服を脱がせるのが大好きでね。阻止することはできないよ。だって、ほんの何分か前には、ぼくと寝たくて身体をうずかせていたじゃないか。いまは、どうしたっていうんだ？　もう、その気が失せたのか？」

アレックスは腰を下ろし、ジアナのことなどお構いなしに靴を脱ぎはじめた。ジアナは踵《きびす》を返し、戸口に走ったが、アレックスのほうが先にドアノブに手をかけた。彼は、ジアナのガウンの襟をつかみ、勢いよく下に引き裂き、ウエストまで下ろした。ジアナは半狂乱になって身をよじったが、アレックスが彼女のむきだしの肩に両手を置いた。

「きみをぶちのめすこともできるんだぞ、ジアナ。とめられるものか。ぼくは、したいようにする」

アレックスは、ジアナのシュミーズも引き裂いた。

「ほほう、コルセットをしてないのか？　ありがたい、手間がはぶける」アレックスは荒々しく彼女を引き寄せ、裸の胸に彼女の乳房を押しつけた。

「そうよ」と、ジアナがささやいた。「コルセットはしてないわ。あなたに愛してほしいの」

ジアナは顔を上げ、自分から身体を押しつけ、憎しみに満ちた彼の言葉をおいやった。アレックスは彼女を見つめ、微笑むと、そっと背中を撫で、豊かな髪に指をからませた。そして、唇を重ねたときには、いつものやさしいアレックスに戻っていた。彼はジアナの喉に鼻を押しつけ、彼女の背をそらせ、乳房を強く胸に押しあてた。じらすように乳首に唇をかすめると、ジアナは身をくねらせた。彼がニコラスのように強く乳首を吸うと、快楽のあまり、ジアナは悲鳴をあげそうになった。アレックスはジアナを楽々と抱きあげ、ベッドに運んでいった。そして、急いで服を脱ぐと、ジアナの横に裸で立ち、彼女を見おろした。

「アレックス」ジアナがささやき、両腕を伸ばした。

ふたたび、彼は微笑んだ。隣りに横たわり、ジアナの全身に指を這わせながら、その様子を目で追う。「おなかにお産の痕が残っていない」と、やさしくおなかを揉んだ。ジアナはキスしてほしかったが、彼はじっと顔を見つめつづけた。穴があくほど、じっと。「なんて幸運なんだ」と、しばらくするとアレックスが言った。指の動きに反応し、ジアナが腰を動かしている。「その気になれば、きみはまだ娼婦になれる」

「お願い、アレックス、やめて。お願い、やめて」

ジアナがなにを言いたいのか、アレックスにはよくわかっていた。だが、ふいに彼は立ちあがり、ジアナから離れた。

「やめてほしいんだろう？　よくわかったよ、ジアナ」彼は背を向け、急いでズボンをはいた。

彼女は仰向けに横たわり、脚をわずかにひらいていた。目を大きく見ひらき、彼を見つめている。「お願い、ひとりにしないで」

アレックスは不快そうに笑った。「自分で楽しめ、ジアナ。なんだって自分でできるんだろう？　ぼくのことなど必要ないはずだ」

残りの衣服を身につけていると、ジアナのすすり泣きが聞こえてきた。アレックスは、ボタンをかけちがえていることに気づき、悪態をついた。思わず、ベッドに目を向けた。ジアナは背中を丸め、膝を胸につけ、髪を扇のように広げている。アレックスはドアを開けると、歯を食いしばり、ジアナを残して部屋をでた。そして、のしのしと階下の子ども部屋に向かった。子ども部屋では、ニコラスの揺りかごの横で、クレアが縫い物をしていた。

「ニコラスとふたりにしてくれないか、クレア」

アレックスは、眠っている息子を揺りかごから抱きあげた。そして腰を下ろし、腕のなかでやさしく揺らした。ああ、まったく、おれとしたことが。やりすぎたかもしれない。いや、まだ足りないかもしれない。ジアナが身体を求めてきたときに、断ったからという理由で、おれは息子を失うのだろうか？　アレックスは、息子のふっくらした頰にそっと触れてから、ピンク色の唇へと指を下ろした。ニコラスは眠りながらぴちゃぴちゃと音をたて、口を開けると、父親の指を吸った。アレックスの全身に、稲妻のような痛みが走った。背後にスカートの裾が揺れる音が聞こえたが、彼は息子の顔から目を離さなかった。

「ふたりにしてくれといっただろう、クレア」アレックスは、顔を上げずに言った。

「クレアじゃないわ」

疲弊した目を上げると、ジアナの顔があった。顔は蒼白で、目は涙で腫《は》れている。「きみの勝ちだ、ジアナ。望むのなら、このままここにいてもいい。いままでのように、続けていこう」

ジアナは、彼の椅子の横でくずおれた。床に膝をつくと、ごわごわしたスカートが大きく広がった。「これまでのようには、続けたくないの」彼女は静かに言い、息子の顔をさっと見てから、アレックスの顔を見上げた。「もう耐えられない」

「なるほど」アレックスは息子を起こさないように、そっと椅子から立ちあがり、やさしく揺りかごに戻した。そして、ジアナの手を握った。「きみを愛したいと思ったわけじゃなかった。だが、いまは心から愛している。自分でも抑えようがないんだよ」

「わたしと結婚してくださる、アレックス？」

アレックスは身じろぎもせずに立っていた。その手は、ジアナの手を強く握っている。

「わたしは、あなたに生涯を捧げる。それは本心なのに、あなたを心から信頼しないのも妙な話だもの。お願い、わたしと結婚してくださいい、アレックス。わたしと一緒にいて、あなたが幸せになれるよう、せいいっぱい努力するわ」

「ぼくの運命と折り合いをつけてくれる？」

「ええ、もし、それが運命なら」

アレックスは、深く考え込んでいるように、しばらくだまっていた。そして、ようやく話しはじめたとき、その声は冷静を装っていた。「きみと出会うのがぼくの運命だったとはいえ、きみはぼくの世界をひっくり返そうとした。ついにけさ、頭に白髪を見つけたよ。きみと一緒にみじめな余生を送ると思うと、正直、ぞっとするね。きみはぼくに際限なく口論を吹っかけてくるだろう。きみを服従させることはできないし」

「服従するわ。その白髪、わたしにも見せてちょうだい。だって、あなたの言うことは信用できないんだもの」ジアナは彼の頭を引き寄せようとしたが、アレックスは彼女の両の手首を握りしめ、胸に押し当てた。

「ぼくの図書室の新しい椅子のカバーに刺しゅうをするのも拒否するんだろうね」

ジアナは彼に身をもたせかけ、彼の手に頬を押し当てた。「からかわないで、アレックス。わたしと結婚するって、はっきり承諾して。不安でしかたないのよ」

「きみ、ガウンを変えたね」と、アレックス。

「好きなだけ、引き裂いていいのよ」

「きみと結婚するのを承諾したら、だろう？」

アナ・カルサーズが突然、子ども部屋の戸口に姿をあらわした。そして、抱きあっているふたりを見て、微笑んだ。

「失礼、ミセス・カルサーズ」アレックスはそう言うと、だまってジアナを抱きあげ、子ども部屋から外に運んでいった。

「アレックス」

ジアナが彼の名前をふたたび叫んだとき、アレックスは彼女のなかに深くはいっていた。彼女はすでにいちど絶頂に達していたので、彼の肩に顔を埋めていた。だが、彼の名前を口にしたとたん、さざ波のような欲求がまた湧きあがり、彼のわき腹の下で、ジアナは脚をこわばらせた。アレックスは弓なりに背をそらした。喉から深いうめき声が漏れる。そして、彼女のなかに荒々しく突き刺した。一瞬、動きをとめたが、そのあとはとどまることなく、腰を激しく動かしつづけた。同時に彼女をまさぐり、愛撫しているうちに、とうとうジアナは歓喜の悲鳴をあげた。

ジアナがようやく呼吸を整えると、アレックスが言った。「結婚しよう」

ジアナは彼の浅黒い顔を見上げ、微笑んだ。「愛しているわ、アレックス、心の底から。お願いだから、いまの言葉を信じてね。あなたが求めている信頼を、すべてこめて言ったんですもの」

「夕食に遅れたぞ」と、ダミアンが言い、アレックスからジアナに視線を移した。ダミアンの顔に、ゆっくりと笑みが浮かんだ。「おやおや、奥方はとろけそうな顔をしているじゃないか。これ以上とろけたら、伸ばしてパンに塗れそうだ」

アレックスがジアナの手を握りしめた。「女性の武器でぼくを籠絡《ろうらく》した勝利に酔っているんですよ。あんな手管《てくだ》を使われたら、男はいちころだ」

「明日、カリフォルニアに発つよ」と、ディレイニーが言った。「ならず者に身ぐるみはがされ、ぶちのめされるかもしれないから、ぼくのこと、覚えておいてくれ」

「ディレイニー」と、オーロラが言った。「またイングランドにお越しにならない？　今度は、わが家に。運命の女性との出会いがあるかもしれなくてよ」

「考えさせてください、奥さま。じっくりと」

「ニューヨークは、パリとはちがうな」と、ダミアンが言った。

「ええ」と、ジアナが応じた。「でもニューヨークは活気に満ちていますわ。世界じゅうから人々が集まってきて、すごく自由ですもの」

「よくぞ言ってくれた、ジアナ」と、アレックスが言い、椅子に座った。

「たしかに、いとしいひと」と、ダミアンがオーロラに言った。「植民地には、大いに感銘を受けたよ。きみたちと、これほど親しくなるとはね。シリウス号が大西洋を二週間で渡るのも、むべなるかなだ。まあ、これほど純真無垢なおちびちゃんに会えるのなら、二週間以上の航海も苦にはならんがね」

「あたし、純真無垢だったかしら、パパ？」と、リーアが尋ねた。

「いいや、きみは皺《しわ》の寄った小さな赤いサルだった」と、ディレイニーがからかった。「赤ん坊のころのきみときたら、すごい顔をしてたもんだ。だが、きみのパパは、きみを育てると決心したんだぜ」

「そう決心してよかったよ、仔猫ちゃん」

ダミアンが銀色の目をディレイニーに向けた。「カリフォルニアか。きみたち植民地の人間ときたら、太平洋じゅうに手を伸ばさないと気がすまないらしい」

「太平洋に、ぼくらをとめることができるかどうか」と、アレックス。

「不思議に思っていたんだ」突然、ディレイニーが言った。「ジアナの美しさはどこからきたんだろうって。もちろん、奥さまも大変な美人でいらっしゃるが。いや、失礼。植民地の単細胞の無作法をお許しください」

「結婚して、ジアナの美しさに磨きがかかったんでしょう」と、アレックスが言い、義理の母親ににっこりと笑った。

「まったく、オーロラ」と、ダミアンが言った。「この色男は、驚くほど抜け目がない」

「植民地の単細胞にしてはね」と、ジアナ。

「きみに話したかな、アレックス」と、ダミアンが話しかけた。「オーロラが部下に命じて、わたしのために鉄道の車両をデザインさせたんだよ。鉄道はアーリントンを抜け、うちの郊外の別荘のそばまで走っているんだ」

「ということは」と、ジアナが言った。「閣下はいま、母のビジネスの手腕のおかげで繁栄を謳歌《おうか》なさっているわけですのね」

「あの生まれたての色男は、ずいぶんにこにこ笑う子だな」とダミアンが言い、フランス産の軽い赤ワインをひと口飲んだ。オーロラからの贈り物だ。

「でも、ジアナとパパと、おばあちゃまと閣下は、全然ちがうわ」オーロラの手を軽く撫でている公爵を見ながら、リーアが断言した。

「へえ、どんなふうにちがうんだい？」と、ディレイニーが尋ねた。

ジアナが居心地悪そうに座りなおした。

「おばあちゃまと閣下は、いつも、やさしく見つめあっている。それに、いつも、触れあっているもの」

アレックスが食卓の端の席からゆっくりと立ちあがり、娘にウインクをすると、ジアナの席に歩いていった。ジアナの顔は、恥ずかしさのあまり真っ赤になっている。アレックスは、彼女の顎を手でくるみ、無理やり、自分のほうを見させた。そして身をかがめ、やさしく唇を重ねた。

「アレックス」

「やさしくしているところを、見慣れてもらわないとね」と、アレックス。

「若者には、ちゃんとした手本を見せなければ」と、ダミアン。

「びっくり」と、リーアが目を丸くした。

「この色男」と、ディレイニーが口をはさんだ。「どんな分野でも負けるのが気に食わないんだからなあ。覚悟しろ、ジアナ。これからは、せいいっぱいやさしく見つめあうことだ」

「ワインのおかわりをいかがです、閣下？」と、アレックスが尋ねた。

「いや、結構」と、ダミアンが妻に目をやりながら言った。「わたしの年齢になると、身も心もしゃきっとしていないとね」

「女性はいろいろ要求が多いですからな、閣下」

「おそろしくも魅惑的な要求だがね、色男」

ディレイニーが座ったまま、背中を丸めた。「ひとり身の男の前で、艶《つや》っぽい話は勘弁してほしいなあ。耳まで真っ赤になるよ」

「ほお」と、アレックスがからかった。「耳が真っ赤になるのは、嫉妬《しっと》のせいさ」

「ばれたか」と、ディレイニー。

「パパ、艶っぽいって、どういう意味？」と、リーアが尋ねた。

「専門的なお話よ、リーア」と、ジアナが答えた。「おじさまの金鉱のね」

ジアナが驚いたことに、夕食のテーブルにはシャンパンのボトルが登場した。

「なんのお祝いだい？」と、アレックス。

オーロラが笑った。「お祝いよ、ジアナ。あなたとアレックスは、いまではなにもかもうまくいっているようね」

ジアナはたじろぎ、母親からアレックスへと困惑した視線を向けた。

「あなた、話したの？」

「きみのぼうっとした表情で、わかったんだろう」

「では、うちの銀行から手形を振ればいいんだね？」と、ダミアンが言った。

「そのとおりです、閣下。完全にぼくの勝ちですから」と、アレックスが礼儀正しく言った。

「手形って？　いったいなんの話ですの、閣下？」

「賭《か》けをしたんだよ、可愛いジアナ。わたしと、きみのご主人で賭けをしたのさ。きみのご主人が負けるほうに、わたしは賭けたんだが」と、ダミアンがシャンパンのグラスを掲げた。

「注目、注目。アレクサンダー・サクストン夫妻に乾杯」

「まったく、なんの話なの、アレックス？」

アレックスがいたずらっぽく目を輝かせ、アイルランド訛りで話しはじめた。「まだ、わからないのかね、娘っこ？　おれはいつだって、望みのものを手にいれる男だぜ」

「一千ポンド」と、ダミアンが言った。「この野蛮なアメリカ人と、一千ポンド賭けたんだよ。きみとの結婚にこぎつけられないほうに、わたしは一千ポンドを賭けた」

「アレックス！」

「きみの野蛮なアメリカ人は、充分満足するはずさ、ジアナ。なんといっても、イングランドのおまぬけ公爵が義理の父親になったんだから」

「やれやれ」と、ディレイニーがリーアに言った。「ぼくときみには、まったくわからない話があるらしいね」

訳者あとがき

女性捜査官レーシー・シャーロックの活躍を描く『迷路』をはじめとするFIBシリーズ、『カリブより愛をこめて』などのノン・シリーズ、そして『夜の炎』などヒストリカル・ロマンスのシリーズで、日本でも多くの読者を獲得したキャサリン・コールターの新シリーズ第一弾をお届けします。

十九世紀後半、スイスのジュネーブ。上流階級の女子のみが入学できる寄宿学校で、十七歳のジアナは青春の日々をすごしています。やがて、ルームメイトの異母兄ランダル・ベネットと恋に落ち、ジアナは彼との結婚を望むようになります。でも、ジアナの母オーロラ・ヴァン・クリーブはこの結婚に猛反対。当時の女性としてはめずらしいことに、ビジネスウーマンとして海運会社を経営するオーロラには、男が財産目当てで娘に近寄ってきたことがよくわかっていたからです。そこでオーロラは一計を案じ、ローマ在住の旧友ダニエーレに頼み、ジアナを説得してもらうことにしました。するとダニエーレは、あるとんでもない計画をオーロラに提案します。ジアナをローマに連れていき、高級娼婦たちに会わせよう。そして、夜になると娼婦たちに見せる、男の裏の顔をジアナに知ってもらおう。そうすれば、男は例外なく色欲を隠していることがジアナにもわかり、金目当ての青二才との結婚を考えなおすにちがいない……。

純真無垢《むく》で汚れを知らないジアナは、こうしてローマの娼館に連れていかれます。そこでジアナを待っていたのは、まさに驚愕の世界でした。性に関する知識をほとんどもっていなかったジアナは、途方に暮れ、大きなショックを受けます。しかし、ある日、このうえなく魅力的なアメリカ人男性、アレックス・サクストンに出会い、男性の見方を変えていきます。

イタリアのローマ、イギリスのロンドン、そしてアメリカのニューヨークと、言語も文化も異なる都市を船で渡り、ジアナはめくるめくロマンスと濃密な官能の世界を体験します。とくに、ローマでの日々は異国情緒にあふれており、読者のみなさんは、主人公ジアナと一緒にはらはらどきどきしながら、未知の世界を体験なさることでしょう。

また、ジアナは娼婦たちの生活だけでなく、ローマ上流階級のご夫人がたの日常も垣間見ます。そうすることで彼女は女性の人生について深く考え、考察を重ねていきます。

当時のイギリスはヴィクトリア女王の治世にありました。〝ヴィクトリア朝〟とも呼ばれるこの時代に、イギリスは世界経済の覇者となっていきました。けれども、社会的には家父長制が基本であり、女性は男性に従属しなければなりませんでした。政治的にも社会的にも、女性はほとんど権利を認められていなかったのです。

そうした時代でしたから、良家の令嬢が事柄なことに関心をもつなどということは、社会的なタブーでした。ですから、なにも知らないうぶな娘のまま男性と結婚し、一生を男性に従属してすごすのが淑女の鑑《かがみ》と考えられていたわけです。

そうしたあれこれを、当然のこととして受けいれていたジアナは、自分の人生について、女性の人生について、懸命に考えはじめます。そして、圧倒的な男性の魅力をはなつアレックスと出会い、ひとりの女性として大輪の花を咲かせていきます。

もちろん、時代背景も舞台も、現在の日本とはまったくちがいますが、ジアナが悩み、苦しむ姿に共感を覚える女性は多いのではないでしょうか。いつの時代にも女性がぶつかる普遍的な壁にもがきながらも、ジアナはひとりの女性として、アレックスを心から愛しはじめます。そんなジアナに、訳者は大きな拍手を送りたくなりました。

本書の原題は"*Evening Star*"。本国アメリカではヒストリカル・ロマンス〈スター〉シリーズとして全四作が出版されています。

それにしても、コールターが描くヒーローはじつに魅力的で、うっとりとさせられます。本書に登場するアレックスもセクシーで頼りがいのある素敵な男性ですが、第二作"*Midnight Star*"では、そんなアレックスの弟ディレイニーの魅力がたっぷりと描かれています。兄に引けをとらない二枚目で、カリフォルニアの金鉱で成功をおさめたディレイニーは、兄と同様、やはりイングランドの女性と運命的な出会いをはたします。本書ではまだやんちゃな少年の面影を残しているディレイニーが、いったいどんな女性と恋に落ちるのでしょうか。

また、第三作“*Wild Star*”には、ディレイニーの友人で、サンフランシスコで賭博酒場を経営するブレントが登場します。こちらのブレントもまた、くらくらするほどの色男。奴隷制度が残る南部の綿花畑も舞台となっており、当時のアメリカ社会の一面が描写されています。

第四作“*Jade Star*”では、第二作と第三作で医師として活躍したセイント・モリスが、いよいよ主人公となって登場します。ユーモアのセンス抜群で、男女を問わず篤《あつ》い信頼を寄せられるセイントの恋の行方が気になるところです。

アメリカで大きな人気を博した〈スター〉シリーズ。これから順次、ご紹介する予定です。どうぞ、お楽しみに。

二〇〇九年二月

ザ・ミステリ・コレクション

黄昏《たそがれ》に輝《かがや》く瞳《ひとみ》

著者　キャサリン・コールター

訳者　栗木《くりき》さつき

発行所　株式会社 二見書房
東京都千代田区三崎町2-18-11
電話 03(3515)2311［営業］
03(3515)2313［編集］
振替 00170-4-2639

印刷　株式会社 堀内印刷所
製本　関川製本

ISBN978-4-576-09019-1
http://www.futami.co.jp/

あなたの心につづく道（上・下）
ジュディス・マクノート
宮内もと子［訳］

十九世紀、英国。若くして爵位を継いだ美しき女伯爵エリザベスを待ち受ける波瀾万丈の運命と、謎めいた貿易商イアンとの愛の旅路を描くヒストリカルロマンス！

とまどう緑のまなざし（上・下）
ジュディス・マクノート
後藤由季子［訳］

パリの社交界で、その美貌ゆえにたちまち人気者になったホイットニー。ある夜、仮面舞踏会でサタンに扮した謎の男にダンスに誘われるが……ロマンスの不朽の名作

灼熱の風に抱かれて
ロレッタ・チェイス
上野元美［訳］

一八二一年、カイロ。若き未亡人ダフネは、誘拐された兄を救うため、獄中の英国貴族ルパートを保釈金代わりに雇う。異国情緒あふれる魅惑のヒストリカルロマンス！

悪の華にくちづけを
ロレッタ・チェイス
小林浩子［訳］

自堕落な生活を送る弟を連れ戻すため、パリを訪れたイギリス貴族の娘ジェシカは、野性味あふれる男ディンに出会う。全米読者投票一位に輝くロマンスの金字塔

あやまちは愛
トレイシー・アン・ウォレン
久野郁子［訳］

双子の姉と入れ替わり、密かに想いを寄せていた公爵と結婚したバイオレット。妻として愛される幸せと良心の呵責の狭間で心を痛めるが、やがて真相が暴かれる日が…

愛といつわりの誓い
トレイシー・アン・ウォレン
久野郁子［訳］

親戚の家へ預けられたジーネットは、無礼ながらも魅惑的な建築家ダラーと出会うが、ある事件がもとで〝平民〟の彼と結婚するはめになり…。『あやまちは愛』に続く第二弾！

パッション
リサ・ヴァルデス
坂本あおい［訳］

ロンドンの万博で出会った、未亡人パッションと建築家マーク。抗いがたいほど惹かれあい、互いに名を明かさぬまま熱い関係が始まるが…。官能のヒストリカルロマンス！

奪われたキス
スーザン・イーノック
高里ひろ［訳］

十九世紀のロンドン社交界を舞台に、アイス・クイーンと呼ばれる美貌の令嬢と、彼女を誘惑しようとする不品行で悪名高き侯爵の恋を描くヒストリカルロマンス！

水の都の仮面
リディア・ジョイス
栗原百代［訳］

復讐の誓いを仮面に隠した伯爵と、人に明かせぬ悲しい過去を持つ女が出逢ったとき、もつれ合う愛憎劇が始まる。名高い水の都を舞台にしたヒストリカルロマンス

ゆらめく炎の中で
ローレン・バラッツ・ログステッド
森嶋マリ［訳］

十九世紀末。上流階級の妻エマは、善意から囚人との文通を始めるが図らずも彼に心奪われてしまう。恩赦によって男が自由の身となった時、愛欲のドラマが幕をあけた！

青き騎士との誓い
アイリス・ジョハンセン
酒井裕美［訳］

十二世紀中東。脱走した奴隷のお針子ティーアはテンプル騎士団に追われる騎士ウエアに命を救われた。終わりなき逃亡の旅路に、燃え上がる愛を描くヒストリカルロマンス

星に永遠の願いを
アイリス・ジョハンセン
酒井裕美［訳］

戦乱続くイングランドに攻め入ったノルウェー王の庶子で勇猛な戦士ゲージと、奴隷の身分ながら優れた医術を持つブリンとの愛を描くヒストリカルロマンスの最高傑作！